Casa de Lukács em Budapeste, em meados da década de 1910. Foto: Demeter Balla.

O ROMANCE HISTÓRICO

"Decreto sobre os Teatros. De agora em diante, os teatros pertencem ao povo! A arte não será mais um privilégio dos ricos desocupados. A cultura é um direito da classe trabalhadora. György Lukács, vice-comissário do Povo. Zsgimond Kunfi, comissário do Povo para a Educação."

GYÖRGY LUKÁCS
O ROMANCE HISTÓRICO

Tradução: **Rubens Enderle**
Apresentação: **Arlenice Almeida da Silva**

Copyright © The Estate of György Lukács, 2011
Copyright desta tradução © Boitempo Editorial, 2011
Tradução do original alemão *Der Historische Roman* (Berlim, Aufbau, 1955)

Coordenação editorial	Ivana Jinkings
Editora-adjunta	Bibiana Leme
Assistência editorial	Caio Ribeiro
	Livia Campos
Tradução	Rubens Enderle
Preparação	Mariana Echalar
Revisão	Marisa Rosa Teixeira
Diagramação	Bianca Mimiza
Capa	Isabella Teixeira
	com base em projeto de David Amiel
Coordenação de produção	Livia Campos

CIP-BRASIL. CATALOGAÇÃO-NA-FONTE
SINDICATO NACIONAL DOS EDITORES DE LIVROS, RJ

L98r
 Lukács, György, 1885-1971
   O romance histórico / György Lukács ; tradução Rubens Enderle ; [apresentação Arlenice Almeida da Silva]. - São Paulo : Boitempo, 2011.

 Tradução de: Der Historische Roman
 Inclui índice
 ISBN 978-85-7559-180-2

   1. Ficção histórica - História e crítica. 2. Ficção - História e crítica. I. Enderle, Rubens. II. Título.

11-4019.   CDD: 809.3
                                                       CDU: 82-311.6(09)
01.07.11   06.07.11   027711

É vedada a reprodução de qualquer parte deste livro sem a expressa autorização da editora.

 A tradução desta obra teve o apoio financeiro do Goethe-Institut, que é financiado pelo Ministério das Relações Exteriores da Alemanha.

1ª edição: agosto de 2011
1ª reimpressão: agosto de 2015; 2ª reimpressão: abril de 2022
3ª reimpressão: outubro de 2023

BOITEMPO
Jinkings Editores Associados Ltda.
Rua Pereira Leite, 373
05442-000 São Paulo SP
Tel.: (11) 3875-7250 / 3875-7285
editor@boitempoeditorial.com.br
boitempoeditorial.com.br | blogdaboitempo.com.br
facebook.com/boitempo | twitter.com/editoraboitempo
youtube.com/tvboitempo | instagram.com/boitempo

Sumário

Apresentação – *Arlenice Almeida da Silva*.............................. 9

Nota à edição alemã 27

Prefácio 31

1. A forma clássica do romance histórico 33
   I. As condições sócio-históricas do surgimento do romance histórico........... 33
   II. Walter Scott 46
   III. O romance histórico clássico contra o romantismo 84

2. Romance histórico e drama histórico............................. 115
   I. Fatos da vida como base da separação entre épica e dramática.......... 117
   II. A particularidade da figuração dramática do homem 136
   III. O problema do caráter público 161
   IV. A figuração do conflito na épica e na dramática 173
   V. Esboço da evolução do historicismo no drama e na dramaturgia 189

3. O romance histórico e a crise do realismo burguês.............. 211
   I. Mudanças na concepção da história após a Revolução de 1848 213

II. Privatização, modernização e exotismo 225

III. O naturalismo da oposição popular 253

IV. Conrad Ferdinand Meyer e o novo tipo de romance histórico 271

V. As tendências gerais da decadência e a constituição
do romance histórico como gênero particular 282

4. O romance histórico do humanismo democrático 307

I. Características gerais da literatura humanista
de protesto no período imperialista 310

II. Caráter popular e espírito autêntico da história 344

III. A forma biográfica e sua problemática 366

IV. O romance histórico de Romain Rolland 390

V. Perspectivas de desenvolvimento do novo
humanismo no romance histórico 402

Índice remissivo 423

Referências bibliográficas 431

Obras do autor 439

A história e as formas

Arlenice Almeida da Silva

A obra que agora se apresenta ao leitor, em tradução primorosa, surpreende pela clareza e honestidade, o que não significa que seja fácil ou destituída de complexidade. Estamos diante de um ensaio feito de deslocamentos e aproximações que entrelaçam literatura, experiência e figuração do tempo. Ele se desdobra em esboço de uma ontologia da arte ou prolegômenos para uma estética marxista, concebida como uma teoria histórica não normativa dos gêneros literários, e, sobretudo, enuncia de lugar improvável uma crítica corajosa contra o pensamento socialista ortodoxo, dito vulgar. Eis o que pode ser encontrado no monumental O *romance histórico*, escrito predominantemente em Moscou, pelo filósofo húngaro György Lukács, entre 1936 e 1937.

A década de 1930 é de tempos amargos com a expansão do nazismo, o início da Guerra e a consolidação do stalinismo, mas também é da formação da Frente Popular antifascista. No início desse período, Lukács, bastante esperançoso no socialismo, sustenta que o stalinismo, mesmo prenunciando problemas, poderia representar uma "potência anti-hitleriana". Foi uma avaliação do stalinismo ambígua, ora encoberta por uma crítica discreta, ora abafada em considerações laudatórias, que soçobrou, no final da década, no conhecido ceticismo diante da burocratização crescente. Por exemplo, Lukács confessou posteriormente que só escrevia com "liberdade" na revista *Literaturnyi Kritik* [Crítica Literária], da União Soviética, na década de 1930, quando intercalava ao texto algumas citações de Stalin: "O leitor advertido de hoje pode certamente perceber o que os censores da época não notavam: que tais citações pouco tinham a ver com o conteúdo real, essencial, dos artigos"[1]. Merleau-Ponty, em *Aventuras da dialética*[2], de 1955, acertou, portanto, ao denunciar os recuos e concessões de Lukács, preservando, contudo, a teoria da literatura, por ser, na sua avaliação, "o que restou de dialético em sua filosofia".

Tendo em vista esse embaraço de origem, qual a atualidade de uma reflexão sobre o modo materialista de tratar a história literária? Seria uma extravagância extemporânea procurar reatar forma e história em pleno século crivado de experimentalismos artísticos e, ainda assim, pretender dizer algo original sobre a arte da narração? *O romance histórico* merece ser lido em função dos limites estabelecidos pelo autor. Com efeito, já nas primeiras linhas, lê-se que o livro é um exercício de natureza teórica ou de uma propedêutica para uma estética marxista. Não se trata de buscar nele uma história do romance, já que o critério não é histórico-literário; nem uma abrangência ou um caráter enciclopédico, uma vez que não temos história geral do romance histórico. É, portanto, um ensaio de natureza teórica que circunscreve um tipo muito particular de reflexão sobre a "grande literatura que retrata [*darstellt*] a totalidade da história" ou, ainda, uma teoria descritiva que busca o momento de confluência entre sentido e experiência no qual foi possível à filosofia apreender a "interação entre o espírito histórico e a grande literatura que retrata a totalidade da história"[3].

Com isso, a questão da totalidade impõe-se como pressuposto da análise, afrontando de imediato os resultados juvenis de *A teoria do romance*[4]. Lukács não afirmara nessa obra que "uma totalidade simplesmente aceita não é mais dada às formas" e que o romance "é a epopeia do mundo abandonado por deus", na qual o sentido não é capaz de penetrar inteiramente a realidade? De fato, em *O romance histórico*, a totalidade não é mais essencial, fechada em si mesma, perfeita e homogênea; não obstante, ela retorna desmitificada, como totalidade histórica em devir. Isso porque, a despeito dos acertos, *A teoria do romance* permanecera para Lukács abstrata devido à falta de "um verdadeiro método histórico sistemático", carência corrigida nos escritos dos anos 1930. Isso não significa que a nova teoria do romance

---

[1] György Lukács, *Entretiens avec Georg Lukács* (Paris, François Maspero, 1969), p. 28.

[2] Maurice Merleau-Ponty, *Aventuras da dialética* (São Paulo, Martins Fontes, 2006).

[3] György Lukács, O *romance histórico* (São Paulo, Boitempo, 2011), p.28.

[4] Idem, *A teoria do romance* (São Paulo, Editora 34, 2000).

pretenda substituir a antiga *in totum*, tampouco que a fuga do abstrato para a história resulte na aderência aos fatos tidos como absolutos, mas, seguindo a categoria aristotélica da verossimilhança, o que se visa é a uma ordenação inteligível dos fatos em uma tendência.

Ora, em *A teoria do romance* o autor já apontava nessa direção em uma perspectiva idealista: "O que faz do todo um verdadeiro todo é apenas a vivência de um estado de ânimo cujo fundamento de vida é comum e o reconhecimento de que essa vivência corresponde à essência da vida atual"[5]. Assim,

> Somente no romance, cuja matéria constitui a necessidade da busca e a incapacidade de encontrar a essência, o tempo está implicado na forma: o tempo é a resistência da organicidade presa meramente à vida contra o sentido presente, a vontade da vida em permanecer na própria imanência perfeitamente fechada.[6]

Delineado o contorno do problema da forma, resta acrescentar que, para Lukács, Marx teria levado adiante o problema ao pensar uma temporalidade cuja cognoscibilidade é aberta pela autocrítica do presente que se lança ao futuro. Em *História e consciência de classe*, de 1923, o filósofo esclarece o elo decisivo na aproximação entre forma e história ao afirmar que "todo conhecimento histórico é um conhecimento de si. O passado só torna-se transparente quando se pode operar, convincentemente, uma crítica do presente" [...] "O critério de adequação do pensamento é sem dúvida a realidade. Mas a realidade não é, torna-se, advém, não sem a colaboração do pensamento"[7].

Como o real é "totalidade concreta em devir", Lukács procura a correspondência entre a criação artística e a consciência social não no plano dos conteúdos, mas no das categorias que se estruturam reciprocamente. A obra de arte não reflete simplesmente a consciência coletiva, não é redutível a ela, como no marxismo vulgar, e, de maneira contrária, constitui um degrau de coerência único para o qual tendem as consciências dos indivíduos que compõem o grupo. Ou seja, o vínculo entre as forças artísticas produtivas e as relações de produção é pensado como no esquema marxista de totalização da história, por meio das categorias que permitem a "apreensão do aspecto vivo da economia", tendo em vista que

---

[5]   Ibidem, p. 114.

[6]   Ibidem, p. 129.

[7]   Idem, *Histoire et conscience de classe* (Paris, Les Éditions de Minuit, 1960), p. 273. [Ed. bras.: *História e consciência de classe*, São Paulo, Martins Fontes, 2003.]

se as categorias econômicas são apreendidas em sua concretude viva, se elas aparecem de modo distinto em cada homem singular, (...) então a necessidade econômica impõe-se na forma da lei que é a tendência dominante, vitoriosa do desenvolvimento no emaranhado dos acasos individuais.[8]

A complexidade de O *romance histórico* consiste em incorporar o marxismo sem abandonar a herança hegeliana, seja do ponto de vista do conteúdo, ao refletir com base no princípio ontológico do ser como devir, "engajado em um processo de humanidade", pensando a história como progressiva reconciliação dos indivíduos na sociedade, seja sob o aspecto formal, no qual narrar significa ligar-se ao passado, à retomada da análise histórico-filosófica e à sua inserção em uma periodicidade filosófica. Ou seja, o entrecruzamento da ontologia com a perspectiva histórica situa Lukács no centro do debate que a crítica marxista fez à dialética hegeliana, renovando, em 1936, a mesma pergunta feita por Marx nos *Manuscritos econômico-filosóficos*: "O que fazer diante da *dialética* hegeliana?"[9].

A novidade da solução lukacsiana consiste em percorrer o caminho inverso, de Marx a Hegel, em busca da gênese do materialismo dialético; percurso necessário, a seu ver, para a exegese histórico-filosófica das tendências atuantes no presente, isto é, para uma crítica ao presente, de modo que a totalidade que reaparece renovada em O *romance histórico* se encontre, como em todos os textos estéticos de Lukács, efetuada na obra, na forma literária que cabe à reflexão estética decifrar. A forma não é a própria realidade, mas o nexo estabelecido com ela: a interação ou a ação recíproca entre história e forma por meio da qual uma universalidade concreta é apreendida na história e não posta exclusivamente pelo sujeito do conhecimento.

Não é por outra razão que, curiosamente, ainda no prefácio, Lukács adverte o leitor de que o empreendimento teórico a que se propõe só frutificará se a questão da forma for abordada adequadamente, ou seja, se as mudanças formais, o surgimento e desaparecimento de um gênero ou a imbricação e mistura de gêneros forem considerados na reflexão teórica. No prefácio de 1954 para a edição alemã, reiterado em 1960 para a edição francesa, o autor aponta os limites de uma estética marxista que ainda não enfrentara de forma cabal a questão da diferenciação dos gêneros. Nos seus termos: "Uma

---

[8]   Idem, O *romance histórico*, cit., p. 359 .

[9]   Karl Marx, *Manuscritos econômico-filosóficos* (São Paulo, Boitempo, 2004), p. 115.

O romance histórico | 13

teoria marxista do gênero digna desse nome será impossível enquanto não aplicarmos a teoria do espelhamento da dialética materialista ao problema da diferenciação dos gêneros"[10].

Se tal ideia parece soar ameaçadora e restritiva à forma, diante do consenso sobre autonomia da arte, o ensaio de Lukács insurge-se contra a indiferença, ousando historicizar as várias dimensões de tal espelhamento, ao circunscrever o momento no qual uma inteligibilidade pode ser apresentada para a relação entre forma e tempo. No decorrer deste texto foram apontadas algumas inflexões do itinerário e da estrutura de O *romance histórico* com o intuito de que o leitor possa suspeitar da crítica de Adorno, repetida *ad nauseam*, que via no livro apenas neoingenuidade e "reconciliação usurpada".

Desde *A alma e as formas*[11] até *A teoria do romance*, passando pelos textos inacabados *Estética de Heidelberg*[12] e *Filosofia da Arte*[13], Lukács debruça-se sobre a forma literária, articulando uma concepção de forma em um fundo trágico: em linhas gerais, a forma é desejo de totalidade, de unidade perfeita; forma abstrata que se consola, diante de uma pátria perdida, com a pátria transcendental. Assim, a forma é aparência, puro campo ficcional que introduz um valor e uma diferença qualitativa na vida, única realidade substancial diante de um mundo insatisfatório e contingente, mas que não suprime a imediatidade do vivido. O fundo trágico sinaliza esse duplo movimento de afastamento e aproximação da vida, uma vez que a forma é, sobretudo, a consciência lúcida de que tal totalidade é irrealizável na vida.

Em *Filosofia da arte*, e *Estética de Heidelberg*, o jovem filósofo estrutura um aparelho conceitual próprio para exprimir a autonomia e a natureza específica da arte e do fato estético. O ponto de partida não é o julgamento, mas a irredutibilidade da obra. Dupla ousadia: Lukács busca superar tanto a estética kantiana, ainda pautada na natureza, como as estéticas da expressão, presentes no neokantismo de Konrad Fiedler e Alois Riegl. Ora, para o jovem Lukács uma estética imanente deve pressupor que "as obras de arte

---

[10] György Lukács, O *romance histórico*, cit., p. 29.

[11] Idem, *Die Seele und die Formen, Essays* (Berlin, Luchterhand, 1971).

[12] Idem, *Heidelberger Ästhetik* (1916-1918) (Darmstadt, Luchterhand, 1975).

[13] Idem, *Heidelberger Philosophie der Kunst* (1912-1914) (Darmstadt, Luchterhand, 1974).

existem", para em seguida interrogá-las criticamente: "Como elas são possíveis?". Se a pergunta vem da problemática kantiana, o ponto de partida é também fenomenológico ao propor uma investigação que almeja "dar voz ao objeto", ou seja, Lukács adota um ponto de vista metodológico híbrido para defender a ideia de que uma estética só pode ser edificada sobre a existência efetiva das obras de arte. Segundo ele, como em Kant o juízo de gosto toma o lugar do fenômeno, a estética pós-kantiana continuou ou deduzindo uma metafísica do belo ou partindo da análise do comportamento dos homens em relação a ele, isto é, passando ao largo da obra, permaneceu concentrada no conceito de belo. Para Lukács, mesmo as estéticas forjadas por artistas ou pesquisadores próximos ao "fazer" artístico, como Riegl e Fiedler, caíram no "esteticismo", na acentuação dos traços psicológicos do artista, ou seja, numa forma de "esoterismo de ateliê", e, portanto, também não explicaram as obras[14].

Em segundo lugar, Lukács defende a ideia de uma especificidade do estético, diferente da do lógico e do ético. A obra é autônoma por ter uma legalidade própria, daí a necessidade de assinalar a diferença entre o conceito de "forma" na lógica e na estética. Entre outras diferenças, Lukács sublinha que a lógica pressupõe uma "similitude interna de todos os sujeitos", enquanto o comportamento estético não suprime a sua diversidade. É preciso, assim, impedir a contaminação do estético pelo lógico, o que era feito até então, por meio de um impulso rumo ao concreto; se há aqui certo empirismo, ele é menos a valorização do sensório-motor, e é mais a facticidade da obra, visto que a esfera da arte é diferente da realidade empírica.

Por fim, a natureza única da arte decorre da articulação entre dois conceitos centrais na primeira estética lukacsiana: o de dissonância e o de duplo mal-entendido. A dissonância "é o *principium specificationis*" da arte, a compreensão da realidade na perspectiva do *"non-sens"* [*Widersinn*] afirmado na forma, cujo fundamento é a ideia do fracasso da comunicação[15]. De maneira mais branda, a dissonância é o "conceito relacional que estabelece uma ligação entre realidade vivida e realidade utópica", já que a diferença entre signo e significado é irredutível[16]. Assim, a arte é constituída, de acor-

---

[14] Ver György Lukács, *Heidelberger Philosophie der Kunst* (1912-1914), cit., p. 38-9.

[15] Ver ibidem, p. 48-9.

[16] Ver ibidem, p. 161.

do com o jovem Lukács, por um duplo mal-entendido [*Missverständnis*]: o da expressão e o da compreensão. A universalidade da arte não consiste na ideia de que é "para qualquer um" (em termos kantianos), mas reside em uma relação negativa do sujeito com o valor. Daí decorre a função autônoma da linguagem artística, pois ela opera independentemente das intenções do enunciador e do espectador.

É perceptível a distância entre esses primeiros textos de Lukács e O *romance histórico*, seja na linguagem utilizada, seja no plano conceitual. Uma leitura cuidadosa, contudo, encontrará a mesma questão, nos anos 1930, em chão marxista; sem meias palavras: que a obra tem uma legalidade própria, a qual não é redutível ao gênio, haja vista que não decorre de uma subjetividade consciente de seu ato criador, de modo que ela não pode ser instrumentalizada. A virada política dos anos 1920, vale ressaltar, não produziu o predomínio da política em detrimento da literatura: vários artigos continuaram a ser publicados na *Die Rote Fahne* a propósito de Balzac, Goethe ou Lessing. Em 1919 Lukács publica *Tática e ética*[17], primeiro livro de inspiração marxista, em que aprofunda seus estudos sobre Marx e Lenin. Paralelamente, torna-se coeditor de *Kommunismus*, órgão teórico da III Internacional Comunista. Em 1923 publica, enfim, *História e consciência de classe*, uma obra de grande fôlego teórico e prático.

Nesta última obra, Lukács busca sair dos impasses aflorados em *A teoria do romance*, reconhecendo que a necessidade de totalidade precisava ainda ser demonstrada dialeticamente. Nas obras anteriores, o mundo aparecia como não totalizado e as formas artísticas eram tentativas artificiais de totalizá-lo, a forma romance era a lucidez suprema, mas apenas um indício parcial da fratura, pois não sabíamos por que ou quando havíamos perdido o sentido da existência. A partir disso, a única saída era a ética individual, isto é, sustentar um valor como essencial até o fim por meio de uma obra de arte, de uma ideia ou um gesto, já que era impossível vivê-lo no mundo. Em *História e consciência de classe*, Lukács retoma o tema do mundo da convenção como "segunda natureza" abordado em *A teoria do romance*, examinando a autonomia da cultura e da ordem simbólica por meio do conceito de reificação. Lukács propõe que o indivíduo só pode transcender a si mesmo e sair

---

[17] György Lukács, *Taktik und Ethik: politische Aufsätze* (1918-1920) (Neuwied, Luchterhand, 1975).

da situação de solidão na própria sociedade; não é mais possível sustentar um princípio transcendental espiritual porque o essencial acontece no interior da própria sociedade, de indivíduo para indivíduo. Não se trata de sociologismo e de recaída no positivismo, mas do grande passo em direção ao materialismo histórico e a Marx, ainda com a marcante presença de Hegel.

Em todo caso, o enorme esforço teórico de Lukács não foi bem recebido: provocando estranhamento e debates ao exibir um marxismo ainda hegeliano, a obra foi acusada de idealista e acabou condenada, definitivamente, no V Congresso da Internacional Comunista. Em reação, ainda em Viena, Lukács não recua, publicando, em 1926, *Moses Hess e o problema da dialética idealista*[18] e, em 1929, as polêmicas *Teses de Blum*[19], nas quais se afasta, acertadamente, de Béla Kun, apoiando Eugen Landler na proposta de organização de uma urgente frente antifascista. Lukács defende precocemente uma ampla aliança com as forças democráticas e o abandono do sectarismo doutrinário. Ele é derrotado, ameaçado de expulsão do partido e obrigado a fazer uma autocrítica. Entre 1931 e 1933 vive em Berlim semiclandestino sob o pseudônimo de Keller. Escreve, contudo, ativamente na revista *Die Linkskurve*, órgão dos Escritores Proletários Revolucionários vinculado ao Partido Comunista Alemão. Sem muitas alternativas diante da ascensão do nazismo, parte então para Moscou, pesquisando as obras de Marx, em particular os *Manuscritos econômico-filosóficos* de 1844, no Instituto Marx-Engels-Lenin.

Daí a importância das obras que Lukács escreveu de 1930 a 1945, em Berlim ou Moscou, nas quais, equilibrando-se em uma corda bamba, buscou aproveitar-se das disputas internas do partido, no contexto da luta contra o nazismo, para dizer o que realmente pensava, desafiando os limites impostos pela oficialidade comunista. O resultado revela-se em obras como O *jovem Hegel*[20], *Goethe e sua época*[21], O *romance histórico, Balzac e o realismo francês*[22]. Nesses escritos, Lukács realiza uma reflexão estética em uma perspectiva marxista propondo, para a produção e crítica cultural socialistas, uma

---

[18] Idem, *Moses Hess und die probleme der idealistischen dialektik*, Archiv für die Geschichte des Sozialismus und der Arbeiterwegung, XII, 1926.

[19] Idem, *Blum-Thesen, Werke* (Neuwied, Luchterhand, 1968, v.II).

[20] Idem, *Le jeune Hegel* (Paris, Gallimard, 1981, v. I e II).

[21] Idem, *Goethe et son époque* (Paris, Nagel, 1949).

[22] Idem, *Balzac und der französische Realismus*, em *Probleme des Realismus III* (Neuwied, Luchterhand, 1965, v. VI).

dialética entre autonomia e heteronomia da arte. Ao mesmo tempo, afasta-se tanto do realismo socialista – que chama de "naturalismo agrário" e é a tese vitoriosa no Primeiro Congresso dos Escritores soviéticos, em 1934 –, de Plekhanov e Mehring, quanto das tendências formalistas e experimentais, presentes no percurso da literatura ocidental, do naturalismo ao surrealismo, isto é, da arte moderna. O duplo distanciamento não agradava ninguém, haja vista que Lukács assumia, curiosamente, uma rota invertida que o conduzia ao século XIX e ao realismo burguês.

No lugar da polarização entre literatura proletária e arte de vanguarda, como o expressionismo e suas técnicas de montagem, Lukács examina a literatura humanista e democrática. A análise lentamente se desloca da oposição entre o materialismo e o idealismo para a oposição entre o racionalismo e o irracionalismo. Para tal era fundamental voltar à gênese histórica na qual a burguesia era depositária de projetos democráticos e emancipatórios e assim combater as correntes reacionárias do pensamento alemão na raiz, isto é, nas lutas e políticas que produziram a literatura clássica alemã. No contexto da apropriação de Goethe e Schiller pelo nazismo como suporte ideológico e da renegação de Heine, Lukács realiza uma análise dialética do Iluminismo alemão [*Aufklärung*], confrontando historicamente as tendências progressistas e reacionárias na literatura, salvaguardando Goethe e Schiller como grandes realistas e representantes da democracia revolucionária.

Eis o contexto em que se explica a necessidade, para Lukács, de rever a teoria geral da literatura que sempre tratara o romance de modo marginal. Era essencial pesquisar não só as leis próprias do gênero literário, mas fazer a história do gênero romance. Se o gênero mantém uma ligação orgânica com a arte narrativa da Idade Média e provém do romance social do século XVIII, desenvolve-se como romance histórico pela forma singular como nele figura a apreensão do tempo. Dessa maneira, o romance histórico não é episódico ou um gênero particular, mas a formalização que o romance assume ao figurar o passado como a pré-história do presente. Para Lukács, Walter Scott foi o principal criador dessa forma, influenciando Balzac, Púchkin, Manzoni ou Tolstói, que são relidos e valorizados como exemplares casos de apreensão formal da totalidade. São, portanto, herança literária e medida de referência para a produção contemporânea e crítica de arte.

Tendo em vista tais esclarecimentos, quais são os pontos mais relevantes da obra? Lukács inicia o capítulo 1 ("A forma clássica do romance histórico")

18 | György Lukács

com a periodização de lastro histórico ao apontar a fase "clássica" do romance histórico, entre 1815 e 1848, como uma exigência aberta pelo período pós--revolucionário. "A Revolução Francesa, as guerras revolucionárias, a ascensão e a queda de Napoleão" são tratadas como eventos que reorganizam o tempo ao redor de si, uma vez que "fizeram da história uma *experiência das massas* [*Massenerlebnis*], e em escala europeia"[23]. Evento não traumático e heroico na medida em que induz à produção de sentido e não ao mutismo ou à irre-presentabilidade. As rápidas e sucessivas reviravoltas produzidas nos acontecimentos intensificam a aceleração temporal diante da qual a percepção das mudanças como fatos naturais não ocorre, fazendo com que os homens se vejam como sujeitos da história, em uma experiência sem precedentes de reconhecimento das multidões, nomeada por Lukács de "sentimento histórico". O que significa não só a percepção de que os destinos individuais estavam conectados com o universal, mas, sobretudo, a demanda por uma nova compreensão da história nacional e de suas correlações com o movimento internacional, isto é, com a história universal. Na primeira metade do século XIX a filosofia da história de Hegel cumpre papel decisivo ao demonstrar que as revoluções constituem momentos necessários e orgânicos da evolução do espírito; basta lembrar que a Revolução Francesa, nos termos hegelianos, é o "clarão" ou o "salto da noite para a manhã", a ruptura qualitativa na qual a liberdade não foi apenas concebida, mas realizada. A filosofia não é mais "sonambulismo", conhecimento do que é morto, soterrado e decomposto, mas do presente vivo no qual " os estados pretéritos estão suprassumidos em seu estado atual, de modo que a plena compreensão do presente requer um conhecimento do passado"[24]. Ora, se a Grécia não é mais o modelo por ser passado morto é porque a Revolução Francesa é o presente vivo, e a filosofia é colocada diante da contingência e da tarefa de apreender na descontinuidade a especificidade da modernidade.

O ideal seria que O *romance histórico* fosse lido junto com outra obra monumental escrita na mesma época, O *jovem Hegel*[25], que, infelizmente, ainda não foi traduzida para o português. Nela, Lukács sublinha como a concepção

---

[23]   Idem, O *romance histórico*, cit., p. 38.

[24]   G. W. F. Hegel, *Introdução à história da filosofia* (São Paulo, Abril Cultural, 1974).

[25]   György Lukács, *Le jeune Hegel* (Paris, Gallimard, 1981). [Ed. mex.: *El joven Hegel y los problemas de la sociedad capitalista*, México, Grijalbo, 1963.]

da história de Hegel vai sendo elaborada até ficar explícita a ligação entre a sucessão lógica e metodológica das categorias e a evolução histórica na qual o todo é entendido como compenetração, o que possibilitou a Hegel superar a dicotomia entre sujeito e objeto ao demonstrar que o direito abstrato não é resultado de uma formulação do entendimento, mas a autoprodução da própria sociedade, isto é, o conceito especulativo necessário em face da abstração que é constitutiva da sociedade. E, destaca Lukács, com base no papel que o conceito de trabalho adquire na *Fenomenologia do espírito*[26] foi possível a Hegel penetrar nos "segredos" da economia política moderna, preparando o materialismo histórico. Ao sustentar a tese de um progresso histórico objetivo – a necessidade do capitalismo –, independente do dever [*Sollen*] e do subjetivismo moral, e, ao mesmo tempo, a tese dos fins espirituais opostos à realidade da sociedade burguesa, Hegel apreendeu as contradições do progresso. Para Lukács: "é o primeiro pensador na Alemanha a ter reconhecido o fato de que a vida econômica está submetida às suas próprias leis"[27].

Ao contexto da Revolução Francesa corresponde, portanto, o surgimento de uma nova forma artística que reconhece e interioriza essa mobilidade, pondo as questões em perspectiva histórica, isto é, na perspectiva do devir que ela comporta. Dito de outro modo, contemplação da experiência e produção de sentido se entrecruzam, sendo possível a explicação de que, ao operar com o conceito de correspondência, Lukács utilize reiteradas vezes o termo "resultar" [*heraus erwachsen*] ou "recapitulação" [*Zusammenfassung*] e poucas vezes o de "reflexo" [*Widerschein*], como quando afirma, por exemplo, que

> Scott torna-se um grande poeta da história: porque tem um sentimento mais profundo, legítimo e diferenciado da história (...). A necessidade histórica é sempre um resultado, não um pressuposto; ela é, de modo figurado, a atmosfera trágica do período, e não o objeto das reflexões do escritor.[28]

Isso possibilita que o problema da historicidade seja percebido como interno ao romance. Com rigor estético, ou seja, realizando análise formal das obras, no capítulo 2 ("Romance histórico e drama histórico") Lukács examina a confluência entre gênero, filosofia da história e história, articulando elemen-

---

[26] G. W. F. Hegel, *Fenomenologia do espírito* (trad. Paulo Menezes, 4. ed., Petrópolis, Vozes, 2007).

[27] György Lukács, *Le jeune Hegel*, cit., p. 179.

[28] Idem, *O romance histórico*, cit., p. 79.

tos inovadores ao campo da teoria literária. Eis algumas novidades formais do romance histórico: o romance afasta-se tanto da apropriação subjetiva da história como da utópica, o que se verifica no fato de que seu desfecho jamais é um juízo moral, porque o escritor é uma figura de transição [*Ubergangsgestalten*] que viveu uma experiência de dissolução social, e dela decorre um distanciamento que lhe faculta a possibilidade de expressar o "triunfo do realismo", no vocabulário de Engels, em uma "calma épica". Isto é, sua habilidade, que Fredric Jameson nomeia de "invenção singular", é a de colocar em contato, na intriga, os extremos da luta, por meio da construção de um terreno neutro no qual as forças sociais distintas são aproximadas. Decorre daí que o romance histórico não seja orientado por um veio empirista ou por um espírito de antiquário, já que se busca uma intersecção entre forças ou um encadeamento histórico no qual o passado aparece como pré-história do presente.

Ainda sobre a estrutura formal do gênero, o herói jamais é clássico ou romântico, uma vez que as narrativas costuram-se em torno de personagens ficcionais médias que emergem de situações de crise, caracterizadas em múltipla complexidade. Ou seja, o herói médio ou medíocre é o homem comum que se torna líder não de modo voluntarioso, mas ao acaso, no emaranhado das complexas relações sociais, o que permite resumir em si "os lados mais marcantes, tanto positivos quanto negativos, de determinado movimento"[29] e significa que "todo o complexo de componentes sociais exprime-se na trama das paixões, ao sabor da contingência e no cerne das contradições"[30], como diz Lukács a propósito de Balzac. Em outros termos, o romance histórico nutre-se inúmeras vezes de processos inconscientes de figuração. A característica formal mais significativa, contudo, é a intensificação dos acontecimentos em uma concentração dramática efetuada no uso farto do diálogo, na qual o herói se inscreve na ação, jamais abstratamente, por meio de pensamentos, mas como aglutinador e generalizador prático.

Dessa maneira, atingimos o corpo conceitual da obra que é o debate sobre a mistura ou a dissolução dos gêneros, para o qual Lukács busca contribuir ao sustentar sua estética histórica contra o modelo abstrato e intemporal. Assim, parece-me incorreta a avaliação de Peter Bürger, em *Teoria da vanguarda*[31],

---

[29] Ibidem, p. 57.

[30] Idem, "Balzac und der französische Realismus", cit., p. 478.

[31] Peter Bürger, *Teoria da vanguarda* (São Paulo, Cosac Naify, 2008).

O romance histórico | 21

que condena a análise lukacsiana do romance por ela pretender articular uma concepção da história marxista com uma teoria estética normativa. O ponto de partida de Lukács não é a poética clássica normativa e suas variações, mas a diferença estabelecida por Goethe entre o drama que narra o "inteiramente presente" e o épico o "inteiramente passado" e as transformações históricas dos gêneros, apontadas, por exemplo, na análise moderna de Friedrich Schlegel. O gênero não responde às preceptivas da retórica e não é um "modelo de escritura" ou "modo de enunciação" estável. Ele não é apenas uma dimensão linguística, mas a intersecção entre o plano das categorias e o da história. Se o gênero decorre de fundamentos sociais objetivos, ele é um método "criador" em constante alteração. Novamente, vê-se a importância central de Hegel ao apreender o problema do romance em perspectiva histórica: "o romance, essa epopeia burguesa moderna"[32].

Lukács parte da solução hegeliana e também da postura anticlassicista de Schlegel para as quais a epopeia adquire um novo valor e o romance, que dela deriva, não é mais uma forma natural, mas uma forma artificial. Realizando uma crítica histórica, portanto, tanto do idealismo alemão como do romantismo, Lukács ousa propor uma nova relação entre epopeia e drama e nela apreender a singularidade formal e histórica do romance. Ora, Hegel nos *Cursos de estética* partia da diferenciação entre épico e drama, isto é, da oposição entre a "totalidade dos objetos" e a "totalidade do movimento" para definir o romance. Em seus termos: no romance vemos reaparecer "o amplo pano de fundo de um mundo total, bem como a exposição épica de eventos"[33]; no drama "a ação se apresenta na totalidade da sua realidade exterior e interior"[34] para concluir que ao romance falta "o estado de mundo originariamente poético, do qual nasce a epopeia propriamente dita"[35]. Para Lukács, o drama não é a forma superior que integra e ultrapassa necessariamente os outros gêneros, como dizia Hegel, por aparecer, descontinuamente, sempre em épocas de crise; nem o romance é uma desqualificação em relação à epopeia antiga. Com base na aproximação marxista entre desenvolvimento dramático e ideia de revolução, Lukács defende que os grandes dramas coin-

---

[32] G. W. F. Hegel, *Cursos de estética* (São Paulo, Edusp, 2004, v. IV), p. 137.

[33] Idem.

[34] Ibidem, p. 200.

[35] Ibidem, p. 137.

cidem com mudanças históricas decisivas, e que a singularidade do drama é a de efetuar a concentração intelectual e a recapitulação desses momentos, de modo que o herói é histórico porque no lugar da figuração subjetiva, apontada por Hegel, predomina o caráter público. Contudo, diante da intensificação da divisão social do trabalho e do aumento da fratura entre o público e o privado, as condições históricas não são favoráveis ao drama. Para Lukács, não significa a morte definitiva do gênero, mas o deslizamento do drama em direção à epopeia: a refundição de seus materiais [*Umarbeitung*] no romance histórico.

O romance histórico adquire, em suma, com a fusão dramática, mais historicidade. Ele, de fato, decorre do romance social do século XVIII, mas a migração de tendências dramáticas é o que possibilita à narrativa não apenas descrever a multiplicidade dos conflitos, mas intensificar a ação épica, fazendo do romance a pré-história do presente.

> A influência recíproca entre as formas épica e dramática como característica essencial da literatura moderna foi constatada primeiro por Goethe e Schiller. Balzac, referindo-se em especial a Walter Scott como iniciador do processo, ressaltou o elemento dramático como marca distintiva do novo tipo de romance, em oposição aos tipos anteriores.[36]

Fruto de distorção formal, o romance histórico corresponde à fase desenvolvida da sociedade burguesa na qual a forma dramática deve "aparecer como não dramática", "na completa emergência da essência em pura aparência", acarretando o eclipse do herói épico. Se na antiga epopeia o tema central era o da luta entre o indivíduo e o destino, a moderna "exprime o domínio das condições sociais sobre um indivíduo e a realização da necessidade social por meio da cadeia de acasos aparentes da vida individual"[37]. "Acalma-te", disse Lousteau a Luciano de Rubempré, em *As ilusões perdidas*, de Balzac, "aceita os homens pelo que realmente são: meros instrumentos."[38]

Balzac será o caso mais emblemático da fusão; no entanto, é o último representante francês de uma literatura realista de problemática histórica. No ciclo de obras intitulado *Comédia humana*, o tempo é encurtado, reduzindo a narrativa ao romance de costumes. "Seguindo as pegadas de Goethe" e afastando-se das linhas gerais de longa duração, Balzac supera Scott na ca-

---

[36] György Lukács, O *romance histórico*, cit., p. 156.

[37] Idem, *Goethe et son époque*, cit., p. 111.

[38] Honoré de Balzac, *As ilusões perdidas* (São Paulo, Abril Cultural, 1978), p. 196.

racterização do presente e de sua pré-história mais imediata. Na experiência da história "pessoalmente vivida", Balzac vivencia o começo e o fim de um ciclo histórico; como espectador das contradições da Revolução de Julho, de 1830, ele percorre o "reino da razão", das esperanças às desilusões, sendo afetado sobremaneira pelos problemas contemporâneos. No seu caso, uma temporalidade reduzida e concentrada abre o acesso a uma pormenorizada caracterização das paixões e das relações sociais francesas na fase do capitalismo. "Simpatizante de uma classe que desaparece" e movido pela "procura desesperada por autenticidade", ele efetua na *Comédia humana* a experiência subjetiva da necessidade do presente, mas tendo sempre por base a rede infinita de contingências que forma seus pressupostos. Daí sua célebre frase: "Não é por culpa do autor se as coisas falam, elas mesmas, e falam alto". Em outros termos, Balzac aproxima-se da história para devolvê-la problemática, isto é, repleta de fissuras e de embaraços.

Na periodização lukacsiana, a partir de 1848 nota-se o declínio da forma histórica do romance, perceptível na perda da sensibilidade épica e da capacidade de narrar, agora substituídas pela tendência à descrição. O realismo de Balzac cede ao naturalismo de Zola, no qual predomina a descrição unilateral e niveladora que transforma tudo em um presente estático, esfacelando as conexões entre presente e história. Ora, 1848 é principalmente o momento no qual, nos termos de Marx, "a burguesia tinha a noção correta de que todas as armas que ela havia forjado contra o feudalismo começavam a ser apontadas contra ela própria"[39]. A acomodação dos anseios democráticos da classe burguesa em um liberalismo de compromisso anuncia, para Lukács, a consolidação da "marcha triunfal da prosa capitalista", que coincide com a nova concepção de história, o declínio da filosofia hegeliana e o predomínio de um materialismo mecanicista. Em *Salambô*[40], de Flaubert, por exemplo, a história é reduzida a cenário que serve de moldura para um evento íntimo cuja interação dos tempos cede à monumentalização decorativa na qual a história é desumanizada e limitada à vida privada.

Em *O romance histórico*, Lukács já antecipa a defesa do realismo na arte, que fez em obras posteriores. Convém ressaltar que o realismo não é empiris-

---

[39] Karl Marx, O *18 de brumário de Luís Bonaparte*, citado em György Lukács, O *romance histórico*, cit., p. 212.

[40] Belo Horizonte, Itatiaia, 2005.

mo: ele se nutre da oposição entre naturalismo e realismo que está em jogo na segunda metade do século XIX. Com base nessa luta estética e política que adentra o século XX, Lukács analisa a arte moderna como um prolongamento do naturalismo e não do realismo; na mesma perspectiva, condena também o realismo socialista da época de Stalin, que permanecia como um "naturalismo agrário". O realismo só pode ser realizado quando o âmbito da realidade cotidiana média amplia-se na história e permite ao escritor alcançar na arte o *páthos* da vida privada, ou seja, a sublimação da realidade interior individual até o ponto em que ela se funde em ações concretas, não em abstrações. Vale ressaltar que a tipicidade, conceito fundamental de sua estética madura, pressupõe como artisticamente necessário o distanciamento contemplativo da realidade cotidiana para que surjam situações épicas. Tal exigência também está presente em sua primeira estética.

Do ponto de vista da história da literatura ou da crítica de arte, o esquema lukacsiano sugere que as obras que coincidem com mudanças históricas significativas formam um fluxo que as interliga aos acontecimentos, que é constituído em momentos ontológicos da evolução da humanidade. As obras não se aproximam entre si no sentido benjaminiano, por meio de saltos [*Sprung*] redentores do passado em direção ao presente, mas, ao contrário, por meio de apropriações do presente que buscam no passado um *continuum* para se vincular.

Se há uma noção de evolução na periodização proposta em O *romance histórico*, ela é descontínua e não teleológica. Vale ressaltar que Lukács apenas vislumbra possibilidades épicas e a retomada da tradição clássica do romance histórico na literatura socialista pós-1917. Na parte final do texto, a despeito de Theodor Fontane, Lion Feuchtwanger ou Heinrich Mann, ele reconhece apenas tentativas frustradas, como se a história da qual a revolução socialista fazia parte, diante do nazismo e da persistência do capitalismo, estivesse ainda em suspensão. Por outro lado, a periodização lukacsiana exibe uma dialética negativa própria ao privilegiar as formas surgidas de processos de dissolução em detrimento das que resultam de continuísmo e conservação. O fluxo histórico-literário construído por Lukács tem muito o que dizer sobre a mobilidade e negatividade que conduziu ao presente, mas pouco sobre a própria lógica dele. Algo próximo, nesse sentido, ao desejo de Walter Benjamim de captar o mundo em "estado de eclipse". No caso de Balzac, o mundo moderno aparece já como ilusão no movimento de dupla negatividade: a constatação da destruição do Velho Mundo enceta a descrição do novo;

o reconhecimento do novo como horror e como ilusão decorre da constatação da morte do velho. Ao privilegiar o tempo que muda no lugar do tempo que passa, Lukács propõe uma história na qual o sentido aparece em forma de ruptura, explicando, em parte, sua dificuldade, como reiteram seus críticos, em analisar as obras modernas ou contemporâneas.

As teses de Lukács sobre o realismo atraíram, fatalmente, forte oposição, sobretudo de Brecht, em 1940. A defesa da grande arte realista contra a arte de vanguarda, a avaliação da poesia de Baudelaire como decadente, a caracterização da história da Alemanha em Döblin e Musil como excêntrica, a oposição entre Thomas Mann e Kafka ou, ainda, a condenação de Joyce e Beckett geraram agudos afastamentos e rupturas definitivas. Para Lukács, as obras de vanguarda produziam um tipo de maneirismo profundamente tão esquemático ou mais do que o realismo socialista. Nelas, o escritor apresentava uma imagem parcial, deformada e alegórica da realidade, imobilizando-se em um pavor cego diante dela. A forma não conseguia superar essa subjetividade imobilizada, que se orientava rumo à dissolução do objeto em uma espécie de nada transcendental. O realismo, como o de Thomas Mann, em contrapartida, criticava o dado imediato, situando o fenômeno no conjunto, ou seja, configurando-o artística e organicamente como totalidade. Se há méritos em sua teoria do realismo, nos julgamentos sobre a arte moderna, hoje podemos afirmar que foram totalmente equivocados e explicam, em parte, o mal-estar generalizado diante de sua produção futura.

A perspectiva interpretativa do texto não está, contudo, nos equívocos, mas na distinção sutil feita na conclusão. "Encontramo-nos em meio a um período heroico", "na aurora de uma nova democracia"[41], conclui Lukács. A nova democracia, contudo, não é somente a "democracia socialista", mas também e em especial a "democracia revolucionária da Frente Popular", uma vez que "o heroísmo dos combatentes da Frente Popular" produzia "conteúdos novos, superiores, avançados, mais generosos, democráticos e sociais". Se a Frente encarna a luta contra a opressão em todo o mundo, podemos afirmar que o tema da democracia é de fato o grande eixo do texto. Em outros termos, nos anos 1930, o filósofo denuncia ao falar em "aurora" que o socialismo democrático não estava plenamente realizado, pois a "prosa capitalista" continuava impondo suas exigências, até mesmo na União Soviética.

---

[41] György Lukács, O *romance histórico*, cit., p. 417 e 416.

Esses são os termos nos quais o autor postula a renovação da epopeia, "a epopeia do cidadão", no chão de uma historicidade comum, para além da "época da perfeita pecaminosidade". O filósofo não procura mais reencontrar o "céu estrelado" da harmonia perfeita, tal como figurado na épica antiga, nem abandona o princípio épico da configuração de uma experiência comum. Ele vislumbra ser possível que o indivíduo atomizado nas relações capitalistas supere as relações reificadas em um futuro próximo, envolvendo-se em uma aventura coletiva, mas jamais a qualquer preço, pois como diz Hölderlin, em *Hipérion*[42]: "Acredito que somos, declara Hipérion a Belarmino, por nós mesmos e que somente por livre e espontânea vontade é que nos ligamos intimamente à totalidade".

---

[42] Petrópolis, Vozes, 1994, p. 157.

Nota à edição alemã

Este livro foi escrito em 1936-37 e publicado em russo logo depois de concluído. Se hoje o apresento ao leitor alemão em sua forma original inalterada, há uma razão para isso. Pois é claro que os dezesseis anos que se passaram aumentaram consideravelmente o material do último capítulo. Para citar apenas um exemplo: uma análise minuciosa da segunda parte de *Henrique IV*, de Heinrich Mann, publicado nesse ínterim, aumentaria decerto a solidez e a atualidade do último capítulo. O mesmo vale para os novos romances de Lion Feuchtwanger. Contudo, mais importante que isso é o fato de o retrato da época, a perspectiva que nele se expressa ter sido formulada há dezesseis anos, o que traz a desvantagem de que certas expectativas se mostraram muito otimistas e não foram confirmadas pelos acontecimentos históricos. Assim, o livro deposita esperanças exageradas, ou mesmo falsas, no movimento autônomo de emancipação do povo alemão, na revolução espanhola etc.

Se não preencho essas lacunas, se não corrijo esses erros e publico o livro tal como foi escrito há mais de dezesseis anos, isso se deve sobretudo ao fato de que minhas condições atuais de trabalho dificilmente me permitiriam reformular, em sua essência, aquilo que foi desenvolvido então; sendo assim, vi-me diante da alternativa de publicar este texto em sua forma inalterada ou simplesmente não publicá-lo.

Todavia, do ponto de vista científico, tal motivo não seria suficiente se a literatura das últimas duas décadas tivesse influenciado de modo decisivo a resolubilidade das questões aqui tratadas, o valor e o significado dos resultados alcançados. Assim seria se a problemática de meu livro fosse puramente histórico-literária, se tivesse por objeto e conteúdo apenas o desenvolvimento do romance histórico (ou do drama histórico), ou mesmo o simples desdobramento do espírito histórico, seu ocaso e revitalização. Como o leitor verá, não é esse o caso. O escopo que pretendi atingir é de natureza teórica. O que busquei realizar foi uma investigação da interação entre o espírito histórico e a grande literatura que retrata a totalidade da história, e isso apenas em relação à literatura burguesa; a mudança provocada pelo realismo socialista ultrapassa os limites de meu estudo. Em tal problematização, já está presente, é claro, a dialética interna, a mais teórica e abstrata, do problema do caráter histórico. O objetivo do meu estudo limita-se, no entanto, à elaboração dos lineamentos principais dessa dialética histórica. Quer dizer: desse desenvolvimento histórico, ele analisa e investiga simplesmente aquelas correntes, ramificações e pontos de confluência que, do ponto de vista da teoria, são característicos e imprescindíveis. Por isso, não tem pretensão à completude histórica. O leitor não deve esperar encontrar aqui um manual do desenvolvimento do drama ou romance históricos, mas um tratamento apenas daqueles escritores, obras e correntes dotados de importância representativa desse ponto de vista teórico. Essa é a razão por que escritores de pouca relevância do ponto de vista puramente literário puderam e tiveram de ser tratados de maneira mais detalhada, enquanto, em outros casos, tive de desconsiderar obras literariamente muito mais importantes.

Desse ponto de vista, pude também manter inalterada a antiga conclusão da obra, que explora o desembocar desse desenvolvimento no presente da época, na literatura antifascista alemã de 1937. A meu ver, isso pôde ocorrer porque foi justamente nessa literatura que questões teóricas importantes – sobretudo a questão da força e da fraqueza temporária, tanto em sentido político e de visão de mundo quanto em sentido estético – encontraram sua mais clara expressão. O fato de minha perspectiva política na época ter se revelado demasiado otimista não altera em nada o significado das questões teóricas abordadas e o sentido em que sua solução tem de ser buscada.

Esse propósito determina os problemas metodológicos de meu livro. Em primeiro lugar, como mencionei acima, a escolha do material. Este livro não apresenta, no sentido estrito da palavra, um desenvolvimento histórico, mas, apesar disso, procura tornar visíveis as linhas principais desse desenvolvimento, as questões mais importantes que nele emergem. O ideal seria, sem dúvida, combinar a elaboração total do ponto de vista histórico com o tratamento exaustivo da totalidade do desenvolvimento histórico. Apenas assim poderia ser apreensível a todos a verdadeira força da dialética marxista: tornar-se-ia compreensível que, por sua essência, ela não é fundamentalmente natureza ideada, mas sim um espelhamento ideado [*gedankliche Widerpiegelung*] do processo histórico. Contudo, não me impus esse ideal ao iniciar a redação deste trabalho; por isso, considero meu livro uma tentativa de fixar os pontos principais da questão, na esperança de que se seguirão a ele obras mais abrangentes, mais completas.

O segundo ponto metodológico decisivo é a investigação da interação do desenvolvimento econômico e social com a visão de mundo e a forma artística que se engendram a partir desse desenvolvimento. Aqui surgiu uma série de problemas novos, até então pouco analisados: a base social do isolamento e da aproximação dos gêneros, o surgimento e o desaparecimento de novos elementos formais nesse complexo processo de interação. Também nesse sentido, considero meu livro fragmentário; vejo-o apenas como um começo, uma tentativa. No decorrer da concretização da estética marxista, essa questão praticamente não foi colocada. Contudo, uma teoria marxista do gênero digna desse nome será impossível enquanto não aplicarmos a teoria do espelhamento da dialética materialista ao problema da diferenciação dos gêneros. No contexto da análise da lógica dialética, Lenin mostrou de modo genial que os silogismos mais abstratos são também casos abstratos de espelhamento da realidade. Tentei aplicar tais ideias em meu livro sobre os gêneros épico e dramático. Mas, do mesmo modo que no tratamento histórico, também tive de me limitar a indicar metodologicamente o procedimento investigativo. Este livro, portanto, não tem a pretensão de fornecer uma teoria completa das formas dramáticas e épicas, tampouco apresentar ao leitor, no terreno da história, uma exposição detalhada do desenvolvimento do romance e do drama históricos.

Assim, o livro é, apesar de seu conjunto, apenas uma tentativa, um ensaio: um trabalho preparatório tanto para uma estética marxista quanto para um tratamento materialista da história da literatura moderna. Com isso, pretendo ressaltar que, no fim das contas, considero este livro apenas uma primeira abordagem, à qual faço votos de que outras se sigam em breve e, onde forem necessárias, façam as devidas correções aos resultados por mim alcançados. Creio, contudo, que esse primeiro começo tem uma justificativa nesse solo ainda tão pouco arado.

Budapeste, março de 1954

Lukács e sua esposa, Gertrud Bortstieber, em 1951.

Prefácio

Esta monografia não tem de modo algum a pretensão de fornecer uma história completa e detalhada do romance histórico. Além do fato de que não disponho dos trabalhos prévios para tal empreitada, este nunca foi meu propósito. Quis apenas tratar das questões de teoria e de princípio mais importantes. Dado o papel extraordinário que o romance histórico desempenha tanto na literatura da URSS como na Frente Popular antifascista, tal investigação, voltada para os princípios, parece-me tão indispensável quanto atual. Tanto mais que o romance histórico de nossos dias, com todo o enorme talento de seus melhores representantes, continua a padecer, em vários sentidos, dos restos da herança nociva e ainda não plenamente superada da decadência burguesa. Se se pretende realmente desvelar essa falha, a atenção do crítico tem de se dirigir às questões de princípio, não apenas do romance histórico, mas da literatura em geral.

Mas a investigação teórica assenta-se aqui em uma base histórica. A diferença fundamental entre o romance histórico dos clássicos e o dos autores do período da decadência etc. tem suas causas históricas. E este trabalho pretende mostrar como a gênese e o desenvolvimento, a ascensão e o declínio do romance histórico são consequências necessárias das grandes convulsões sociais dos tempos modernos, e provar que seus diferentes problemas formais são reflexos dessas convulsões histórico-sociais.

Assim, o espírito deste trabalho é histórico. Mas aqui não se aspira a nenhuma completude histórica. São tratados apenas aqueles autores cujas obras são representativas, em certo sentido, e marcam pontos de confluência típicos no caminho do desenvolvimento do romance histórico. O mesmo princípio da escolha serviu para a inclusão dos antigos críticos, estetas e literatos que se ocupam da literatura do ponto de vista teórico. Em ambos os terrenos, esforcei-me por demonstrar que, também em relação ao romance histórico, não se trata de introduzir a sofisticação de um suposto "radicalmente novo", mas sim – como mostrou Lenin – de apropriar-se de tudo que o desenvolvimento anterior tem de valioso e trabalhá-lo de maneira crítica. A atualidade e o caráter modelar dos clássicos são um problema central também para o romance histórico contemporâneo.

Não cabe a mim julgar quanto ou quão pouco minhas intenções se concretizaram. Trata-se apenas de informar essas intenções ao leitor para que ele saiba, desde o início, o que deve e não deve esperar deste livro.

Todavia, desde já preciso chamar a atenção do leitor para um defeito que é consequência de meu desenvolvimento pessoal: os romances históricos russos só puderam ser tratados em traduções em língua estrangeira. Disso resultam, para a história, lacunas sérias e dolorosas. Já em relação à literatura mais antiga foi possível tratar de obras russas mais decisivas no campo da literatura mundial. Da literatura soviética, porém, há apenas algumas traduções ocasionais disponíveis, um material tão insuficiente e defeituoso que minha consciência científica não permitiu que, de tais bases, eu pudesse extrair alguma conclusão. Por isso, tive de renunciar ao tratamento do romance histórico da literatura soviética. Mas espero que, apesar disso, minhas considerações possam dar ao leitor soviético alguma contribuição para o esclarecimento desses importantes problemas, e que essas lacunas em meu trabalho sejam preenchidas por outros o mais brevemente possível.

Moscou, setembro de 1937

1. A forma clássica do romance histórico

I. As condições sócio-históricas do surgimento do romance histórico

O romance histórico surgiu no início do século XIX, por volta da época da queda de Napoleão (*Waverley**, de Walter Scott, foi publicado em 1814). É óbvio que, já nos séculos XVII e XVIII, havia romances de temática histórica, e quem desejar pode até considerar as adaptações de histórias e mitos antigos na Idade Média "precursoras" do romance histórico e ir além, retrocedendo à China e à Índia. Mas por essa via não se encontrará nada que possa de algum modo iluminar, em sua essência, o fenômeno do romance histórico. Os chamados romances históricos do século XVII (Scudéry, Calprenède etc.) são históricos apenas por sua temática puramente exterior, por sua roupagem. Não só a psicologia das personagens, como também os costumes retratados são inteiramente da época do escritor. O mais famoso "romance histórico" do século XVIII, *O castelo de Otranto***, de Walpole, trata a história apenas como roupagem; somente importa aqui a exposição da curiosidade e da excentricidade do meio, e não o retrato artístico fiel de uma época histórica concreta. O que falta ao pretenso romance histórico anterior ao de Walter Scott é o elemento especificamente histórico: o fato de a particularidade dos homens ativos derivar da especificidade histórica de seu tempo. O grande crítico Boileau, que se mostrava muito cético em relação aos romances histó-

---

* Rio de Janeiro, Garnier, s.d. (N. E.)

** São Paulo, Nova Alexandria, 2010. (N. E.)

ricos de seus contemporâneos, considera importante apenas a verdade social e psicológica das personagens e exige que um senhor ame de modo diferente de um pastor etc. A questão da verdade histórica na descrição ficcional da realidade permanece fora de seu horizonte.

Mas o grande romance social realista do século XVIII, que na figuração [Gestaltung]* dos costumes e da psicologia de seu tempo promove uma abertura seminal para a realidade, também não coloca o problema da determinidade temporal [Zeitbestimmtheit] concreta dos homens retratados. O presente histórico é figurado com extraordinária plasticidade e verossimilhança, mas é ingenuamente aceito como um ente: a partir de onde e como ele se desenvolveu é algo que ainda não se põe no ato de figuração do escritor. Essa abstratividade na figuração do tempo histórico também tem consequências para a figuração do espaço histórico. Sem grandes problemas, Lesage ainda pode transferir para a Espanha a pintura altamente fidedigna que faz da França de sua época. Swift, Voltaire e mesmo Diderot fazem seus romances satíricos se desenrolarem em um nunca e em um lugar algum que ainda assim refletem fielmente os traços essenciais da Inglaterra e da França daquele tempo. Esses escritores captam os traços essenciais de seu presente histórico com um realismo ousado e perspicaz, mas não veem historicamente aquilo que é específico de seu próprio tempo.

Essa postura inicial não é alterada em essência pelo avanço cada vez mais forte do realismo, que traz à tona os traços específicos do presente com grande vigor ficcional. Considerem-se romances como *Moll Flanders***, *Tom Jones**** etc. Nessa representação magnificamente realista do presente incluem-se acontecimentos significativos da época que, no enredo, estão ligados aos destinos dos homens figurados. Com isso, especialmente em Smollett e Fielding, o tempo e o espaço do acontecimento são concretizados de modo muito mais intenso do que nos períodos iniciais do romance social e como era regra nos franceses contemporâneos. Fielding até possui certa consciência dessa práxis, desse processo de concretização do romance em direção à apreensão da parti-

---

* Lukács emprega frequentemente os termos *gestalten, Gestaltung, gestaltet* etc. no sentido da representação artística. Em várias passagens, a fim de evitar a confusão com o conceito de "representação" no sentido gnosiológico, decidi traduzi-los literalmente por "figurar", "figuração", "figurado" etc. (N. T.)

** São Paulo, Nova Cultural, 1996. (N. E.)

*** São Paulo, Nova Cultural, 2003. (N. E.)

cularidade dos homens e dos eventos figurados. Ele chama a si mesmo, como escritor, de historiador da sociedade burguesa.

Uma análise da *história pregressa* do romance histórico teria absolutamente de derrubar a lenda romântico-reacionária de que o Iluminismo teria sido estéril de qualquer sentido e compreensão da história e somente os adversários da Revolução Francesa, os Burke, De Maistre e outros, teriam descoberto o sentido histórico. Basta que se pense nas extraordinárias conquistas históricas de Montesquieu, Voltaire, Gibbon etc. para lançar tal lenda por terra.

Para nós, porém, trata-se de concretizar o caráter particular desse sentido da história antes e depois da Revolução Francesa para visualizar com clareza sobre qual solo social e ideológico o romance histórico pôde surgir. E aqui temos de ressaltar que a historiografia do Iluminismo foi, em suas linhas essenciais, uma preparação ideológica da Revolução Francesa. A construção da história, que por vezes revela fatos e contextos novos e grandiosos, serve para provar a necessidade de revolucionar a sociedade "irracional" do absolutismo feudal a fim de extrair das experiências da história aqueles princípios com os quais se pode criar uma sociedade "racional", um Estado "racional". Por isso, a Antiguidade se situa no centro da teoria histórica e da práxis do Iluminismo. A investigação das causas da grandeza e do declínio dos Estados antigos é um dos mais importantes pressupostos teóricos para a futura reconfiguração da sociedade.

Isso se refere sobretudo à França, o país que mais se destacou intelectualmente no período do Iluminismo militante. A situação da Inglaterra é um pouco diferente. De fato, no século XVIII o país encontrava-se em um profundo processo de transformação econômica, em plena criação das precondições socioeconômicas da Revolução Industrial, mas do ponto de vista político já era um país pós-revolucionário. Quanto à realização e à crítica da sociedade burguesa, à lapidação dos princípios da economia política, a apreensão concreta da história como história desempenha um papel mais importante na Inglaterra que na França. Mas a consciência e a consistência na execução desses pontos de vista históricos específicos ainda são episódicas no desenvolvimento geral. Por volta do fim do século XVIII, o teórico mais importante é Adam Smith. James Steuart, que pôs o problema da economia capitalista de modo mais histórico e dedicou-se à investigação do processo de formação do capital, logo caiu em esquecimento. Marx caracteriza da seguinte maneira a diferença entre esses dois importantes economistas:

O mérito de Steuart para a apreensão do capital consiste na demonstração de como se dá o processo de separação entre as condições de produção, como a propriedade de determinada classe e a força de trabalho. Para esse *processo de formação* do capital – *sem ainda apreendê-lo diretamente como tal* (grifos meus, G. L.), embora o apreenda como condição da grande indústria –, ele se ocupa basicamente da agricultura e nela observa esse processo; somente por meio desse processo de separação na agricultura é que se forma, como ele vê corretamente, a indústria manufatureira. Em Adam Smith, tal processo de separação já se encontra pressuposto.*

Esse desconhecimento do alcance do sentido histórico que ocorre na prática, da possibilidade de universalização da especificidade histórica do presente imediato, observada corretamente de modo instintivo, caracteriza o lugar que o grande romance social inglês ocupa no desenvolvimento de nosso problema. Foi ele que conduziu o olhar do escritor ao significado concreto (isto é, histórico) do espaço e do tempo, das condições sociais etc.; foi ele que criou o meio de expressão literário, realista, para a figuração dessa especificidade espaço-temporal (isto é, histórica) dos homens e das relações. Mas isso, tal como na economia de Steuart, deu-se por um instinto realista e não chegou a uma clareza sobre a história como processo, sobre a história como precondição concreta do presente.

Somente no último período do Iluminismo o problema do espelhamento artístico de épocas passadas emerge como uma questão central da literatura. Isso ocorreu na Alemanha. Todavia, a ideologia do Iluminismo alemão segue, antes de tudo, a trilha do Iluminismo francês e inglês e, no essencial, as grandes realizações de Winckelmann e Lessing não abandonam a linha geral de desenvolvimento do Iluminismo. Lessing, de cuja importante contribuição para o entendimento do problema do drama histórico falaremos mais adiante, ainda define a relação do literato com a história inteiramente no sentido da filosofia do Iluminismo. Ele sustenta que a história, para o grande dramaturgo, não seria mais que um "repertório" de nomes.

Contudo, logo depois de Lessing, no "Sturm und Drang", o domínio da história pelo escritor já emerge como um problema consciente. O drama *Götz von Berlichingen*, de Goethe, não apenas traz consigo um reflorescimento do drama histórico, mas também exerce uma influência forte e direta na forma-

---

* *Theorien über den Mehrwert* (MEGA II/3.2, Berlim, Dietz, 1977), p. 337. [Ed. bras.: Teorias da mais-valia. In: O *capital*, São Paulo, Bertrand Brasil, 1987, Livro IV.] (N. T.)

ção do romance histórico em Walter Scott. Essa ascensão consciente do historicismo, que encontra sua primeira expressão teórica nos escritos de Herder, tem suas raízes na situação particular da Alemanha, na discrepância entre o atraso econômico e político do país e a ideologia dos iluministas alemães, que, apoiando-se em seus predecessores ingleses e franceses, levaram as ideias do Iluminismo a um patamar mais elevado. Com isso, não só as contradições gerais que estão na base de toda a ideologia do Iluminismo aparecem de modo mais agudo que na França, como também a oposição específica entre essas ideias e a realidade alemã são alçadas energicamente ao primeiro plano.

Na Inglaterra e na França, a preparação econômica, política e ideológica, a consumação da revolução burguesa e o processo de constituição do Estado nacional são um único e mesmo processo. O patriotismo revolucionário burguês ainda pode ser forte e produzir obras importantes (a *Henríada**, de Voltaire), mas, ao orientar-se para o passado, o que predomina é a crítica iluminista do "irracional". Na Alemanha, a situação é totalmente diferente. O patriotismo revolucionário colide com a desunião nacional e com uma fragmentação política e econômica cuja expressão cultural e ideológica é uma mercadoria importada da França. Pois tudo que foi produzido nas pequenas cortes alemãs em termos de cultura e, sobretudo, de pseudocultura não passou de uma imitação servil da corte francesa. As pequenas cortes são, portanto, não apenas um empecilho político para a unidade alemã, mas também estorvam ideologicamente o desenvolvimento de uma cultura que teria de originar-se das necessidades da vida burguesa alemã. A forma alemã do Iluminismo tem necessariamente de manter-se em aguda polêmica com essa cultura francesa, e ela conserva esse tom de patriotismo revolucionário mesmo onde o conteúdo essencial da luta ideológica é o conflito entre diferentes graus de desenvolvimento do Iluminismo (a luta de Lessing contra Voltaire).

Dessa situação resulta necessariamente um retorno à história alemã. A esperança de um renascimento nacional extrai suas forças em parte do reavivamento da grandeza nacional passada. A luta por essa grandeza nacional requer que as causas históricas do declínio e da ruína da Alemanha sejam pesquisadas e apresentadas artisticamente. Por isso, na Alemanha, que no século passado foi apenas objeto das transformações históricas, a historização da arte surgiu

---

*   Rio de Janeiro, Nova Fronteira, 2008. (N. E.)

muito antes e de modo mais radical que nos países econômica e politicamente mais avançados do Ocidente.

Primeiro foi a Revolução Francesa, as guerras revolucionárias, a ascensão e a queda de Napoleão que fizeram da história uma *experiência das massas*, e em escala europeia. Entre 1789 e 1814, as nações europeias viveram mais revoluções que em séculos inteiros. E a celeridade das mudanças confere a essas revoluções um caráter qualitativamente especial, apaga nas massas a impressão de "acontecimento natural", torna o caráter histórico das revoluções muito mais visível do que costuma ocorrer em casos isolados. Para darmos apenas um exemplo, basta ler as memórias juvenis de Heine em O *livro de Le Grand**, em que ele retrata com vivacidade o modo como a rápida mudança dos governos afetou o menino Heine. Se a essa experiência vem unir-se o reconhecimento de que tais revoluções ocorrem no mundo inteiro, fortalece--se extraordinariamente o sentimento de que existe uma história, de que essa história é um processo ininterrupto de mudanças e, por fim, de que ela interfere diretamente na vida de cada indivíduo.

Essa elevação quantitativa ao patamar qualitativo mostra-se também na diferença entre essas guerras e todas as anteriores. As guerras dos Estados absolutistas da época pré-revolucionária foram travadas por pequenos exércitos mercenários. O comando da guerra tinha por princípio afastar o máximo possível o exército da população civil (abastecimento por meio de armazéns móveis, medo de deserção etc.). Não foi à toa que Frederico II da Prússia expressou a ideia de que a guerra deveria ser travada de tal modo que a população civil nada percebesse. "A ordem é a primeira obrigação do cidadão" era a divisa das guerras do absolutismo.

Isso muda de um só golpe com a Revolução Francesa. Em sua guerra defensiva contra a coalizão das monarquias absolutas, a República Francesa foi forçada a criar exércitos de massa. No entanto, a diferença entre os exércitos mercenários e os de massa é qualitativa e diz respeito precisamente à relação estabelecida com a massa da população. Se se trata de formar um exército de massas, em vez de recrutar pequenos contingentes de marginais para o serviço militar ou forçá-los a servir, então o conteúdo e a finalidade da guerra têm de ser expostos à população de maneira clara, na forma de propaganda. Isso ocorreu na própria França, no momento da defesa da Revolução e em

---

*   Lisboa, Relógio d'Água, 1995. (N. E.)

guerras ofensivas posteriores, mas outros Estados também foram obrigados a lançar mão desses meios quando tiveram de criar exércitos de massa. (Basta pensar no papel que a literatura e a filosofia alemãs desempenharam nessa propaganda após a Batalha de Jena.) Essa propaganda, no entanto, não pode limitar-se a uma única guerra isolada. Ela tem de revelar o conteúdo social, os pressupostos históricos e as circunstâncias da luta, estabelecer a conexão da guerra com a vida em sua totalidade e com as possibilidades de desenvolvimento da nação. Basta apontarmos aqui a importância da defesa das conquistas da Revolução na França, o vínculo entre a criação do exército de massas e as reformas sociais na Alemanha e em outros países.

A vida interior do povo está ligada ao moderno exército de massas de modo muito diferente daquele com os exércitos absolutistas. Na França, cai a barreira social entre o oficial nobre e a tropa: a ascensão aos mais altos postos do Exército está aberta a todos, e sabe-se que tais barreiras caem precisamente por obra da Revolução. E mesmo nos países em luta contra a Revolução é inevitável que surjam ao menos algumas brechas nas barreiras sociais. A simples leitura dos escritos de Gneisenau é suficiente para que se veja o claro vínculo entre essas reformas e a nova situação histórica criada pela Revolução Francesa. Acrescenta-se a isso o fato de que, durante a guerra, é preciso destruir as antigas linhas divisórias entre o Exército e o povo. No caso dos exércitos de massas, o abastecimento por armazéns móveis é impossível. Como têm de garantir suas provisões por requisição, é inevitável que esses exércitos estabeleçam um vínculo imediato e ininterrupto com o povo do país onde a guerra é travada. É verdade que, no mais das vezes, esse vínculo consiste em roubos e saques. Mas nem sempre é assim. E não se pode esquecer de que as guerras da Revolução e, de certo modo, as de Napoleão foram conscientemente travadas como guerras de propaganda.

Por fim, a enorme expansão quantitativa das guerras tem um novo papel qualitativo e traz consigo uma extraordinária ampliação de horizontes. Enquanto as guerras dos exércitos mercenários do absolutismo consistiam em sua maioria em pequenas manobras em torno das fortalezas etc., agora é a Europa inteira que se transforma em palco de guerra. Os camponeses franceses lutam no Egito, depois na Itália e então na Rússia; tropas auxiliares alemãs e italianas participam da campanha contra a Rússia; tropas alemãs e russas são deslocadas para Paris depois da queda de Napoleão etc. O que antes somente indivíduos isolados e com vocação aventureira podiam vivenciar, isto é, conhecer a Europa ou, no mínimo, determinada parte da Europa, torna-se, nesse período, uma experiência de massa, acessível a centenas de milhares ou milhões de pessoas.

Assim, criam-se possibilidades concretas para que os homens apreendam sua própria existência como algo historicamente condicionado, vejam na história algo que determina profundamente sua existência cotidiana, algo que lhes diz respeito diretamente. É desnecessário falar das convulsões sociais na própria França. É evidente desde já como as grandes, rápidas e sucessivas reviravoltas desse período conturbaram a vida econômica e cultural de toda a nação. Mas devemos apontar para o fato de que os exércitos da Revolução e, mais tarde, os de Napoleão liquidaram total ou parcialmente os remanescentes do feudalismo em muitos lugares conquistados por eles, por exemplo, na Renânia e no norte da Itália. A posição social e cultural da Renânia em relação ao restante da Alemanha, que ainda pode ser fortemente sentida na Revolução de 1848, é uma herança do período napoleônico. E amplas massas tomam consciência do nexo dessas convulsões sociais com a Revolução Francesa. Também aqui nos limitamos a apontar alguns reflexos literários. Ao lado das memórias juvenis de Heine, é bastante instrutivo ler o primeiro capítulo de *A cartuxa de Parma**, de Stendhal, para ver a marca indelével que o domínio francês deixou no norte da Itália.

É da essência da revolução burguesa, quando levada seriamente até o fim, que o pensamento nacional seja apropriado pelas massas. Foi somente em consequência da Revolução e do domínio napoleônico que o sentimento nacional se tornou vivência e propriedade do campesinato, das camadas mais baixas da pequena burguesia etc. Essa foi a única França que eles vivenciaram como país próprio, como pátria criada por eles.

Mas o despertar do sentimento nacional e, consequentemente, da sensibilidade e do entendimento para a história nacional não ocorre apenas na França. As guerras napoleônicas provocam por toda parte uma onda de sentimento nacional, de revolta nacional contra as conquistas napoleônicas, uma experiência de entusiasmo pela autonomia nacional. É claro que, na maioria das vezes, esses movimentos são, como diz Marx, uma mistura de "regeneração e reação"**. Assim é na Espanha, na Alemanha etc. Já na

---

* São Paulo, Globo, 2004. (N. E.)

** "Todas as guerras de independência travadas contra a França trazem em comum a marca da regeneração misturada com reação; mas em nenhum lugar isso alcançou um grau tal como na Espanha" (Karl Marx, "Revolutionary Spain", MEGA I/13, Berlim, Dietz, 1985, p. 424). (N. T.)

luta pela independência da Polônia, a deflagração do sentimento nacional polonês é um movimento progressista em sua tendência principal. Independentemente do modo como a mistura de "regeneração e reação" se apresente nos movimentos nacionais singulares, está claro que tais movimentos, que foram movimentos de massas, levaram a amplas massas a vivência da história. A reivindicação da autonomia e da particularidade está necessariamente ligada a um novo despertar da história nacional, com recordações do passado, da glória passada, dos momentos de humilhação nacional, e pouco importa se isso resulta em ideologias progressistas ou reacionárias.

Assim, nessa vivência da história pelas massas, por um lado, o elemento nacional vincula-se aos problemas da reconfiguração social, e, por outro, o vínculo da história nacional com a história mundial torna-se consciente em círculos cada vez maiores. Essa consciência progressiva do caráter histórico do desenvolvimento também começa a se evidenciar no juízo crítico sobre as condições econômicas e as lutas de classes. No século XVIII, apenas alguns críticos isolados e brilhantemente paradoxais do capitalismo incipiente compararam a exploração do trabalho pelo capital às formas de exploração dos períodos anteriores, revelando assim o capitalismo como a forma mais desumana (Linguet). Na luta ideológica contra a Revolução Francesa, essa comparação em larga escala – sem dúvida, economicamente inconsistente, reacionária e tendenciosa – entre a sociedade antes e depois da Revolução torna-se o grito de guerra do romantismo legitimista. A desumanidade do capitalismo, o caos da concorrência, a eliminação do pequeno pelo grande, o rebaixamento da cultura pelo fato de todas as coisas se tornarem mercadoria, tudo isso é contrastado, em geral de forma reacionária e tendenciosa, com o idílio social da Idade Média, como o período da cooperação pacífica de todas as classes, como a era do crescimento orgânico da cultura. Mas, se em geral a tendência reacionária predomina nesses escritos polêmicos, não devemos esquecer que é apenas nesse período que surge a primeira representação do capitalismo como um período historicamente determinado do desenvolvimento da humanidade, e isso não nos grandes teóricos do capitalismo, mas em seus oponentes. Basta mencionar aqui Sismondi, que, apesar de toda a confusão teórica de suas posições de princípio, expôs com muita clareza problemas históricos do desenvolvimento econômico. Basta citar sua afirmação de que na Antiguidade o proletariado vivia à custa da sociedade, ao passo que, na época moderna, é a sociedade que vive à custa do proletariado.

42 | György Lukács

A partir dessas considerações, fica claro que a tendência do historicismo a tornar-se consciente atinge seu ápice no período após a queda de Napoleão, na época da Restauração, da Santa Aliança. É evidente que o espírito desse historicismo, que pela primeira vez domina e torna-se oficial, é reacionário e, em sua essência, pseudo-histórico. A concepção da história, o periodismo e a beletrística do legitimismo desenvolvem o espírito histórico em áspera oposição ao Iluminismo, às ideias da Revolução Francesa. O ideal do legitimismo é o retorno às condições anteriores à Revolução Francesa, expurgando da história as maiores realizações da época.

A história, segundo essa concepção, é um crescimento calmo, imperceptível, natural, "orgânico". Quer dizer: um desenvolvimento da sociedade que em essência é estagnação, que não altera em nada as instituições legítimas e consagradas da sociedade e, sobretudo, não altera nada de modo consciente. A atividade do homem na história deve ser totalmente descartada. A Escola Histórica do Direito alemã confisca ao povo até mesmo o direito de dar novas leis a si mesmo e defende que tudo deve ser deixado a cargo do "crescimento orgânico" dos antigos e variegados direitos consuetudinários feudais.

Surge nesse terreno, sob a bandeira do historicismo, do combate ao espírito "abstrato" e "anistórico" do Iluminismo, um pseudo-historicismo, uma ideologia do imobilismo, do retorno à Idade Média. No interesse desses objetivos políticos reacionários, o desenvolvimento histórico é inescrupulosamente distorcido, e o caráter mentiroso intrínseco à ideologia reacionária é ainda mais intensificado pelo fato de que a restauração na França é forçada por razões econômicas a conformar-se socialmente com o capitalismo, que cresceu nesse ínterim, e até a apoiar-se nele econômica e politicamente. (A situação dos governos reacionários na Prússia, na Áustria etc. é semelhante.) É sobre essa base então que a história deve ser reescrita. Chateaubriand se esforça para rever a história antiga e, com isso, depreciar historicamente o velho modelo revolucionário do período jacobino e napoleônico. Ele e outros pseudo-historiadores da reação fornecem um quadro idílico e mentiroso da insuperada e harmônica sociedade da Idade Média. Tal concepção histórica da Idade Média torna-se crucial para a figuração da época feudal no romance romântico do período da Restauração.

Apesar dessa mediocridade ideológica do pseudo-historicismo legitimista, ele tem um efeito extraordinariamente forte. É uma expressão distorcida e mentirosa, mas historicamente necessária do grande período de convulsão pro-

O romance histórico | 43

vocado pela Revolução Francesa. E o novo grau de desenvolvimento que começa justamente com a Restauração obriga os defensores do progresso humano a criar uma nova armadura ideológica. Vimos que o Iluminismo combateu com inescrupulosa energia a legitimidade e a continuidade dos resquícios feudais. Vimos também que o legitimismo pós-revolucionário detectou sua conservação como essência da história. A defesa do progresso após a Revolução Francesa tinha de resultar necessariamente em uma concepção que demonstrasse a *necessidade histórica* da Revolução Francesa, apresentasse provas de que esta fora o apogeu de um desenvolvimento histórico longo e gradual, e não um súbito obscurecimento da consciência da humanidade, uma cataclísmica "catástrofe natural" na história da humanidade, e de que a evolução futura da humanidade só é possível por esse caminho.

Com isso, porém, operou-se uma grande mudança de visão de mundo na concepção do progresso humano, em comparação com o Iluminismo. O progresso deixa de ser visto como um progresso na luta essencialmente anistórica da razão humanista contra a razão feudal absolutista. Segundo essa nova concepção, a racionalidade do progresso humano é desenvolvida de modo cada vez mais acentuado a partir do conflito interno das forças sociais na própria história; de acordo com essa concepção, a própria história deve ser a portadora e a realizadora do progresso humano. O mais importante aqui é a consciência histórica cada vez maior do papel decisivo que a luta de classes desempenha no progresso histórico da humanidade. O novo espírito de historicidade, que pode ser visto com mais nitidez nos grandes historiadores franceses do período da Restauração, concentra-se precisamente nesta questão: nas provas históricas de que a sociedade moderna surgiu das lutas de classes entre a nobreza e a burguesia, das lutas de classe que fulminaram a "Idade Média idílica" e cuja última e decisiva etapa foi a grande Revolução Francesa. Desse círculo de ideias surge pela primeira vez uma tentativa de periodização racional da história, uma tentativa de apreender de modo racional e científico a especificidade histórica e a gênese do presente. A primeira tentativa abrangente de periodização é realizada em meio à Revolução Francesa na obra histórico-filosófica de Condorcet. No período da Restauração, essas ideias recebem um desenvolvimento ulterior e são cientificamente desmanteladas. Nas obras dos grandes utopistas, a periodização da história transcende o horizonte da sociedade burguesa. E se essa transição, esse passo para além do capitalismo ainda se dá por caminhos fantasiosos, sua fundamentação científica, crítico-histórica está vinculada a uma crítica arrasadora das contradições da sociedade burguesa. Em Fourier, apesar de todo o aspecto fantasioso das representações do socialismo e das vias para atingir o socialismo, a imagem do capitalismo é mostrada de forma tão clara em seu caráter contraditório que a ideia do caráter transitório dessa sociedade aparece de modo tangível e concreto.

Essa nova etapa na defesa intelectual do progresso humano encontrou sua expressão filosófica em Hegel. Como vimos, a questão histórica central era provar a necessidade da Revolução Francesa, provar que revolução e desenvolvimento histórico não se opõem, como sustentavam os apologistas do legitimismo feudal. A filosofia hegeliana dá a essa concepção histórica sua fundamentação filosófica; quando considerada historicamente, a lei universal da transformação da quantidade em qualidade, descoberta por Hegel, é uma metodologia filosófica para a concepção de que as revoluções são componentes orgânicos necessários da evolução e de que uma evolução efetiva sem um "ponto nodal das proporções" é impossível e filosoficamente impensável na realidade.

Opera-se sobre essa base uma suprassunção [*Aufhebung*] filosófica da concepção iluminista do homem. O maior obstáculo para a compreensão da história estava no fato de que o Iluminismo pensava a essência humana como imutável, de modo que a mudança no decorrer da história significaria, em casos extremos, apenas uma alteração do costume e, em geral, uma mera oscilação moral do homem. A filosofia hegeliana extrai todas as consequências do historicismo progressista que surgia. Ela vê o homem como produto de si mesmo, de sua própria atividade na história. E se esse processo histórico também aparece idealisticamente invertido, se seu portador também é mistificado como "espírito do mundo" [*Weltgeist*], Hegel concebe esse espírito do mundo como encarnação da dialética do desenvolvimento histórico.

> Assim o espírito é contrário a si mesmo (na história), deve superar-se como o verdadeiro obstáculo hostil a seu objetivo: o desenvolvimento (...) é no espírito (...) uma luta árdua e infinita contra si mesmo. O que o espírito quer é alcançar seu próprio conceito, mas ele próprio esconde de si mesmo esse conceito e permanece orgulhoso e pleno de satisfação consigo mesmo nessa alienação de si (...). Com a forma espiritual, isso se dá de modo diferente (da natureza): aqui, a mudança não ocorre apenas na superfície, mas no conceito. O próprio conceito é retificado.

Nessa passagem, Hegel fornece – de modo idealista e abstrato, sem dúvida – uma característica precisa da virada ideológica que ocorreu em sua época. O pensamento da época antiga oscilava no interior da antinomia entre uma concepção fatalista-legalista de todo evento social e uma sobrevalorização das possibilidades da intervenção consciente no desenvolvimento da sociedade. Nos dois lados da antinomia, os princípios eram pensados como "supra-históricos", como provenientes da essência "eterna" da "razão". Hegel, ao contrário, vê na história um processo impulsionado pelas forças motoras intrínsecas da história, cujo efeito atinge todos os fenômenos da vida humana, inclusive o pensamento. Ele vê a vida da humanidade como um grande processo histórico.

Com isso, surge um novo humanismo, um novo conceito do progresso, tanto do ponto de vista histórico concreto quanto filosófico. Um humanismo que quer preservar as conquistas da Revolução Francesa como fundamento irrenunciável do futuro desenvolvimento humano, que concebe a Revolução (e, de modo geral, todas as revoluções da história) como parte indispensável do progresso humano. Certamente, esse novo humanismo histórico também é produto de seu tempo e não pode ultrapassar seu horizonte, a não ser de forma fantasiosa, como fizeram os grandes utopistas. Os grandes humanistas burgueses desse período encontram-se em uma situação paradoxal: embora compreendam a necessidade das revoluções no passado e vejam nelas o fundamento de tudo que é racional e afirmativo no presente, concebem o desenvolvimento futuro como uma evolução pacífica a partir dessas conquistas. Como mostra muito corretamente o sr. Lifschitz em seu artigo sobre a estética hegeliana, procuram o positivo na nova realidade mundial criada pela Revolução Francesa e creem que para a realização definitiva desse positivo não seja necessária uma nova revolução. Essa concepção do último grande período – em termos tanto racionais quanto ficcionais – do humanismo burguês não guarda nenhuma relação com a apologética rasa e vazia do capitalismo que foi instaurada depois dele (e, em parte, ao mesmo tempo que ele). Ela se alicerça em uma investigação e em uma descoberta impiedosamente verdadeiras de todas as contradições do progresso. Não se intimida diante de nenhuma crítica do presente. E, mesmo não podendo ultrapassar de maneira consciente o horizonte espiritual de seu tempo, a experiência sempre opressiva das contradições de sua própria condição histórica lança uma sombra profunda sobre toda a concepção da história. Em razão de seu caráter inconsciente, esse sentimento – contrário à concepção filosófico-histórica que anuncia um progresso calmo e infinito – de viver um último florescer intelectual da humanidade, curto e único, é expresso de forma bastante distinta nos últimos representantes significativos desse período. Pelo mesmo motivo, o acento sentimental é muito semelhante em todos eles. Pensemos na teoria da "renúncia" [*Entsagung*] do velho Goethe, na "coruja de Minerva" de Hegel, que só alça voo ao entardecer, no sentimento de decadência do mundo em Balzac etc. Apenas a Revolução de 1848 pôs os sobreviventes dessa época diante da alternativa de reconhecer a perspectiva do novo período de desenvolvimento da humanidade e afirmá-la, mesmo com uma cisão trágica do sentimento, como em Heine, ou decair ao nível de apologistas do capitalismo decadente, como Marx mostrou criticamente, logo após a Revolução de 1848, a respeito de homens tão importantes como Guizot e Carlyle.

II. Walter Scott

Foi sobre essa base histórica que surgiu, com a obra de Walter Scott, o romance histórico. Esse contexto não pode ser apreendido no sentido idealista da "história do espírito". Isso levantaria hipóteses sutis acerca dos caminhos pelos quais, por exemplo, o pensamento hegeliano chegou a Scott, ou onde, em quais escritores esquecidos devem ser buscadas as fontes do historicismo de Scott e Hegel. Sabe-se com toda certeza que Walter Scott não conheceu a filosofia hegeliana, e é provável que, se a tivesse em mãos, não entendesse uma palavra sequer. A nova concepção da história dos grandes historiadores do período da Restauração é posterior a suas obras e até influenciada por elas no que diz respeito a certas problematizações. O rastreamento filosófico-filológico de "influências" que está na moda hoje em dia é tão infrutífero para a historiografia quanto o velho rastreamento filológico de influências recíprocas entre escritores singulares. No caso de Scott em especial, já foi moda listar uma longa série de escritores de segunda e terceira categorias (Radcliffe etc.) que supostamente teriam sido seus precursores literários. Mas esse procedimento não nos faz avançar nem um passo sequer na compreensão do *novo* na arte de Scott, na compreensão do romance histórico.

Nas observações anteriores, procuramos delinear os contornos gerais daquelas convulsões econômico-políticas que ocorreram por toda a Europa em consequência da Revolução Francesa e esboçamos brevemente suas repercussões ideológicas. Esses acontecimentos, essa convulsão do ser e da consciência dos homens em toda a Europa formam as bases econômicas e ideológicas para o surgimento do romance histórico de Walter Scott. A prova biográfica dos motivos singulares que levaram Scott a tomar consciência dessas correntes não tem nenhuma importância para a história real da formação do romance histórico. E menos ainda na medida em que Scott integra o grupo daqueles grandes escritores cuja profundidade se expressa sobretudo em suas personagens, uma profundidade que eles próprios com frequência não compreendem, porque surge do domínio verdadeiramente realista do material, em conflito com suas visões e preconceitos pessoais.

O romance histórico scottiano é continuação direta do grande romance social realista do século XVIII. Os estudos de Scott sobre esses escritores – estudos que, do ponto de vista teórico, não são muito profundos em geral – denotam um conhecimento muito intenso, muito pormenorizado dessa literatura. Mas sua criação, em relação à deles, significa algo inteiramente novo. Seus contemporâneos viram com clareza essa novidade. Púchkin escreve sobre ele:

> A influência de Walter Scott pode ser percebida em todos os terrenos da literatura de sua época. A nova escola dos historiadores franceses formou-se sob a influência da ideia do romancista scottiano. Ele lhes mostrou fontes inteiramente novas, até então desconhecidas, apesar da existência dos dramas históricos de Shakespeare e Goethe (...).

E Balzac ressalta, em sua crítica a *A cartuxa de Parma*, de Stendhal, os novos traços estéticos que o romance de Walter Scott introduziu na literatura épica: o amplo retrato dos costumes e das circunstâncias dos acontecimentos, o caráter dramático da ação e, em estreita relação com isso, o novo e importante papel do diálogo no romance.

Não foi por acaso que esse novo tipo de romance surgiu exatamente na Inglaterra. Já ressaltamos, ao tratar da literatura do século XVIII, os importantes traços realistas do romance inglês nessa época e caracterizamo-los como consequências necessárias do caráter pós-revolucionário do desenvolvimento da Inglaterra em oposição à França e à Alemanha. Agora, em uma época em que toda a Europa, inclusive suas classes progressistas e seus ideólogos, é dominada – temporariamente – por uma ideologia pós-revolucionária, esses traços devem mostrar-se na Inglaterra de modo muito especial, pois agora ela voltou a ser, para a maioria dos ideólogos continentais, o modelo do desenvolvimento, embora em um sentido diferente daquele do século XVII. Em tempos passados, a realização das liberdades burguesas atuou como modelo para os iluministas continentais. Hoje, é o progresso da Inglaterra que surge aos olhos dos ideólogos históricos como o exemplo clássico do desenvolvimento histórico tal como o concebem. O fato de ter travado sua revolução burguesa no século XVII e, desde então, ter passado por um período de desenvolvimento duradouro, pacífico e progressista sobre as bases das conquistas da revolução burguesa mostrava a Inglaterra como um exemplo prático para o novo estilo de concepção histórica. Do mesmo modo, a "Revolução Gloriosa" de 1688 tinha de aparecer como um ideal para os ideólogos burgueses que combatiam a Restauração em nome do progresso.

Por outro lado, os escritores que perscrutavam de boa-fé os fatos do desenvolvimento social, como Walter Scott, deviam ver com nitidez que tal desenvolvimento somente era pacífico como ideal de uma concepção da história, apenas da perspectiva altaneira de uma filosofia da história. O caráter orgânico do desenvolvimento inglês é apenas o resultado da conjugação dos componentes das ininterruptas lutas de classes e de suas pequenas e grandes disputas, bem ou malsucedidas. As enormes convulsões políticas e sociais das décadas anteriores despertaram na Inglaterra também a sensibilidade para a história, a consciência do desenvolvimento histórico.

A relativa estabilidade do desenvolvimento inglês nessa época conturbada, em comparação com o continente, possibilitou que o sentimento histórico recém-despertado pudesse se condensar em uma forma grandiosa, objetiva e épica. Essa objetividade é intensificada ainda pelo conservadorismo de Walter Scott. Com sua nova visão de mundo, ele permanece fortemente ligado às camadas da sociedade arruinadas pela Revolução Industrial, pelo rápido desenvolvimento do capitalismo. Scott não faz parte nem dos entusiastas do desenvolvimento nem de seus apaixonados e patéticos contestadores. Por meio da investigação de todo o desenvolvimento inglês, procura encontrar um caminho "mediano" entre os extremos em luta. Na história inglesa, encontra o consolo de a violenta oscilação das lutas de classes ter sempre acabado por apaziguar-se em um glorioso "meio". Assim como da luta entre saxões e normandos surgiu a nação inglesa (nem saxã nem normanda) e da sangrenta guerra entre as duas rosas seguiu-se o regime glorioso da dinastia Tudor (em especial o da rainha Elizabeth), as lutas de classes que ganharam expressão na Revolução de Cromwell encontraram equilíbrio – após muitas oscilações e guerras civis – no resultado da "Revolução Gloriosa": a Inglaterra atual.

O romance histórico | 49

Dessa maneira, a concepção da história inglesa nos romances de Walter Scott fornece uma perspectiva – não explícita – para o desenvolvimento futuro tal como o escritor o concebe. E não é difícil ver que essa perspectiva apresenta muitas semelhanças com aquela "positividade" resignada que observamos nos grandes pensadores, eruditos e literatos do continente nesse mesmo período. Walter Scott integra as fileiras dos honestos *tories* da Inglaterra de então, que não poupam críticas ao desenvolvimento do capitalismo e não somente veem claramente, como também demonstram profunda compaixão pela infinita miséria do povo que a derrocada da velha Inglaterra trouxe consigo, mas, justamente por seu conservadorismo, não chegam a ser uma oposição feroz aos traços do novo desenvolvimento que eles rejeitam. É raro que Walter Scott fale do presente. Em seus romances, não aborda as questões sociais do presente inglês, como o acirramento incipiente e incisivo da luta de classes entre a burguesia e o proletariado. Na medida em que ele pode responder por si mesmo a essas questões, ele o faz pelo viés da figuração ficcional das etapas mais importantes da história inteira da Inglaterra.

Paradoxalmente, a grandeza de Scott está ligada a seu limitado conservadorismo. Ele procura o "caminho do meio" entre os extremos e esforça-se para demonstrar sua realidade histórica pela figuração ficcional das grandes crises da história inglesa. Essa tendência fundamental de sua figuração se expressa de imediato no modo como ele inventa a trama e escolhe a personagem principal. O "herói" do romance scottiano é sempre um *gentleman* inglês mediano, mais ou menos medíocre. Em geral, este possui certa inteligência prática, porém não excepcional, certa firmeza moral e honestidade que beiram o sacrifício, mas jamais alcançam o nível de uma paixão humana arrebatadora, de uma devoção entusiasmada a uma causa grandiosa. Não são só os Waverley, Morton, Osbaldiston etc. que encarnam esses representantes medianos, corretos e honestos da pequena nobreza inglesa, mas também Ivanhoé, o cavaleiro "romântico" da Idade Média.

Essa escolha do herói foi muito atacada pela crítica posterior, por Taine, por exemplo; ela detectou aí um sintoma da mediocridade do próprio Walter Scott como ficcionista. A verdade é o exato contrário. Na construção desses heróis "medianos", apenas corretos e nunca heroicos, expressa-se o extraordinário talento épico de Walter Scott, talento que marcou toda uma época, ainda que, do ponto de vista psicológico e biográfico, é muito provável que seus preconceitos pessoais, presos à pequena nobreza e ao conservadorismo, tenham desempenhado um grande papel na escolha desses heróis.

O que se expressa aqui é sobretudo uma recusa e uma superação do romantismo, assim como um desenvolvimento oportuno das tradições literárias do realismo do período iluminista. Da oposição à prosa degradante, que tudo nivelava, e do capitalismo em ascensão surgiu o "herói demoníaco", mesmo em ficcionistas política e ideologicamente progressistas que com frequência e de forma injusta foram tratados como românticos. Esse tipo de herói, tal como aparece na poesia de Byron em especial, é a expressão literária da excentricidade e superficialidade das melhores e mais autênticas aptidões humanas nesse período da prosa, um protesto lírico contra o domínio dessa prosa. Mas o reconhecimento das raízes sociais, e mesmo da necessidade e justificação históricas desse protesto, não significa que sua absolutização lírico-subjetivista possa ser um caminho para a grande plasmação objetiva, ficcional. As grandes personagens realistas de um período um pouco posterior, que se aproximam da figuração desse tipo, como em Púchkin ou Stendhal, superaram o byronismo com outra forma, mais elevada que aquela de Walter Scott. Eles conceberam e deram forma, em sentido sócio--histórico e objetivo-épico, à questão da excentricidade desse tipo: elevaram-se a uma concepção da situação histórica do presente em que a tragédia (ou a tragicomédia) desse protesto tornou-se visível em toda a sua riqueza de determinações sociais. A crítica e a renúncia de Scott a esse tipo não chegam a essa profundidade. Seu reconhecimento, ou melhor, seu sentimento a respeito da excentricidade desse tipo leva-o a eliminá-lo do âmbito da plasmação histórica. Ele se esforça para figurar as lutas e as oposições da história por meio de homens que, em sua psicologia e em seu destino, permanecem sempre como representantes de correntes sociais e potências históricas. Scott estende esse modo de conceber aos processos de marginalização; considera-a sempre em sentido social, e não individual. Seu entendimento do problema do presente não é profundo o suficiente para resolver essa questão dos processos de marginalização. Por isso, ele se desvia da temática e conserva, em sua figuração, a grande objetividade histórica do épico legítimo.

Só por essa razão já é totalmente falso ver Walter Scott como um escritor romântico, se não quisermos estender o conceito de romantismo a ponto de abarcar toda a grande literatura do século XIX. Desse modo, apaga-se a fisionomia do romantismo em seu sentido próprio e estrito. E tal fisionomia é, para Walter Scott, de grande importância, já que a temática histórica de seus romances é bastante próxima daquela dos verdadeiros românticos. Mais adiante, porém, teremos ocasião de demonstrar em detalhes que as concepções dessa temática em Scott e nos românticos são totalmente contrárias e, por conseguinte, trata-se de duas formas muito diferentes de figuração. Essa oposição se manifesta em primeiro lugar e imediatamente na composição de seus romances, tendo o herói mediano, prosaico, como figura central.

É óbvio que aqui também aparece o filisteísmo conservador de Walter Scott. Balzac, seu grande admirador e continuador, já se incomodava com esse filisteísmo inglês. Diz, por exemplo, que todas as heroínas de Walter Scott, com raras exceções, representam o mesmo tipo de mulher inglesa filistinamente correta e normal e que, em seus romances, não há espaço para as interessantes e complicadas tragédias e comédias do amor e do matrimônio. Balzac tem razão, e a propriedade da crítica vai muito além do plano erótico ressaltado por ele. Scott não possui a grandiosa e profunda dialética psicológica das personagens que caracterizam o romance do último grande período do desenvolvimento burguês. Também não alcança a altura a que chegou o romance burguês da segunda metade do século XVIII com Rousseau, Choderlos de Laclos e Goethe, com seu *Werther*. Púchkin e Manzoni, seus maiores sucessores no romance histórico, também o superaram largamente em profundidade e poesia das figuras humanas individuais. Mas a reviravolta que Walter Scott realiza na história da literatura universal é independente dessa estreiteza de horizonte humano-ficcional. A grandeza de Scott está em dar vida humana a tipos sociais históricos. Antes de Scott, os traços humanos típicos, em que se evidenciam as grandes correntes históricas, jamais haviam sido figurados com tal grandiosidade, univocidade e concisão. E, acima de tudo, jamais essa tendência da figuração havia sido trazida conscientemente para o centro da representação da realidade.

Isso também se aplica a seus heróis medianos. Aliás, esses heróis são insuperáveis no modo realista como expressam os traços tanto honrados e cativantes da "classe média" inglesa quanto os limitados. É exatamente pela escolha dessas figuras centrais que a exposição scottiana da totalidade histórica de determinados graus críticos [*krisenhaften*]* da transição da história alcança um acabamento nunca superado. Foi o grande crítico russo Belinski

---

* Inserimos o termo original em todos os casos em que "crítica" e seus derivados são empregados como qualificativos de "crise". (N. T.)

quem identificou mais claramente esse contexto. Ele analisa diferentes romances de Walter Scott justamente em relação ao fato de que a maioria das personagens coadjuvantes é mais interessante e importante do ponto de vista humano que o herói mediano principal. Mas, ao mesmo tempo, contesta as acusações que foram feitas contra Scott por causa disso.

> É assim que deve ser em uma obra de caráter puramente épico, em que a personagem principal serve somente de centro em torno do qual os acontecimentos se desdobram e no qual ela se deixa descrever apenas por traços gerais que merecem nossa simpatia humana, pois o herói da epopeia é a própria vida, e não o homem. Na epopeia, o homem é, por assim dizer, submetido ao acontecimento; este, com sua grandeza e importância, encobre a personalidade humana, desvia nossa atenção do homem pela própria diversidade e quantidade de suas imagens, bem como pelo interesse que despertam.

Belinski tem razão ao ressaltar o caráter épico do romance de Walter Scott. Em toda a história do romance histórico quase não existem obras que se aproximem tanto do caráter da antiga epopeia, talvez com exceção das de Cooper e Tolstói. Isso, como veremos, está estreitamente ligado à temática histórica de Scott – não com uma virada em direção à história em geral, mas com a forma específica de sua temática histórica, com a escolha de períodos e camadas da sociedade em que são plasmadas a antiga atividade épica dos homens, o antigo aspecto épico do caráter diretamente social e espontaneamente público da vida. É assim que Walter Scott se torna o grande figurador épico da "era dos heróis", da era em que – e a partir de que – brota a verdadeira épica, no sentido dado por Vico e Hegel. Esse verdadeiro caráter épico da temática e da forma de figuração de Walter Scott está intimamente ligado ao caráter popular de sua arte, como mostraremos mais adiante.

Apesar disso, as obras de Scott não são de modo algum tentativas modernas de galvanizar esteticamente a antiga épica com uma nova vida, mas sim verdadeiros e legítimos romances. Se sua temática remete muito frequentemente à "era dos heróis", ao período da infância da humanidade, o espírito da figuração já é o da idade adulta, do atraente e vitorioso prosaísmo da vida humana. Essa diferença deve ser ressaltada desde já, pois vincula-se internamente à composição dos romances scottianos, à concepção do "herói". O herói do romance scottiano é tão típico desse gênero quanto Aquiles e o Odisseu são da verdadeira epopeia. A diferença entre esses dois tipos de herói ilustra com muita nitidez a distinção fundamental entre epopeia e romance, e precisamente em um caso em que o romance alcança sua maior proximidade com a epopeia. Como diz Hegel, os heróis da epopeia são "indivíduos totais, que reúnem em si, de modo brilhante, aquilo que permanece disperso no caráter nacional e, assim fazendo, permanecem personagens grandes, livres, humanos e belos". Com isso, "tais personagens centrais ganham o direito de situar-se no topo e ter o acontecimento principal vinculado a sua individualidade". As personagens principais dos romances de Walter Scott também são personagens nacionais típicas, mas antes no sentido da valente mediania do que no do ápice sinóptico. Aqueles são os heróis nacionais da concepção poética da vida; estes, os da prosaica.

É fácil perceber como essas concepções opostas do herói brotam dos requisitos fundamentais da epopeia e do romance. Do ponto de vista da composição, Aquiles não só é a figura central da epopeia, como também é superior a todos os outros coadjuvantes; ele é de fato o sol em torno do qual giram os planetas. Os heróis scottianos têm, como personagens centrais do romance, uma função oposta. Sua tarefa é mediar os extremos cuja luta ocupa o romance e pela qual é expressa ficcionalmente uma grande crise da sociedade. Por meio da trama, que tem esse herói como ponto central, procura-se e encontra-se um solo neutro sobre o qual forças sociais opostas possam estabelecer uma relação humana entre si.

A engenhosidade de Walter Scott, que aqui se revela simples e, no entanto, de uma magnificência inesgotável, é pouco apreciada em geral, sobretudo nos dias de hoje – embora Goethe, Balzac e Púchkin a tenham considerado a grandeza desse autor. Walter Scott apresenta em seus romances as grandes crises da vida histórica. Assim como nesta última, em seus romances entram em choque potências sociais inimigas que visam destruir-se mutuamente. Como os representantes dessas potências são em geral partidários apaixonados de suas tendências, há o perigo de que a luta se torne apenas uma destruição externa, incapaz de despertar no leitor a compaixão e a empatia humanas. Aparece aqui a importância composicional do herói mediano. Scott escolhe sempre personagens que, por seu caráter e destino, põem em contato os dois lados do conflito. O destino que cabe ao herói mediano, que na grande crise de seu tempo não se alia a nenhuma das partes em conflito, pode fornecer facilmente, do ponto de vista da composição, esse elo. Tomemos o exemplo mais conhecido. Waverley é um nobre inglês que, apesar de pertencer a uma família a favor dos Stuart, não demonstra por eles mais que uma simpatia serena e politicamente inócua. Durante sua estada na Escócia como oficial, Waverley é levado por suas amizades e aventuras amorosas para o campo dos prosélitos revoltosos dos Stuart. Em consequência de suas antigas relações de família e de sua indecisão quanto a envolver-se na rebelião – suficiente para uma corajosa participação militar, mas não para uma tomada de partido fanática –, ele mantém as relações com o partido hannoveriano. Desse modo, o destino de Waverley é bastante apropriado para resultar em uma trama cujo desenrolar não apenas apresenta a luta dos dois partidos, mas também nos aproxima humanamente dos representantes mais importantes de ambos os lados.

Esse modo de compor não é resultado de uma "busca formal", de uma "maestria" planejada; provém, antes, do lado tanto grandioso quanto estreito da personalidade literária de Walter Scott. Em primeiro lugar, a concepção scottiana da história inglesa é, como vimos, uma "linha mediana", que passa pelo meio da luta dos extremos. As personagens centrais, do tipo de Waverley, representam para Scott essa constância do desenvolvimento inglês em meio a crises terríveis. Mas, em segundo lugar, o grande realista Scott vê de maneira muito clara que nunca houve na história uma guerra civil que fosse tão encarniçada que levasse toda a população, sem exceção, a uma tomada fanática de partido. Na realidade histórica, grandes parcelas da nação sempre mantiveram simpatias constantes ou flutuantes por um lado ou outro. E foram precisamente essas simpatias e flutuações que com frequência desempenharam um papel decisivo para a saída real das crises. Acrescenta-se a isso ainda, como mais um traço da realidade histórica, que a vida cotidiana prossegue em meio à guerra civil. Deve prosseguir, desde já, em sentido econômico, pois, do contrário, o povo pereceria, morreria de fome. Mas prossegue também em todos os outros sentidos, e esse prosseguir da vida cotidiana é um fundamento real importante da continuidade do desenvolvimento cultural. É claro que não tem uma importância tão grande que consiga manter intocadas pela crise histórica essas massas que não tomam partido ou, pelo menos, não o fazem de modo apaixonado. Ao mesmo tempo, a continuidade é sempre uma continuação do desenvolvimento. Os "heróis medianos" de Walter Scott representam também esse lado da vida do povo, do desenvolvimento histórico. Mas o significado artístico desse modo de compor tem outras consequências importantes, além dessas. À primeira vista, isso pode soar estranho ao leitor preso às tradições contemporâneas do romance histórico, mas é precisamente por esse lado de sua composição que Walter Scott se tornou um figurador incomparável das grandes personagens da história. Na obra completa de Scott, encontramos as mais importantes personalidades da história inglesa, e também da francesa: Ricardo Coração de Leão, Luís XI, Elizabeth, Maria Stuart, Cromwell etc. Todas essas personagens aparecem em Scott em sua real grandeza histórica. Todavia, Scott nunca se inspira no sentimento de um culto do herói romanticamente decorativo, *à la* Carlyle. Para Scott, a grande personalidade histórica é precisamente o representante de uma corrente importante, significativa, que abrange boa parte da nação. Ela é grande porque sua paixão pessoal, seu objetivo pessoal, coincide com essa grande corrente histórica, porque reúne em si os lados positivo e negativo de tal corrente, e porque é a mais nítida expressão, o mais luminoso pendão dessas aspirações populares, tanto para o bem como para o mal.

Por isso, Scott nunca mostra como surge essa personalidade historicamente significativa. Ele sempre a introduz já pronta. Pronta, mas não sem uma cuidadosa preparação. Contudo, não se trata de uma preparação pessoal, psicológica, e sim objetiva, sócio-histórica. Scott descreve, por intermédio do desvelar das condições reais da vida, da crise realmente vital e crescente da nação, todos os problemas da vida nacional que conduzem à crise histórica por ele figurada. E, depois de nos termos transformado em participantes compassivos e conscientes dessa crise, depois de termos compreendido bem os fundamentos dos quais ela emerge, por que razões a nação se cindiu em dois campos contrários, depois de termos visto como as diferentes camadas da população se comportam em relação a essa crise, somente então o grande herói histórico entra em cena no romance. Portanto, quando aparece diante de nós, ele está pronto em sentido psicológico, e é até obrigado a estar pronto, pois aparece para cumprir sua missão histórica na crise. Mas o leitor nunca tem a impressão de algo rigidamente pronto, pois as lutas sociais, amplamente retratadas antes da aparição do herói, mostram com precisão como, em tal época, tal herói teve de surgir para solucionar tais problemas.

É óbvio que Scott não aplica essa forma de figuração apenas às grandes personagens representativas, historicamente autênticas e universalmente conhecidas. Ao contrário, em seus romances mais importantes, o papel de destaque é desempenhado justamente por personagens históricas desconhecidas, históricas apenas em parte ou puramente fictícias. Pensemos em Vich Jan Vohr, de *Waverley*, Burley, de *Old Mortality* [Eterna mortalidade], Cedric e Robin Hood, de *Ivanhoé**, Rob Roy*** etc. Essas também são personagens históricas monumentais, figuradas com os mesmos princípios artísticos válidos para as grandes personagens conhecidas da história. De fato, o caráter popular da arte histórica de Walter Scott mostra-se justamente no fato de que essas personagens destacadas, diretamente ligadas à vida do povo, alcançam na figuração uma dimensão histórica maior que as personagens centrais e conhecidas da história.

Mas qual é a relação entre o sucesso de Scott na figuração da grandeza histórica das personagens historicamente significativas e o fato de elas serem apenas coadjuvantes no enredo? Balzac entendeu de maneira muito clara o segredo da composição de Walter Scott e afirmou que o romance deste chega aos grandes heróis do mesmo modo que a história de seu tempo fomenta a aparição deles. Assim, o leitor vivencia a gênese histórica das personagens históricas importantes, e a tarefa do escritor consiste em tratá-las de forma tal que apareçam como representantes efetivas dessas crises históricas.

Dessa maneira, Scott deixa que as personagens importantes surjam a partir do ser da época, jamais explicando a época a partir de seus grandes representantes, como faziam os adoradores românticos dos heróis. Por isso, elas nunca podem ser figuras centrais do ponto de vista do enredo. Pois a própria apresentação ampla e multifacetada do ser da época só pode chegar claramente à superfície mediante a figuração da vida cotidiana do povo, das alegrias e das tristezas, das crises e das desorientações dos homens medianos. A personagem de destaque e de importância histórica, que resume uma corrente histórica, resume-a necessariamente em determinado plano de abstração. Ao retratar antes o caráter complexo e sinuoso da vida nacional, Scott retrata aquele ser que receberá na personagem historicamente importante sua forma abstrata, sua universalização intelectual e sua concentração em um ato histórico singular.

O modo scottiano de compor mostra aqui um paralelo muito interessante com a filosofia da história de Hegel. Também em Hegel o "indivíduo histórico-mundial" [*welthistorisches Individuum*] surge das amplas bases do mundo dos "indivíduos conservadores" [*erhaltenden Individuen*]. "Indivíduos conservadores" é, em Hegel, a caracterização resumida dos homens da "sociedade civil" [*bürgerlichen Gesellschaft*], a caracterização da contínua autorre-

---

*   São Paulo, Madras, 2003. (N. E.)

** Mem Martins, Europa-América, 2003. (N. E.)

produção desta última por meio da atividade daqueles indivíduos. A base é constituída da atividade pessoal, privada, egoísta dos indivíduos. É nela e por meio dela que se afirma o universal social. Nessa atividade, desdobra-se "a conservação da vida ética". Mas Hegel pensa a sociedade não apenas no sentido dessa autorreprodução, como algo estagnado; ela se situa no meio da corrente da história. Aqui, o novo defronta-se com o velho como com um inimigo, a transformação está "ligada a uma depreciação, desintegração e destruição das formas anteriores da realidade". Ocorrem grandes colisões históricas, nas quais justamente os "indivíduos histórico-mundiais" são portadores conscientes do progresso histórico (do "espírito", segundo Hegel), mas apenas no sentido de que dão consciência e orientação clara ao movimento que já existe na sociedade. É necessário ressaltar esse lado da concepção histórica hegeliana porque é aqui, apesar de seu idealismo, apesar de sua supervalorização do papel dos "indivíduos histórico-mundiais", que emerge com nitidez a oposição ao culto romântico ao herói. Em Hegel, a função do indivíduo histórico-mundial é dizer aos homens o que eles querem. "Ele é", diz Hegel, "o espírito oculto que palpita no presente, que ainda é subterrâneo, ainda não se elevou a um ser presente e quer se manifestar; é o espírito para o qual o mundo presente é apenas um invólucro e que traz dentro de si um núcleo diferente daquele que pertencia ao invólucro."

A genialidade histórica de Walter Scott, nunca mais atingida, evidencia pela forma como ele apresenta as qualidades individuais de suas personagens históricas centrais que estas realmente reúnem em si os lados mais marcantes, tanto positivos quanto negativos, de determinado movimento. Em Scott, essa conexão sócio-histórica entre líderes e liderados se diferencia de um modo extraordinariamente refinado. Enquanto o fanatismo heroico de Burley, que não hesita diante de nada, marca o ponto culminante dos puritanos escoceses rebelados na época da restauração dos Stuart, a mistura peculiar e aventureira em Vich Jan Vohr entre o estilo palaciano francês e o patriarcalismo do clã representa o lado reacionário, porém intimamente ligado ao lado atrasado do povo escocês, das tentativas de restauração dos Stuart após a "Revolução Gloriosa".

Em Scott, essa combinação interna, esse vínculo profundo entre os representantes históricos de um movimento popular e o movimento popular propriamente dito é incrementado, do ponto de vista da composição, pela intensificação dos acontecimentos e sua compactação dramática. Também aqui é necessário defender a forma clássica da narrativa contra os preconceitos modernos. Hoje, costuma-se acreditar que, pelo fato de o épico ter uma forma mais extensa e ampla que o drama, a essência da arte épica consiste na pura extensão, na sucessão e na justaposição cronológica de todos os acontecimentos de um período. Todavia, isso se mostra falso já em Homero. Consideremos a composição da *Ilíada*. O poema começa com uma situação extremamente dramática: o confronto entre Aquiles e Agamenon. Na narrativa propriamente dita figuram apenas aqueles acontecimentos que são consequência imediata desse confronto, até a morte de Heitor. A estética antiga já havia reconhecido aqui um princípio consciente de composição. Com o surgimento do romance social moderno, a necessidade de intensificação do agir épico tornou-se ainda mais premente. A correlação entre a psicologia dos homens e as circunstâncias éticas e econômicas da vida tornou-se tão complicada que passou a ser necessária uma ampla descrição dessas circunstâncias, uma ampla figuração dessa correlação a fim de mostrar os homens como filhos concretos de seu tempo. Não é por acaso que o desenvolvimento da consciência histórica em Walter Scott tenha levado exatamente a esse modo de figuração. Para fazer com que tempos há muito desaparecidos possam ser revividos, ele teve de retratar da maneira mais ampla possível essa correlação entre o homem e seu ambiente social. A inclusão do elemento dramático no romance, a concentração dos acontecimentos, a suma importância dos diálogos, isto é, do conflito imediato entre concepções opostas que se manifestam na conversação, têm íntima conexão com o empenho em figurar a realidade histórica tal como de fato ocorreu, de um modo que seja humanamente autêntico e a torne passível de ser vivenciada pelo leitor de uma época posterior. Trata-se aqui de uma concentração caracterizadora. Só os muito estúpidos afirmavam (e afirmam ainda hoje) que a caracterização histórica de homens e situações consiste em um acúmulo de traços isolados, historicamente representativos. Walter Scott nunca subestimou tais elementos pictóricos e descritivos. Utilizou-os até com tanta força que críticos superficiais viram nesse aspecto justamente o essencial de sua arte. Mas, para ele, a caracterização histórica do espaço e do tempo, o "aqui e agora" histórico, é algo muito mais profundo. Significa o coincidir e o entrelaçar-se – condicionados por uma crise histórica – das crises que se abatem sobre o destino pessoal de uma série de homens. Justamente por isso, a forma de figuração da crise histórica nunca permanece abstrata, a fratura da nação em partidos beligerantes sempre se mostra nas mais íntimas relações humanas. Pais e filhos, amados e amadas, velhos amigos etc. são confrontados como inimigos, ou a necessidade dessa confrontação introduz o conflito em sua vida pessoal. Mas esse destino se abate sobre grupos de homens correlatos, ligados uns aos outros, e nunca é uma catástrofe única, mas uma cadeia de catástrofes, em que a solução de uma traz consigo um novo conflito. De modo que a compreensão profunda do momento histórico na vida humana força uma concentração dramática da composição épica.

Os grandes escritores do século XVIII podiam compor de modo mais livre porque consideravam óbvios os costumes de seu tempo e, a partir daí, pressupunham a obviedade imediata de seu efeito sobre os leitores. Não devemos esquecer, porém, que isso diz respeito à estrutura da composição, e não ao modo de figuração de momentos e acontecimentos singulares. Esses escritores sabiam muito bem que não é a completude extensiva da descrição, a enumeração dos elementos constitutivos de um objeto, a completude da série de acontecimentos que forma a vida de um homem, mas a evidenciação das determinações essenciais, tanto humanas quanto sociais. Goethe, que concebeu o *Wilhelm Meister** de maneira muito menos dramática do que fariam mais tarde em seus romances Walter Scott ou Balzac, caminha no sentido da intensificação na representação dos acontecimentos singulares de sua extensa trama. Por exemplo, a relação de Wilhelm Meister com o teatro de Serlo concentra-se quase toda no problema da encenação de Hamlet. Também em Goethe, não se trata de uma descrição extensiva e completa do teatro, de uma crônica extensiva e completa dos acontecimentos do teatro de Serlo.

A concentração e a intensificação dramáticas dos acontecimentos em Walter Scott não são nenhuma inovação, portanto. São apenas um resumo e uma continuação peculiar dos princípios artísticos mais importantes do período anterior de desenvolvimento. Mas como Scott fez isso em um momento de grande virada histórica, em conformidade com as necessidades reais da época, isso significou uma virada na história do romance. Porque, no romance histórico justamente, a tentação de reproduzir inteiramente a totalidade das coisas é imensa. Há sempre um risco muito próximo de acreditar que a fidelidade histórica só pode ser atingida por meio da totalidade. Mas essa é uma ilusão para a qual Balzac em especial chamou a atenção, com grande perspicácia e

---

* São Paulo, Editora 34, 2009. (N. E.) Lukács refere-se aos dois romances de Goethe, *Wilhelm Meisters Lehrjahre* [Os anos de aprendizado de Wilhelm Meister] e *Wilhelm Meisters Wanderjahre* [Os anos de peregrinação de Wilhelm Meister]. (N. T.)

clareza, em seus escritos críticos. Em uma crítica ao romance histórico *Leo*, de Latouche, totalmente esquecido hoje, ele diz:

> O romance consiste em duzentas páginas, nas quais são tratados duzentos acontecimentos; nada revela mais a incapacidade do autor que o amontoado de fatos (...). O talento floresce no retrato das causas que geram os fatos, nos segredos do coração humano cujos movimentos são desprezados pelos historiadores. As personagens de um romance são forçadas a ser mais racionais que as personagens históricas. Aquelas devem ser despertadas para a vida, estas já viveram. A existência destas não precisa de nenhuma prova de quão bizarras suas ações também podem ser, enquanto a existência daquelas precisa de um consentimento geral.

É claro que, quanto mais distantes de nós se encontram o período histórico figurado e as condições de existência de seus atores, mais o enredo tem de se concentrar em nos apresentar de maneira clara e plástica essas condições de existência, para que não vejamos como curiosidades históricas a psicologia e a ética peculiares que surgem dessas condições de vida, mas antes as experimentemos como uma etapa do desenvolvimento da humanidade que nos diz respeito e nos move.

No romance histórico, portanto, não se trata do relatar contínuo dos grandes acontecimentos históricos, mas do despertar ficcional dos homens que os protagonizaram. Trata-se de figurar de modo vivo as motivações sociais e humanas a partir das quais os homens pensaram, sentiram e agiram de maneira precisa, retratando como isso ocorreu na realidade histórica. E é uma lei da figuração ficcional – lei que em um primeiro momento parece paradoxal, mas depois se mostra bastante óbvia – que, para evidenciar as motivações sociais e humanas da ação, os acontecimentos mais corriqueiros e superficiais, as mais miúdas relações, mesmo observadas superficialmente, são mais apropriadas que os grandes dramas monumentais da história mundial. Balzac, em sua crítica a *A cartuxa de Parma*, de Stendhal, dedicou à genialidade do autor um elogio entusiasmado, já que este realizou uma grandiosa representação da vida palaciana no interior de um pequeno Estado italiano. Balzac sublinha o fato de que as pequenas disputas travadas na corte de Parma mostram todos aqueles conflitos sociais e psicológicos que se manifestavam, por exemplo, nas grandes disputas entre Mazarin e Richelieu. E é desse modo que tais disputas podem, segundo Balzac, ser mais bem figuradas ficcionalmente, pois o conteúdo político das intrigas em Parma é fácil de apreender, pode ser transposto sem dificuldades no agir imediato e mostra com evidência direta seus reflexos psicológicos, ao passo que a representação dos grandes problemas políticos que compõem as intrigas em torno de Mazarin ou Richelieu constituiriam um lastro muito pesado para o romance.

Balzac pormenoriza suas ideias até nos mínimos detalhes do tratamento épico da história. Critica, entre outros, um romance de Eugène Sue, que tem como tema a rebelião de Cevenas sob Luís XIV. Sue descreveu extensamente, de modo moderno e diletante, toda a campanha, de combate a combate. Balzac ataca o empreendimento sem piedade. Diz:

> É impossível para a literatura ultrapassar certos limites ao pintar os fatos da guerra. Querer mostrar as montanhas das Cevenas, os vales entre as Cevenas, as planícies do Languedoc, fazer as tropas manobrarem, explicar as batalhas, é algo que mesmo Walter Scott e Cooper considerariam uma tarefa acima de suas forças. Eles jamais apresentaram uma campanha militar completa, apenas se contentaram em mostrar, em pequenos confrontos, o espírito das duas massas em luta. E, mesmo para retratar esses pequenos embates, necessitaram de longas preparações.

Aqui, Balzac caracteriza não apenas a intensa peculiaridade da representação da história em Scott e Cooper, como também a especificidade do desenvolvimento posterior do romance histórico em seus grandes representantes clássicos.

Seria um erro acreditar, por exemplo, que Tolstói tenha retratado as campanhas napoleônicas de modo realmente extenso. Ele nos apresenta, de cada campanha, apenas alguns episódios extraídos do conjunto, episódios especialmente importantes e significativos para o desenvolvimento de suas personagens principais. E sua genialidade no romance histórico reside em escolher e figurar esses episódios de maneira que todo o estado de ânimo do Exército e, por intermédio deste, do povo russo seja expresso com concisão. Quando tentou tratar dos vastos problemas políticos e estratégicos da guerra – por exemplo, no retrato de Napoleão –, Tolstói perdeu-se em efusões históricas e filosóficas, e não apenas por atribuir a Napoleão uma atitude historicamente falsa, por não compreendê-lo historicamente, mas também por razões literárias. Tolstói era um escritor grande demais para oferecer um sucedâneo de literatura. Quando seu material ultrapassou o ficcionalmente figurável, ele abandonou os meios de expressão da literatura e procurou tratar o tema por meios conceituais. É exatamente desse modo que comprova na prática o acerto da análise de Balzac sobre o romance de Scott e, ainda, de sua crítica a Sue.

Portanto, o que importa para o romance histórico é *evidenciar*, por meios *ficcionais*, a existência, o ser-precisamente-assim das circunstâncias e das personagens históricas. O que em Scott se chamou de maneira muito superficial de "verdade da atmosfera" é, na realidade, essa evidência ficcional da realidade histórica. É a figuração da ampla base vital dos acontecimentos históricos, com suas sinuosidades e complexidades, suas múltiplas correlações com as personagens em ação. A diferença entre indivíduos "conservadores" e "histórico-mundiais" aparece precisamente nessa conexão viva com a base ontológica [*Seinsgrundlage*] dos acontecimentos. Os "conservadores" vivem as mais ínfimas oscilações dessa base ontológica como convulsões imediatas de sua vida individual, enquanto os "histórico-mundiais" ligam os traços essenciais dos acontecimentos aos motivos de seu próprio agir e de sua condução do agir das massas. Quanto mais próximos da terra e menos inclinados à liderança histórica são os "indivíduos conservadores", mais nítidas e evidentes se revelam as convulsões da base ontológica em sua vida cotidiana, em suas exteriorizações psicológicas imediatas. É claro que, então, tais exteriorizações se tornam facilmente unilaterais e mesmo falsas. Mas a composição do quadro de conjunto consiste exatamente em figurar uma interação rica, matizada, cheia de transições entre os diferentes níveis de reação à convulsão da base ontológica, em desvelar ficcionalmente o *nexo* entre a espontaneidade vigorosa das massas e a máxima consciência possível das personalidades dirigentes.

Tais nexos são decisivos para o conhecimento da história. Os verdadeiros grandes guias políticos do povo destacam-se justamente por uma extraordinária sensibilidade para compreender essas reações espontâneas. Sua genialidade se expressa na capacidade de perceber com grande rapidez, nas mais ínfimas e invisíveis exteriorizações, a mudança de disposição do povo ou de uma classe e generalizar o nexo entre essa disposição e o curso objetivo dos acontecimentos. Essa grande capacidade de apreensão e generalização é a base para aquilo que os grandes líderes costumam chamar de aprendizado com as massas. Lenin descreve um caso muito instrutivo dessa interação em seu opúsculo *Os bolcheviques devem tomar o poder?**. No ano de 1917, depois que o levante do proletariado de Petrogrado fracassou, Lenin foi obrigado a se refugiar no subúrbio, entre os operários. Ele descreve como o almoço era

---

*   Em Slavoj Žižek, *Às portas da revolução: escritos de Lenin de 1917* (São Paulo, Boitempo, 2005). (N. E.)

preparado: "A dona da casa traz o pão. Ela diz: 'Olhe que pão excelente. Agora eles não ousam mais nos dar pão ruim. Já tínhamos quase esquecido que em Petrogrado também podemos ter pão bom'". Lenin acrescenta:

> Fiquei surpreso com aquela apreciação classista dos Dias de Julho. Meus pensamentos giravam em torno do alto significado político dos acontecimentos (...). Eu, um homem que nunca havia conhecido necessidade, não havia pensado no pão (...). Pela análise política, o pensamento chega por caminhos inusitados, complicados e enredados ao que está na base de tudo: a luta das classes pelo pão.

Nessa passagem, podemos ver tal interação em um contexto grandioso. O trabalhador de Petrogrado reage de maneira espontânea e com consciência de classe aos acontecimentos dos Dias de Julho. Com a mais plena sensibilidade, Lenin extrai um aprendizado dessas reações e as aproveita, com impressionante rapidez e precisão, para fundar, ampliar e propagar a perspectiva política correta.

É claro que seria historicamente falso se essas interações fossem figuradas em romances que tratam da Idade Média, do século XVII ou XVIII, porque se encontravam muito além do horizonte dos fundadores clássicos do romance histórico. Esse exemplo serve apenas para ilustrar a estrutura geral da interação. E, se é verdade que todos os heróis das histórias plasmadas por Walter Scott agiram com "falsa consciência", essa "falsa consciência" não é um esquema nem em sentido conteudístico nem em psicológico. Ao longo de toda a história, a diferença entre a espontaneidade próxima à vida e a capacidade de generalização distanciada do ambiente de vida imediato apresenta--se como uma diferença tanto histórico-conteudística quanto psicológica. E a tarefa do romancista histórico é figurar da maneira mais rica possível essa interação concreta, que corresponde às circunstâncias históricas da época representada. Aqui reside uma das maiores forças de Walter Scott.

A riqueza de cores e variações do mundo histórico de Walter Scott é consequência da multiplicidade dessas interações entre os homens e a unidade do ser social, que, em toda essa riqueza, é o princípio dominante. Com isso, a questão da composição, já mencionada aqui, retorna sob uma nova luz: as grandes personagens históricas, os líderes das classes e dos partidos em luta são, do ponto de vista da trama, apenas figuras coadjuvantes. Walter Scott não estiliza essas personagens, não as coloca em um pedestal romântico, mas retrata-as como pessoas dotadas de virtudes e fraquezas, de boas e más qualidades. No entanto, elas nunca dão a impressão de mesquinhez. Com todas as suas fraquezas, agem de modo historicamente grandioso, o que se deve, é claro, à profundidade do entendimento de Scott acerca da peculiaridade dos diferentes períodos históricos. Mas o fato de que ele conseguir expressar seus sentimentos a respeito dos homens históricos de modo ao mesmo tempo grandioso e humanamente verdadeiro deve-se à sua maneira de compor.

A grande personagem histórica, no papel de coadjuvante, pode gozar plenamente a vida como ser humano, aplicar na ação todas as suas qualidades grandiosas e mesquinhas; porém, no enredo, ela é figurada de modo que só age, só chega à expressão de sua personalidade em situações historicamente importantes. Assim, atinge um desdobramento pleno e multifacetado de sua personalidade, mas apenas na medida em que essa personalidade está ligada aos grandes eventos da história. Otto Ludwig, com muita perspicácia, diz o seguinte sobre o Rob Roy de Scott: "Este só ganha importância porque não seguimos sua vida passo a passo, porque vemos dele apenas os momentos em que ele é *importante*; ele nos surpreende com sua onipresença e mostra-se sempre nas atitudes mais interessantes".

Essas considerações não só contêm uma caracterização acertada do modo de composição de Scott, como também apontam para as leis gerais da figuração: o modo de representar homens importantes. É aqui precisamente que surgem diferenças profundas entre a epopeia e o romance. O caráter fundamentalmente nacional do tema central da epopeia e a relação entre indivíduo e povo na época dos heróis fazem com que a personagem mais importante tenha de assumir o lugar central, ao passo que no romance histórico essa personagem ocupa necessariamente um lugar secundário.

Todavia, o procedimento mencionado por Otto Ludwig de limitar a figuração da personagem a aparições significativas também é eficiente, *mutatis mutandis*, na epopeia. Hölderlin observou isso de maneira justa e correta quanto à personagem de Aquiles. Diz ele:

> Muitas vezes causou admiração o fato de que Homero, que queria cantar a ira de Aquiles, quase não o põe em cena etc. (...) Ele não queria profanar o filho dos deuses na agitação de Troia. O ideal não podia aparecer como algo cotidiano. E ele realmente não podia cantá-lo de modo mais sublime e afetuoso do que o retirando de cena (...), de maneira que cada baixa entre os gregos, desde o dia em que falta o único no Exército, sirva para exortar a superioridade desse indivíduo sobre toda aquela pomposa multidão de senhores e servos, e os raros momentos em que o poeta o deixa aparecer diante de nós sejam ainda mais iluminados por sua ausência.

Não é difícil notar os pontos de conexão aqui. Em toda forma de representação que penetra os pequenos e até os mais insignificantes detalhes da vida, o herói deveria necessariamente, a fim de continuar a agir no primeiro plano, ser rebaixado ao nível geral da vida figurada. Nesse caso, apenas uma estilização forçada poderia produzir a distância necessária e desejada entre ele e as outras personagens. Mas tal estilização contradiz a essência de toda épica autêntica, que, *como um todo*, sempre procura dar a impressão de espelhar a vida tal como ela normalmente é. Esse é um dos muitos encantos imperecíveis das epopeias de Homero, enquanto a chamada épica literária, que trabalha quase exclusivamente com um distanciamento estilizado entre o poeta e o ambiente, com a elevação estética da personagem central, torna-se, com isso, epicamente sem vida e afetada, retórica e lírica. Em Homero, Aquiles aparece sempre tão natural e humano quanto qualquer outra personagem. Homero destaca-o em seu ambiente por meios épicos – que, como tais, são ao mesmo tempo afetados *e* naturalistas –, pela invenção de situações em que, de certo modo, o importante se oferece "por si mesmo" e o efeito de contraste da ausência do herói faz com que este se coloque "por si mesmo" em um pedestal, sem que seja necessário forçá-lo a isso.

Todas essas funções épicas também estão presentes em Walter Scott. Mas, como vimos, no romance histórico a relação entre o "indivíduo histórico-mundial" e o mundo em que ele age é totalmente diferente daquela que ocorre na épica antiga. Aqui, os traços significativos não são simplesmente o modo mais elevado de manifestar uma situação global [*Weltzustand*], que permanece essencialmente inalterada na ficção, mas, ao contrário, a mais nítida exacerbação das tendências sociais de desenvolvimento em meio a uma crise histórica. Acrescenta-se a isso o fato de que o romance histórico figura um mundo muito mais diferenciado socialmente que a epopeia antiga. Contudo, com a crescente cisão e oposição entre as classes, o papel representativo do "indivíduo histórico-mundial", que resume os traços mais relevantes de uma sociedade, ganha uma importância totalmente diferente.

Nas epopeias antigas, as oposições são sobretudo nacionais. Os grandes adversários nacionais, como Aquiles e Heitor, representam situações muito semelhantes no sentido social e, portanto, moral; a margem de ação ética de seus atos é mais ou menos a mesma, e os pressupostos humanos dos atos de um são bastante transparentes para o outro etc. No mundo do romance histórico, as coisas não são assim. Nele, o "indivíduo histórico-mundial" é visto socialmente como *partido*, como representante de *uma* das muitas classes e camadas em conflito. Mas, além de cumprir sua função de cume e coroamento do mundo ficcional, ele também deve – de maneira muito complicada e pouco direta – tornar direta ou indiretamente visíveis os traços progressistas gerais de toda a sociedade, de toda a época. Contudo, esses complicados pressupostos da compreensibilidade de seu papel representativo são figurados em Walter Scott por meio da ampla *história pregressa* que sempre prepara o terreno para sua aparição e cuja necessidade já seria por si só suficiente para fazer dele uma figura coadjuvante do enredo.

Como o leitor já deve ter percebido pelas considerações anteriores, não se trata aqui de um industrioso truque técnico de Scott, mas da expressão composicional e artística de seu sentimento histórico da vida. É cultuando as grandes personalidades da história como fatores decisivos do processo histórico que ele chega a esse modo de compor. E é renovando com originalidade as antigas leis da ficção épica que ele encontra para o romance histórico o único meio possível de espelhar de maneira adequada a realidade histórica, sem monumentalizar romanticamente as personagens significativas da história nem lançá-las à vala comum das miudezas psicológicas. Assim, Scott humaniza seus heróis históricos, porém evita aquilo que Hegel chama de psicologia do criado de quarto, isto é, a análise minuciosa de pequenas qualidades humanas que não possuem nenhuma relação com a missão histórica do homem em questão.

Mas esse modo de compor não significa de forma alguma que as personagens históricas de Scott não sejam individualizadas até em suas qualidades humanas mais ínfimas. Elas jamais são simples representantes de correntes, ideias históricas etc. A grande arte de Scott está justamente em individualizar seus heróis históricos de tal modo que traços determinados, individuais e peculiares de seu caráter são postos em uma relação muito complexa e viva com o tempo em que eles vivem, com a corrente que eles representam e a cuja vitória eles dedicam seus esforços. Scott apresenta, ao mesmo tempo, a necessidade histórica que liga essa individualidade particular ao papel que ela desempenha na história. Desse nexo específico resulta não apenas a vitória ou a derrota da luta, mas também o caráter historicamente singular dessa vitória ou derrota, seu valor historicamente peculiar, seu timbre de classe.

Uma das maiores realizações da literatura mundial é o modo como na personagem de Maria Stuart, por exemplo, concentram-se vários elementos que, desde o início, condenam ao fracasso seu golpe de Estado e sua fuga. A sombra dessas qualidades pode ser sentida antes mesmo de a personagem ser apresentada ao leitor, na composição e no modo de agir de seus partidários enquanto preparam o golpe de Estado. O modo como agem torna esse sentimento ainda mais consciente, e o fracasso é apenas o cumprimento de uma expectativa alimentada durante muito tempo. Com a mesma maestria, mas com meios técnicos totalmente distintos, Scott pinta a superioridade e a diplomacia vitoriosa do rei Luís XI da França. De início, a oposição social e humana entre o rei e seu séquito, que em sua maioria ainda conserva sentimentos feudais e cavalheirescos, é vista apenas em pequenos combates prévios. Então, depois de encarregar o herói principal, o correto e cavalheiresco Quentin Durward, de uma missão perigosa, ou mesmo insolúvel, o rei sai de cena durante a maior parte do romance. Ele só aparece novamente na conclusão, em uma situação desesperadora, como prisioneiro no campo do duque da Borgonha, uma personagem feudal e cavalheiresca, aventureira e politicamente estúpida. Ali, usando apenas a razão e a esperteza, o duque consegue vantagens tais que a vitória do princípio que ele defende torna-se evidente para o leitor, apesar do empate final. Essas relações complicadas, porém unívocas, entre os representantes das diferentes classes, entre o "alto" e o "baixo" da sociedade, criam uma atmosfera histórica incomparavelmente autêntica nos romances de Scott, uma atmosfera com que ele dá vida a determinada época não apenas em seu conteúdo histórico e social, mas também em seus aspectos humanos e emocionais, com seu aroma e sua marca especial.

Em Scott, a legitimidade e a experienciabilidade [*Erlebbarkeit*] da atmosfera histórica repousam no caráter popular de sua arte. Tal caráter se perdeu com a decadência literária e cultural. Taine já afirmava, totalmente equivocado, que a arte de Scott professa visões feudais. Essa falsa teoria foi tomada em bloco pela sociologia vulgar, apenas com a diferença de que Scott passa a ser o escritor não do mundo feudal, mas dos comerciantes e colonizadores ingleses, do imperialismo inglês de então. Tais "teorias" do romance histórico – construídas com a finalidade de erigir uma muralha da China entre o passado clássico e o presente e assim negar à moda de Trotsky o caráter socialista de nossa cultura atual – não veem em Walter Scott mais do que o bardo dos comerciantes colonizadores.

A verdade é exatamente o contrário. E isso é reconhecido com clareza pelos contemporâneos e pelos sucessores de Walter Scott. George Sand disse com razão sobre ele: "Ele é o escritor do camponês, do soldado, dos proscritos, do artesão". Pois, como vimos, Scott figura as grandes convulsões da história como convulsões da vida do povo. Seu ponto de partida é sempre a figuração do modo como mudanças históricas importantes afetam a vida cotidiana do povo, quais mudanças materiais e psicológicas elas provocam nos homens, que, não compreendendo suas causas, reagem de forma imediata e veemente. Apenas a partir dessa base é que ele figura as complicadas correntes ideológicas, políticas e morais que nascem necessariamente dessas mudanças. O caráter popular da arte de Scott não consiste, portanto, na figuração exclusiva da vida das classes oprimidas e exploradas. Isso significaria uma concepção estreita desse caráter popular. Como todo grande ficcionista popular, Walter Scott parte da figuração da totalidade da vida nacional em sua complicada interação entre "alto" e "baixo"; aqui, a enérgica tendência ao caráter popular se manifesta no fato de que ele enxerga no "baixo" a base material e a explicação literária da figuração daquilo que ocorre no "alto".

Assim, em *Ivanhoé*, Scott figura o problema central da Inglaterra medieval: a oposição entre saxãos e normandos. Ele mostra com muita clareza que essa oposição se dá sobretudo entre servos saxões e senhores feudais normandos. Mas, de um modo historicamente correto, não se detém nessa oposição. Ele sabe que parte da nobreza saxã, mesmo limitada materialmente e privada de seu poder político, continua a ter privilégios, estando precisamente aí o cerne ideológico e político da resistência dos saxões aos normandos. Contudo, como grande intérprete da vida histórica do povo, Scott vê e figura, com extrema plasticidade, o fato de que umas partes significativas da nobreza saxã afundam na apatia e na inação enquanto outras esperam apenas uma oportunidade para firmar um compromisso com as facções mais moderadas da nobreza normanda, cujo representante é o rei Ricardo Coração de Leão. Portanto, se Belinski afirma com razão que Ivanhoé, o herói do romance, membro da nobreza e representante desse compromisso, é ofuscado por figuras coadjuvantes, isso se deve ao fato de esse problema de forma do romance histórico ter um conteúdo histórico e político, um conteúdo popular muito claro. Entre as figuras que ofuscam Ivanhoé, encontra-se seu pai, o nobre saxão Cedric, valente e ascético, mas também seus servos Gurth e Wamba e, em primeiro plano, o líder da resistência armada contra o domínio normando, Robin Hood, o lendário herói popular. A interação entre "alto" e "baixo", cujo conjunto forma a totalidade da vida do povo, manifesta-se, portanto, da seguinte forma: se é verdade que, no essencial, as tendências históricas recebem no "alto" uma expressão mais nítida e generalizada, é sobretudo no "baixo" que encontramos o verdadeiro heroísmo das lutas incessantes das oposições históricas.

É exatamente assim que a imagem da vida do povo é pintada nos outros romances. Em *Waverley*, o herói trágico é Vich Jan Vohr, que termina no cadafalso por causa de sua fidelidade à dinastia Stuart. Mas não é nessa figura ambígua e aventureira que encontramos o heroísmo verdadeiro, humanamente arrebatador e não problemático, mas sim em seus partidários no clã escocês. Uma das maiores figurações do heroísmo simples e sem fraseologias é o momento em que Evan Dhu, que era companheiro de clã de Vich Jan Vohr e poderia sair livre do tribunal, propõe durante o julgamento que os condena à morte que ele e alguns outros companheiros de clã sejam executados em troca da liberdade de seu líder.

Em tais traços mostram-se de maneira muito clara a unidade em Walter Scott do espírito popular e a profunda compreensão da autenticidade histórica. Para ele, autenticidade histórica significa a singularidade temporalmente condicionada da vida psicológica, da moral, do heroísmo, da capacidade de sacrifício, da perseverança etc. É isso que, na autenticidade histórica de Walter Scott, é importante, imperecível, e marca época na história da literatura, e não o tão falado "colorido local" das descrições, que é apenas um entre muitos recursos artísticos para figurar a questão principal e, por si só, jamais poderia despertar o espírito de uma época. Scott deixa que as grandes qualidades humanas, assim como os vícios e as limitações de seus heróis, brotem do solo histórico claramente figurado do ser. Ele nos familiariza com as peculiaridades históricas da vida psicológica de sua época não por meio da análise ou da explicação psicológica de seus conteúdos mentais, mas pela ampla figuração de seu ser, pela demonstração de como as ideias, sentimentos e modos de agir crescem a partir desse solo.

Isso é sempre apresentado de forma magistral, no curso de uma ação interessante. É em uma negociação entre o clã e um proprietário de terras escocês, por ocasião de um roubo de gado, que Waverley entra em contato pela primeira vez com os membros do clã. Nesse momento, eles são tão incompreensíveis para ele quanto para os leitores. Ele passa então um longo período imerso no clã, aprende a vida cotidiana de seus membros em todos os detalhes, seus costumes, alegrias e sofrimentos. Quando o clã e, com ele, Waverley entram na guerra, ele – e o leitor – já está familiarizado com o ser e a consciência específicos desses homens que ainda vivem em uma estrutura social gentílica. Na última batalha contra as tropas reais, quando Waverley quer salvar um soldado inglês oriundo do mesmo condado que ele, de início os membros do clã protestam contra a ajuda que seria prestada a um inimigo. Só depois que tomam consciência de que o inglês ferido pertence ao "clã" de Waverley é que o ajudam e honram como chefe providente. O efeito arrebatador do heroísmo de Evan Dhu só pode ser atingido com base nesse amplo desdobramento ontológico e prático da especificidade material e moral da vida do clã. De modo bastante semelhante, outras formas específicas de heroísmo em épocas passadas tornam-se testemunháveis em Scott, por exemplo o heroísmo dos puritanos etc.

O grande objetivo ficcional de Walter Scott, ao figurar as crises históricas da vida nacional, é mostrar a *grandeza humana* que se desnuda em seus representantes significativos a partir da comoção de toda a vida da nação. Não há dúvida de que, consciente ou inconscientemente, a experiência da Revolução Francesa despertou essa tendência na literatura. Ela já emerge – de modo muito isolado, é claro – no período que prepara a Revolução, sobretudo na personagem Clara, no *Egmont**, de Goethe. Neste, o heroísmo ganha vida por ocasião da revolução holandesa, porém se mostra de imediato no amor de Clara por Egmont. Após a Revolução Francesa, o próprio Goethe encontra na figura de sua Doroteia uma expressão ainda mais puramente humana e heroica para essa tendência de figuração. Nela encontram-se qualidades modestas e fortes, decididas e heroicas, que decorrem dos acontecimentos da Revolução Francesa, do destino que esses acontecimentos reservaram para seu ambiente imediato. A grande arte épica de Goethe mostra-se na maneira como ele retrata o heroísmo de Doroteia em plena harmonia com seu caráter simples e modesto, como algo que esteve sempre latente e foi chamado à vida pelos grandes eventos da época, mas também como algo que não provoca na personagem uma mudança decisiva de sua vida, de sua psicologia. Quando a necessidade objetiva do agir heroico se esvai, Doroteia retorna à vida cotidiana.

Saber em que medida Walter Scott conhecia essa obra de Goethe, ou mesmo se chegou a conhecê-la, é absolutamente secundário; porém, é certo que ele dá continuidade e aperfeiçoa historicamente essa tendência de Goethe. Todos os seus romances são repletos desses destinos, desse arder

---

*   São Paulo, Melhoramentos, 1949. (N. E.)

de um grande e, no entanto, simples heroísmo em filhos modestos e aparentemente medianos do povo. O desdobramento da tendência goethiana consiste, em primeiro lugar, no fato de que Walter Scott trabalha o caráter histórico do heroísmo, a peculiaridade histórica da grandeza humana que se revela. Goethe traça com extraordinária fidelidade os contornos gerais dos movimentos nacionais, tanto dos holandeses quanto da Revolução Francesa. Contudo, embora as figuras coadjuvantes de *Egmont* apresentem traços decididamente contemporâneos e Clara, em cada reação suscitada por seu amor idílico por Egmont, continue filha de sua classe e de seu povo, a verdade é que falta a seus voos heroicos um caráter decidido e marcadamente histórico. Goethe é fiel à realidade e verdadeiro, já que mostra a grandeza humana em circunstâncias históricas determinadas e procede organicamente a partir da psicologia de Clara; porém, a peculiaridade dessa personagem não é caracterizada historicamente. O mesmo ocorre na caracterização de Doroteia. Em nenhuma dessas figuras, o ficcionista lança mão de traços especificamente sócio-históricos para a figuração positiva de seu salto heroico. Nos dois casos, Goethe situa-os no preâmbulo da descrição (e, no caso de Doroteia, também em seguida). No entanto, eles servem apenas como moldura para o salto heroico e não lhe dão nenhum colorido histórico.

A questão apresenta-se de outro modo em Walter Scott, o que se pode ver claramente em *The Heart of Midlothian* [O coração de Midlothian]. Nessa obra, Scott criou sua mais importante figura feminina: a jovem e puritana camponesa Jeanie Deans. Os acontecimentos põem a filha de um soldado radical do exército de Cromwell diante de um terrível dilema. Sua irmã é acusada de infanticídio; de acordo com as leis desumanas da época, basta para condená-la à morte a prova de que manteve a gravidez em segredo. Ocorre que ela foi obrigada a isso, mas não cometeu o infanticídio. Jeanie poderia salvar sua irmã, se jurasse em falso. Mas, apesar de seu grande amor por ela, apesar de sua infinita compaixão por seu destino, a consciência puritana prevalece e seu testemunho é fiel à verdade. A irmã é condenada à morte. Então, a pobre camponesa, inculta, ignorante do mundo, vai a pé até Londres para pedir ao rei misericórdia por sua irmã. A história desse conflito da alma, dessa luta pela vida da irmã, mostra uma humanidade rica e um heroísmo modesto de um ser humano realmente significativo. Com isso, Scott fornece um retrato de sua heroína no qual os traços camponeses, estreitamente puritanos e escoceses não esmorecem em nenhum momento, mas, ao contrário, compõem continuamente o caráter específico do ingênuo e grandioso heroísmo dessa figura popular.

Após realizar com sucesso sua intenção, Jeanie Deans retorna à vida cotidiana e nunca mais ocorre em sua vida um salto capaz de revelar a existência de tais forças. Scott descreve essa última etapa com pormenores exageradamente amplos e filisteus, enquanto Goethe, que segue a beleza do traçado e o acabamento clássico, contenta-se em dizer que a vida heroica de Doroteia está acabada e agora, para ela, começa a imersão na modéstia da vida cotidiana.

Nos dois casos, trata-se de uma necessidade da forma épica. Mas, em ambos, essa necessidade formal exprime uma profunda verdade humana e histórica. Trata-se, para esses dois grandes escritores, de desvelar de maneira figurada as imensas possibilidades humanas e heroicas que se encontram latentes no povo e emergem à superfície "de repente", com fúria monstruosa, sempre que uma grande ocasião se apresenta, sempre que há uma comoção profunda na vida social ou mesmo na vida pessoal mais imediata. A grandeza dos períodos de crise da humanidade repousa, em grande medida, no fato de que tais forças ocultas permanecem latentes no povo e só necessitam de uma ocasião que as deflagre para vir à tona. A necessidade épica da reimersão dessas figuras após cumprirem sua missão heroica sublinha justamente a universalidade desse fenômeno. Goethe e Walter Scott não queriam mostrar, com suas respectivas personagens Doroteia e Jeanie Deans, nenhum ser humano excepcional, nenhum talento extraordinário erguendo-se do meio do povo para tornar-se líder de um movimento popular (em Scott, esse papel é representado por Robin Hood e Rob Roy). Ao contrário, o que queriam mostrar é que as possibilidades desse salto humano, desse heroísmo, estão presentes nas massas populares e muitos membros do povo vivem tranquilamente sua vida, sem nenhum salto, apenas porque não passam por uma experiência que leve a tal concentração de forças. Precisamente por isso é que as revoluções são as grandes épocas da humanidade, porque nelas e por meio delas ocorrem os movimentos de ascensão das capacidades humanas.

Por essa forma de figuração humana e histórica, Scott dá vida à história. Como mostramos, ele representa a história como uma série de grandes crises. Sua representação do desenvolvimento histórico – da Inglaterra e da Escócia, em primeiro lugar – é uma série ininterrupta de crises revolucionárias. Se a principal tendência em todos os romances de Scott – o que, de certo modo, faz deles uma espécie de ciclo – é apresentar e defender o progresso, este é um processo cheio de contradições, cuja força propulsora e base material é a contradição viva das forças históricas em luta umas contra as outras, a oposição das classes e das nações.

Scott afirmou esse progresso. Ele é um patriota, orgulhoso do desenvolvimento de seu povo. Isso é absolutamente necessário para a criação de um verdadeiro romance histórico, que traz o passado para perto de nós e o torna experienciável. Sem uma relação experienciável com o presente, a figuração da história é impossível. Mas, na verdadeira grande arte histórica, essa relação consiste não em referências a acontecimentos contemporâneos – o que Púchkin ridicularizou sem nenhuma piedade nos imitadores incompetentes de Walter Scott –, mas na revivificação do passado como *pré-história* do presente, na vivificação ficcional daquelas forças históricas, sociais e humanas que, no longo desenvolvimento de nossa vida atual, conformaram-na e tornaram-na aquilo que ela é, aquilo que nós mesmos vivemos. Hegel diz:

> Assim, o elemento histórico só é o nosso próprio (...) quando podemos ver o presente como consequência daqueles eventos em cuja cadeia as personagens ou os atos apresentados formam um elo essencial (...). Pois a arte não é feita para um círculo pequeno e fechado de uns poucos, de preferência bem-educados, mas para toda a nação. Mas o que vale em geral para a obra de arte encontra também aplicação no lado externo da realidade histórica representada. Também ela tem de ser, sem uma vasta erudição, clara e apreensível para nós – pois também pertencemos a nosso tempo e a nosso povo –, de modo que possamos nos sentir em casa e não permaneçamos diante dela como diante de um mundo estranho e incompreensível.

Esse vínculo intenso com o passado é o pressuposto do patriotismo de Scott. Mas apenas sociólogos vulgares podem ver nesse patriotismo a exaltação de comerciantes exploradores. Goethe apreendeu essa relação de Walter Scott com a história inglesa de modo infinitamente mais profundo e verdadeiro. Em uma conversa com Eckermann, ele fala sobre *Rob Roy*. É interessante, e característico do "equivalente social" de Scott, o fato de se tratar de um romance cuja personagem principal é um herói popular escocês, uma mistura peculiar de rebelde, ladrão de gado e contrabandista. Goethe diz sobre esse romance: "Nele, tudo é grandioso: o material, o conteúdo, os caráteres, a trama (...). Vê-se então o que é a história inglesa e o que se pode obter quando um talentoso ficcionista recebe tal legado". Goethe percebe claramente, portanto, o que torna Scott orgulhoso da história inglesa: por um lado, é evidente, o amadurecimento gradual da força e da grandeza nacionais, cujo caráter contínuo Scott deseja ilustrar com seu "caminho do meio"; mas por outro, e inseparavelmente, as crises desse crescimento, os extremos cuja luta levou afinal a esse "caminho do meio" e que jamais poderiam ser eliminados da imagem do caráter de grandeza nacional sem eliminar justamente toda a sua grandeza, riqueza e conteúdo.

Scott vê e figura o complicado e tortuoso caminho que conduziu à grandeza da Inglaterra, à formação de seu caráter nacional. Como membro sóbrio e conservador da pequena nobreza, ele naturalmente afirma o resultado, e a necessidade desse resultado é o fundamento sobre o qual ele se apoia. Mas isso não esgota de modo algum a visão ficcional de mundo de Scott. Ele vê os destroços das existências aniquiladas, a destruição e o desperdício dos heroicos anseios humanos, as formações sociais arruinadas etc. que foram os pressupostos necessários para esse resultado final.

Aqui reside, sem dúvida, certa contradição entre a complexa visão política imediata de Walter Scott e sua imagem ficcional do mundo. Como Balzac, Tolstói e tantos outros realistas, Scott também se tornou um grande realista, a despeito de suas próprias visões político-sociais. Também nele pode ser constatada a engelsiana "vitória do realismo" sobre suas visões pessoais e político-sociais. Sir Walter Scott, membro da pequena nobreza escocesa, afirma esse movimento sem hesitar e com sóbria racionalidade. O ficcionista Scott encarna, ao contrário, o sentimento do poeta romano Lucanus: *Victrix causa diis placuit, sed victa Catoni* (a causa vitoriosa agrada aos deuses, mas a vencida, a Catão).

No entanto, seria falso conceber essa oposição de modo rígido e sem mediações: ver na afirmação sóbria da realidade inglesa, do "caminho do meio" do desenvolvimento inglês, algo exclusivamente negativo, algo que só teria estorvado o desdobramento da grande arte histórica de Scott. Ao contrário, é preciso ver que essa grande arte histórica surgiu justamente dessa interação, dessa interpenetração dialética dos dois lados da personalidade de Scott. É precisamente por esse seu caráter que Scott não foi um romântico, um venerador ou um poeta elegíaco dos tempos passados. Precisamente por isso, ele pôde figurar de modo objetivo a ruína das formações sociais passadas, apesar de toda a sua simpatia humana, de toda a sua sensibilidade artística pelas qualidades magníficas e heroicas que possuíam. De modo objetivo, isto é, em sentido grandioso, histórico e ficcional: com o mesmo olhar, ele viu suas qualidades extraordinárias e a necessidade histórica de seu declínio.

Essa objetividade, no entanto, apenas exalta a verdadeira poesia do passado. Vimos que na imagem histórica de Walter Scott, totalmente em desacordo com a opinião distorcida de críticos posteriores, os representantes oficiais das antigas classes dominantes não desempenham o papel principal. Entre as personagens nobres de seus romances – se, entre elas, não considerarmos o "herói mediano" correto, que só pode ser chamado de herói positivo em um sentido muito específico –, há relativamente poucas personagens concebidas de forma positiva. Ao contrário, Scott mostra, em geral de modo humorístico, satírico ou trágico, as fraquezas e a decadência humana e moral das camadas altas. É verdade que o pretendente em *Waverley*, Maria Stuart em *The Abbot* [O abade] e até mesmo o príncipe regente em *The Fair Maid of Perth* [A bela moça de Perth] mostram traços simpáticos e amáveis, porém a linha principal da figuração vai no sentido de mostrar sua incapacidade de cumprir suas missões históricas. Nesse caso, a poesia da objetividade histórica de Scott consiste no fato de que nós, a partir da atmosfera do todo, vivemos ao mesmo tempo e sem análises pedantes os motivos históricos e sociais objetivos dessa incapacidade pessoal. Além disso, Scott descreve em toda uma série de personagens os aspectos terrivelmente brutais do domínio dos nobres (por exemplo, os cavaleiros templários em *Waverley* etc.), assim como a incompetência – já fustigada na comédia – da nobreza palaciana, cada vez mais alheia à vida nacional. As poucas personagens positivas tornam-se positivas, em sua maioria, no transcorrer do cumprimento despretensioso do dever, no caráter do *gentleman*. Apenas grandes representantes isolados do progresso histórico, em especial Luís XI, preservam uma monumentalidade histórica.

Na maioria dos casos em que personagens nobres desempenham um papel positivo pleno ou problemático, este repousa sobre seu nexo com o povo, porém quase sempre sobre relações patriarcais vivas ou, no mínimo, ainda não de todo mortas (por exemplo, o duque de Argyle, em *The Heart of Midlothian*). É a vida realmente intensa da realidade histórica de Scott que configura a vida do próprio povo. Todavia, como membro da pequena nobreza inglesa fortemente ligado à burguesia no que diz respeito às tradições e ao estilo de vida individual, Scott tem profunda simpatia pela obstinada autoconfiança do cidadão urbano anglo-escocês da Idade Média e do camponês livre e autônomo. Em particular na figura de Henry Gow (*The Fair Maid of Perth*), ele fornece um belo retrato dessa disposição e autoconsciência [*Selbstbewusstheit*] medieval e burguesa. Como guerreiro, Henry Gow é igual a qualquer cavaleiro, mas declina com orgulho da oferta do conde Douglas de armá-lo cavaleiro, porque é burguês e quer viver e morrer como um burguês livre.

No conjunto da obra de Scott, encontramos cenas e personagens admiráveis que retratam a vida dos servos e dos camponeses livres, os destinos dos excluídos da sociedade, dos traficantes, dos ladrões, dos soldados, dos desertores etc. Mas é sua inesquecível figuração dos sobreviventes da sociedade gentílica, do clã escocês, que constitui a poesia principal de sua figuração da vida passada. Aqui já aparece, no material e na temática, um elemento tão poderoso do período heroico da humanidade que os romances de Scott aproximam-se, em seus pontos altos, diretamente das antigas epopeias. Scott demonstra um grande talento para descobrir e despertar esse passado há muito desaparecido. É claro que o século XVIII já amava e fruía a poesia da condição primitiva. E com a onda de entusiasmo por Homero, que acabou por suplantar Virgílio como modelo, revela-se, sem dúvida, a incipiente tomada de consciência acerca desse período da infância da humanidade. Pensadores importantes como Ferguson viram até um parentesco entre os heróis homéricos e os índios americanos. Mas essa predileção permaneceu abstrata, intimamente moralizante. Scott foi o primeiro a realmente despertar esse período, introduzindo-nos na vida cotidiana dos clãs e, a partir dessa base real, plasmando tanto a extraordinária grandeza humana dessa condição primitiva, nunca mais atingida, quanto a necessidade interna de sua derrocada trágica.

Precisamente pela vivificação dos princípios objetivamente poéticos que se encontram na base da poesia da vida popular e da história, Scott tornou-se o grande ficcionista das épocas passadas, o verdadeiro figurador popular da história. Heine reconheceu essa peculiaridade da poesia scottiana e viu que sua força consiste justamente nessa representação da vida popular, no fato de que os grandes acontecimentos oficiais e as grandes personagens históricas não são postos no centro da narrativa. Diz ele: "Às vezes, os romances de Walter Scott fornecem o espírito da história inglesa de modo muito mais fiel do que Hume". Os mais significativos historiadores e filósofos da história dessa época, Thierry e Hegel, tendem para tal concepção da história. Mas esta permanece neles como uma exigência, uma declaração teórica dessa necessidade. Pois, na teoria e na historiografia, apenas o materialismo histórico pode desenterrar mentalmente esse fundamento da história e trazer à luz a infância da humanidade. Mas aquilo que em Morgan, Marx e Engels é elaborado e comprovado com clareza teórica e histórica ganha vida e poesia nos melhores romances históricos de Walter Scott. Por isso, com muita razão Heine sublinha esse aspecto do caráter popular em Scott: "Rara cigarra do povo! Este exige sua história da mão do poeta, não do historiador. Ele exige não o relato fiel dos fatos nus, mas os fatos dissolvidos mais uma vez na poesia originária de onde provêm".

Repetimos: essa poesia está objetivamente ligada à necessidade da decadência da sociedade gentílica. Nos diferentes romances de Scott, vivemos as etapas singulares dessa decadência em toda sua concretude e diferença histórica. Scott não quis fazer de seus romances um ciclo coerente – no sentido pedante de *Die Ahnen* [Os antepassados], de Gustav Freytag. Mas, em relação ao destino do clã, mostra-se com enorme plasticidade este grande contexto histórico: a implacável necessidade da tragédia dos clãs. E ela já aparece no fato de que seus destinos surgem sempre da interação viva com o meio sócio-histórico. Tais destinos jamais são figurados de modo independente, isolado, mas sempre no contexto de uma crise geral da vida nacional escocesa ou anglo-escocesa. A cadeia de crises estende-se desde as primeiras grandes lutas da nascente burguesia escocesa contra a nobreza e a tentativa da realeza de utilizar essas lutas para fortalecer o poder central (*The Fair Maid of Perth* – fim do século XIV) até as últimas tentativas dos Stuart de girar a roda da história para trás e reproduzir o obsoleto absolutismo em uma Inglaterra já muito avançada rumo ao capitalismo (*Rob Roy* – fim do século XVIII).

Nesse processo, os clãs são sempre por necessidade histórica os usados, os descartados, os logrados. São precisamente suas qualidades heroicas, provindas do primitivismo de seu ser social, que fazem deles o joguete dos representantes – humanamente muito inferiores a eles – das potências dominantes de cada etapa da civilização. Aquilo que Engels mostra de forma científica, isto é, como a civilização realiza coisas que a antiga sociedade gentílica não podia realizar, é figurado por Scott de modo ficcional. Ele figura em especial aquele contraste no campo humano que Engels ressalta quando analisa o fracasso necessário da sociedade gentílica diante da civilização: "Mas a civilização se aperfeiçoou, pondo em movimento os impulsos e as paixões mais torpes dos homens e desenvolvendo-os à custa de todas as suas outras disposições".

Já a tendência à instauração de uma monarquia absoluta – que surgiu em meio às lutas de classes da época medieval – não teve escrúpulos em se aproveitar das beligerâncias irrelevantes dos clãs para provocar sua destruição mútua. O extermínio recíproco nos dois clãs de todos os homens em condições de lutar – o que compõe o enredo do primeiro romance mencionado aqui – é, nessa forma extrema, um caso certamente excepcional, cuja tipicidade é extraída apenas pela grande arte de Scott. Mas este só pode fazê-lo porque, em sua dimensão espontânea, mais isolada e episódica, essa incapacidade do clã de defender seus interesses contra a nobreza ou a burguesia – e a dissipação de todas as suas energias na estreiteza local dessas pequenas lutas – decorre necessariamente da base existencial do clã. A guarda do rei Luís XI compõe-se de membros dispersos – de modo mais ou menos involuntário – do antigo clã (*Quentin Durward*). E os partidos nas guerras civis ulteriores, tanto o Parlamento quanto os Stuart, já se utilizam de maneira intensa e inescrupulosa das bravas e dedicadas lutas entre os clãs para fins políticos totalmente estranhos a eles (*Uma lenda de Montrose**, *Waverley*, *Rob Roy*).

Segundo Engels, com a repressão do levante de 1745 (retratada em *Waverley*), começa o verdadeiro declínio da sociedade gentílica na Escócia. Algumas décadas depois (em *Rob Roy*), vemos os clãs já em plena dissolução econômica. Uma das personagens desse romance, Jarvie, prefeito de Glasgow e comerciante esperto, vê claramente que a dissolução desesperada e inevitável dos clãs tornou-se uma necessidade econômica. Eles não podem mais sobreviver com base em sua economia primitiva. Existe uma super-população permanentemente armada, treinada na guerra, forçada a roubar, com a qual não se pode voltar a nenhuma normalidade; a rebelião apresenta-se a ela como a única saída para essa situação desesperada. Com isso, aparece aqui um traço da dissolução, da marginalização, que ainda faltava no retrato do clã em *Waverley*.

É admirável, mais uma vez, a extraordinária e realista representação da história de Scott, com a qual ele converte esses novos elementos da mudança econômica e social em destinos humanos, em psicologia transformada das personagens. Seu autêntico caráter popular mostra-se aqui de duas maneiras. Por um lado, no tratamento enérgico, implacável e realista que dá a esses traços marginalizados, em especial na ação romântica e aventureira do próprio Rob Roy, que se destaca com muita nitidez da simplicidade primitiva dos chefes de clã dos períodos anteriores. Por outro, na figuração dessa derrocada dos clãs com seu verdadeiro heroísmo popular: em meio a todas as tendências à marginalização, a personagem de Rob Roy reúne em si as qualidades grandiosas dos antigos heróis dos clãs. O declínio da sociedade gentílica é, em Scott, uma tragédia heroica, não uma miserável degradação.

---

*   Rio de Janeiro, H. Garnier, s. d. (N. E.)

Assim, Walter Scott torna-se um grande poeta da história: porque tem um sentimento mais profundo, legítimo e diferenciado da história que qualquer outro ficcionista antes dele. A necessidade histórica é, em seus romances, da mais rigorosa implacabilidade. Contudo, não é um fado além do humano, mas uma interação complexa de circunstâncias históricas concretas em seu processo de transformação, em sua interação com homens concretos, que crescem nessas circunstâncias, são influenciados por elas de formas muito diferentes e atuam individualmente, de acordo com suas paixões pessoais. Na figuração, portanto, a necessidade histórica é sempre um resultado, não um pressuposto; ela é, de modo figurado, a atmosfera trágica do período, e não o objeto das reflexões do escritor.

É óbvio que isso não significa que as personagens de Walter Scott não reflitam sobre seus objetivos e tarefas. Mas essas reflexões são de homens ativos, em circunstâncias concretas. E a atmosfera da necessidade histórica surge precisamente dessa dialética muito sutil entre a potência e a impotência do discernimento correto em circunstâncias históricas concretas. Em *Uma lenda de Montrose*, Scott figura um episódio ocorrido durante a Revolução Inglesa. Tanto o exército do Parlamento quanto os realistas procuram atrair os belicosos clãs. Seus instrumentos são dois grandes chefes, Argyle e Montrose. Ora, é muito interessante que, em tal situação, um pequeno chefe de clã perceba claramente que se juntar ao rei ou ao Parlamento significa, no fim das contas, a ruína dos clãs. Desde o início, porém, sua perspicácia está condenada à impotência pela adesão do clã aos grandes chefes políticos. E começa a guerra entre Argyle e Montrose.

Mas essa mesma necessidade interna que encoraja o plano de Montrose impõe estreitos limites à sua realização, proporcionais aos do clã. Ele mata o adversário e pretende voltar-se contra os inimigos ingleses do rei. Uma campanha militar de força máxima até seria capaz de provocar uma reviravolta na Inglaterra, mas isso é objetivamente impossível. Com um exército formado por membros dos clãs, só se pode travar uma guerra escocesa de clãs. Os seguidores de Montrose se sacrificam por ele, mas sua convicção de que o verdadeiro inimigo não é o Parlamento, mas o grupo de clãs inimigos liderados por Argyle, não se abala com nenhum argumento, com nenhuma autoridade de chefe político, e continuará assim, por mais ilimitada que seja a autoridade de Montrose, enquanto ele se mover no quadro da ideologia de clã. O fato de Scott não deixar que essa oposição se revele de modo puramente exterior diz respeito ao caráter sutil e histórico de sua caracterização. Montrose é um aristocrata, um realista convicto, general de talentos notáveis, homem de grandes ambições políticas, mas também é, intimamente, um chefe de clã. O modo de pensar dos membros do clã atua nele internamente; é por uma necessidade externa e interna que ele desiste de seus grandes planos e dissipa suas forças na insignificante guerra de clãs contra Argyle.

Figurando essa grande necessidade histórica – que se impõe pela ação apaixonada dos indivíduos, mas com frequência contra sua psicologia –, fundamentando essa necessidade sobre bases socioeconômicas reais da vida popular, Walter Scott expressa sua *fidelidade histórica*. Em relação a essa autenticidade na reprodução literária dos verdadeiros componentes da necessidade histórica, não se considera se esses detalhes e fatos isolados são historicamente procedentes ou não. Sem dúvida, Scott é muito vigoroso e autêntico nesses detalhes, mas nunca no sentido próprio do antiquário ou no sentido exótico dos escritores posteriores. Para Scott, os detalhes são apenas um meio para atingir a fidelidade histórica retratada, para evidenciar de maneira concreta a necessidade histórica de uma situação concreta. Essa fidelidade histórica é, para Scott, a verdade da psicologia histórica das personagens, do legítimo *hic et nunc* (aqui e agora) de seus móveis psicológicos e de seu modo de agir.

É justamente na concepção humana e moral de suas personagens que Scott conserva essa fidelidade histórica. As reações contrárias e contraditórias a certos acontecimentos movem-se sempre, em seus romances bem--sucedidos, no quadro da dialética objetiva de determinada crise histórica. Nesse sentido, ele jamais cria personagens excêntricas, personagens que, por sua psicologia, fogem da atmosfera da época. Seria necessária uma análise minuciosa para mostrar isso por meio de exemplos marcantes. Faremos apenas uma curta referência a Effie, irmã de Jeanie Deans. À primeira vista, ela constitui a mais aguda oposição psicológica e moral em relação ao pai e à irmã. Mas Scott figura, com grande sutileza, o modo como essa oposição nasce precisamente da oposição ao caráter camponês e puritano da família, como uma série de circunstâncias durante sua educação dá chance a esse desenvolvimento singular e como, mesmo em sua trágica crise e em sua ascensão social posterior, seu caráter mostra vários traços que conservam elementos daquele coletivo sociotemporal. Essa forma de figuração deixa claro que Scott, em radical oposição ao desenvolvimento do romance histórico pós--Revolução de 1848, *jamais moderniza* a psicologia de suas personagens.

Essa modernização não é certamente uma nova "realização" do romance histórico pós-Revolução de 1848. Ao contrário, é a falsa herança superada justamente por Walter Scott. E a luta entre a fidelidade histórica da psicologia e a modernização psicológica das personagens históricas compõe o problema central da divisão dos espíritos também na época de Walter Scott. Voltaremos a esse problema mais adiante. Neste momento, limitamo-nos a considerar que, enquanto os romances pseudo-históricos dos séculos XVII e XVIII justapõem simplesmente de modo ingênuo a vida sentimental do passado e a do presente, outra corrente mais perigosa da modernização surge em Chateaubriand e no romantismo alemão. Os românticos alemães em especial dão um peso extraordinariamente grande à fidelidade histórica dos detalhes. Descobrem o atrativo pictórico da Idade Média e reproduzem-no com uma exatidão "nazarena"*: do catolicismo medieval até os móveis antigos, tudo é reproduzido com uma exatidão de artesão especialista que beira muitas vezes o pedantismo pitoresco. Contudo, os homens figurados nesse mundo pitoresco têm a psicologia de um romântico dilacerado ou de um neófito apologista da Santa Aliança.

Na Alemanha, essa caricatura decorativa da fidelidade histórica foi firmemente rejeitada pelos grandes representantes do progresso literário e cultural: Goethe e Hegel. O romance histórico de Walter Scott é a contrapartida viva dessa nova tendência de um falso historicismo e de sua concomitante modernização não artística do passado. Mas fidelidade ao passado significa uma reprodução cronológica e naturalista da linguagem e do modo de sentir do passado? É óbvio que não. E os grandes contemporâneos alemães de Scott, Goethe e Hegel, formularam esse problema com grande clareza teórica. Goethe levanta essa questão em uma resenha sobre a tragédia histórica *Adelchi*, de Manzoni. Ele escreve:

> Proferiremos, para sua justificação, palavras que podem parecer paradoxais: toda poesia transita propriamente em meio a anacronismos. Todo passado que invocamos só pode ser comunicado aos contemporâneos concedendo-se a ele uma forma mais elevada que a que lhe era própria (...). A *Ilíada*, assim como a *Odisseia*, todos os poetas trágicos e aquilo que nos restou da verdadeira poesia, só ganham vida por meio de anacronismos. A todas as situações empresta-se o que é mais novo a fim de torná-las evidentes ou mesmo toleráveis (...).

---

* Referência à estética do grupo dos Nazarenos, escola artística do romantismo alemão do início do século XIX. (N. T.)

Quanto essas considerações de Goethe influenciaram diretamente a estética hegeliana é algo que não sabemos. Em todo caso, universalizando o problema em sentido estético-conceitual, Hegel já fala de um *anacronismo necessário* na arte. Mas é claro que, em relação à concretização e à dialética histórica do problema, suas considerações vão mais longe que as de Goethe e exprimem teoricamente o princípio que determinou a práxis histórica de Scott. Hegel discute o anacronismo da seguinte forma: "A substância interna do representado permanece a mesma, mas a forma desenvolvida na representação e no desdobramento dessa substância necessita sofrer uma transformação para sua expressão e figuração".

Essa formulação soa muito próxima da de Goethe, porém é um desenvolvimento ulterior desta. Hegel apreende a relação do presente com o passado de modo conscientemente mais histórico que Goethe. Para este, trata-se essencialmente de extrair os princípios humanistas, universalmente humanos, do solo histórico concreto; trata-se de transformar esse solo histórico de modo que tal extração possa ser realizada sem a eliminação da verdade histórica essencial. (Quanto a isso, remetemos à nossa análise da figuração das personagens de Doroteia e Clara.) Hegel, ao contrário, apreende historicamente essa relação com o presente. Afirma que o "anacronismo necessário" pode brotar organicamente do conteúdo histórico se o passado figurado dos ficcionistas do presente for reconhecido e vivenciado com clareza como *pré-história necessária* do presente. Nesse caso, a única intensificação que se apresenta – no modo de expressão, na consciência etc. – é aquela que pode esclarecer e ressaltar essa relação. E a nova formulação dos eventos e dos costumes do passado consiste apenas no fato de que o ficcionista permite que as tendências que conduziram real e historicamente ao presente, mas não foram reconhecidas por seus contemporâneos com o significado que evidenciariam depois, surjam com o peso que possuem objetiva e historicamente para o produto desse passado, isto é, para o presente histórico do ficcionista.

Esses passos conceituais de Hegel contêm uma delimitação estética da temática histórica, pois, no traçado ulterior de suas ideias, ele confronta o anacronismo necessário dos poemas homéricos e das tragédias antigas com a forma medieval, feudal e cavalheiresca de *A canção dos Nibelungos**. "Essa

---

*   São Paulo, Martins Fontes, 2001. (N. E.)

O romance histórico | 83

remodelação é totalmente diferente quando visões e representações de um desenvolvimento *posterior* da consciência religiosa e ética são transmitidas a um tempo ou a uma nação cuja visão de mundo *contradiz* inteiramente essas novas representações." Portanto, a modernização nasce de uma necessidade estética e histórica toda vez que essa relação vital entre passado e presente não existe e só pode ser produzida de modo violento. (Trataremos desse problema da modernização da história mais em detalhe nas próximas seções.)

É evidente que subsiste uma imensa diferença histórica, que se reflete também na figuração estética, entre, por um lado, a inconsciência ingênua e o descuido com que o poeta de *A canção dos Nibelungos* remodelou as lendas da época gentílica em sentido feudal e cristão e, por outro, a apologética extravagante com que os românticos reacionários imputaram os princípios do legitimismo à Idade Média, transformada por eles em um idílio social povoado de marginais decadentes no papel de heróis.

Scott, sem ter conhecimento decerto das reflexões desses autores, converteu em prática ficcional o "anacronismo necessário" de Goethe e Hegel. Tanto mais significativa, portanto, é essa concordância dos importantes ficcionistas e pensadores progressistas desse período com seus princípios de figuração. Sobretudo se levarmos em conta que essa prática – mesmo sem nenhuma fundamentação filosófica – é totalmente consciente. Scott escreve sobre essa questão no prefácio a *Ivanhoé*:

> De fato, não posso nem quero pretender à exatidão completa, seja quanto a coisas que dizem respeito apenas à roupagem externa, seja, menos ainda, quanto aos pontos mais importantes de expressão e comportamento. Mas a mesma razão que me impede de escrever o diálogo de uma obra em língua anglo-saxã ou normando-francesa, e proíbe-me de mandar imprimir esse escrito com tipos gráficos de um Caxton ou um Wynken de Worde, também impede que eu me confine nos limites daquele período em que se passa minha história. Para provocar de algum modo no leitor o sentimento de participação, o objeto escolhido deve ser *traduzido* nos costumes e na linguagem da época em que vivemos (...). É verdade que essa liberdade tem seus limites próprios; o autor não pode introduzir à força aquilo que não se harmoniza com os costumes da época retratada.

O caminho para a verdadeira fidelidade histórico-ficcional é, em Walter Scott, uma continuação dos princípios de figuração dos grandes escritores realistas ingleses do século XVIII e sua aplicação na história. E isso, certamente, não apenas no sentido de um prosseguimento temático, de uma apropriação da temática histórica para o grande realismo, mas no sentido da historização dos princípios figurativos dos homens e dos acontecimentos. O que em Fielding estava presente apenas de modo latente torna-se, em Scott, a alma da figuração literária. O "anacronismo necessário" de Scott consiste, portanto, no fato de conferir aos homens uma expressão nítida de sentimentos e pensamentos sobre contextos históricos reais que eles não poderiam alcançar em sua época. Mas o conteúdo dos sentimentos e pensamentos, a relação destes para com seu objeto real é sempre importante para Scott, tanto histórica quanto socialmente. E seu grande talento ficcional consiste, por um lado, em elevar acima do tempo essa expressão nítida dos sentimentos e dos pensamentos apenas o estrito necessário para esclarecer o contexto e, por outro, em conferir a essa expressão o timbre, o colorido, a tonalidade do tempo, da classe etc.

III. O romance histórico clássico contra o romantismo

Como vimos, a arte de Walter Scott expressa a tendência progressista essencial desse período, a defesa histórica do progresso, de forma artisticamente perfeita. De fato, Scott tornou-se um dos escritores mais populares e mais lidos de seu tempo, em escala mundial. A influência que exerceu sobre toda a literatura da Europa é incomensurável. Os escritores mais significativos desse período, de Púchkin a Balzac, encontraram novos caminhos em sua produção por meio desse novo tipo de figuração da história. Contudo, seria um erro acreditar que a grande onda de romances históricos na primeira metade do século XIX tenha evoluído de fato sobre os princípios scottianos. Já vimos que a concepção histórica do romantismo era diametralmente oposta à de Walter Scott. E é claro que, com isso, a caracterização das outras correntes do romance histórico está longe de se esgotar. Indicamos apenas duas correntes importantes: por um lado, o romantismo liberal, que em termos de visão de mundo e modo de figuração tem muito em comum com o solo original do romantismo, com a luta ideológica contra a Revolução Francesa, mas representa, sobre essa base contraditória e oscilante, a ideologia de um progresso moderado; por outro, escritores importantes – como Goethe e Stendhal – que conservaram muito da visão de mundo do século XVIII e cujo humanismo contém fortes elementos do Iluminismo. É claro que não podemos esboçar aqui, nem mesmo em linhas gerais, a luta entre essas duas correntes. Queremos apenas analisar brevemente alguns exemplos importantes de continuidade e combate aos princípios ficcionais do romance histórico. Faremos alusão a escritores que se tornaram significativos por exercerem influência direta sobre o desenvolvimento posterior, ou, em contraste com esse desenvolvimento, por possuírem, assim como Scott, uma grande atualidade na atual crise do romance histórico.

Podemos desconsiderar nesse resumo os discípulos ingleses e contemporâneos de Scott. Em língua inglesa, este teve apenas um discípulo que adotou e até deu continuidade a determinados princípios de sua temática e forma de figuração: o norte-americano Cooper. Em seu imortal ciclo de romances *The Leatherstocking Tales* [Histórias do Meias de Couro]*, Cooper coloca no centro da figuração um importante tema de Walter Scott: o declínio da sociedade gentílica. Em conformidade com o desenvolvimento histórico da América do Norte, esse tema ganha uma fisionomia inteiramente nova. Em Scott, trata-se de um desenvolvimento conflituoso que durou um século, de diferentes formas de assimilação dos resquícios da sociedade gentílica pelo sistema feudal – e, mais tarde, pelo capitalismo nascente – e do lento e tenso declínio dessa formação. Na América, a contradição da história é posta de modo muito mais brutal e imediato: o capitalismo colonizador da França e da Inglaterra destruiu física e moralmente a sociedade gentílica dos índios, que durante milênios se conservou quase inalterada.

A concentração de Cooper sobre esse problema, sobre a derrocada física, a desintegração moral das tribos indígenas, confere a seus romances uma grande e ampla perspectiva histórica. Ao mesmo tempo, porém, a univocidade e a linearidade da contradição social significam um empobrecimento do mundo ficcional em comparação com o de Scott. Em Cooper, isso se manifesta sobretudo na figura dos ingleses e dos franceses, que em sua grande maioria são retratados esquematicamente, com uma psicologia rasa e um humor monótono, chargista. Balzac já havia criticado de modo acerbo essa fraqueza de Cooper, que, de resto, ele considera um digno seguidor de Scott. A fonte dessa fraqueza repousa, acredito eu, no fato de que os europeus que aparecem nos romances de Cooper levam uma vida muito mais isolada que os senhores feudais ou os burgueses citadinos de Scott, sem grandes interações sociais.

---

* Publicado no Brasil como *Caçador* (São Paulo, Melhoramentos, 1963). (N. E.)

O interesse ficcional de Cooper concentra-se na figuração da sociedade gentílica dos peles-vermelhas, que se encontra em trágico processo de decadência. Com uma legítima grandiosidade épica, Cooper separa os dois processos da trágica derrocada e da marginalização humana e moral. Concentra os traços trágicos e comoventes do declínio em algumas grandes personagens de sobreviventes da tribo delaware, ao passo que os sintomas de degradação moral dos índios são representados de forma ampla e detalhada nas tribos inimigas. Com isso, sua figuração é certamente simplificada, porém, ao mesmo tempo, atinge um esplendor quase épico.

No entanto, a mais alta empresa ficcional de Cooper é o singular aperfeiçoamento do "herói mediano" de Scott. A personagem principal de seu romance é o inglês Nathaniel Bumppo, um caçador analfabeto, simplório e honesto que foi um dos primeiros colonizadores da América e, no entanto, como um homem simples do povo, como um inglês de inclinações puritanas, sente-se profundamente atraído pela grandeza simples da humanidade dos índios e estabelece uma ligação indissolúvel com os últimos delawares. As linhas fundamentais de suas concepções morais continuam sendo as de um europeu, mas seu amor desenfreado pela liberdade, sua atração por uma vida simples e humana o aproximam mais dos índios que dos colonizadores europeus, dos quais ele faz parte objetiva e socialmente. Por essa personagem simples, popular, que vive sua tragédia apenas no plano do sentimento, sem compreendê-la, Cooper figura a violenta tragédia histórica daqueles primeiros colonizadores que, para preservar sua liberdade, emigraram da Inglaterra, mas na América, por sua própria ação, destruíram essa mesma liberdade. Maksim Górki definiu essa tragédia de modo esplêndido:

> Como explorador das florestas e das estepes do "Novo Mundo", ele abre caminhos para os homens que mais tarde o condenam como criminoso por ter infringido suas leis cobiçosas, incompreensíveis para seu senso de liberdade. Inconscientemente, ele serviu sua vida inteira à grande causa da expansão geográfica da cultura material no país dos selvagens e mostrou-se incapaz de viver sob as condições da cultura para a qual estabelecera as primeiras vias de acesso.

Górki mostra aqui, de maneira sublime, como uma grande tragédia histórica, e mesmo mundialmente histórica, pode ser representada no destino de um homem mediano do povo. Já Cooper mostra que tal tragédia se expressa de modo muito mais comovente, do ponto de vista poético, quando é representada em um meio em que as contradições econômicas imediatas e as contradições morais decorrentes brotam organicamente dos problemas cotidianos. A tragédia dos pioneiros vincula-se grandiosamente ao declínio trágico da sociedade gentílica e, assim, uma das grandes contradições do movimento de progresso da humanidade alcança aqui uma esplêndida forma trágica.

Essa concepção das contradições do progresso humano é um produto do período pós-revolucionário. Já mencionamos a afirmação de Púchkin em que ele alude de maneira clara e consciente ao fato de que a figuração scottiana da história significa uma nova era em relação também a Shakespeare e Goethe. Essa nova situação histórica pode ser estudada de forma mais evidente em Goethe. Este foi, até o fim da vida, um defensor apaixonado do progresso em todas as áreas. Até o fim da vida, acompanhou com atenção e critério os novos fenômenos da literatura. Estudou e criticou minuciosamente não apenas Scott e Manzoni, como também, quase em seus últimos dias de vida, as primeiras grandes obras de Stendhal e Balzac.

Apesar disso, a relação de Goethe com Scott é problemática e a influência deste sobre a forma de figuração daquele está longe de ser decisiva. Na figuração do *hic et nunc* histórico, na preservação histórica da psicologia das personagens até em suas manifestações vitais mais elevadas, Goethe é sempre um poeta do período anterior a Scott. Não temos como analisar aqui as várias declarações de Goethe sobre Scott, seu desenvolvimento e contradição. Será suficiente apontarmos essa contradição. Já mencionamos a entusiasmada afirmação de Goethe sobre *Rob Roy*; poderíamos citar toda uma série de afirmações desse tipo. Entretanto, em suas conversas com o chanceler von Müller, Goethe ainda coloca Byron acima de Scott e, sobre este último, diz o seguinte: "De Walter Scott, li dois romances e sei, portanto, o que quer e o que pode fazer. Ele me divertirá sempre, mas não tenho nada a aprender com ele".

A afirmação a Eckermann, citada anteriormente, decerto é de uma época posterior, de modo que seria correto supor que Goethe reavaliou sua opinião sobre Scott. Mas a produção decisiva de Goethe em seus últimos anos de vida não mostra nenhum traço de influência efetiva da nova concepção histórica do homem e dos acontecimentos. O horizonte social de Goethe torna-se cada vez mais abrangente, sua visão da dialética trágica da vida burguesa moderna aprofunda-se cada vez mais; porém, no que diz respeito à concretização histórica do espaço e do tempo, da psicologia histórica conduzida até o fim, ele não vai além do nível que atingiu em sua maturidade. Nesse sentido, o caráter histórico de obras como *Egmont* é o ponto culminante de sua produção. É verdade que, já no tempo da colaboração com Schiller, ele tinha forte tendência a figurar os grandes acontecimentos do momento de acordo com sua essência puramente histórica, a fim de encontrar uma redação ficcionalmente concreta para a essência humana e social que é destilada desses acontecimentos, sem deter-se em uma época histórica concreta do mundo que é figurado. Essa tradição modificada da época do Iluminismo pode ser vista com clareza, cada qual à sua maneira, em *Reineke Raposo** e *Die natürliche Tochter* [A filha natural]. E os grandes acontecimentos sociais e históricos que se desenrolam, por exemplo, em *Wilhelm Meister* (guerra etc.) são mantidos intencionalmente em um plano abstrato – ainda mais abstrato que em Fielding ou Smollett, por exemplo. Aqui, Goethe segue mais a tradição francesa que a inglesa. Todas essas tendências de figuração, que se formaram em Goethe antes do período de Walter Scott, são conservadas – e até intensificadas em sua velhice (*As afinidades eletivas***, *Fausto Parte II****). Também como crítico dos novos acontecimentos, permanece viva em Goethe, como vimos, uma forte tradição lessingiana.

Assim, o essencial da realização de Goethe situa-se no nível da concretização histórica pré-scottiana. Apesar disso, como também vimos, Goethe reconheceu determinadas condições para o surgimento e a tematização do romance histórico mais claramente que qualquer outro de seus contemporâneos alemães. Com plena razão, reconheceu o significado da história da Inglaterra, em sua continuidade e em seu aspecto glorioso para a geração presente. Essa base real do romance histórico é algo que falta em alguns países importantes da Europa, sobretudo na própria Alemanha e na Itália.

Nos anos 1840, em resposta a uma crítica de Willibald Alexis a um drama de sua autoria, Hebbel concorda e é muito contundente a respeito dessa relação:

> É absolutamente correto que nós, alemães, não estamos conectados com a história de nosso povo (...). Mas por que isso é assim? Porque essa história foi *sem resultado*, porque não podemos nos considerar produto de seu processo orgânico como, por exemplo, podem fazer os ingleses e os franceses, porque isso que certamente

---

* São Paulo, Cia. das Letrinhas, 1998. (N. E.)

** 3. ed., São Paulo, Nova Alexandria, 1998. (N. E.)

*** São Paulo, Editora 34, 2007. (N. E.)

O romance histórico | 89

devemos chamar de nossa história não é nossa história de *vida*, mas sim de nossa *doença*, que ainda hoje não nos conduziu à crise.

E acerca do fracasso necessário da temática da dinastia dos Hohenstaufen, própria dos poetas alemães, ele diz com uma grosseria brutal que esses imperadores "não tinham" com a Alemanha "outra relação senão a da tênia com o estômago". Dessa situação resulta, necessariamente, uma temática acidental, ou mesmo inverídica, quando os escritores não estão em condições de trazer para o centro da representação esse caráter crítico [*Krisenhaftigkeit*], fragmentário e trágico da própria história.

Na Alemanha, não existiam condições ideológicas para tal concepção. A única obra que se aproxima de uma narrativa histórica de grande estilo, na qual estão presentes de modo inconsciente e instintivo elementos e ideias desse trágico caráter crítico, isto é, *Michael Kohlhaas**, de Kleist, é um episódio isolado não apenas da literatura alemã, mas também da própria produção do autor. Tal como Goethe fez em *Götz von Berlichingen*, Kleist recorre, com correto sentimento histórico, a uma grande crise da história alemã, à época da Reforma. Em ambas as obras, o conflito aparece por meio do choque entre a autonomia medieval do indivíduo (a partir da psicologia e da moral de um "período heroico", no sentido de Vico e Hegel) e a justiça abstrata da forma estatal moderna do feudalismo. E tanto no jovem Goethe como em Kleist é característico, na formulação do juízo acerca do desenvolvimento alemão, que o desenvolvimento democrático posterior da Reforma, a Guerra dos Camponeses, seja excluída do quadro ou apareça apenas como tendência negativa. Apesar de todas as posições políticas e sociais conservadoras de Kleist, suas novelas evidenciam claramente os traços ideológicos da transformação histórica concluída desde o drama juvenil de Goethe: enquanto neste último a Reforma e, com ela, Lutero mostram um aspecto exclusivamente progressista (a libertação da ascese e da coerção medievais), em Kleist as tendências problemáticas, senão declaradamente negativas, e a conexão com o absolutismo dos pequenos Estados aparecem em primeiro plano e tornam-se momentos decisivos do conflito central.

A posição excepcional dessa novela na literatura histórica alemã repousa, além disso, nessa continuidade – intuitiva – da concretização da verdadeira problemática da história alemã. Essa excepcionalidade se expressa – *mutatis*

---

*   Lisboa, Antígona, 1984. (N. E.)

mutandis, como em Goethe – no fato de que essa marcha para a apreensão ficcional da história alemã não pode ter continuidade na obra de Kleist. É claro que Goethe extrai conscientemente todas as consequências dessa situação: com exceção dos atos I e II da segunda parte do *Fausto*, em que o motivo de Götz reaparece adequadamente corrigido – agora em contraste com as experiências históricas enriquecidas e aprofundadas de Goethe –, ele não retorna mais à temática da história alemã. Kleist, ao contrário, apropria-se em sua dramatização dos mais variados materiais da história alemã. Contudo, o modo como ele se apropria desses conteúdos não mostra nenhum sinal do progressismo que está no centro de *Kohlhaas*; seus dramas são episódicos e tomam o fundamento histórico apenas como ocasião para expressar vivências puramente pessoais e subjetivas, fornecendo respostas reacionárias às grandes questões da história. (Pensemos no sonambulismo de Homburg, em que os aspectos episódico e reacionário se entrecruzam.) Os dois casos tão agudamente contrastantes de Goethe e Kleist denunciam, de modo inequívoco, a pobreza da história alemã, mencionada acima.

A linha dominante da ficção histórica na Alemanha foi a da reação romântica, da glorificação apologética da Idade Média. Tal literatura se constituiu muito antes de Walter Scott, com Novalis, Wackenroder e Tieck. Aqui, a influência de Walter Scott foi, quando muito, no sentido do fortalecimento da tendência a uma figuração mais realista dos detalhes, como na produção tardia de Arnim e Tieck. Mas não provocou uma verdadeira revolução – nem poderia provocar. Isso se deveu, sobretudo, a razões políticas e de visão de mundo; pois, pelo que dissemos até aqui, está claro que o romantismo reacionário não podia assimilar e utilizar os meios de expressão mais significativos da composição e da caracterização scottiana. Os românticos reacionários podiam, na melhor das hipóteses, aprender exterioridades com Walter Scott.

A situação não é muito melhor no caso do romantismo liberal e liberalizador posterior. Tieck, em seu desenvolvimento subsequente, livrou-se de muitas manias subjetivistas e reacionárias de seus primeiros anos. E seus contos históricos tardios situam-se, ao menos de acordo com a tendência que apresentam, em um plano essencialmente superior a seus contos iniciais; isso vale em particular para o grande fragmento *Der Aufruhr in den Cevennen* [A revolta nas Cevenas]. Entretanto, essa obra também mostra que Tieck não conseguiu apropriar-se de nada essencial de Walter Scott.

Sua composição parte das representações religiosas da última revolta dos huguenotes na França. O enredo é dominado pelos debates religiosos, pelas formas bizarras de fé mística, pelos problemas puramente morais da ação (crueldade ou magnanimidade), pelas conversões religiosas etc. Não diz nenhuma palavra sobre as bases vitais da rebelião, os problemas vitais do próprio povo. A vida do povo é apenas um material bastante abstrato de ilustração para os conflitos espirituais e morais que se desenrolam no "alto", em um mundo isolado.

O único escritor alemão do qual se pode dizer, com alguma razão, que representa as tradições de Walter Scott é Willibald Alexis. Trata-se de um verdadeiro contista, dotado de um talento real para a autenticidade histórica dos costumes e dos sentimentos dos homens. Nele, a história é muito mais que roupagem e decoração; é ela que determina de fato a vida, o pensamento, o modo de sentir e agir das personagens. Por conseguinte, o mundo medieval de Willibald Alexis está muito distante do idílio romântico e reacionário. Mas é justamente nesse talentoso e decidido realista que se percebe com mais nitidez a estreiteza da temática alemã. Seus romances padecem da miséria da história prussiana, da tacanhice histórica das lutas entre nobreza, coroa e burguesia na Prússia. Precisamente por Alexis ser um verdadeiro realista histórico é que esses traços mesquinhos aparecem tão fortemente em seus enredos, em sua caracterização das personagens, e impedem que suas obras, tão bem concebidas e escritas, tenham a universalidade e a força de penetração das obras do próprio Walter Scott. Apesar de seu talento, ele permanece preso à sua terra. Gutzkow reconheceu isso desde logo. E um admirador indisfarçável de Alexis como Theodor Fontane concordou sem reservas com esse juízo crítico. Ele cita Gutzkow: "No entanto, que ocorra na Alemanha (...) a transformação da história local da Marca de Brandemburgo em história do Império é algo que só pode ser um sonho". Fontane resume essas ideias da seguinte forma:

> Quão grande ou diminuto foi o significado histórico e político dos processos retratados nesse romance? Talvez não inteiramente diminuto, mas decerto não tão grande, e nenhum esforço jamais conseguirá fazer da Marca de Brandemburgo um país louvado por conter desde o início a promessa da futura Alemanha. No entanto, essa é a ideia que atravessa todos os romances, ao passo que, na verdade, o Eleitorado de Brandemburgo foi um mero apêndice do Império e a grandiosidade rústica de nos-

sas cidades, no que concerne à riqueza, ao poder e à cultura, desapareceu diante da Alemanha propriamente dita, diante das cidades do Império e da Liga Hanseática.

Tal insuficiência da temática histórica também se aplica à Itália. Mas Scott encontrou nesse país um seguidor que, embora tenha escrito apenas uma obra isolada, deu continuidade a suas tendências com originalidade e grandiosidade, chegando a superar em muitos aspectos o próprio Scott. Referimo-nos, é evidente, a *Os noivos**, de Manzoni. O próprio Walter Scott reconheceu a grandeza desse autor. Em Milão, quando confessou a Scott que era seu discípulo, este respondeu que, nesse caso, a obra de Manzoni era sua melhor obra. Contudo, é muito característico que, enquanto Scott escreveu uma abundância de romances sobre a história inglesa e escocesa, Manzoni tenha se limitado a apenas essa única obra-prima. Isso, sem dúvida, não se deve a uma limitação individual do talento de Manzoni. Seu dom de invenção para a trama, sua fantasia na representação das personagens das mais diversas classes sociais, seu sentimento para a autenticidade histórica tanto da vida interior como exterior são qualidades no mínimo equiparáveis às de Walter Scott. E é precisamente nessa variedade e profundidade da caracterização, nesse esgotamento de todas as possibilidades psicológicas extraídas dos grandes conflitos trágicos que Manzoni chega a superar Scott. Como figurador de indivíduos, ele é um escritor maior que Scott.

Como grande ficcionista, Manzoni também encontrou um tema em que pôde superar a insuficiência objetiva da história italiana e criar um verdadeiro romance histórico, capaz de mover intensamente o presente e fazer seus contemporâneos senti-lo como representação de sua própria história. Ainda com mais vigor que o próprio Scott, ele relega a pano de fundo os grandes acontecimentos históricos, embora os pinte em uma atmosfera de concretude histórica que se apoia em Scott. Mas seu tema fundamental não é determinada crise da história nacional, como é o caso em Walter Scott, mas antes a situação crítica [*krisenhaftige*] da vida do povo italiano em decorrência da fragmentação da Itália, do caráter feudal e reacionário que mantinha as partes fragmentadas do país em pequenas guerras umas contra as outras e dependentes da intervenção de grandes potências externas. Manzoni retrata apenas um episódio concreto da vida nacional italiana: o amor, a separação e a reconciliação de dois jovens camponeses. Mas a

---

*   3. ed., Petrópolis, Vozes, 1990. (N. E.)

história ergue-se, em sua representação, ao plano da tragédia geral do povo italiano sob a degradação e a fragmentação nacionais. Sem abandonar o quadro completo do espaço e do tempo, da psicologia condicionada pela época e pelas classes, esse destino do par amoroso de Manzoni eleva-se ao patamar de *a* tragédia do povo italiano em geral.

Por meio dessa concepção grandiosa e historicamente profunda, Manzoni cria um romance que chega a superar seu mestre em capacidade de caracterização do ser humano. No entanto, dada a temática interna de seu modelo, é compreensível que este levasse a um único romance, sendo a repetição apenas uma repetição no mau sentido da palavra. Walter Scott nunca repete a si mesmo em seus romances bem-sucedidos; pois a própria história, a representação de determinadas crises não cessa de trazer o novo. A história italiana não deu ao gênio de Manzoni essa inesgotável variedade temática. A sobriedade do poeta está em ter aberto esse caminho único para a grande concepção da história italiana e, ao mesmo tempo, ter compreendido que, aqui, apenas um único acabamento era possível.

Mas, naturalmente, isso também teve consequências para o próprio romance. Destacamos aqui os traços humanos e poéticos que levaram Manzoni a superar Scott em alguns momentos de sua figuração. Contudo, a falta daquele grande substrato histórico que tanto impressionou Goethe ao ler Scott não pode limitar-se apenas ao plano da temática. Ela também tem consequências artísticas intrínsecas: a falta de atmosfera histórica mundial – que, em Scott, pode ser sentida mesmo quando ele se estende na representação de pequenas lutas entre clãs – manifesta-se em Manzoni por meio de certa limitação interna do horizonte humano de suas personagens. Com toda autenticidade humana e histórica, com toda profundidade psicológica que o ficcionista empresta a suas personagens, suas figurações da vida não conseguem alcançar as alturas históricas típicas que constituem o ponto culminante das obras de Scott. Diante da dramatização heroica de Jeanie Deans ou de Rebeca, o destino de Lúcia é apenas um idílio ameaçado externamente; por outro lado, existe nas personagens negativas desse romance certo traço de mesquinhez que as impede, por essa mesma negatividade, de desmascarar dialeticamente as limitações históricas de todo o período e, com elas, as limitações das personagens positivas, como é o caso, por exemplo, do cavaleiro templário em *Ivanhoé*.

Totalmente distintas são as possibilidades do romance histórico na Rússia, o país mais atrasado da Europa na época. Apesar de todo atraso econômico, político e cultural, o absolutismo czarista fundou e defendeu a unidade nacional contra os inimigos estrangeiros. Por essa razão, os eminentes representantes do czarismo – em especial quando são ao mesmo tempo representantes da introdução da cultura ocidental na Rússia – forneceram personagens para um romance histórico que o presente, mesmo temporalmente distante e tendo objetivos sociais, políticos e culturais totalmente distintos, pôde sentir como base real de sua própria existência. Assim, o curso inteiro da história russa não apresenta, em sentido nacional, aquela mesquinhez das relações que caracteriza a história alemã ou italiana. Essa grandiosidade histórica da vida nacional também confere às grandes lutas de classes um pano de fundo histórico significativo, uma magnitude histórica considerável. As revoltas dos camponeses de Pugatchov e Stenka Razin têm uma grandeza trágica histórica cuja extensão foi alcançada por poucas revoltas camponesas da Europa ocidental. Apenas a Guerra dos Camponeses pode superá-las em grandiosidade trágica histórica, como momento do destino do povo alemão em que a salvação da degradação nacional e a produção da unidade do país aparecem no horizonte como uma perspectiva que, no entanto, submerge tragicamente com o esmagamento da revolta.

Não é por acaso, portanto, que precisamente na Rússia a reviravolta decisiva realizada por Walter Scott na figuração da história tenha sido compreendida, talvez, de modo mais rápido e mais profundo que no restante da Europa. Púchkin, e mais tarde Belinski, fornece – ao lado de Balzac – a mais correta e profunda análise dos novos princípios da ficção histórica scottiana. Púchkin, em particular, entende desde o primeiro momento, e com clareza impecável, a oposição diametral entre Scott e o romance pseudo-histórico dos românticos franceses. Põe-se com extrema perspicácia em luta contra toda forma de modernização da figuração histórica, contra o vício de aproximar o passado do presente, introduzindo, com roupagem histórica, insinuações a fenômenos do presente e fazendo com que as personagens, apesar dessa roupagem, tenham sentimentos modernos: "As heroínas góticas são educadas por madame Camman, e os estadistas do século XVI leem o *Times* e o *Journal des Débats*". Púchkin combate também a mania romântica de Vigny e Victor Hugo de trazer "grandes homens" para o centro de suas representações históricas e então caracterizá-los com anedotas verídicas ou inteiramente inventadas pelos próprios autores. Ele nos dá assim uma irônica e destruidora caracterização da personagem de Milton em *Cromwell*, de Hugo, e em *Cinq-Mars* [Cinco de março], de Vigny. Aqui,

O romance histórico | 95

ele contrasta de modo muito agudo o oco sensacionalismo romântico com a profunda e legítima simplicidade histórica de Walter Scott.

O romance histórico *A filha do capitão**, de Púchkin, e seu fragmento de romance, *O negro de Pedro,`o Grande***, mostram um estudo muito aprofundado dos princípios de composição de Walter Scott. É claro que Púchkin jamais pode ser considerado um simples discípulo de Scott, pois seu estudo de Scott, sua apropriação de seus princípios de composição não é de modo algum uma simples questão formal. A grande influência de Walter Scott sobre Púchkin repousa, ao contrário, no fato de ter sido por meio da obra daquele autor que ele pôde fortalecer sua tendência ao caráter popular concreto, igualmente antiga. Se, portanto, Púchkin compõe seus romances históricos da mesma maneira que Walter Scott, isto é, transformando um "herói mediano" em personagem principal e conferindo à figura histórica significativa um caráter episódico, essa forma de composição surge do parentesco com seus sentimentos em relação à vida. Em seus romances, Púchkin pretendia retratar, tanto quanto Scott, grandes e decisivos pontos de virada na vida da nação. Também para ele o abalo da vida material e moral do povo era não apenas o ponto de partida, mas a missão central da figuração. Também para ele o grande homem tinha importância na história não isolado, em si e para si, em consequência de uma enigmática "grandiosidade" psicológica, mas como representante das correntes mais importantes da vida nacional. Sobre essa base, Púchkin configura, em Pugatchov e Pedro I, personagens históricas inesquecíveis, com autenticidade histórica e veracidade humana arrebatadoras. E a base artística dessa grandeza também se forma, em sua obra, com o retrato dos traços decisivos da vida do povo em sua complexidade e sinuosidade real e histórica. Púchkin segue Scott também nisto: ele leva seus heróis "medianos" para o centro da crise histórica, dos grandes conflitos humanos, sobrecarregando-os com provas e missões extraordinárias a fim de, nessas situações extremas, retratar o sobrepujamento de sua mediocridade passada, levá-los à visão daquilo que é humanamente autêntico e verdadeiro, do caráter humanamente autêntico e verdadeiro do povo.

Mas Púchkin não é de modo algum um simples discípulo de Scott. Ele cria um romance histórico de um tipo esteticamente superior ao do mestre. Não

---

*   São Paulo, Perspectiva, 1981. (N. E.)
** São Paulo, Difusão Europeia do Livro, 1962. (N. E.)

é por acaso que enfatizamos aqui a palavra "esteticamente". Pois, no que diz respeito à concepção da história, Púchkin segue o caminho de Scott, aplica seu método à história russa. Mas, assim como Manzoni – se bem que de outra forma, determinada pela personalidade dos dois poetas e pela diferença de seus países –, ele supera Scott na figuração artística dos homens, na figuração estética da trama. Por mais genial que Walter Scott seja nos grandes traços históricos de sua trama, na profunda psicologia sócio-histórica de suas personagens, em muitos casos ele não atinge, como artista, sua própria altura. Penso aqui menos na caracterização com frequência banal e convencional que ele faz de suas personagens – sobretudo de suas personagens centrais – que no arremate artístico final de todos os detalhes, do constante jorrar de recônditas belezas humanas nas exteriorizações vitais singulares de suas personagens. Em tais questões, Walter Scott, se comparado a um Goethe ou a um Púchkin, é muitas vezes leviano e superficial. Seu olhar genial faz com que ele descubra nos acontecimentos históricos uma pletora quase invisível de traços histórica e socialmente corretos, humanamente significativos. Mas em geral ele se contenta em reproduzir o que vê sob uma forma épica clara e agradável, demonstrando alegria em narrar, porém não ultrapassa esses limites do ponto de vista artístico. (Acreditamos que não é mais necessário destacar que, por trás dessa espontaneidade genial, encontra-se um saber rico e historicamente profundo, uma experiência de vida significativa etc.)

Contudo, Púchkin ultrapassa esse nível na arte de apreender e trabalhar a realidade. Ele é não apenas um poeta que vê a realidade de modo rico e correto – como também faz Walter Scott –, mas é, ao mesmo tempo e acima de tudo, um *artista*, um poeta-artista, como disse Belinski. Seria muito superficial, no entanto, compreender essa arte de Púchkin apenas como um trabalho artístico, uma busca incansável da beleza (ou mesmo, como ainda hoje às vezes ocorre, no sentido do esteticismo moderno). A atração pela beleza, pelo acabamento artístico das obras é, em Púchkin, muito mais profundo e humano. Nele, volta a existir uma humanidade pura, mas, ao contrário daquela de Goethe, que pertence a um período da concepção da história anterior a Scott, ela não abandona em nenhum momento o que é condicionado historicamente, o que é determinado pela época e pelas classes, e, por meio do delineamento estético simples e claro, por meio da limitação clássica da trama e da psicologia ao que é humanamente necessário (sem renunciar à concretude histórica), eleva qualquer acontecimento à esfera da beleza. Em

Púchkin, a beleza não é mero princípio estético ou mesmo esteticista. Ela não parte de exigências formais abstratas, não repousa em uma decisão do poeta de afastar-se da vida, mas é, ao contrário, a expressão de um vínculo muito profundo e inabalável do poeta com a vida. A especificidade do desenvolvimento russo tornou possível esse estágio intermediário clássico e único na arte moderna: uma arte à altura ideológica de todo o desenvolvimento europeu até então, uma arte que, quanto ao conteúdo, trabalha dentro dela a problemática da vida, mas sem ser obrigada a destruir a pureza de seus delineamentos artísticos, sua beleza, por causa dessa problemática, ou a se desviar da riqueza da vida em nome da beleza.

O período puchkiniano foi logo substituído por outras correntes em toda a literatura russa. Em sua figuração da beleza, Púchkin permanece isolado, e não apenas na literatura russa. Gógol, um grande contemporâneo um pouco mais jovem que ele, aborda o romance histórico de forma totalmente distinta. O grande conto histórico de Gógol, *Taras Bulba**, dá continuidade à mais importante linha temática da produção de Scott: a figuração do declínio trágico das sociedades pré-capitalistas, a derrocada do sistema gentílico. Em comparação com Scott, o conto de Gógol fornece dois novos elementos de figuração, ou melhor, ressalta determinados aspectos dessa temática de modo mais sucinto que Scott. Sobretudo, o tema fundamental da obra, a luta entre cossacos e poloneses, é mais nacional, unitário e épico que a temática de Scott. Gógol encontra na própria realidade histórica a possibilidade dessa figuração grandiosa, épica, pois o mundo de seus cossacos pode aparecer e atuar com mais independência e unidade que os clãs de Scott, que foram introduzidos à força em uma cultura mais desenvolvida e sempre foram um joguete nas lutas de classes da Inglaterra e da Escócia. Disso resulta uma amplidão temática grandiosa, épica nacional, por vezes quase homérica, cujas possibilidades Gógol, como artista extraordinário que é, bem pode esgotar.

Mas, apesar disso, Gógol é um ficcionista moderno que entende plenamente a necessidade da derrocada do mundo cossaco. Ele figura essa necessidade de modo muito peculiar, erigindo na magnífica composição épica do todo uma catástrofe trágica, quase dramaticamente concentrada: a tragédia de um dos filhos do herói principal, que se torna um traidor do povo por amor a uma aristocrata polonesa. Belinski já observava que está presente aqui

---

* São Paulo, Editora 34, 2007. (N. E.)

um motivo mais dramático do que é o caso em geral em Scott. E, no entanto, essa acentuação do elemento dramático não elimina o caráter fundamentalmente épico do todo. Com uma economia de traços digna de um mestre, Gógol entende esse episódio como algo que deve ser construído como um todo orgânico e, no entanto, de modo que fique claro não se tratar de um caso individual, mas do problema fundamental do contágio de uma sociedade primitiva com a cultura mais desenvolvida que a cerca, da tragédia da necessária derrocada dessa formação.

Contudo, é na França que ocorrem as lutas espirituais decisivas em torno do romance histórico, os passos decisivos de seu desenvolvimento posterior, embora nessa época não se tenha escrito nem um único romance histórico na literatura francesa que mostrasse tal continuidade das tendências scottianas, como é o caso dos romances de Manzoni ou Púchkin, Cooper ou Gógol. Mas, por um lado, na França o romance histórico do romantismo surgiu com personagens mais significativas que no restante da Europa, e a formulação teórica do romance histórico romântico alcançou um patamar mais elevado em comparação com a de outros países. Isso não aconteceu por acaso; é antes consequência necessária do fato de que na França, precisamente no período da Restauração, a luta em torno da concepção progressista ou reacionária da história foi, de modo muito mais direto que em qualquer outro lugar, um problema social e político central de todo o desenvolvimento nacional.

É óbvio que não podemos expor aqui, historicamente, essa luta *in extenso*. Para ilustrar essa oposição, apenas destacamos o manifesto teórico mais importante da corrente romântica do romance histórico, isto é, o ensaio de Alfred de Vigny, intitulado "Réflexions sur la vérité dans l'art" [Reflexões sobre a verdade na arte], publicado como prefácio de seu romance *Cinq-Mars*.

Vigny parte do fato da expansão extraordinária do romance histórico e da preocupação com a história em geral. Apreende esse fato inteiramente em sentido romântico. Diz: "Todos voltamos os olhos para nossas crônicas, como se, agora adultos e vivendo grandes acontecimentos, parássemos por um momento *para proceder a uma avaliação de nossa juventude e nossos enganos*" (*grifos meus, G. L.*). Essa declaração é de extraordinária importância política e ideológica. Vigny exprime, com grande franqueza, a finalidade da historiografia romântica: a maturidade viril que a França alcançara em decorrência das lutas da Revolução permite lançar um olhar retrospectivo aos erros da história. A preocupação com a história serve para desvelar esses enganos, a fim de evitá-los no futuro. É óbvio que, para Vigny, tal engano é sobretudo a Revolução Francesa. Mas ele, assim como inúmeros legitimistas franceses, vê a história de modo tão claro que não vislumbra na Revolução Francesa um acontecimento isolado e repentino, mas antes a consequência última dos "enganos juvenis" do desenvolvimento francês: a destruição da autonomia da nobreza por obra da monarquia absoluta, o avanço do poder da burguesia e, com ela, do capitalismo. Em seu romance, ele retorna à época de Richelieu para revelar de maneira figurativa as fontes históricas desse "engano". Na constatação do fato propriamente dito não há, entre Vigny e os ideólogos progressistas, nenhuma oposição inconciliável. Balzac considera Catarina de Medici precursora de Robespierre e Marat, e, por vezes, Heine reúne com graça Richelieu, Robespierre e Rotschild como os três subversores da socie-dade francesa. O princípio romântico e pseudo-histórico em Vigny consiste "apenas" no fato de ele vislumbrar um "engano" da história que deve ser reparado por meio de um olhar correto. É por essa razão que ele pertence àquele gênero de ideólogos limitados da época da Restauração que não per-cebem que, sob o manto da reconstituição do poder legítimo da monarquia e da nobreza, avança com impetuosidade o capitalismo francês, instaurado vee-mentemente com o Termidor. (É um sinal essencial da genialidade de Balzac ter reconhecido essa realidade econômica do período da Restauração e tê-la figurado em toda sua complexidade.)

É claro que essa concepção, segundo a qual a história francesa mais recen-te foi um longo caminho rumo ao "engano" da Revolução, é uma avaliação do conteúdo social desse desenvolvimento que contém em si uma metodologia de abordagem da história, uma concepção da subjetividade ou objetividade da história. Como todo escritor autêntico, Vigny não se satisfaz com os fatos empíricos dados de imediato. Mas também não se aprofunda neles para apreender seus nexos intrínsecos e então encontrar a trama e as personagens que possam expressá-los melhor que o material encontrado previamente. Ele aborda os fatos da história com um *a priori* subjetivista, moral, cujo conteúdo é justamente o legitimismo. Diz sobre os fatos da história: "Falta-lhes sem-pre uma ligação apreensível e visível que possa conduzir diretamente a uma conclusão moral". Assim, o defeito dos fatos históricos é, para Vigny, que eles não podem oferecer nenhum amparo suficientemente esclarecedor para as verdades morais do autor. Partindo desse ponto, Vigny proclama a liberdade do escritor para transformar os fatos históricos e os homens ativos na história. Essa liberdade da fantasia ficcional consiste em que "a verdade dos fatos deve recuar diante da verdade da *ideia*, a qual cada uma delas (*das personagens históricas*, G. L.) tem de representar aos olhos da posteridade".

Desse modo, emerge em Vigny um pronunciado subjetivismo no tratamento da história, que muitas vezes se eleva até a concepção da incognoscibilidade fundamental do mundo externo. "Ao homem", diz Vigny, "não é dado nenhum outro conhecimento além do conhecimento de si mesmo." O fato de Vigny não desenvolver de modo coerente essa concepção extremamente subjetivista é algo que altera muito pouco suas consequências, pois os princípios da objetividade, nos quais ele busca um apoio, são, por sua vez, irracionais e místicos. De que adianta ele acrescentar que apenas Deus pode apreender a totalidade da história? De que adianta presumir um trabalho inconsciente da fantasia popular na elaboração da história se tal trabalho consiste em apenas deixar surgir as "palavras aladas" ou as anedotas históricas, como a da execução de Luís XVI, quando alguém teria dito: "Filho de são Luís, subi aos céus"? Pois, por esse suposto trabalho da fantasia popular, a realidade histórica é transformada em uma série desconexa de ficções. Esse é, segundo Vigny, um processo precioso: "O fato trabalhado é sempre mais bem composto que o fato real (...), e isso se deve precisamente à condição de que *toda a humanidade* necessita que seu destino lhe seja apresentado na forma de uma série de lições".

Dados esses princípios, é perfeitamente compreensível que Vigny seja um oponente fundamental da composição scottiana do romance histórico. "Também creio que não preciso imitar aqueles estrangeiros (*referência a Walter Scott*, G. L.) que, em seus quadros, mal retratam no horizonte as personagens dominantes da história. Quanto às nossas, coloquei-as inteiramente em primeiro plano, fiz delas os atores principais dessa tragédia (...)." A práxis artística de Vigny mostra total conformidade com essa teoria. De fato, as grandes personagens históricas da época são os heróis de seus romances e, em conformidade com o "trabalho da fantasia popular", eles são representados por uma série de anedotas de caráter pitoresco e acompanhados de reflexões moralistas. A modernização decorativa da história serve como ilustração da atual tendência política e moral. Fizemos referência a esse escrito de Vigny porque nele se expressam do modo mais conciso as tendências específicas do romantismo no âmbito do romance histórico. Mas

Victor Hugo, incomparavelmente mais significativo como homem e poeta, constrói seus romances históricos segundo esse mesmo princípio de subjetivização e moralização da história, e isso muito tempo depois de ter rompido com os princípios políticos do legitimismo reacionário e ter se tornado o guia literário e ideológico dos movimentos liberais de oposição. Sua crítica a *Quentin Durward*, de Scott, é muito característica de sua concepção desses problemas. Como homem e escritor mais significativo, sua posição sobre Scott é obviamente mais positiva que a de Vigny. De fato, ele reconhece com absoluta clareza as tendências realisticamente atuais da arte scottiana, o conhecimento de Scott da "prosa" dominante. Mas, precisamente esse grande aspecto realista do romance histórico scottiano, ele o vê como aquele mesmo princípio que deve ser superado por sua práxis, a práxis do romantismo.

> Depois do romance pitoresco, porém prosaico, de Walter Scott, ainda resta criar outro romance, que, segundo nossa concepção, será mais belo e mais completo. Um romance que será ao mesmo tempo drama e epopeia, pitoresco, porém poético, real, porém ideal, verdadeiro, porém monumental, que nos conduzirá de Walter Scott de volta a Homero.

Para todo conhecedor dos romances históricos de Victor Hugo, está claro que ele não apenas critica Scott, mas também lança um programa de sua própria atividade ficcional. Ao rejeitar "a prosa" de Scott, renuncia à única maneira verdadeira de se aproximar da grandeza épica, à figuração fidedigna das condições e movimentos do povo, das crises na vida do povo, fatores que contêm em si os elementos imanentes da grandeza épica. A "poetização" romântica da realidade histórica, ao contrário, é sempre um empobrecimento dessa poesia autêntica, específica, efetiva da vida histórica. Victor Hugo vai muito além, política e socialmente, das finalidades reacionárias de seus contemporâneos românticos. Mas conserva, com conteúdos modificados, seu subjetivismo moralizador. Também nele a história se transforma em uma série de lições morais para o presente. É muito característico que, com sua interpretação, ele transforme justamente essa obra de Scott, um modelo de representação objetiva das forças históricas em luta, em uma trama moralista, que deve provar a supremacia da virtude sobre o vício.

É claro que, na França da época, havia fortes tendências antirromânticas. Mas nem sempre ocorre de essas tendências transitarem de forma direta e simples para uma nova concepção da história e, com ela, para uma continuação do romance histórico. Na França, a tradição do Iluminismo conservou-se mais forte e viva que em qualquer outro país. Essa nação justamente opôs ao obscurantismo romântico a mais feroz resistência ideológica e defendeu com energia as tradições do século XVIII e, com elas, as tradições da Revolução contra as pretensões do romantismo restaurador. (Tais tradições são muito fortes e diversificadas na França. Como o Iluminismo também teve uma pretensa ala palaciana, essas tradições continuam efetivas no romantismo, como Marx observa em relação a Chateaubriand; no anistoricismo de Vigny, o leitor encontrará muitos desses elementos transformados do Iluminismo.) É óbvio que os representantes significativos das tradições do Iluminismo não permaneceram incólumes à nova situação e a suas novas tarefas. A luta contra a reação teve de trazer consigo um caráter histórico mais consciente que aquele das concepções dos antigos iluministas. Contudo, nessa concepção vivem ou fortes elementos de uma concepção linearmente progressista do progresso da humanidade, ou tendências a um ceticismo geral diante da "racionalidade" da história.

Os representantes mais significativos da continuação das tradições do Iluminismo nesse período são Stendhal e Prosper Mérimée. Aqui, podemos investigar suas ideias apenas em relação ao problema do romance histórico. Mérimée discute suas concepções no prefácio de seu romance histórico *Chronique du règne de Charles IX* [Crônica do reino de Carlos IX], assim como em um capítulo desse romance, em que autor e leitor travam um diálogo. Ele se posiciona de forma pungente contra a concepção romântica do romance histórico segundo a qual as grandes personagens da história devem ser os heróis principais. Designa essa tarefa à área da historiografia. Escarnece do leitor que, seguindo as tradições românticas, exige que Carlos IX ou Catarina de Medici tenham uma marca demoníaca em todos os seus traços privados. No diálogo acerca de Catarina, o leitor exige: "Faze com que ela diga palavras notáveis. Ela acabou de envenenar Jeanne d'Albert, ou pelo menos há rumores a esse respeito, e isso deve ser mostrado na personagem". O autor responde: "De maneira alguma; pois, se isso fosse mostrado, onde estaria sua tão famosa hipocrisia?" Com essas e outras considerações semelhantes, Mérimée zomba com muita correção da monumentalização e da desumanização românticas das personagens históricas.

Tem-se aqui, portanto, uma primeira tentativa, muito séria, de dar continuidade ao romance histórico a partir da investigação imparcial da vida real do passado. A oposição ao romantismo reacionário é visível em todos os pontos. É claro que também se percebe uma oposição igualmente severa às convenções classicistas, assim como ao modo retórico e heroificante de representar os heróis históricos e às tradições estilísticas restritivas que impedem uma reprodução fidedigna da vida histórica. É a partir dessa oposição que se tornou possível a comunhão temporária de Mérimée e de seus amigos com uma parte dos românticos. Mas sua oposição às limitações do classicismo, a rigorosa crítica que dirigem a este último não conseguem obscurecer as divergências entre os aliados.

Também não conseguem obscurecer as divergências literárias e de visão de mundo no campo progressista, as diferenças na concepção da história, na forma de lapidá-la literariamente, de utilizá-la para defender o progresso contra a reação. Já fizemos referência ao fato de Mérimée e seus amigos se enraizarem nas tradições filosóficas do Iluminismo. Com respeito ao romance histórico, isso tem a desvantagem de manter o dualismo entre realidade empírica e leis gerais, abstratas, do ponto de vista tanto ideológico quanto artístico. Isto é: Mérimée quer extrair da história lições universais, válidas para todos os tempos (e, entre eles, o presente), mas ele as extrai *diretamente* da observação intensa e rigorosa dos fatos empíricos da história, não da apreensão das modificações específicas, concretas, das leis da vida, da estrutura da sociedade, das relações entre os homens etc., a partir das quais Walter Scott – inconsciente das consequências gerais, metodológicas de suas descobertas – criou o realismo de suas figuras históricas. Mérimée é, portanto, mais empirista que Walter Scott, apegando-se mais intensamente aos traços singulares e aos detalhes; ao mesmo tempo, ele extrai dos fatos históricos consequências gerais mais imediatas que Scott.

O empirismo mostra-se sobretudo no fato de que Mérimée não apresenta as ocorrências históricas a partir do distanciamento do narrador atual, como uma etapa da história prévia do presente, como fazia Walter Scott, mas busca antes a proximidade e a fidelidade íntimas próprias do observador contemporâneo, que capta também os detalhes contingentes e fugazes. Vitet, companheiro de luta e amigo do jovem Mérimée cujas cenas históricas tiveram forte influência sobre a *Jacquerie* deste último, expressa de forma muito clara essa intenção em um prefácio:

> Imaginei-me passeando por Paris, em maio de 1588, na agitada jornada das barricadas e nos dias que a antecederam; entrei sucessivamente nos salões do Louvre, no Hôtel de Guise, nas tavernas, nas igrejas, nas casas dos partidários da Liga, de políticos ou huguenotes, e cada vez que se apresentava aos meus olhos uma cena

pitoresca, um retrato dos costumes, um traço do caráter, procurei guardar sua imagem e esboçar com ela uma cena. Sente-se que surgirá disso apenas uma série de retratos ou, para falar como os pintores, *estudos*, *esboços*, que não têm direito a reivindicar outro mérito além da semelhança.

Vitet fez essas observações com respeito às cenas dramáticas que extraiu da história. Voltaremos, mais adiante, às consequências dessas visões para o drama histórico – e a *Jacquerie*, de Vitet, representa uma tentativa nessa direção. O romance histórico de Mérimée segue de perto essas tentativas dramáticas, porém mostra uma concentração estilística maior, mais consciente. Tal concentração refere-se essencialmente à expressão literária e não significa nenhuma aproximação real do modo clássico de conceber o romance histórico. Mérimée concentra-se aqui em um estilo novelístico-anedótico. No prefácio já citado por nós, diz: "Aprecio na história apenas as anedotas e, entre elas, prefiro aquelas em que acredito encontrar um retrato legítimo dos costumes e dos caráteres da época". Por essa razão, as memórias resultam, para ele, em algo mais do que obras históricas, pois são conversas íntimas dos autores com seus leitores e por isso fornecem um retrato da época que tem a proximidade e a intimidade da observação direta, em que Mérimée – assim como Vitet – vê o elemento decisivo da representação histórica.

Assim, a concepção de Mérimée não é o reconhecimento da subjugação concreta e complexa do próprio processo histórico. Ao retirar o caráter heroico das personagens históricas principais (com correto ceticismo), ele torna privado o curso da história. Em seu romance, ele figura o destino puramente privado de homens medianos e, por meio dessa figuração, visa apresentar de modo realista os costumes da época. Também nisso ele foi muito bem-sucedido, até nos mínimos detalhes. Sua trama, porém, tem duas fraquezas, ambas estreitamente ligadas à sua postura cético-iluminista. Por um lado, a história privada não se vincula de modo suficientemente estreito à vida real do povo; em momentos essenciais, desenrola-se nas esferas sociais mais elevadas e torna-se, com isso, uma sutil descrição psicológica dos costumes dessas classes e não esclarece seu nexo com os problemas reais e decisivos do povo. Assim, as questões ideológicas decisivas da época, sobretudo a oposição entre protestantismo e catolicismo, aparecem como problemas puramente ideológicos, e esse caráter só é ainda mais ressaltado pela posição cética e antirreligiosa que surge no decorrer da ação. Por outro lado, e em estreita correlação com isso, não há nenhuma ligação orgânica real entre o grande acontecimento histórico que Mérimée quer apresentar – a Noite de São Bartolomeu – e os destinos privados dos heróis principais. Aqui, a Noite de São Bartolomeu tem um pouco o caráter de "catástrofe natural" de Cuvier; a necessidade histórica de seu ser-precisamente-assim não é figurada por Mérimée.

Por trás de seu ceticismo, esconde-se um profundo desprezo pela sociedade burguesa do período da Restauração, sociedade oriunda do "período heroico" do Iluminismo e da Revolução. A descrição que Mérimée faz dos costumes é, por isso, uma comparação irônica do presente com o passado, embora traga consigo, em frontal oposição com o romantismo, um juízo totalmente distinto sobre o presente e o passado. Diz ele em seu prefácio: "Parece-me interessante comparar esses costumes (*do período da Noite de São Bartolomeu, G. L.*) com os nossos e, nestes últimos, observar o ocaso da intensa paixão pela tranquilidade e, talvez, pela felicidade".

Aqui, a estreita relação entre as concepções históricas de Mérimée e de Stendhal é visível. Na literatura francesa, Stendhal é o último grande representante dos ideais heroicos do Iluminismo e da Revolução. Sua crítica do presente e sua representação do passado repousam, em essência, sobre esse contraste crítico entre as duas grandes etapas do desenvolvimento da sociedade burguesa. A implacabilidade dessa crítica tem suas raízes na possibilidade de experienciação vital do período heroico passado, na fé inabalável (apesar de todo o ceticismo) de que o desenvolvimento conduzirá a uma renovação desse grande período. Assim, a paixão e a retidão de sua crítica do presente ligam-se mais intimamente com a limitação iluminista de sua concepção da história, com sua incapacidade de ver o "período heroico" do desenvolvimento burguês como uma necessidade histórica. É dessa fonte que surge certo psicologismo abstrato de suas personagens históricas importantes; uma veneração da grande, inquebrantável e heroica paixão em si e para si. Daí provém sua inclinação a abstrair o ser das circunstâncias históricas até atingir sua essência universal e apresentar tais circunstâncias na forma dessa universalidade. Mas essa postura tem como consequência sobretudo o fato de concentrar sua energia na crítica do presente. Em Stendhal, o contato com os problemas históricos da época produz menos um novo romance histórico que uma continuação do romance de crítica social do século XVIII, na qual determinados elementos do novo historicismo operam para elevar e enriquecer seus traços realistas.

Essa continuação do romance histórico no sentido de uma concepção conscientemente histórica do presente é a grande realização de Balzac, seu eminente contemporâneo. Balzac é o escritor que desenvolveu da maneira mais consciente o impulso que Walter Scott deu ao romance, criando assim um tipo superior e até então inédito de romance realista.

A influência de Walter Scott sobre Balzac é extraordinariamente forte. Pode-se dizer até que a forma específica do romance balzaquiano surgiu durante uma discussão ideológica e artística com Walter Scott. Referimo-nos aqui menos aos romances históricos propriamente ditos que Balzac escreveu, ou ao menos planejou, no início de sua carreira, se bem que seu romance de juventude, *A Bretanha em 1799**, apesar da história de amor um tanto romanesca que ocupa o centro da trama, seja um digno sucessor de Walter Scott. Em Balzac, o centro do enredo não é ocupado pelos chefes aristocráticos da revolta reacionária dos camponeses, tampouco por um grupo de líderes da França republicana, mas, por um lado, pelo povo primitivo, atrasado, supersticioso e fanático da Bretanha e, por outro, pelo simples soldado da República, profundamente convicto e modestamente heroico. O romance é concebido no espírito de Walter Scott, mesmo que, vez por outra, Balzac supere seu mestre na figuração realista de certas cenas, extraindo a desesperança da revolta contrarrevolucionária do contraste social e humano das duas classes em luta. Com um realismo extraordinário, ele mostra a avareza egoísta e a degradação moral dos líderes aristocráticos da contrarrevolução, entre os quais os velhos aristocratas que, por convicção, defendem de fato a causa do rei são raridade. Mas, em Balzac, essa determinação não é – como em *Redgauntlet*, de Scott, em que se deve buscar o modelo dessas cenas – um simples retrato histórico dos costumes. Antes, é precisamente essa dissolução moral, essa ausência total de dedicação desinteressada à sua própria causa que deve evidenciar o motivo do fracasso, o sintoma da luta retrógrada, historicamente perdida. Além disso, Balzac mostra – de modo muito semelhante a Scott em relação aos clãs – que os camponeses da Bretanha estão preparados para uma guerra de guerrilha em suas montanhas, mas, apesar de sua coragem selvagem e de sua astúcia para as pilhagens, eles não têm nenhuma chance de vencer as forças regulares da República. E, acima de tudo, ele mostra nas situações desfavoráveis aos republicanos, nas situações que levam às tragédias pessoais, uma coragem inquebrantável, uma superioridade humana modesta, cheia de humor, que nasce com a convicção profunda de lutar pela boa causa da Revolução, pela causa do próprio povo.

---

* *A comédia humana*, (São Paulo, Globo, 1958, v. 12). (N. E.)

O romance histórico | 107

Esse exemplo já bastaria para esclarecer a profunda influência de Scott sobre Balzac. O próprio Balzac não apenas falou várias vezes dessa relação, como ainda retratou por meio da ficção, em *Ilusões perdidas**, a influência e a tendência à superação do romance histórico scottiano. Nas conversas de Lucien de Rubempré com D'Arthez acerca do romance histórico de Scott, Balzac trata do grande problema de sua própria época de transição: a tarefa de apresentar a história francesa moderna na forma de um ciclo coerente de romances que figuraria a necessidade histórica do surgimento da nova França. No prefácio de *A comédia humana*, a ideia de ciclo já aparece como uma crítica cuidadosa e criteriosa da concepção scottiana. Balzac vê na ausência de conexão cíclica dos romances de Scott uma carência de sistema em seu grande antecessor. Essa crítica, ligada àquela de que Scott seria muito primitivo na representação das paixões, porque estaria preso à hipocrisia inglesa, é o momento estético formal em que a transição de Balzac da figuração da *história passada* para a figuração do *presente como história* se torna visível.

Em um de seus prefácios, o próprio Balzac se expressou de maneira muito clara sobre o aspecto temático dessa mudança: "Walter Scott esgotou o único romance possível sobre o passado. O romance da luta do servo ou do burguês contra o nobre, do nobre contra a Igreja, do nobre e da Igreja contra a realeza". Aqui, as relações e as circunstâncias figuradas são relativamente simples, são permanentes. "Hoje, a igualdade produziu nuances infinitas na França. Antes, a casta dava a cada um a fisionomia própria que dominava sua individualidade; hoje, o indivíduo recebe sua fisionomia de si mesmo."

A experiência mais profunda de Balzac foi a da necessidade do processo histórico, a necessidade histórica do ser-precisamente-assim do presente, embora ele, com mais clareza que qualquer outro, tenha sabido distinguir a rede infinita de contingências que forma os pressupostos dessa necessidade. Não é à toa que seu primeiro romance histórico significativo não vá mais longe que à época da grande Revolução. O impulso de Scott tornou consciente sua tendência a figurar a necessidade histórica do passado. E, com isso, a missão de Balzac foi retratar em seu contexto histórico esse período da história da França que vai de 1789 a 1848. Apenas ocasionalmente ele se ocupa de épocas anteriores. O grande projeto inicial de retratar, a partir das lutas de classes da Idade Média, o desenrolar do surgimento da monarquia absoluta e

---

* São Paulo, Companhia das Letras, 2002. (N. E.)

da sociedade burguesa na França até o presente recua cada vez diante do tema central, da representação do último e decisivo ato dessa grande tragédia.

O caráter unitário da concepção da sociedade e da história, que em Balzac produziu esteticamente o pensamento do ciclo, só era exequível com essa concentração temporal. O plano de juventude de D'Arthez de um ciclo de romances históricos só podia ser estruturado de modo pedante; a continuidade dos homens ativos só podia ser a continuidade das famílias. Portanto, só poderia surgir daí, segundo esse espírito, um ciclo à moda de Zola ou mesmo de *Ahnen*, de Gustav Freytag, mas não um ciclo com a forma livre, grandiosa e necessária de *A comédia humana*. Pois o nexo entre os romances singulares desse ciclo não podia ser um nexo orgânico e vivo, verdadeiramente ativo. A estrutura de *A comédia humana* mostra quão insuficiente é a família, ou a ligação entre as famílias, para retratar esses vínculos, mesmo quando a duração do ciclo abrange apenas algumas gerações. Com a transformação extremamente radical de grupos sociais importantes durante o desenvolvimento histórico (destruição e derrocada da antiga nobreza nas lutas de classes da Idade Média, dissolução das antigas famílias patrícias nas cidades durante o surgimento do capitalismo etc.), os romances singulares, para preservar a continuidade familiar de filhos, netos etc., teriam de trabalhar com um conjunto de personagens muito elaboradas e, com frequência, pouco típicas socialmente.

Mas o último ato de cerca de cinquenta anos retratado por Balzac compartilha plenamente do grande espírito histórico de seu antecessor. Balzac supera Scott não apenas em uma psicologia mais livre e diferenciada das paixões, como ele afirma à guisa de programa, mas também na concretude histórica. O entrelaçamento dos acontecimentos históricos em um período relativamente curto, repleto de grandes reviravoltas que influenciam umas às outras, obriga Balzac a caracterizar cada ano do desenvolvimento, a conferir uma atmosfera histórica peculiar a etapas históricas bastante curtas, ao passo que Scott podia se contentar em retratar de modo historicamente legítimo o caráter universal de uma época mais extensa. (Basta pensar, por exemplo, na atmosfera opressiva que antecede o golpe de Estado de Carlos X, em *Esplendores e misérias das cortesãs**.)

É óbvio que a continuação do romance histórico no sentido da historização da representação do presente, a continuação da história passada na

---

* Porto Alegre, L&PM, 2007. (N. E.)

figuração da história vivida, tem, no fim das contas, razões que não são estéticas, mas sócio-históricas. O próprio Scott viveu em um período da Inglaterra em que o desenvolvimento progressivo da sociedade burguesa parecia assegurado e, assim, dava-lhe a possibilidade de olhar retrospectivamente, com tranquilidade épica, para as crises e lutas da história anterior. Já a grande experiência juvenil de Balzac é justamente a da intensidade vulcânica das forças sociais que se encontravam adormecidas sob a aparente calma do período da Restauração. Ele identificou, com uma clareza que nenhum de seus contemporâneos literários conseguiu igualar, a profunda contradição entre as tentativas da restauração feudal e absolutista e as forças do capitalismo em rápida ascensão. Sua passagem da figuração scottiana da história francesa para a figuração da história presente coincide – de modo algum por acaso – com a Revolução de Julho de 1830. Foi na Revolução de Julho que as contradições explodiram, e o aparente equilíbrio obtido pela "realeza burguesa" de Luís Filipe foi uma compensação tão instável que o caráter contraditório e oscilante de toda a estrutura social teve de ocupar o ponto central da concepção histórica de Balzac. Com a Revolução de Julho, a orientação histórica sobre a necessidade do progresso, a defesa histórica do progresso contra a reação romântica encerra-se: nas grandes mentes da Europa, o problema central é agora o conhecimento e a figuração da problemática histórica da própria sociedade burguesa. Não é por acaso, por exemplo, que a Revolução de Julho tenha dado o primeiro sinal para a dissolução da maior filosofia histórica desse período, o sistema hegeliano.

Assim, o romance histórico, que em Scott teve origem no romance social inglês, retorna com Balzac à representação da sociedade contemporânea. Com isso, a era do romance histórico clássico acaba. Mas isso não significa que o romance histórico clássico se tornou um episódio encerrado da história da literatura, um episódio de importância apenas histórica. Muito pelo contrário: o ponto culminante que o romance do presente atingiu com Balzac só pode ser entendido como continuação dessa etapa de desenvolvimento, como elevação a um patamar superior. No momento que, em consequência das lutas de classes de 1848, desaparece a consciência histórica que caracteriza a concepção balzaquiana do presente, inicia-se a derrocada do romance social realista.

As leis dessa passagem do romance histórico de Scott para a história ficcional da sociedade burguesa do presente são sublinhadas mais uma vez por sua repetição no desenvolvimento de Tolstói. Já tratamos em outros contextos[1] dos complicados problemas que surgem na obra de Tolstói pelo fato de ele ser contemporâneo do realismo europeu ocidental após 1848 (e, em muitos sentidos, o mais influenciado por ele) e viver ao mesmo tempo em um país em que a revolução burguesa se arma lentamente no decorrer de sua longa vida. Para a questão que nos interessa aqui, basta dizer que Tolstói, como poderoso narrador do período de convulsão social da Rússia desde a época da libertação dos camponeses em 1861 até a revolução de 1905, é o primeiro a retomar os grandes problemas históricos que compõem a *história pregressa* dessa convulsão e criaram seus pressupostos sociais. Pondo em primeiro plano as guerras napoleônicas, ele procede de modo tão coerente quanto Balzac, que procurava – inconscientemente – na figuração da Revolução Francesa as bases sociais para *A comédia humana*.

E, não querendo alongar demais o paralelo, o que sempre acaba por conduzir a distorções e excessos, devemos notar que esses dois grandes escritores recuaram ainda mais profundamente no passado, e sendo ambos atraídos pelas grandes mudanças da história que introduziram o desenvolvimento moderno de seus países: Balzac por Catarina de Medici e Tolstói por Pedro I. Entretanto, Balzac escreveu apenas um ensaio interessante e psicologicamente significativo sobre Catarina de Medici e, de Tolstói, chegaram-nos apenas alguns fragmentos e ideias básicas. Em ambos, a pressão exercida pelos problemas do presente era muito grande para que pudessem se demorar na *história pregressa* dessas questões.

Com isso, encerra-se o paralelo em sentido literário. Sua função era apenas mostrar na obra dos dois maiores representantes de épocas de transição de grandes povos a necessidade social que os empurrou para o romance histórico do tipo clássico e, em seguida, afastou-os dele. Do ponto de vista literário, *Guerra e paz** ocupa na obra de Tolstói uma posição muito diferente daquela de *A Bretanha em 1799* na obra de Balzac; também não é possível compará-los do ponto de vista de seu valor literário, de tão alta que é a posição da obra de Tolstói na história do romance histórico.

Considerar *Guerra e paz* um romance histórico de tipo clássico mostra que não se pode tomar essa expressão em sentido estrito de história literária

---

[1] Ver *Der russische Realismus in der Weltliteratur* [O realismo russo na literatura mundial] (Berlim, Aufbau-Verlag, 1953).

* 6. ed., Belo Horizonte, Itatiaia, 2008. (N. E.)

ou forma artística. Ao contrário de escritores importantes como Púchkin, Manzoni ou Balzac, Tolstói não dá a perceber nenhuma influência literária imediata de Walter Scott. Até onde sei, Tolstói nunca estudou Scott em todos os seus detalhes. A partir das condições reais de vida dessa época de transição, ele criou um romance histórico de caráter absolutamente peculiar e é apenas nos princípios de figuração *mais gerais e últimos* que este constitui uma renovação e uma continuação do tipo clássico scottiano no romance histórico.

Esse princípio em comum é o princípio do *caráter popular*. Tolstói tinha em alta conta não só Balzac e Stendhal, mas também Flaubert e Maupassant. Mas os traços reais e decisivos de sua arte remontam ao período clássico do realismo burguês, porque as forças sociais e a visão de mundo que moviam sua personalidade extraíam sua força do vínculo profundo com os problemas centrais da vida do povo em uma grande época de transição e sua arte ainda tem como tema central o sentido contraditoriamente progressista dessa época de transição.

Guerra e paz é a epopeia moderna da vida do povo em uma forma ainda mais decisiva que a obra de Scott ou Manzoni. Aqui, o retrato da vida do povo é ainda mais amplo, colorido e rico. A ênfase na vida do povo como verdadeira base dos acontecimentos históricos é mais consciente. Em Tolstói, essa forma de representação ganha um acento polêmico que ela não tinha – nem podia ter – nos primeiros clássicos do romance histórico. Estes retratavam sobretudo o *contexto*; os acontecimentos históricos surgiam como pontos culminantes das forças contraditórias da vida do povo. (O fato de Manzoni ter figurado determinados acontecimentos históricos de forma puramente negativa, como perturbações na vida do povo, é consequência do desenvolvimento histórico particular da Itália.) Em Tolstói, o lugar central é ocupado pela contradição entre os protagonistas da história e as forças intensas da vida do povo. Ele mostra que os que continuam a levar normalmente sua vida privada e egoísta, apesar dos grandes acontecimentos do pano de fundo histórico, são os que promovem inconscientemente e sem perceber o verdadeiro desenvolvimento, enquanto os "heróis" da história, que agem com consciência, são marionetes ridículas e prejudiciais.

Essa concepção fundamental da história determina a grandeza e os limites da figuração tolstoiana. A vida individual do homem – que os acontecimentos de fundo apenas contaminam, apenas afetam, mas não absorvem – desdobra-se com uma vivacidade pouco vista na literatura mundial anterior. A concretude histórica dos sentimentos e dos pensamentos, a autenticidade histórica da qualidade particular da reação ao mundo exterior em atos e sofrimentos alcança aqui uma altura sublime. Mas justamente a ideia central tolstoiana de que o curso da história é movido por esses esforços individuais – que resultam da ação espontânea, ignoram seu significado e suas consequências e formam juntos forças populares igualmente espontâneas – é algo que ainda permanece problemático.

Já dissemos que Tolstói acertou quando criou um verdadeiro herói popular na personagem de Kutusov: um homem significativo por não ser e não *querer* ser mais do que um simples órgão que resume e põe em ação as forças do povo. Por seu caráter muitas vezes contraditório e até paradoxal, suas qualidades mais pessoais, mais íntimas, reúnem-se esplendidamente em torno dessa sua fonte de grandeza social. Seu caráter popular no "baixo" e sua posição ambivalente no "alto" explicam-se sempre de modo evidente e decisivo por sua situação. Mas, para Tolstói, o conteúdo necessário dessa grandeza é a passividade, uma espera que deixa agir por conta própria a história, o movimento espontâneo do povo, o curso espontâneo das coisas, e não quer perturbar o livre desenrolar dessas forças com uma intromissão qualquer.

Essa concepção do herói histórico "positivo" mostra como se intensificaram, mesmo na Rússia czarista, as contradições de classe desde a época de Walter Scott. A grandeza de Tolstói está em não depositar nenhuma confiança nos "líderes oficiais" da história, seja nos reacionários assumidos, seja nos liberais. Seus limites – os limites das revoltas das massas camponesas – residem no fato de que essa desconfiança historicamente justificada se restringe a uma desconfiança passiva de *todo* ato histórico consciente e desconhece inteiramente a democracia revolucionária que já se instaurava na época. Esse desconhecimento do papel da ação consciente no próprio povo leva Tolstói, em sua valoração do significado da ação consciente, a uma negação abstrata e extrema também nos exploradores. O exagero abstrato não reside na crítica, na recusa do conteúdo social dessas ações, mas no fato de lhes negar, desde o início, todo e qualquer significado. Não é à toa que nas melhores figuras retratadas por Tolstói seja visível um movimento na direção do dezembrismo*, assim como não é à toa que ele tenha se dedicado por um bom tempo ao plano de um romance dezembrista. Contudo, também não é à toa que esse impulso não tenha passado de um

---

*   Referência à "revolta dezembrista" contra o czar Nicolau I, em dezembro de 1825. (N. T.)

movimento na direção do dezembrismo e nunca tenha levado de fato até ele, e menos ainda que o romance dezembrista não tenha sido completado.

Essa duplicidade contraditória da figuração tolstoiana da vida histórica do povo nos leva do passado para o presente. *Guerra e paz* introduziu nessa figuração – na forma de um amplo retrato da vida econômica e moral do povo – o grande problema tolstoiano da questão camponesa, da relação entre as diferentes classes, camadas e indivíduos. *Anna Kariênina** mostra o mesmo problema depois da libertação dos camponeses, mas em um grau maior de acirramento das contradições: aqui, a concretude histórica da figuração do presente supera toda a literatura russa anterior, do mesmo modo como a figuração balzaquiana do capitalismo francês superara todos os seus antecessores. Com *Guerra e paz*, Tolstói tornou-se "seu próprio Walter Scott". Mas, enquanto *Guerra e paz* surgiu do romance social realista da Rússia e da França, a figuração scottiana da história surgiu do realismo inglês crítico social do século XVIII.

---

* São Paulo, Cosac Naify, 2005. (N. E.)

2. Romance histórico e drama histórico

A partir do que foi exposto até aqui, pode surgir a seguinte questão: admitindo-se que a derivação histórica do novo historicismo também seja correta na arte, por que desse sentimento da vida teria de surgir precisamente o romance histórico, e não o drama histórico?

A resposta a essa questão requer uma investigação séria e minuciosa da relação dos dois gêneros com a história. Desde já, tem-se o fato notável de que, já muito antes desse período, havia verdadeiros dramas históricos – também artisticamente completos em sentido histórico –, ao passo que a maioria dos chamados romances históricos dos séculos XVII e XVIII não pode ser consideradas nem espelhamento da realidade histórica nem produção artística de importância. Do mesmo modo, se desconsideramos o classicismo francês e a maior parte do drama espanhol, é claro que tanto Shakespeare como alguns de seus contemporâneos criaram dramas verdadeiros e importantes, como *Eduardo II*, de Marlowe, *Perkin Warbeck*, de Ford etc. Acrescenta-se a isso, no fim do século XVIII, o segundo grande florescimento do drama histórico tanto na produção de juventude quanto no período weimariano de Goethe e Schiller. Todos esses dramas se encontram não apenas em um patamar artístico muito mais elevado que o dos chamados precursores clássicos do romance histórico, como também são históricos em um sentido totalmente diferente, em um sentido legítimo e profundo. Além disso, é preciso reconhecer o fato de que a nova arte histórica introduzida por Walter Scott na literatura dramática só gera produtos realmente significativos de modo bastante isolado: *Boris*

Godunov*, de Púchkin, os dramas de Manzoni etc. O novo florescimento artístico da concepção histórica da realidade concentra-se no romance e chega, no máximo, aos grandes contos.

Para entender essa desigualdade do desenvolvimento, é preciso aprofundar a diferença da relação com a história no drama e no romance. Essa questão se torna complicada pelo fato de ter surgido na modernidade uma interação extraordinariamente forte entre drama e romance. Sem dúvida, existem profundos nexos entre a grande epopeia e a tragédia; não é por acaso que Aristóteles já ressaltava essa comunhão. Mas a epopeia homérica e a tragédia clássica pertencem a duas épocas diferentes da Antiguidade e, apesar de todo seu parentesco, adotam meios claramente distintos de figuração em algumas questões decisivas para o conteúdo e a forma. O drama antigo surge do mundo épico. O germinar histórico dos antagonismos sociais na vida produz a tragédia como gênero da figuração do conflito.

Essa relação histórica e formal se altera com certo vigor na modernidade. O florescimento do drama antecede o grande desenvolvimento do romance, apesar de Cervantes e Rabelais, apesar da influência nada insignificante da novelística italiana sobre o drama renascentista. Por outro lado, o drama moderno – inclusive o do Renascimento e mesmo o de Shakespeare – revela desde o início determinadas tendências estilísticas que o aproximam cada vez mais do romance ao longo do desenvolvimento. E inversamente: o elemento dramático no romance moderno, em especial em Scott e Balzac, origina-se, em primeiro lugar, das necessidades históricas e sociais da época, porém não deixa de sofrer influência artística do desenvolvimento anterior do drama. O drama shakespeariano em particular, como ressaltou com razão Michail Lifschitz na discussão sobre a teoria do romance, exerceu uma influência decisiva no desenvolvimento do novo romance. Esse vínculo entre Walter Scott e Shakespeare foi reconhecido claramente por Friedrich Hebbel, que considerava Scott o sucessor moderno de Shakespeare.

> Em Walter Scott emerge aquilo que Shakespeare ressuscitou na Inglaterra (...), pois Scott, com o mais admirável instinto para os condicionamentos fundamentais das realidades históricas, uniu o mais sutil olhar psicológico em cada particularidade individual ao mais claro entendimento do momento transitório em que se

---

* São Paulo, Globo, 2007. (N. E.)

O romance histórico | 117

conjugam os impulsos gerais e particulares; e é à união dessas três propriedades que a varinha mágica de Próspero deve sua onipotência e irresistibilidade.

Mas esse amplo e complicado entrelaçamento histórico dos dois gêneros – que afinal não se desenvolveram no vazio, metafisicamente isolados um do outro, no vácuo – não pode obscurecer as distinções fundamentais entre eles. Temos de retornar, portanto, às diferenças formais básicas entre drama e romance, desvelar a fonte dessas diferenças na própria vida para apreender as diferenças entre esses dois gêneros no que concerne à sua relação com a história. Somente assim poderemos compreender os fatos históricos no desenvolvimento desses dois gêneros – nascimento, florescimento, declínio etc. – do ponto de vista tanto histórico quanto estético.

I. Fatos da vida como base da separação entre épica e dramática

Tanto a tragédia como a grande épica – epopeia e romance – retratam o mundo objetivo *exterior*; a vida interna do homem é apresentada apenas até o ponto em que seus sentimentos e pensamentos se mostram, em obras e ações, em uma correlação visível com a realidade objetiva, externa. Esse é o traço decisivo de separação entre a épica e a dramática, de um lado, e a lírica, de outro lado. Mais ainda: a grande épica e o drama fornecem um *retrato total* da realidade objetiva. É isso que os diferencia tanto em conteúdo quanto em forma dos outros gêneros épicos, dos quais a novela em particular tornou-se significativa para o desenvolvimento moderno. Epopeia e romance diferem de todos os outros subgêneros da épica precisamente por essa ideia de totalidade: essa diferença não é quantitativa, de conjunto, mas qualitativa, de estilo literário, de plasmação artística, uma diferença que perpassa todos os momentos singulares da figuração.

Mas é preciso apontar de imediato a importante diferença que existe entre forma dramática e épica: no drama só pode haver *um* gênero "total". Não há uma forma dramática que corresponda à novela, à balada, às fábulas etc. As peças em um ato (*Einakter*) que aparecem de modo isolado e são concebidas como um gênero particular no fim do século XIX em geral não possuem, segundo sua natureza, um elemento verdadeiramente dramático. Depois que o drama se tornou uma narrativa curta, composta com pouco rigor, dispersa no diálogo, era natural que surgisse a ideia de dar aos esboços novelísticos essa forma de cena dialogada. Mas, obviamente, a questão decisiva não é a do simples formato, assim como a diferença entre o romance e a novela não é a do conjunto. Do ponto de vista da figuração realmente dramática da vida, as curtas cenas dramáticas de Púchkin constituem dramas perfeitos e acabados. A brevidade de sua extensão é de extrema concentração dramática em termos de conteúdo e de visão de mundo; suas cenas não têm nada a ver com o episódio moderno em forma de diálogo.

Tratamos aqui apenas do problema da tragédia. (Na comédia, o problema se coloca de modo um pouco diferente, por motivos que não cabe discutir aqui.) Aristóteles ressalta esse parentesco entre epopeia e tragédia quando diz: "Quem souber julgar o que torna uma tragédia boa ou má saberá também julgar a epopeia".

Tanto a tragédia quanto a grande épica têm pretensões à figuração da totalidade do processo vital. É claro que, nos dois casos, isso só pode ser resultado da estrutura artística, da concentração formal no espelhamento artístico dos traços essenciais da realidade objetiva. Pois é evidente que, por princípio, a totalidade real, substancial, extensiva e infinita da vida só pode ser reproduzida pelo pensamento de modo relativo.

Contudo, no espelhamento artístico da realidade, essa relatividade recebe uma forma peculiar. Pois, para ser arte, esse espelhamento jamais pode trazer em sua manifestação a marca dessa relatividade. Um espelhamento puramente intelectual dos fatos ou leis da realidade objetiva pode admitir abertamente essa relatividade, e deve até fazê-lo, pois, se uma forma de conhecimento se pretende absoluta e ignora o fator dialético da reprodução apenas relativa, isto é, incompleta da infinitude da realidade objetiva, resulta necessariamente em uma distorção da imagem, em algo falso. Na arte, a coisa é totalmente diferente. É evidente que nenhum ser humano figurado na literatura pode conter a riqueza infinita e inesgotável dos traços e exteriorizações que a vida contém. Mas a essência da figuração artística consiste precisamente em que esse retrato relativo e incompleto funcione como se fosse a própria vida, e até como uma vida mais elevada, intensa e viva que aquela da realidade objetiva.

Esse paradoxo geral da arte no espelhamento da riqueza infinita da realidade objetiva aparece de forma particularmente aguda nos gêneros que, a partir da necessidade interna de seu conteúdo e de sua plasmação, têm a pretensão de ser um retrato figurado vivo da totalidade da vida. E essa necessidade se coloca sobretudo para a tragédia e a grande épica. Elas devem seu profundo impacto, seu significado central e decisivo na vida cultural da humanidade ao despertar dessa experiência no plano da recepção. Se não conseguem despertar essa experiência, fracassam totalmente. Nenhuma autenticidade naturalista das exteriorizações vitais individuais, nenhuma "maestria" no domínio da composição ou dos efeitos singulares pode oferecer um substituto para a falta da experiência da totalidade da vida.

É claro que, aqui, se trata de uma questão de forma. Mas a absolutização artisticamente justificada do retrato relativo da vida tem seus fundamentos no conteúdo. Ela só pode surgir no destino dos indivíduos, assim como no da sociedade, com base na apreensão real dos contextos legítimos essenciais e mais importantes da vida. Contudo, é claro também que, para isso, não basta o mero conhecimento dos contextos essenciais. Esses traços essenciais, esses aspectos constitutivos mais importantes da vida, têm de aparecer em uma nova imediaticidade, criada pela arte, como traços e conexões pessoais únicos de homens concretos e situações concretas. Mas essa produção de uma imediaticidade artística nova, essa reindividualização do universal no homem e em seu destino é justamente a missão da forma artística.

O problema específico da forma na grande épica e na tragédia é precisamente o tornar imediata a totalidade da vida, o despertar de um mundo de aparência em que – mesmo na épica mais vasta – cabe a um número muito limitado de homens e de destinos humanos despertar a experiência da totalidade da vida.

A estética do período posterior a 1848 perdeu completamente a sensibilidade para os problemas de forma tomados nesse sentido amplo. Quando não negou com um espírito niilista e relativístico qualquer diferença entre as formas, ela fez simplesmente uma classificação externa, formalista, segundo as características superficiais das formas singulares. A estética clássica alemã, que foi certamente pioneira e antecedeu a estética do Iluminismo na formulação de muitas questões, deu um tratamento verdadeiro a essas questões, penetrando no essencial.

Encontramos na estética de Hegel a determinação mais fundamental e profunda da diferença entre a figuração da totalidade na grande épica e no drama. Esse autor coloca, como primeira demanda da figuração do mundo da grande épica, a *totalidade do objeto*, figurada "em nome da coerência da ação particular com seu solo substancial". Hegel ressalta de maneira precisa e correta que não se trata jamais de autonomia do mundo objetivo. Quando é retratado pelo autor épico como um mundo autônomo, o mundo objetivo perde todo conteúdo poético. Na poesia, as coisas só são importantes, interessantes e atraentes como objetos da atividade humana, como mediações das relações dos homens e dos destinos humanos. Apesar disso, porém, na grande épica elas nunca são mero pano de fundo decorativo ou instrumentos técnicos de condução da narrativa, desprovidos do direito a qualquer interesse real próprio. Uma ficção épica que figure apenas a vida interna do homem, sem correlação viva com os objetos de seu ambiente sócio-histórico, dissolve-se na ausência de forma e de substância.

A verdade e a profundidade dessa definição hegeliana residem justamente na ênfase dada à correlação, no argumento de que a "totalidade dos objetos" figurados pelo autor épico é a totalidade de um grau do desenvolvimento histórico da sociedade humana e de que é impossível retratar a sociedade humana em sua totalidade se não forem retratadas as bases que a cercam e o ambiente material que forma o objeto de sua atividade. Assim, em sua dependência da atividade do homem, em relação permanente com a atividade humana, os objetos tornam-se não apenas importantes e significativos, mas alcançam sua autonomia artística como objetos da figuração. A exigência de que a grande épica tenha de figurar a "totalidade dos objetos" significa fundamentalmente a exigência de um retrato da sociedade humana tal como ela se produz e reproduz em seu processo de vida cotidiano.

Como vimos, também o drama caminha na direção de uma figuração total do processo vital. Essa totalidade, porém, concentra-se em um centro firme, no conflito dramático. É um retrato artístico do sistema – se é que podemos dizer assim – daquelas aspirações humanas que, lutando umas contra as outras, participam desses conflitos. Diz Hegel:

> Por isso, a ação dramática repousa essencialmente sobre um agir conflituoso, e a verdadeira unidade só pode ter seu fundamento no *movimento total* (*grifos meus*, G. L.*), no fato de que o conflito, segundo a determinidade das circunstâncias, personagens e objetivos particulares, tanto se expõe em conformidade com os objetivos e personagens quanto suprassume sua contradição. Essa solução, tal como a própria ação, tem de ser, pois, ao mesmo tempo subjetiva e objetiva.

Desse modo, Hegel confronta a "totalidade do movimento" no drama com a "totalidade dos objetos" na grande épica. O que isso significa do ponto de vista da forma épica e dramática? Procuremos ilustrar essa oposição com um grande exemplo histórico. Em *Rei Lear**, Shakespeare retrata a maior e mais

---

* Porto Alegre, L&PM, 1997. (N. E.)

O romance histórico | 121

avassaladora tragédia da dissolução da família como comunidade humana que a literatura mundial já conheceu. Ninguém escapa dessa figuração sem a impressão de uma totalidade que tudo esgota. Mas como essa impressão de totalidade é produzida? Shakespeare retrata, na relação entre Lear e suas filhas, entre Gloster e seus filhos, as grandes tendências e os grandes movimentos humanos e morais que emanam, de forma extremamente aguda, da decadência e da dissolução da família medieval. Esses movimentos extremos – porém típicos justamente por seu caráter extremo – formam um sistema totalmente fechado, que, em sua dialética, esgota todos os possíveis posicionamentos humanos acerca desse conflito. Seria impossível acrescentar a esse sistema um novo elo, uma nova orientação do movimento, sem cair em uma tautologia psicológica e moral. É por meio dessa riqueza psicológica das partes em luta, agrupadas em torno do conflito, e dessa totalidade exaustiva com a qual, completando-se mutuamente, elas espelham todas as possibilidades desse conflito vital, que surge a "totalidade do movimento" nesse drama.

Entretanto, o que *não* está nessa figuração? Falta o círculo vital da relação dos pais com os filhos, faltam as bases materiais da família, seu crescimento, seu declínio etc. Compare-se esse drama com os grandes retratos familiares que figuram a problemática da família de modo épico, como *Os Budden-brooks**, de Thomas Mann, ou *A família Artamonov***, de Górki. Com que amplidão e abundância aparecem, neste último, as circunstâncias reais da família! E, no primeiro, que generalização das qualidades puramente morais e volitivas que se realizam na ação conflituosa! E somos obrigados a admirar a extraordinária arte da generalização dramática de Shakespeare precisamente por incorporar a geração mais antiga da família apenas por meio de Lear e Gloster. Se tivesse dado uma mulher a Lear, a Gloster ou a ambos, como um poeta épico necessariamente teria de fazer, ele teria de enfraquecer a concentração no conflito (se o conflito com os filhos gerasse um conflito com os pais) ou a representação da mulher seria uma tautologia do ponto de vista dramático, e ela só poderia ser um débil eco do homem. No ar rarefeito da generalização dramática, é característico que essa tragédia atue necessariamente sobre o espectador como uma imagem arrebatadora e a questão da ausência de esposas, por exemplo, não se coloque em nenhum momento.

---

*   3. ed., Rio de Janeiro, Nova Fronteira, 2000. (N. E.)
**   Lisboa, Arcádia, 1959. (N. E.)

Em uma figuração épica correspondente, com dois destinos paralelos, essa situação atuaria sobre o espectador como algo calculado e exigiria uma fundamentação especial, se é que poderia ser fundamentada de modo convincente. Poderíamos prosseguir essa análise até a figuração mais íntima dos detalhes. Mas o que nos interessa aqui é apenas a exposição desse contraste em seus aspectos mais gerais.

Concentrando o espelhamento da vida na figuração de um grande conflito, agrupando todas as manifestações vitais em torno desse conflito e fazendo-os viver apenas nessa relação com o conflito, o drama simplifica e generaliza os possíveis posicionamentos dos homens em relação a seus problemas vitais. A figuração é reduzida à representação típica dos posicionamentos mais importantes e característicos dos homens, àquilo que é indispensável para a configuração dinâmica e ativa do conflito, portanto àqueles *movimentos* morais e psicológicos nos homens que provocam o conflito e sua resolução. Toda personagem, todo traço psicológico de uma personagem que ultrapasse a necessidade dialética desse contexto e a dinâmica viva do conflito tem de ser superficial do ponto de vista do drama. É por isso que Hegel, com toda a razão, caracteriza como "totalidade do movimento" a composição que se resolve desse modo.

Quão rico e amplo é esse aspecto típico depende do estágio de desenvolvimento histórico atingido pelo drama e, no interior desse estágio, é claro, da individualidade do dramaturgo.

Mas o que mais importa é a dialética interna e objetiva do próprio conflito, que de certa forma circunscreve o perímetro da "totalidade do movimento", independentemente da consciência do dramaturgo. Tomemos como exemplo *Antígona**, de Sófocles. Creonte proíbe o sepultamento de Polinice. A partir dessa situação, o conflito dramático requer duas irmãs de Polinice, mas não mais que duas. Se Antígona fosse a única irmã, sua resistência à ordem do rei pareceria uma reação socialmente mediana e óbvia. A figura da irmã, Ismene, é absolutamente necessária para mostrar que, ao mesmo tempo que é uma expressão heroica e óbvia de uma eticidade que já se perdeu, a ação de Antígona excede o plano da reação óbvia e espontânea nas condições presentes no drama. Ismene condena a ordem de Creonte tanto quanto Antígona, mas exige que sua heroica irmã, por ser mais fraca, submeta-se ao poder. Acredito estar claro que, sem Ismene, a tragédia de

---

* 6. ed., São Paulo, Paz e Terra, 2005. (N. E.)

Antígona não seria convincente, não produziria o efeito de um retrato artístico da totalidade social e histórica, com uma terceira irmã, sendo uma pura tautologia do ponto de vista dramático.

Lessing tem razão, portanto, quando, em sua polêmica contra a *tragédie classique*, ressalta de maneira enfática que os princípios dramáticos de composição de Shakespeare são exatamente os mesmos dos gregos. A diferença entre eles é puramente histórica. Em consequência da complicação sócio-histórica das relações humanas, a estrutura do conflito na própria realidade torna-se mais emaranhada e multifacetada. A composição do drama shakespeariano reflete de modo tão fiel e grandioso essa nova situação da realidade quanto a tragédia de Ésquilo e Sófocles reproduzia artisticamente o estado mais simples de coisas na Atenas antiga. Essa alteração histórica significa uma modernidade qualitativa da estrutura dramática em Shakespeare. É claro que o moderno não reside, nele, em um simples incremento externo da riqueza do mundo artisticamente figurado. Ao contrário, consiste em um sistema novo e original, genialmente descoberto, dos movimentos sociais e humanos típicos e diversos, mas cuja diversidade é reduzida àquilo que é por natureza necessário. É justamente porque em Shakespeare a essência mais íntima do drama se constrói sobre os mesmos princípios dos gregos que sua forma dramática é necessariamente diferente.

A correção e profundidade da análise de Lessing revelam-se sobretudo nos exemplos negativos. É um preconceito bastante difundido afirmar que a concentração externa da ação, a redução do número de personagens a umas poucas etc. representam uma orientação puramente dramática, enquanto a mudança frequente das cenas, o grande número de personagens em ação etc. são uma orientação épica. Essa concepção é superficial e equivocada. O verdadeiro caráter dramático ou "romanceado" de um drama depende da solução do problema da "totalidade dos movimentos", e não de simples características formais.

Tomemos, por um lado, a forma de composição da *tragédie classique*. Ela tenta realizar a famosa unidade de espaço e tempo. Reduz a um mínimo as personagens em cena. No interior desse mínimo, porém, há personagens totalmente supérfluas do ponto de vista dramático, em especial os famigerados "confidentes". Alfieri, que era ele mesmo partidário dessa forma de composição, não só critica o papel não dramático dessas personagens na teoria, como também as elimina na prática, em seus dramas. Mas qual é o resultado disso? Embora não tenham nenhum "confidente", em contrapartida os heróis de Alfieri têm longos monólogos, com frequência totalmente desprovidos de dramaticidade. A crítica de Alfieri revela um lado pseudodramático da *tragédie classique* e troca-o por um motivo manifestamente não dramático. O verdadeiro erro de composição que está na base de todo esse conjunto de problemas é o fato de o conflito ter sido abstraído de forma mecânica e brutal por esses escritos – por vários representantes significativos dessa orientação, por razões históricas e individuais diversas e de diferentes maneiras. Com isso, perdeu-se a dinâmica viva da "totalidade do movimento". Pensemos mais uma vez em Shakespeare. Mesmo seus heróis "mais solitários" nunca estão sozinhos. Mas Horácio, para Hamlet, não é um "confidente", mas uma força autônoma e necessária, uma força motriz do conjunto do enredo. Sem o sistema de contraste entre Hamlet, Horácio, Fortinbras e Laerte, o conflito concreto dessa tragédia seria impensável. Do mesmo modo, Mercúcio e Benvólio têm funções autônomas e necessárias no contexto dramático de *Romeu e Julieta**.

O drama naturalista pode servir de contraexemplo. Em composições razoavelmente dramáticas como *Os tecelões***, de Hauptmann, a maioria das figuras é necessária do ponto de vista dramático e representa um componente inquieto e ativo da totalidade concreta da revolta dos tecelões. Ao contrário, na maioria dos dramas naturalistas – mesmo os que têm relativamente poucas personagens e concentram seu enredo no espaço e no tempo – há uma série de personagens que servem apenas para ilustrar para o espectador o meio social em que a ação se desenrola. Cada uma dessas personagens, cada uma dessas cenas "romantiza" o drama, pois expressa um momento da "totalidade dos objetos" que é estranho ao propósito do drama.

Essa simplificação parece distanciar o drama da vida, e desse aparente distanciamento surgiram muitas teorias falsas a respeito do drama: em tempos passados, as diferentes teorias que justificavam a *tragédie classique*; em nossa época, as teorias do caráter "convencional" da forma dramática, da "legalidade própria" do teatro etc. Estas últimas são apenas reações ao fracasso necessário do naturalismo no drama e, caindo no extremo oposto, movem-se no mesmo falso círculo vicioso do próprio naturalismo.

No entanto, devemos entender esse "distanciamento" do próprio drama como um *fato da vida*, um espelhamento artístico daquilo que a vida *é* obje-

---

*   Porto Alegre, L&PM, 1998. (N. E.)

**   São Paulo, Brasiliense, 1968. (N. E.)

O romance histórico | 125

tivamente em *certos momentos* de seu movimento e do que, por conseguinte, ela *parece ser necessariamente*.

Em geral, pode-se admitir de modo incontestável que o drama tem como argumento central o conflito de forças sociais em seu ponto mais extremo e agudo. E não é preciso ser particularmente perspicaz para notar a relação entre o conflito social extremo e a convulsão social, a revolução. Toda teoria do trágico legítima e profunda destaca como traço essencial do conflito, de um lado, a necessidade de ação nos dois lados das forças em luta e, de outro, a necessidade de resolução violenta desse conflito. Contudo, quando essas exigências formais do conflito trágico se traduzem na linguagem da vida, veem-se aí os traços das convulsões revolucionárias da própria vida, traços generalizados ao extremo e reduzidos à forma abstrata do movimento.

Certamente não é por acaso que o fim dos grandes períodos do florescimento da tragédia coincide com as grandes convulsões históricas mundiais da sociedade humana. Ainda que de maneira mistificada, Hegel já reconhecia no conflito de *Antígona*, de Sófocles, o choque entre aquelas forças sociais que, na realidade, conduziram à destruição das formas sociais primitivas e ao surgimento da pólis grega. Na análise que faz de *Oréstia**, de Ésquilo, Bachofen leva ainda mais longe que Hegel as tendências mistificadoras, porém formula esse conflito social de modo mais concreto: um conflito trágico entre a ordem matriarcal que começa a declinar e a nova ordem social do patriarcado. A análise penetrante e profunda que Engels fornece a respeito dessa questão em *A origem da família, da propriedade privada e do Estado*** recupera, do ponto de vista materialista, a teoria místico-idealista de Bachofen e estabelece de forma clara tanto teórica quanto historicamente a necessidade da conexão entre o surgimento da tragédia grega e essa convulsão histórico-mundial na história da humanidade.

Ocorre algo semelhante no segundo florescimento da tragédia na época do Renascimento. Dessa vez, o conflito histórico-mundial entre o feudalismo em declínio e a última sociedade de classes que vinha nascendo fornece os pressupostos materiais e formais para um novo impulso do drama. Marx expôs com muita clareza esse contexto do drama no Renascimento. Também apontou em vários escritos a necessidade social do surgimento e do fim dos períodos trágicos. Assim, em "Crítica da filosofia do direito de Hegel – In-

---

*   Rio de Janeiro, Zahar, 1990. (N. E.)

**   São Paulo, Expressão Popular, 2010. (N. E.)

trodução", de 1844, ele ressalta como pressuposto da tragédia o momento de necessidade e o sentimento profundo de justificação proveniente dessa necessidade entre a parte da sociedade que se encontra em declínio. "Enquanto o *ancien régime*, como ordem do mundo existente, lutou contra um mundo que estava precisamente a emergir, houve da sua parte um erro histórico, mas não um erro pessoal. O seu declínio, portanto, foi trágico."*

Nesse ensaio de juventude, como mais tarde em O *18 de brumário de Luís Bonaparte***, Marx fornece uma análise penetrante dos motivos por que determinados conflitos sociais, no decorrer do desenvolvimento histórico, deixam de ser conflitos trágicos e tornam-se objetos de comédia. E é extremamente interessante e de importância fundamental para a teoria do drama que o resultado objetivo dos desenvolvimentos históricos investigados por Marx consista sempre, nesse caso, no fato de que a necessidade trágica do agir é suprassumida histórica e socialmente em um dos lados em luta, naquele que se opõe ao progresso humano.

Mas seria demasiado estreito limitar, de modo rígido e mecanicista, os fatos da vida que se encontram na base da forma dramática às grandes revoluções históricas. Isso significaria isolar idealmente a revolução das tendências gerais e atuantes da vida social e mais uma vez transformar o fato da revolução em uma espécie de "catástrofe natural" à maneira de Cuvier. Ao contrário, deve-se notar sobretudo que nem todos os conflitos sociais que traziam em si os germes da revolução conduziram a revoluções na realidade histórica. Marx e Lenin mostraram em diversas ocasiões a ocorrência de situações objetivamente revolucionárias que, em consequência do desenvolvimento insuficiente do fator subjetivo, não conduziram a nenhuma erupção revolucionária. Basta pensar no fim dos anos 1850 e no início dos anos 1860 na Alemanha (a "nova era" e, em seguida, o conflito constitucional na Prússia).

Mas isso está longe de esgotar o problema dos conflitos sociais. Uma verdadeira revolução popular jamais se deflagra em consequência de uma contradição social única, isolada. O período de preparação objetivo-histórico das revoluções é preenchido na própria vida por toda uma série de contradições trágicas. O amadurecimento da revolução mostra de maneira sempre mais clara o contexto objetivo dessas contradições, que surgem muitas vezes de

---

* Em *Crítica da filosofia do direito de Hegel* (São Paulo, Boitempo, 2005), p. 148. (N. E.)

** São Paulo, Boitempo, 2011. (N. E.)

forma isolada, e resume-as em algumas questões centrais e decisivas no agir das massas. Do mesmo modo, certas contradições sociais podem continuar sem solução mesmo depois da revolução ou, justamente em consequência da revolução, surgir fortalecidas e mais agudas.

Tudo isso tem consequências muito importantes para a questão que nos interessa aqui. É evidente, por um lado, o importante nexo na vida entre o conflito dramático e a convulsão social. A concepção de Marx e Engels sobre o nexo entre o período de florescimento dramático e a revolução confirma-se plenamente; pois é claro que a concentração sócio-histórica de contradições da vida leva necessariamente a uma figuração dramática. Por outro lado, vê-se que a fidelidade à vida da forma dramática não pode, por assim dizer, ser "localizada" de modo estreito e mecânico nas grandes revoluções da história da humanidade. Pois, se é verdade que o conflito realmente dramático reúne os traços humanos e morais de uma grande revolução social, é pelo fato de a figuração deter-se sobre o humanamente essencial que o conflito concreto não é obrigado a revelar, em seu modo imediato de manifestação, uma convulsão social que se encontra em seu fundamento. Essa convulsão constitui o solo geral do conflito, mas a ligação dessa base com a forma concreta do conflito pode ser muito complexa e mediada. Veremos mais adiante que é assim que surge o historicismo presente nos dramas mais maduros e significativos de Shakespeare. A contradição do desenvolvimento histórico, a elevação dessas contradições até o conflito trágico é um fato *universal* da vida.

Essa contradição da vida não deixa de existir quando o antagonismo de classes é suprimido pela revolução socialista vitoriosa. Seria uma concepção rasa e não dialética da vida acreditar que só haveria no socialismo a alegria tediosa de uma satisfação pessoal não problemática, sem luta e sem conflito. É evidente que os conflitos dramáticos adquirem uma face totalmente nova, já que, com o desaparecimento social do antagonismo de classe, das contradições antagonistas, a derrocada necessariamente trágica do herói no drama, por exemplo, não desempenha mais o mesmo papel de antes.

Mas também em relação ao drama da sociedade de classes, é mais que superficial ver a derrocada trágica apenas como aniquilação brutal da vida humana, como algo "pessimista" – a que oporíamos, em nosso drama, um "otimismo" igualmente raso. Não podemos nos esquecer jamais de que, nos poetas dramáticos verdadeiramente grandes do passado, o caminho para a derrocada trágica foi sempre um desdobramento das mais intensas energias humanas, do mais elevado heroísmo humano, e de que essa elevação do homem é possível justamente porque o conflito é levado até o fim. De fato, Antígona e Romeu morrem de maneira trágica, mas a moribunda Antígona e o moribundo Romeu são seres muito maiores, mais ricos e mais elevados do que eram antes de serem dilacerados no turbilhão do conflito trágico.

Hoje, trata-se sobretudo de acentuar esse aspecto do conflito trágico, ver como um fato geral da vida converte-se na forma dramática e, por meio dela, universaliza-se e torna-se passível de ser intensamente experienciado. E, assim, esse aspecto humano do conflito dramático, que não está de modo algum ligado à derrocada trágica, pode se tornar a base de uma figuração dramática significativa.

Portanto, no conhecimento da verdade da forma dramática, é preciso capturar de modo muito concreto o problema do conflito como fato da vida. Sem a menor pretensão de esgotar o problema, mesmo que de maneira apenas aproximada, enumeramos aqui alguns fatos típicos da vida cujo espelhamento artístico conduz necessariamente à criação da forma dramática.

Comecemos com o problema da encruzilhada que separa a vida do indivíduo da vida da sociedade. Na tragédia *Herodes und Mariamne* [Herodes e Mariana], de Hebbel, a heroína diz ao herói: "Tens agora teu destino em tuas mãos e podes dirigi-lo para onde achares melhor! Para cada ser humano chega sempre o instante em que a condução de sua estrela é entregue a ele. Mas o ruim é que ele não conhece esse instante, que pode ser qualquer instante que passa!"

Apenas representantes de um fatalismo mecanicista podem duvidar da realidade desses "instantes" da vida. A necessidade da vida social impõe-se não apenas por meio das contingências, mas também por essas decisões de homens e grupos humanos. É evidente que tais decisões não são livres no sentido de um voluntarismo idealista, não fantasiam uma autonomia humana existente no vácuo. Mas esses "instantes" se encontram – em decorrência da base de todo desenvolvimento sócio-histórico – nos limites historicamente dados e necessariamente prescritos de toda ação humana.

Pusemos entre aspas a palavra "instantes" porque, tomada em sentido literal, ela tem caráter fetichista. Contudo, um dos traços essenciais da realidade é que essa encruzilhada surja repetidas vezes e acarrete a possibilidade e a impossibilidade de uma decisão acerca de qual direção se deve tomar. Mas, em primeiro lugar, essa escolha nem sempre existe, pois pressupõe determinado acirramento crítico [*krisenhafte*] das relações pessoais e, em segundo lugar, a duração temporal da possibilidade de decisão é sempre relativamente limitada. Esse fato é bem conhecido de todos, por experiência pessoal.

Os escritos de Lenin, sobretudo os de épocas agudamente revolucionárias, mostram quão significativo é o papel desses instantes na própria história e quão breve é sua duração. Após a insurreição de julho de 1917, quando propõe aos socialistas revolucionários e aos mencheviques a formação de um governo responsável perante os conselhos, Lenin escreve: "Agora e apenas agora, talvez *apenas durante alguns dias* ou no espaço de duas semanas, será possível formar e consolidar um tal governo de maneira plenamente pacífica". O significado político dessa proposta ultrapassa os limites de nossa discussão. Para nós, trata-se apenas de mostrar, lançando mão das declarações de um tático e estrategista da luta de classes tal como Lenin, que o fato da "encruzilhada", do "instante" da decisão, não é uma estilização extravagante que dramaturgos idealistas apanham no ar nem uma "exigência da forma dramática", como distorceram os teóricos neoclássicos do drama no período imperialista, mas sim um fato da vida recorrente e de extrema importância que desempenha um papel crucial no destino dos indivíduos e das classes.

Podemos resumir esse segundo conjunto de fatos da vida com a expressão: "apresentar a conta" a alguém. O que isso significa? A sinuosidade causal da vida é extraordinariamente complexa. É evidente que toda ação de um homem ou grupo humano tem efeitos sobre seus destinos; estes dependem, em grande parte, da orientação que se dá à ação em determinadas circunstâncias históricas. Mas na vida essas consequências costumam se revelar de modo muito lento, irregular e contraditório. Muitos chegam ao fim da vida, ou dão outra direção a ela, bem antes que as consequências de seus atos anteriores se manifestem. Contudo, é fato universal e frequente da vida que essas consequências de atos anteriores – e sobretudo do comportamento geral ou da atitude em relação à vida que inspirara tais atos – concentrem toda sua força na vida, e então o homem tenha de acertar suas contas com a vida. Aqui, é evidente mais uma vez a correlação entre os atos dramáticos da vida e as crises revolucionárias da sociedade. Em especial no caso de grupos sociais, por exemplo os partidos, a exigência de um acerto de contas ocorre em geral em tempos de crise. Os partidos distanciaram-se pouco a pouco da verdadeira representação dos interesses das classes (tarefa para a qual foram criados) e, com isso, cometeram um erro após outro, sem provocar nenhuma consequência efetiva. Mas eis que estoura "de repente" uma crise social e um partido outrora poderoso vê-se "de repente" desacreditado e abandonado sob os olhos de seus antigos seguidores. A história está cheia desses fatos, e não só em relação aos partidos políticos em sentido estrito. A grande Revolução Francesa está recheada de catástrofes que por si sós já são dramáticas na própria vida. Desde o fim "repentino" do absolutismo no dia da queda da Bastilha, uma sequência de derrocadas semelhantes conduz da queda da Gironda, dos dantonistas e do Termidor até a queda do império napoleônico.

Tais momentos já têm um caráter dramático na própria vida. Não é surpresa, portanto, que a "apresentação da conta" constitua um dos problemas centrais da figuração dramática. Desde *Édipo rei**, de Sófocles, que durante dois milênios foi o modelo trágico da figuração dramática, até *A morte de Danton***, de Büchner, podemos seguir esse problema como um *leitmotiv* das grandes tragédias. E é especialmente característico da figuração dramática que ela não figure a acumulação lenta e gradual das consequências, mas capte em geral um período relativamente curto e conclusivo, o momento dramático da vida em que um conjunto de consequências acumuladas se transforma em ações. A partir do exemplo formal de *Édipo*, costuma-se vincular esse tipo de drama à concentração clássica dos acontecimentos, de um lado, e à antiga "ideia de destino", de outro. Nenhuma delas corresponde aos fatos. A obra-prima de Büchner, por exemplo, foi totalmente concebida, quanto à sua forma, no sentido de Shakespeare e não dos gregos. E é sobre esse fundamento que repousa o elemento trágico de Danton. O centro da figuração não é ocupado nem pelo violento estrategista da vitória revolucionária nem pelo político burguês vacilante que se recusa a dar continuidade à Revolução. Na peça de Büchner, tudo isso ocorreu há muito tempo. Ele apenas figura, com uma força dramática incomparável, como o grande revolucionário Danton, que se afastou do povo e de sua missão, é chamado a "acertar as contas" com a história justamente por essa conduta.

Sigamos adiante. Lenin diz em várias ocasiões que, em uma situação em que é preciso agir, deve-se agarrar com firmeza determinado elo da cadeia, dentre uma série infinita de possibilidades, porque só assim se pode ter na mão a cadeia inteira. Com isso, Lenin não só caracterizou de modo incomparável um importante princípio do agir político, em especial em períodos

---

* São Paulo, Perspectiva, 2001. (N. E.)

** São Paulo, Brasiliense, 1965. (N. E.)

de mudanças necessárias, como também forneceu um traço do agir humano em geral. Ou melhor: de determinado tipo de agir humano, um tipo de agir humano em certos momentos de mudança da vida. Queremos apenas indicar aqui que a escolha e a apreensão de um elo da cadeia encontram-se em relação interna com o problema da encruzilhada do qual tratamos anteriormente. Contudo, queremos chamar a atenção para o caráter específico desse fato da vida. O que é específico no problema do elo da cadeia é, acima de tudo, a importância que se dá a esse elo, o fato de colocá-lo no centro. Por aí a própria vida, e para seus próprios fins, é simplificada e generalizada. Essa simplificação e generalização dão à vida um caráter enérgico, que avança passo a passo, evidencia os contrastes e leva-os ao extremo.

O fato de captar um elo da cadeia não precisa estar ligado a um conflito ou surgir dele, mas a concentração dos problemas da vida em torno desse centro gera, na maioria dos casos, conflitos. Pois na vida do homem singular a concentração não ocorre no vazio, mas sim na viva interação com as ações de outros homens. E, naturalmente, a concentração do próprio agir em um ponto decisivo causa uma concentração das forças pessoais desse ponto. Esse efeito do elo da cadeia é visível em particular na vida política. No momento em que o problema do elo da cadeia surge e ocupa o centro da vida política, a natureza em geral amorfa das diferentes tendências e correntes adquire uma fisionomia clara e distinta tanto de um lado quanto de outro. Basta pensarmos na diferenciação extraordinariamente forte dos diversos pontos de vista provocados pelo grande discurso de Lenin quando da implementação da Nova Política Econômica (NEP). *Mutatis mutandis*, esse problema desempenha na vida do indivíduo um papel semelhante.

Ressaltemos, por fim, outro problema estreitamente ligado a essa questão: o caráter congênito da ligação do homem com sua obra. Mesmo na vida puramente pessoal surgem, a partir daí, colisões, embates dramáticos e imbróglios. Pois, por mais que a obra de uma vida represente o centro de todos os esforços de um homem, não há nenhum homem no qual e para o qual outras forças vitais não sejam também decisivas. Quanto mais profunda é a devoção de um ser humano à sua obra, mais ele é um ser humano autêntico, isto é, quanto mais numerosos e íntimos são os laços que o ligam à vida, às diferentes correntes da vida, mais dramático será o conflito.

Mas nem sempre a ligação de um homem com uma obra é um assunto privado. Quando se trata de uma obra artística ou científica, ela pode apresentar superficial e psicologicamente essa aparência. Mas, quando essa obra tem um vínculo direto com a vida da sociedade, então surge um conjunto de entrelaçamentos que por essência carrega diretamente um caráter social.

Com isso, retornamos ao problema de que já tratamos na primeira parte: o problema dos "indivíduos histórico-mundiais" no sentido de Hegel. Da primeira vez, partimos do tratamento do próprio processo histórico e investigamos o papel que tais "indivíduos" desempenham em sua figuração épica. Chegamos à conclusão de que seu significado histórico é mais bem expresso epicamente quando, no que diz respeito à composição, é formado de figuras coadjuvantes da trama. Agora, abordamos o problema sob outro aspecto, o da vida interna do indivíduo. Vemos como o profundo vínculo humano com a sociedade e com as tarefas do homem na sociedade conduz ao tipo do "indivíduo histórico-mundial", no qual aparecem, como ponto culminante, tanto a ligação do homem com sua tarefa social, seu desempenho na execução dessa tarefa, como o significado extensivo e intensivo dela. Hegel diz, sobre esse contexto: "São esses os grandes homens da história, cujos próprios fins particulares contêm o substancial, que é a vontade do espírito do mundo. Esse conteúdo é seu verdadeiro poder (...)".

Se já identificamos na devoção pessoal absoluta a uma obra uma dramatização da vida na própria vida, está claro que esse caso extremo de tal ligação representa um ponto culminante também em sentido dramático, e isso não apenas na arte, mas na própria vida. Na vida também, essa unidade pessoal e essencial entre o indivíduo, sua obra e o conteúdo social dela torna mais aguda a concentração daquele círculo vital em que emerge o "indivíduo histórico-mundial", a concisão dos conflitos materialmente vinculados à realização dessa obra. O "indivíduo histórico-mundial" tem um caráter dramático. Ele é definido como herói, como figura central do drama, por obra da própria vida.

Pois o conflito social como ponto central do drama, em torno do qual tudo gira e ao qual todos os componentes da "totalidade do movimento" se referem, exige a figuração de homens que, em suas paixões pessoais, representam de imediato forças cujos choques formam o conteúdo material do conflito. Está claro que quanto mais um homem é um "indivíduo histórico--mundial", no sentido de Hegel, isto é, quanto mais suas paixões pessoais se concentram no conteúdo do conflito e se fundem com ele, mais apto ele é para ser o herói principal, a personagem central do drama. Também essa verdade da forma dramática é, como vimos, uma verdade da vida, não uma sofistaria formalista.

Por isso, ela não pode nunca ser interpretada em um sentido mecânico e exagerado, como fizeram, por exemplo, muitos teóricos da *tragédie classique* e seus modernos imitadores neoclassicistas, no sentido de que somente as grandes personagens da história – ou do mito – seriam capazes de fornecer heróis para o drama. Para a vida e seu retrato artístico, isto é, o drama, trata- -se não de uma representação formal e decorativa, mas de uma convergência de forças material-conteudísticas, de uma concentração efetiva e pessoal de uma força social conflituosa.

Hebbel, com engenho e beleza, comparou a tragédia a um relógio mundial cujo movimento mostra a sucessão de grandes crises históricas. E, ampliando a comparação, acrescenta: "É indiferente, em si e para si, se o ponteiro do relógio é de ouro ou de latão, e não importa se uma ação em si mesma signi- ficativa, isto é, simbólica, dá-se em uma esfera socialmente mais baixa ou mais elevada". Essas palavras foram escritas no prefácio de sua tragédia burguesa *Maria Magdalene* para defender teoricamente esse drama. E, nessa defesa, ele tem plena razão. Personagens como o camponês Pedro Crespo de O *alcaide de Zalamea**, de Calderón, assim como as personagens burguesas de *Emilia Galotti, Intriga e amor*** e *Gewitter* [Tempestade]***, de Ostrovski, e da tra- gédia de Hebbel são, nesse sentido, "indivíduos histórico-mundiais". O fato de o conflito individual concreto tratado nesses dramas não ter uma grandeza histórica extensa, isto é, não decida diretamente o destino das nações ou das classes, é algo que não altera em nada a questão. O que importa é que, nesses dramas, o conflito é um evento histórico-social decisivo, segundo o conteúdo social que lhe é inerente, e os heróis trazem consigo o vínculo entre a paixão individual e o conteúdo social do conflito, isto é, justamente o vínculo que caracteriza o "indivíduo histórico-mundial". A ausência desses dois momentos dramáticos da própria vida é que torna a maioria dos dramas burgueses – e, infelizmente, também dos dramas proletários – tão rasa, tediosa e sem signifi- cado. O fracasso do material consiste sobretudo na dificuldade de desenvolver dramaticamente o caráter histórico-mundial do conflito, e do herói que nele

---

*   Porto, Civilização Barcelos/ Companhia Editora do Minho, 1968. (N. E.)

**   São Paulo, Hedra, 2010. (N. E.)

*** Curitiba, UFPR, 2005. (N. E.)

se encontra, sem lançar mão da estilização e sem introduzir momentos falsamente monumentais. Mas o drama moderno move-se, no período do declínio geral do realismo, na linha da menor resistência. Quer dizer: ele adapta seu meio de figuração aos aspectos mais triviais do material, aos momentos mais prosaicos da vida cotidiana moderna. Desse modo, a banalidade irrelevante torna-se imagem artística da figuração, sublinhando justamente os aspectos do material desfavoráveis ao drama. Surgem encenações que se encontram, em sentido dramático, em um plano mais profundo que a própria vida figurada por elas.

Repetimos: nossa intenção aqui é ressaltar alguns exemplos sucintos da grande série de fatos da vida cujo espelhamento concentrado e artisticamente consciente, esgotando todas as modalidades dessa concentração, constitui o drama. As leis formais do drama surgem da matéria da vida, cujo espelhamento mais universal – generalizado ao máximo artisticamente – é justamente sua forma. Por isso, os grandes poetas de diferentes épocas criam dramas dos mais diversos tipos. Mas é por isso precisamente que, nessas obras de artes tão distintas, impera uma mesma regra formal interna: a regra do movimento na própria vida, em cujos retratos artísticos consistem os dramas; neles, imperam as leis do espelhamento *artístico*, por meio de cuja aplicação e observância eles se tornam verdadeiras obras de arte.

Todas as teorias do drama que – mesmo inconscientemente, como a estética idealista de períodos anteriores – não partem desses fatos da vida, mas sim de problemas de "estilização" dramática, caem necessariamente em desvios formalistas. Pois elas não veem que o chamado "distanciamento da vida" da forma dramática é apenas uma expressão elevada e concentrada de determinadas tendências da própria vida. A incompreensão desse fato, o ponto de partida no distanciamento formal da expressão dramática em relação às formas gerais e medianas de expressão da vida cotidiana produz não apenas uma falsa teoria, mas também uma falsa práxis dramática, distorcendo não somente a forma do drama, como também seu conteúdo social e humano.

De Saint-Évremond a Voltaire, muitos críticos da *tragédie classique* experimentaram certo mal-estar diante dos dramas mais significativos de Corneille e Racine. Sentiram uma abstratividade, um distanciamento da vida, uma falta de "natureza" nessas obras. Todavia, apesar de Lessing ter feito críticas essenciais e, em muitas questões, ter atentado para problemas formais importantes, Manzoni foi o primeiro a pôr o dedo na ferida da *tragédie classique*. Se introduzimos aqui sua crítica, é porque nela se pode ver de modo muito claro que a tarefa da concentração dramática é um espelhamento correto de fatos verdadeiros da vida, de tendências reais da vida, pois o efeito da concentração formal, que distorce o conteúdo humano do drama, decorre mais evidentemente dessas tendências.

Durante toda sua vida, Manzoni combateu as exigências formais da unidade do espaço e do tempo porque via nelas impedimentos intransponíveis para a tarefa de seu tempo, para o drama histórico. Mas assim como seu grande contemporâneo Púchkin, ele não as combateu em nome da "naturalidade", da verossimilhança ou da inverossimilhança. Ele parte de preferência do fato de que os homens figurados, assim como suas paixões, são deformados na concentração do tempo da ação em 24 horas.

> Foi preciso, por isso, dar vida a essa vontade mais rapidamente, exagerando suas paixões, desnaturando-as. Para que um homem chegue a uma decisão final em 24 horas, é preciso que nele se encontre necessariamente um grau de paixão totalmente distinto daquele contra o qual ele lutaria um mês inteiro.

Com isso, todas as nuances são eliminadas.

> Os poetas trágicos são reduzidos a retratar apenas um pequeno número de paixões declaradas e dominantes (...). O teatro é preenchido por personagens fictícias, que agem mais como tipos abstratos de determinadas paixões que como homens plenos de paixões (...). Daí decorrem esse exagero, esse tom convencional, essa uniformização das personagens trágicas (...).

A concentração espacial e temporal força os autores trágicos "a conferir às causas, a qualquer preço, uma força maior do que as causas reais teriam (...). São necessários choques brutais, paixões terríveis, determinações avassaladoras (...)". E, mais ainda, Manzoni expõe de modo convincente como a predominância excessiva do motivo do amor, também combatida por outros críticos, guarda conexão com esses problemas formais, com seu efeito de distorção.

É óbvio que a tendência à distorção tem causas imediatas, sócio-históricas. Mas a forma artística nunca é uma simples cópia mecânica da vida social. É certo que ela surge como espelhamento de suas tendências, porém possui, dentro desses limites, uma dinâmica própria, uma tendência própria à veracidade ou ao distanciamento da vida. Por isso, o grande poeta dramático e crítico profundo Manzoni criticou com razão esse efeito de distorção da plasmação artística, justamente ao apreender em uma estreita correlação os problemas da forma dramática e os da vida histórica.

II. A particularidade da figuração dramática do homem

Poderíamos, sem dúvida, lançar aqui a pergunta: embora se admita que todos esses fatos da vida, cujo espelhamento artístico apreendemos na forma dramática, sejam fatos reais e importantes da vida, eles não são fatos *universais* da vida? A épica também não deve espelhá-los? A pergunta é plenamente justificada. Nessa forma geral e, por isso, abstrata, ela tem até de receber uma resposta afirmativa. Como fatos universais da vida, eles têm naturalmente de ser figurados por toda forma de ficção que espelha a vida. Perguntamos apenas: que papel e significado lhes são conferidos nas diferentes formas da literatura? E, aqui, a pergunta tem de ser concretizada. Realçamos esses fatos vitais do grande complexo da vida porque, assim realçados, eles formam justamente os problemas centrais da figuração dramática; porque, na figuração dramática, tudo gira em torno do espelhamento daquelas elevações e culminâncias da vida que são críticas [*krisenhaften*] e geram crises; porque, no drama, o paralelogramo das forças da "totalidade do movimento" surge desse centro; porque o drama espelha a vida nessa elevação real.

Todos esses fatos da vida também aparecem, é claro, no espelhamento épico da realidade. A diferença consiste "apenas" em que, aqui, eles ocupam o lugar que lhes é conferido no processo *inteiro* da vida. Aqui, não são o centro em torno do qual tudo é agrupado. E mais ainda: como a representação dramática figura esses momentos elevados da vida, desaparecem de sua representação todos aqueles fenômenos da vida que não se encontram em correlação imediata com tais momentos. No drama, as forças motrizes da vida são representadas apenas até o ponto em que conduzem a esses conflitos centrais, em que elas próprias são forças motrizes desses conflitos. Na grande épica, ao contrário, a vida aparece em sua amplidão. Os pontos culminantes dramáticos podem existir, porém constituem cumes dos quais fazem parte não apenas uma cadeia de montanhas, como também as colinas e as planícies. E, obviamente, esse tipo de espelhamento gera novos aspectos. É evidente que as proporções "normais" da vida são mantidas de modo muito mais rígido na épica que no drama, de maneira que não surpreende que problemas formais novos e peculiares surjam justamente no drama. Isso foi visto com clareza já por Aristóteles. Na continuação da passagem que citamos, em que fala da comunhão entre epopeia e tragédia, ele diz: "Pois o que pertence à epopeia está também presente na tragédia, mas nem tudo o que pertence à tragédia se encontra na epopeia".Tal isolamento de determinados momentos da vida, como ocorre no drama, tem de ser ele mesmo uma forma de manifestação da vida a fim de poder servir como base para a constituição de uma forma literária. Pois a pergunta que fizemos também tem outro importante aspecto, tanto do ponto de vista histórico quanto estético. Assim como está claro que os fatos da vida espelhados pelo drama podem e devem ser figurados também na épica, está claro também que esses fatos ocorrem na vida *com frequência*; isso significaria que a vida oferece ininterruptamente a possibilidade de um grande e verdadeiro drama.

Ora, isso contradiz os resultados do desenvolvimento histórico da literatura. A forma dramática certamente não experimentou no curso da história uma subversão tão fundamental quanto a metamorfose da antiga epopeia no romance burguês moderno. A forma dramática tem um caráter mais perene, suas regras essenciais são mais bem conservadas em seus diferentes modos de manifestação. Mas essa continuidade se opera em um desenvolvimento muito descontínuo, muito fragmentado. É característico da história do drama o fato de que ela tenha conhecido períodos de florescimento intensos e relativamente curtos, antecedidos e sucedidos de longos períodos, séculos inteiros, em que não se criou nada de significativo nesse gênero. E esse fato é tanto mais evidente na medida em que a condição externa para a representação do drama, isto é, o palco e a encenação, mostra um desenvolvimento bem mais contínuo. Quanto mais fundo analisamos a correlação entre drama e palco – precisamente a partir das regras internas da forma dramática –, mais seriamente temos de levantar a pergunta das razões sócio-históricas do surgimento descontínuo do drama.

O simples fato dessa descontinuidade já indica que, se os momentos da vida enumerados aqui se espelham no drama e compõem a base de seus problemas formais específicos, algo tem de ser acrescentado a eles ou, melhor dizendo, é a vida que tem de produzi-los de maneira determinada e específica, a fim de que sua figuração ficcional adequada conduza à verdadeira forma dramática. E a descontinuidade do desenvolvimento da vida explica-se então pelo fato de que esses momentos específicos adicionais, por meio de cujo acréscimo surge a verdadeira forma dramática, podem aparecer apenas sob condições sociais e históricas muito especiais. Eles não trazem, portanto, nada fundamentalmente novo para os fatos da vida que examinamos, mas contribuem para que esse caráter dramático sempre intrínseco se mostre de modo claro, visível e adequado.

A necessidade, assim como a orientação e o tipo de tal concretização, pode ser facilmente explicada por meio de alguns exemplos significativos, tanto positivos quanto negativos. Tomemos aquele caso a que nos referimos com a expressão "apresentar a conta". Esse motivo aparece na literatura das mais variadas formas, sem que seja necessariamente, em cada caso, um motivo dramático. Por exemplo, as encenações de mistérios medievais, que são estruturadas, segundo sua forma externa, de modo dialógico e cênico. Encontramos aqui um tema recorrente, cuja forma mais célebre é o mistério inglês *Everyman*: o da Morte que apresenta ao homem, no momento de seu último suspiro, a conta de sua vida; nessa hora fatal, revela-se de modo resumido e concentrado a falência de uma vida malconduzida. Apesar da figuração dialógica e cênica do mistério, apesar do motivo dramático – se tomado abstratamente –, não há aqui, em nenhum momento, nada dramático. Por quê? Porque as consequências do "apresentar a conta", em tais condições, só podem ser puramente interiores, psicológicas e morais, e não se deixam transpor para a ação, para a luta. O conflito desenrola-se na alma do herói, como temor, penitência, luta interior etc. Por conseguinte, seu modo de exteriorização só pode ser lírico ou didático-retórico. Apesar da objetivação cênica, os conflitos existentes não recebem nenhuma forma dramática visível; apesar da forma dialógica, não surge nenhuma luta dramática entre as duas potências sociais humanas. (E é interessante observar com que força a dramaticidade interna desse motivo é expressa quando esse "apresentar a conta" é figurado de modo épico, como na novela magistral de Tolstói *A morte de Ivan Ilitch**.) Na encenação dos mistérios, com sua forma exteriormente dramática, o "apresentar a conta" é tão geral que não pode se expressar em um caso dramático individualizado: a individualidade do portador da ação é, quanto à generalidade do problema, um exemplo de uma lei – introduzido por acaso e arbitrariamente substituível –, não a incorporação dramática de uma das forças em conflito.

Essa generalidade abstrata das forças em conflito não precisa ser necessariamente uma contraposição rígida entre a vida e a morte em geral, uma

---

* São Paulo, Editora 34, 2006. (N. E.)

relação religiosa com a realidade. Ao contrário. Esse tipo especial da figuração pseudodramática vincula-se ao feudalismo moribundo e só volta a encontrar imitadores isolados na decadência imperialista.

Entretanto, justamente em razão do novo sentido atribuído à história muitos escritores puderam dar a suas figurações ficcionais uma tal quantidade de detalhes empíricos, de fatos simples, que a necessidade histórica, em sua plenitude, só podia aparecer de modo abstrato. Pois toda potência ou necessidade histórica figurada no drama é abstrata, em sentido ficcional, quando não se incorpora de modo adequado e evidente em homens concretos, em destinos concretos de seres humanos. Isso era o que não queria e não podia fazer, por exemplo, a corrente representada por Mérimée, Vitet e seus amigos, da qual tratamos anteriormente. Eles queriam plasmar, a partir do modelo mal compreendido dos dramas históricos de Shakespeare, um drama baseado na figuração ampla, extensa e completa dos detalhes históricos.

Vitet, o mais coerente representante dessa corrente, viu com bastante clareza a contradição que aqui se apresenta na essência do drama. No prefácio do drama histórico *Les barricades*, já citado por nós, ele diz:

> De fato, essas cenas não são separadas umas das outras: elas formam um todo; há um enredo para cujo desenvolvimento elas concorrem. Mas esse enredo serve apenas para seu surgimento e sua ligação. Se eu quisesse criar um drama, teria de ter em vista sobretudo o curso do enredo e, para torná-lo vivo, teria de abrir mão de muitos detalhes e acessórios; para aumentar a tensão, seria obrigado a silenciar muita coisa; *teria de pôr, à custa da verdade, algumas personagens e situações em primeiro plano, mostrando as outras apenas de modo resumido, em um grande panorama.* Preferi deixar as coisas como elas se apresentam, pondo todas as personagens e situações no primeiro plano quando isso correspondia aos fatos, e não se deve ver nenhuma invenção ou erro no fato de eu com frequência interromper a ação com digressões, que são como as que costumam ocorrer na vida real. Para poder imitar do modo mais exato, tive de renunciar a despertar um interesse mais vibrante. (*Grifos meus, G. L.*)

Vimos que Mérimée nunca foi tão longe quanto Vitet, seu amigo e companheiro de luta, na retenção dos dados empíricos de todos os acontecimentos históricos, no sacrifício consciente da verdade poética e na fidelidade histórica aos fatos singulares. Apesar disso, seu drama histórico *La Jacquerie* é estruturado sobre princípios muito semelhantes. Seu grande e duradouro mérito foi não apenas ter recuperado a grande revolta dos camponeses, que caíra no esquecimento da historiografia, e assim ter contraposto ao idilismo romântico da Idade Média uma antítese palpável da luta mais aguda e feroz das classes. Mérimée forneceu, mais do que isso, um quadro autêntico e ficcionalmente avivado de *todas as classes* da Idade Média em decomposição; encontrou e figurou representantes típicos importantes das diferentes classes; retratou o choque entre as diversas classes em situações vivas e típicas.

Apesar dessa figuração autenticamente ficcional, que vai muito além da mera fidelidade histórica *à la* Vitet, não surgiu daí nenhuma obra dramática de impacto. Um crítico contemporâneo, próximo do círculo de Mérimée, Charles Rémusat, expôs as causas desse fracasso com argumentos pertinentes. Depois de tratar minuciosamente de todas as qualidades da *Jacquerie*, passa a falar do *Götz von Berlichingen*, de Goethe, que também fornece um amplo retrato da vida de todas as classes da Idade Média e ainda apresenta uma revolta de camponeses. Ele vê na verdade e na profundidade humanas da figura de Götz o segredo de "sua grandeza ficcional, que seduz e eleva a capacidade imaginativa", uma figuração humana que não existe nas tentativas ficcionais posteriores, que se baseiam em princípios formalmente semelhantes e buscam uma fidelidade histórica semelhante. Em seguida, Rémusat faz uma análise completa da personagem de Götz em toda a sua riqueza individual, resumindo seu julgamento da seguinte forma:

> Esse (*isto é*, Götz, *G. L.*) é o homem mais importante de todos os tempos com a fisionomia de seu século. Assim, no drama, a poesia e a história podem ser reconciliadas; assim, sem abandonar a verdade, o gênio pode elevar-se ao grandioso. Com tais obras, o teatro moderno pode ocupar seu lugar ao lado do antigo teatro nacional. A arte seria incompleta e defeituosa se, em sua ficção, ela não reproduzisse tudo o que está contido na natureza de modo tão bom ou talvez melhor que a própria natureza.

Para os objetivos que nos propomos, é indiferente como avaliamos o Götz von Berlichingen histórico e o modo como Goethe o concebe; se, como Hegel, vemos nele um dos últimos representantes da "época dos heróis" ou se, como Marx, definimo-lo como um "sujeito miserável"*. Pois Hegel e Marx (este, com vigor polêmico contra Lassalle) concordam que Goethe foi bem-sucedido na criação de uma personagem em que os traços mais puramente individuais e pessoais se fundem com a autenticidade e a verdade histórica em uma unidade orgânica, inseparável e efetiva. E esse também é o sentido

---

* Carta de Marx a Lassalle, 19/4/1959. Ferdinand Lassalle, *Nachgelassene Briefe und Schriften* (Stuttgart, Deutsche Verlagsanstalt, 1922, v. 3), p. 173. (N. T.)

das observações de Rémusat que citamos aqui. Portanto, o destino que as circunstâncias históricas reservam a Götz não só é apropriado em sentido geral – do ponto de vista ficcional, de modo abstrato e histórico –, como é o *destino individual* específico de Götz – sem perder nada de seu caráter histórico, mas, ao contrário, aprofundando-o e concretizando-o – no seu ser-precisamente-assim.

Manzoni, o representante mais significativo do drama histórico na Europa na época, vê de modo muito coerente que é precisamente nessa individualização das personagens dramáticas que se encontra o ponto mais saliente do drama histórico, que ele, com uma crítica áspera, contrapõe ao classicismo abstracionista. Afirma, em clara oposição tanto a Vitet quanto a Mérimée, que não há nem pode haver nenhuma contradição fundamental entre fidelidade histórica e individualização dramática. A tradição histórica transmite os fatos, as orientações gerais do desenvolvimento. O poeta dramático não tem nenhum direito de alterar esse material. Mas ele também não tem nenhuma razão para isso, pois, se deseja figurar suas personagens de modo realmente individualizado e vivo, é nos fatos históricos que ele encontra os princípios norteadores e os meios para isso: quanto mais fundo penetra na história, mais os encontra.

> Onde o verdadeiro dramaturgo pode se encontrar melhor do que naquilo que os homens realmente fizeram? O poeta encontra na história um caráter imponente, que o detém e parece lhe dizer: "Observa-me e eu te ensinarei algo novo sobre a natureza humana". O poeta aceita o convite. Quer compor a personagem. Onde poderá encontrar ações externas que correspondam melhor à ideia daquele homem que ele procura compor do que naquelas ações que foram realmente realizadas?

> "O que resta ao poeta fazer, então?", pergunta Manzoni.

> "O que resta? A poesia: sim, a poesia. Pois, no fim das contas, o que nos dá a história? Acontecimentos, que nos são apresentados, por assim dizer, apenas exteriormente. Mas o que os homens fizeram, o que pensaram, os sentimentos que acompanham suas cogitações e seus planos, seus sucessos e suas catástrofes, as palavras com as quais eles tentaram afirmar suas paixões e seus desejos diante das paixões e dos desejos de outros homens, com as quais eles expressaram seu ódio e deixaram fluir sua tristeza, com as quais, em suma, *revelaram sua individualidade*: por tudo isso a história passa quase em completo silêncio. E é precisamente esse o terreno da poesia."

A luta do drama real e histórico com os impedimentos causados pela manifestação ficcionalmente abstrata na história mostra muito claramente, tanto com exemplos positivos quanto negativos, que o ponto decisivo é justamente o problema da *individualidade do herói dramático*. Todos os fatos da vida que encontram na forma dramática seu espelhamento adequado só podem cristalizar suas demandas de modo correspondente quando as potências em conflito, cujo choque é provocado por tais fatos da vida, são arranjadas de tal maneira que sua luta está em condições de se concentrar em personalidades distintivas, igualmente evidentes, segundo tanto sua fisionomia individual quanto sócio-histórica.

Para não restar dúvidas sobre a correção dessa concretização de nossas observações, devemos analisar alguns outros casos em que a presença de fatos da vida dramáticos em si também não conduz a um verdadeiro drama, ainda que por razões contrárias. Somente assim podemos esboçar com contornos nítidos o espaço concreto do espelhamento especificamente dramático, do surgimento da forma dramática a partir da necessidade intrínseca do material da vida que é levado por ela à figuração.

Consideremos agora, portanto, o extremo oposto: os conflitos que surgem de tal base emocional, mas não possuem nenhuma universalidade social, embora estejam incorporados em diferentes indivíduos. Em Shakespeare, quando o amor de Romeu e Julieta entra em conflito com as circunstâncias sociais do feudalismo decadente, ocorrem situações, reviravoltas psicológicas etc. que atingem todos diretamente. E, quanto mais individual é a figuração das personagens principais, mais avassalador é o sentimento de empatia. A individualização dos heróis principais não pode enfraquecer, mas apenas fortalecer o caráter universalmente social do conflito. É, sem dúvida, o amor individual que quebra as barreiras das lutas entre os clãs feudais. O grau máximo de exaltação das paixões – que aponta necessariamente para a individualização do amor e, com isso, para a acentuação das peculiaridades pessoais, subjetivas, das personagens principais – é necessário para conferir ao conflito sua dimensão trágica, para impossibilitar desde o início qualquer compromisso, qualquer solução mediadora. A profundidade poética, a sabedoria trágica de Shakespeare mostram-se precisamente no fato de que a máxima intensificação da caracterização individual, da subjetividade da paixão é orgânica e inseparavelmente ligada à universalidade do conflito.

Mas esse não é o caso de toda paixão, por mais irresistível que seja subjetivamente. John Ford, um jovem e talentoso contemporâneo de Shakespeare, adotou como tema trágico de seu drama *Tis pity she's a whore* [Que pena que ela seja uma prostituta] a paixão incestuosa entre dois irmãos. Ford dispõe não apenas de um notável talento dramático, como também de uma capacidade especial de figurar paixões extremas com vigor e verossimilhança. Algumas cenas dessa peça alcançam uma grandiosidade quase shakespeariana pela simplicidade, pela obviedade e pela autenticidade com que essas paixões totais dominam a vida de seus heróis. Contudo, a impressão dramática do conjunto é problemática e ambígua. É impossível compartilharmos a paixão de seus heróis. Ela é e permanece humanamente estranha a nós. Essa estranheza parece não ter passado despercebida ao poeta também. Pois, dramaticamente, no que diz respeito ao enredo, o caráter incestuoso da paixão amorosa é apenas um ingrediente perverso. O conflito propriamente dito surge, do ponto de vista dramático, do choque entre uma paixão amorosa qualquer e as circunstâncias externas; das cenas realmente dramáticas, a maioria seria possível (quase sem modificação) se estivéssemos diante de um simples drama sobre um amor proibido e contrariado (por qualquer razão), um drama qualquer sobre o amor, o casamento e a separação. Esse amor entre irmãos é excêntrico e subjetivo demais para se tornar a base de sustentação de um enredo. Tal base se refugia na alma dos heróis, cuja paixão é contraposta, dramaticamente, apenas por uma proibição em geral, um impedimento em geral, portanto algo absolutamente estranho e abstrato em relação à paixão.

Toda ação, toda encenação de um conflito em ações exige determinado terreno comum entre os oponentes, mesmo quando essa "comunidade" é dominada por uma hostilidade social mortal: exploradores e explorados, opressores e oprimidos podem ter em comum o terreno da luta, mas a perversidade sexual, em seu conflito com a sociedade, não encontra esse terreno. Falta a essa paixão a justificação relativa, subjetiva, que se enraíza na ordem social do passado ou antecipa o futuro. Assim, a luta entre os sistemas sucessivos do amor, casamento, família etc. não tem nenhuma relação com a problemática do drama. De acordo com a interpretação moderna, todos os conflitos que na tragédia antiga parecem "semelhantes" são, na verdade, choques entre duas ordens sociais.

Podemos comprovar quão pouco acidental é o fracasso do talentoso Ford nesse tema, tomando um exemplo mais recente: *Mirra*, de Alfieri. Esse autor é um pensador trágico e profundo. Ele rejeita qualquer efeito que não resulte diretamente da essência trágica do conteúdo em questão. Se, nessa obra, ele também toca no tema da perversidade sexual – da paixão fatal da filha pelo pai –, ele evita todos os efeitos gerais do amor proibido, todos os obstáculos que esse amor aspirava superar. Alfieri renuncia a todos aqueles meios pelos quais Ford, com seu instinto espontaneamente dramático, conferiu a seu material uma ação e uma tensão aparentes. Ele quer dramatizar realmente o conflito psicológico, o conflito humano da paixão perversa, do amor incestuoso. Suas intenções são puras e grandes; mas qual é o resultado disso na tragédia propriamente dita? Em resumo: Alfieri transforma o drama inteiro em um monólogo oprimido. Ele retrata sua heroína – de modo muito correto e dramático – como moralmente superior e delicada, como alguém que treme diante da própria paixão, mas, apesar de um heroico esforço de resistência, acaba por se submeter à sua força irresistível. Vemos, ao longo de toda a peça, como essa nobre essência luta dentro de si contra um destino obscuro, silenciado, como ela toma, uma após a outra, decisões sem sentido, a fim de sepultar em si a paixão emudecida, desconhecida de todos os homens, da qual suspeitamos de modo obscuro e cujo conteúdo jamais se revela. Até que Mirra, ameaçada pelo infortúnio de seu amado pai, declara-se sem querer e dá um fim a seu sofrimento, suicidando-se.

Do ponto de vista dramático, Alfieri encontra-se em um plano mais elevado que Ford, na medida em que dá um lugar central ao conflito real, interno, das paixões perversas e estrutura o enredo a partir daí e apenas a partir daí. No entanto, com isso, ele revela o caráter profundamente antidramático do tema. O único verdadeiro instante dramático no drama só pode ser a última confissão de Mirra. Mas o alcance trágico dessa cena – tomado em sentido estreito – é suficiente apenas para uma meia confissão balbuciada pela heroína, para uma exclamação de terror do pai e, então, o suicídio. Todo o resto é apenas preparação, adiamento habilmente distribuído.

O verdadeiro conflito dramático tem de conter em si toda uma cadeia de momentos capazes de produzir uma elevação ininterrupta e possibilitar uma rica sequência de altos e baixos na luta externa de potências sociais que entram em conflito. Essa fertilidade do verdadeiro material dramático depende, porém, de quão profunda é a ligação interna entre as personagens que ocupam o centro do drama e o conflito concreto das potências sócio-históricas, isto é, de sabermos se e de que modo esses homens estão engajados, com *toda* a sua personalidade, no conflito representado. Somente quando o ponto central de sua paixão trágica coincide com o momento social decisivo do conflito é que sua personalidade pode obter uma plasticidade dramática plenamente desenvolvida e rica. Quanto mais vazia, abstrata e periférica é essa relação, mais o herói dramático tem de experienciar seu desenvolvimento *ao lado* do drama propriamente dito, isto é, do ponto de vista artístico: lírica, épica, dialética, retoricamente etc.

A grandeza da *figuração dramática humana*, da *vivificação dramática do homem* depende, portanto, não do quão intensa é a força criadora de um poeta em si e para si, mas – e até sobretudo – até onde lhe é dado, subjetiva e objetivamente, descobrir na realidade efetiva personagens e conflitos que correspondem a essas exigências internas da forma dramática.

É claro que não se trata aqui apenas de uma questão de talento, mas também de um problema social. Pois nem o dramaturgo mais importante pode *inventar* tais tramas (trama, aqui, entendida como unidade de personagem e conflito) de modo livre, como bem entender. Ele tem antes – o que é expresso com grande ênfase por Manzoni em especial – de *achá-las*, *descobri-las* na sociedade, na história, na realidade objetiva.

É evidente, porém, que não apenas o conteúdo social dos conflitos de uma época é o produto de seu desenvolvimento econômico, mas também as formas de manifestação desses conflitos são produzidas pelas mesmas forças histórico-sociais. Essas últimas relações são, sem dúvida, muito menos passíveis de dedução direta das bases econômicas, das tendências econômicas de desenvolvimento da época. Mas, para nossa questão, isso significa apenas que o gênio descobridor dos grandes dramaturgos encontra aqui um espaço de ação mais amplo, e não que um talento qualquer para a invenção seja capaz de criar formas de manifestação dos conflitos que não existem na sociedade, substituindo suas qualidades eventualmente desfavoráveis para o drama por outras favoráveis, livremente criadas, sem eliminar o caráter realista do drama. O verdadeiro gênio dramático mostra-se "apenas" em sua capacidade de, no complicado e confuso emaranhado dos modos empíricos de aparição, encontrar aqueles em que o conteúdo dramático interior da época pode ser espelhado de maneira adequada, segundo as exigências da forma dramática.

Quando comparamos Shakespeare e Ford, acentuamos, no essencial, a oposição entre os talentos dramáticos. Apenas no essencial, pois, com o rápido agrupamento de forças sociais que ocorre na época, a diferença de cerca de vinte anos entre os dois autores significa também um ambiente socialmente mudado. Investigar essa questão em seus pormenores, mesmo que de modo resumido, é algo que ultrapassa os limites de nosso trabalho. O que importa aqui é mostrar que a possibilidade de figurar de modo dramaticamente adequado as forças sociais em conflito, isto é, de figurá-las em personalidades plenamente desenvolvidas e individualizadas, não resulta pronta e diretamente de um conflito qualquer, mas pressupõe a existência de condições subjetivas e objetivas muito complexas.

Prosseguimos então com a concretização do espaço de desenvolvimento dramático daqueles fatos da vida que, de certa forma, impelem em direção ao drama na própria vida. Em nossas considerações anteriores, quando investigamos os perigos de uma objetividade exagerada e de uma subjetividade extrema dos conflitos para o surgimento de um verdadeiro drama, deixamos de considerar até que ponto os ficcionistas foram bem-sucedidos ao atribuir a suas personagens uma verdadeira e adequada *capacidade de expressão*.

Para o drama, isso é uma necessidade incontornável. Mas sua história mostra que o esforço do dramaturgo nem sempre o impele com o mesmo rigor nessa direção. Sob a influência da moderna corrente naturalista, sob o recitar "natural" habilmente imitado das figuras cênicas, tendemos a ver apenas as causas dos modos de expressão não dramáticos. Com isso, no entanto, a questão é empobrecida, pois se trata aqui da expressão *pessoal* da personagem dramática. Esta tem de expressar de maneira adequada os pensamentos, sentimentos, vivências etc. que a movem nessa situação precisa. E, do ponto de vista do drama, há também o perigo de que a expressão ultrapasse, na abstração ideada, a situação concreta, os homens concretos (como ocorre com frequência na *tragédie classique* ou, às vezes, em Schiller) ou, por uma falsa compreensão do que significa o esforço de se aproximar e tentar extrair a autenticidade da vida, de que ela limite a capacidade de expressão dos homens à expressão típica da vida cotidiana normal.

Aqui não se trata, em primeiro lugar, da linguagem, embora o diálogo dramático seja naturalmente a forma concreta de manifestação de todos esses problemas. Nem em Schiller nem em Gerhart Hauptmann, para tomarmos dois casos extremos, pode-se falar de incapacidade literária de expressar adequadamente pela linguagem sua intenção poética. Ambos são mestres da palavra – é claro que de modo muito diferente e em graus muito distintos de elevação poética; no âmbito da técnica da linguagem, ambos são capazes de fazer o que bem entendem. Mas, em Schiller, isso ultrapassa o nível das personagens dramáticas, caracteriza algo diferente, algo mais universal que as personagens dadas que agem e sofrem. Em Gerhart Hauptmann, por sua vez, o diálogo expressa de maneira adequada o aqui e agora dos homens em questão, mas mantém-se tão exclusivamente nesse aqui e agora que sua expressão permanece abaixo da universalização que as personagens do drama deveriam alcançar a fim de obter a plasticidade necessária a suas personalidades.

O herói dramático faz continuamente o balanço de sua vida, o balanço das diferentes etapas de seu caminho para a tragédia. Em sua expressão, portanto, também deve haver uma tendência à universalização, uma efetivação linguística, ideada, emocional dessa tendência. Mas – e isso é essencial – essa universalização não pode nunca se afastar da pessoa concreta, da situação concreta; ela tem de ser, em todos os sentidos, a universalização das ideias, sentimentos etc. *precisamente desse* homem *nessa precisa* situação.

Isso significa que o diálogo dramático tem de atingir também, de maneira uniforme e sobretudo em seus pontos altos, uma concentração ideada e um conjunto em que – sem prejudicar o caráter profundamente pessoal do conteúdo e da forma do que é expresso, e mesmo precisamente por meio de sua máxima intensificação – todos os momentos que fazem do destino desse homem um *destino universal* devem alcançar sua expressão. Shakespeare é, também nesse sentido, o ponto culminante da história do drama. Que se pense – para ilustrar com um único exemplo essa questão nada simples – nas palavras de Otelo*, quando Iago o convence da infidelidade de Desdêmona:

> Oh! Mas, agora, adeus, sossego da alma! Oh! Adeus, minha paz! Adeus, tropas de penacho, guerra altiva, que em virtude converte toda ambição! Adeus! Adeus! Adeus, cavalos relinchantes, trompas belicosas, tambores animosos, pífaros estridentes, reais bandeiras e todo brilho, esplendor, pompa e armamento da gloriosa guerra! E a vós também, adeus, mortais engenhos, cujas rudes gargantas imitam os estrondos terríficos do eterno Júpiter. Adeus! A obra de Otelo está acabada.

O poder linguístico dessas palavras não tem, é claro, uma fonte apenas linguística. Trata-se para o poeta, sobretudo, de criar *tais homens* e pô-los em tais situações em que palavras como essas resultem "naturalmente". Em outro lugar, já tratei em detalhe dos pressupostos sociais e humanos, ideológicos

---

*   São Paulo, Scipione, 2002. (N. E.)

148 | György Lukács

e poéticos de tal criação linguística[1]. Aqui, podemos apenas ressaltar alguns momentos importantes e especiais a respeito do drama.

Com isso, chegamos a antiquíssimas disputas sobre o drama, em particular à questão do modo como seus heróis têm de ser constituídos e de sua relação com os homens na realidade cotidiana. Tal questão já desempenhou um importante papel na Antiguidade. Ela forma um conteúdo central da discussão satírica entre Ésquilo e Eurípides, em *As rãs**, de Aristófanes. Nessa peça, a personagem de Eurípides se vangloria de ter introduzido no drama a vida privada e seus costumes cotidianos, e caracteriza isso como um feito muito audacioso. E é precisamente esse ponto, assim como as questões de forma e de linguagem ligadas a ele, que constituem o conteúdo central do ataque da personagem de Ésquilo à sua arte. As discussões teóricas do período da *tragédie classique* também retomam repetidas vezes essas questões. Aqui, elas recebem a seguinte formulação: apenas os reis, generais etc. podem ser heróis da tragédia? E quais são as verdadeiras razões dessa "legitimidade"? A história da formação do drama burguês põe várias vezes essa questão a partir de novos aspectos, por exemplo da aptidão do homem do "terceiro estado" a se tornar herói da tragédia etc.

Todas essas discussões dramatúrgicas brotam, é claro, das lutas de classes das respectivas épocas. Mas, se a efetivação de uma ou outra orientação é, de fato, artisticamente proveitosa para o drama, isso é resultado de influências muito complexas que as bases sociais da criação e do crescimento do drama exercem sobre as possibilidades formais de seu florescimento. O motor, a força motriz primária são as forças sociais; o espaço de sua efetivação, porém, é delimitado pelas leis da forma dramática.

Nas páginas anteriores, quando falamos do drama burguês, tratamos do problema do "indivíduo histórico-mundial" como o herói necessário do drama. Aqui, tratando dos pressupostos sociais e humanos da expressão dramática adequada – nem alta nem baixa demais, nem abstrata nem subjetiva demais –, temos de retornar mais uma vez a essa questão. Essa proximidade conceitual do herói dramático com o "indivíduo histórico-mundial" não significa, é evidente, uma simples identidade. Há também personagens

---

[1]   Ver *Die intelektuelle Physiognomie der literrischen Gestalten, Probleme des Realismus* [A fisionomia intelectual das personagens literárias, problemas do realismo] (Berlim, Aufbau, 1955).

*   Em *As vespas, as aves, as rãs* (3. ed., Rio de Janeiro, Zahar, 2004, v. 2). (N. E.)

extremamente importantes da história cuja biografia não tem nenhuma possibilidade para o drama, assim como há heróis dramáticos que só são "indivíduos histórico-mundiais" no sentido ampliado e transposto que definimos em nossas considerações sobre o drama burguês.

Em todas essas limitações, porém, as seguintes determinações convergentes devem ser conservadas. Antes de mais nada, a dimensão histórica do tratamento ficcional do conflito. No drama, esta também não é idêntica ao significado histórico superficial dos acontecimentos que são representados. O maior acontecimento histórico pode, no drama, funcionar de modo totalmente vazio e não essencial, enquanto eventos que em si são menos importantes do ponto de vista histórico – e mesmo aqueles que, na verdade, nunca ocorreram – podem despertar a impressão de uma hecatombe histórica, do nascimento de um novo mundo. Basta lembrar as grandes tragédias de Shakespeare, como *Hamlet** ou *Rei Lear*, para deixar claro como tal destino pessoal pode despertar a impressão de uma grande reviravolta histórica.

O exemplo das grandes tragédias de Shakespeare é muito instrutivo, pois nelas expressa-se de maneira clara esse caráter *especificamente dramático* das mudanças históricas, do *historicismo dramático*. Como autêntico dramaturgo, Shakespeare dá pouca atenção à pintura detalhada das circunstâncias históricas e sociais. Sua caracterização da época é a caracterização dos homens ativos. Quer dizer: todos aqueles traços de uma personagem, das paixões decisivas até as exteriorizações vitais mais ínfimas e sutis, porém ainda evidentes e dramaticamente "íntimas", trazem consigo a atmosfera não da época em sentido amplo, universal-histórico ou épico, mas no sentido da condicionalidade temporal do conflito: seu modo de ser tem de brotar dos momentos específicos da época.

Com efeito, essa historicidade é própria de uma época. Tomemos o exemplo, já citado antes, de Romeu e Julieta. Sua atmosfera é a Itália do fim da Idade Média. Contudo, seria muito errado buscar nessa tragédia uma concretização do aqui e do agora, cuja figuração incomparável conferia aos romances de Walter Scott um espírito verdadeiramente histórico. Às vezes, espaço e tempo são concretizados de modo mais nítido no próprio Shakespeare e, mais ainda, em dramaturgos proeminentes como Goethe ou Púchkin. Mas, por um lado, essa possibilidade denuncia, desde já, uma importante peculiaridade da figuração dramática, isto é, tal concreção é, às vezes, dramaticamente supér-

---

* Campinas, Átomo, 2004. (N. E.)

flua e sua ausência não elimina o historicismo dramático; por outro, os dramas posteriores e mais concretos buscam uma caracterização dos traços mais gerais da época, de modo incomparavelmente mais direto, indo mais longe que o romance histórico na superação da particularidade das etapas singulares e da complexa capilaridade das tendências.

Observada sob outro aspecto, essa concepção histórica grandiosa da época só é possível porque todos os momentos característicos do tempo foram total e organicamente apreendidos nas personagens ativas, porque eles formam momentos de seu modo próprio e pessoal de agir. Podemos ver com clareza aqui a similaridade dos princípios últimos da figuração nos poetas trágicos antigos e em Shakespeare, que Lessing observou com muita perspicácia: ambos reduzem o mundo da ação humana a relações puras e diretas dos homens uns com os outros. O papel mediador que coisas, instituições etc. desempenham aí é limitado a um mínimo; elas aparecem como simples acessórios, mero pano de fundo etc. e são consideradas dramaticamente apenas de modo indireto, na medida em que esse papel mediador se faz imprescindível para a compreensão das relações humanas. (A grande épica também nunca fetichiza as relações dos homens, mas figura essas relações *com* essas mediações, até mesmo por meio de sua ampla utilização.) A riqueza e a profundidade da figuração dramática das personagens e a invenção de situações servem para isto: criar seres humanos que, em sua personalidade, estão em condições de comportar a plenitude de tal mundo e revelá-lo com clareza.

Hegel chamou a atenção para o caráter plástico dos heróis do drama. Para ele, isso não é mera comparação, mas parte de sua filosofia histórica da arte: da concepção das artes plásticas e da tragédia como principais artes da Antiguidade, em contraste com a pintura e o romance como artes da época moderna. Não convém discutirmos aqui certas unilateralidades idealistas dessa concepção. O que nos importa é antes captar a profunda verdade estética nesse paralelo entre artes plásticas e drama. Ambas são formas de arte em que o mundo do homem é efetivado *exclusivamente* por meio da figuração do próprio homem. E deve-se apreender como, de tal "redução" aos homens, surge uma representação enriquecida de todo o mundo do homem. Nessas considerações, procuramos esclarecer esse caminho para a plasticidade dramática do homem, o caminho para sua individualização dramática, que é, ao mesmo tempo, seu caminho para o historicismo dramático. As condições sociais dessa concepção e figuração do homem, de sua individualização, são as condições do verdadeiro drama.

A determinação hegeliana dos "indivíduos histórico-mundiais", em especial aquela que diz que seus "fins particulares contêm o substancial, que é a vontade do espírito do mundo", aproxima-se muito, portanto, da caracterização do herói dramático. Basta que se traduza toda a mística do "espírito" em efetividade materialista, histórica, e pode-se pensar essa comunhão da personalidade do herói com a essência histórica do conflito de modo tão *imediato* quanto possível. Essa imediatidade é aqui o momento decisivo. As personagens históricas fielmente concebidas de um Vitet ou de um Mérimée, mesmo em concordância com os fatos, não alcançam o *páthos* dramático da história mundial por falta dessa imediatidade, ao passo que o camponês Pedro Crespo, de Calderón, ou os pequeno-burgueses de Schiller, em *Intriga e amor*, imersos em sua mesquinha realidade cotidiana, estão repletos desse *páthos* histórico. É desnecessário recorrer a exemplos de nível superior, como Romeu, Hamlet ou Lear.

Pensemos – para resumir toda a questão com ajuda de um exemplo negativo – em um dramaturgo moderno tão importante quanto Friedrich Hebbel. Sua Judite liberta o povo judeu oprimido matando Holofernes, o general do inimigo. Mas para realizar esse ato de heroísmo nacional, a salvação de seu povo, ela tem de sacrificar sua honra de mulher, cedendo-a a Holofernes. Aqui existe, sem dúvida, um legítimo conflito trágico. Hebbel também faz sua heroína dizer, antes de decidir entregar-se a Holofernes: "Se Tu (*o Deus dos judeus*, G. L.) pões um pecado entre mim e meu ato, quem sou eu para Te contrariar, para me subtrair a Teu poder!" Mas então a tragédia entre Judite e Holofernes se desdobra em uma linha totalmente diferente. E, depois de Judite ter matado Holofernes, temos um diálogo decisivo, muito característico:

Judite: Por que eu vim? A miséria de meu povo me impeliu até aqui, a ameaçadora fome, o pensamento fixo naquela mãe que corta o pulso para dar de beber ao filho exaurido. Oh! E, então, aqui estou eu de novo, em paz comigo. Tudo isso eu havia esquecido pensando em mim mesma!

Mirza: Tu o havias esquecido. Então não foi isso que te moveu quando mergulhaste tua mão no sangue!

Judite (lentamente, esgotada): Não – não, tu tens razão, não foi isso –, nada me moveu a não ser o pensamento em mim mesma. Oh! Aqui é tudo tão confuso! Meu povo está salvo, mas, se uma pedra tivesse esmagado Holofernes, ela seria mais merecedora de gratidão do que eu sou agora!

E, de volta a Betúlia, em meio ao júbilo do povo que ela salvou, ela diz: "Sim, matei o primeiro e último homem da Terra para que tu (*dirigindo-*

-se a um homem) cries tuas cabras em paz, tu (*a um segundo*) plantes teu repolho e tu (*a um terceiro*) executes teu trabalho e possas criar filhos que se pareçam contigo!"

A personagem de Judite é concebida por Hebbel com verdadeira maestria psicológica, a estrutura cênica dramática da tragédia é poderosa, a linguagem – afora alguns deslizes bombásticos – é forte, concisa, dramaticamente ágil. E, no entanto, falta à expressão trágica de Judite justamente a individualização dramática: para seu destino trágico pessoal como mulher, sua missão histórica na vida de seu povo é apenas um pretexto ocasional, contingente; por outro lado, a salvação do povo judeu não surge organicamente de sua vida: do ponto de vista do povo, ela também é contingente.

Essas contingências suprimem o elemento dramático. Shakespeare trata com soberana negligência os elos casuais dos fatos singulares. (Pensemos no desenlace trágico em *Romeu e Julieta*.) Como dramaturgo nato, ele sabia que a necessidade dramática não depende da ausência de lacunas nos elos contingentes singulares, assim como é suprimida pelas contingências singulares do enredo. A necessidade dramática, a máxima força convincente do drama depende justamente da concordância interna – que acabamos de analisar brevemente – entre a personagem (com sua paixão dominante, que provoca o drama) e a essência sócio-histórica do conflito. Se esse nexo está presente, então toda contingência singular, como no fim de *Romeu e Julieta*, desenrola-se na *atmosfera da necessidade* e nesta – e por meio desta – é dramaticamente suprimido seu caráter contingente. Por outro lado, se essa necessidade gerada pela convergência dramática de personagem e conflito não está presente – como na *Judite**, de Hebbel –, então a mais bem encadeada motivação causal tem o efeito de uma mera sofistaria, antes abrandando que intensificando a impressão trágica.

Essa convergência entre personagem e conflito é a base mais determinante do drama. Mas, quanto mais profundamente é concebida, mais *imediato* é seu efeito. Utilizamos em sã consciência a expressão "atmosfera de necessidade"; com ela, pretendemos caracterizar o modo de ser orgânico, imediato desse encadeamento entre personagem e conflito, que se encontra muito distante de qualquer sofisticação. O destino contra o qual luta o herói do drama chega a ele tão "de fora" quanto "de dentro". Seu caráter, por assim dizer, "predes-

---

*   Em *Judite, Giges e seu anel, os Nibelungos* (São Paulo, Melhoramentos, 1964). (N. E.)

tina-o" a esse conflito, pois nenhum conflito é inexorável para o indivíduo. Na vida, a maioria dos casos em que se manifesta um conflito sócio-histórico não se resolve de forma dramática. O drama surge apenas quando o conflito envolve seres humanos como Antígona, Romeu ou Lear. É o que afirma o Ésquilo aristofânico quando protesta contra a concepção do Édipo presente no prólogo de Eurípedes à *Antígona*, em especial contra a afirmação de que Édipo era feliz e tornou-se o mais infeliz dos mortais. Ele não se tornou, diz Ésquilo, mas nunca deixou de sê-lo.

Seria um exagero perigoso tomar de modo muito literal essa deficiência polêmica e superestimá-la. Ésquilo protesta, com razão, contra a exterioridade pela qual, na concepção de Eurípedes, o destino de Édipo se torna de fato "destino", no sentido de um fato inexorável. Os heróis das tragédias verdadeiramente grandiosas não são de modo algum, em sua maioria, personagens que, em virtude de seu caráter, estariam incondicionalmente condenados. Eles não são de modo algum "naturezas problemáticas" para usarmos termos modernos. Pensemos em Antígona, Romeu, Lear, Otelo, Egmont etc. Sua essência dramática só é desencadeada pelo conflito concreto que se abate sobre eles, no qual se expressa a convergência – que discutimos acima – de seu caráter com *esse determinado* conflito. Mas eles não entram em contato com um conflito em geral, um princípio abstrato e universal do elemento trágico que se incorporaria quase por acidente no conflito concreto, como pensam muitos teóricos do século XVIII.

Disso resulta, contudo, que o conflito dramático e sua saída trágica não podem ser apreendidos em um sentido abstratamente pessimista. Seria um contrassenso, é claro, negar abstratamente aqueles momentos pessimistas no drama que se apresentam a nós a partir da história da sociedade de classes. O caráter terrível e notoriamente desesperador que o conflito na sociedade de classes assume para a maioria dos homens é, sem dúvida, *um* motivo – e não sem importância – para a formação do drama. Mas não é de modo algum o único motivo. Todo drama verdadeiramente grandioso expressa ao mesmo tempo, em meio ao terror da perda inevitável dos melhores indivíduos da sociedade humana, em meio à destruição mútua, aparentemente inexorável, dos homens, uma *afirmação da vida*. Ele figura uma *glorificação da grandeza humana* que, na luta com as mais fortes potências objetivas do mundo social, na extrema tensão de todas as suas forças nesse combate desigual, revela qualidades importantes que, de outra maneira, permaneceriam ocultas e nunca chegariam a se manifestar. Por meio do conflito, o herói dramático atinge um patamar que estava presente nele apenas como possibilidade desconhecida e cuja passagem para a realidade constitui o elemento vibrante e edificante do drama.

É também por isso que esse aspecto do drama tem de ser ressaltado, pois as teorias burguesas, que se tornaram dominantes sobretudo na segunda metade do século XIX, põem os aspectos pessimistas sempre em primeiro plano, e a polêmica contra elas limita-se com frequência a contrapor escolasticamente um otimismo abstrato e raso a esse pessimismo abstrato e decadente.

Na realidade, a teoria unilateralmente pessimista do drama possui uma ligação estreita com a destruição de seu historicismo específico, com a destruição de sua unidade imediata de homem e ação, de personagem e conflito. Schopenhauer, o fundador dessas teorias, resume a essência da tragédia dizendo "que a finalidade desse alto esforço poético é a representação do lado terrível da vida, que nos sejam mostrados a dor inominável, a desgraça da humanidade, o triunfo da maldade, o domínio escarnecedor do acaso e a queda irremediável dos justos e dos puros". Ele reduz assim o conflito concreto, sócio-histórico, a um conflito mais ou menos fortuito, a uma simples *ocasião desencadeadora* da "tragédia humana universal" (da inanidade da vida em geral). Expressa filosoficamente uma tendência que, a partir da metade do século passado, tornou-se cada vez mais dominante e levou com cada vez mais firmeza à dissolução da forma dramática, à desintegração de seus elementos realmente dramáticos.

Vimos o efeito dessas tendências desintegradoras na obra de um autor tão talentoso como Friedrich Hebbel. Vimos que, antes de tudo, o próprio centro da unidade dramática, a unidade entre herói e conflito foi afetada. Surge disso o seguinte dilema para a expressão dramática: os traços mais pessoais, mais profundamente característicos da personagem principal não têm nenhuma relação interna e orgânica com o conflito concreto. Por conseguinte, eles exigem, por um lado, uma amplitude relativamente grande de explanação, a fim de tornar-se perceptíveis e compreensíveis em geral e, por outro, meios muito complexos para que a problemática psicológica interna do herói possa ser relacionada ao conflito histórico e social. (A Judite de Hebbel, por exemplo, é viúva, mas permaneceu virgem enquanto durou seu casamento. É a complexa psicologia que resulta de tal situação peculiar que cria, no drama, a ponte para a ação dramática.) Tais tendências têm um efeito épico. Elas são um fator importante no desenvolvimento daquele processo que chamamos de "romancização geral do drama".

Mas o estabelecimento complexo e subsequente de relações psicológicas entre herói e conflito sócio-histórico não é suficiente para o drama. Em quase todos os dramaturgos de talento – que, apesar disso, fracassam no ponto decisivo –, ela é acrescida de um êxtase lírico nos grandes momentos, em particular no fim. O conteúdo de tais êxtases pode ser muito variado. Na maioria das vezes, no entanto, é a percepção da necessidade da derrocada trágica. A ausência de unidade dramática objetiva deve ser depois corrigida e recomposta artificialmente por essa lírica subjetiva. E é claro que, quanto mais os dramaturgos decompõem essa unidade, menos sua concepção da personagem é naturalmente histórica; quanto mais a universalidade conjuntiva se aproxima do modo de pensar de Schopenhauer, maior é o abismo entre a psicologia subjetiva e a universalidade do destino e mais indispensável é o êxtase lírico como substituto do elemento dramático.

Não é por acaso que o próprio Schopenhauer tenha visto na ópera *Norma** o modelo da tragédia. Tampouco que seu discípulo Richard Wagner tenha tentado superar os elementos problemáticos do drama moderno com a ajuda da música. No entanto, seu drama musical é apenas um caso extremo do drama moderno em geral. Diversos bons observadores – Thomas Mann, em primeiro lugar – viram claramente quão próximo é o parentesco do drama musical wagneriano com, por exemplo, o drama em prosa de Ibsen.

Com isso, acreditamos ter fornecido a desejada concretização das tendências vitais enumeradas anteriormente que conduzem ao drama. Sem pretendermos ser exaustivos do ponto de vista histórico ou sistemático, o que só seria possível em uma dramaturgia estudada em detalhes, parece-nos, no entanto, que a encarnação especificamente dramática desses fatos da vida está clara para nós: a personalidade plenamente desenvolvida – do ponto de vista dramático e plástico – do "indivíduo histórico-mundial" é figurada de tal modo que não só ela encontra sua expressão imediata e completa na ação produzida pelo conflito, como essa expressão faz o resumo geral, social, histórico e humano do conflito, sem perder seu caráter imediato e pessoal, ou melhor, sem nem ao menos enfraquecê-los.

A capacidade imediata e plena de expressão de uma personalidade em um enredo é uma questão dramaticamente decisiva. Toda literatura épica apresenta o aumento dos acontecimentos, a mudança gradual ou a revelação progressiva

---

* Lisboa, Manuel B. Calarrão, 1946, Coleção *Óperas imortais*. (N. E.)

156 | György Lukács

dos homens ativos e, portanto, aspira e desperta ao máximo essa convergência entre o homem e a ação na totalidade da obra, e é por isso que a figura *no máximo enquanto tendência*; ao contrário, a forma dramática exige uma evidência instantânea e imediata dessa coincidência, a cada etapa de seu curso.

A concretização histórica dos fatos da vida enumerados no capítulo anterior consistiria, portanto, em investigar as condições sócio-históricas de períodos singulares e descobrir se e de que modo sua estrutura econômica, a natureza de suas lutas de classes etc. são favoráveis ou desfavoráveis a uma realização verdadeiramente dramática desses fatos da vida.

Se faltam na vida social os pressupostos para aguçar as tendências em si dramáticas que levam ao verdadeiro drama, então elas irrompem em direções que, de um lado, tornam problemática a forma dramática e, de outro, levam elementos dramáticos a outras formas literárias. Ambas as possibilidades são visíveis sobretudo na literatura do século XIX. A influência recíproca entre as formas épica e dramática como característica essencial da literatura moderna foi constatada primeiro por Goethe e Schiller[2]. Balzac, referindo-se em especial a Walter Scott como o iniciador do processo, ressaltou o elemento dramático como marca distintiva do novo tipo de romance, em oposição aos tipos anteriores. Essa introdução do elemento dramático no romance foi extraordinariamente fértil para o romance moderno, e não apenas tornou sua ação mais viva, sua caracterização mais rica e profunda etc., como também criou uma maneira adequada de espelhamento literário para o modo de vida moderno na sociedade burguesa desenvolvida: para os dramas trágicos (e tragicômicos) da vida, que são dramáticos na própria vida, mas aparecem de forma não dramática porque são incompreensíveis sem seu pequeno e até mesquinho movimento para adiante e só podem ser figurados com distorções.

A influência dessas mesmas forças sociais só podia, portanto, ser muito perigosa para o drama, pois, quanto mais significativo é um dramaturgo, mais ele traz em si a vida de seu presente histórico e menos ele tende a violentar, em nome da forma dramática, decisivas manifestações da vida que sejam estreitamente ligadas à essência de seus conflitos e à psicologia de seus heróis. Também essas tendências acabaram por intensificar cada vez mais a "romancização do drama". Maksim Górki, o maior escritor de nosso tempo,

---

[2] Ver meu ensaio *Goethe und seine Zeit* (Berlim, Aufbau, 1955) sobre a correspondência entre esses dois autores.

O romance histórico | 157

sublinhou energicamente esses momentos – em uma autocrítica impiedosa e muito injusta – em relação a uma de suas várias peças:

> Escrevi quase vinte peças e todas são cenas mais ou menos debilmente encaixadas umas nas outras, nas quais a linha temática não é mantida e as personagens são incompletas, confusas e malsucedidas. Um drama tem de ser rigorosamente ativo do início ao fim, pois apenas sob essa condição pode servir para despertar emoções atuais.

A tendência do momento presente, desfavorável ao drama, é caracterizada aqui de modo agudo e certeiro. Para deixar bem clara a correção fundamental dessa crítica – independentemente do exagero da autocrítica –, lembremos a cena decisiva de um dos melhores dramas de Ibsen, um dramaturgo representativo da segunda metade do século XIX: o *Rosmersholm**. Rebekka West ama Rosmer. Ela quer se livrar de todos os impedimentos que os separam; para tanto, ela leva Beate, a mulher de Rosmer, a se suicidar. Mas a vida ao lado dele desperta e purifica seus instintos morais: agora ela sente seu ato como uma barreira intransponível entre ela e o amado marido. Quando esse ato se torna objeto de discussão e de confissão da heroína, em decorrência de sua mudança, isso se dá da seguinte forma:

> *Rebekka (agitada)*: Mas, acreditem, eu agi com premeditação fria e calculada! Eu não era na época o que sou hoje, quando me encontro diante de vocês contando o que fiz. E, depois, penso que existem dois tipos de vontade em um ser humano. Eu queria me livrar de Beate! De alguma forma. Mas não acreditava que isso chegaria a acontecer. A cada passo que eu ousava dar adiante, havia algo em mim, como um grito: "Para! Nem um passo a mais!" E, no entanto, eu não *podia* parar. Eu *tinha* de avançar, nem que fosse um passo minúsculo. Apenas mais um passo minúsculo. – Então mais um – e mais um. – E assim foi. – É desse modo que uma coisa como essa acontece.

Ibsen, com a inabalada honestidade de um grande escritor, diz por que *Rosmersholm não poderia se tornar um verdadeiro drama*. Ele conseguiu tudo o que a inteligência artística podia extrair desse material. Mas, precisamente no ponto decisivo, fica evidente que o drama propriamente dito – a luta, o conflito trágico e a conversão de Rebekka West – compõe, no que diz respeito ao material, à estrutura, ao enredo e à psicologia das personagens, não um drama, mas um romance cujo último capítulo foi travestido por Ibsen,

---

* Em *Seis dramas* (Porto Alegre, Globo, 1944). (N. E.)

com grande maestria na condução cênica e na construção dos diálogos, na forma externa do drama. Apesar disso, é claro, suas bases permanecem como as de um romance, preenchido com a dramaticidade não dramática da vida burguesa moderna. Como drama, portanto, *Rosmersholm* é problemático e defeituoso; como retrato do tempo, é autêntico e fidedigno.

O caso de Ibsen – assim como o de Hebbel, de que tratamos anteriormente – interessa-nos apenas por seu aspecto típico, sintomático. As diferenças do espelhamento dos momentos em si dramáticos da vida no drama e no romance, que aparecem em Ibsen e Hebbel, remontam a um problema central de nossa investigação: ao modo de figuração do "indivíduo histórico-mundial" no drama e no romance.

Já tratamos em detalhe a razão por que os clássicos do romance histórico figuraram as grandes personagens da história sempre como coadjuvantes. Agora, nossas considerações mostram que a peculiaridade do drama exige que elas tenham, do ponto de vista da composição, o papel de figuras centrais. Esses dois modos contrários de composição derivam do mesmo sentimento pela autêntica historicidade, pela grandeza verdadeiramente histórica: ambos se esforçam por apreender, de maneira poética e adequada, aquilo que é humana e historicamente *significativo* nas personagens importantes de nosso desenvolvimento.

A análise sucinta que fizemos até aqui da forma dramática demonstra como esta última força à extração imediata e evidente daquilo que é significativo no homem e no enredo, assim como resume as demandas essenciais de sua realização em uma unidade plástica, fechada em si mesma, do herói e da ação. Mas o "indivíduo histórico-mundial" já é caracterizado na realidade por tender a tal unidade.

Ora, como o drama concentra no conflito os momentos decisivos de uma crise sócio-histórica, ele tem necessariamente de ser composto de tal forma que caiba ao grau de apreensibilidade do conflito a decisão sobre o agrupamento das personagens decisivas do centro até a periferia. E, como a concentração dos momentos essenciais de tal crise – a ponto de levar a um conflito – consiste em que se ressalte nela aquilo que é mais significativo humana e historicamente, esse ordenamento composicional deve criar, ao mesmo tempo, uma hierarquia dramática. Não em um sentido grosseiro e esquemático, como se a figura central do drama tivesse de ser – em todos os sentidos possíveis, ou a partir de um ponto de vista abstrato qualquer – necessariamente o "maior dos homens". O herói do drama supera seu ambiente sobretudo graças à sua conexão íntima com os problemas do conflito, com a crise histórica concreta em questão. A escolha e a figuração do conteúdo, o modo de ligação da paixão do herói com esse poder, decidem se o significado formal que os meios de representação do drama conferem a suas personagens é preenchido com um conteúdo real e verdadeiro, histórico e humano. Mas, para fazer valer esse conteúdo social, é indispensável, como vimos, aquela tendência formal da construção dramática que ressalta os momentos significativos no conjunto da realidade, concentra-os e cria, a partir de suas conexões, um retrato da vida em nível mais elevado.

O caso da épica é totalmente diferente. Aqui, os momentos significativos são figurados como partes, como elementos de uma totalidade mais ampla, extensa e abrangente, em seu complexo processo de gênese e crescimento, em seu vínculo inseparável com o desenvolvimento lento e confuso da vida do povo, na interação capilar do pequeno com o grande, do desimportante com o importante. Mostramos antes que, nos clássicos do romance, o caráter histórica e humanamente significativo dos "indivíduos histórico-mundiais" brota precisamente desse complicado contexto. Também mostramos – em conexão com as importantes observações de Balzac e Otto Ludwig – que um modo de composição muito especial é necessário aqui para que o significativo não desapareça na infinitude confusa da vida, sendo reduzido à mediocridade por detalhes frequente e necessariamente mesquinhos, e a autenticidade e a riqueza da realidade social não sejam perdidas em virtude de uma estilização artificial, uma exaltação exagerada da vida.

O romance não exige necessariamente a figuração de homens importantes em situações importantes. Em certos casos, ele pode abdicar disso, apresentando as personagens significativas sob uma forma que dê a seus traços uma expressão puramente interna e moral, de modo que a oposição figurada entre o cotidiano mesquinho da vida e esse significado puramente intensivo do homem, essa inadequação entre homem e ação, entre interior e exterior, torne-se o atrativo próprio do romance.

O romance histórico também não se distingue fundamentalmente do romance em geral no que diz respeito a esses meios e possibilidades; não constitui um tipo de gênero ou subgênero próprio. Seu problema específico, a figuração da grandeza humana na história passada, tem de ser resolvido no interior das condições gerais do romance. E estas lhe fornecem – como nos mostrou a práxis dos clássicos – tudo o que se exige para a realização bem-sucedida dessa tarefa, pois a forma do romance não exclui de modo algum a possibilidade de figuração de homens importantes em situações importantes. Em certas circunstâncias, ela pode se realizar sem esses elementos, mas sua figuração também é possível. Trata-se apenas de criar um enredo em que essas situações importantes se tornem partes necessárias, orgânicas de uma ação muito mais ampla e rica; trata-se de conduzir essa ação de tal modo que ela, a partir de sua própria lógica interna, imponha-se tais situações como seu verdadeiro conteúdo. Trata-se, além disso, de dispor a personagem do "indivíduo histórico-mundial" de modo que ela se manifeste em tais situações, e apenas nelas, a partir de uma necessidade interna própria. Definimos assim, com outras palavras e por outra via de pensamento, aquilo que já havíamos dito antes, isto é, o "indivíduo histórico-mundial" é necessariamente uma figura coadjuvante no romance histórico.

Esse modo diametralmente oposto de composição no drama e no romance deriva, portanto, das mesmas intenções figurativas em relação ao "indivíduo histórico-mundial": ver com olhos poéticos sua importância e sua grandeza e apresentá-las da melhor forma, sem verter pseudossabedorias sobre suas qualidades "demasiado humanas". Mas essa igual intenção é realizada com meios artísticos bem distintos e, como é sempre o caso na arte, esconde um conteúdo muito essencial nessa diferença de formas. E a interessante e difícil tarefa do romance histórico consiste precisamente em representar o significativo no "indivíduo histórico" de tal modo que, nele, todos os complexos momentos capilares do desenvolvimento em toda a sociedade da época não sejam muito encurtados e que, ao contrário, os traços significativos do "indivíduo histórico-mundial" não apenas brotem organicamente desse desenvolvimento, mas, ao mesmo tempo, esclareçam-no, tornem-no consciente, elevando-o a um patamar superior. Aquilo que no drama histórico é um pressuposto necessário, isto é, a missão concreta do herói (por sua conduta, o herói introduz no próprio drama a prova de que ele tem tal missão e de que está preparado para enfrentá-la), é, no romance histórico, desdobrado e desenvolvido de modo amplo e gradual. Como mostramos, Balzac chama a atenção, com pleno direito, para o fato de que, no romance histórico clássico, o "indivíduo histórico-mundial" não só é uma figura coadjuvante necessária, como entra em cena, na maioria das vezes, apenas quando o enredo se aproxima de seu ápice. Sua aparição é preparada por um amplo retrato da época, a fim de que esse caráter específico de seu significado se torne veraz, compreensível e passível de revivificação.

O portador dramático e centro desse retrato do tempo é o herói "mediano" do romance histórico. O que qualifica essas figuras a ocupar o centro composicional dos romances históricos são justamente aqueles traços sociais e humanos que banem tais figuras do drama ou fazem-nas desempenhar um papel subordinado e episódico. Pois a falta de clareza dos contornos de seu caráter, a ausência de grandes paixões que conduzam a tomadas de posição resolutas e unilaterais, o contato com os dois campos inimigos em luta etc., tudo isso torna essas personagens aptas a expressar adequadamente, em seu próprio destino, a complexa capilaridade dos acontecimentos romanceados. Otto Ludwig foi talvez o primeiro a reconhecer com clareza essa diferença entre drama e romance, ilustrando-o, de forma bastante exata, com alguns exemplos.

> Essa é a principal diferença entre os heróis do romance e do drama. Se imaginarmos *Lear* como um romance, então Edgar teria de ser o herói (...). Se, ao contrário, quiséssemos transformar *Rob Roy* em drama, então o próprio Rob teria de ser o herói, mas a história teria de ser modificada e a personagem de Franz Osbaldiston teria de ser removida. Do mesmo modo, o herói trágico em *Waverley* seria Vich Jan Vohr e, em *The Antiquary* [O antiquário], a condessa Glenallen.

III. O problema do caráter público

Parece que voltamos a cair em um problema formal, composicional, mas aqui, mais uma vez, a verdadeira forma é apenas um espelhamento artístico generalizador de fatos legítimos e recorrentes da vida. Do ponto de vista do conteúdo, o que importa é a diferença que especificamos até o momento: o *caráter público* do drama. Segundo sua origem histórica, a épica também foi uma arte pública. Essa é, sem dúvida, uma das razões por que a distância formal entre a epopeia antiga e o drama era menor do que aquela entre o romance e o drama – apesar da grande influência que um exercia sobre o outro. Mas esse caráter público da epopeia grega antiga não é nada mais que o caráter público da vida em uma sociedade primitiva. E tinha necessariamente de desaparecer com o desenvolvimento posterior da sociedade. Se nos ativermos à definição da epopeia como "totalidade dos objetos" – e as epopeias homéricas formam a base e a melhor confirmação prática da correção dessa definição –, então é claro que esse mundo só pode conservar a plena dimensão de seu caráter público em um grau muito primitivo de desenvolvimento social. Pensemos, por exemplo, nas considerações históricas de Engels sobre o caráter público da economia doméstica em uma sociedade primitiva e, em um grau um pouco mais elevado do desenvolvimento, na privatização necessária de todos os fatos e ações relacionados à manutenção da vida. E não nos esqueçamos do papel que o caráter público das exteriorizações vitais desses fenômenos desempenha nas epopeias homéricas.

Mas em *todas* as sociedades os fatores dramáticos da vida são necessariamente públicos como partes independentes e elevadas do processo vital. E essa separação não pode ser concebida com pedantismo e, sobretudo, não pode jamais conduzir a uma classificação dos fatos da vida em públicos e não públicos, em dramáticos e épicos. Quase todo fato da vida pode, em determinadas condições, alcançar uma *grandeza* de manifestação pela qual ele adquire um caráter público; ele tem um lado que diz respeito *diretamente* à esfera pública e cuja representação exige tal esfera. Vemos aqui, de modo muito claro, a passagem da quantidade para a qualidade. O conflito dramático não se diferencia dos demais acontecimentos da vida por seu conteúdo social, mas apenas pelo modo e pelo grau de intensificação das contradições; é óbvio que o que interessa é a intensificação que produz uma qualidade nova e peculiar.

Essa unidade de unidade e diferença é indispensável para o efeito imediato do drama. O conflito dramático deve ser diretamente experienciável pelo espectador, sem qualquer esclarecimento especial, sob pena de não surtir efeito. Deve possuir, portanto, uma grande quantidade de conteúdo comum com os conflitos normais da vida cotidiana e, ao mesmo tempo, representar uma qualidade nova e peculiar, para então, com base nesses fundamentos comuns da vida, poder exercer o amplo e profundo efeito do drama autêntico sobre a massa publicamente reunida. Os exemplos de dramas burgueses de importância histórico-mundial que já citamos, como O *alcaide de Zalamea*, *Intriga e amor* etc., mostram claramente esse desdobramento. Mostram que é justamente essa intensificação que desloca para o foro público o caso que em si é cotidiano. Mas esse é um processo que ocorre com grande frequência na própria vida. O drama, como ficção da esfera pública, pressupõe, portanto, uma temática e uma elaboração tais que correspondam, em todos os aspectos, a esse grau de generalização e intensificação.

A publicidade do drama tem um caráter duplo. Púchkin afirmava isso com toda nitidez. Diz, em primeiro lugar, sobre o conteúdo do drama: "Que

O romance histórico | 163

elemento se desdobra na tragédia? Qual é seu escopo? O homem e o povo. O destino do homem, o destino do povo". E, em estreita conexão com essa definição, fala sobre o surgimento e o efeito públicos do drama.

> O drama nasceu em praça pública, como divertimento popular. O povo, tal como as crianças, exige entretenimento, ação. O drama lhe parece um evento extraordinário e verdadeiro. O povo exige sensações fortes – por isso, as execuções são um espetáculo para ele. A tragédia mostrava sobretudo crimes terríveis, sofrimentos excepcionais, mesmo físicos (por exemplo, Filoctetes*, Édipo, Lear), mas o costume embota as sensações, a força imaginativa acostuma-se às torturas e às execuções e passa a observá-las com indiferença; ao contrário, a representação das paixões e das efusões da alma humana é sempre nova para o povo, sempre interessante, grandiosa e instrutiva. O drama veio governar as paixões e a alma humana.

Estabelecendo o nexo entre esses dois aspectos do caráter público do drama, Púchkin capta a essência deste último de modo profundo e abrangente. O drama trata de destinos humanos, e não há outro gênero literário que se concentre tão exclusivamente no destino dos homens e, em particular, nos que resultam das relações conflituosas de uns com os outros e, acrescente-se, apenas dessas relações, às quais dá tanta ênfase. Precisamente por isso, os destinos humanos são concebidos de modo tão particular. Ele dá expressão aos destinos *imediatamente* universais, aos destinos de povos inteiros, de classes inteiras e até de épocas inteiras. Esse nexo inseparável entre efeito imediato nas massas e alta generalização do sentido do conteúdo para os homens foi formulado por Goethe com muita precisão: "Tomado corretamente, só é teatral aquilo que é, ao mesmo tempo, simbólico para os olhos: um enredo importante que remete a outro ainda mais importante".

Vimos quão estreita é a ligação entre a questão do caráter público necessário do conteúdo do drama e a questão da forma. A essência do efeito dramático é o efeito *instantâneo*, imediato sobre uma *multidão*. (Esse pressuposto social da forma dramática é destruído e degenerado pelo desenvolvimento capitalista. Daí surge, por um lado, um drama mais ou menos "puramente literário", a que faltam essas características necessárias da forma dramática ou em que estão presentes de modo muito débil; por outro, tem-se uma pseudoarte teatral vazia e sem conteúdo que, com habilidade formalista, explora os momentos de tensão originários do princípio dra-

---

* São Paulo, Editora 34, 2009. (N. E.)

mático para o entretenimento sem consistência da classe dominante. Com isso, retorna-se em certo sentido ao período inicial do teatro, citado por Púchkin. Mas o que antes era uma crueza primitiva, da qual com o tempo desenvolveram-se um Calderón ou um Shakespeare, torna-se agora uma brutalidade vazia e refinada que visa à diversão de um público decadente.) A relação real e imediata da forma dramática com o efeito instantâneo nas massas tem consequências muito profundas para toda a sua estrutura, para a organização de todo o conteúdo dramático, em aguda oposição às exigências formais de toda grande épica, à qual falta esse vínculo *imediato* com a massa, essa necessidade do efeito instantâneo sobre ela.

Em conclusão à sua longa discussão – em conversas pessoais e por correspondência – com Schiller sobre as características comuns e distintivas das formas épica e dramática, Goethe resume suas posições em um opúsculo curto e basilar. Ele parte aqui de um conceito bastante geral do épico e do dramático. Por isso, não considera teoricamente a natureza peculiar da épica moderna: a perda do caráter público da exposição. Mas mesmo na descrição generalizada que Goethe faz da declamação da poesia épica pelos rapsodos aparece claramente uma diferença muito importante entre os dois gêneros. Diz Goethe: "Sua diferença essencial repousa (...) no fato de que o poeta épico expõe o acontecimento como *plenamente passado* enquanto o dramaturgo o representa como *plenamente presente*".

É claro que esses dois tipos de relação com o material figurado estão estreitamente vinculados ao caráter público da exposição. A presencialidade já implica, em si e para si, uma relação imediata com o modo de apreensão. Para testemunhar um acontecimento representado e apreendido como algo do tempo presente é preciso que se esteja pessoalmente presente nele. Já a tomada de conhecimento de um acontecimento plenamente passado não é de modo algum vinculada à imediatidade corporal da participação e, com isso, a seu caráter público. Vemos, portanto, que, ainda que Goethe, partindo da tradição clássica, dê à recitação épica um caráter público, destaca-se claramente em suas observações a natureza *contingente* desse caráter, isto é, o fato de ela não ser irrevogavelmente ligada à forma épica.

Dessa confrontação resultam distinções posteriores importantes entre forma épica e dramática. Ressaltamos aqui apenas algumas delas. A necessidade do efeito imediato do drama, a necessidade de que cada fase do enredo, do desdobramento das personagens seja compreendida e vivenciada instantânea e simultaneamente com o acontecimento, que o drama não deixe ao espectador nenhum tempo para a reflexão, para o repouso e a recapitulação dos eventos passados etc., tudo isso cria maior rigidez da forma tanto para o criador quanto para o receptor. Schiller resume claramente essa diferença, em sua resposta ao opúsculo de Goethe: "A ação dramática move-se diante de mim, ao passo que, na épica, sou eu mesmo que me movo em torno dela, e esta parece em repouso". E, em seguida, ressalta a maior liberdade do leitor da épica em comparação com o espectador do drama.

É com essa diferença que se relaciona a amplitude determinada e limitada do drama, em oposição à extensão e à variabilidade quase ilimitadas da épica. Como o drama tem de despertar, dentro desses limites, uma impressão de totalidade, segue-se daí que todos os traços que sobressaem nas personagens e na trama têm de ser não apenas compreensíveis, claros e efetivos de imediato, como têm, ao mesmo tempo, de ser altamente significativos. O drama não pode tratar de modo separado, com determinada divisão artística do trabalho, elementos que, na épica, são materialmente ligados uns aos outros. É permitido ao romancista introduzir cenas, relatos etc. que não fazem o enredo avançar, mas, por exemplo, relatam um fato passado e, com isso, tornam compreensível um fato presente ou futuro. No drama legítimo, a trama tem de avançar a cada réplica. E o relato do passado deve ter a função de fazer o enredo avançar. Por isso, cada réplica de um drama legítimo concentra nela toda uma série de funções.

Mediante esse modo de figuração dramática, o homem é empurrado para o centro com muito mais energia que na épica e, antes de tudo, como essência moral e social. O drama figura seus homens e ações exclusivamente por meio do diálogo; só o que é figurado com vivacidade no diálogo entra artisticamente em consideração para o drama. Na poesia épica, ao contrário, a essência física dos homens, a natureza que os circunda, as coisas que formam seu ambiente etc. desempenham um papel extraordinário; o homem é figurado na interação de todo esse conjunto, seus traços morais e sociais são apenas uma parte desse todo e, com certeza, não a mais importante. Por isso, no drama, reina uma atmosfera muito mais espiritual que na épica. Isso não significa que haja uma estilização idealista dos homens e de suas relações, mas apenas que os traços dos próprios homens que não sejam diretamente morais e sociais só podem aparecer como pressupostos e motivos para conflitos morais e sociais, e que o mundo de objetos que forma o ambiente dos homens pode figurar somente como sóbria alusão, pano de fundo ou instrumento mediador. (O desconhecimento das leis internas do drama levou, nos últimos tempos, a uma direção teatral rebuscada, confusa e vazia, que consiste em sucedâneos épicos para compensar a dramática defeituosa.)

Todos esses momentos da concentração dramática se mostram com mais nitidez no fato de que o tempo dos acontecimentos dramáticos figurados de modo real deve coincidir com o tempo da figuração, enquanto, na épica, um grande hiato temporal pode ser resolvido com algumas palavras e, às vezes, no caso do relato de um evento bastante curto, o poeta épico pode lançar mão de um tempo de figuração muito superior à duração desse evento. Acredito que é aqui que a famosa exigência de "unidade de tempo" tem suas origens. De fato, as justificações dessa exigência eram com frequência falsas e artificiais, mas muitos de seus oponentes passaram ao largo do problema propriamente dito. Manzoni, que combateu as "unidades" da *tragédie classique* em nome da criação de um drama verdadeiramente histórico, também reivindicou, com toda razão, o direito de o dramaturgo intercalar, *entre* cenas figuradas de modo real, uma cena intermediária qualquer.

Todas essas diferenças entre drama e épica aparecem condensadas na explicação de Goethe, citada anteriormente, sobre o caráter simbólico das personagens dramáticas, a unidade da imediatidade sensível e da importância de cada momento de figuração no drama. A unidade desses dois momentos também está presente na épica, é claro, mas ali é muito mais frouxa. No drama, essa unidade deve ser constantemente efetivada e apresentar, a cada fase, um resultado instantâneo, ao passo que, na épica, é suficiente que essa unidade se imponha como tendência, aos poucos, no decorrer do enredo. Também aqui podemos perceber nitidamente as consequências formais do caráter público do drama.

Há, contudo, dois mal-entendidos que devem ser evitados. Estabelecemos uma relação entre o problema do caráter público e o problema do efeito imediato e instantâneo do drama. Mas essa imediatidade não é a marca essencial de toda arte? É evidente que sim. Belinski pôs muito corretamente no centro de sua teoria da arte a necessidade da figuração e do efeito imediatos. Mas a imediatidade do caráter público do drama, que ressaltamos aqui, é algo particular, algo característico apenas do drama *no interior* da imediatidade *universal* de toda a literatura. Esses traços especiais do caráter público do drama se manifestam de modo cada vez mais agudo e acentuado no decorrer do desenvolvimento histórico, à medida que, com o desenvolvimento da divisão social do trabalho e da complexificação das relações sociais nas sociedades de classes, as esferas pública e privada separam-se na própria vida. A literatura, como espelhamento da vida, não pode deixar de retratar esse processo. Mas isso ocorre não apenas do ponto de vista do conteúdo, já que a literatura figura os problemas humanos que surgem desse desenvolvimento. As formas literárias, como formas generalizadas do espelhamento dos traços permanentes e recorrentes da vida – que se reforçam com o tempo –, não podem permanecer intocadas por esse processo.

Quanto a isso, drama e épica tomam caminhos totalmente opostos. A épica, como espelhamento da totalidade extensiva da vida, da "totalidade dos objetos", deve adequar-se a esse processo. O romance, como "epopeia burguesa", surge precisamente como um produto da coerência artística a partir da qual todas as conclusões são tiradas, também em sentido formal, das mudanças da vida. (O caráter ambíguo da chamada "épica literária" deve-se, entre outras razões, ao fato de que determinados elementos formais da antiga epopeia foram conservados em uma época em que a realidade correspondente a ela já não existia na própria vida, ao fato de que esses elementos eram aplicados a um material vital com o qual se confrontava como algo estranho e, por isso, de modo formalista, pois esses elementos pertenciam a espelhamentos específicos de um período de desenvolvimento já ultrapassado.)

O caso do drama é totalmente diferente. A forma dramática subsiste ou sucumbe com seu caráter público imediato e específico. Portanto, ou ela desaparece da vida ou tenta figurar a seu modo – em condições adversas, lutando contra um material desfavorável e, de certa maneira, nadando contra a corrente – os elementos públicos que ainda existem na vida social. Tais problemas surgiram com particular intensidade na passagem do século XVIII para o XIX e em estreita conexão com os esforços para criar um grande drama histórico. Os dramaturgos mais significativos desse período experimentaram fortemente os dois lados do dilema diante do qual se encontravam: tanto o caráter desfavorável da vida contemporânea – que, como sentimento da vida, também afeta a figuração do material histórico – quanto a necessidade da forma dramática.

As discussões em torno de um princípio que à primeira vista é puramente formal – a possibilidade de utilizar o coro antigo no drama moderno – mostram, talvez de modo muito plástico, os motivos sociais que se tornaram decisivos para essa forma. Em seu prefácio à tragédia *A noiva de Messina**,

---

*   São Paulo, Cosac Naify, 2004. (N. E.)

Schiller fala sobre esse problema com grande clareza. Sobre o uso do coro na tragédia antiga, ele diz: "Ela o encontrou na natureza e precisou dele porque o encontrou. As ações e os destinos dos heróis e dos reis já são públicos por si mesmos, e mais ainda em tempos primevos". A situação, para Schiller, é totalmente distinta no caso do poeta moderno. A vida na sociedade atual tornou-se abstrata e privada. "O poeta deve abrir de novo as portas dos palácios, levar os tribunais para o ar livre, recuperar os deuses e restabelecer toda a imediatidade que foi suprimida pela instituição artificial da vida real (...)." Schiller introduz o coro nessa tragédia precisamente com esse fim.

Não se trata aqui de repetir o fato notório de que a utilização do coro por Schiller resultou em uma experiência formal artificial, em seu drama mais fraco. O que nos interessa é o problema geral. E Schiller sentiu muito corretamente que, se a presença do coro na tragédia grega surgiu naturalmente das condições sócio-históricas da vida grega, no verdadeiro drama – e essa é a principal questão para o dramaturgo moderno –, todos os acontecimentos têm de ser figurados de tal modo e todas as exteriorizações vitais têm de ser elevadas a tal altura que possam suportar a presença do coro.

Desde que a quarta parede do palco se tornou o teto invisível de *Le diable boiteux* [O diabo coxo], de Lesage, o drama deixou de ser realmente dramático. O espectador do drama não presencia por acaso um acontecimento fortuito qualquer da vida privada, não espreita a vida de seus congêneres por um buraco de fechadura gigante; ao contrário, o que lhe é oferecido deve ser um acontecimento público quanto a seu conteúdo mais íntimo, sua forma essencial. O árduo trabalho dos dramaturgos modernos consiste justamente em encontrar tal material na vida e submetê-lo a uma elaboração dramática que os torne capazes de comportar um caráter público do começo ao fim. E, aqui, o dramaturgo moderno tem de lutar tanto contra a matéria da vida na sociedade moderna quanto contra seu sentimento diante da vida, que brota dessa sociedade. Em relação a esse sentimento, o que Grillparzer disse sobre o coro é muito característico:

> Desvantagens manifestas do coro. Sua presença constante é, na maioria das vezes, nociva aos segredos. O coro dava um caráter público aos dramas dos antigos. Sim! Talvez ainda pior que isso. De minha parte, não gostaria de uma instituição que me forçasse a abandonar todas as sensações e situações que não suportassem um caráter público.

Grillparzer expressa aqui, muito antes do surgimento do chamado *Kammerspiel**, as bases emocionais dessa forma dramática. Faz isso com a franqueza e a honestidade próprias de um grande escritor. Mas não nota – como notam menos ainda sucessores menores – que a predominância desse sentimento diante da vida transforma o drama em um produto artificial, em um objeto de experiências formalistas infrutíferas e que foi justamente esse desenvolvimento que rompeu o contato vivo entre o drama e o povo.

Aqui, o que nos importa não é o problema do coro propriamente dito, mas o problema que se esconde por trás dessa questão. As experiências com o coro são problemáticas tanto em Schiller quanto em Manzoni, mas esse problema encobre a dificuldade que é figurar o caráter público da vida no drama moderno. Os grandes dramaturgos da época moderna, de Shakespeare a Púchkin, procuraram solucionar esse problema introduzindo cenas populares, e não há dúvida de que essa é uma solução natural e saudável, embora haja uma distinção fundamental entre o coro antigo e a cena popular moderna. É impossível analisar aqui esse problema em toda a sua dimensão. Limitamo-nos a indicar um aspecto essencial: enquanto o coro antigo está sempre presente, as cenas populares são momentos singulares do drama. As cenas mais importantes entre os protagonistas ocorrem em geral na ausência dessas testemunhas. Mas isso não significa que tais cenas não têm relação com o povo presente no drama. Em Shakespeare já havia, com grande frequência, uma intensa relação desse tipo. Basta pensarmos na intensidade com que os humores do povo são representados nas cenas entre Brutus e Pórcia, ou entre Brutus e Cássio. A nova corrente do drama histórico tornou essas relações ainda mais íntimas. Schiller utiliza o quartel de Wallenstein apenas como prólogo de sua tragédia, mas, quanto à dramatização interna, esse anteato é mais que um simples prólogo. E, no drama posterior a Walter Scott, essas relações se reforçaram ainda mais. Tomemos mais uma vez um exemplo eloquente: a íntima interação entre as cenas populares e as cenas da "vida privada" de Danton em *A morte de Danton*, de Büchner. De certo modo, essas cenas consistem em uma série de réplicas em que a pergunta feita em uma é respondida em outra, e assim por diante.

Chegamos então ao segundo conjunto de possíveis mal-entendidos sobre a imediatidade específica do drama. Como sabemos, essa imediatidade é a

---

* *Kammerspiel*: forma dramática intimista, com poucos atores e sem requinte de cenário. (N. T.)

de seu caráter público. E parece natural que os aspectos da vida (e da história) moderna que são necessária e imediatamente públicos quanto a seu material sejam aqueles que fornecem o conteúdo mais adequado ao drama, isto é, a vida política como tal. No entanto, a adequação imediata da vida política ao drama é, nesse sentido, um prejuízo. Vimos que a aceitação pacífica da tendência a privatizar importantes exteriorizações individuais e sociais do homem conduz à supressão do drama no *Kammerspiel*. Mas essa "privatização" é apenas um aspecto de um processo cujo outro lado – inseparável dele – manifesta-se na abstração sempre crescente, na independência e na autonomia aparentemente cada vez maior da vida política. Portanto, se o poeta dramático não rompe essa separação visível que Marx aponta entre *citoyen* e *bourgeois*, se não revela as bases sociais da política por meio de uma figuração dos destinos humanos vivos – destinos individuais que resumem os traços representativos desses contextos em sua essência individual –, então o material político permanece infrutífero para o drama. No século XVII, surge a vã e patética *Haupt- und Staatsaktion** e, no século XIX, o vazio e declamatório *Tendenzdrama*** etc.

Sobre esse tema, Schiller também se manifestou de modo instrutivo. Na época da criação de *Wallenstein****, ele escreve a Körner:

> O material é (...), em grande medida, inapropriado para tal finalidade (...). É, no fundo, uma *Staatsaktion* que traz em si, em relação ao uso poético, todos os maus hábitos que só uma ação política pode ter, um objeto invisível e abstrato, meios *pequenos* e *numerosos*, ações dispersas, um andamento terrível, uma adequação ao fim demasiado fria e árida, que não leva tal adequação à sua completude e, com isso, à sua grandeza poética; no fim, o esboço fracassa unicamente por inépcia. A base sobre a qual Wallenstein funda sua ação é o exército, por conseguinte algo que, para mim, constitui um terreno infinito, que não tenho diante dos olhos e só posso trazer à imaginação com uma arte inefável. Portanto, é impossível para mim mostrar o objeto sobre o qual ele se baseia, e menos ainda os fatores que o levam à queda; e tais objetos são o moral do exército, a corte, o imperador.

---

* *Haupt- und Staatsaktion* ("ação principal e pública"): designação dada às peças teatrais popularescas que dominavam o repertório dos saltimbancos alemães entre os séculos XVII e XVIII. (N. T.)

** *Tendenzdrama* ("drama com um propósito"): forma dramática cujo enredo se concentra no propósito de defender determinada tese. (N. T.)

*** Lisboa, Campo das Letras, 2009. (N. E.)

O romance histórico | 171

Essa análise nos parece extremamente instrutiva. Mostra sobretudo que o material político é dado ao poeta de modo imediato, em uma abundância infinita e fragmentada que só se deixa figurar com os meios da épica. Aqui, a estilização dramática consiste em extrair aqueles momentos raros em que o nexo interno do político com sua base social e as paixões humanas que a expressam podem aparecer de forma imediata e concentrada (lembremos, mais uma vez, o "elo da cadeia"), de modo que essa concentração não reduza a abundância das tendências sociais relutantes que o conflito político desperta. Nesse sentido, uma "estilização" – portanto um corte ou uma atrofia da "totalidade dos movimentos" – acabaria por deformar o conteúdo do material e reduzir o conflito dramático. Mas é preciso aqui mais que uma simples escolha de momentos: a profusão infinita e dispersa de momentos deve se concentrar naqueles que representam realmente todos os momentos, o conjunto das forças motrizes do conflito político e histórico.

São particularmente interessantes e instrutivas as observações de Schiller a respeito da "árida adequação aos fins" e dos caminhos para que seja poeticamente superada. Ele assinala teoricamente, e com toda razão, que só indo até o fim é que se pode conseguir essa superação. Isso significa que, no caso extremo e concentrado do representante do conflito, são as bases sociais e humanas dessa "árida adequação aos fins" que devem emergir, e é justamente o fato de ir até o fim nesse caminho, de desvelar suas determinações específicas, que deve abolir as qualidades poeticamente desfavoráveis do material. A práxis de Schiller mostra a pouca utilidade dos "ingredientes humanos" para o domínio desse material. Eles se mantêm como ingredientes e acréscimos, e a "aridez" dos contextos políticos permanece, apesar de tudo. Por outro lado, só se torna vivo no drama aquilo que se deixa transpor para o humano, para a imediatidade sensível. O conflito político que é corretamente apreendido em seu conteúdo, a oposição histórica que é sutilmente assimilada em seu sentido histórico-filosófico permanecem mortos sem essa transposição imediata. E, do ponto de vista da destruição da forma dramática, é quase indiferente que essa falta de vitalidade da produção ideada de contextos político-históricos seja expressa de modo místico ou propagandista. Também nesses casos, o desenvolvimento mais recente do drama move-se em uma linha que oscila entre falsos extremos.

Shakespeare mostrou, do modo mais poderoso, como grandes conflitos podem ser transpostos em termos humanos e, com isso, penetrados de vida dramática. Nesse sentido, é interessante mencionar a objeção de Hegel contra *Macbeth**. Ele acha que a fonte histórica** de Shakespeare cita um título que conferia a Macbeth o direito de ocupar o trono da Escócia e lamenta que esse motivo não tenha sido aproveitado. A nosso ver, ele é supérfluo para o problema da dissolução da sociedade feudal e da necessária destruição que já vinha ocorrendo. Em seu ciclo de dramas reais, Shakespeare deu inúmeros exemplos do modo totalmente arbitrário como esses títulos eram usados na luta entre monarquia e feudalismo. Na representação concreta dessas lutas inglesas, ele conferiu a esses motivos o papel episódico que lhes corresponde. Em *Macbeth*, ao contrário, a quintessência humana dessa ascensão e queda precisava ser figurada de modo concentrado. Shakespeare mostra aqui, com admirável fidelidade e concisão, os traços humanos que surgem necessariamente desse solo sócio-histórico. Mas tem toda razão quando figura essa essência humana – social e historicamente condicionada – e não sobrecarrega seus traços com motivos menores. A sugestão de Hegel teria conduzido a um drama do tipo de Hebbel, e não de Shakespeare.

Nesse ponto, porém, Hegel reconheceu mais claramente as necessidades do drama no que se refere ao conteúdo histórico e à forma dramática que a maioria dos teóricos. Ele adverte repetidas vezes do perigo de a caracterização das formas dramáticas cair em dois extremos: por um lado, a imersão da personagem no conteúdo das forças históricas abstratas e, por outro, na mera psicologia privada. Quando exige um *"páthos"* das personagens dramáticas e procura delimitá-lo, distinguindo-o da paixão, Hegel segue no caminho correto para caracterizar a especificidade do homem ativo no drama. Ele denomina *páthos* "uma potência da alma legitimada em si mesma, um conteúdo essencial da racionalidade" e reporta-se ao "sagrado amor fraterno" de Antígona, ao fato de que Orestes mata sua mãe não em um movimento tempestuoso do ânimo, mas o *"páthos* que o move à ação" é "bem ponderado e plenamente sensato". É óbvio que isso não significa que os heróis da tragédia devam ser homens sem paixões. Antígona e Orestes também têm suas paixões. Aqui, a ênfase no *páthos* significa que o decisivo é a coincidência imediata do grande conteúdo histórico, das grandes e concretas tarefas históricas com a personalidade, a paixão particular do herói dramático. Nesse

---

* São Paulo, Cosac Naify, 2009. (N. E.)

** Referência à principal fonte histórica de Shakespeare: Raphel Holinshed, *Chronicles of England, Scotland, and Ireland* (Londres, 1577). (N. T.)

sentido, o herói de um drama histórico deve ser um "indivíduo histórico-mundial". Mas é precisamente essa forma de seu *páthos*, o caráter peculiar dessa paixão, nem abstratamente geral nem individualmente patológica, que torna possível que a concentração da personalidade no *páthos* encontre ressonância nas massas; a universalidade, a racionalidade e a imediatidade concretas de seu conteúdo fazem o herói suscitar em cada homem da massa, imediata e humanamente, aspectos semelhantes desse conteúdo.

IV. A figuração do conflito na épica e na dramática

Nossa comparação entre romance e drama mostra que a forma de figuração do romance é mais *próxima* da vida, ou melhor, do modo normal de manifestação da vida, que a do drama. Mas, como vimos, o chamado distanciamento da vida que ocorre no drama não é uma "estilização" formalista, mas antes o espelhamento ficcional de determinado tipo de fato da vida. Do mesmo modo, a proximidade da forma romanesca com a vida não significa que ela copie a efetividade empírica tal como ela é; o naturalismo não é o estilo inato do romance. O mais poderoso dos romances também tem alcance limitado. Mesmo que *A comédia humana* fosse considerada um único romance, ela forneceria apenas, em sua extensão, uma pequena parte evanescente da incomensurável realidade social de seu tempo. Um espelhamento artístico da infinitude da vida, medido em termos quantitativos, não está em questão. O trabalho de Sísifo do escritor naturalista é caracterizado não só pelo fato de a totalidade do mundo a ser espelhado pela arte sempre se perder, a figuração literária resultar sempre em um recorte, em um fragmento incompleto em si, mas também por nem o maior acúmulo naturalista de detalhes ser capaz de reproduzir de maneira adequada a infinitude de qualidades e relações que um único objeto da realidade possui. E o romance não se propõe a reproduzir de forma verossímil um simples recorte da vida, mas quer antes – com sua caracterização de uma parte limitada da realidade, apesar de toda a riqueza do mundo figurado – despertar no leitor a impressão da totalidade do processo social de desenvolvimento.

Os problemas formais do romance surgem, portanto, do fato de que todo espelhamento da realidade objetiva é necessariamente relativo. O romance é posto diante da tarefa de despertar uma impressão imediata precisamente da extensa abundância da vida, da complexidade e da tortuosidade de seus caminhos de desenvolvimento, da incomensurabilidade de seus detalhes. Como apontamos várias vezes, o problema da "totalidade dos objetos" como finalidade da figuração na grande épica tem de ser compreendido, portanto, em sentido amplo; isto é, esse todo não se limita de modo algum a abarcar os objetos mortos nos quais a vida social do homem se expressa, mas todos os costumes, atos, hábitos, usos etc. nos quais se manifestam a especificidade e o sentido do desenvolvimento de determinada fase da sociedade humana. O objeto principal do romance é a sociedade: a vida social dos homens em sua contínua interação com a natureza que os cerca e constitui a base de sua atividade social, assim como com as diferentes instituições ou costumes que se interpõem nas relações entre os indivíduos na vida social. Lembramos que, no drama, todos esses momentos só podem ser figurados em uma forma muito abreviada, alusiva, apenas na medida em que constituem motivos para o modo de ação social e moral dos homens. No romance, as proporções são bem distintas. O mundo aparece não apenas como motivo, mas como um entrelaçamento muito concreto e complexo, com todos os detalhes do comportamento e da ação dos homens na sociedade.

Mas é claro que, se desse conjunto deve surgir a impressão de uma totalidade, se um círculo limitado de homens, um grupo limitado de "objetos" deve ser figurado de modo que provoque no leitor a impressão imediata da sociedade inteira em movimento, então é claro também que é necessária uma concentração artística e qualquer simples cópia da realidade deve ser abandonada radical e resolutamente. Em consequência, assim como o drama, o romance deve reservar um lugar central ao elemento típico das personagens, das circunstâncias, das cenas etc. em todos os momentos de seu percurso. A única diferença é que o conteúdo e a forma desse elemento típico serão constituídos de maneira distinta. Aqui, a relação do individualmente peculiar com o típico é mais complexa, solta e frouxa que no drama. Enquanto a personagem dramática atua instantânea e imediatamente como típica – preservada, é claro, sua individualidade –, o caráter típico de uma personagem do romance é, com muito frequência, apenas uma tendência que se afirma pouco a pouco, chegando à superfície apenas de modo gradual e partindo do todo, da complexa interação dos homens, das relações humanas, das instituições, das coisas etc. Tanto quanto o drama, o romance deve representar a luta das diferentes classes, camadas, partidos e orientações. Mas sua representação é muito menos concentrada e econômica. Na figuração dramática, ao contrário, tudo deve ser concentrado na representação dos possíveis posicionamentos essenciais, *em um* conflito central. Assim, dramaticamente e segundo sua essência, uma tendência essencial do agir humano só pode ter um representante; qualquer duplicação seria, como vimos, uma tautologia artística. (É claro que isso não deve ser entendido de modo esquemático. Quando Goethe, ao analisar *Hamlet*, aponta a grande sutileza com que Shakespeare caracterizou o cortesão servil e sem caráter na dupla Rosenkrantz e Guildenstern, isso não contradiz a lei geral da estilização dramática. Eles aparecem sempre juntos e formam, do ponto de vista da estrutura da ação dramática, *uma única* personagem.)

No romance, ao contrário, deve ser figurada não a essência concentrada de uma tendência, mas o modo como esta nasce, morre etc. O caráter típico da personagem do romance, o modo como ela representa tendências sociais é, por esse motivo, muito mais complexo. No romance, trata-se precisamente de figurar os diferentes aspectos nos quais uma tendência social se manifesta, as diversas formas nas quais ela se afirma etc. Assim, o que no drama seria uma tautologia é aqui, ao contrário, uma forma indispensável para a lapidação do que é realmente típico.

Essa peculiaridade do romance tem como consequência o fato de a relação do indivíduo figurado com o grupo social a que ele pertence – e é por ele representado na ficção – ser muito mais complexa que no drama. Mas essa complexificação da relação entre indivíduo e classe não é um produto do desenvolvimento da literatura; ao contrário, todo o desenvolvimento das formas literárias, em especial da forma romanesca, não é mais que um espelhamento do próprio desenvolvimento social. Marx expressou essa mudança da relação entre indivíduo e classe no capitalismo de modo muito preciso. Diz ele:

> (...) no decorrer do desenvolvimento histórico, e justamente devido à inevitável autonomização das relações sociais no interior da divisão do trabalho, surge uma divisão na vida de cada indivíduo, na medida em que há uma diferença entre a sua vida pessoal e a sua vida enquanto subsumida a um ramo qualquer do trabalho e às condições a ele correspondentes. (...) No estamento (e mais ainda na tribo) esse fato permanece escondido; por exemplo, um nobre continua sempre um nobre e um *roturier** continua um *roturier*, abstração feita de suas demais relações; é uma qualidade inseparável de sua individualidade. A diferença entre o indivíduo pessoal e o indivíduo de classe, a contingência das condições de vida para o indivíduo

---

*   Em francês no original: plebeu. (N. T.)

aparecem apenas juntamente com a classe que é, ela mesma, um produto da burguesia. Somente a concorrência e a luta dos indivíduos entre si é que engendram e desenvolvem essa contingência enquanto tal. Por conseguinte, na representação, os indivíduos são mais livres sob a dominação da burguesia do que antes, porque suas condições de vida lhes são contingentes; na realidade eles são, naturalmente, menos livres, porque estão mais submetidos ao poder das coisas.*

Isso se mostra de modo mais nítido nas figuras de transição. Enquanto o conflito dramático divide os homens ativos em dois campos de luta contrários, no romance não só é permitida, como plenamente necessária, uma neutralidade, uma indiferença etc. das personagens quanto às questões centrais.

É evidente que tal desenvolvimento da relação entre indivíduo e sociedade é muito desfavorável para o modo de figuração do drama. Por outro lado, é justamente esse desenvolvimento que forma o elemento vital do romance. Não foi por acaso que as peculiaridades do romance surgiram artisticamente apenas no curso do desenvolvimento social das relações entre indivíduo e classe. O anistoricismo absolutamente grosseiro da sociologia vulgar contribuiu para que esses contextos fossem desconsiderados e o "romance" grego, persa etc. fosse subsumido no mesmo gênero da forma moderna da "epopeia burguesa".

Mas esse nexo íntimo entre a forma romanesca e a estrutura específica da sociedade capitalista não significa de modo algum que o romance possa espelhar essa realidade sem nenhum problema, tal como é imediata e empiricamente. Sucumbiram a tais preconceitos não só os naturalistas, mas também os defensores classicistas das formas antigas, tradicionais. Estes, tanto quanto aqueles, não entenderam os problemas artísticos que surgiram desse novo estado de coisas, apenas emitiram um juízo de valor contrário. Assim, Paul Ernst, por exemplo, o líder teórico do neoclassicismo na Alemanha, chama o romance de uma "meia arte".

Nossas considerações anteriores já mostraram que tal concepção do romance e de sua relação com a realidade que ele espelha é, no fundo, falsa. Assim como na análise do chamado distanciamento do drama em relação à vida mostramos que esse distanciamento é uma forma específica do espelhamento artístico de fatos da vida muito concretos, temos agora de mostrar alguns fatos gerais da vida que constituem a base da forma romanesca. É evidente que nossa exposição tem aqui uma finalidade oposta. Lá, tivemos de provar

---

* Karl Marx, Friedrich Engels, *A ideologia alemã* (São Paulo, Boitempo, 2007), p. 65. (N. T.)

que o espelhamento da vida está na base da estilização aparente; aqui, temos de mostrar que essa proximidade aparente entre o romance e a vida requer de modo tão cabal quanto o drama a elaboração artística do material vital que lhe serve de base, ainda que com outros meios e outras finalidades.

Comecemos com o ponto em que a oposição entre o romance e o drama é mais visível: o problema do conflito. No romance, não se trata de representar a solução violenta de um conflito em sua forma extrema e mais aguda. Aqui, a tarefa consiste antes em figurar a complexidade, a diversidade, a sinuosidade, a "astúcia" (Lenin) daqueles caminhos que geram, resolvem ou amenizam tais conflitos na vida social. Com isso, deparamos com um fato muito importante da vida.

Se o conflito trágico é uma das formas necessárias de manifestação da própria vida social, é apenas em condições e circunstâncias muito determinadas. É outro fato da vida social que os conflitos se amenizem, não deem em nada, não conduzam a nenhuma solução inequívoca na vida pessoal dos indivíduos ou na sociedade em geral. E isso em dois sentidos: em primeiro lugar, há determinadas fases de desenvolvimento do crescimento da sociedade em que o abrandamento das contradições é uma forma típica de atuação das oposições sociais; em segundo lugar, é também um fato da vida social que, mesmo em períodos de grande agudização das oposições na vida social dos indivíduos, nem todos os conflitos se acirrem ao extremo, em níveis trágicos. Como o romance se estende à representação da totalidade da vida social, o conflito levado a cabo é, no conjunto da figuração do romance, apenas um caso-limite, um caso entre muitos outros. Em certas circunstâncias, esse conflito não precisa aparecer na figuração; mas, se aparece, é apenas *um* no interior de um sistema de muitos elos. Nesse caso, são retratadas aquelas circunstâncias especiais que, em determinados embates, provocam o conflito trágico; porém, tais circunstâncias se mostram ao lado de outras, que são igualmente efetivas e não necessitam desdobrar-se em uma pureza imperturbada.

Portanto, se se acrescentar no drama uma ação paralela como tragédia, esta servirá para complementar e sublinhar a linha principal do conflito. Pensemos na ação paralela que mencionamos entre os destinos de Lear e Gloster, em Shakespeare. No romance, a situação é outra. Tolstói, por exemplo, adiciona diferentes ações paralelas ao destino trágico de sua Anna Kariênina. Os pares Kitty e Liévin e Dária e Oblónski, que fazem contraste ao par Anna e Vrónski, são apenas complementos centrais; ao lado deles, há um grande número de ações paralelas episódicas, ainda mais fortes. Essas ações, que iluminam umas às outras, completam-se, porém em sentido totalmente contrário. Em *Lear*, o destino de Gloster acentua a necessidade trágica do destino do herói principal. Em *Anna Kariênina*, as ações paralelas sublinham justamente o fato de que o destino da heroína é decerto um destino típico e necessário, mas é um caso absolutamente individual. Sem dúvida, ele revela com a máxima força as contradições internas do casamento burguês, mas também mostra, em primeiro lugar, que essas contradições não surgem de modo necessário, sempre e em toda parte na mesma direção, podendo receber, portanto, conteúdos ou formas radicalmente distintos, e, em segundo lugar, que conflitos semelhantes só podem ser conduzidos ao destino trágico de Anna em condições sociais e individuais muito determinadas.

Vemos aqui que a relação entre paralelos e contrastes que se completam é muito mais estreita no drama que no romance. Neste, basta um parentesco distante com o problema social e humano fundamental para haver uma ação paralela complementar. No drama, essa igualdade geral do problema não basta; é preciso que, em ambos os casos, o conteúdo, o sentido e a forma do problema tenham uma relação visível.

Essa diferença aparece talvez ainda mais claramente quando consideramos a composição das personagens que fazem contraste umas às outras no drama e no romance. Pensemos em grupos contrastantes como Hamlet, Laerte e Fortinbras, em Shakespeare, ou Egmont, Oranien e Alba, em Goethe, e comparemos o modo como essas personagens se relacionam e se iluminam mutuamente com o modo como, por exemplo, as personagens de *O pai Goriot**, de Balzac, completam umas às outras. O próprio Balzac ressalta, em um de seus escritos teóricos, que Goriot e Vautrin são personagens paralelas que se completam; e o próprio romance ressalta a influência complementar, "pedagógica", da viscondessa de Beauséant e de Vautrin sobre Rastignac; além do mais, Rastignac, Du Marsay e De Trailles formam, por sua vez, uma série de paralelos e contrastes que se completa no grupo de Vautrin, Nucingen, Tailleffer etc. O que importa nessa contraposição é que as personagens não recebem essas funções necessariamente do traço principal de seu caráter ou do essencial de seu destino, mas talvez de momentos fortuitos, episódicos e secundários que, em determinado contexto geral, são apropriados para produzir esses complementos e contrastes.

---

* São Paulo, Estação Liberdade, 2002. (N. E.)

Tudo isso está ligado ao caráter particular do romance, como destacamos no início: o fato de o conflito aparecer não "em si", mas em sua conexão objetiva e social, amplamente desdobrada, como parte de um grande desenvolvimento social. Nesse sentido, é muito instrutiva a comparação entre a composição de *Rei Lear* e a de *O pai Goriot*, sobretudo porque a obra de Balzac manifestamente sofreu uma forte influência de Shakespeare. O destino *à* Lear do próprio Goriot é apenas um episódio do romance, embora muito importante. A afirmação de Otto Ludwig que citamos em outro contexto, segundo a qual Edgar seria o herói principal se *Rei Lear* fosse transformado em romance, realiza-se aqui com algumas modificações. No destino de Rastignac, também existe o problema da relação entre pais e filhos, e a naturalidade ingênua e egoísta com que ele explora sua família tem certa semelhança, ainda que atenuada, com o comportamento das filhas de Goriot em relação a seu pai. A diferença mais importante na composição, porém, é que aqui a relação com a família é plenamente deslocada para o pano de fundo. Balzac apenas insinua esse aspecto em Rastignac; para ele, o que importa é o desenvolvimento do próprio Rastignac em interação com as mais diferentes pessoas e relações humanas. E é interessante observar que é precisamente a maior amplitude do romance, o desenvolvimento gradual e amplamente desdobrado das personagens que produz, como finalidade principal (em oposição à explosão dramática das propriedades já existentes nas personagens), uma concentração maior e uma ênfase inovadora do típico, algo que necessariamente devia estar muito distante de Shakespeare.

A observação de Ludwig sobre Edgar como herói de um romance de Lear é extremamente sutil, mas a práxis genial de Balzac lhe deu mais profundidade e amplidão. Pois Rastignac é não apenas uma espécie de Edgar, mas uma versão inferior, uma versão que, sob a influência das circunstâncias, *desenvolve-se* como um Edgar mais fraco e acomodado, menos inescrupuloso e extremo. Ou melhor, ele é assim se considerarmos em si o romance que se desenvolve *nessa direção*. Portanto, assim como o drama, o romance conhece a unidade e a oposição dos extremos e, por vezes, acentua-os de maneiras semelhantes. Mas também conhece formas totalmente distintas de manifestação da unidade e da oposição dos extremos: casos em que, de sua interação, surge um desenvolvimento novo e inesperado, um novo rumo. O traço mais significativo dos romances realmente grandes consiste precisamente na figuração dessas orientações. O que é figurado não é determinado estado de coisas da sociedade, ou pelo menos um estado de coisas aparente. O mais importante é mostrar como a *direção* de uma tendência do desenvolvimento social se torna visível em movimentos pequenos, pouco ostensivos ou, poderíamos dizer, capilares da vida individual.

Aqui, um fato decisivo da vida, subjacente à forma romanesca, é absolutamente claro. O drama figurou as grandes convulsões, os desmoronamentos trágicos de um mundo. Ao fim de cada grande tragédia de Shakespeare, um mundo inteiro desaba e assistimos ao despontar de um tempo novo. Os grandes romances da literatura mundial, em especial os do século XIX, figuram menos a derrocada de uma sociedade como ápice de seu processo de dissolução que um passo rumo a essa dissolução. No mais dramático dos romances, também não é necessário que apareça a derrocada social como tal, mesmo que de forma discreta. Os objetivos da figuração são plenamente alcançados quando o curso irresistível do desenvolvimento social e histórico é representado de modo convincente. O escopo essencial do romance é a representação da direção em que a sociedade se move.

Para determinadas classes e em determinadas circunstâncias, esse movimento pode ser ascendente, naturalmente. Mas também nesse caso o autor épico coerente mostrará apenas a direção do movimento, não sendo de modo algum necessário figurar a vitória final do movimento, muito menos sua vitória definitiva. Pensemos no exemplo clássico de *A mãe** e comparemos a irresistível marcha adiante dessa obra-prima, que figura a vitória final, com o clima de desmoronamento gradual do velho mundo burguês no grande drama *Yegor Bulichov*, ambos de Górki.

Depois disso, penso que não precisamos discutir muito demoradamente para mostrar que a escolha e o agrupamento de um número limitado de homens e destinos humanos – ainda que seu número seja grande em comparação com a economia do drama – só podem apresentar com clareza tais direções do desenvolvimento de acordo com, e em consequência de, uma elaboração ficcional bastante enérgica. É óbvio que essas direções do desenvolvimento estão dadas nos destinos dos homens efetivos, na vida "em si". Mas o conflito dramático também está presente nos conflitos da vida "em si". A elaboração ficcional da vida, a forma ficcional do espelhamento da realidade consiste na mesma medida, em ambos os casos, ainda que com meios diferentes, em fazer desse "em si" um "para nós". Isso está mais ou menos contido tanto no material do romance quanto no do drama. Também aqui as leis do aconteci-

---

*   3. ed., São Paulo, Expressão Popular, 2005. (N. E.)

mento sócio-histórico têm de aparecer de imediato nos homens que atuam diretamente como indivíduos singulares e nos destinos humanos. A unificação ficcional de aparência e essência, a manifestação completa de toda a essência na pura aparência exige, no mínimo, que se abdique da empiria crua e imediata, tanto se aparência e essência se apresentam muito próximas uma da outra no material dado quanto se estão visivelmente afastadas. As dificuldades que devem ser superadas pela arte no romance são diferentes daquelas do drama, mas não menores.

A variedade dos fatos da vida que esses dois gêneros espelham em suas formas aparece com muita nitidez na variedade da composição da ação. Goethe examinou essa questão fundamentalmente em seu tratado sobre épica e dramática, já citado por nós. Ao analisar os diferentes motivos que movem a ação, encontra, entre eles, motivos que são, por um lado, comuns à épica e à dramática e, por outro, tanto uma característica particular quanto um desses gêneros propriamente dito. Tais motivos são, segundo Goethe: "1. *Progressivos*, que incentivam a ação e servem principalmente ao drama. 2. *Regressivos*, que afastam a ação de seu escopo e servem, quase com exclusividade, à poesia épica".

Para compreender essa última afirmação de Goethe, temos de ressaltar em particular que ele diferencia de modo muito preciso os motivos *regressivos* dos *retardativos*. Segundo Goethe, retardativos são momentos "que detêm o curso ou prolongam o caminho; os dois gêneros se servem deles, com grande vantagem". Poderíamos dizer que, entre os motivos retardativos e os regressivos, existe apenas uma diferença quantitativa; quando o motivo retardativo se torna dominante na condução da ação, ele é *eo ipso* um motivo *regressivo*. Tal objeção não é de todo errada, porém não leva em conta o elemento qualitativamente novo nessa ascensão aparentemente apenas quantitativa do motivo retardativo a motivo dominante do conjunto da ação. Essa questão pode ser encontrada no drama de modo relativamente simples e esclarecedor: o herói avança na direção de seu propósito e combate com grande violência todos os obstáculos que se erguem diante dele; a ação é um choque constante de motivos progressivos e retardativos. Na grande épica, no entanto, o esquema da ação é o oposto: os motivos que afastam o herói de seu escopo são justamente os que triunfam, e não apenas nas circunstâncias externas, pois se tornam uma força motora no próprio herói. Basta pensarmos nas grandes epopeias homéricas. Quais motivos movem a ação na *Ilíada*? Em primeiro lugar, a ira de Aquiles e os acontecimentos que se seguem, portanto motivos que, sem exceção, afastam cada vez mais o objetivo que constitui o tema da *Ilíada*: a tomada de Troia. O que move a ação na *Odisseia*? A ira de Poseidon, que tenta impedir a realização do fim épico do poema: o retorno de Odisseu.

É óbvio que essa ação regressiva não se dá sem luta. Não apenas o próprio herói como também um grupo de personagens coadjuvantes esforçam-se para atingir o fim épico e lutam sem cessar contra esse movimento que afasta a ação de seu objetivo final. Se não houvesse luta, a épica inteira naufragaria em uma descrição do estado de coisas. Mas o predomínio desse tipo de condução da ação conjuga-se do modo mais íntimo com o escopo ficcional da grande épica, com o modo particular daqueles fatos da vida cuja expressão poética são essas formas.

É imediatamente esclarecedor, sobretudo, que a figuração dramática da "totalidade dos objetos" só possa se desdobrar no âmbito dessa trama. A ação dramática progride rapidamente e suas pausas, provocadas pela luta contra os motivos retardativos, são apenas pontos nodais específicos e marcantes do movimento rumo à agudização extrema, ao conflito. Só a ação construída sobre o motivo progressivo possibilita uma figuração mais móvel do ambiente da ação, tanto da natureza quanto da sociedade, como etapas desse caminho, como eventos e acontecimentos importantes. Não é por acaso que, já na *Odisseia*, surge como trama um motivo tão importante para a épica posterior como a viagem ou a migração e seus obstáculos. É claro, porém, que uma simples descrição de uma viagem jamais poderia conduzir a um poema épico, mas sim a um mero retrato do estado de coisas. É somente porque a "viagem" de Odisseu é uma luta incessante contra uma potência superior que cada passo desse caminho alcança um significado cativante: nenhum estado de coisas retratado é um mero estado de coisas, mas sim um verdadeiro acontecimento, o resultado de uma ação, a causa motriz de um choque ulterior das forças em luta.

Daí surge uma forma de ação que é a única apropriada para solucionar o problema estilístico da épica, isto é, a única capaz de converter em ação humana aquela grande série de condições naturais, instituições humanas, costumes, usos, convenções etc. que, juntos, formam a "totalidade dos objetos". A ação dramática irrompe por entre essas "circunstâncias"; elas são apenas motivos para a revelação das forças sociais e morais que movem o homem. No caso do drama, não há aqui nenhuma dificuldade específica de figuração. Mas como a grande épica é grande justamente porque expõe esse mundo das "coisas", dos "estados de coisas" em sua mais ampla plenitude e deve convertê-las, sempre e por toda parte, em ações de homens, ela precisa de uma trama que, no curso de sua luta constante, conduza suas personagens na travessia desse mundo. É somente porque surgem batalhas ininterruptas, ocasiões para a luta, prêmios pela luta etc. que o caráter mecânico circunstancial das "coisas" é superado artisticamente; o mundo difuso e extenso do homem manifesta-se em um movimento ininterrupto e vivo. Na referência ao Odisseu, ressaltamos a superioridade de seu oponente. Esse momento é decisivo para o modo de figuração da grande épica. Para fornecer um retrato fiel da vida humana, tanto o drama quanto a grande épica têm de espelhar corretamente a dialética da liberdade e da necessidade. Portanto, ambos devem representar o homem e suas ações vinculados pelas circunstâncias de seu agir, unidos pelo fundamento sócio-histórico de seus atos. Ao mesmo tempo, no entanto, ambos têm de figurar, no curso dos acontecimentos sociais, o papel da iniciativa humana, da ação humana individual.

A iniciativa individual encontra-se no primeiro plano da colisão dramática. As circunstâncias que, com complexa necessidade, despertam essa iniciativa são aludidas apenas em seus traços gerais. É somente no conflito, no irromper do conflito que se expressam a estreiteza e a limitação, a determinatividade da ação humana. Na grande épica, ao contrário, o momento da necessidade está sempre presente e é sempre predominante. O motivo regressivo da ação é apenas uma expressão daquelas forças objetivas universais que são sempre mais poderosas do que podem ser a vontade e a determinação do indivíduo. Assim, enquanto o drama concentra a dialética da liberdade e da necessidade em uma catástrofe heroica, a grande épica dá apenas uma imagem largamente estendida e intricada das lutas multifacetadas dos indivíduos, que podem ser grandes ou pequenas e resultar em vitória ou em derrota, lutas em cuja totalidade se expressa a necessidade do desenvolvimento social. As duas grandes formas espelham, portanto, a mesma dialética da vida, mas enfatizam aspectos diferentes do mesmo contexto. Essa diferença é somente uma expressão dos diferentes fatos da vida que ambas as formas expressam e sobre os quais já falamos em detalhes.

A partir desses contextos, é compreensível que a iniciativa pessoal dos homens ativos seja muito mais importante no drama que na épica. Também é assim no drama antigo, em que predomina uma necessidade mais estrita que no drama moderno. Tomemos *Édipo rei*, de Sófocles, uma peça que por muito tempo serviu como modelo de "drama de destino" fatalista. Como ela é construída? É óbvio que, no fim da tragédia, Édipo tem de "acertar as contas" com sua vida pregressa; é óbvio que o conteúdo principal da ação é a revelação dos fatos passados. Mas o caminho que conduz a esse ponto é determinado pela iniciativa enérgica e incansável do próprio Édipo. Sem dúvida, ele é pressionado por seu passado, porém seus próprios esforços movem a pedra que o esmaga. A "romancização" de muitos dramas modernos mostra-se da forma mais cabal na comparação com esse modelo antigo. Isso pode ser visto em especial nos dramas do período weimariano de Schiller. Sua *Maria Stuart*, por exemplo, é quase exclusivamente um objeto de luta entre forças históricas opostas que são encarnadas por figuras coadjuvantes. Seu lugar na peça já mostra fortes tendências épicas.

Vimos que, já na epopeia antiga, a força motriz da ação não é o herói épico, mas as forças da necessidade encarnadas nos deuses. A grandeza dos heróis épicos expressava-se apenas em sua resistência heroica, tenaz e inteligente contra essas forças. Essa personagem da grande épica é mais marcada no romance. Com isso, o predomínio do motivo regressivo ganha um significado ainda maior, pois o objeto da epopeia é uma luta de caráter nacional que, por isso, tem um objetivo final claro e definido. O motivo regressivo domina a condução da trama na forma de uma cadeia contínua de obstáculos que estorvam a realização desse objetivo.

A nova relação entre indivíduo e sociedade, entre indivíduo e classe cria uma nova situação para o romance moderno. O agir individual tem uma finalidade imediata e social muito condicionada que se dá apenas em casos especiais. É verdade que, ao longo do desenvolvimento, surgiram romances cada vez mais importantes cujo enredo não tem nenhuma finalidade concreta nem pode ter. Dom Quixote queria apenas renovar a cavalaria e sair à procura de aventuras. Não podemos chamar essa intenção de finalidade no mesmo sentido da finalidade de Odisseu de retornar à pátria. O mesmo vale para romances significativos como *Tom Jones*, *Wilhelm Meister* etc. Neste último, a peculiaridade do novo romance é expressa de maneira clara na conclusão: o herói reconhece que alcançou algo muito diferente e muito além daquilo que ansiava alcançar em sua peregrinação. Ele expressa claramente, em termos de conteúdo social, a elevada função do motivo regressivo. Na medida em que a potência das relações sociais se mostra mais forte que a intenção do herói, e sai vitoriosa dessa luta, surge algo socialmente necessário: os homens agem segundo suas inclinações e paixões individuais, porém o resultado de suas ações é bem diferente daquele que pretendiam.

É óbvio que não há nenhuma muralha da China entre a epopeia e o romance. Por um lado, há romances modernos importantes que possuem uma finalidade muito clara. Contudo, quando essa finalidade é atingida, a necessidade social sempre triunfa. Mais uma vez, manifesta-se aqui a sabedoria das palavras finais de *Wilhelm Meister*, enquanto a finalidade nacional da antiga epopeia podia ser adequadamente realizada, ainda que fosse preciso superar grandes obstáculos. Pensemos, por exemplo, em *Ressurreição**, de Tolstói, em que Nechlyudow quer libertar Maslova; ele consegue, mas o objetivo atingido parece, tanto interna quanto externamente, muito diferente daquilo que se imaginava.

Essas transições são mais importantes justamente em relação ao romance histórico. Como a realidade social que ele retrata é mais próxima do mundo da epopeia que do mundo do romance moderno, é evidente que podem surgir motivos que têm estreito parentesco com a antiga epopeia. Já nos referimos, nesse sentido, ao caráter épico da arte em Walter Scott, Cooper ou Gógol. Mas também aqui há uma diferença importante. A antiga epopeia representava essa fase histórica da humanidade em seu desabrochar virginal. O romance histórico moderno contempla esse período em um passado longínquo, considera-o uma condição superada da humanidade, vincula-o à necessidade trágica de sua derrocada. Assim, a figuração da necessidade na narrativa é muito mais complexa e menos linear que na antiga epopeia porque a interação com formações mais desenvolvidas é incorporada ao enredo. É possível que ainda existam finalidades épicas universais, porém elas já têm um caráter particular no interior da figura geral da sociedade, portanto perderam suas características épicas puras.

O segundo caso importante, a existência de transições entre a epopeia e o romance, diz respeito à arte do socialismo. Já na luta de classes do proletariado no interior da sociedade capitalista é possível a posição de fins que contenham uma imediata unidade do individual e do social. Esse fim, é claro, jamais pode ser realizado de maneira adequada na sociedade capitalista, mas a ficção épica pode se mover unívoca e linearmente para a efetivação futura desses fins universais. Como a discussão dos problemas formais aqui implicados escapa dos limites deste trabalho, podemo-nos contentar com a referência ao drama *A mãe*, de Górki.

Nas duas grandes formas, portanto, a necessidade sócio-histórica deve triunfar sobre a vontade e as paixões dos indivíduos. Mas o modo da luta e o

---

*   São Paulo, Cosac Naif, 2010. (N. E.)

modo da vitória são muito distintos no drama e no romance. E, antes de mais nada, porque drama e romance espelham, cada um, determinado aspecto do processo vital. Como vimos, a necessidade é expressa no romance de modo extenso, intricado, definido pouco a pouco por uma série de contingências; no drama, a mesma necessidade é figurada na forma de saída inevitável de um grande conflito social. É por isso que, no drama, o herói conserva um objetivo final preciso, ou ao menos essa é a tendência. O herói trágico avança em direção a seu propósito com uma determinação fatal, e seu sucesso, seu fracasso, seu colapso etc. revelam o caráter necessário do conflito dramático.

Essa análise da diferença entre o romance e o drama nos leva de volta à constatação que fizemos anteriormente. Os heróis do drama são "indivíduos histórico-mundiais" (é claro que no sentido correto como Hebbel estende esse conceito ao drama). A personagem central do romance, ao contrário, coloca-se de modo igualmente necessário no nível dos "indivíduos conservadores". (Isso também no sentido amplo e dialético que indicamos anteriormente, já que a reprodução da sociedade, suas tendências graduais a um maior desenvolvimento ou ao colapso pertencem ao conceito da "conservação".) No intricado conjunto da totalidade do processo sócio-histórico – em que a vida é o verdadeiro herói e as forças motrizes historicamente universais formam o núcleo oculto dos motivos regressivos das tendências necessárias do desenvolvimento que nelas se expressam –, o "indivíduo histórico-mundial" só pode aparecer como personagem coadjuvante. Sua grandeza histórica se expressa precisamente na interação intricada, na variegada conexão com os múltiplos destinos da vida social, em cuja totalidade se mostram as tendências dos destinos do povo. Essas forças históricas são representadas na atuação [*Spiel*] e contra-atuação [*Gegenspiel*] do drama. Ora, como o herói do drama une em sua personalidade as determinações sociais e morais dessas forças que desencadeiam o conflito, ele é necessariamente um "indivíduo histórico-mundial" no sentido amplo indicado acima. O drama mostra as grandes explosões e erupções do curso histórico. O herói representa a culminância mais luminosa dessas grandes crises. O romance figura mais o antes que o depois das crises, em uma ampla interação entre base popular e cume visível.

Essa ênfase dada a momentos diferentes da vida social, porém igualmente reais, tem consequências profundas para a relação desses dois gêneros artísticos com a realidade histórica. O drama concentra a figuração das leis fundamentais do desenvolvimento no grande conflito histórico. Para o drama, o retrato do tempo, dos momentos históricos específicos é apenas um meio de dar ao conflito uma expressão clara e concreta. A historicidade do drama concentra-se, portanto, no caráter histórico do conflito em sua forma pura. Tudo o que não entra direta e completamente no conflito atrapalha ou até elimina o curso do drama.

Isso não significa, é óbvio, que o conflito tem um caráter "supra-histórico", "universalmente humano" e abstrato, como parte do Iluminismo o concebia e muitos reacionários teóricos modernos do drama o enunciavam. Hebbel viu claramente que a forma pura do conflito, se apreendida de maneira correta, já é histórica em sua essência mais profunda. Diz ele:

> Pergunta-se então: qual é a relação do drama com a história, e em que medida ele tem de ser histórico? Respondo: *na medida em que ele o é já em si* (*grifos meus, G. L.*) e na medida em que a arte pode ser considerada a mais alta forma da historiografia, uma arte que não consegue retratar os mais grandiosos e significativos processos vitais sem revelar ao mesmo tempo as crises históricas decisivas que eles desencadeiam e condicionam, o abrandamento ou o refortalecimento gradual das formas religiosas e políticas do mundo, como fio condutor e portador de toda cultura, em suma, sem evidenciar a atmosfera dos tempos.

Essas observações de Hebbel, embora ainda exagerem certas tendências idealistas de Hegel, caracterizam corretamente o núcleo do caráter histórico do drama. Hebbel também segue no bom caminho quando, nas explanações seguintes, elimina do terreno do drama a figuração dos chamados detalhes historicamente característicos de fatos históricos singulares etc. Para o drama, o que importa é a autenticidade histórica: a verdade histórica interna do conflito.

Para o romance, ao contrário, o conflito é apenas uma parte daquele conjunto cuja figuração constitui sua tarefa. Para o romance, a finalidade da figuração é a exposição de determinada realidade histórica em determinado tempo, com todo o colorido e toda a atmosfera desse tempo. Todo o resto, tanto os conflitos quanto os "indivíduos histórico-mundiais", são apenas meios para a realização dessa finalidade. Como o romance figura a "totalidade dos objetos", ele deve chegar aos mínimos detalhes da vida cotidiana no tempo concreto da ação e expor o que é específico desse tempo na complexa interação de todas essas singularidades. Portanto, o historicismo geral do conflito central, que constitui o caráter histórico do drama, não basta para o romance. Ele tem de ser historicamente autêntico de uma ponta a outra.

Segue-se daí que a possibilidade do "anacronismo necessário" é incomparavelmente maior no drama que no romance. Para expor os momentos mais essenciais de um conflito historicamente autêntico, pode ser suficiente apreender de um modo profundo e legitimamente histórico a essência histórica do próprio conflito. A expressão intelectualmente elevada que é necessária no drama pode ir muito além do horizonte da época e, no entanto, conservar a necessária fidelidade histórica – quando ela não fere a essência do conteúdo histórico do conflito, mas, ao contrário, intensifica-a.

No romance, pelo contrário, os limites do "anacronismo necessário" são muito mais estreitos. Já dissemos que o romance não pode subsistir sem esse anacronismo. Mas, uma vez que a necessidade histórica no romance não é simplesmente geral e quintessencial, mas um processo complexo e sutil, esse processo enquanto tal deve ocupar um lugar central na figuração do romance. Com isso, no entanto, o espaço do "anacronismo necessário" torna-se muito mais limitado que no drama. É evidente que a ampla figuração da vida do povo, em todas as suas manifestações, também tem aí um grande papel. Mas o desenvolvimento do romance moderno mostra quão pouco decisiva é a autenticidade dos detalhes. Estes podem ser retratados com a mais escrupulosa meticulosidade de antiquário, e, no entanto, o romance como um todo pode ser um anacronismo anistórico gritante. Isso não significa que a autenticidade dos detalhes não tenha nenhum papel. Ao contrário, ela é muito importante. Mas sua importância reside justamente no fato de que ela é uma mediação sensível da figuração dessa qualidade específica, dessa maneira peculiar como a necessidade histórica se afirma em determinada época, em determinado lugar, sob determinadas relações de classes etc.

Assim chegamos a um resultado aparentemente paradoxo. Dissemos que a possibilidade do "anacronismo necessário" é maior no drama e mostramos, ao mesmo tempo, que o drama trabalha com heróis historicamente autênticos, historicamente reconhecidos, com muito mais frequência que o romance. Nossas observações anteriores mostram de maneira bastante clara por que o romance deve ser fiel à história, apesar de seu herói livremente inventado e de sua ação imaginada.

A questão da fidelidade histórica do dramaturgo, de seu vínculo com o ser-precisamente-assim de seus heróis, dominou, ao contrário, toda a controvérsia teórica sobre a história como objeto da ficção. Como trataremos em detalhe dessa questão no próximo capítulo, não entraremos aqui na dialética do problema.

Aqui, cabe destacar apenas um momento essencial que serve para esclarecer o aspecto formal dessa questão. Mostramos, como principal diferença entre o drama e a grande épica, que o drama é por natureza algo presente, um acontecimento que se desenrola diante de nós, ao passo que a grande épica se apresenta, também por natureza, como algo já passado, um acontecimento que já se desenrolou plenamente.

Para a temática histórica, isso significa o seguinte: no romance, não há nenhuma necessidade de uma relação paradoxal entre o caráter histórico de um acontecimento e a maneira como ele é representado. Se, para obtermos uma impressão artística, temos de experimentar todos os conteúdos do romance histórico como nossa própria realidade, então experimentamos isso como *nossa pré-história*. No drama histórico, ao contrário, "nossa realidade" tem algo de paradoxal. Temos de experimentar esse acontecimento ocorrido há muito como algo presente e que nos projeta para o futuro. Se um simples interesse de antiquário, um sentimento de mera curiosidade elimina o efeito do romance histórico, a experiência da simples história pregressa não basta para que o drama cause uma impressão direta e cativante. Assim, sem prejudicar a autenticidade histórica da essência do conflito, o drama histórico deve expressar os traços dos homens e seus destinos de modo que eles também possam provocar compaixão em um espectador que está séculos distante desses acontecimentos. O *tua res agitur* (isso lhe diz respeito) do drama tem uma importância qualitativamente diferente da do romance. Segue-se daí que o drama explora em todos os homens aqueles traços que, no curso da história, foram relativamente mais duradouros, gerais e legítimos. Como disse certa vez Otto Ludwig, o drama tem um caráter essencialmente "antropológico".

V. Esboço da evolução do historicismo no drama e na dramaturgia

Somente agora podemos ver com clareza e responder à pergunta histórica que fizemos no começo deste capítulo: como é que grandes dramas históricos podem ter surgido em uma época de consciência histórica defeituosa ou totalmente inexistente, em uma época em que os romances históricos eram verdadeiras caricaturas, tanto do romance quanto da história? É óbvio que nos referimos sobretudo a Shakespeare e a alguns de seus contemporâneos. Mas não apenas a eles, pois não resta dúvida de que algumas das tragédias de Corneille ou Racine, de Calderón ou Lope de Vega são tragédias históricas de significado e efeito consideráveis. Hoje, é fato notório que essa onda da grande dramaturgia e, com ela, da dramaturgia *histórica* surgiu das crises e da ruína do sistema feudal. Também é fato notório – e imediatamente constatável por todo aquele que lê com atenção os "dramas dos reis" de Shakespeare – que os escritores mais significativos desse período lançaram um olhar profundo sobre os conflitos mais importantes dessa grande época de transição. Em Shakespeare em particular, aparece com muita clareza uma série de contradições internas do sistema feudal que levaram necessariamente à sua dissolução.

Mas o que interessava a esses poetas – e sobretudo a Shakespeare – era menos a causalidade histórica, real e complexa, que necessariamente trazia consigo o declínio do feudalismo e mais os conflitos humanos que surgiam necessária e tipicamente das contradições desse declínio, o tipo histórico, poderoso e interessante, do velho homem que decaía com o feudalismo e o tipo novo, ainda nascente, do nobre ou do governante humanista. O ciclo de dramas históricos de Shakespeare é cheio dessa espécie de conflito. Com clareza genial e muito discernimento, Shakespeare observa esse turbilhão de contradições que perpassou as crises mortais do feudalismo durante séculos. Ele jamais simplifica esse processo, reduzindo-o a uma oposição mecânica entre o "velho" e o "novo". Vê o traço humanista triunfante do novo mundo nascente, mas vê ao mesmo tempo que esse novo mundo implicou o desmoronamento de uma sociedade patriarcal que era humana e moralmente superior em muitos aspectos e intimamente ligada aos interesses do povo. Vê a vitória do humanismo, mas vê ao mesmo tempo que o novo mundo será o do domínio do dinheiro, da opressão e da exploração das massas, do egoísmo desenfreado, da ganância inescrupulosa etc. Os tipos que representam a decadência moral, social e humana do feudalismo são figurados em seus dramas históricos com uma força e uma veracidade incomparáveis e vivamente contrapostos aos tipos da antiga nobreza, internamente ainda não problemática nem corrompida. (Shakespeare tem uma viva simpatia pessoal por estes últimos, idealizando-os com frequência, mas, como grande poeta de visão que é, considera seu declínio inevitável.) Com essa visão lúcida sobre os traços morais da sociedade que se manifestam nessas crises históricas violentas, Shakespeare pôde criar dramas históricos de grande autenticidade e fidelidade histórica, embora ainda não tivesse vivenciado a história como tal, no sentido do século XIX, no sentido da concepção que analisamos em Walter Scott.

Naturalmente, não interessam aqui os inúmeros pequenos anacronismos de Shakespeare. A autenticidade histórica dos trajes, dos objetos etc. é tratada por Shakespeare com a liberdade soberana do grande dramaturgo que, por instinto, tem profunda convicção da indiferença dos pequenos detalhes, se comparados à correta figuração dos grandes conflitos. Por isso, mesmo quando trata da história inglesa (que conhecia tão bem), Shakespeare sempre eleva o conflito à altura das grandes oposições humanas. E estas só são históricas na medida em que Shakespeare, na figuração imediata do indivíduo, apreende de modo genial, em cada um dos tipos que se apresentam, os traços mais característicos e centrais das crises sociais e resolve-se plenamente nessa figuração. Figurações de personagens como as de Ricardo II ou Ricardo III, contrastes de personagens como as de Henrique IV* e Percy Hotspur repousam sempre sobre essa base sócio-histórica extraordinariamente bem observada. Contudo, seu efeito dramático decisivo é moral, social e humanamente, "antropológico": Shakespeare figura, em todos esses casos, os traços mais gerais e legítimos dos conflitos e das contradições históricas.

Com isso, Shakespeare concentra as relações humanas decisivas nesses conflitos históricos com um ímpeto inédito antes e depois dele. Com a negligência do grande trágico pela chamada verossimilhança [*Warscheinlichkeit*] (que Púchkin sempre combateu em seus escritos teóricos), Shakespeare deixa esse núcleo humano brotar das lutas históricas de seu tempo, porém confere a ele uma altura humana tão concentrada quanto generalizada e uma clareza e uma precisão de oposições por vezes totalmente antigas. O efeito é quase o de um coro antigo, quando Shakespeare reúne em um campo de batalha, na terceira parte de *Henrique VI*, um filho que matou seu pai e um pai que matou seu filho e faz com que um diga ao outro:

De Londres fui pressionado pelo rei,
E meu pai, vassalo do conde Warwick,
Foi para o lado de York, pressionado por seu senhor.
E eu, que fui dado à vida por suas mãos,

---

* William Shakespeare, *Henrique IV* (Rio de Janeiro, Lacerda, 2000, 2 v.). (N. E.)

Roubo agora a sua, com minhas mãos.

E mais adiante:

Filho (tendo ferido o pai):
Algum filho já lamentou tanto pelo pai?
Pai (tendo ferido o filho):
Algum pai já chorou tanto pelo filho?
Rei Henrique:
Algum rei já lamentou tanto por seu povo?
Vosso sofrer é grande, mas dez vezes maior é o meu.

Traços semelhantes podem ser encontrados em todos os grandes pontos culminantes desses dramas. A elaboração shakespeariana da história consiste invariavelmente em encontrar e figurar os confrontos humanos mais magníficos no solo real e histórico da Guerra das Duas Rosas. Sua fidelidade e sua autenticidade históricas residem no fato de que esses traços humanos trazem em si os momentos mais essenciais dessa grande crise histórica. Basta citar o exemplo do casamento de Ricardo III; à primeira vista, a cena revela apenas conteúdos humanos e morais, o confronto de duas vontades humanas, mas, precisamente por seu caráter, ela mostra com enorme evidência histórica a energia fabulosa e o cinismo completamente amoral da personagem mais importante desse período de dissolução, o último protagonista trágico da guerra civil da nobreza.

Não foi por acaso que, no auge de sua criação poética, Shakespeare tenha abandonado a temática histórica em sentido estrito. No entanto, permaneceu fiel à história tal como a viveu e até criou retratos dessa transição histórica mais brilhantes que na época de seus "dramas dos reis". Nas grandes tragédias da maturidade (*Hamlet*, *Macbeth*, *Lear* etc.), utilizou o material lendário e anedótico das antigas crônicas para concentrar certos problemas sociais e morais dessa crise de transição ainda mais fortemente do que era possível na época em que ele estava ligado aos acontecimentos da história inglesa. Essas grandes tragédias são animadas pelo mesmo espírito dos dramas históricos em sentido estrito, salvo que os acontecimentos externos, os altos e baixos fortuitos (do ponto de vista dramático) das lutas sociais na história real são mantidos apenas na medida em que se mostram incondicionalmente necessários para a elaboração do problema humano e moral central. As grandes personagens da maturidade de Shakespeare são, portanto, os tipos históricos mais poderosos dessa crise de transição. Justamente porque Shakespeare pôde proceder aqui de modo mais adequado do ponto de vista cênico – mais concentrado dramaticamente e com caracterizações "mais antropológicas" que nos "dramas históricos" –, essas grandes tragédias são historicamente mais profundas e autênticas em sentido shakespeariano que aqueles.

Seria errado ver nessa elaboração de Shakespeare do material lendário uma "modernização" em sentido atual. Alguns críticos importantes veem nos dramas romanos, escritos na mesma época das grandes tragédias, acontecimentos ingleses protagonizados por personagens inglesas, para os quais o mundo antigo serviria apenas como roupagem. (Às vezes, encontramos tais afirmações até em Goethe.) Na apreciação desses dramas, o que importa é justamente o traço generalizador da caracterização shakespeariana, a extraordinária vastidão e profundidade de seu olhar na apreciação daquelas correntes cujo conjunto gera a crise de sua época. E a Antiguidade é uma força social e moral viva para esse período, à qual não é preciso recorrer como um passado distante. Por exemplo, quando Shakespeare compõe a personagem de Brutus, os traços estoicos do republicanismo aristocrático de seu tempo são muito visíveis. (Que se pense, por exemplo, em Étienne de la Boétie, amigo de juventude de Montaigne.) Como estava familiarizado com os traços sociais e humanos mais profundos desse tipo, Shakespeare pôde trabalhar, a partir da história de Plutarco, os traços que compunham as características históricas comuns, as propriedades "antropológicas" comuns aos dois períodos. Assim, ele não transpõe simplesmente para a Antiguidade o espírito de sua época, mas dá vida a esses trágicos acontecimentos da Antiguidade que se fundam em experiências intrinsecamente análogas àquelas de seu tempo, de modo que a forma generalizada do drama revela os traços que as duas épocas têm objetivamente em comum.

Por essa razão, os dramas ambientados na Roma antiga pertencem, quanto ao estilo, à série de grandes tragédias da maturidade de Shakespeare que citamos anteriormente. Aqui, ele concentra as tendências críticas [*Krisentendenzen*] mais gerais de sua época em um conflito significativo que apresenta uma universalidade e uma profundidade típicas. E aqui o primeiro drama realmente histórico alcança seu ponto culminante. O drama histórico que deve sua existência à primeira crise de transição da nova sociedade nascente.

A segunda onda do drama histórico tem início, como já mostramos, com o Iluminismo alemão. Naquela ocasião, apontamos as razões sócio-históricas que conduziram na Alemanha ao fortalecimento do sentimento histórico. Esse desenvolvimento começa com *Götz von Berlichingen*, de Goethe, que, à primeira vista, parece ser uma continuação dos "dramas históricos" de Shakespeare. Mas esse parentesco é apenas exterior. Não existe em Goethe o grande traço dramático dos "dramas históricos" de Shakespeare; ao contrário, há uma tendência à fidelidade e à autenticidade dos detalhes da vida que está muito longe de Shakespeare. Há aqui um forte elemento épico, uma introdução da "totalidade dos objetos" no drama. Mas a pobreza da temática histórica alemã, cuja causa é histórica, como o próprio Goethe reconhece mais tarde, torna impossível uma construção ulterior nesse sentido. A continuação imediata dessa forma de drama conduz à teatralidade vazia das peças de cavalaria. *Götz von Berlichingen* é antes, em amplo sentido histórico, um precursor dos romances de Walter Scott que um evento na evolução do drama histórico.

Contudo, no próprio Goethe e em particular em Schiller, ocorre um novo florescimento do drama histórico, baseado no grande período de crises que preparou a Revolução Francesa e na própria Revolução. Em virtude da dialética interna dessa crise, esse florescimento apresenta um historicismo mais forte e mais consciente que o de Shakespeare. Sua tarefa é encenar não apenas os momentos da realidade histórica de um período – inseparavelmente ligados aos traços humanos e morais das personagens e plenamente incorporados por elas –, mas também os traços muito concretos de determinada fase de desenvolvimento. A figuração das crises que precederam a Revolução Holandesa em *Egmont* e a Guerra dos Trinta Anos em *Wallenstein* apresenta características *históricas determinadas* em um grau muito mais elevado que os dramas históricos de Shakespeare. E não mais acumulando traços históricos interessantes de uma época, como ainda ocorre em *Götz von Berlichingen*, mas introduzindo tão profundamente quanto possível nas próprias personagens, no modo particular de atuação das personagens, nas reviravoltas particulares da ação, a peculiaridade especificamente histórica de determinada situação da história.

Em *Egmont*, essas características históricas são particularmente profundas e corretas. A diferença quanto à orientação épica de *Götz von Berlichingen* está ligada à tentativa de aproximar o novo drama histórico àquele tipo de drama que Shakespeare criou na maturidade. Goethe e Schiller aspiram à grandeza da universalização humana dos conflitos que Shakespeare atingiu em seus dramas, mas buscam figurar uma crise absolutamente concreta e historicamente real do desenvolvimento. Assim, o estilo de *Macbeth*, *Lear* etc.

deve tornar-se o estilo dominante do drama histórico. (Nesta curta sinopse, podemos desconsiderar certas experiências classicistas.)

Essas tendências, sem dúvida, intensificam o historicismo do drama, mas trata-se de um historicismo muito mais ambivalente e problemático que o de Shakespeare. Em Goethe e Schiller, havia tendências contraditórias em relação ao tratamento do material histórico, o que em especial em Schiller gerou profundas dissonâncias de estilo. Em primeiro lugar, ambos tinham a tendência, herdada do Iluminismo, de figurar o "universalmente humano" em suas obras. Muitos propósitos polêmicos e revolucionários do Iluminismo estão contidos nessa tendência; o "universalmente humano" é conscientemente utilizado contra as particularidades da sociedade estabelecida. E, apesar de todas as mudanças de concepção do mundo de Goethe e Schiller, essa tendência sempre esteve viva: eles jamais consideraram que o modo de manifestação sócio-histórico de um homem penetrasse e esgotasse sua essência de homem. Em segundo lugar, porém, e justamente em virtude da evolução da ideologia iluminista, os elementos do historicismo nesses dois autores foram extremamente fortalecidos no fim do século XVIII. Não precisamos mencionar os estudos históricos particulares de Schiller, pois essa tendência à historização concreta do material já se encontrava nele; em Goethe, ela corresponde a suas aspirações realistas gerais.

A tentativa de aplicar o estilo maduro de Shakespeare ao drama histórico assim concebido é essencialmente uma tentativa de encontrar um equilíbrio artístico para essas tendências contraditórias. Já indicamos, em outros contextos, que soluções Goethe encontrou para esse problema e que lugar elas ocupam na evolução geral. Schiller não consegue realizar um quadro homogêneo. Embora tenha estudado em detalhe o caráter histórico das épocas que retratou, e com frequência o tenha figurado em quadros cativantes e historicamente autênticos, em especial em seu período tardio, muitas de suas personagens perdem toda a realidade histórica quando se tornam "universalmente humanas", ou, como diz Marx, "megafones" do poeta*, emanações diretas de seu humanismo idealista.

O romance histórico de Walter Scott provocou uma nova elevação do grau de historicismo no drama. De início, no entanto, esse novo patamar se mostra

---

*   Carta de Marx a Lassalle, 19/4/1959. Ferdinand Lassalle, *Nachgelassene Briefe und Schriften*, cit., p. 174. (N. T.)

apenas em algumas obras isoladas, como os dramas de Manzoni e, sobretudo, em *Boris Godunov**, de Púchkin. Este, como vimos, reconhece de maneira muito clara que um novo período do drama histórico teve início com Walter Scott, mesmo em comparação com Goethe. E sente, com toda certeza, que esse novo período só pode se exteriorizar aproximando-se conscientemente de Shakespeare; e que o novo nesse processo consiste em completar a unidade das concreções históricas com sua universalização social e moral, com a intensa elaboração da necessidade histórica e da legitimidade "antropológica" em um espírito conscientemente histórico.

Assim, Púchkin afasta-se dos esforços estilísticos de Goethe e Schiller; seu modelo estilístico é, mais uma vez, os "dramas históricos" de Shakespeare; mas, em vez de tornar o acontecimento dramático mais épico, como faz o jovem Goethe, ele intensifica a concentração dramática interna. Faz isso, sobretudo, sublinhando fortemente a necessidade histórica universal, tal como ela se apresentava no próprio Shakespeare. Nisso, Púchkin certamente concorda com as aspirações de Goethe e Schiller em seu período weimariano. Mas ele supera a ambos, em particular Schiller, na medida em que evita qualquer abstração formalista na figuração da necessidade e deixa-a brotar organicamente da figuração da vida do povo. (Lembremos nossas considerações sobre o coro na tragédia.) Com isso, Púchkin cria um quadro tão estrito da necessidade do acontecimento histórico que pode figurar, sem fazê-lo implodir, cenas singulares, de um poder shakespeariano explosivo, na vida de uma grande personalidade histórica. Cenas como a confissão do falso Dimitri a Marina, em que há audácia, concreção, verdade da paixão, universalização dramática humana e uma súbita reviravolta, encontram-se apenas em Shakespeare.

O traço característico do novo patamar do historicismo mostra-se no fato de a concretização mais profunda do material histórico ter permitido que Púchkin (e também Manzoni) humanizasse profundamente a posição de seus heróis em relação aos problemas sociopolíticos, dando-lhe diretamente uma expressão moral e dramática. Em compensação, Goethe e sobretudo Schiller foram obrigados a inserir motivos de amor e amizade em seus dramas históricos para criar um espaço em que as verdadeiras paixões humanas pudessem se manifestar. (Basta pensar em Max Piccolomini, de *Wallenstein*.) O relativo recuo desses motivos em Púchkin, Manzoni e também no grande dramaturgo

---

* São Paulo, Globo, 2007. (N. E.)

alemão Georg Büchner é altamente característico dessa fase de desenvolvimento; não menos importante é o fato de que aqui se encontram elementos aos quais um novo desenvolvimento teria de se vincular.

Mas devemos destacar aqui dois momentos que acabaram obscurecidos na evolução posterior. Em primeiro lugar, o recuo dos motivos humanos "privados" não significa de modo algum que foram eliminados. Apenas foram reduzidos ao dramaticamente indispensável e apresentam-se, em uma forma muito concentrada, somente na medida em que são absolutamente necessários para a caracterização das grandes personalidades históricas em sua relação com os problemas da vida do povo. Assim, Dimitri, Boris Godunov, Carmagnola ou Danton são figurados como heróis históricos cuja vida pessoal ressalta e torna inteligíveis os traços pelos quais eles se tornaram precisamente esses "indivíduos histórico-mundiais" e os quais causam sua ascensão e queda trágica. Portanto, ao contrário da evolução posterior, esse modo de figuração jamais significa uma exposição nua, fetichizada, mistificada ou apenas propagandística da necessidade político-histórica. A grandeza dramática desse período, sobretudo a de Púchkin, consiste em ter sido possível transformar de fato as forças motrizes sócio-históricas em interação entre indivíduos concretos em luta.

Em segundo lugar, o modo de individualização em Púchkin e em seus contemporâneos realmente grandes não é jamais uma fixação do meramente individual, não tem jamais o caráter de um aprisionamento nos traços sócio--históricos. Os fragmentos do prefácio de Púchkin para seu drama mostram claramente quão consciente ele estava do problema da universalização humana de suas personagens históricas. Por exemplo, ele acentua em seu pretendente os traços aplicados a Henrique IV e faz considerações igualmente profundas sobre suas intenções em relação a Marina, Chuiski etc. E foi justamente essa universalização das personagens e de seu destino trágico que ele obteve de modo brilhante. É claro que o realismo muito mais tacanho do período seguinte a Púchkin não compreendeu mais essa tendência e, assim, seu grande feito permaneceu sem continuação.

A ambiciosa tentativa de Georg Büchner na Alemanha teve sorte semelhante. O período posterior a ele caiu, em parte, em um refinamento psicologista das paixões "privadas" dos heróis dramáticos e, em parte, em uma mistificação das necessidades históricas. Os dramaturgos históricos mais significativos, em especial na Alemanha, esforçaram-se para transpor adequadamente o espírito dos tempos no plano dramático; porém, apesar

de uma compreensão com frequência profunda desse problema, perderam-
-se muitas vezes em certa modernização. (Essa problemática se mostra de
modo mais nítido no importante teórico da tragédia e no talentoso trágico
Friedrich Hebbel.)

Vimos que a necessidade do drama histórico de fazer com que seus heróis
representem "indivíduos histórico-mundiais" trouxe necessariamente à tona,
desde muito cedo, o problema da fidelidade aos fatos históricos. Como da
essência da coisa segue-se que esses "indivíduos histórico-mundiais" devem ser,
em sua maioria, personagens conhecidas da história, e como a forma dramática
exige necessariamente profundas transformações no material histórico, era inevitável que surgisse na teoria do drama a questão de onde começa a liberdade
do dramaturgo em relação ao material histórico e até onde ele pode chegar, sem
suprimir completamente o caráter histórico da figuração.

A posição dos fundamentos teóricos da *tragédie classique* sobre essa questão é ainda bastante empirista e violenta o passado com ingênua autonomia.
Corneille defende o ponto de vista de que os traços fundamentais dos acontecimentos dados pela história ou pelas lendas são coercivos para o poeta,
de modo que ele pode inventar, com total liberdade, o caminho que liga esses acontecimentos uns aos outros. No tratamento concreto dessas questões
mostra-se com grande nitidez quão ínfimo era o entendimento desses dramaturgos a respeito da temática antiga que preferiam. Enquanto Shakespeare
lança mão apenas de materiais do passado que tenham um parentesco vivo
e histórico com as grandes crises históricas do presente, a temática da tragédia clássica às vezes se mostra, vista desse ângulo, como indiscriminada e
arbitrária. Ela quer figurar grandes exemplos da necessidade trágica e pensa
encontrá-los em histórias e lendas antigas. Mas, como faltam os pressupostos
para captar as bases reais dessas ações, ela tem de conferir às personagens
uma psicologia totalmente estranha à matéria original, e com isso a manutenção dos próprios fatos se torna mera formalidade.

Sobre isso, basta citar um exemplo característico. Corneille, em seus tratados teóricos acerca da tragédia, analisa o modo como a *Oréstia* poderia ser
trabalhada "de modo contemporâneo". E é interessante que faça objeção precisamente ao motivo decisivo do ponto de vista sócio-histórico, isto é, o fato
de Orestes matar sua mãe, justamente o motivo em que a luta entre os direitos matriarcal e patriarcal se expressa como crise histórico-mundial. Como
solução, Corneille propõe que Orestes tenha *de facto* de matar sua mãe, já que

é o que a antiga lenda diz, mas sua intenção deve ser somente matar Egisto, o corruptor de sua mãe, e a morte desta deve ser apenas consequência de um acaso infeliz da luta. Vemos aqui quão caricata pode se tornar a concepção da fidelidade ao material histórico. No entanto, não se trata de modo algum de uma concepção isolada de Corneille. Segundo Condorcet, Voltaire gaba--se de ter tornado, em sua adaptação desse ciclo temático, Clitemnestra mais "sensível" e Electra "menos bárbara" do que eram nos dramaturgos antigos.

Nessas observações, mostra-se de maneira muito aguda o espírito anistórico e até anti-histórico desse período. E temos a impressão de que um abismo intransponível separa esse anti-historicismo da grande concepção histórica presente na práxis dramática de Shakespeare. Há, é claro, uma oposição e esta se reflete também na figuração que a *tragédie classique* faz dos materiais menos estranhos do ponto de vista histórico. Mas a rudeza ingênua dessas formulações teóricas seria provavelmente menos conspícua se os dramaturgos elisabetanos tivessem se expressado de modo igualmente abstrato sobre sua relação com a história. A práxis dramática de Shakespeare está muito acima da compreensão teórica da história em sua época, mas essa superioridade tem suas raízes reais no profundo caráter popular da arte shakespeariana, pelo qual os grandes e vivos problemas gerais de seu tempo se lhe transmitiam e exigiam figuração. A *tragédie classique* era, ao contrário, uma arte palaciana e, como tal, muito mais fortemente influenciada por correntes teóricas que não compreendiam mais os grandes problemas da vida do povo e, portanto, os acontecimentos que os esclarecem. Em suas considerações sobre o drama, Púchkin aponta muito corretamente o fato de que o dramaturgo popular possui uma liberdade de movimento muito maior em relação a seu material e a seu público que o dramaturgo palaciano, que, na realidade ou em sua imaginação, escreve para um público social e culturalmente superior a ele.

Apesar dessa problemática na concepção da relação entre o drama e a história – que beira a caricatura –, não se pode omitir o fato de que esses poetas procuraram o que era realmente dramático, o contato imediato com seu tempo, o caráter diretamente público do drama. Portanto, em sua violenta modernização do material histórico, introduz-se também um elemento do drama real. Sem dúvida, com frequência de modo inverso e distorcido, em razão das bases socialmente problemáticas de todo esse drama. Entretanto, também não se deve conceber essa deformação anistórica como uniformemente contínua. Ela depende da relação interna entre a temática concreta particular e os problemas candentes do presente. Nesse sentido, os antigos mitos são decerto um caso extremo de incompreensão. Mas quando o caráter feudal do tema estabelece uma ponte com o presente, como em *O Cid**, ou quando a história antiga impõe problemas que, como nos dramas antigos de Shakespeare, mostram certo parentesco com os problemas contemporâneos (basta pensar em *Cinna*, de Corneille, e, mais ainda, na figuração que Racine faz de Nero), nesses casos pode-se atingir um grau de historicismo dramático bastante alto. A investigação dessas gradações e suas causas ultrapassaria, no entanto, os limites deste trabalho.

Apesar de todas essas contratendências, a linha principal de tais obras ainda é anistórica, supra-histórica. Essa é a razão por que o advento do sentimento histórico no século XVIII tinha de acentuar essa problemática nos dramaturgos franceses. O problema da autenticidade e da fidelidade históricas coloca-se, em Voltaire, apenas como fidelidade aos fatos históricos. E visto que, no essencial, ele recebe os fundamentos do drama de seus predecessores, sem modificá-los, as contradições emergem nele de maneira ainda mais decisiva que em Corneille ou Racine.

As obras de Hénault talvez apresentem do modo mais claro quão aguda era a oposição entre as exigências do drama e as da autenticidade histórica aos olhos dos iluministas. Hénault é um dos poucos franceses de seu tempo que sofreram uma influência positiva e importante da obra de Shakespeare. *Henrique VI*, em particular, provocou entusiasmo em Hénault; em uma série de cenas em prosa sobre o reinado e o destino de Francisco II, ele procurou imitar a amplidão e a riqueza do retrato shakespeariano da época. No entanto, coloca a questão a partir do problema da representação da história. Depois de descrever a impressão que o drama shakespeariano lhe causou, pergunta: "Por que nossa história não é escrita desse modo? E como é que ninguém jamais teve essa ideia?". E, desse ponto de vista, critica a forma de exposição fugidia, carente de plasticidade e de vida, dos historiadores de então.

> A tragédia tem um defeito contrário, um defeito que é igualmente grande para quem se pretende instruído, mas se converte, com razão, em lei: expor apenas uma ação importante e, como na pintura, limitar-se a um único momento: pois nosso interesse esfria quando a imaginação se enreda em diferentes momentos. Assim, a história, em comparação com a tragédia, apresenta friamente uma longa e exata série de eventos; a tragédia, ao contrário, fornece de modo poderoso, porém vazio

---

* Em *O Cid*, *Horácio*, *Polieucto* (São Paulo, Martins Fontes, 2005). (N. E.)

de fatos em comparação com a história, o único acontecimento que se propõe a nos apresentar. Não poderia surgir algo útil e agradável da união de ambas?

Vemos que, nessa teoria, historicismo e dramaturgia ainda ocupam posições antinômicas, em oposição frontal uma a outra. Apesar de seu entusiasmo por Shakespeare, Hénault permanece bastante cego ao *historicismo dramático* desse autor. No entanto, mesmo com toda essa rigidez imediata e não dialética das oposições, é inegável o extraordinário passo adiante que se deu no sentido de esclarecer o problema.

O grande mérito de Lessing, sua posição particular na história da estética do Iluminismo reside no fato de que, em seus escritos, o nexo dialético entre história e tragédia é tomado pela primeira vez como um problema, ainda que apenas de modo aproximado. A nova concepção do Iluminismo sobre a relação entre drama e história alcança sua mais alta formulação nos escritos de Lessing. Vimos que, a princípio, este defende uma concepção totalmente anti-histórica, na medida em que vê na história apenas um "repertório de nomes". Todavia, uma análise mais atenta mostra que a questão não é tão simples. Podemos resumir o cerne da concepção de Lessing dizendo que, "para o ficcionista, as personagens devem ser mais sagradas que os fatos". Por isso, ele formula a questão da seguinte forma:

Até que ponto o ficcionista pode distanciar-se da verdade histórica? Em tudo o que não diz respeito à personagem, tanto quanto ele quiser. *Somente as personagens são sagradas para ele*; fortalecê-las, mostrá-las em seu melhor ângulo é tudo o que ele pode fazer com elas; a mais ínfima alteração essencial suprimiria a causa por que têm esses nomes, e não outros. E nada é mais arrebatador que aquilo para que não podemos encontrar nenhuma causa.

Com isso, Lessing coloca a questão de maneira muito mais decisiva, aberta e honesta que os teóricos do classicismo francês. Como grande teórico do teatro, ele entende que o homem se encontra necessariamente no centro do drama, que apenas um homem capaz de provocar nossa simpatia imediata e arrebatada, em toda a extensão de seu destino e em toda a peculiaridade de sua psicologia, pode se tornar herói de um drama. Assim, apesar da formulação aparentemente anti-histórica de sua pergunta, apesar de muitas tendências anti-históricas presentes em sua visão de mundo, Lessing coloca a questão de modo muito mais histórico. Não admite mais que os dramaturgos encontrem um "caminho" que ligue fatos históricos isolados. Exige que se aproximem das figuras do passado como personagens que formam um todo indivisível, e, dentre elas, escolham como heróis apenas aquelas que podem se tornar compreensíveis no tempo presente e em toda a extensão de seu destino. Isso significa um grande progresso no esclarecimento teórico da questão. É claro que, também em Lessing, a temática histórica continua ocasional, pois a história não aparece ainda como um processo que impele ao presente e a adequabilidade das personagens históricas que Lessing exige ainda não depende tão necessariamente da compleição histórica interna da colisão das forças sociais que estão na raiz do conflito.

Todavia, não se pode negar que Lessing também mostra tendências à compreensão desse contexto. No entanto, elas nascem mais da compreensão profunda da peculiaridade da forma dramática que de um sentido histórico efetivo. Mas Lessing tem toda razão quando, para avaliar um drama histórico, rejeita energicamente qualquer recurso à autenticidade ou inautenticidade históricas. E faz isso precisamente em nome das necessidades da forma dramática.

> Isso realmente ocorreu? Se sim, então terá sua razão de ser no nexo eterno e infinito de todas as coisas. Nesse nexo, a sabedoria e a bondade aparecem, nos poucos elos destacados pelo poeta, como destino cego e atrocidade. A partir desses poucos elos, ele deve compor um todo que se completa plenamente, em que cada elemento esclarece plenamente o outro, em que todas as dificuldades são eliminadas, uma totalidade em que não surge nenhuma dificuldade que possa nos tornar insatisfeitos em um plano e nos obrigar a buscar satisfação fora dele, em um plano geral das coisas (...).

Assim, em nome da totalidade fechada do drama, Lessing defende a liberdade do poeta dramático em relação à simples exatidão dos fatos históricos e liga a isso a exigência de que essa totalidade seja um modelo adequado da lei essencial do curso da história. Reivindica, portanto, a liberdade de se desviar dos fatos singulares em nome de uma fidelidade mais profunda ao espírito do todo. Isso é, desde já, uma fundamentação profunda da relação do drama com a realidade.

Mas Lessing ainda vai além em suas análises concretas. Ele reconhece que há muitos casos em que a realidade histórica já apresenta em forma pura a tragédia que o dramaturgo procura. Nesses casos, ele exige do dramaturgo que se entregue à dialética interna desse material e apreenda as leis de seu movimento com a maior fidelidade possível. A crítica que faz ao Corneille maduro é que, por ele não ter condições de reconhecer o grande curso trágico da história real, desfigura e rebaixa com invenções mesquinhas essa grande linha de acontecimentos que se apresenta na realidade.

Com esse espírito, Lessing defende o material de *Rodogune*, de Corneille, contra o próprio Corneille.

> O que ainda falta a ela (...) em termos de material de tragédia? Para o gênio, não lhe falta nada; para o estúpido, falta-lhe tudo (...). O curso natural dos acontecimentos excita o gênio e apavora o estúpido. Ao gênio, só satisfazem acontecimentos que se fundam uns nos outros, apenas cadeias de causas e efeitos. Estes devem remontar àqueles, aqueles devem ser ponderados em relação a estes, excluindo-se totalmente o elemento aproximativo e fazendo com que todo evento ocorra de tal modo que não possa ocorrer de outro: para quem trabalha no campo da história, é assim que se transformam os tesouros inúteis da memória em alimento do espírito.

O caráter "espirituoso" dos clássicos franceses parte, ao contrário, de simples analogias, não liga acontecimentos correlacionados e, por isso, julga infrutíferos materiais históricos poderosos, que são então completados e "embelezados" por fúteis intrigas amorosas.

Neste ponto, já se exige uma relação extraordinariamente profunda do dramaturgo com o próprio processo da vida. O que ainda falta à teoria de Lessing é a compreensão de que esse processo da vida já é histórico em si e para si. Só no período clássico da poesia e da filosofia é que se chegou à compreensão teórica desse fato, ainda que suas formulações particulares tenham sofrido com o caráter deturpado do idealismo filosófico. A citação anterior de Hebbel mostra claramente o passo adiante que esse desenvolvimento representou.

Mas essa nova compreensão se impôs apenas muito paulatinamente, depois de duras lutas, e só atingiu uma verdadeira clareza sobre a questão do drama após o surgimento de Walter Scott. Vimos que, sob vários aspectos, as tendências anistóricas de Lessing mantiveram-se decisivas do ponto de vista teórico, mesmo em Goethe. As poucas referências à sua práxis literária esclarecem por que foi assim. Mas as tradições passadas eram ainda tão fortes nessa época que mesmo um adversário tão acerbo do drama classicista quanto Manzoni, que lhe opôs com grande convicção e originalidade o drama histórico, ainda separava as personagens de seus dramas históricos em "históricas" e "ideais", isto é, inventadas. Goethe tinha toda razão quando combateu essa concepção com argumentos tirados da *Hamburgische Dramaturgie* [Dramaturgia hamburguesa] e, com isso, acabou por convencer o próprio Manzoni do equívoco de seu ponto de vista.

A reviravolta decisiva nessa questão ocorreu com a teoria do "anacronismo necessário", defendida por Goethe e Hegel e já mencionada aqui. Belinski tirou todas as consequências dessa teoria para o drama histórico com um radicalismo extraordinário. "A divisão da tragédia em histórica e não histórica não possui nenhum significado essencial: o herói tanto de uma quanto de outra representa igualmente a efetivação das eternas forças substanciais da alma humana." Não se deve superestimar o significado da formulação hegeliana de Belinski. O espírito geral de seus tratados mostra uma compreensão profunda dos problemas concretos do processo histórico. Portanto, se nos comentários que acompanham essas teses gerais Belinski aborda problemas singulares do drama histórico por meio de exemplos clássicos, é puramente dentro do espírito do novo e grande historicismo desse período. Ele defende a caracterização do rei Filipe em *Don Karlos*, de Schiller – que, segundo Belinski, difere do caráter histórico desse rei –, e ataca o Filipe II de Alfieri, que é mais fiel ao modelo histórico. Do mesmo modo, defende a caracterização que Goethe faz de Egmont contra as acusações – sobretudo de Schiller – de ter transformado Egmont, um homem casado e chefe de uma família numerosa, em uma personagem jovem, solteira, radiante e cativante. E, para concluir sua explanação, recorre justamente aos argumentos de Goethe contra Manzoni.

Isso torna Belinski um defensor da arbitrariedade histórica no drama? Ou ele manifesta uma compreensão mais profunda, recém-adquirida, do tratamento dramático da história? Acreditamos que se trata deste último caso. Pois que modificações Goethe e Schiller introduziram no caráter de seus heróis? Tornaram-nos anistóricos? Eliminaram o caráter histórico específico do conflito trágico figurado por eles? Acreditamos que não. É verdade que Schiller fez isso em alguns momentos de sua obra, mas não no caso tratado por Belinski. Sua concepção do rei Filipe é a tragédia humana, o colapso interior do monarca absoluto, um colapso suscitado única e exclusivamente pela incidência necessária de qualificações sócio-históricas típicas do despotismo, e não por uma maldade inerente ao rei como pessoa. Essa colisão não é histórica? Ela é histórica no sentido mais profundo da palavra e continua sendo, mesmo que o rei Filipe ou outro monarca absoluto nunca tenha vivido tal tragédia na realidade. Pois a necessidade histórica e a possibilidade humana dessa tragédia foram produzidas pelo próprio desenvolvimento histórico. Se ninguém a viveu – o que não podemos saber ao certo –, é porque os homens que se encontravam em condições para tanto eram medíocres demais para suportar tal tragédia.

Não há dúvida de que, no caráter elevado e comovente da figuração desse conflito, oculta-se um "anacronismo necessário", uma clareza sobre a problemática interna da monarquia absoluta que só se tornou consciente na época do Iluminismo. Mas Schiller não percebeu isso. Por exemplo, quando se observa o príncipe de Lessing em *Emilia Galotti*, vê-se claramente que esse grande iluminista não queria combater a monarquia apenas externamente, mas queria mostrar também como esse sistema condenado pela história à morte e à destruição revolucionária conduz seus próprios representantes à ruína moral com uma necessidade histórica e social, deformando-os e degenerando-os nos pequenos casos e levando-os a conflitos trágicos e à destruição trágica de si mesmos nos grandes casos. Um caso monumental foi figurado por Schiller em seu *Don Karlos*. E Belinski estava certo quando defendeu a legitimidade histórica desse drama, que considerou mais profundamente trágico que a fidelidade histórica de Alfieri. *Mutatis mutandis*, a superioridade dos grandes iluministas alemães sobre seus predecessores é semelhante à superioridade da figuração de Maksim Górki das tragédias interiores dos grandes representantes da classe capitalista realizada sobre a pintura em preto e branco dos poetas da *agitka**. O Yegor Bulichov de Górki é, *mutatis mutandis*, uma analogia histórica da justificação, defendida por Belinski, da posição que o jovem Schiller tomou.

No caso de Goethe, Belinski tem ainda mais razão. A mudança das circunstâncias externas, das relações familiares etc. da personagem de Egmont não altera em nada o caráter histórico do conflito que Goethe retrata. Este figura o caráter particular de aristocratas que, como Egmont e Oranien, foram alçados pelas circunstâncias a líderes do movimento de libertação nacional, e faz isso com uma fidelidade histórica extraordinária, que chega a revelar de maneira genial o nexo entre o comportamento indeciso de Egmont e a base material de sua existência. E, mudando as circunstâncias da vida e da psicologia do herói principal, criando uma relação amorosa de Egmont com Klärchen, Goethe tem a chance de figurar de modo incomparavelmente mais dramático e plástico o caráter popular de sua personalidade, suas relações com o povo. Isso teria sido impossível sem essa relação amorosa. Um Egmont tal como Schiller desejava teria contato com a massa apenas em cenas estritamente populares, e o grande incremento do fim da

---

* *Agitka*: pequenas peças de agitação e propaganda revolucionária na Rússia dos anos 1920. (N. T.)

tragédia, a consagração de Klärchen como heroína popular, como expressão da sublevação eminente e vitoriosa do povo, teria de ser eliminado.

Resumindo: o ponto de vista do historicismo, representado por Goethe e Hegel, Púchkin e Belinski, concentra-se na ideia de que a fidelidade histórica do escritor consiste na reprodução ficcional verídica dos grandes conflitos, das grandes crises e reviravoltas da história. Para expressar adequadamente essa concepção *histórica* do ponto de vista artístico, o escritor pode proceder com toda liberdade em relação aos fatos singulares, ao passo que a mera fidelidade aos fatos singulares da história é totalmente inútil sem essa conexão. "A verdade das paixões, a verossimilhança dos sentimentos em circunstâncias inventadas: é isso que nosso espírito exige do dramaturgo", diz Púchkin.

É evidente que essa distinção entre a verdadeira fidelidade histórica ao todo e o pseudo-historicismo da mera autenticidade dos fatos singulares vale tanto para o romance quanto para o drama. A única diferença, como já explicamos em detalhe, é que o todo no romance é o espelhamento de fatos da vida distintos daqueles do drama. No romance, trata-se da fidelidade na reprodução das bases materiais da vida em determinado período, os costumes, sentimentos e pensamentos que brotam deles. Isso significa que o romance, como vimos também, possui um vínculo mais forte com os momentos singulares e especificamente históricos de um período que o drama. Mas isso não significa um atrelamento a quaisquer fatos fornecidos pela história. É preciso que o romancista tenha plena liberdade no manejo desses fatos para que possa reproduzir de modo historicamente fiel essa totalidade muito mais complicada e ramificada. Do ponto de vista do romance histórico, é sempre algo contingente se um fato histórico, uma personagem ou uma trama são apropriados ao desenvolvimento das linhas pelas quais a fidelidade histórica do grande romancista possa se expressar realmente.

Se observamos essas circunstâncias com cuidado, vemos que a relação do escritor com a realidade histórica – seja ele dramaturgo ou romancista – não pode ser diferente em princípio de sua relação com a realidade em geral. E, aqui, a práxis de todos os grandes escritores nos ensina que só o acaso determina se o material imediato que a vida lhes oferece é ou não adequado à expressão das leis da vida. Balzac conta, por exemplo, que o modelo para seu D'Esgrignons (*O gabinete das antiguidades**) foi condenado na vida real, ao contrário de seu he-

---

* *A comédia humana*, cit., v. 6. (N. E.)

rói, que foi salvo. Outro caso semelhante, que ele conhecia, teve um desenrolar menos dramático, mas serviu-lhe para caracterizar os costumes da província. "Assim, do começo de um fato e do fim de outro surgiu o todo. Esse modo de proceder é necessário para o historiador dos costumes: sua tarefa consiste em reunir fatos análogos em um único retrato; para tanto, ele não é forçado a ater--se mais ao espírito que à letra dos acontecimentos?"

Mesmo que Balzac não tivesse chamado a si mesmo de historiador dos costumes – e ele faz isso não em sentido figurado, mas em sentido profundamente justificado –, não seria menos evidente que todas as suas considerações sobre o romance com temas atuais valem também para o romance histórico. Não há nenhuma razão para supor que, porque os acontecimentos são passados, sua estrutura interna e o caráter necessariamente acidental dos fenômenos individuais sejam anulados por causa disso. E o fato de serem transmitidos em memórias, crônicas, cartas etc. não oferece nenhuma garantia de que essa seleção conserve necessariamente o essencial, no que se refere a esses fatos fortuitos que são absolutamente exigidos para dar vida artística à realidade.

Quanto mais profundo e historicamente autêntico for o conhecimento de um escritor sobre uma época, mais ele terá liberdade de movimento no conteúdo e menos se sentirá amarrado aos fatos históricos singulares. A genialidade extraordinária de Walter Scott consiste no fato de ele ter encontrado para o romance histórico uma temática que se impôs precisamente por meio dessa "liberdade de movimento no conteúdo", ao passo que as tradições anteriores vedaram aos seus predecessores – mesmo aos que tinham um talento poético real – qualquer liberdade de movimento. Obviamente, existe aqui uma dificuldade particular no tratamento do material histórico. Todo escritor realmente original, que figura uma nova concepção sobre determinado material, tem de lutar com os preconceitos de seus leitores. Mas a imagem histórica que o público guarda de uma personagem da história não precisa necessariamente ser falsa. É verdade que essa imagem se torna cada vez mais verdadeira à medida que crescem o sentido realmente histórico, os conhecimentos históricos. Mas, em certas circunstâncias, essa imagem correta pode ser desfavorável à finalidade do escritor que reproduz de maneira fiel e autêntica o espírito dos tempos. Seria preciso um acaso absolutamente extraordinário para que todas as manifestações conhecidas e testemunhadas da vida de uma personagem histórica correspondessem aos fins da literatura. (Para simplificar, pressupomos que a imagem histórica é correta, assim como a tendência do dramaturgo ou do romancista que trabalha a história está direcionada no sentido da verdade histórica.) Em muitos casos, surgem problemas absolutamente insolúveis. Vimos a liberdade com que grandes dramaturgos da época clássica trabalharam personagens históricas conhecidas e, ainda assim, preservaram a fidelidade histórica em seu sentido próprio. Balzac demonstrou várias vezes sua admiração pela sabedoria com que Walter Scott evita esses perigos, não só transformando os protagonistas da história em personagens coadjuvantes da trama (de acordo com as leis internas do romance histórico), como também selecionando de preferência episódios desconhecidos da vida dessas personagens, em alguns casos sem nenhuma garantia histórica. O fato de evitá-los não é um compromisso; pois, por razões que já expusemos, a possibilidade de transformar radicalmente uma figura histórica conhecida é mais difícil no romance que no drama. A maior proximidade do romance com a vida, a quantidade necessariamente maior de detalhes reduz muito a possibilidade de elevar uma personagem ao típico de forma tão generalizada, como observamos e seguimos no drama.

Repetimos: a relação do escritor com a história não tem nada de especial ou isolado; trata-se de um componente importante da relação com o conjunto da realidade e, em particular, da sociedade. Se analisarmos todos os problemas que, no romance e no drama, resultam da relação do escritor com a realidade histórica, não encontraremos um único problema que seja próprio apenas da história. Isso não significa, é claro, que a relação com a história possa ser equiparada simples e mecanicamente à relação com a sociedade contemporânea. Ao contrário, há uma interação muito complicada entre a relação do escritor com o presente e sua relação com a história. Mas uma investigação teórica e histórica mais detalhada desse contexto mostra que, nessa interação, a relação do escritor com os problemas da sociedade de seu tempo é decisiva. Pudemos observar esse fato tanto no surgimento do romance histórico quanto no desenvolvimento peculiar e desigual do drama histórico e de sua teoria.

Essas observações têm, no entanto, um fundamento teórico muito mais amplo, em que se coloca toda a questão da possibilidade ou não de conhecer o passado. O conhecimento do passado depende sempre do conhecimento do presente, da identificação das tendências evolutivas que se revelam com clareza na situação do presente e conduziram objetivamente a este e, subjetivamente, de como e em que grau a estrutura social do presente, seu estágio evolutivo, suas lutas de classes etc. incentivam, inibem ou impedem um conhecimento adequado do desenvolvimento passado. Marx exprime esse contexto objetivo de modo muito claro:

> A anatomia do ser humano é uma chave para a anatomia do macaco. Por outro lado, os indícios de formas superiores nas espécies animais inferiores só podem ser compreendidos quando a própria forma superior já é conhecida. Do mesmo modo, a economia burguesa fornece a chave da economia antiga etc. Mas de modo algum à moda dos economistas, que apagam todas as diferenças históricas e veem a sociedade burguesa em todas as formas de sociedade. Pode-se compreender o tributo, a dízima etc. quando se conhece a renda da terra. Porém, não se deve identificá-los.*

Nessas observações, Marx volta-se de maneira muito incisiva contra a modernização da história. Em outras passagens de sua obra, ele mostra como essas falsas noções sobre o passado surgiram com uma necessidade histórica dos problemas sociais do presente. Assim, contrapondo-se às falsas concepções sobre o passado, ele fornece ao mesmo tempo uma nova confirmação histórica de sua concepção, citada aqui, sobre o curso objetivo do conhecimento da história. Essas conexões são de extrema importância para nosso problema, pois vimos quão elevado deve ser o grau de elaboração épica dos problemas sociais e quão profunda deve ser a visão do escritor a respeito dos problemas do presente para que surja um verdadeiro romance histórico.

Quem observar a evolução do romance histórico sem a mesquinhez filológica e sem o automatismo sociológico verá que sua forma clássica nasce do grande romance social e, enriquecido por uma observação histórica consciente, retorna ao grande romance social. Por um lado, o desenvolvimento do romance social torna possível o romance histórico em geral; por outro, o romance histórico eleva o romance social ao patamar de uma verdadeira história do presente, uma autêntica história dos costumes, o que o romance do século XVIII já pretendia ser na obra de seus grandes representantes. Nem os mais profundos problemas de figuração da realidade nem as leis históricas do desenvolvimento do gênero permitem, aqui, uma separação entre este em sentido estrito e os destinos do romance em geral. (Por razões já mostradas, o curso do desenvolvimento do drama histórico é diferente, mas também está ligado a essas questões fundamentais.) No romance histórico, a questão propriamente dita do gênero independente só se coloca quando, por

---

* Karl Marx, *Grundrisse* (São Paulo, Boitempo, 2011), p. 58. (N. T.)

alguma razão, não existe um nexo correto e adequado com o conhecimento do presente, quando ele *ainda não* existe ou *não mais* existe. Portanto, ao contrário do que imaginam muitos modernos, o romance histórico torna-se um gênero independente não por sua fidelidade especial ao passado, mas quando as condições objetivas e subjetivas de uma fidelidade histórica em sentido próprio ainda não existem ou não existem mais. Então, criam-se "critérios" muito complexos e metafísicos para fundamentar teoricamente essa separação. (Naturalmente, o significado teórico e prático dessa questão só pode ser plenamente esclarecido no tratamento dos romances escritos após 1848. Uma análise detalhada desses problemas só poderá ser dada, portanto, nos próximos capítulos.)

Quando tratamos seriamente o problema marxista do gênero, reconhecendo um gênero apenas onde vemos um reflexo artístico da vida, não há um único problema que possamos alegar para justificar a criação de um gênero específico dos temas históricos no romance ou no drama. Obviamente, há sempre tarefas específicas que resultam do trato com a história. Mas nenhuma dessas especificidades tem ou pode ter peso suficiente para justificar um gênero verdadeiramente independente da poética histórica.

3. O romance histórico e a crise do realismo burguês

A Revolução de 1848 teve, para os países da Europa ocidental e central, o significado de uma mudança decisiva no agrupamento das classes e na relação destas com todas as questões importantes da vida social e da perspectiva da evolução da sociedade. A batalha do proletariado parisiense em junho de 1848 foi uma reviravolta na história em escala internacional. Apesar do cartismo, apesar de revoltas francesas isoladas na época do "reinado burguês", apesar da revolta dos tecelões alemães em 1844, é apenas aí que se deflagra pela primeira vez uma batalha decisiva entre proletariado e burguesia com a violência das armas; o proletariado pisa pela primeira vez no palco histórico-mundial como uma massa armada, decidida a travar a luta decisiva; nesse momento, a burguesia luta pela primeira vez pela continuação de seu domínio econômico e político. Basta seguir de perto a história dos acontecimentos na Alemanha em 1848 para ver a mudança que a revolta proletária em Paris e sua derrota provocaram no desenvolvimento da revolução burguesa alemã. É evidente que nos círculos da classe burguesa alemã já existiam tendências antidemocráticas, assim como uma atmosfera propícia à transformação das tendências revolucionárias democrático-burguesas num vago liberalismo de compromisso com o regime feudal-absolutista. Tais tendências apareceram com mais vigor após as jornadas de março. Mas foi com a batalha de junho do proletariado parisiense que ocorreu a virada decisiva no terreno da burguesia, uma aceleração extraordinária do processo interno de diferenciação rumo à transformação da democracia revolucionária em um liberalismo de compromisso.

212 | György Lukács

Essa reviravolta se mostra em todas as áreas da ideologia burguesa. Seria totalmente superficial e falso supor que uma renúncia tão profunda de uma classe a seus antigos ideais e objetivos políticos pudesse deixar intocados o plano ideológico, o destino da ciência e da arte. Marx mostrou em detalhes, repetidas vezes, o significado que as lutas de classes entre burguesia e proletariado tiveram para a ciência social clássica do desenvolvimento burguês: a economia política. E hoje, sobretudo à luz das obras recém-publicadas de Marx e Engels, escritas no período anterior a 1848, se acompanharmos com atenção o processo de dissolução da filosofia hegeliana, veremos que as lutas filosóficas entre as diferentes orientações e nuances no interior do hegelianismo não eram, em essência, mais do que lutas entre facções da época em que se preparava a iminente revolução democrático-burguesa de 1848. Somente à luz desse contexto torna-se claro por que a filosofia hegeliana – que dominou a vida intelectual na Alemanha a partir da metade dos anos 1820 – desapareceu "de repente" após a derrota da revolução, em consequência da traição da burguesia alemã a seus objetivos revolucionários anteriores. Hegel, antes a figura central da vida intelectual na Alemanha, caiu "de repente" no esquecimento, tornou-se um "cachorro morto".

Em suas análises da Revolução de 1848, Marx fala muito detalhadamente sobre essa mudança, suas causas e consequências. Fornece, além disso, formulações de extraordinária grandeza intelectual ao resumir essa reviravolta e seus efeitos sobre todos os domínios da atividade ideológica da burguesia. Diz ele:

> A burguesia tinha a noção correta de que todas as armas que ela havia forjado contra o feudalismo começavam a ser apontadas contra ela própria, que todos os recursos de formação que ela havia produzido se rebelavam contra a sua própria civilização, que todos os deuses que ela havia criado apostataram dela. Ela compreendeu que todas as assim chamadas liberdades civis e todos os órgãos progressistas atacavam e ameaçavam sua *dominação classista* a um só tempo na base social e no topo político, ou seja, que haviam se tornado "*socialistas*".*

Aqui, podemos apenas proceder a uma breve investigação dessa reviravolta, concentrando-nos em seus efeitos sobre o sentimento histórico, o sentido

---

* Karl Marx, O *18 de brumário de Luís Bonaparte* (São Paulo, Boitempo, 2011), p. 80. (N. E.)

e o entendimento da história; portanto, apenas naqueles aspectos que possuem uma importância imediata e decisiva para nosso problema.

I. Mudanças na concepção da história após a Revolução de 1848

Aqui, como em nossas considerações introdutórias a este trabalho, trata-se não de um assunto interno da história como ciência, não de uma disputa metodológica de eruditos, mas da vivência que as massas têm da própria história, de uma vivência compartilhada pelas mais amplas esferas da sociedade burguesa, mesmo aquelas que não têm nenhum interesse pela ciência da história e não fazem nenhuma ideia de que houve uma mudança nessa ciência. Do mesmo modo, o despertar de uma maior consciência da história influenciou a vivência e as ideias das mais amplas massas sem que estas precisassem saber que sua nova sensibilidade para os contextos históricos da vida produziu um Thierry nas ciências sociais e um Hegel na filosofia.

Por conseguinte, a natureza dessa ligação tem de ser particularmente destacada para que não se pense, por exemplo, que a reviravolta na ciência da história tenha de influenciar de imediato a práxis dos escritores de romances históricos, quando se opera neles uma mudança na concepção da história. É óbvio que tal influência também ocorreu. Flaubert conhecia bem Taine, Renan etc., e não apenas por suas obras, mas também pessoalmente. A influência de Jakob Burckhardt sobre Conrad Ferdinand Meyer é conhecida de todos; a influência direta da concepção da história de Nietzsche sobre os escritores talvez seja ainda maior etc. Mas o que importa não é essa influência filologicamente comprovável, mas sim o *conjunto das tendências de reação à realidade* que, na ciência da história e na literatura, produzem formas e conteúdos análogos da consciência histórica. Tais tendências têm suas raízes na reviravolta que mencionamos brevemente, ocorrida em toda a vida política e intelectual da classe burguesa. Se certos historiadores ou filósofos conseguem exercer grande influência sobre essas questões, essa influência não é a causa primeira, mas é ela mesma uma consequência das novas tendências ideológicas que a evolução sócio-histórica suscita tanto nos escritores quanto nos leitores. Se, portanto, referimo-nos a algumas ideologias dominantes dessa nova relação com a história na exposição que se segue, consideramo-las representantes de correntes sociais gerais que foram formuladas do modo mais efetivo em termos literários.

No entanto, é necessário fazer aqui mais uma observação introdutória. No período anterior a 1848, a burguesia era também o guia ideológico do desenvolvimento social. A nova defesa histórica do progresso caracteriza o rumo do conjunto do desenvolvimento ideológico desse período. A concepção histórica do proletariado desenvolveu-se nesse solo por meio de um aperfeiçoamento crítico e conflituoso das últimas grandes etapas da ideologia burguesa, pela superação de seus limites. Importantes precursores do socialismo que não adotaram essas ideias foram, nesse sentido, místicos ou retrógrados. Isso muda drasticamente após a reviravolta produzida em 1848.

A separação de cada povo em "duas nações" ocorreu – ao menos como tendência – também no terreno ideológico. As lutas de classes da primeira metade do século XIX conduziram, às vésperas da Revolução de 1848, à formulação científica do marxismo. Neste, todas as visões progressistas sobre a história são "suprassumidas", no triplo sentido hegeliano da palavra, isto é, foram não apenas criticadas e suprimidas, como também conservadas e elevadas a um novo patamar.

O fato de que também encontramos nesse período fortes influências da ideologia burguesa geral no movimento dos trabalhadores e nas correntes democráticas a ele vinculadas é algo que não contradiz o fato fundamental das "duas nações". O movimento dos trabalhadores não se desenvolve no vácuo, mas rodeado de todas as ideologias da decadência burguesa, e a "missão histórica" do oportunismo no movimento dos trabalhadores consiste precisamente em "mediar", em reparar o corte abrupto, em sentido burguês. Contudo, todas essas correlações não podem obscurecer o fato fundamental de que as ideologias da burguesia analisadas aqui não são mais as ideologias dominantes de toda a época, mas ideologias de classe, em sentido muito mais estrito.

O problema central, em que se expressa a mudança de posição em relação à história, é o do *progresso*. Vimos que os escritores e os pensadores mais significativos do período anterior a 1848 deram o passo adiante mais importante da formulação histórica da ideia de progresso e chegaram ao conceito do caráter contraditório do progresso humano, ainda que de modo apenas relativamente correto e incompleto. Mas como os acontecimentos da luta de classes mostraram aos ideólogos da burguesia quão ameaçadora era a perspectiva de futuro de sua sociedade, de sua classe, era preciso que desaparecesse o espírito imparcial da pesquisa com que as contradições do progresso eram reveladas e declaradas. Quão estreita é a relação do progresso com a perspectiva de futuro da sociedade burguesa é algo que se pode estudar melhor nos inteligentes opositores da ideia de progresso no período anterior a 1848. Eles expressaram suas ideias sem nenhuma inibição, pois os perigos sociais a que aludiam e que determinavam o curso de seus pensamentos ainda não haviam se tornado tão ameaçadores a ponto de provocar falsificações apologéticas. É assim, por exemplo, que o romântico reacionário Théophile Gautier escreve sobre essa questão, ainda nos anos 1830. Ele zomba de todas as ideias de progresso, dizendo que são rasas e estúpidas; ironiza as utopias de Fourier, mas acrescenta: o progresso só é possível desse modo; qualquer outra forma é pura enganação, uma arlequinada sem espírito: "o falanstério é de fato um progresso em relação à abadia de Thélème (...)".

Nessas circunstâncias, a ideia de progresso sofre uma regressão. A economia clássica, que expressou corajosamente determinadas contradições da economia capitalista de seu tempo, transforma-se no harmonismo [*Harmonismus*] perfeito e mentiroso da economia vulgar. A derrocada da filosofia hegeliana na Alemanha significa o desaparecimento da ideia do caráter contraditório do progresso. Na medida em que uma ideologia do progresso continua a dominar – e ainda será, por um bom tempo, a ideologia dominante da burguesia liberal –, todo elemento de contradição é eliminado; daí resulta a concepção da história como evolução contínua, linear. Por muito tempo e cada vez mais, essa foi a ideia central na Europa da nova ciência da sociologia, que substitui as tentativas de superar dialeticamente as contradições do progresso histórico.

Sem dúvida, essa mudança está ligada, ao mesmo tempo, ao abandono do idealismo exagerado da filosofia hegeliana ou a um eventual retorno, ao menos parcial, à ideologia do Iluminismo e até ao materialismo mecânico. (Por exemplo, na Alemanha dos anos 1850 e 1860.) Mas são precisamente as tendências mais débeis, mais anistóricas do Iluminismo que são reavivadas nessa mudança, sem mencionar o fato de que determinadas linhas de pensamento, que em meados do século XVIII continham os germes da concepção correta, tornam-se necessariamente, nesse processo de renovação, obstáculos intransponíveis à apreensão científica adequada da história.

Isso pode ser ilustrado com dois exemplos da maior importância para a concepção histórica desse período. Os iluministas do século XVIII realizaram um grande e importante progresso histórico ao introduzir a pesquisa das condições naturais do desenvolvimento social e tentar aplicar diretamente as categorias e os resultados das ciências naturais ao conhecimento da sociedade. Esse processo, que certamente produziu também resultados equivocados e anistóricos, significou um progresso essencial na luta contra a concepção teológica tradicional da história. A situação na segunda metade do século XIX é totalmente diferente. Se agora historiadores e sociólogos tentam, por exemplo, transformar o darwinismo em fundamento do conhecimento da história, só podem resultar daí uma distorção e uma falsificação dos nexos históricos. Do darwinismo, que se tornou mera fraseologia abstrata, surge o velho reacionário Malthus como "núcleo" sociológico e, no curso de seu desenvolvimento tardio, a aplicação fraseológica do darwinismo torna-se simples apologética da dominação brutal do capital. A concorrência capitalista ganha uma magnificação metafísica e mística por meio da "lei eterna" da luta pela existência. A filosofia de Nietzsche, que une em uma mitologia a competição grega (*Agon*) e o darwinismo, é o tipo mais eficaz dessa concepção da história.

Outro exemplo igualmente característico é o da raça. É sabido que o problema da raça desempenha um papel importante nas explanações históricas do Iluminismo e, sobretudo mais tarde, nas obras históricas de Thierry e sua escola. Se Taine coloca a ideia das raças no centro de sua sociologia (para não falar dos reacionários declarados, como Gobineau), isso parece significar, à primeira vista, um avanço dessas tendências. Mas a aparência é enganosa, pois, para Thierry, o problema da raça, que ele nunca chegou a analisar a fundo, era parte de sua concepção central da história como história das lutas de classes. O confronto entre saxões e normandos na Inglaterra, de francos e gauleses na França, constitui apenas uma transição para a análise das lutas de classes entre o "terceiro estado" nascente e a nobreza na história da Idade Média e da Idade Moderna. Thierry ainda não consegue elucidar a complexa trama das oposições nacionais e de classes na primeira fase de formação das nações modernas, mas sua teoria da luta das raças foi o passo inicial para uma história coerente e científica do progresso. Em Taine, porém, a tendência é oposta. Por trás de uma terminologia pseudocientífica, começa uma mitificação absolutamente anistórica e anti-histórica da raça. Essa tendência leva à negação reacionária da história, à sua dissolução em um sistema anistórico de "leis" sociológicas e em uma filosofia da história mitificada e igualmente anistórica em sua essência.

Naturalmente, não podemos enumerar aqui – mesmo que de forma alusiva – as diversas e com frequência contraditórias orientações da concepção da história em que ocorre a dissolução do historicismo do período anterior. Em parte, esse desenvolvimento toma o caminho de uma clara negação da história tal como esta se apresenta. Basta citarmos a filosofia de Schopenhauer, que justamente nesse período suplantou a doutrina de Hegel e, aos poucos, espalhou-se por todos os países da Europa. Mas essa negação abstrata e resoluta de qualquer história não podia se manter por muito tempo como orientação dominante. Paralelamente a ela, surgiram outras tendências à estabilização do anti-historicismo em uma forma histórica. A concepção da história de Ranke, assim como a filosofia de Schopenhauer, formou-se antes de 1848, mas só assumiu uma orientação importante e dominante após a derrota da revolução burguesa. Essa concepção surge com a pretensão de encarnar o correto historicismo e combate a filosofia hegeliana por seu caráter construtivo. No entanto, quando consideramos o verdadeiro núcleo da polêmica, vemos que Ranke e sua escola negam a ideia de um processo contraditório do progresso humano. Segundo sua concepção, a história não tem um sentido evolutivo, não tem altos e baixos: "Todas as épocas da história são iguais em sua relação direta com Deus". Portanto, há um movimento eterno, mas ele não tem nenhuma direção: a história é uma coleção e uma repetição de fatos interessantes do passado.

Visto que a história, em medida cada vez maior, não é mais apreendida como pré-história do presente – ou, se é, então é de modo raso, unilinear, evolucionista –, o esforço do historicismo dos períodos anteriores para compreender as etapas do processo histórico em sua verdadeira peculiaridade, tal como se deram na realidade objetiva, perde seu interesse vital. Quando não se expõe exclusivamente a "singularidade" do acontecimento passado, a história é *modernizada*. Isso significa que o historiador parte da convicção de que a estrutura fundamental do passado é econômica e ideologicamente a mesma da do presente. Portanto, para compreender o presente bastaria atribuir aos homens e aos grupos de épocas anteriores as ideias, os sentimentos e as motivações dos homens atuais. É desse modo que surgem concepções históricas como as de Mommsen, Pöhlmann etc. As teorias, muito influentes na história da arte, de Riegel e seus sucessores, que adotam outro ponto de partida, repousam sobre pressupostos semelhantes. Com elas, a história dissolve-se em uma coleção de curiosidades e excentricidades. Se o historiador renuncia à resoluta aplicação desses métodos, tem de permanecer no plano da simples descrição dessas curiosidades: transforma-se em um contador de anedotas históricas. Se leva a efeito essa modernização, então mais do que nunca a história se torna uma coleção de curiosidades. Pois, se na história antiga, por exemplo, tivesse havido realmente capitalismo e socialismo em sentido moderno, a relação entre exploradores e explorados seria a mais curiosa, excêntrica e anedótica que se pode conceber.

Essa tendência à modernização e, em estreita relação com ela, à mistificação da história – que atingiu seu auge na época do imperialismo, em concepções como as de Spengler – está intimamente vinculada à reviravolta filosófica da ideologia burguesa depois de 1848. Tanto o idealismo objetivo de Hegel como a práxis dos grandes historiadores de seu tempo estavam profundamente impregnados da convicção da cognoscibilidade da realidade objetiva e, com ela, da história. Assim, os representantes mais significativos desse período aproximavam-se da história com um materialismo inconsciente e, por isso, incompleto, isto é, procuravam descobrir as forças motrizes da história em sua potência objetiva e, a partir dela, explicar a história. Esse processo é interrompido. A economia burguesa, que se tornou vulgar, perde qualquer possibilidade de ser um meio auxiliar da história: ela transforma a si mesma, no curso desse desenvolvimento, em uma análise das representações econômicas, em vez dos fatos objetivos da produção (teoria da utilidade marginal). A originalidade metodológica da nova ciência da sociologia consiste em separar e tornar independente da economia o conhecimento das "leis" dos acontecimentos sociais. A filosofia, que realiza por outras vias uma mudança na direção do idealismo subjetivo, considera cada vez mais "os fatos da consciência" o único ponto de partida para um método científico. Com isso, a modernização da história ganha uma ampla base de visão de mundo. O único modo possível de "compreender" o passado parece ser o da aplicação de nossa faculdade de representação, o procedimento que parte de nossas representações.

Todas essas tendências, que até agora observamos sobretudo em orientações que reconhecem mais ou menos o progresso, aparecem de modo ainda mais acentuado nos continuadores da crítica romântica do capitalismo. A crítica da divisão capitalista do trabalho, da falta de cultura do capitalismo etc. põe-se com força cada vez maior a serviço das classes mais reacionárias, das alas mais reacionárias das classes dominantes. Já em 1850, Marx e Engels fornecem uma interessante crítica dessa virada nos mais importantes representantes do período anterior a 1848. Por um lado, eles mostram como Guizot liquida todas as conquistas da escola dos historiadores franceses por medo de uma revolução proletária, como um evolucionismo vulgar anula todas as distinções e problemas da evolução da história inglesa e francesa. Por outro, mostram, em referência às novas obras de Carlyle, que sua crítica do capitalismo, marcada de início por elementos revolucionários, tornou-se uma ideologia da reação crua e brutal.

O desenvolvimento posterior provou a correção dessa análise marxiana. Enquanto a crítica romântica do capitalismo, com toda a sua glorificação reacionária da Idade Média, era em vários sentidos um protesto democrático e, muitas vezes, até rebelde contra o domínio oligárquico dos grandes capitalistas – como em Cobbet e no próprio jovem Carlyle –, agora ela evolui cada vez mais no sentido de um claro antagonismo com a democracia, combatendo com cada vez mais convicção os elementos democráticos ainda presentes no capitalismo, e mesmo no imperialismo. A luta contra a falta de cultura do capitalismo transforma-se em uma luta contra a democracia, contra a "massificação" e a favor de uma nova ditadura reacionária dos "fortes", da elite etc. Basta mencionarmos aqui sociólogos como Pareto e Michels. O antidemocratismo dessa evolução evoca, do ponto de vista tanto filosófico quanto psicológico, uma ciência própria, cujo único fim consiste em revelar "cientificamente" o agir das massas como algo inteiramente disparatado, irracional e sem sentido (Nietzsche, Le Bon etc.).

Para a evolução da literatura, tornaram-se importantes durante a crise de transição as visões sobretudo de Taine, Burckhardt e Nietzsche. Aqui, tomamos apenas alguns elementos da metodologia e da concepção históricas de Burckhardt que ajudam a esclarecer, segundo a visão de mundo [weltanschaunglichen], aquelas tendências que se mostram na literatura. Assim, deixamos de lado elementos de sua concepção que já estão presentes em nossa caracterização geral, por exemplo a negação do progresso; esta já pode ser dada como um pressuposto conhecido.

Burckhardt parte, com consciência e decisão, de uma concepção subjetiva da história. "Não se poderá evitar um grande arbítrio subjetivo na escolha dos objetos. Somos 'não científicos [unwissenschaftlich]'." Segundo ele, existem fatos puros, dados pela tradição, que só se podem alcançar mediante a força animadora da própria subjetividade. De acordo com sua teoria, as anedotas históricas desempenham um papel muito importante nessa vivificação da história. São uma "história representada, que nos diz do que os homens são capazes e o que lhes é característico". (Essas palavras decerto lembrarão ao leitor a declaração programática do romântico Vigny.)

A consequência mais importante dessa concepção da história é que, por meio dela, os grandes homens da história são separados do curso próprio de suas ações, isolados e alçados ao plano do mito. Burckhardt é firme ao expressar essas ideias: "Grande é aquilo que *nós não* somos (...) A verdadeira grandeza é um *mistério*, opera de modo mágico" etc. Essas concepções de Burckhardt tornaram-se extremamente disseminadas e populares por causa de seus grandes retratos da história, em especial do Renascimento. Trata-se de uma consequência natural e necessária do recuo ideológico quanto à concepção de progresso do período anterior.

É claro que Burckhardt não é um simples apologista do esplendor do "homem forte" capitalista. Ao contrário, ele é, em relação ao presente, uma pessoa torturada pelas mais sérias dúvidas e por uma clivagem insuperável. Essa clivagem característica de Burckhardt é também a expressão de uma tendência geral desse período. Burckhardt aproxima-se dos grandes homens da história que ele glorifica com um misto de admiração e horror. Em sua obra, o homem violento [*Gewaltmensch*] do Renascimento tornou-se o modelo ideal de um capitalismo "culto" que superou toda democracia. Contudo, ele mesmo observa esses homens, que combinam a "profunda infâmia com a mais nobre harmonia", com um sentimento que se divide "entre a admiração e o calafrio".

Desse modo, introduz-se na visão da história um duplo e contraditório subjetivismo que, em sua cisão, simula uma espécie de dialética, mas, na realidade, é apenas o reflexo da inconsistência do ponto de vista do observador e não tem nada a ver com a história propriamente dita. As personagens da história são separadas das forças que movem de fato cada época, e seus atos, que se tornaram incompreensíveis por isso, ganham uma pompa decorativa graças exatamente a essa incompreensão. Essa figuração decorativa é intensificada ainda pela exposição central e pela ênfase especial que se dão aos traços brutalmente excessivos da história.

Mas, depois do surgimento dessa personagem "acima do bem e do mal", Burckhardt aproxima-se dela com um padrão atual de julgamento moral, com a ética refinada e sem vida dos intelectuais do capitalismo tardio. E, sempre que possível, introduz nos tempos passados os conflitos que ele enfrenta em sua própria época. A aparente dialética de moral e beleza que resulta daí não é, portanto, uma contradição interna da própria coisa, mas um reflexo da incapacidade de uma subjetividade dessa natureza captar a realidade histórica de maneira contínua em seu movimento.

O que em Burckhardt estava presente apenas em germe, em Nietzsche floresce em um sistema. Mais uma vez, podemos apenas apontar alguns elementos importantes e decisivos para nosso problema. A influência extraordinária de Nietzsche repousa fundamentalmente no fato de ele enfrentar sem nenhum temor o agnosticismo e o subjetivismo de sua época. Ele declara de forma clara e aberta "que não é possível viver com a verdade". A partir desse ponto de vista, afirma que a essência da arte é um "*arranjo* [*Zurechtmachung*] extremo e *impiedosamente* interessado das coisas, uma falsificação essencial, uma exclusão justamente do sentido *objetivo* que deve ser apenas constatado, conhecido (...). Prazer na subjugação mediante a imputação de *um sentido*".

Tudo isso é, desde já, a filosofia da mentira como modo necessário da reação do homem vivo à realidade efetiva. Quanto à história, isso se manifesta de forma ainda mais enérgica em Nietzsche. Ele combate o academicismo da historiografia, o isolamento da vida de uma tal ciência histórica. Contudo, a relação que ele estabelece entre a ciência da história e a vida é a da distorção consciente da história e, sobretudo, do expurgo dos fatos desagradáveis e desfavoráveis à "vida". Porque quer pôr a história em relação com a vida, Nietzsche apela para o seguinte fato da vida: "A toda ação pertence o esquecimento".

Trata-se, pois, de uma filosofia cínica da apologética. O que o historiador universitário a soldo da burguesia esconde desconcertada e covardemente por detrás da máscara da objetividade, Nietzsche expressa abertamente, sem nenhum constrangimento. A necessidade histórica que a burguesia da época tem de falsificar os fatos da história e de descartar cada vez mais os fatos históricos aparece, em Nietzsche, como uma "profunda", "eterna" e "biológica" verdade da vida.

Para o desenvolvimento ideológico de todo esse período é altamente característico o modo como Nietzsche expõe essa fundamentação filosófica da falsificação apologética da história. Por isso é que o citamos aqui:

> Aquilo que tal natureza não impõe ela sabe esquecer; o horizonte está plenamente fechado, e ninguém pode mais se lembrar que, ainda além, há os mesmos homens, paixões, doutrinas, fins. E isso é uma lei geral; todo ser vivo só pode ser saudável, forte e fértil no interior de um horizonte; quando se é incapaz de formar um horizonte em torno de si, e muito egoísta para incluir o próprio olhar no horizonte de outrem, afunda-se mórbida ou precipitadamente em seu declínio precoce.

A filosofia do solipsismo histórico é exposta aqui, talvez pela primeira vez, de modo plenamente coerente. A própria teoria já estava presente na concepção de cultura e de raças da sociologia anterior à sua época. Mas é com Nietzsche que, pela primeira vez, ela é universalizada com tanto cinismo. Ela diz que cada um, indivíduo, raça ou nação, só pode vivenciar a si mesmo. A história existe apenas como um reflexo desse eu, apenas como aquilo que convém a suas necessidades vitais específicas. A história é um caos que, em si, não nos diz respeito e ao qual cada um pode atribuir um "sentido" que lhe seja conveniente, segundo suas necessidades.

Nesse escrito de juventude, Nietzsche classifica, também de forma coerente, três métodos possíveis de abordar a história: monumental, de antiquário e crítico. De modo análogo, cada um desses métodos é determinado "biologicamente", isto é, nenhum deles visa conhecer a realidade objetiva, mas apenas adequar e agrupar os fatos históricos convenientes às necessidades vitais de certo tipo. (Temos aqui o esquema da concepção anistórica da sociedade e da história para todo um período: o esquema de Nietzsche corresponde tanto ao procedimento de Spengler, ou "sociologia do saber", quanto ao da sociologia vulgar menchevista.)

Não precisamos desperdiçar mais palavras com as diferentes formas como esse subjetivismo se desenvolveu em relação à história. Apontamos Burckhardt e Nietzsche como representantes de amplas correntes a respeito dessa questão. Apenas para concluir, lembramos ainda a concepção de história de Croce para mostrar de maneira muito clara que essa tendência atravessa continuamente todo esse período e as chamadas tendências ao idealismo objetivo – Croce é neo-hegeliano – não alteram em nada essa linha principal. "Toda verdadeira história é história do presente", diz Croce. Mas isso não deve ser entendido como uma ligação entre a história e os problemas objetivos do presente, como uma concepção segundo a qual só se pode captar o presente em sua essência objetiva por meio de sua pré-história. Não, também para Croce a história é algo subjetivo, uma vivência. Ele discute sua tese da seguinte forma: após fornecer alguns exemplos da temática da historiografia, diz:

> Nenhum desses exemplos me comove: e por isso, neste instante, essas histórias não são história nenhuma; no máximo, são títulos de livros de história. Elas são história, ou serão, apenas para aqueles que pensaram ou pensarão a seu respeito; e, para mim, elas foram quando pensei a seu respeito e traba-

lhei com elas de acordo com minha necessidade intelectual, e voltarão a ser quando eu voltar a pensar a seu respeito.

Bastaria converter em versos essa teoria da história e teríamos um poema de Hoffmannsthal ou Henri de Régnier.

Em todas essas teorias, veem-se os esforços convulsivos dos ideólogos desse período para desviar o olhar dos fatos e das tendências reais de evolução da história, não reconhecê-los e, ao mesmo tempo, encontrar para esse desvio uma explicação razoável e oportuna a partir da "essência eterna da vida". A história desaparece como processo total e, em seu lugar, resta apenas um caos qualquer a ser ordenado de modo arbitrário. O historiador aproxima-se desse caos com pontos de vista conscientemente subjetivos. Apenas os grandes homens da história constituem pontos fixos em meio ao caos e, de maneira misteriosa, sempre salvam a humanidade do colapso. E o cômico (no melhor dos casos, tragicômico) dessa situação só pode ser realmente medido quando se observam de perto os verdadeiros "salvadores" históricos desse período: Napoleão III e Bismarck. Burckhardt e Nietzsche, porém, eram muito inteligentes e tinham muito bom gosto para admirar cegamente os "grandes" de seu tempo como verdadeiramente "grandes", como fez a grande massa da classe que eles representam. Mas sua relação com os grandes homens em geral é a mesma do filisteu parisiense com seu "Badinguet" e do cervejeiro alemão com seu "chanceler de ferro". A superioridade intelectual de Burckhardt e Nietzsche reduz-se ao fato de que, insatisfeitos com o Bismarck real, eles inventam, a partir de uma história mitificada e para uso próprio, um Bismarck maior e, sobretudo, esteticamente de mais bom gosto.

Pois as categorias histórico-políticas das quais eles se servem para realizar essas construções (potência abstrata, *Realpolitik* etc.) trazem em si a marca das ações dos pseudograndes homens de sua época. E o fato de Burckhardt expressar repetidamente reservas moralistas – a seus olhos, todo poder é mau em si mesmo – não muda em nada, como vimos, os princípios fundamentais, apenas aumenta suas contradições e aproxima-o do "por um lado-por outro lado" do pequeno burguês, cujo nível intelectual, aliás, ele normalmente supera de muito.

Ora, o que a arte pode extrair de um passado concebido assim? Esse passado parece ser, muito mais do que o presente, um enorme caos multicolorido. Nada se liga de modo verdadeiramente objetivo e orgânico à essência objetiva do presente, mas é precisamente por isso que a subjetividade que vagueia livremente pode ligar-se ao que bem lhe apraz, como e onde lhe apraz. E porque a história foi, em ideias, privada intelectualmente de sua verdadeira grandeza interna, da dialética de sua evolução contraditória, a grandeza que se apresenta à observação dos artistas desse período é uma grandeza apenas pictórica, figurativa. A história transforma-se em uma coleção de anedotas exóticas. Então, mais uma vez em conexão necessária com o fato de que os contextos históricos reais não são mais compreendidos, os traços humanos mais selvagens, sensíveis e bestiais assumem o primeiro plano. Assim como nesse período, em toda arte que retrata o presente, a incapacidade de compreender os grandes problemas da época é acompanhada de uma brutalidade disfarçada de mística biológica na figuração dos processos corporais (Zola, em comparação com Balzac e Stendhal), o mesmo acontece, como veremos, na figuração da história. Desse ponto de vista, é muito interessante conhecer o julgamento dos principais críticos desse período acerca do tipo clássico do romance histórico. Taine, que em sua história da literatura inglesa descreve o mundo de Shakespeare como um fascinante hospício, cheio de lunáticos espirituosos e apaixonados, critica sobretudo a falta de brutalidade em Scott. "Walter Scott detém-se no limiar da alma e na antessala da história; seleciona no Renascimento e na Idade Média apenas o favorável e o agradável, apaga a língua simples, a sensibilidade desenfreada, a selvageria bestial; ele não retrata o heroísmo cru e a selvageria animalesca da Idade Média." Essa opinião é fielmente repetida por seu discípulo Georg Brandes. Walter Scott, diz ele, "retrata os antigos tempos com uma atenuação tal de seus elementos brutais que acaba por prejudicar em grande medida a verdade histórica". Tal visão confirma o juízo da literatura mais progressista desse tempo sobre o período clássico do romance histórico. Zola considera uma excentricidade de Balzac o fato de ele ter se ocupado tão minuciosamente de Scott. Brandes resume seu julgamento dizendo que as obras de Scott escapam à compreensão dos letrados: "são compreendidas por aqueles que exigem apenas uma leitura de entretenimento, ao passo que os letrados as encadernam e guardam a fim de dá-las de presente no aniversário ou na crisma de seus filhos e filhas, sobrinhos e sobrinhas".

O auge literário desse período é caracterizado pelos próprios escritores que, como veremos em seguida, não têm uma relação historicamente necessária com o período clássico do romance histórico, ainda pouco distante no tempo. Sua concepção da história é, com todo seu arbítrio subjetivista, um protesto sincero contra a feiura e a mesquinhez abjeta do presente capitalista. Nesse protesto romântico, o passado é estilizado e idealizado como algo tremendamente bárbaro. (Mais adiante, trataremos em detalhe da obra principal dessa corrente: *Salambô**, de Flaubert.)

Mas, por mais problemática que seja essa corrente literária, ela se encontra a léguas de distância do romance histórico mortalmente tedioso da apologética do presente, da apologética da *Realpolitik* que conduziu à miserável capitulação da burguesia alemã diante da "monarquia bonapartista" dos Hohenzollern e de Bismarck. Aqui, já que analisamos apenas os tipos significativos do desenvolvimento da literatura mundial, temos de nos contentar com a referência ao melhor produto dessa corrente: *Die Ahnen* [Os antepassados], de Gustav Freytag.

Essa literatura ainda tem certa importância quanto ao conteúdo, mesmo que ele seja o do compromisso liberal. Mas a separação entre o presente e a história cria um romance histórico que, por seu exotismo vazio, de antiquário ou aventureiro, excitante ou místico, e por sua temática aleatória e inconsequente, degenera em simples leitura de entretenimento. Aldous Huxley escarnece dessa "magia da história" que, de Ebers a Maurois, domina a leitura de entretenimento histórica. Ele acredita que, entre os "letrados", a história é uma espécie de recordação familiar, uma conversa familiar. "Todas as personagens pitorescas da história são nossos tios tutores, nossas tias tutoras"; quem não os reconhece é um pária, não pertence à "família".

Mas na história, e também na história da literatura, essas recordações familiares têm uma vida muito curta. Uma temática exótica surge, mergulha os letrados em um delírio de entusiasmo durante um ou dois anos e já está completamente esquecida depois de cinco anos; em dez anos, apenas alguns dedicados filólogos ainda se recordam que um dia existiu um escritor de romances históricos muito famoso chamado Felix Dahn. Para o tipo de consideração que fazemos aqui, essas valas comuns de celebridades de antanho não têm a menor importância.

II. Privatização, modernização e exotismo

Salambô, de Flaubert, é a grande obra representativa dessa nova etapa do desenvolvimento do romance histórico. Ela reúne todas as altas qualidades artísticas do estilo flaubertiano. Poderíamos dizer que, do ponto de vista esti-

---

* Belo Horizonte, Itatiaia, 2005. (N. E.)

lístico, ela é o paradigma das aspirações artísticas de Flaubert; justamente por isso, mostra de modo muito mais claro que o produto dos escritores medianos ou diletantes desse período as contradições não resolvidas, a insuperável problemática interna do novo romance histórico.

Quanto a essa questão, Flaubert formulou suas intenções de modo programático. Diz querer aplicar à Antiguidade o procedimento, o método do romance moderno. E essa intenção programática foi plenamente aceita pelos principais representantes da nova corrente do naturalismo. A crítica de Zola a *Salambô* é, em essência, um desenvolvimento dessa observação de Flaubert. Zola critica alguns detalhes, é verdade, mas acredita que Flaubert tenha aplicado corretamente os métodos do novo realismo ao material histórico.

Exteriormente, *Salambô* não alcançou o mesmo sucesso extraordinário de *Madame Bovary**, mas sua repercussão foi bastante forte. O principal crítico francês da época, Sainte-Beuve, dedicou uma série de artigos críticos ao romance. O próprio Flaubert deu tanta importância à crítica que, em uma carta a Sainte-Beuve publicada posteriormente, respondeu com detalhes a todas as suas objeções. Essa controvérsia ilumina de forma tão aguda os novos problemas surgidos nessa fase de evolução do romance histórico que nos vemos obrigados a tratar dos principais argumentos dessa polêmica.

Apesar de todo o respeito à personalidade literária de Flaubert, a posição crítica de Sainte-Beuve é de rejeição. O que torna essa rejeição tão interessante para nós é o fato de que, em muitos aspectos, o próprio crítico assume uma visão de mundo e uma posição literária semelhantes àquelas que ele rejeita em Flaubert. A única diferença é que, sendo mais velho, Sainte-Beuve está mais próximo de certo modo das tradições dos períodos anteriores e, sobretudo no que se refere às questões artísticas, é muito mais flexível e conciliador que Flaubert, que segue seu caminho até sua conclusão lógica com a total falta de consideração típica de um escritor importante e profundamente convicto. Por isso, como veremos, a crítica de Sainte-Beuve não é em hipótese alguma uma rejeição do modo de criar de Flaubert, do ponto de vista do período entre Walter Scott e Balzac. Ao contrário, durante esse período, Sainte-Beuve já havia defendido e até posto em prática visões artísticas que, em vários aspectos, aproximavam-se muito das de Flaubert e opunham-se frontalmente, por exemplo, às de Balzac.

---

* São Paulo, Nova Alexandria, 2010. (N. E.)

Flaubert sentiu vivamente esse parentesco entre sua própria posição fundamental e a de seu crítico. Por conseguinte, em sua carta a Sainte-Beuve, autor de *Port-Royal*, ele dirige a seu crítico o seguinte argumento *ad hominem*:

> Uma última pergunta, mestre, uma pergunta desagradável: por que o senhor acha Schahabarim quase cômico, ao passo que leva tão a sério os "sujeitinhos" (*bonshommes*) de Port-Royal? Para mim, o sr. Singlin é uma personagem triste, ao lado dos meus elefantes (...) E, justamente porque eles (*as personagens de* Port-Royal, *G. L.*) estão tão longe de mim é que admiro seu talento para torná-los compreensíveis para mim – pois acredito em Port-Royal e minha vontade de viver lá é ainda menor que a de viver em Cartago. Port-Royal também era exclusiva, afetada, forçada, um pedaço arrancado do todo e, apesar disso, verdadeira. Por que o senhor não aceita que possam existir duas verdades, dois excessos contrários, duas monstruosidades distintas?

É interessante comparar esse elogio que Flaubert faz aqui a Sainte-Beuve com o juízo inteiramente negativo de Balzac sobre *Port-Royal*, pois Balzac e Flaubert encontram-se bastante próximos um ao outro no julgamento do mundo que Sainte-Beuve, como historiador, retrata com pretensões artísticas. Ambos veem o caráter distante da vida, excêntrico e trivial da exposição da história em Sainte-Beuve. Mas, enquanto Balzac reage a essa concepção da história com apaixonada repulsa, Flaubert a considera com curiosidade cética e interessada. E não se trata aqui de uma mera polidez de Flaubert com o crítico famoso. Por exemplo, suas conversas por carta sobre as representações dos irmãos Goncourt da história do século XVIII, nas quais essas tendências de Sainte-Beuve são levadas ao extremo, comprovam claramente a sinceridade de suas observações. Aqui se expressa, por toda parte, o novo sentimento das ideologias dominantes em relação à história.

É claro que a posição de Flaubert nesse processo não é a posição média. Sua grandeza literária se manifesta justamente no fato de que, nele, a tendência geral da época se expressa de maneira sincera e apaixonadamente coerente. Enquanto na maioria dos outros escritores da época a atitude negativa em relação ao caráter prosaico da vida burguesa contemporânea é apenas um jogo estético ou, com muita frequência, uma veia reacionária, em Flaubert é uma repulsa intensa, um ódio veemente.

Ora, é dessa repulsa e desse ódio que surgiu o interesse de Flaubert pela história. "Enojam-me as coisas feias e os ambientes banais. *Bovary* fez com que eu me enojasse por muito tempo dos costumes burgueses. Talvez eu dedique alguns anos a um assunto glamoroso, bem longe do mundo moderno, do qual estou farto." E, em outra carta, também escrita durante a composição desse romance: "Quando *Salambô* for lido, não se pensará, espero, no autor! Poucas pessoas têm ideia de quão triste é preciso estar para trazer Cartago novamente à tona! Trata-se de uma fuga ao deserto de Tebaida, para onde o nojo da vida moderna me baniu".

Segue-se dessa concepção de Flaubert que ele pretendia, com coerência programática, despertar um mundo desaparecido e sem nenhuma relação conosco. Para Flaubert, essa ausência de relação era precisamente a grande atração. Em virtude de seu profundo ódio à sociedade moderna, ele procurou, em uma apaixonada atitude paradoxal, um mundo que não se assemelhava em nenhum aspecto com essa sociedade, não tinha nenhuma relação com ela, direta ou indireta. Essa ausência de relação, ou melhor, essa ilusão de ausência de relação, é decerto, ao mesmo tempo, o momento subjetivo que liga a temática histórica exótica de Flaubert à sua temática cotidiana atual. Pois, como mostram as cartas que escreveu durante a composição de seus romances sociais, não devemos esquecer que ele também procurou conceber e realizar esses romances como observador externo, neutro. E não podemos deixar de lembrar que o suprapartidarismo programático, a famosa *impassibilité**, mostra-se, em ambos os casos, uma ilusão: Flaubert toma partido, do ponto de vista moral e literário, a favor tanto de Emma quanto de Salambô. Uma oposição literária real na elaboração das diferentes temáticas só se deixa entrever no fato de que o escritor realmente observa as massas de defensores e opositores de Cartago sem um forte envolvimento emocional, ao passo que o mundo cotidiano dos romances do presente provoca nele ódio e amor contínuos. (Seria mais do que supérfluo proceder a uma investigação desse último momento; basta pensar na personagem de Dussardin em *A educação sentimental***.) Tudo isso explica por que Flaubert pôde figurar Salambô pelos mesmos meios literários usados em *Madame Bovary*. Mas também explica os resultados totalmente diferentes do ponto de vista artístico: aqui, a fertilidade artística do ódio e do amor, quando estes são autênticos, ainda que estejam escondidos ou reprimidos; lá, a transformação da ausência de interesse em exotismo estéril.

---

*   Em francês no original: impassibilidade. (N. T.)

**   São Paulo, Nova Alexandria, 2009. (N. E.)

No ato de dominar artisticamente essa tarefa, as contradições da visão de mundo que lhe servem de base vêm à tona de modo inequívoco. Flaubert quer figurar esse mundo com realismo, com os meios de figuração artística que descobriu e aperfeiçoou alguns anos antes para a composição de *Madame Bovary*. Todavia, esse realismo dos detalhes observados em minúcias e descritos com exatidão não pode ser aplicado agora à sombria realidade cotidiana do provincianismo francês, mas deve fazer surgir diante de nós o mundo estranho e distante, incompreensível, porém pitoresco, decorativo, pomposo e colorido, horrível e exótico de Cartago. Daí surge a luta desesperada de Flaubert para conferir uma imagem pictórica aos detalhes arqueológicos da antiga Cartago – obtidos e transmitidos com exatidão.

Sainte-Beuve capta fortemente a discrepância artística que surge dessa intenção. Refere-se várias vezes ao fato de Flaubert exagerar na descrição dos objetos, do ambiente morto dos homens, e na figuração dos próprios homens: critica o fato de que, em Flaubert, todos esses detalhes são descritos de maneira correta e brilhante, mas não resulta deles um todo, nem mesmo em relação aos objetos mortos: Flaubert descreve portas, fechaduras etc., todas as partes que compõem as casas, mas não vemos o arquiteto que concebe o todo. Essa crítica é assim resumida por Sainte-Beuve:

> O aspecto político, a caracterização das personagens, as peculiaridades do povo, os aspectos mediante os quais a história particular desse povo navegador, e a seu modo civilizador, liga-se à história geral e fertiliza a grande corrente da civilização são sacrificados ou totalmente subordinados a uma descrição exorbitante, a um esteticismo que só podia ser aplicado a alguns raros fragmentos e, por isso, era forçado a exagerar.

A que ponto essas considerações detectam um erro central de *Salambô* é evidenciado pelas cartas desesperadas de Flaubert durante a composição do livro. A um amigo, ele escreve:

> Encontro-me agora cheio de dúvidas sobre o todo, sobre o plano geral; creio que há soldados demais. Isso é histórico, eu sei. Mas, quando um romance é tão enfadonho quanto um papelório científico qualquer, então boa noite, a arte o abandonou (...). Começo agora a ocupação de Cartago. Estou completamente perdido entre máquinas de guerra, balistas e escorpiões e não entendo absolutamente nada dessas coisas, aliás, nem eu nem ninguém!

Mas o que tal mundo, assim despertado, pode significar para nós? Admitindo-se que Flaubert tenha conseguido resolver corretamente todos os problemas artísticos por ele colocados, o mundo assim representado ganha um significado real, vivo para nós? Os paradoxos de Flaubert sobre o material que nos é estranho e, por isso mesmo, é artístico são muito característicos da veia do ficcionista, porém têm as consequências estéticas objetivas que já conhecemos. Sainte-Beuve nos nega esse significado do mundo de *Salambô* e faz isso com uma justificativa interessante, que mostra que ele ainda mantém vivos certos elementos das antigas tradições do romance histórico. Ele expressa dúvidas se a Antiguidade pode ser trabalhada de modo artístico, se pode ser convertida em objeto de um romance histórico capaz de causar um intenso efeito no leitor. "Pode-se reconstituir a Antiguidade, mas não se pode despertá-la." E ele se refere precisamente à relação viva e contínua que a temática de Walter Scott mantém com o presente, aos muitos elos vivos de ligação que nos possibilitam vivenciar até mesmo a remota Idade Média.

Mas sua principal objeção à temática de *Salambô* não se limita a essa dúvida geral. Mesmo no interior da antiga temática, o material de Flaubert assume uma posição especial, remota, desconectada. "Que me interessa a luta entre Túnis e Cartago? Se alguém me fala a respeito da luta entre Cartago e Roma, então presto atenção, envolvo-me com o assunto. Na luta acirrada entre Roma e Cartago está em jogo toda a civilização futura; nossa civilização também depende dessa luta (...)." Flaubert não tem uma resposta concreta a essa objeção decisiva: "Talvez o senhor tenha razão em suas observações sobre o romance histórico aplicado à Antiguidade, e é muito possível que eu tenha fracassado". Mas ele não trata dessa questão no plano concreto; renunciando ao significado da autenticidade arqueológica, fala apenas dos nexos imanentes no interior do mundo selecionado e figurado por ele e defende o ponto de vista de que seu acerto ou erro depende de seu sucesso ou fracasso em obter essa harmonia imanente.

Além disso, defende sua temática e sua representação de modo mais lírico e biográfico. "Creio que, em *Salambô*, sou menos duro com a humanidade que em *Madame Bovary*. A curiosidade, o amor que me conduziu a religiões e povos desaparecidos parecem trazer em si algo moral, pleno de simpatia".

A comparação entre *Salambô* e *Madame Bovary* não provém do próprio Flaubert; ela já aparece na crítica de Sainte-Beuve. Este analisa a personagem de Salambô:

Ela fala com sua ama, revela-lhe seus vagos anseios, seus sofrimentos reprimidos, seu tédio. Procura, sonha, anseia por algo desconhecido. Essa é a situação de mais de uma filha de Eva, seja ela de Cartago ou de outro lugar qualquer; é um pouco a situação de madame Bovary no início do romance, quando se entediava imensamente e passeava sozinha entre as faias de Banneville (...). Ora, a pobre Salambô tem, a seu modo, o mesmo sentimento da ânsia indeterminada e do desejo asfixiado. O autor apenas transpôs e *mitologizou*, com muita arte, esse grito abafado do coração e dos sentidos.

Em outro contexto, ele compara a posição geral de Flaubert em relação a suas personagens históricas com o modo de figuração de Chateaubriand. Ele diz que a Salambô de Flaubert é menos irmã de Aníbal que de Veleda, a virgem gaulesa de Chateaubriand.

A acusação de *modernização* das personagens históricas é clara nessas comparações, embora Sainte-Beuve não dê a essa questão uma ênfase de princípio e mostre em geral grande complacência para com a modernização. Mas o protesto de Flaubert não se refere ao problema metodológico geral da modernização. Este lhe parece óbvio. Ele apenas não está de acordo com as comparações concretas que Sainte-Beuve faz.

No que concerne à minha heroína, não estou de acordo com sua opinião. Segundo sua visão, ela se assemelharia (...) a Veleda, a madame Bovary. De modo algum! Veleda é ativa, inteligente, europeia. Madame Bovary é movida por múltiplas paixões; Salambô, ao contrário, permanece presa a uma ideia fixa. Ela é uma maníaca, uma espécie de santa Teresa. Seja como for, não estou certo de que ela é isso na realidade efetiva; nem eu, nem você, nem ninguém, seja antigo, seja moderno, pode conhecer a mulher oriental, pois é impossível comunicar-se com ela.

Flaubert protesta, portanto, apenas contra a forma concreta de modernização que Sainte-Beuve lhe atribui na personagem de Salambô. A modernização propriamente dita é algo que ele dá como evidente; pois é totalmente indiferente, em si e para si, se à irmã de Aníbal é atribuída a psicologia de uma francesa pequeno-burguesa do século XIX ou a de uma freira espanhola do século XVII. A isso, ainda é preciso acrescentar, de passagem, que Flaubert também moderniza a psicologia de santa Teresa.

Aqui, não se trata de modo algum de um aspecto secundário da produção e do efeito produzido por Flaubert. Ao escolher um material histórico cuja essência sócio-histórica interna não lhe interessa e que, portanto, ele só pode tornar real de maneira externa, decorativa e pictórica, por meio de uma arqueologia meticulosa, ele é forçado a criar, mediante uma *modernização da psicologia*, um ponto qualquer de ligação com ele mesmo e com o leitor. A afirmação paradoxal, ácida e orgulhosa, de que o romance não tem nada a ver com o presente é apenas uma medida de defesa contra as odiadas trivialidades de seu tempo. Pelas observações de Flaubert que citamos anteriormente, vemos que *Salambô* era muito mais que uma mera experiência artística. Mas, justamente por isso, a modernização da psicologia das personagens ganha uma importância central: ela é a única fonte do movimento e da vida nessa fossilizada paisagem lunar feita de exatidão arqueológica.

Trata-se, sem dúvida, de uma fantasmagórica vida ilusória. E de uma vida ilusória que suprime a realidade objetiva exagerada dos objetos. Na descrição dos objetos singulares do ambiente histórico, Flaubert é muito mais exato e plástico que qualquer outro escritor antes dele. Mas esses objetos não têm nenhuma relação com a vida interna das personagens. Quando Walter Scott descreve uma cidade medieval ou a casa de um clã escocês, esses objetos são componentes da vida e dos destinos de homens cuja psicologia se situa no mesmo nível de desenvolvimento histórico desses objetos ou, em outras palavras, cuja psicologia é um produto dos mesmos conjuntos sociais e históricos que constituem tais objetos. Assim, nos épicos antigos, surge a "totalidade dos objetos". Em Flaubert, não há esse nexo entre o mundo exterior e a psicologia das personagens principais. E, por causa dessa falta de conexão, a exatidão arqueológica do retrato é rebaixada: torna-se um mundo de *trajes e decorações* historicamente exatas, uma mera moldura pitoresca no interior da qual se desenrola um enredo puramente moderno.

De fato, o verdadeiro efeito de *Salambô* está ligado a essa modernização. Os artistas ficaram impressionados com o êxito de Flaubert em suas descrições, mas a personagem de Salambô provocou apenas o efeito de retrato – alçado a símbolo decorativo – da histeria ansiosa e dilacerada das moças burguesas das grandes cidades. A história simplesmente possibilitou que essa histeria – que se manifesta na vida presente em cenas feias e mesquinhas – fosse introduzida em uma moldura decorativa monumental e recebesse uma aura trágica que ela não possui na realidade efetiva. Isso produz um efeito poderoso, mas mostra que Flaubert, movido por seu ódio ao caráter banalmente prosaico de seu tempo, sucumbe a uma falta de veracidade essencial e objetiva, a uma distorção das proporções reais da vida. A superioridade artística de seus romances burgueses reside justamente no fato de que, nestes, a proporção entre o sentimento e o evento, entre o anseio e sua tradução em ações, corresponde ao caráter real, sócio-histórico do sentimento e do anseio. Em *Salambô*, ocorre uma monumentalização falsa e distorcida de sentimentos que, em si, não são de modo algum monumentais e, por isso, não suportam essa intensificação artística. A análise de Paul Bourget mostra com muita clareza como a personagem de Salambô foi tomada como um símbolo na época do declínio do realismo [*Royalismus*] e da reação psicológica ao naturalismo de Zola.

> A seus olhos (*de Flaubert, G. L.*), constitui uma lei permanente que o esforço humano tenha de ser abortado, sobretudo porque as circunstâncias exteriores se opõem ao sonho e porque mesmo as circunstâncias favoráveis não podem impedir que a alma se consuma na realização de suas quimeras. Nosso anseio tremula diante de nós como o véu de Tanit, como o *zaimph* bordado diante de Salambô. Enquanto não pode alcançá-lo, a jovem se consome em anseios. Quando o alcança, tem de morrer.

Essa modernização determina a construção do enredo. Dois motivos conectados de modo totalmente exterior constituem seu fundamento: a ação política entre Cartago e os soldados rebelados e o episódio amoroso de Salambô. Seu entrelaçamento é totalmente exterior e assim deve permanecer. Ela é tão alheia aos interesses vitais de sua pátria, à luta de vida ou morte de sua cidade quanto madame Bovary em relação à prática médica de seu marido. Mas, no romance burguês, esse alheamento pode se tornar o veículo de uma ação na qual Emma Bovary ocupa o lugar central, em razão precisamente de seu alheamento ao cotidiano da província. Aqui, porém, desdobra-se uma ação política grandiosa e, por isso mesmo, uma ação que requer uma figuração muito ampla, com a qual o destino de Salambô não pode se ligar organicamente. Todas as ligações são puro acaso ou acidente. Na figuração, porém, o acaso tem necessariamente de reprimir e sufocar a questão principal. O acaso ocupa a maior parte do romance; a questão principal torna-se um pequeno episódio.

Essa ausência de relação entre a ação política e a tragédia humana que desperta o interesse do leitor mostra claramente a mudança sofrida pelo sentimento histórico nessa época. A ação política é carente de vida não apenas porque é sobrecarregada com descrições de objetos supérfluos, mas porque ela não tem relação perceptível com uma forma concreta qualquer de vida popular que possamos vivenciar. No romance, tanto os soldados quanto os habitantes de Cartago são uma massa caótica que age de modo irracional. Se nos é exposto – e até com riqueza de detalhes – como a luta surge do fato de o soldo não ser pago e em que circunstâncias ela se transforma em guerra, não temos a menor ideia das forças sócio-históricas e humanas reais que fazem com que tais conflitos assumam precisamente essa forma. Eles permanecem como um fato histórico irracional, embora a figuração de Flaubert seja realista nos detalhes. E como os motivos humanos não surgem organicamente de um fundamento sócio-histórico, mas são introduzidos em figuras isoladas sob uma forma modernizada, eles distorcem ainda mais o quadro geral e deprimem ainda mais profundamente a realidade social de todo o acontecimento.

Isso se manifesta de modo flagrante no episódio amoroso de Mâtho. Na análise que faz desse soldado que se apaixonou perdidamente, Sainte-Beuve recorda com toda razão os pretensos romances históricos do século XVII, nos quais Alexandre, o Grande, Ciro ou Genserico aparecem como heróis apaixonados. "Mas o apaixonado Mâtho, esse Golias africano, que ao mirar Salambô comete várias loucuras e infantilidades, não me parece menos falso; ele se encontra tanto fora da natureza como fora da história." E, aqui, Sainte-Beuve nota corretamente o traço pessoal de Flaubert, o elemento novo nessa distorção da história em relação ao século XVII: enquanto os apaixonados dos antigos romances eram ternos e sentimentais, Mâtho ostenta um caráter selvagem e animalesco. Em suma, destacam-se e levam-se para o centro da figuração aqueles traços brutais e animalescos que aparecerão mais tarde em Zola, na caracterização da vida dos trabalhadores e dos camponeses modernos. A figuração de Flaubert é, aqui, "profética". Mas não no sentido de Balzac, que antecipa figurativamente o desenvolvimento futuro e real dos tipos sociais, mas no sentido da história da literatura, da antecipação do espelhamento distorcido da vida moderna por obra dos naturalistas.

A defesa de Flaubert contra essa acusação de Sainte-Beuve é extraordinariamente interessante e esclarece, mais uma vez, um aspecto de sua abordagem da história. Ele se defende contra a acusação de modernização na personagem de Mâtho da seguinte forma: "Mâtho *corre como um ensandecido* ao redor de Cartago. Ensandecido: essa é a palavra correta. O amor, tal como os antigos o representavam, não era uma sandice, um infortúnio, uma doença infligida pelos deuses?"

À primeira vista, essa defesa diz respeito a um dado historicamente autêntico. Mas apenas à primeira vista. Flaubert não investiga como de fato funcionava o amor no âmbito da vida social da Antiguidade, como suas diferentes formas psicológicas de manifestação se conectavam com as demais formas de vida na Antiguidade. Ele parte da análise da *representação* isolada do amor, tal como a encontramos nas tragédias antigas. Flaubert tem razão ao dizer, por exemplo, que no *Hipólito**, de Eurípedes, o amor de Fedra é figurado como uma paixão repentina que os deuses lhe impingiram. Contudo, quando tomamos esses conflitos trágicos segundo seu aspecto meramente subjetivo e os exageramos, convertendo-os em uma "peculiaridade psicológica" de toda a Antiguidade, realizamos uma modernização anistórica completa da vida. É claro que o amor individual, a paixão individual por seres humanos singulares surge "de repente" na vida e provoca grandes conflitos trágicos. Também é correto dizer que esses conflitos eram muito mais excêntricos na vida antiga que no período de desenvolvimento que vai da Idade Média à modernidade, quando problemas semelhantes surgiram, porém em uma forma diferente, em conformidade com as novas circunstâncias sociais. A forma específica da figuração da paixão nos escritores antigos está intimamente ligada às formas específicas de dissolução da sociedade gentílica na Antiguidade. Mas se esse resultado ideológico final de uma evolução é arrancado de seu contexto sócio-histórico, se seu aspecto psicológico subjetivo é isolado das causas que o produzem, se, portanto, o ponto de partida do escritor não é o ser, mas uma representação isolada, então a única via de acesso a essa representação é a modernização, apesar de toda fidelidade aparentemente histórica. Mâtho encarna o amor antigo apenas na imaginação de Flaubert. Na realidade, ele é o modelo "profético" do bêbado e do louco decadente de Zola.

Essa conexão entre a abordagem da história pelo lado da representação e o fato de figurá-la como uma mistura de exotismo exterior e modernidade interior é tão importante para a evolução artística da segunda metade do século XIX que nos permitimos ilustrá-la com outro exemplo. Richard Wagner, cujos pontos de contato com Flaubert foram revelados por Nietzsche de modo pungente e hostil, encontra em Edda o amor entre os irmãos Siegmund e Sieglinde. Para ele, isso é apenas um fato extremamente interessante e exótico, que se torna "compreensível" graças a muita pompa

---

*   São Paulo, Iluminuras, 2007. (N. E.)

decorativa e psicologia moderna. Marx revelou aqui, com poucas palavras, a falsificação do contexto sócio-histórico que Wagner realiza. Em *A origem da família, da propriedade privada e do Estado*, Engels cita esta carta de Marx: "Nunca se ouviu falar de um irmão que tenha tomado a irmã como noiva?" Aos "deuses da luxúria" de Wagner, que, em sentido totalmente moderno, apimentam a relação amorosa entre os dois irmãos com um pouco de incesto, Marx responde: "Nos tempos primitivos, a irmã *era* a esposa, e isso era ético [*sittlich*]"*. Em Wagner, mostra-se de modo ainda mais claro que em Flaubert como o procedimento que parte da representação isolada, e não do ser, conduz necessariamente a uma inversão e a uma distorção da história. O que fica são os fatos exteriores e sem alma da história (aqui, o amor entre os irmãos), aos quais se atribui um sentimento totalmente moderno, e a trama antiga, o acontecimento antigo, serve apenas para tornar pitoresco o sentimento moderno, para acrescentar a ele uma grandeza decorativa que, em si mesmo, como vimos, ele não possui.

Mas essa questão guarda ainda outro aspecto de grande importância para o desenvolvimento moderno. Da perda do sentido próprio do acontecer sócio-histórico, que resulta do atrito entre os eventos exteriores historicamente dados e a psicologia modernizada das personagens, surge, como vimos, o exotismo do ambiente histórico. O acontecer histórico, que perde sua grandeza interna com essa erosão subjetivista, tem de conservar por outros meios uma pseudomonumentalidade, pois foi precisamente o desejo de fugir da mesquinhez da vida burguesa moderna que despertou tal temática histórica.

Um dos meios mais importantes para produzir essa pseudomonumentalidade é a brutalidade dos acontecimentos. Já vimos que os críticos mais relevantes e influentes desse período, Taine e Brandes, sentiram falta dessa brutalidade em Walter Scott. Sainte-Beuve, que pertence a uma geração mais antiga, constata sua presença e seu predomínio em *Salambô* com grande desconforto: "Ele cultiva a atrocidade. O homem (*Flaubert*, G. L.) é bom, excelente, mas o livro é cruel. Ele acredita que é uma prova de força parecer desumano em seus livros". Para quem conhece *Salambô*, é desnecessário dar exemplos. Aponto apenas o grande contraste no cerco a Cartago: o aqueduto de Cartago é bloqueado, a cidade inteira sofre com a sede. Ao mesmo tempo, reina uma terrível carestia

---

* Essa carta, que Engels menciona em carta a Kautsky de 11 de abril de 1884, não foi conservada. (N. T.)

no acampamento dos soldados. E Flaubert se farta de fornecer imagens do sofrimento das massas no interior e ao redor de Cartago. Mas tais imagens são apenas uma simples descrição de torturas terríveis e sem sentido, não há nenhum momento de humanidade. Como ninguém da massa é caracterizado individualmente, esses sofrimentos não produzem nenhum conflito, nenhuma ação que possa nos interessar ou tocar humanamente.

É visível aqui a aguda oposição entre as representações antiga e moderna da história. O escritor do período clássico do romance histórico só se interessa pelos acontecimentos cruéis e terríveis da história pregressa na medida em que eram a expressão necessária de determinadas formas da luta de classes (por exemplo, a crueldade dos *chouans* em Balzac) e na medida em que levam necessariamente a grandes paixões humanas, conflitos etc. (no mesmo romance, o heroísmo dos oficiais republicanos quando são massacrados pelos *chouans*). Como, por um lado, os acontecimentos cruéis do desenvolvimento social encontram-se em uma conexão necessária e compreensível e, por outro, é em conexão com eles que se expressa a grandeza humana dos combatentes, esses acontecimentos perdem seu caráter cruel e brutal. Quer dizer: crueldade e brutalidade não são de modo algum varridas ou atenuadas, como na acusação que Taine e Brandes fazem a Walter Scott, mas são apenas colocadas em seu devido lugar no contexto geral.

Com Flaubert, tem início um desenvolvimento em que a desumanidade do material e da figuração, a atrocidade e a brutalidade tornam-se um fim em si mesmas. Elas ocupam o lugar central porque a figuração da questão principal é fraca: o desenvolvimento social do homem; pelas mesmas razões, porém, elas recebem um destaque que vai além de seu real significado. Como em toda parte, a amplificação substitui aqui a verdadeira grandeza – a descrição das oposições é, em seu brilho decorativo, um substituto da figuração dos contextos sociais e humanos –, a desumanidade e a crueldade, a atrocidade e a brutalidade tornam-se meios de substituição para a verdadeira grandeza histórica que se perdeu. Ao mesmo tempo, elas emanam do anseio doentio do homem moderno de escapar da estreiteza sufocante do cotidiano, um anseio que ele projeta em uma pseudomonumentalidade. É do nojo das pequenas e mesquinhas intrigas burocráticas que surge a figura ideal de César Bórgia, o envenenador em massa.

Flaubert sentiu-se profundamente ultrajado com essa acusação de Sainte-Beuve. Todavia, suas objeções ao crítico não vão além do fato de demonstrar que estava ofendido. E não por acaso, pois o Flaubert extraordinariamente sensível e altamente moral inicia aqui, contra sua vontade, a reviravolta da literatura moderna que a levou ao desumano. A evolução do capitalismo é não apenas um processo de nivelamento e banalização da vida, mas também um processo de brutalização.

Essa brutalização dos sentimentos se manifesta cada vez mais na literatura. Mais especificamente no fato de que, na descrição e na figuração da paixão humana, a ênfase recai cada vez mais no aspecto físico e sexual, relegando a figuração da paixão propriamente dita. Lembremos que os maiores figuradores da paixão amorosa, Shakespeare, Goethe e Balzac, eram extremamente comedidos e apenas alusivos na representação do ato físico. A atração da literatura moderna por esse aspecto da representação do amor resulta, por um lado, da brutalidade crescente dos verdadeiros sentimentos amorosos na própria vida e, por outro, do fato de o escritor, para escapar da monotonia, ter de buscar casos cada vez mais extremos, mais anormais e perversos etc. como objetos da figuração.

Nesse sentido, o próprio Flaubert encontra-se no início dessa evolução. E é muito característico, tanto para ele quanto para todo o desenvolvimento do romance histórico no processo de decadência do realismo burguês, que essas tendências apareçam com muito mais vigor em seus romances históricos que em seus retratos da sociedade moderna. Em ambos, o ódio e o nojo diante da estreiteza, da trivialidade e da mesquinhez da vida burguesa moderna manifestam-se com a mesma força, porém de modo muito diferente, conforme o material figurado. Em seus romances de temática contemporânea, Flaubert concentra sua ironia na figuração do cotidiano burguês, dos burgueses medianos. Como extraordinário artista realista que é, ele chega a uma representação infinitamente nuançada da tristeza cinzenta que constitui um dos aspectos reais desse cotidiano. São precisamente as tendências naturalistas desse modo de representação que impedem Flaubert de afundar em uma excentricidade das formas desumanas da vida capitalista. Como vimos, porém, o romance histórico deve ser, para ele, uma libertação artística dos grilhões dessa superficialidade monótona. Tudo o que, na figuração da realidade contemporânea, ele teve de abjurar por excesso de escrúpulos naturalistas deve ganhar aqui sua plena expressão. Do ponto de vista da forma: o colorido, a monumentalidade decorativa do ambiente exótico; do ponto de vista material: as paixões excêntricas em toda a sua extensão e peculiaridade. E aqui se mostra com clareza a limitação social, moral e ideológica desse importante e autêntico artista: ele odeia de fato o presente capitalista, mas seu ódio não tem nenhuma raiz nas grandes tradições populares e democráticas do passado ou do presente e, por isso, nenhuma perspectiva de futuro. Seu ódio não se eleva historicamente acima do que ele odeia. Portanto, quando as paixões reprimidas rompem seus grilhões nos romances históricos, o que aparece em primeiro plano é o lado excêntrico e individualista do homem capitalista, a desumanidade que a vida cotidiana tenta mascarar hipocritamente e parece subjugar. Os decadentes posteriores figuram com cinismo jactancioso esse aspecto da desumanidade capitalista. Em Flaubert, ela aparece na iluminação bengalesa de uma monumentalidade romântico-histórica. Com isso, Flaubert revela aspectos do novo modo de figuração da vida que só mais tarde ganham uma difusão geral e, como tendências gerais, ainda não haviam se tornado conscientes para ele.

Mas a contradição entre o nojo ascético de Flaubert em relação à vida moderna e esses excessos desumanos de uma fantasia selvagem e sem sentido não elimina o fato de que, aqui, ele é um dos mais importantes precursores da desumanização da literatura moderna. Essa desumanidade nem sempre provém de uma capitulação simples e linear diante das tendências desumanizadoras do capitalismo. Naturalmente, esse é o caso mais simples e maciço tanto na literatura quanto na vida. Mas as personalidades relevantes desse processo de decadência, como Flaubert, Baudelaire, Zola e até mesmo Nietzsche, sofrem com essa evolução da vida e opõem-se ferozmente a ela; entretanto, o modo como se opõem a ela faz com que a desumanização da vida por obra do capitalismo se fortaleça ainda mais na literatura.

É apenas a partir dessa modernização dos sentimentos, das representações e das ideias dos homens – combinada com uma fidelidade arqueológica aos objetos e aos usos que nos são estranhos e, portanto, só podem nos causar um efeito exótico – que se pode colocar de modo concreto e teoricamente correto a questão da *linguagem* no romance histórico. Hoje, é costume tratar de problemas de linguagem independentemente das questões estéticas gerais, das questões dos gêneros concretos etc., mas podem resultar aí apenas "princípios" abstratos e juízos de gosto subjetivos – igualmente abstratos. Se agora passamos aos problemas da linguagem no primeiro escritor importante que modernizou e tornou a história exótica, só podemos apreender tais problemas como última consequência artística daquelas tendências que até o momento só vimos em ação no processo de dissolução do romance histórico clássico.

É claro que, do ponto de vista linguístico, o problema do "anacronismo necessário" desempenha um papel decisivo. O fato de toda épica ser uma narrativa do *passado* já cria uma estreita relação linguística com o presente. Pois é um narrador *atual* que fala a um leitor *atual* sobre Cartago ou o Renascimento, sobre a Idade Média inglesa ou a Roma imperial. A consequência disso é, desde já, que o tom linguístico geral do romance histórico deve rejeitar o arcaísmo como um esteticismo supérfluo. O que importa é que o leitor *atual* se *aproxime* de um período passado. E é lei geral da arte narrativa que isso ocorra a partir de episódios apresentados de maneira plástica, que a compreensão e a aproximação do ser das personagens, das condições sociais e naturais, dos costumes etc., sejam o caminho pelo qual a psicologia dos homens de tempos remotos se torne compreensível para nós.

Não há dúvida de que é mais difícil fazer isso com a história passada que com o presente. Contudo, a tarefa épica é fundamentalmente a mesma, pois, quando um autor épico significativo – Gottfried Keller, Romain Rolland ou Górki – narra sua infância, ele jamais cogita adaptar sua linguagem literária específica para que o tatear e o balbuciar que caracterizam as tentativas infantis de se orientar na vida sejam figurados na linguagem do tatear e do balbuciar infantis. A verdade artística consiste em uma tradução [*Wiedergabe*] correta dos sentimentos, das representações e dos pensamentos da criança, e em uma linguagem que torne tudo isso imediatamente compreensível para o leitor adulto. Em princípio, não há nenhuma diferença visível que mostre por que um homem da Idade Média poderia ser figurado mais fielmente por uma linguagem arcaizante que uma criança o seria por uma imitação linguística de seu primeiro balbuciar. Por isso, os meios linguísticos do romance histórico não podem ser diferentes, em princípio, daqueles do romance com temática contemporânea.

A posição de Flaubert em relação à história conduz necessariamente – mesmo nesse grande estilista – a uma degradação da verdadeira forma da linguagem épica. O próprio Flaubert é um artista demasiado importante, um artista da linguagem demasiado grande para querer evocar a impressão de autenticidade histórica por meio de um tom coerentemente arcaizante. Já vários de seus contemporâneos sucumbem a essa figuração linguística pseudo-histórica. Foi assim que, na Alemanha, Meinhold deu à sua *A bruxa âmbar** um tom antigo que imitava habilmente as crônicas da Guerra dos Trinta Anos

---

* São Paulo, Marco Zero, s.d. (N. E.)

a fim de despertar no leitor a ilusão de ler não uma narrativa atual sobre o passado, mas as memórias de um contemporâneo dos acontecimentos, um "documento autêntico".

É natural na essência da épica, em especial da épica histórica, dar os acontecimentos narrados como verdadeiros, factuais. No entanto, é um equívoco naturalista pensar que essa autenticidade possa surgir mediante a imitação da linguagem antiga. Esta é tão pouco útil quanto a autenticidade arqueológica das coisas exteriores, se as relações essenciais, sociais e humanas não forem trazidas ao leitor de modo verdadeiro. E, quando isso ocorre, a autenticidade naturalista é, em ambos os casos, supérflua. Hebbel, que elogiou o conjunto de *A bruxa âmbar* com argumentos justos e atribuiu grande sensibilidade estética a seu autor, diz o seguinte sobre a pretensa autenticidade da linguagem desse romance: "A linguagem verdadeira do herói tem, no romance e na ficção em geral, tão pouca importância quanto a bota real em seu retrato pintado".

O caráter naturalista dos argumentos a favor de uma arcaização da linguagem revela-se já no fato de que essa autenticidade só pode ser exigida, em todo caso, se as personagens figuradas pertencem ao mesmo domínio linguístico. Púchkin escarnece de tais teorias da "verossimilhança" na poesia e pergunta ironicamente se, de acordo com essa teoria, Filoctetes, por exemplo, poderia alegrar-se no drama francês com a sonoridade de sua língua grega materna, que o abandonou há muito. Hebbel, na crítica que acabamos de citar, expressa um pensamento semelhante: "Se Meinhold tivesse razão, então seria obrigatório que, no romance e no drama, o alemão antigo falasse alemão antigo, o grego falasse grego, o romano falasse romano, e *Troilus e Créssida**, *Júlio César*** e *Coriolano**** não poderiam ter sido escritos, ao menos não por Shakespeare". E Hebbel mostra que *A bruxa âmbar* obtém seu efeito estético não por causa, mas sim apesar de sua linguagem arcaizante.

É importante sublinhar esse caráter naturalista da arcaização da linguagem. Vê-se que não se trata aqui de um problema particular do romance (ou drama) histórico, mas apenas de uma degenerescência especificamente naturalista que substitui a caracterização essencial por pitorescas bagatelas. Se Gerhart Hauptmann, em seu *Florian Geyer*, foi incapaz de figurar as oposições de classe

---

* Rio de Janeiro, Lacerda, 2004. (N. E.)

** Rio de Janeiro, Lacerda, 2001. (N. E.)

*** Rio de Janeiro, Lacerda, 2004. (N. E.)

fundamentais no terreno dos camponeses revoltosos, se, por causa disso, Götz, Wendel, Hippler, Karlstatt, Bubenleben, Jacob Kohl etc. não receberam uma fisionomia político-histórica, então será de muito pouca serventia reproduzir a linguagem "autêntica" da época; já Goethe, sem lançar mão dessa "autenticidade" da linguagem, é extraordinariamente bem-sucedido ao figurar com precisão a oposição nos destinos de Götz e Weislingen na ordem da cavalaria. Hauptmann é aqui um exemplo muito instrutivo. Sua capacidade linguística de dominar diferentes idiomas e dialetos é extraordinária, e ele é quase sempre bem-sucedido no modo de caracterização que se pode conseguir com esses meios. Mas é justamente isso que mostra o caráter secundário desse elemento: apesar de tudo, a vivacidade de suas personagens é incrivelmente diversificada; ela depende de princípios da figuração que vão muito além da reprodução linguística fiel da entonação local, temporal e individual da fala.

Foi de propósito que introduzimos aqui exemplos dramáticos. Pois no drama, como forma da "contemporaneidade" (Goethe), o imperativo de fazer a personagem expressar-se em sua língua "real", portanto arcaizada, parece ser maior que na épica, em que o narrador contemporâneo fala *sobre* personagens passadas, emprestando a elas seu próprio modo de expressão linguística. Daí se vê de imediato que o arcaísmo da linguagem é, no romance histórico, um contrassenso. Nessas obras, são transmitidos os atos e os sentimentos, as representações e as ideias de *homens passados*. Estes têm de ser legítimos, de acordo com seu conteúdo e sua forma; já a linguagem é necessariamente a do narrador, e não das personagens.

No drama é diferente. Mas justamente por isso a dedução do naturalismo é, aqui, um sofisma, e talvez dos mais perigosos. Mesmo sem levar em conta as consequências absurdas para as quais Púchkin e Hebbel chamaram a atenção, a contemporaneidade da ação dramática, das personagens dramáticas e de sua expressão dialógica significa que elas têm de ser contemporâneas *para nós*, para o espectador. Sua expressão linguística exige, portanto, imperativamente, uma compreensão imediata, ainda mais direta que a da narrativa. A possibilidade e a necessidade de um espaço maior de atuação para o "anacronismo necessário" no drama histórico (sobre o qual falamos na seção anterior) determinam também a linguagem do drama.

Mas, aqui, a renúncia ao arcaísmo não significa uma modernização como a que ocorre na épica. Os limites do "anacronismo necessário" no drama também são determinados pelos limites da autenticidade histórica dos atos e dos pensamentos, dos sentimentos e das representações dos homens. Essa é a razão por que o Brutus ou o César de Shakespeare não ultrapassam esse limite, enquanto a comédia *César e Cleópatra*, de Shaw, é uma modernização – extremamente espirituosa – da história.

Em Flaubert, essa questão ainda não aparece do modo extremo como aparecerá nos naturalistas posteriores. Contudo, Sainte-Beuve já escarnece de uma série de detalhes "autênticos", como leite de cadela e patas de mosca como cosmético e outras curiosidades semelhantes. Mas tais detalhes não são acidentais em Flaubert e não constituem de modo algum uma simples busca por algo notável; isso estaria muito longe da pena desse artista tão sério e sincero. Originam-se antes em princípios naturalistas. O princípio da autenticidade fotográfica da descrição, dos diálogos etc. não pode resultar senão disso. Se, por um lado, nos romances com temática contemporânea, os dicionários especializados são devassados a fim de que cada objeto seja reproduzido com precisão cirúrgica, por outro, no romance histórico, a tendência a reproduzir a linguagem própria dos artesãos ou dos ladrões conduz ao arqueologismo. Em ambos os casos, o objetivo do escritor que figura a linguagem deixa de ser a compreensão universal do objeto como base material, como mediador material das ações humanas. O objeto aparece antes ao leitor, por um lado, em seu caráter estranho e totalmente incógnito (e, quanto mais estranho, mais interessante) e, por outro, no jargão usado por aqueles que dominam o objeto e, por isso, não precisam compreendê-lo.

Nos debates sobre o romance histórico, a modernização da linguagem emerge com frequência como *oposição antinômica* ao arcaísmo. Na verdade, trata-se de tendências *ligadas uma à outra*, que se condicionam e se completam mutuamente. Daqui provém também a necessidade da modernização linguística da concepção anistórica ou anti-histórica dos sentimentos, das representações e das ideias dos homens. Quanto mais vivo é o acesso concreto e histórico ao ser e à consciência de uma época passada, como no romance histórico clássico, mais óbvia é, na composição ficcional, a necessidade de evitar, no plano linguístico, as expressões que nascem de um sentimento e um mundo de ideias totalmente estranhos ao período passado, expressões que não tornam compreensíveis, *para nós*, os sentimentos, as representações e as ideias *dos homens passados*, mas atribui-lhes nossos sentimentos, representações e ideias.

Do ponto de vista psicológico, porém, o naturalismo baseia-se na introjeção e, do ponto de vista sócio-histórico, na analogia. Na controvérsia com Sainte-Beuve, examinamos algumas palavras do próprio Flaubert sobre

Salambô e seus modelos modernos. Ao longo de toda a linha de argumentação, vemos a mesma modernização. Sainte-Beuve faz acusações a Flaubert, por exemplo, a respeito da figuração da reunião do Senado em Cartago. Flaubert responde:

> O senhor pergunta de onde obtive tal noção sobre o Senado de Cartago? Ora, de todos os ambientes análogos das épocas revolucionárias, da Convenção ao Parlamento americano, onde, há pouco tempo, lutou-se com porretes e revólveres escondidos pelas pessoas (tal como meus punhais) nas mangas de seus casacos; e meus cartagineses ainda foram mais comportados, pois lá não havia público presente.

É claro que, em tal concepção da base social e da psicologia, está *inevitavelmente* presente a modernização da linguagem. Desde já, a concepção é modernizada com base na analogia: o Senado de Cartago é um Parlamento americano sem galeria, Salambô é uma santa Teresa sob condições orientais etc. É perfeitamente lógico que as representações, as ideias e os sentimentos modernos introjetados nas personagens também recebam uma expressão modernizada.

Em *Salambô*, todas as tendências do declínio do romance histórico se mostram concentradas: monumentalização decorativa, privação de alma, desumanização da história e, ao mesmo tempo, sua privatização. A história aparece como um grande e pomposo cenário que serve de moldura para um evento puramente privado, íntimo, subjetivo. Esses dois falsos extremos se ligam estreitamente um ao outro e aparecem, em uma nova mistura, no representante exemplar do romance histórico desse período: Conrad Ferdinand Meyer.

O desenvolvimento naturalista, em particular em sua passagem para o subjetivismo lírico, para uma forma de impressionismo, acentua a tendência à privatização da história. Surgem romances históricos em que, somente depois de certa reflexão, o leitor é capaz de constatar que a trama não se desenrola no presente. O belo e interessante romance *Uma vida**, de Maupassant, é o paradigma dessa orientação. O autor apresenta com grande verossimilhança psicológica a história de um casamento, a decepção de uma mulher, a ruína de toda a sua vida. Mas o achado notável de Maupassant foi ter situado o romance na primeira metade do século XIX, de modo que ele começa no período da Restauração e desdobra-se pelas décadas seguintes.

---

* São Paulo, Nova Cultural, 2003. (N. E.)

Os aspectos puramente exteriores do retrato do tempo são plenamente dominados por Maupassant, um escritor de extremo talento. Todavia, o enredo principal desenrola-se de modo totalmente "atemporal"; a Restauração, a Revolução de Julho, a Monarquia de Julho etc. são acontecimentos que, objetivamente, deveriam ter um efeito profundo no cotidiano de um ambiente aristocrático, mas em Maupassant não desempenham absolutamente nenhum papel. A história privada é introduzida de forma puramente exterior em determinada época. O caráter puramente privado da ação elimina por completo sua historicidade.

A mesma tendência de privatização da história mostra-se, com um pouco mais de tensão, em um romance muito interessante de Jacobsen: *Frau Marie Grubbe* [A senhora Marie Grubbe]. Jacobsen chama seu livro de "Interiores do século XVII", com o qual sublinha programaticamente sua tendência à descrição do estado de coisas. Ele não evita a descrição do pano de fundo histórico de modo tão coerente quanto Maupassant; as guerras, as ocupações etc. são descritas e o nexo cronológico da ação privada com a história da Dinamarca pode ser acompanhado passo a passo. Mas apenas o nexo cronológico. Pois guerras são travadas e pazes são assinadas sem que o leitor compreenda nada desses acontecimentos, sem que nem mesmo tenha algum interesse por eles. A ação que ocupa o lugar central não tem nenhuma relação com esses acontecimentos.

Aqui encontramos o mesmo traço que detectamos em *Salambô*, de Flaubert; como o romance não parte dos problemas da vida do povo, mas trata dos problemas psicológicos de uma classe elevada, *sem conexão* com os problemas sócio-históricos universais, rompe-se todo laço entre os acontecimentos históricos e os destinos privados. Como Flaubert, Jacobsen também toma uma pessoa solitária como heroína. A série de decepções que sua personagem principal sofre em sua busca pelo "herói" forma o enredo do romance. Um problema tipicamente moderno. É totalmente indiferente se o autor encontrou justificativa em certas fontes para situar a ação no século XVII; como destino *típico*, o destino de Marie Grubbe se realiza no tempo do próprio Jacobsen, na segunda metade do século XIX. Como a ação principal se baseia em uma modernização dos sentimentos, é compreensível que também aqui o ambiente histórico, os acontecimentos históricos sirvam apenas de cenário decorativo. Quanto mais autêntica é a figuração das singularidades do cenário histórico que Jacobsen apresenta, quanto mais autênticas são as personagens coadjuvantes, as cenas etc., maior deve ser a discrepância entre esses elementos e a tragédia psicológica da heroína, e mais excêntrico se torna seu destino nesse ambiente.

Como em Maupassant, aqui também se retrata um problema real da vida contemporânea. Mas em Jacobsen, mais do que em Maupassant, esse problema se apresenta apartado da vida social, limitado a suas causas e implicações psíquicas. Por isso, em ambos os casos, o pano de fundo histórico é puramente arbitrário. O uso da história cria, nos dois casos, uma forma mitigada e excêntrica de figuração do presente.

Essa tendência à privatização da história é uma característica geral do período inicial de declínio do grande realismo. Obviamente, ela também aparece no romance com temática contemporânea; mesmo onde grandes acontecimentos históricos determinam diretamente a ação. Pois a alteração de sua conexão cênica com os acontecimentos vitais das personagens principais modifica não apenas sua função na ação propriamente dita, mas também seu modo de manifestação no conjunto do mundo figurado. O romance histórico clássico – e, depois dele, o grande romance realista de temática contemporânea – escolhe personagens centrais que, apesar de seu caráter "mediano" (que já analisamos em detalhe), são perfeitamente apropriados para se situar na encruzilhada dos grandes embates sócio-históricos. As crises históricas figuradas são componentes imediatos dos destinos individuais das personagens principais e constituem, assim, parte orgânica da própria ação. Desse modo, os elementos individual e sócio-histórico estão inseparavelmente ligados um ao outro tanto na caracterização quanto na condução do enredo.

Esse modo de figuração é apenas a expressão artística daquele autêntico historicismo – a concepção da história como destino do povo – que movia os clássicos. Quanto mais decadente esse historicismo, mais o elemento social aparece como mero "ambiente [*milieu*]", atmosfera pictórica, pano de fundo imutável etc., diante e em torno do qual se desenrolam destinos puramente privados. A generalização ocorre, em parte, por meio da transformação das personagens principais em homens medianos caracterizados "sociologicamente" e, em parte, por meio de "símbolos" introduzidos de fora na caracterização e na ação. É óbvio que, quanto maior for o acontecimento social e mais interesse histórico ele tiver, mais restrita a esse modo será sua figuração. O modo de figuração do início da guerra franco-prussiana de 1870 em *Nana**, de Zola, e dos eventos históricos em *Marie Grubbe* não apresentam nenhuma

---

* Rio de Janeiro, Ediouro, s.d. (N. E.)

oposição fundamental em termos de concepção geral, por mais distinta que seja sua forma de aplicação técnica e artística.

Esse dualismo entre o elemento sócio-histórico e individual-privado tem sua consequência: a privatização da história aparece talvez de modo mais instrutivo nos realistas ingleses mais significativos da época de transição que em Maupassant e Jacobsen, que escreveram suas obras em um estágio mais avançado dessa evolução. Pretendemos esclarecer brevemente essas tendências com o exemplo de Thackeray. Esse autor é um realista crítico extraordinário, profundamente ligado às melhores tradições da literatura inglesa e aos grandes retratos sociais do século XVIII, dos quais tratou em detalhes em estudos críticos muito interessantes. Sua intenção literária não é de modo algum afastar o romance histórico do romance de crítica social, constituí-lo como gênero próprio, tal como foi em geral o resultado desse desenvolvimento. Ele tampouco se limita à forma clássica do romance histórico, que se iniciou com Walter Scott, mas procura aplicar diretamente as tradições do romance social do século XVIII em um romance histórico de tipo próprio. Dissemos que o romance realista inglês do século XVIII, em especial em Fielding e Smolett, já retratava eventos históricos singulares, mas apenas na medida em que estes se relacionavam diretamente com os destinos pessoais dos heróis principais; portanto, apenas episodicamente quanto à concepção geral e às tendências artísticas da época, sem nenhuma influência essencial sobre as questões centrais dos romances.

Ora, se é verdade que Thackeray adota conscientemente essa forma de figuração, tanto seu ponto de partida ideológico quanto sua finalidade artística são totalmente distintos daqueles dos realistas do século XVIII. Nestes últimos, essa *aproximação da historicidade* surgiu naturalmente de suas tendências sociocríticas e realistas. Essa aproximação é um dos muitos passos em direção àquela concepção realista da história, da vida social, da vida popular que atinge seu ponto culminante em Scott ou Púchkin. Em Thackeray, esse *retorno* ao estilo e à estrutura dos romances do século XVIII origina-se de um fundamento ideológico totalmente distinto, de uma decepção profunda e amarga que satiriza os costumes burgueses, a política, a relação entre a vida social e a vida política de seu próprio tempo. Adotando o estilo do século XVIII, ele quer desmascarar a apologética contemporânea.

Com isso, o dilema na representação dos eventos históricos reduz-se, para ele, à escolha entre a sacralização patética da vida pública e a figuração realista dos costumes da vida privada. Por exemplo, quando seu herói Henry Esmond – que narra a própria história na virada do século XVII para o XVIII – contrapõe polemicamente os romances de Fielding às narrativas oficiais da história, quando, em uma discussão com o poeta Addison, ele defende com veemência os direitos do realismo contra o colorido poético na figuração da guerra, seu modo de expressão encontra, com rara beleza, o tom da época, a linguagem do memorialista, mas ele expressa ao mesmo tempo as convicções de figuração literária do próprio Thackeray. A base desse estilo é o desmascaramento do falso heroísmo e, em especial, das lendas históricas sobre supostos heroísmos. Esmond também discorre com beleza e plasticidade sobre isso:

> Que motivo literário pode ser mais notável que um grande rei no exílio? O que pode ser mais digno de nossa atenção que um homem heroico em desventura? Mr. Addison compôs tal personagem em seu nobre drama *Cato* [Catão]. Mas imaginemos o fugitivo Catão em uma taberna, com uma rapariga de cada lado, cercado por uma dúzia de devotados e embriagados fruidores de sua ruína e um taberneiro que exige o pagamento da conta: aqui, a desventura perdeu toda e qualquer dignidade.

Thackeray exige esse desmascaramento quando quer tirar a peruca empoada da história, quando contesta que a história inglesa e francesa tenha se desenrolado apenas nas cortes de Windsor e em Versalhes.

De fato, quem diz tudo isso é Esmond, não o próprio Thackeray, e o romance não deve ser tomado por nós como a apresentação objetiva dessa época, mas simplesmente como a autobiografia do herói. Mas, sem levar em conta que esse retrato dos costumes da vida privada mostra traços muito semelhantes aos eventos históricos, por exemplo, em *A feira das vaidades**, essa composição não pode ser acidental em um escritor tão significativo e consciente quanto Thackeray. As memórias são uma expressão literária adequada para desmascarar a suposta grandeza histórica: tudo é visto com a mesma proximidade das relações privadas cotidianas, e o falso *páthos* dos heróis inventados, imaginados, cai por terra quando mostrado desse modo microscópico. O herói viu Luís XIV em sua velhice. Segundo Esmond, Luís talvez fosse um herói para um livro, para uma estátua, para uma pintura, "mas era mais que um simples homem para madame Maintenon, para o barbeiro que o barbeava, para o

---

* Mem Martins, Europa-América, 1999. (N. E.)

sr. Fagon, seu médico?" A proximidade destrói a suposta grandeza do conde Marlborough, do Pretendente Stuart e de muitos outros. E quando toda falácia histórica de grandeza é desmascarada resta apenas o prosaísmo de homens simples, que são capazes de verdadeiros sacrifícios e não se encontram muito acima dos homens medianos, como é o próprio herói.

Esse retrato é pintado com uma coerência particularmente notável. Mas resulta daí, de fato, um retrato verdadeiro da época, como o quer Thackeray? A resposta que ele dá a *seu* dilema é correta. Contudo, o dilema propriamente dito é estreito e falso. Há uma terceira alternativa: justamente aquilo que o romance histórico clássico costuma figurar. É fato: a época que começa após a "Revolução Gloriosa" e estende-se até a anexação da casa de Hanover ao trono da Inglaterra não pertence a tempos particularmente heroicos, sobretudo no que diz respeito à vida e à prática dos partidários da restauração dos Stuart. Lembramos, porém, que Scott também retratou essa tentativa de restaurar os Stuart (em *Waverley* e, mais tarde, em *Rob Roy* e *Redgauntlet*) e, ao fazê-lo, não idealizou ou poupou de modo algum a dinastia ou seus seguidores. Apesar disso, pintou um retrato da história que é, em cada fase, grandioso, dramático e cheio de conflitos profundos. A causa dessa grandiosidade é fácil de detectar. Scott fornece uma pintura ampla e *objetiva* das forças históricas que conduziam às revoltas em favor dos Stuart e, ao mesmo tempo, daquelas que as condenaram ao inevitável fracasso. No centro dessa pintura estão os clãs escoceses, levados a um combate desesperado pelas condições econômicas e sociais e desencaminhados por aventureiros. O destino do próprio Pretendente também é tragicômico em Scott; o de seus partidários ingleses é cômico ou patético. Estes estão insatisfeitos com o regime hanoveriano, porém se mantêm quietos porque são muito covardes ou muito indecisos para a ação, não ousam pôr em perigo seu bem-estar material, e a capitalização crescente da Inglaterra nivelou as antigas diferenças entre as propriedades fundiárias feudal e capitalista. Mas, como a base da ação é dada pelo sofrimento real, pelo heroísmo real – ainda que anacrônico e desnorteado – de um povo, os episódios perdem todo seu caráter rasteiro, mesquinho e acidental, seu caráter meramente individual e privado.

Mas Thackeray não vê o povo. Ele reduz seu enredo a intrigas no interior da classe alta. De fato, ele ainda é um escritor importante, que sabe muito bem que essas intrigas se limitam à camada social retratada por ele e não expressam a essência de todo o curso da história. Não por acaso, a sombra da época de Cromwell, o período heroico do povo inglês, surge repetidas vezes, em conversas isoladas. Mas esse período parece ter passado definitivamente, sem deixar rastros, e a vida retratada dissolve-se totalmente em mesquinhos acontecimentos privados. O que o povo diz a respeito de tudo o que acontece não é revelado. No entanto, foi nessa época que aqueles que travaram as batalhas da Guerra Civil, sobretudo os camponeses médios, os *Yeomanry* e os plebeus das cidades, foram à ruína moral e econômica precisamente pelo desenvolvimento avassalador do capitalismo. Só muito tempo depois é que os novos heróis, os luddistas e os cartistas, surgiriam do solo adubado com o sangue desse povo. Sobre essa tragédia, que fornece a base real para as comédias e as tragicomédias que se desenrolam no "alto", Thackeray não diz absolutamente nada.

Com isso, porém, ele abole a objetividade histórica, e quanto mais é forçado a fundamentar na psicologia as ações singulares de suas personagens, quanto mais meticulosamente ele aplica essa psicologia privada, tanto mais contingente tudo isso se mostra do ponto de vista histórico. É óbvio que o fato de ele revelar a contingência que subjaz às posições políticas de suas personagens não é uma falsa ideologia, mas, ao contrário, uma psicologia muito apurada. Contudo, essa contingência só pode parecer realmente falsa se se situa em um contexto objetivo de classes, em que se torna um fator da necessidade histórica. Mesmo o Waverley de Scott entra por acaso na revolta a favor dos Stuart; mas ele está ali apenas como pano de fundo para as personagens que tomam posição movidas por uma necessidade sócio-histórica. Todavia, quando Thackeray ressalta que seu herói não se tornou um partidário entusiasmado de Marlborough, mas um inimigo feroz pelo simples fato de que fora maltratado por ele em uma audiência, quando Marlborough é apresentado exclusivamente da perspectiva dessa indignação privada, deparamo-nos com uma tal caricatura que o próprio Thackeray se viu obrigado a acrescentar a suas memórias uma série de correções e notas contra seu próprio subjetivismo. Mas essas correções atenuam as parcialidades da obra apenas em sentido teórico; elas não são capazes de conferir à personagem de Marlborough um relevo histórico objetivo.

Esse subjetivismo avilta todas as personagens históricas que aparecem no romance. Nem precisamos dizer que Swift é visto exclusivamente por seu lado "demasiado humano", de modo que poderíamos tomá-lo por um intrigante e um carreirista mesquinho, se *suas* obras (e não o romance de

Thackeray) não nos dessem outra imagem dele. Mas mesmo personagens como Steele e Addison, dois escritores conhecidos da época que Esmond retrata com nítida simpatia, são objetivamente aviltadas, porque suas personalidades revelam apenas aqueles traços que costumam se manifestar na confortável vida privada de um cotidiano medíocre. A razão por que eles são transformados em representantes das mais importantes correntes da época, em ideólogos das grandes reviravoltas no seio do povo, encontra-se, segundo a concepção geral de Thackeray, fora do âmbito de sua narrativa. Conhecemos suficientemente pela história e pela história da literatura a ampla influência que sua revista *Spectator* exerceu em toda a Europa burguesa culta; e também sabemos que essa influência se apoiava, em grande medida, no fato de que os eventos cotidianos da vida se tornaram, nessa revista, o ponto de partida da fundamentação teórica e da demonstração prática da nova e vitoriosa moral da burguesia ascendente. Ora, eis que a *Spectator* aparece em *Henry Esmond*. O herói aproveita-se de sua amizade pessoal com os editores para expor nas páginas da revista, de maneira satírica, o frívolo coquetismo de suas pretendentes e, com isso, pregar-lhes uma lição de moral. É muito possível que artigos desse tipo *também* tenham sido publicados na revista. Mas a *redução* de seu papel histórico a esses episódios privados significa objetivamente uma distorção da história, seu rebaixamento ao nível mesquinho e privado.

Thackeray sofria, sem dúvida, com essa discrepância. Em outro romance histórico (*The Virginians* [Os virginianos]), ele expressa essa insatisfação. Afirma que não é possível, para o escritor contemporâneo, mostrar suas personagens no contexto verdadeiramente rico de sua vida profissional, de seu trabalho efetivo etc. O escritor permanece limitado, por um lado, à figuração das paixões, do amor ou do ciúme e, por outro, ao retrato das formas exteriores da existência social de suas personagens (em sentido superficial, "mundano"). Thackeray expressa assim, de modo muito conciso, a deficiência decisiva da época em que se inicia a decadência do realismo, mas sem captar os fundamentos sociais reais e suas consequências literárias. Ele não vê que essa deficiência reside na concepção estreita – e parcial – dos homens, no fato de que as personagens figuradas são apartadas das grandes correntes da vida popular e, com isso, dos verdadeiros problemas e das importantes forças da época.

Os clássicos do realismo podiam figurar poética e plasticamente esses aspectos da vida humana porque, em suas obras, todas as potências sociais ainda se manifestavam como relações humanas. Uma mudança importante no destino, como a falência iminente do velho Osbaldiston em *Rob Roy*, dá a Scott a possibilidade de desenvolver com tranquilidade, a partir da dramaticidade social e humana da situação e sem precisar fazer descrições dificultosas do ambiente, os diversos negócios dos mercadores de Glasgow. Em Tolstói, a atitude diferente em relação à vida militar de Andrei Bolkonski, Nikolai Rostov, Boris Drubetzkoi, Denissov, Berg etc., os diferentes posicionamentos sobre a agricultura e a servidão no velho e no jovem Bolkonski aparecem como parte integrante da trama, do desenvolvimento humano e psicológico dessas personagens.

À medida que a maneira de considerar a sociedade e a história torna-se cada vez mais privada, tais conexões vivas se perdem. A vida profissional parece morta; tudo o que é humano é inteiramente coberto pela areia do deserto da prosa da vida capitalista. Os naturalistas posteriores – a começar por Zola – mergulham nessa prosa, é verdade, e colocam-na no centro da literatura, mas fazem isso apenas na medida em que fixam e eternizam os traços mortos dessa prosa, limitando sua figuração à descrição do ambiente "coisificado", na medida em que conservam em sua impossibilidade de figurar aquilo que Thackeray – com um sentimento correto, mas decerto a partir de uma situação falsa – caracterizou como "infigurável", mas retratam-no ao mesmo tempo por meio da substituição da figuração, com descrições "científicas", isto é, meras descrições de coisas e relações entre coisas esplêndidas nos detalhes.

Thackeray é um realista consciente demais e sua ligação com as tradições do verdadeiro realismo é forte demais para que ele adote tal expediente naturalista. Por isso, em busca da forma clássica do romance histórico, para ele inalcançável, ele se refugia em uma renovação artificial do estilo do Iluminismo inglês. Mas aqui, como em qualquer lugar, esse arcaísmo só pode conduzir a resultados muito problemáticos. A busca de um estilo leva a uma estilização que traz à superfície, em cores berrantes, as fraquezas de sua concepção geral da vida social, acentuando-as com mais força do que faria se agisse intencionalmente. Ele quer apenas desmascarar a falsa grandeza, o pseudo-heroísmo, mas, como vimos, sua estilização faz com que toda personagem histórica mostre seu significado – mesmo real – sob uma luz muito redutora, por vezes quase aniquiladora. Diante disso, ele quer mostrar a autêntica e intensa grandeza da modesta moralidade, mas sua estilização faz com que suas personagens positivas apareçam como puritanos enfadonhos, insuportáveis. É verdade que a adoção das tradições literárias do século XVIII dá a suas obras uma coesão estilística que age beneficamente em meio à incipiente dissolução naturalista da forma de narrativa. Tal coesão, porém, é apenas estilística, não toca a profundeza da figuração e, por isso, na melhor das hipóteses, pode apenas esconder a problemática que surge da privatização da história, uma vez que não é capaz de solucioná-la.

III. O naturalismo da oposição popular

O poder das tendências prejudiciais à literatura evidencia-se mais nos casos em que os escritores, lutando contra elas na teoria, submetem-se a seu domínio na prática. Vimos que a redução do naturalismo à tradução fiel da realidade imediata (e *exclusivamente* dessa realidade) subtraiu da literatura a possibilidade de figurar as forças motrizes essenciais da história de modo vivo e dinâmico. Mesmo o romance histórico de escritores tão importantes como Flaubert ou Maupassant decaiu ao nível da superficialidade episódica. As vivências puramente privadas e individuais das personagens não têm nenhum vínculo com os acontecimentos históricos e, por isso, perdem seu verdadeiro caráter histórico. E, com essa separação, os próprios acontecimentos históricos tornam-se exterioridade, exotismo, mero pano de fundo decorativo.

Todas essas tendências artisticamente desfavoráveis surgem do desenvolvimento social e político da burguesia após a Revolução de 1848. Mas mesmo nesse caso não se pode conceber de maneira linear e direta o nexo entre as tendências gerais da época e as questões literárias formais. Tais tendências operam no sentido de privar o romance histórico de seu caráter popular. Os escritores não têm mais força (e, com frequência, tampouco vontade) para vivenciar a história como história do povo, como um processo de desenvolvimento em que, de modo ativo e passivo, como agente e paciente, o povo desempenha o papel principal.

Nos escritores que voltam sua atenção imediata para a burguesia, isso se expressa – como vimos em Flaubert – como uma concepção decorativa e exótica da história, por meio da qual se tenta obter uma antítese à prosa desolada e tediosa, odiada e desprezada do cotidiano burguês. À história, no brilho colorido de sua distância, de seu exotismo, de sua alteridade em relação ao presente, cabe realizar este anseio: fujamos deste mundo de desolação!

Diferente é o caso dos escritores que permanecem bastante ligados ao povo e para os quais o sofrimento do povo, sob a terrível pressão do "alto", constitui o ponto de partida de sua visão de mundo e de sua figuração artística. Eles também sentem ojeriza, desprezo e ódio pelo mundo dominante da prosa burguesa, mas sua obra não é determinada por um refinado desencanto ético e estético, mas pelo ressentimento e pela exasperação das amplas massas populares que não tiveram seus anseios realizados pela série de revoluções burguesas de 1789 a 1848.

Qualquer um que conheça a fundo o movimento naturalista na literatura sabe qual papel – preponderantemente negativo – a incipiente consciência socialista do proletariado desempenhou nele. O fato irrefutável e cada vez mais perceptível das "duas nações" tem consequências muito ambíguas na literatura. Lá onde o espírito da democracia revolucionária ainda está vivo na sociedade ou o socialismo já conquista escritores importantes, novas formas de um grande realismo podem surgir. Mas justamente por isso, na Europa ocidental após a Revolução de 1848, assiste-se ao alheamento dos escritores aos grandes problemas que englobam toda a sociedade e à limitação de seu horizonte a uma das "duas nações". Que esse estreitamento traz consequências negativas e faz com que o horizonte temático da figuração se limite ao mundo do "alto" é algo que já vimos antes e voltaremos a ver.

Todavia, tal estreitamento ainda acarreta um empobrecimento da literatura, no momento em que o autor – também com imediatidade naturalista – direciona sua atenção exclusivamente para o mundo de "baixo". Isso pode ser visto da melhor forma nos romances históricos de Erckmann-Chatrian. O conhecido crítico russo Pissarev vislumbrou nessas obras, com toda razão, um novo tipo de romance histórico. Mas na alegria democraticamente justificada de sua descoberta, na polêmica também democraticamente justificada contra os romances históricos de seus contemporâneos, ele não viu as limitações de Erckmann-Chatrian e de seu modo de figuração. Diz ele: "A nossos autores, não interessa como e por que este ou aquele grande acontecimento histórico se produziu, *mas sim* qual impressão ele causou nas massas, como foi entendido por elas e como elas reagiram a ele" (*grifo meu, G. L.*).

Destacamos as palavras "mas sim" com a finalidade de dirigir a atenção do leitor para a contraposição demasiadamente aguda de Pissarev. Com efeito, ele logo acrescenta que entre o lado exterior da história (os grandes acontecimentos, as guerras, os tratados de paz etc.) e seu lado interior (a vida das massas) há uma "viva interação". Mas, em sua análise, essa interação também permanece algo exterior, uma interação de fatores sem absolutamente nada em comum entre si. Justamente por isso, no tratamento que dá à obra de Erckmann-Chatrian, ele negligencia o fato de que tal interação, na medida em que ela aparece na obra desses autores, continua a ser apenas uma interação exterior.

Seria falso negar simplesmente a legitimidade relativa desse modo de considerar a realidade histórica. De fato, a história das sociedades de classes reflete-se desse modo *imediatamente*, mas apenas imediatamente, nos olhos das massas oprimidas e exploradas. As guerras são travadas em nome dos interesses dos exploradores – e nelas as massas exploradas derramam seu sangue, são arruinadas materialmente, tornam-se aleijadas etc. As leis compõe um sistema para consolidar toda forma de exploração. Isso vale também para as leis da democracia burguesa, que escreve em suas bandeiras "liberdade, igualdade e fraternidade" e garante a mais plena igualdade formal diante das leis. Pois a lei – como diz Anatole France, com a ironia mordaz da desilusão, sobre a democracia burguesa – proíbe com o mesmo rigor o rico e o pobre de dormir embaixo da ponte.

Todavia, podemos dizer que esse retrato imediato – e relativamente legítimo em sua imediatidade – corresponde à verdade objetiva do processo histórico? Todos os eventos e instituições da história da sociedade de classes seriam indiferentes e hostis às massas oprimidas na *mesma medida*? Obviamente, não é isso que afirma Pissarev. Ao contrário. Ele ressalta energicamente:

> Mas não foi sempre e em todo lugar que houve tal ausência de olhar da massa sobre os grandes acontecimentos históricos. Nem sempre e em toda parte, a massa permanece cega e surda às doutrinas que a laboriosa vida cotidiana fornece sem cessar, cheia de privações e amarguras, aos que são capazes de ver e ouvir.

E ele louva como virtude literária de Erckmann-Chatrian justamente o fato de eles escolherem momentos da vida das classes em que as massas tiram lições dessas experiências, em que elas despertam "para uma firme e clara prestação de contas consigo mesmas acerca daquilo que as impede de ter uma vida mais feliz e humanamente digna".

Na medida em que Erckmann-Chatrian dirigem sua atenção para esses períodos da vida do povo, o elogio de Pissarev é acertado. Entretanto, em muitos sentidos é visível sua desatenção, como crítico, às limitações desse modo de ver as coisas. Antes de mais nada, não há objetivamente, nos diferentes períodos da evolução da humanidade, uma contraposição rígida entre a indiferença inteiramente passiva e o despertar ativo das massas, como poderia parecer à primeira vista. A evolução da sociedade é, sem dúvida, um processo desigual, mas é um processo que avança, apesar de grandes oscilações que às vezes duram séculos. E, para as massas, as etapas singulares desse processo jamais são algo objetivamente indiferente, mesmo quando não há nenhum movimento popular visível a favor ou contra os acontecimentos. O caráter contraditório do progresso na sociedade de classes expressa-se sobretudo no fato de que seus momentos e etapas singulares têm ao mesmo tempo efeitos totalmente opostos na vida das massas. A crítica de uma malícia brilhante que Anatole France faz à igualdade burguesa não elimina o fato de a igualdade perante a lei, com toda sua limitação de classe, ter sido um extraordinário avanço histórico em relação à jurisdição estabelecida, mesmo do ponto de vista das massas, mesmo visto de baixo. (Tanto o democrata convicto Pissarev quanto Anatole France seriam os últimos a duvidar disso.) Por conseguinte, apesar da legitimidade da crítica de France, as massas populares que sacrificaram a vida pela conquista dessa igualdade estavam em seu pleno direito.

À diversidade das etapas singulares da evolução tem de corresponder, na vida das massas, um grau ainda maior de diversidade de reações a essa evolução, pois tais reações podem ser verdadeiras ou falsas do ponto de vista sócio-histórico. E justamente porque o eco dos grandes acontecimentos é necessariamente mais imediato entre as massas politicamente pouco desenvolvidas, as mais diversas reações falsas são o caminho inevitável que essas massas encontram para, a partir de suas próprias experiências, chegar ao ponto de vista que realmente corresponde aos interesses do povo.

A grandeza do romance histórico clássico consiste precisamente no fato de ele fazer justiça a essa diversidade da vida do povo. Walter Scott descreve as mais distintas lutas de classes (revoltas monarquistas reacionárias, lutas dos puritanos contra a reação stuartiana, lutas de classes da nobreza contra o absolutismo nascente etc.), mas nunca deixa de apresentar a multiplicidade ricamente encadeada das reações das massas populares a essas lutas. Em suas obras, as pessoas do povo conhecem muito bem o abismo que separa o "alto" do "baixo" na sociedade. Mas esses dois mundos são abrangentes no sentido de que abarcam a vida inteira de seres humanos de aspectos variados. Assim, suas interações resultam em choques, conflitos etc., cuja totalidade abrange toda a esfera social das lutas de classes de uma época.

E somente essa diversidade graduada, rica e completa pode fornecer um retrato fiel e correto da vida popular nas épocas críticas da evolução humana. Erckmann-Chatrian, ao contrário, suprimem totalmente o mundo do "alto", e Pissarev louva-os vivamente por isso. Eles escrevem sobre a Revolução Francesa, diz o crítico, e não temos diante de nós nem Danton nem Robespierre; escrevem sobre as guerras napoleônicas, sem que o próprio Napoleão apareça em seus romances. De fato, é verdade. Mas isso é realmente um mérito?

Nas considerações anteriores, discorremos em pormenores sobre o papel que o romance histórico clássico dá às personagens representativas e dominantes da história. Vimos (e veremos de modo ainda mais claro com exemplos negativos, ao analisar o desenvolvimento moderno) que, por trás da prática de Scott ou Púchkin de transformar essas figuras históricas em personagens coadjuvantes, encontra-se uma profunda correção histórica, uma profunda verdade em relação à vida, em suma, a possibilidade concreta de figurar a vida do povo em sua totalidade histórica, em seu desdobramento real. Ora, quando Erckmann-Chatrian deixam Danton e Robespierre de fora de seu retrato da Revolução, é óbvio que eles têm esse direito. Mas só têm esse direito porque, mesmo sem Danton e Robespierre, conseguem descrever de modo igualmente convincente e plástico as correntes da vida popular francesa que na época da Revolução tinham nessas personagens históricas seus representantes mais claros e abrangentes. Sem essas correntes, o retrato da vida popular seria fragmentário e careceria de sua expressão consciente mais elevada, de sua verdadeira culminância política e social.

Mas esse problema, que em si e para si talvez não seja artisticamente insolúvel, não foi resolvido nem sequer colocado por Erckmann-Chatrian. Ao contrário, ao excluir totalmente os protagonistas históricos do retrato da época, eles expressam uma visão de mundo a que Pissarev, estabelecendo a contraposição entre parte exterior e interior da história (em simples ação recíproca), dá uma expressão mais consciente que aquela dada pelos próprios Erckmann-Chatrian.

Essa mudança de visão de mundo em relação à história se desenvolve também em consequência da Revolução de 1848. Ela expressa a desilusão geral com os possíveis resultados das revoluções burguesas, desilusão que começa logo após a grande Revolução Francesa, mas só agora se torna uma corrente verdadeiramente poderosa. Nos historiadores e escritores burgueses liberais, ela aparece como "história da civilização", isto é, como a concepção de que as guerras, os tratados de paz, as revoluções políticas etc. constituem apenas a parte exterior e menos importante da história; o fator verdadeiramente decisivo e revolucionário, o "interior" da história, é formado, ao contrário, por arte, ciência, técnica, religião, moral e visão de mundo. As mudanças ocorridas nessas manifestações caracterizam o verdadeiro caminho da humanidade, ao passo que a história "exterior", a história política, descreve apenas a espuma que se forma na superfície.

Todavia, nos plebeus desiludidos, em especial nos poetas e nos pensadores para os quais o proletariado já começa a se tornar parte integrante do povo, essa mudança se expressa de modo totalmente diferente, e mesmo contrário, embora as causas histórico-sociais sejam as mesmas. Também aqui surge uma desconfiança acerca da "grande política", à "história exterior". Mas a imagem que se contrapõe a ela não é o conceito idealista e nebuloso de civilização, mas a própria vida real, imediata, material e econômica do povo. Pode-se observar essa desconfiança em relação à política em toda a história pré-marxista de surgimento do socialismo, de Saint-Simon a Proudhon. E seria errado não ver quantos pontos de vista novos esse afastamento da política, essa procura da chave da "história secreta" da humanidade trouxe consigo; aqui, nos grandes utopistas, surgiram pela primeira vez os germes, as formas rudimentares da concepção materialista da história.

Mas logo ocorre a guinada, e os motivos negativos, que limitam o horizonte, tornam-se predominantes – por exemplo, em Proudhon. A desconfiança em relação à política conduz cada vez mais a um rebaixamento, a um empobrecimento da imagem da vida social e até mesmo a uma distorção da própria vida econômica. O apelo à existência imediata e material do povo, que levou ao ponto de partida de um verdadeiro enriquecimento da visão sobre a sociedade, transforma-se em seu contrário quando fica preso a essa imediatidade.

Esse é o destino no romance histórico – e na literatura em geral – do ponto de vista do mundo de "baixo", aplicado de modo unilateral e limitado. A desconfiança em relação a *tudo* o que ocorre no "alto", que se tornou abstrata e enrijecida nessa abstratividade, provoca um empobrecimento da realidade histórica figurada. A consequência dessa proximidade demasiado grande com a vida concreta e imediata do povo é o enfraquecimento ou a perda de seus traços mais elevados e heroicos. O desprezo abstrato da história "exterior" rebaixa o acontecimento histórico a um cotidiano monótono, à mera espontaneidade.

Pudemos observar tais traços de visão de mundo já no grande Liev Tolstói, que, nas linhas essenciais de sua obra, deu um prosseguimento digno e inovador à riqueza da figuração da vida dos clássicos. Mas, por causa do desenvolvimento peculiar da Rússia, o próprio Tolstói é ainda um escritor da época de preparação da revolução democrática; mesmo que, conscientemente, só pudesse se opor a ela, foi contemporâneo da revolução democrática na literatura e, pode-se dizer, um contemporâneo fortemente influenciado por ela. Por isso, também aqui sua obra é capaz de romper os limites estreitos de sua visão consciente do mundo.

Pensemos na concepção de Tolstói sobre a guerra. Nenhum escritor da literatura mundial teve uma desconfiança tão profunda contra tudo o que vem do "alto" quanto ele. Sua figuração do mundo do "alto", do generalato, da corte, da província reflete a desconfiança e o ódio do simples camponês ou soldado. Mas Tolstói também retrata esse mundo do "alto" e, com isso, dá à desconfiança e ao ódio do povo um objeto concreto, visível. Acontece que essa diferença é mais do que exterior e esquemática. Pois a existência concreta do objeto odiado já introduz, em si e para si, uma gradação, uma comparação, uma paixão no retratar dos sentimentos do povo em relação a esse mundo do "alto".

Por meio desse tipo de figuração, porém, Tolstói fornece não apenas uma maior diferenciação, como também uma forma totalmente distinta de articulação. Essa forma não é de modo algum um problema de expressão puramente artístico; ao contrário, ela provém justamente da elevação, do enriquecimento e da concretização de conteúdo do retrato social e histórico. Tolstói descreve com extraordinária maestria o despertar dos sentimentos nacionais do povo durante a campanha militar de 1812. Antes disso, as massas populares eram apenas bucha de canhão para os fins destruidores do czarismo. Por conseguinte, o objetivo e o resultado da guerra eram totalmente indiferentes para elas. Declarações patrióticas eram feitas por tolice, fanfarronice ou sugestão vinda do "alto". Com o retorno do Exército russo a Moscou, e sobretudo depois da ocupação e do incêndio da cidade, a situação histórica objetiva muda e, com ela, o sentimento do povo. Tolstói figura essas mudanças com a riqueza descritiva que lhe é comum, e não deixa de apontar que, sob o domínio czarista, vários aspectos da vida do povo permanecem intocados pelo destino da pátria, tanto objetiva quanto subjetivamente. Mas a mudança está dada. E Tolstói a expressa com nitidez e plasticidade, des-

260 | György Lukács

crevendo como Kutusov, apoiado pelo povo, é nomeado comandante-chefe contra a vontade do czar e da corte e como, apesar de todas as intrigas do "alto", consegue não apenas conservar seu cargo, mas também pôr em prática sua estratégia – pelo menos em suas linhas fundamentais. No entanto, assim que a guerra de defesa acaba e se inicia uma nova guerra de conquista do czarismo, Kutusov cai externa e internamente. Sua missão de defender a pátria como representante da vontade popular foi cumprida; a condução da nova guerra é assumida mais uma vez pelos cortesãos e pelos intriguistas de outrora. O cessamento da atividade do povo toma uma expressão nítida e visível na renúncia de Kutusov.

É essa concretude que falta aos romances de Erckmann-Chatrian. Basta pensar em sua *Histoire d'un conscrit de 1813* [História de um conscrito de 1813]. Aqui, a guerra é, para o povo, simplesmente a guerra, com todos os seus horrores, mas sem nenhum conteúdo político. Não sabemos nada a respeito das complicadas contradições da época, que valem em especial para os territórios sob domínio napoleônico nos quais o romance se passa. Sabemos apenas que a população de Leipzig, que havia apoiado vivamente os franceses, agora os enfrenta como inimigos. Mas, de toda essa alteração de humor, só sabemos aquilo que um recruta mediano, totalmente apolítico, consegue captar durante uma visita ocasional a uma taberna.

Aqui, aparece bem claro o caráter limitado do modo de figuração naturalista, unilateral e exclusivamente restrito ao que é meramente imediato na vida dos homens medianos. Em trabalhos anteriores[1], tratei em detalhes dessa limitação geral do naturalismo. Aqui, acrescentamos apenas que, no que diz respeito ao problema específico do romance histórico, o modo de figuração naturalista debilita necessariamente tanto os movimentos quanto os sentimentos populares, privando uns de objetividade histórica e outros de consciência. Com isso, toda observação e figuração fiel da singularidade abandona o terreno da verdade imediata da vida e converte-se em abstração; a guerra de 1913 poderia ser uma guerra qualquer. A experiência dos camponeses de Pfalzburg sob domínio napoleônico poderia ser a experiência de qualquer camponês sob qualquer regime. Assim como as disposições sociais específicas são apagadas pela mera autenticidade imediata do retrato natu-

---

[1] Ver "Die intelektuelle Physiognomie der künstlerischen Gestalten" e "Erzählen oder Beschreiben", em *Probleme des Realismus* (Berlim, Aufbau, 1955).

ralista do ambiente, a concretude histórica em Erckmann-Chatrian é dissolvida pelo naturalismo do modo de figuração em uma consideração abstrata da "parte de baixo em geral".

A oposição entre os modos de composição de Tolstói e Erckmann-Chatrian – que concordam em certos pontos sobre a concepção histórica do papel das massas – pode oferecer, por conseguinte, uma nova confirmação para a correção do modo clássico de construção do romance histórico. Nesse caso, trata-se mais uma vez da personalidade histórico-mundial como figura coadjuvante. Dissemos antes que, do ponto de vista abstrato, seria possível figurar a Revolução Francesa no romance histórico sem a inclusão de Danton e Robespierre. Isso está correto. Resta saber apenas se o escritor, ao tentar substituir os princípios políticos e sociais de Danton e Robespierre por personagens populares livremente inventadas, não se veria diante de uma tarefa ainda mais difícil de cumprir que aquela colocada pelas tradições dos clássicos do romance histórico, pois tais personagens dão ao romance histórico a possibilidade e a medida para elevar a figuração dos movimentos populares à sua dimensão intelectual e politicamente consciente. Enquanto o "indivíduo histórico-mundial" como personagem central da figuração concreta, histórica e humana dos movimentos populares reais acaba por se tornar um estorvo para sua própria figuração, como figura coadjuvante ele ajuda o escritor a levar sua personagem à sua elevação histórica concreta.

Essa relação é tanto mais verdadeira em Erckmann-Chatrian na medida em que seu modo de figuração é conscientemente intencional e não apenas em sentido artístico: sua concepção do autêntico caráter popular exclui o "indivíduo histórico-mundial" do mundo do romance histórico também como personagem coadjuvante. E, aqui, é nítida a relação interna entre naturalismo literário e desconfiança popular abstrata quanto ao mundo do "alto". Em sentido político, essa desconfiança é uma teoria da mera espontaneidade, assim como é o modo de figuração do naturalismo no terreno literário.

A desconfiança profunda e autenticamente revolucionária de Marat contra os "estadistas" de seu tempo, os traidores da revolução democrática, tem uma ligação muito íntima com os movimentos populares da época e toma parte de seu ponto culminante, porém não é seu produto imediato. Essa desconfiança – para empregar a expressão de Lenin em *Que fazer?** – foi

---

* São Paulo, Martins Fontes, 2006. (N. E.)

introduzida "de fora" nas massas plebeias. Como discípulo do Iluminismo, em particular de Rousseau, Marat pôde dar uma expressão clara aos anseios políticos e sociais da plebe francesa e aproximar esses anseios de sua realização na relação concreta e recíproca de todas as classes da sociedade; pôde esclarecer e articular a desconfiança instintivamente correta – porém vaga – das massas contra tudo o que pertence ao "alto", transformando-a em desconfiança *política* concreta contra os traidores *atuais* da revolução, desde Mirabeau até os girondinos.

O proletariado, graças à sua posição no processo de produção, é mais organizado e consciente do que qualquer outra classe explorada antes dele. No entanto, a observação de Lenin também vale para os trabalhadores:

> A consciência política de classe só pode ser adquirida *de fora* pelo trabalhador, isto é, de fora da luta econômica, de fora da esfera das relações entre trabalhadores e patrões. O terreno a partir do qual esse saber pode ser criado é o das relações de todas as classes e estratos sociais com o Estado e o governo, o terreno das relações mútuas entre *todas* as classes.

O fato de os movimentos populares pré-proletários se moverem em um nível social e consciente qualitativamente inferior ao das lutas de classes proletárias não invalida a observação fundamental de Lenin. Do mesmo modo, o fato, por exemplo, de que a consciência que Marat podia dar aos movimentos populares era permeada de ilusões histórico-mundiais inevitáveis adverte apenas da concretude da aplicação de determinados casos históricos, mas não elimina o fato social decisivo. Lenin faz aqui uma observação fundamental sobre o surgimento e o modo de ser da consciência política das classes oprimidas.

O "indivíduo histórico-mundial" no sentido do romance histórico clássico – quando tal indivíduo é realmente líder ou representante de movimentos populares autênticos – também apresenta, entre outros aspectos, esse "de fora" de que fala Lenin. Por isso, não é por acaso que os escritores que vivenciaram e figuraram apenas a decepção das massas após o fracasso social dos interesses populares nas revoluções burguesas e deixaram de lado o novo irromper da revolução popular, com o surgimento de um proletariado dotado de consciência de classe, tenham abandonado essas tradições e buscado no naturalismo sua expressão literária adequada. Eles afundam politicamente em uma glorificação da pura espontaneidade das massas e essa fraqueza político-histórica constitui para eles o ponto em que o naturalismo, a forma de decadência do grande realismo burguês torna-se irresistivelmente atraente.

Tratamos de Erckmann-Chatrian de maneira tão detalhada menos por sua importância artística do que por seu significado sintomático. E também pelo fato de a ênfase exclusiva e espontânea do aspecto de "baixo" (ainda com o apoio da autoridade de Pissarev) poder levar com muita facilidade a acreditarmos que estamos aqui diante da forma real, "proletária", "socialista" do romance histórico. Essa visão preconcebida, que deve ser superada, pertence também ao grande conjunto de problemas que o realismo socialista deve enfrentar, superando as mais diversas tradições naturalistas que, inicialmente, dificultam ou impedem o efetivo e pleno desdobramento do romance histórico.

O significado fundamental dessa crítica do naturalismo, mesmo quando este se torna expressão de experiências históricas não apenas plebeias, mas também plebeico-revolucionárias, talvez possa ser esclarecido de forma mais clara com uma referência à mais importante obra de arte dessa tendência, *A lenda de Eulenspiegel**, de Charles De Coster. O romance situa-se artisticamente em um nível muito distinto da sinceridade e da eficiência literárias de Erckmann-Chatrian. A crítica às limitações históricas e literárias de sua visão de mundo nos obriga a levar em consideração uma autoridade tão merecidamente grande como a de Romain Rolland.

Rolland reconhece com razão a peculiaridade literária desse romance tão significativo: Charles De Coster expressa as tradições nacionais revolucionárias do povo belga de um modo que supera em muito todos os seus contemporâneos, tanto artística quanto humanamente; sua obra é um fenômeno notável em toda a literatura da Europa ocidental da metade do século XIX.

A inclusão de Charles De Coster na corrente naturalista da metade do século pode parecer uma injustiça de nossa parte. O próprio De Coster chama seu livro de lenda e não só utiliza muitos elementos da lenda de Eulenspiegel, como chega a introduzir em seu romance uma série de anedotas e acontecimentos tirados das antigas histórias populares. Portanto, ele não pretende – como parece à primeira vista e, sem dúvida, é a intenção consciente do autor – fornecer um retrato servilmente fotográfico das lutas de libertação do povo holandês, mas, ao contrário, figurar a quintessência humana universal de sua rebelião democrática contra as potências políticas, religiosas e humanas das trevas e da submis-

---

* São Paulo, Clube do Livro, 1957. (N. E.)

são, contra a tirania absolutista, o catolicismo etc. É por causa desse objetivo que De Coster chama seu livro, com toda razão, de lenda.

No entanto, a aspereza de sua oposição ao naturalismo é apenas aparente. Pois, quando observamos um pouco mais de perto sua história, vemos logo que tais esforços não lhe são estranhos. É verdade que, desde o início, a intenção de apreender imediatamente as leis gerais, antropológicas da vida humana constituiu um anseio importante dos mais destacados líderes e fundadores do naturalismo. Apesar de todas as concessões que Zola, por exemplo, faz ao dogma do agnosticismo então em voga, ele está absolutamente convencido de ter encontrado as leis mais importantes e decisivas da existência em geral na influência imediatamente detectável do meio e da hereditariedade sobre os destinos humanos. E, precisamente por isso, considera o naturalismo o modo correto, "científico" de escrever, porque acredita ser ele o modo adequado à descoberta e à figuração imediata de tais leis gerais.

Portanto, a negação de conexões e leis gerais não é de forma alguma uma característica do naturalismo. Ela emerge como corrente geral apenas em um estágio mais desenvolvido da decadência literária, com muita frequência em luta contra o naturalismo. O que é decisivo é antes a relação naturalista, isto é, imediata e consequentemente abstrata com essas leis gerais. Assim, para a verdade artística do naturalismo, vale – *mutatis mutandis* – aquilo que Hegel afirmou em sua crítica a toda forma de saber imediato: "Sua (*do saber imediato*, G. L.) peculiaridade consiste em que o saber *imediato* tem como conteúdo a verdade apenas quando tomada *isoladamente*, com *exclusão* da mediação". É fácil estudar essa exclusão das mediações na literatura quando se compara a relação entre o homem e a sociedade em Balzac e Zola.

A universalidade, concebida sem mediação, é necessariamente *abstrata*. Já pudemos observar essa abstratividade em Erckmann-Chatrian, embora eles tenham se limitado a reproduzir a realidade imediata de forma exata. Mas a exclusão dessas determinações (mediações), que em geral não são logo perceptíveis no cotidiano dos homens medianos e cuja totalidade compõe, em sua interação com a existência cotidiana imediata, os traços essenciais de uma situação histórica, levou-os a transformar em abstração a autenticidade naturalista da vida.

Essa transformação é ainda mais evidente quando os escritores naturalistas significativos se debruçaram diretamente sobre as grandes questões da vida e da história. A expressão literária da abstratividade que emerge aqui – e conserva o caráter concreto, sensível e imediato da observação naturalista da vida – é o *símbolo*. Basta pensarmos em obras como *As tentações de santo Antão**, de Flaubert, para vermos claramente essa conexão. Do ponto de vista literário, o que é mais característico é a imediatidade com que observações puramente empíricas e naturalistas, traços singulares da vida passam à generalidade abstrata, ou a maneira inescrupulosa como momentos em si mesmos desprovidos de profundidade e importância são convertidos em portadores de conexões abstratas e universais.

Essa união fundamentalmente inorgânica do empirismo grosseiro com o universalismo abstrato, do naturalismo com o simbolismo, também é característica do modo de composição de Charles De Coster. É claro que o espírito de seu conteúdo é profundamente diferente do de Flaubert. E essa diferença, ou mesmo essa oposição de visões de mundo, tem também profundas consequências temáticas e artísticas. Enquanto Flaubert procura na história o aspecto decorativo, exótico, enquanto para ele o motivo estético decisivo é o contraste marcante com a prosa do presente, a falta de relações com esse presente, a tendência de De Coster é popular, nacional e democrática. Por isso, em sua exposição da história, ele procura insuflar uma nova vida nas tradições populares. Sua ligação com as histórias populares a respeito de Eulenspiegel não é uma fuga do presente para o passado remoto. Ao contrário, seu objetivo é construir uma ponte entre o passado heroico e revolucionário do povo belga e o presente.

Mas essa ponte, precisamente no sentido estético, não é construída. A relação com o presente permanece abstrata porque a figuração do passado heroico também é abstrata – em parte, naturalista, episódica e anedótica e, em parte, simbolista, lendária e heroica. A intenção de De Coster é conferir uma proximidade imediata com o passado heroico por meio de sua elevação ao nível de "lenda"; elevar os horrores da época de opressão, o heroísmo modesto e otimista do povo a um nível universalmente humano e, desse modo, imediatamente presente. Os heróis principais devem encarnar de alguma forma as forças do povo belga, forças que são constantes, sempre presentes e igualmente atuantes, tanto no passado quanto no presente.

É por isso, e não por inclinação artística ao que é remoto, que De Coster recupera a personagem das histórias populares e seu estilo ingênuo, grosseiro e realista. Mas o resultado a que ele visa aproxima-se objetivamente, em mui-

---

*   São Paulo, Iluminuras, 2004. (N. E.)

tos sentidos, da estética dos mais importantes naturalistas. Sobretudo porque seu herói popular histórico, mesmo transfigurado em personagem lendária, não pode ser desenvolvido de modo orgânico e artístico a partir da personagem das histórias populares. Faltam a esta última os traços heroicos e a ligação com a guerra de libertação holandesa. Em si mesmo, Eulenspiegel é uma autêntica personagem da Idade Média tardia; feliz com a vida, astuto e, no entanto, honesto; uma encarnação ingênua e vigorosa da inteligência, da engenhosidade e da sabedoria de vida dos camponeses de então. Por isso, a figuração livre e anedótica da antiga personagem de Eulenspiegel não é de modo algum fortuita; ela é a expressão artística natural e adequada da forma primitiva de cristalização que tal personagem recebeu, pôde e teve de receber em sua época. De Coster, porém, quer conservar esses traços grosseiros e ingênuos da primitiva personagem literária de Eulenspiegel tais como são e, ao mesmo tempo, extrair deles os traços de um herói popular holandês. E isso é impossível porque o heroísmo nacional e democrático não existia na antiga personagem. É claro que isso não seria suficiente para impedir De Coster de criar tal personagem. Mas, para isso, ele teria de reconstruir a personagem desde seus fundamentos, mais ou menos como Goethe fez com a antiga personagem de Fausto: por meio de uma reinterpretação dos motivos da tradição que poderiam ser apropriados para esse fim e uma omissão total dos traços que não se encaixam nessa nova concepção.

De Coster não trilhou esse caminho. Ele se comporta diante das antigas tradições literárias mais ou menos como os naturalistas diante de seus documentos: quer conservar sem nenhuma alteração os acontecimentos empíricos e fundi-los com sua própria elevação e generalização. Mas isso nunca poderia dar certo. Mesmo Romain Rolland, que é um admirador ardente dessa obra, diz sobre a primeira parte:

> E, apesar disso, o virtuoso narrador ainda hesita em narrar por sua própria conta (...) Sente-se obrigado a entremear a primeira parte de sua lenda com pedaços crus, rançosos da primeira farsa. Essas anedotas admiráveis, que circulavam pelas ruas, dão a impressão de fantasmas que estão à procura de suas ruínas e entraram por engano em uma casa nova. Tais velharias não combinam com o corpo flexível e nervoso do filho de Claes.

A essa caracterização acreditamos dever acrescentar apenas que o mesmo defeito atravessa toda a obra, embora certamente de forma menos vistosa.

Isso tem validade estilística desde já, visto que De Coster toma como modelo o estilo bruscamente anedótico, a construção livre das antigas histórias populares, e dá aos elementos inventados por ele essa mesma forma literária. Todavia, o realismo ingênuo e grosseiro dos antigos textos transforma-se em naturalismo artístico nesse novo contexto. Naturalismo, porque a caracterização das personagens não se dá por meio de seu desenvolvimento interno, mas por anedotas características. Artístico, porque a grosseria ingênua do século XVI tem necessariamente de conservar algo de particular, de exótico, na boca do narrador atual. O nexo entre o naturalismo e a arcaização do modo de figuração que apontamos antes também se verifica aqui; e de modo particularmente notável, pois De Coster rejeita totalmente as tendências esteticistas da arcaização. Mas os fatos têm sua lógica própria e impiedosa.

Ainda mais importante é o fato de que, precisamente por isso, o herói popular de De Coster não tem uma base histórica concreta, real. Justamente porque De Coster lhe dá como base a existência em si vigorosa das antigas histórias populares, sua personagem carece de qualquer fundamento historicamente concreto, material e espiritual. Do ponto de vista histórico, o retrato que De Coster oferece da vida – extremamente vivo, colorido e por vezes pungente – tem um caráter abstrato: ele descreve simplesmente o povo alegre, inocente, oprimido pelos tenebrosos torturadores da reação. E mesmo o ódio plebeu que De Coster sente pelos volúveis e traidores nobres que lideram a luta de libertação tem uma generalidade abstrata semelhante àquela que caracteriza tais sentimentos nos homens das massas dos romances de Erckmann-Chatrian. O fato de Guilherme de Orange aparecer de repente como um verdadeiro líder, uma figura heroica, não merece nenhuma fundamentação no romance. Faltam as lutas de classes concretas que dão conteúdo ao levante dos "mendigos do mar"; mas é somente por e a partir deles que se torna compreensível por que Guilherme de Orange se tornou líder em sua ligação com a plebe e, ao mesmo tempo, em sua oposição a ela. De Coster deixa de lado todas essas mediações históricas concretas. A parte que ele toma emprestada da lenda antiga – e imita a partir de seu modelo – é muito rasteira, local, anedótica, animalesca e naturalista para tornar visível essa diferenciação entre os contendores; a própria "lenda" é muito generalizadora, heroicizante e de um simplismo "monumental" para evidenciar contornos, limites e contradições históricas concretas.

Romain Rolland destaca muito corretamente em sua crítica o golpe vigoroso e cheio de ódio que De Coster desfere contra o catolicismo. "Mas", continua ele, "se Roma perde tudo, Genebra não ganha absolutamente nada. Se a Igreja Católica apresenta uma figura ridícula, a outra, a Igreja Reformada, não apresenta figura nenhuma. No entanto, dizem-nos que os revoltosos são seus fiéis. Mas onde se pode ver neles um único traço de cristianismo?" Rolland diz isso como um elogio. Tem fascínio pelo culto dos espíritos elementais em De Coster. Cita as palavras de Eulenspiegel, que afirma que, para salvar Flandres, dirigiu-se ao Deus da terra e do céu, sem, no entanto, receber resposta. A personagem de Kathéline, que no romance é executada como bruxa, responde: "O grande Deus não pôde responder-te: deverias ter te dirigido primeiro aos espíritos elementais". E Romain Rolland acrescenta: "O mundo elemental: aqui estão os verdadeiros deuses. Os heróis de Charles De Coster tratam apenas com eles. E a única crença presente na obra – mas que a perpassa toda – é a crença na natureza".

Em seu entusiasmo conceitual, Romain Rolland não leva em conta muitas das belezas singulares de *A lenda de Eulenspiegel*, e isso de duas maneiras. Em primeiro lugar, a ausência do protestantismo na obra de De Coster é o sintoma mais visível de seu anti-historicismo. Precisamente na luta pela libertação da Holanda, o protestantismo – assim como suas diferentes correntes e seitas – foi a única forma ideológica concreta na qual as oposições nacionais e sociais podiam se manifestar. Por ignorar esse fato, ou reconhecê-lo apenas de modo abstrato, puramente declarativo e não figurativo (o que, do ponto de vista da arte, dá no mesmo), De Coster desvia-se da concretização histórica, da figuração historicamente graduada da época. Ou melhor: ao conceber apenas um retrato abstrato e geral dessa luta de libertação, e não histórico e concreto, ele não consegue decifrar social e humanamente – portanto nem figurar ficcionalmente – o papel do protestantismo na revolução holandesa ou as diferenças no campo reformado. Como o catolicismo era o objeto do ódio popular geral, sua figuração é possível de certo modo, apesar da abstratividade da concepção histórica de De Coster. Contudo, é ainda o eco literário contemporâneo do ódio popular que ele reproduz, e não o papel real e concretamente reacionário do catolicismo na época.

Em segundo lugar, acreditamos que Romain Rolland omite os motivos naturalistas do culto da natureza e dos espíritos elementais em De Coster. Ele está certo ao dizer que as cenas mais belas e pungentes de De Coster emanam desse sentimento da natureza (como é o caso da personagem e do destino de Kathéline, em que é clara, no entanto, a síntese naturalista de patologia e misticismo). Mas apenas episódios isolados, cenas isoladas alcançam esse nível. E muitas de suas melhores cenas trazem consigo esta marca naturalista: de um lado, a marca do culto unilateral da vida animalesca, da glutonaria, da embriaguez e da devassidão; de outro, a da predileção pela crueldade, tão característica do naturalismo moderno. Cenas de tortura, de morte na fogueira e outras formas brutais de execução são retratadas de modo amplo, detalhado e minucioso. Nesse sentido, De Coster supera até mesmo Flaubert.

Entretanto, não podemos deixar de mencionar a oposição entre os sentimentos e a visão de mundo que estão na base dessa crueldade. Romain Rolland diz com razão: "A vingança se torna uma sagrada monomania; sua tenacidade nos alucina". De Coster, por exemplo, leva o leitor a acreditar que o peixeiro que entregou Claes, o pai de Eulenspiegel, a seus carrascos morreu afogado. Romain Rolland continua:

> Paciência, pois vocês voltarão a vê-lo. De Coster o recupera a fim de fazê-lo morrer uma segunda vez. E esta, a verdadeira morte, ele a faz bem demorada! A morte de quem odeia Eulenspiegel nunca é demorada o suficiente. Alguém assim deve morrer na fogueira lentamente. Deve sofrer (...). O leitor sufoca com o prazer da tortura, da triste e aflitiva crueldade. Até mesmo o vingador frui sem alegria dessas torturas (...).

Vemos que as causas da crueldade são diferentes das de Flaubert (e, como veremos em breve, às de Conrad Ferdinand Meyer). Trata-se de excessos explosivos do ódio popular, da vingança popular, da raiva acumulada dos que são brutalmente oprimidos. A crueldade de De Coster tem origens autenticamente plebeias. É, no interior do naturalismo, muito próxima da explosão de crueldade da massa em *Germinal**, de Zola. Contudo, é ainda mais autêntica e imediatamente plebeia e, por isso, ainda mais explosiva.

Mas a diferença de causas não elimina a convergência dos efeitos no romance histórico. Sobretudo porque a descarga do ódio plebeu em uma crueldade vingativa tem laços muito estreitos com as raízes sociais do naturalismo de De Coster. Justamente porque não vê os movimentos populares das lutas de li-

---

* São Paulo, Companhia das Letras, 2007. (N. E.)

bertação holandesas em sua concretude inicial, em suas ramificações sociais e contradições internas, em sua grandeza historicamente condicionada e em seus limites também historicamente condicionados, mas concebe-os apenas como um levante popular levado abstratamente a dimensões monumentais, ele é obrigado a buscar refúgio no retrato da alegria animalesca da vida ou da crueldade cega, caso queira obter uma figuração viva.

Se os clássicos do romance histórico evitaram o mergulho animalesco no prazer e na dor – o que lhes rendeu a advertência crítica de um Taine ou de um Brandes –, eles o fizeram porque suas personagens podiam viver no mundo das "mediações" históricas, no mundo daquelas determinações que, em seus voos mais elevados, apresentam os homens como crianças de seu tempo. O prazer da glutonaria, da embriaguez e da devassidão, os gemidos do torturado diferenciam-se pouco na história. Mas a elevação psicológica de uma Jeanie Deans, de Scott, ou a dura fortaleza de um Lorenzo e de uma Lúcia, de Manzoni, estão ligados ao aqui e agora de certo período histórico por inúmeros laços que, com frequência, é impossível perceber de imediato. E, precisamente por isso, seu raio de influência pessoal é mais amplo e mais profundo, mais duradouro e mais concreto do que o dessa imediatidade abstrata do puramente elementar.

Por isso, acreditamos que Romain Rolland subestima a falha na figuração de De Coster. Ele faz isso a partir do entusiasmo compreensível pelo fato de um ficcionista moderno ter conseguido criar uma espécie de épica nacional. Ele vê em De Coster o caminho que leva do dualismo da figuração – que ele mesmo estabeleceu com muita argúcia – à epopeia:

> O indivíduo se elevou a tipo. O tipo se elevou a símbolo. Ele não envelhece mais, não tem mais um corpo e expressa isso da seguinte forma: "Não sou mais corpo, sou espírito (...). Espírito de Flandres, não morrerei (...)". Ele é o espírito da pátria. E ele se despede de vocês cantando sua sexta canção, *mas ninguém sabe onde ele cantará a última* (...).

Esse patriotismo, essa crença inabalável na eternidade da Flandres plebeia é realmente tocante, realmente arrebatadora; qualquer um sentiria aqui o mesmo entusiasmo de Romain Rolland. Mas a expressão literária dessa crença ainda é lírica, mera emoção subjetiva do autor, e não se converte em base da figuração de um mundo objetivo, ricamente encadeado e, em si, plenamente histórico. Em suma, não se converte em epopeia. Como figuração épica, essa emoção permanece abstrata justamente por ser apenas lírica.

O século XIX assistiu a muitas outras tentativas de elevar à grandeza épica, por meio da força de um *páthos* lírico, um mundo concebido de maneira abstrata. E os representantes mais significativos do naturalismo não são pobres em tais tentativas. Mas o *páthos* lírico de De Coster pode tão pouco substituir a falta de concretude histórica quanto o de Zola a falta de concretude social.

IV. Conrad Ferdinand Meyer e o novo tipo de romance histórico

O verdadeiro representante do romance histórico desse período é Conrad Ferdinand Meyer, que, ao lado de Gottfried Keller – também nascido na Suíça –, é um dos mais importantes narradores realistas do período posterior a 1848. Ainda que de formas muito distintas, ambos são mais fortemente ligados às tradições clássicas da arte narrativa que a maioria de seus contemporâneos alemães; portanto, estão muito à frente deles em um realismo que apreende o essencial. Em Meyer, porém, já se mostram muito claramente os traços ideológicos e artísticos do realismo decadente. Isso não o impediu, é verdade, de exercer uma forte influência além das fronteiras da língua alemã. Ao contrário, ele se tornou um verdadeiro clássico do romance histórico moderno porque a unidade clássica da forma em suas obras parece se ligar de modo artisticamente grandioso a uma hipertrofia moderna da sensibilidade e do subjetivismo, uma objetividade do tom histórico e uma modernização muito ampla da vida sentimental das personagens.

Em Meyer, encontramos um novo resumo das tendências conflituosas dessa nova fase evolutiva. O fato de esse resumo remeter, em muitos pontos dos problemas essenciais, a traços extremamente semelhantes em Flaubert é algo particularmente interessante porque a situação histórica concreta dos dois escritores – e, por conseguinte, sua posição concreta diante dos problemas da história – era totalmente distinta. A experiência histórica decisiva de Flaubert é a Revolução de 1848 (em *A educação sentimental*, vê-se com clareza como esse evento o influenciou). Já a grande vivência histórica de Conrad Ferdinand Meyer é o advento da unidade alemã, a luta por ela e seu resultado, sua realização. Pelo fato de Meyer ter sido contemporâneo do fim das lutas burguesas democráticas pela unidade alemã e, sobretudo, da degeneração dessa luta na capitulação da burguesia alemã diante da "monarquia bonapartista" dos Hohenzollern, sob a condução de Bismarck, sua temática histórica é menos contingente que a de Flaubert. Todavia, o contraste decorativo do passado "grandioso" em relação ao presente mesquinho também desempenha nele um grande papel e determina sua forte predileção pelo período do Renascimento. Mas mesmo no interior dessa temática as lutas pela unificação nacional, pela unidade nacional, têm um valor que não pode ser subestimado (*Jürg Jenatsch, Die Versuchung des Pescara* [A tentação do Pescara] etc.).

Para uma avaliação ficcional da temática, no entanto, a posição central que Bismarck ocupa nesse desenvolvimento tem um significado fatal. Meyer fala muito abertamente sobre essa questão, em particular sobre a personagem de Jürg Jenatsch. Queixa-se em uma carta de que a semelhança de seu herói com Bismarck "não é suficientemente perceptível"; em outra passagem, escreve: "e como o grisão (*Jenatsch, G. L.*), apesar dos assassinatos e dos massacres, é pequeno em comparação com o príncipe!". Essa veneração por Bismarck guarda o mais estreito nexo com o fato de Meyer, assim como a média dos burgueses liberais alemães após a Revolução de 1848, ver a criação da unidade alemã e a defesa da independência nacional não mais como um assunto do povo, a ser implementado pelo próprio povo sob a condução de "indivíduos histórico-mundiais", mas como um fato histórico cujo órgão realizador se encarna em um enigmático e solitário "herói", em um enigmático e solitário "gênio". Pescara, em particular, é figurado como um solitário em cujas mãos se encontra o destino da Itália, se ela será ou não libertada do jugo estrangeiro; ele decide essa questão em suas ruminações solitárias e, é claro, pela negativa: "Neste momento, a Itália merece a liberdade, está pronta para recebê-la e conservá-la? Penso que não", diz Pescara. E diz isso baseado apenas em sua psicologia solitária, sem que seja figurado no romance qualquer contato seu com movimentos populares voltados para esse objetivo; diz isso em conversas travadas exclusivamente entre a alta classe dos diplomatas, generais etc.

É evidente que não se pode comparar sem mais nem menos o patrício suíço com os vulgares partidários liberais de Bismarck na Alemanha. Mas a superioridade de Meyer é uma superioridade do gosto, da sensibilidade moral, da fineza psicológica, e não da visão política ou de um vínculo mais profundo com o povo. Se, portanto, Meyer figura esse problema de seu tempo com um distanciamento histórico, sua remodelação é puramente estética, baseada em seu próprio gosto; os gênios fatalistas, que supostamente fazem a história, são transformados em pomposos e decorativos *décadents*. Sua superioridade estética e moral em relação a seus contemporâneos alemães leva-o, portanto, a apenas introduzir problemas e escrúpulos morais na ideologia bismarckiana,

O romance histórico | 273

que concebe a história como pura questão de poder. (Lembremo-nos da problemática semelhante em Jakob Burckhardt.)

A ideologia abstrata do poder e a missão místico-fatalista dos "grandes homens" permanecem inalteradas em Meyer, mas não são submetidas a uma crítica. Em seu romance, ele diz sobre Pescara: "Ele crê apenas na força e que o único dever dos grandes homens é atingir seu pleno desenvolvimento com os meios e as tarefas de seu tempo". Por essa concepção, tais tarefas são cada vez mais reduzidas a intrigas de poder no interior de uma classe alta, e com isso se apagam cada vez mais os verdadeiros problemas históricos, cujos agentes realizadores eram, na realidade, esses próprios homens. Para a evolução de Meyer, é muito característico que, em *Jürg Jenatsch*, ainda que, de modo bismarckiano, essa relação se concentrasse exclusivamente na figura "genial"do herói. Em *Pescara*, essas relações já estão de todo desbotadas e os outros romances históricos ainda se encontram muito distantes de um contato com a vida histórica do povo, detendo-se exclusivamente no dualismo entre questões de poder nuas e cruas e ruminações morais subjetivas.

Em Meyer, essa concepção de herói tem um vínculo estreito com um olhar fatalista da incognoscibilidade dos caminhos da história, com uma mística dos "grandes homens" como executores da vontade fatalista de uma divindade incognoscível. Em sua obra juvenil lírico-histórica sobre o destino de Ulrich von Hutten, essa visão é expressa com muita clareza:

Em frente! O tambor rufa! Tremula o pendão!
Não sei dizer por que caminho as tropas vão!

Que o senhor da guerra o saiba é o que nos basta –
Seus, plano e solução! *Nossos*, suor e luta.

A incognoscibilidade dos caminhos e objetivos do curso da história tem seu exato contraponto na incognoscibilidade dos homens que agem na história. Eles não se isolam por certo tempo, em consequência de determinadas circunstâncias objetivas ou subjetivas, mas antes são solitários *por princípio*.

Em Meyer, assim como em quase todo escritor relevante dessa época, essa solidão está ligada de modo muito profundo à sua visão geral do mundo, à convicção da incognoscibilidade fundamental do homem e de seu destino. A perda do sentido real da história, a incompreensão da interação viva entre o homem e a sociedade, a cegueira para o fato de que, se o homem é formado pela sociedade, esta é também um processo de sua própria vida interior, tudo isso tem como consequência necessária que, para o escritor, as palavras e os atos dos homens apareçam como máscaras impenetráveis, por trás das quais podem atuar os mais variados motivos. Meyer expressou esse sentimento a respeito da vida em diferentes níveis de clareza e, com mais plasticidade, no romance *Die Hochzeit des Mönchs* [O casamento do monge]. Aqui, ele faz com que Dante narre uma história em que o imperador Frederico II, da casa de Hohenstaufen, e seu ministro Petrus de Vinea aparecem episodicamente. Quando Cangrande, o tirano de Verona, pergunta a Dante se ele acredita realmente que Frederico seja o autor do escrito *Dos três grandes ilusionistas*, ele responde "non liquet" (não está claro); à pergunta se acredita na traição do ministro, Dante responde afirmativamente. Então Cangrande o recrimina por ter figurado, em *A divina comédia**, Frederico como culpado e seu ministro como inocente: "Não crês na culpa e condenas. Crês na culpa e absolves". O Dante real decerto nunca teve essa dúvida. É somente Meyer que o transforma em um agnóstico em relação aos homens. E assim se revelam, sob as roupas decorativas do Renascimento, o agnosticismo e o niilismo modernos.

À primeira vista, as recriminações de Cangrande a Dante contêm certa autocrítica de Meyer. Mas, no máximo, ela é apenas um aspecto de sua concepção, pois Meyer considera um direito de Dante figurar livre e soberanamente, conforme suas conveniências, a história e os homens, que, segundo ele mesmo confessa, ele não perscruta em sua realidade efetiva; sobretudo porque, aos olhos de Meyer, essa incognoscibilidade dos homens constitui um *valor*: quanto mais elevado é o homem, maior é sua solidão, sua incognoscibilidade.

Esse sentimento geral aumenta ao longo do desenvolvimento de Meyer; com isso, seus heróis ganham cada vez mais o caráter de uma solidão enigmática, comportam-se de maneira cada vez mais excêntrica em relação aos acontecimentos da história em que eles figuram como heróis. Em *Der Heilige* [O santo], Meyer já transforma a luta entre realeza e Igreja na Inglaterra medieval em uma problemática psicológica de Thomas Beckett. Essa evolução se dá de modo ainda mais vigoroso em *Pescara*. A ação desse romance, que parece ser extremamente dramática e consiste em saber se o conde Pescara romperá os laços com os espanhóis e lutará pela unificação da Itália, tem, no próprio romance, apenas a aparência de um conflito. No romance, Pescara

---

* 2. ed., São Paulo, Editora 34, 2010. (N. E.)

transforma-se em uma esfinge enigmática cujos planos de longo prazo ninguém compreende. Mas por quê? Porque Pescara não tem absolutamente nenhum plano. É um moribundo, tem consciência de que morrerá em breve e não pode participar de nenhuma grande ação. Ele mesmo diz: "Pois nenhuma escolha me foi dada, fiquei de fora (...). O nó de minha existência é insolúvel; ela (*isto é, a morte, G. L.*) o cortará".

Vemos aqui, sob outra forma, um problema semelhante àquele que observamos em Flaubert: a aspiração aos grandes feitos, ligada a uma incapacidade tanto pessoal quanto social de realizá-los, é projetada no passado, a fim de que essa impotência social perca sua mesquinhez moderna sob os trajes esplendorosos do Renascimento. Mas essa projeção de uma monumentalidade aparente – que é apenas uma monumentalidade dos gestos pictóricos, por trás da qual se escondem as ruminações atormentadas e decadentes do burguês moderno – confere à estrutura geral da personagem o mesmo tom falso e as mesmas distorções de sentimentos e vivências que se notam em Flaubert.

Ao mesmo tempo, vemos aqui a verdadeira fonte da modernização da história em Meyer. Assim como Flaubert, ele também apresenta um retrato exato das exterioridades da vida histórica, porém mais concentrado, mais decorativo. É evidente que não podemos dirigir contra Meyer as objeções que Brandes faz a Walter Scott de ter sido ingênuo em seu tratamento das artes visuais da época. No entanto, os *conflitos mais íntimos* de seus heróis não surgem das condições históricas efetivas da época histórica retratada, da vida popular dessa época. Eles são antes os conflitos especificamente modernos entre a paixão e a consciência no indivíduo artificialmente isolado pela vida capitalista, do mesmo modo como os conflitos em Flaubert eram entre o anseio e sua realização na sociedade burguesa contemporânea. Por isso, apesar de diferenças sutis e da figuração pitoresca das roupas da época, a psicologia dos heróis de Meyer é a mesma, ou quase a mesma, pouco importando o país ou a época que ele escolheu como cenário da ação histórica.

Meyer percebeu essa problemática de sua arte de modo bastante claro. Em uma carta, escreve o seguinte sobre suas intenções e sua posição diante da forma do romance histórico:

Sirvo-me da forma do romance histórico única e exclusivamente para nela expressar minhas experiências e sentimentos pessoais; prefiro-a à forma do "romance de temática contemporânea" porque ela me mascara melhor e me distancia mais do leitor. Desse modo, adoto uma forma muito objetiva e eminentemente artística; uma forma que, por sua essência, é muito individual e subjetiva.

Essa subjetividade de Meyer faz com que seus heróis sejam mais espectadores que agentes de suas próprias ações e seu interesse se concentre nos escrúpulos morais e metafísicos, nas ruminações que têm como objeto "questões de poder" situadas em primeiro plano.

Em consequência dessa atitude com relação à história, Meyer segue mais a linha de Vigny que de Walter Scott no romance histórico, mas torna a trama menos histórica. Vigny e os românticos próximos a ele veem o processo histórico de modo incorreto, invertido. Mas ainda veem algum processo histórico, mesmo que tenha sido construído por eles mesmos – e da forma errada. Seus "grandes homens" agem no interior desse processo histórico. Em Meyer, o processo histórico desaparece e, com ele, o homem como verdadeiro ator da história mundial. É muito interessante ver que, de início, ele concebe Pescara sem sua doença fatal. Ele diz em uma conversa:

> Eu poderia ter feito de modo diferente, e também teria seu atrativo: o ferimento de Pescara não seria mortal; a tentação se aproximaria dele, ele a combateria e a afastaria. Depois, quando visse a gratidão da casa de Habsburgo, ele se arrependeria. Então ele também poderia morrer na batalha de Milão.

Nesse simples esboço, podemos observar a preponderância que o elemento psicológico-moral tem sobre os motivos histórico-políticos. E não é à toa que Meyer, em seu trabalho posterior, aprofunde o material precisamente nesse sentido, dando a seus heróis uma "profundidade" irracional, biológica. Mediante essa descoberta, Meyer chega, por um lado, ao sentimento fatalista e melancólico que permeia sua obra e, por outro, à solidão enigmática de seu herói. Ele mesmo diz: "Não se sabe o que Pescara teria feito sem seu ferimento". Portanto, quando Meyer coloca no centro de seus romances históricos exclusivamente os protagonistas da história e deixa de lado o povo, a vida do povo, a força real e ampla da história, ele se situa em um estágio muito mais avançado da desistorização do que os românticos dos períodos anteriores. A história tornou-se para ele algo puramente irracional. Os grandes homens são personagens excêntricas e solitárias, envolvidas em uma sucessão sem sentido de eventos que se passam também no centro de sua personalidade. A história é apenas um conjunto de quadros decorativos, de grandes momentos

O romance histórico | 277

patéticos em que a solidão e a excentricidade dos heróis de Meyer ganham uma expressão de uma força lírica e psicológica muitas vezes tocante. Meyer é um escritor importante, na medida em que não oculta artisticamente sua problemática; a incapacidade burguesa moderna de seus heróis nunca deixa de se revelar por baixo da roupagem histórica. Mas são justamente essa sinceridade e essa retidão artística que prejudicam a estrutura artística geral de sua obra. A história que ele figura sempre se revela, em sua narrativa, uma simples roupagem.

Considerada do ponto de vista formal, a estrutura da obra de Meyer é de altíssima qualidade, quase perfeita em sua aparência exterior. Nela, o uso da história como possibilidade decorativa não se mostra em um excesso de descrição das coisas, como em Flaubert. Ao contrário, Meyer é extremamente econômico em suas descrições. Ele concentra a ação em algumas cenas patéticas e dramáticas e descreve os objetos do ambiente sempre de modo que estejam subordinados aos problemas psicológicos das figuras humanas. Seu modelo é a estrita concisão da antiga novela. Mas essa concisão tem uma dupla finalidade: mascarar decorativamente e ao mesmo tempo desmascarar liricamente a introdução subjetiva de sentimentos atuais na história. Ele constrói as ações, desde o início, com a intenção de acentuar energicamente o caráter enigmático das personagens principais. A forma literária da narrativa dentro da narrativa [*Rahmenerzählung*] serve para que acontecimentos concebidos como incompreensíveis e irracionais apareçam como tais e para sublinhar o enigma impenetrável das figuras principais.

Meyer faz parte, de modo muito consciente, da série de escritores modernos que buscam tornar a narrativa atraente não mais pelo esclarecimento de um acontecimento à primeira vista incompreensível – revelando os nexos mais profundos da vida por meio dos quais se poderia compreender o que parece incompreensível –, mas pela figuração do mistério propriamente dito, das "profundezas" irracionais da existência humana. Por exemplo, Meyer faz com que o destino de Thomas Beckett seja narrado por um besteiro, que naturalmente não compreende os nexos mais profundos de sua própria narrativa. Ele relata apenas os eventos "impressionantes e incompreensíveis", tanto para os que os observaram a distância quanto para os que participaram deles.

Por meio dessa rigorosa concentração, Meyer quer evitar perder-se na análise psicológica, como faz o escritor moderno. Porém, ele consegue isso apenas de maneira aparente, pois o psicologismo dos modernos não está ligado à análise como forma de expressão, mas provém da tomada de posição do escritor sobre a vida interior de suas personagens, que, para ele, é independente do contexto geral da vida e move-se de acordo com suas próprias leis. Assim, a concentração decorativa de Meyer não é menos imbuída de psicologismo que os escritos daqueles seus contemporâneos que se inclinam abertamente para a análise psicológica. A diferença é que, nele, há uma maior discrepância entre a ação histórica exterior, pomposa e decorativa, e a psicologia moderna das personagens.

Essa discrepância é sublinhada ainda pelo fato de Meyer, assim como Flaubert, ver a grandeza das épocas passadas de preferência nos excessos dos homens. Gottfried Keller, um grande contemporâneo democrata de Meyer e muito atento a seus esforços artísticos, escarnece várias vezes em suas cartas dessa predileção apaixonada do ficcionista, tão delicado como pessoa, pela crueldade e pela brutalidade em suas narrativas.

É claro que todos esses traços expressam, como em Flaubert, uma oposição à mesquinhez da vida burguesa. Mas ele faz isso de forma diferente, em razão das circunstâncias sócio-históricas totalmente distintas. A rejeição de Flaubert da vida burguesa moderna tem fontes e modos de expressão extremamente românticos, mas é de um radicalismo apaixonado. Já Meyer sofre da lânguida melancolia do burguês liberal, que assiste à evolução de sua própria classe no interior de um capitalismo que se desenvolve impetuosamente, desaprovando-a e sem compreendê-la, mas ao mesmo tempo venerando-a pelo poder que nela se expressa.

Nesse sentido, a figuração dos protagonistas históricos por Meyer é muito interessante e importante para esse desenvolvimento, pois aqui a metamorfose dos anseios outrora democráticos da classe burguesa em um liberalismo de compromisso mostra-se de modo excepcionalmente claro, mesmo para o alto padrão de escritores honestos e talentosos. Meyer demonstra grande admiração pelos homens e pelas teorias do Renascimento, mas o vinho ardente dessa admiração é sempre diluído com uma boa quantidade de água liberal. Já vimos como a questão do "poder em si" se mistura com ruminações morais e psicológicas exageradas. Nos romances de Meyer, essa mistura sempre se manifesta como uma inclinação para o mundo do Renascimento – que existe "acima do bem e do mal" –, mesclada a precauções e atenuações liberais. Assim, ele diz, por exemplo, no romance de *Pescara*: "César Bórgia recorreu ao puro mal. Mas (...) o mal só pode ser usado em pequenas porções, e com cuidado, senão ele mata". Ou como o próprio Pescara diz sobre Maquiavel, bem à moda de Bismarck: "Há sentenças políticas que guardam seu significado para mentes inteligentes e mãos prudentes, mas tornam-se nocivas e desprezíveis assim que são pronunciadas por uma boca insolente ou escritas por uma pena condenável". Como se vê, o entusiasmo de Meyer pelo Renascimento não tem como base o conhecimento e o reconhecimento dessa época como um grande período de progresso humano, jamais superado, como é o caso em Goethe e Stendhal, Heine e Engels. Seu contemporâneo Burckhardt teve um papel decisivo na popularização dessa época. No entanto, apesar de seu grande mérito no desvelamento de momentos singulares, sempre há nele uma luta ideológica de retaguarda: as percepções corretas são mascaradas com frequência por introjeções da problemática liberal. Em Meyer, essa tendência ganha força e, com ela, uma concepção formalista e decorativa do Renascimento.

Pois essa problemática leva ao culto liberal do herói, cujo objeto é Bismarck. Ao "homem do destino" é permitido esse "acima do bem e do mal" – mas ai do povo que queira se apropriar dessa máxima! Por trás dessa concepção da história de Meyer encontra-se a veneração pela *Realpolitik* bismarckiana, pelo jogo de intrigas soberano no interior dos círculos mais elevados da sociedade, por uma política que, aos olhos dos ideólogos liberais, tornou-se uma "arte", um "fim em si mesmo".

O fato, portanto, de que a vida do povo tenha desaparecido por completo desses romances, e somente as camadas mais elevadas e artificialmente isoladas atuem no primeiro plano, constitui um problema artístico apenas na aparência. Em Vigny, trata-se de uma oposição reacionária romântica ao caráter popular progressivo da concepção da história em Walter Scott. Em Meyer, que pessoalmente não era um reacionário declarado, é a vitória do liberalismo – agora nacional-liberal – entre a burguesia dos países de língua alemã. O suíço Meyer é suficientemente independente – do ponto de vista social – e honesto – do ponto de vista pessoal e artístico – para não sucumbir de todo aos excessos da burguesia nacional-liberal da Alemanha. Ele cria obras de arte que se situam, em todos os sentidos, muito acima das produções alemãs da época, mas é justamente por isso que, nele, a penetração no romance histórico do alheamento nacional-liberal ao povo seja tão mais significativa e desastrosa.

Na maioria das obras de Meyer, esse alheamento ao povo se expressa de modo direto: os eventos históricos se desenrolam exclusivamente no "alto"; o curso inescrutável da história se manifesta nos atos de poder político e nos escrúpulos morais de indivíduos que, mesmo na classe alta, são totalmente isolados e incompreendidos. Mas lá onde o povo aparece, ainda que seja pouco figurado, é como uma massa amorfa, espontânea, cega e selvagem, como uma massa que o herói solitário molda como bem entender (Jürg Jenatsch). Personagens do povo figuradas com alguma independência e individualidade expressam, na maioria das vezes, apenas a devoção cega (o besteiro de O *santo*) ou o entusiasmo cego (Leubelfing, em *Gustav Adolfs Page* [O pajem de Gustavo Adolfo]) pelos grandes heróis da história.

Mas lá onde muito excepcionalmente Meyer figura um destino popular, ainda que seja apenas um episódio, o contraste entre sua maneira de compor e a do período clássico do romance histórico aparece com uma nitidez bem particular. Na novela *Plautus im Nonnenkloster* [Plauto no convento de freiras], ele narra o destino de Gertrude, uma jovem camponesa corajosa e enérgica, mas estritamente presa à fé católica da época. Tendo prometido tornar-se freira, ela quer cumprir sua promessa, apesar de todo o seu ser resistir, apesar de amar um rapaz e querer desposá-lo. Quando as noviças se apresentam no convento, "milagres" acontecem: elas devem carregar uma cruz pesada (com uma coroa de espinhos na cabeça). Serão admitidas apenas se não sucumbirem ao sofrimento da prova. Diz a superstição que as noviças são auxiliadas pela Virgem Maria; na verdade, elas carregam uma cruz semelhante por fora, mas muito mais leve do que a cruz verdadeira. Por diversas circunstâncias da ação principal, Poggio, o narrador da história, revela a trapaça à jovem. Gertrude escolhe então a cruz verdadeira, pesada, para verificar se é de fato da vontade da Virgem Maria que ela se torne freira. Após esforços heroicos, ela sucumbe e só então pode tornar-se a feliz esposa de seu amado.

Mas como Poggio – e Meyer – reage a isso? Ele conta:

> Assim ela fez e, serenamente, mas radiante de alegria, desceu degrau por degrau até sua vida simples de camponesa; e, agora que retornava a seu modesto desejo humano e à vida cotidiana, ela podia esquecer o pungente espetáculo que, em seu desespero, apresentara à multidão. Por um curto instante, a camponesa aparecera aos meus excitados sentidos como a encarnação de um ser superior, como uma criatura demoníaca, como a verdade que, em júbilo, destrói a aparência. Mas o que é a verdade?, perguntava Pilatos.

Reproduzimos o trecho inteiro porque ele nos permite comparar o destino de Gertrude com o de Doroteia, de Goethe, colocando plasticamente em evidência a oposição entre os dois períodos. Ao mesmo tempo, essa comparação revela as bases sociais e humanas desse novo tipo de romance histórico. Somos obrigados a nos limitar aqui aos traços mais essenciais do contraste. Em primeiro lugar, o modo como a coragem da jovem camponesa é expressa em Meyer é algo excêntrico e decorativo. Não se trata de um amplo desdobramento de suas qualidades humanas significativas, mas apenas de um breve ato singular, no qual predominam o esforço físico, por um lado, e o elemento pictórico (a cruz e a coroa de espinhos), por outro. Em segundo lugar, Meyer considera o ponto culminante do heroísmo algo isolado da vida, ou até em oposição a ela. O retorno ao cotidiano não é, como em Goethe e Scott, um vasto destino épico, uma indicação de que forças semelhantes encontram-se latentes em inúmeros indivíduos do povo e não são despertadas ou postas à prova por razões pessoais ou históricas. Esse retorno é determinado antes pela oposição entre o "demoníaco" e o "cotidiano", constituindo assim uma verdadeira anulação do "instante heroico", ao passo que, em Goethe e Scott, o heroísmo é "suprassumido" em seu duplo sentido dialético.

Ao figurar uma heroína absolutamente normal, e não uma criatura histérica, realmente "demoníaca", como fariam Huysmans, Wilde ou d'Annunzio, Meyer revela-se um artista significativo em meio à decadência que se inicia. Mas já foi suficientemente contaminado por essa decadência para lamentar com certa melancolia cética a concepção correta que tem.

Nesse modo de sentir, mostra-se o espírito do novo tempo. Os heróis de Meyer estão sempre na ponta dos pés, tentando parecer aos outros e, sobretudo, a si mesmos mais altos do que são, tentando convencer os outros e a si mesmos de que ainda possuem aquela grandeza que alcançaram em momentos singulares de sua vida, ou ao menos sonharam em alcançar. A roupagem decorativa e histórica serve para ocultar essa atitude das personagens.

É claro que essa fraqueza interna, acompanhada da aspiração doentia à grandeza, repousa sobre seu alheamento da vida popular. O cotidiano do povo aparece como prosa rasa, desprezível e nada mais. Nenhum impulso histórico se liga mais a essa vida. Herói, como diz Burckhardt, "é aquilo que nós não somos".

A burguesia alemã tornou-se nacional-liberal. Ela traiu a revolução democrática burguesa de 1848 e mais tarde, com cada vez menos reservas, escolheu a via bismarckiana da unidade alemã. Na literatura alemã da época, essa via de desenvolvimento aparece em obras que mostram, do ponto de vista ideológico, a mais pura apologética e, do ponto de vista artístico, a completa derrocada das tradições clássicas e a apropriação superficial de um realismo europeu-ocidental de segunda classe.

Mesmo que, do ponto de vista ético e estético, Meyer esteja muito acima desses burgueses alemães, que de 1848 a 1870 passaram de democratas a nacional-liberais, e mesmo que o nexo entre a evolução de sua arte e esse caminho sócio-histórico da classe seja altamente complexo, a verdade é que os problemas psicológicos e artísticos mais íntimos de sua obra refletem exatamente esse processo. Suas personagens renascentistas são um reflexo artístico fiel dessa irresolução, desse esmorecimento. Seus heróis "solitários" trazem consigo os traços típicos da derrocada da democracia alemã.

V. As tendências gerais da decadência e a constituição do romance histórico como gênero particular

Em Conrad Ferdinand Meyer, o romance histórico constitui-se como gênero particular. Essa é sua importância decisiva para a evolução literária. A singularidade do romance histórico já fora destacada por Flaubert, que pretendia "aplicar" no terreno da história os métodos do novo realismo e via na história um terreno particular. Mas Meyer é o único escritor verdadeiramente expressivo dessa época de transição que concentra sua obra no romance histórico e elabora um método particular para sua criação. Já está claro, a partir de nossas considerações anteriores, quão grande é a diferença entre essa abordagem da história e aquela do antigo romance histórico. Em Walter Scott, uma forma nova, histórica, de ver a realidade surgira da própria vida. A temática histórica brotava organicamente, de certo modo por si mesma, a partir do nascimento, da expansão e do aprofundamento do sentimento histórico. A temática histórica de Walter Scott expressa apenas o sentimento de que a verdadeira compreensão dos problemas da sociedade do presente só pode surgir da compreensão de sua pré-história, da história do surgimento dessa sociedade. Por essa razão, como vimos, esse romance histórico, como expressão ficcional da historização do sentimento da vida, da compreensão cada vez mais histórica dos problemas da sociedade presente, conduziu a uma forma mais elevada do romance com temática contemporânea, como em Balzac e Tolstói.

A situação nesse período é totalmente distinta. Já ouvimos as explicações, tanto de Flaubert quanto de Meyer, sobre os motivos que os levaram aos conteúdos históricos. Em ambos, vimos que esses motivos não surgiram da compreensão do nexo entre a história e o presente, mas, ao contrário, do repúdio do presente histórico ou, mais precisamente, de um repúdio humano e moral, humanista e estético, consciente e justificado, que, no entanto, reduz-se nesses dois autores a um modo de ser subjetivista, estético e moral. A figuração dos conteúdos históricos é, para os dois ficcionistas, apenas roupagem, decoração, um meio de expressar sua subjetividade de forma mais adequada do que seria possível com um material do presente.

Não queremos nos ocupar, neste momento, com a ilusão em que caem os porta-vozes dessa concepção no que diz respeito à sua própria obra; sobre isso, falaremos mais adiante. O que importa é que esse tratamento da temática histórica, por um lado, expressa o sentimento geral de toda uma época em relação à vida e, por outro, acarreta necessariamente um *empobrecimento* do mundo figurado. Pois qual era o atrativo dos materiais históricos para Walter Scott e seus discípulos importantes? A compreensão de que os problemas cuja importância eles observaram na sociedade do presente manifestaram-se no passado de maneira diferente, específica; portanto, a história, como pré-história objetiva da sociedade atual, é algo que não é estranho nem incompreensível para o espírito humano.

Para os escritores modernos, porém, o atrativo da história está justamente em sua estranheza. Guyau, o conhecido sociólogo e estético positivista, expressou-se com muita clareza sobre essa questão. Diz ele:

Há diferentes meios de escapar do *trivial* a fim de embelezar a realidade, sem falseá-la; e tais meios são um tipo de idealismo que também se encontra à disposição do naturalismo. Eles consistem, sobretudo, em distanciar as coisas ou os acontecimentos, seja no tempo, seja no espaço (...). A arte deve desempenhar a função transformadora, embelezadora da recordação.

É muito interessante que Guyau equipare plenamente o distanciamento espacial do sujeito poético ao temporal. Para ele, o que resulta daí é, em essência, o efeito embelezador do pitoresco, do inabitual, do exótico. Se, por exemplo, observarmos a literatura francesa desse período, veremos uma verdadeira orgia de temáticas exóticas. Ao lado do Oriente, da Grécia antiga e da Idade Média (a poesia de Leconte de Lisle), encontramos a Roma decadente (Bouilhet), Cartago, Egito, Judeia (Flaubert), os tempos primitivos (Bouilhet), a Espanha, a Rússia (Gautier), a América do Sul (Leconte de Lisle, Heredia);

na mesma época, os irmãos Goncourt introduziram a moda do japonismo etc. Na Alemanha, temos por analogia o renascimento de Meyer, a temática variada, porém fundamentalmente exótica de Hebbel e Richard Wagner; em autores menores, o Egito de Eber e as grandes invasões de Dahn etc.

Tal corrente na literatura, que abrange escritores de orientação e importância tão diferentes, tem profundas raízes na vida do presente. O romantismo já protestava contra a feiura da vida capitalista, fugindo para a Idade Média. Mas esse protesto tinha então um conteúdo político-social muito claro – e, sem dúvida, reacionário. Os escritores que agora protestam sob a forma de temas exóticos só muito excepcionalmente têm essas ilusões reacionárias. Sua experiência principal – em particular a dos escritores franceses, que criam sob condições de um capitalismo mais avançado e de uma luta de classes mais viva que os alemães – é a de um asco geral, uma decepção total, que não vê nenhuma finalidade na vida. Se desejam fugir, a "fuga" é mais essencial que o "para onde". O passado não é mais a pré-história do desenvolvimento social da humanidade, mas a beleza inocente e para sempre perdida da infância, para a qual se dirige apaixonadamente, porém em vão, o desesperado e irrealizável anseio de uma vida que fracassou. Esse sentimento em relação à vida mostra-se com o máximo de intensidade nesta estrofe de Baudelaire ("Moesta e errabunda"):

> Emporte-moi, wagon! enlève-moi, frégate!
> Loin! Loin! ici la boue est faite de nos pleurs! (...)
>
> – Mais le vert paradis des amours enfantines,
> L'innocent paradis, plein de plaisirs furtifs,
> Est-il déjà plus loin que l'Inde et que la Chine?
> Peut-on le rappeler avec des cris plaintifs,
> Et l'animer encore d'une voix argentine,
> L'innocent paradis, plein de plaisirs furtifs?*

A distância, portanto, não é mais historicamente concreta, nem mesmo no sentido utópico reacionário dos antigos românticos. A distância é preci-

---

* "Leva-me, vagão! Rapte-me, fragata!/ Longe! Longe! Aqui o barro é feito de nosso pranto! (...)/ – Mas o verde paraíso dos amores infantis,/ O inocente paraíso, repleto de prazeres furtivos,/ Já está ele mais distante do que a Índia e a China?/ Podemos invocá-lo com gritos de lamento,/ E animá-lo ainda com uma voz argêntea,/ O inocente paraíso, repleto de prazeres furtivos?" (N. T.)

samente a negação do presente, um ser diferente abstrato da vida, algo que foi perdido para sempre e ganha substância ficcional dessa impregnação de lembranças e saudade – portanto, de fontes puramente subjetivas. E a grande exatidão arqueológica, a nervosa precisão na pesquisa dos detalhes de um mundo espacial ou temporalmente distante, como vimos sobretudo em Flaubert, não é fruto de uma pesquisa dos detalhes da essência social e histórica desse mundo, mas da ênfase do elemento pitoresco. A exatidão deve, é claro, garantir a realidade objetivo-poética do mundo representado; contudo, como o núcleo desse mundo só ganha vida pela saudade e pelo desespero bastante modernos do ficcionista, a exatidão arqueológica permanece, mesmo nos mais importantes autores, como uma mera decoração de um palco sobre o qual atuam destinos humanos que, internamente, não têm nenhuma relação com aqueles objetos exóticos descritos com tanta exatidão.

Mas, embora tenham uma tendência antiburguesa em seu conteúdo, essa saudade e esse desespero também possuem, na mesma medida, um núcleo profundamente burguês. Eles expressam os sentimentos dos melhores representantes da classe burguesa da época, que, no entanto, não podiam se elevar acima do horizonte do declínio que começava em sua classe. Apesar da acirrada oposição de Flaubert e Baudelaire à burguesia de seu tempo, apesar da violenta rejeição a suas obras quando foram lançadas, o aspecto socialmente idêntico que os vincula à sua classe ainda prepondera. Foi justamente por isso que, com o tempo, suas obras superaram a indignada rejeição de seus contemporâneos e eles próprios foram reconhecidos como ficcionistas que deram expressão aos conteúdos essenciais de seu tempo.

A contradição que parece haver aqui existe apenas para a sociologia vulgar. Marx definiu com muita clareza e exatidão essa relação entre escritor e classe.

Tampouco se deve imaginar que os representantes democratas eram todos *shopkeepers** ou os seus defensores entusiásticos. Por sua formação e situação individual, mundos podem estar separando os dois. O que os transforma em representantes do pequeno-burguês é o fato de não conseguirem transpor em suas cabeças os limites que este não consegue ultrapassar na vida real e, em consequência, serem impelidos teoricamente para as mesmas tarefas e soluções para as quais ele é impelido na prática pelo interesse material e

---

* Em inglês no riginal: lojistas. (N. T.)

pela condição social. Essa é, em termos gerais, a relação entre os *representantes políticos* e *literários* de uma classe e a classe que representam.*

Essa relação entre os importantes representantes da literatura de conteúdo histórico (exótico) desse período e sua classe expressa-se em particular na questão já tratada anteriormente sobre a substituição da grandeza histórica real pela crueldade e pela brutalidade. Já apontamos o fato paradoxal de que escritores tão elevados e sensíveis como Flaubert e Meyer tenham sido levados à crueldade e à brutalidade em sua figuração. Mostramos também que essa mudança tinha necessariamente de brotar da perda da relação interna com a história e estava intimamente ligada ao sentimento do período de decadência, para o qual as ações históricas não são mais ações e sofrimentos do povo e os "indivíduos histórico-mundiais" deixam de ser representantes das correntes populares. Bastará apontarmos brevemente aqui a conexão entre esses sentimentos e as experiências inconscientes de amplas massas burguesas e pequeno-burguesas para que possamos ver de maneira muito clara que esses escritores, embora humana e intelectualmente muito acima da massa de seus colegas de classe, não fazem mais do que dar expressão poética a seus sentimentos ocultos, distorcidos e renegados. A relação do burguês médio desse período – ou do pequeno-burguês – com os excessos brutais como suposta grandeza foi exposta por Baudelaire (em *Ao leitor*) de forma extremamente clara e poeticamente significativa:

Si le viol, le poison, le poignard, l'incendie,
N'ont pas encore brodé de leurs plaisants dessins
Le canevas banal de nos piteux destins,
C'est que notre âme, hélas!, n'est pas assez hardie.**

Em seu prefácio a *As flores do mal****, Théophile Gautier**** dá uma interpretação extremamente interessante e característica dessa passagem.

---

* Karl Marx, O *18 de brumário de Luís Bonaparte*, cit., p. 64. (N. E.)

** "Se o estupro, o veneno, o punhal, o incêndio/ Ainda não bordaram com desenhos aprazíveis/ A trama banal de nossos tristes destinos,/ É que nossa alma não ousou o bastante." (N. T.)

*** Rio de Janeiro, Nova Fronteira, 2006. (N. E.)

**** O prefácio a que Lukács se refere foi publicado em português em Théophile Gautier, *Baudelaire* (São Paulo, Boitempo, 2001). (N. E.)

O romance histórico | 287

Ele fala do grande monstro moderno do tédio, "que, em sua covardia burguesa, sonha de forma leviana com a selvageria e os excessos dos romanos: o burocrata Nero, o comerciante Heliogábalo". Escritores modernos importantes, e já mais conscientes dessas conexões, figuraram a relação viva de tais ideologias com as bases da vida do burguês. Basta pensarmos na inesquecível personagem do professor Unrat, de Heinrich Mann*, ou no modo como esse autor, em seu romance *Der Untertan* [O súdito], mostrou os traços comuns entre o delirante burguês imperialista do período guilhermino e a monumentalidade decorativa da arte wagneriana, em que o Lohengrin de Wagner aparece como o ideal íntimo do capitalista Hessling.

A partir desse contexto, podemos compreender a posição particular do material histórico no interior da tendência geral ao exotismo. Ouvimos os argumentos que, para Meyer, determinaram a superioridade do romance histórico sobre a temática do presente. F. Baumgarten, crítico e biógrafo de Meyer, fez um comentário muito interessante a respeito da relação desse autor com o material histórico que concretiza, em vários sentidos, tanto a concepção de Meyer quanto a teoria geral do exotismo de Guyau. Sobre o ficcionista que trabalha com o presente, Baumgarten diz: "Seu material é desprovido de destino; ele só se torna apto a uma relação de destino na mão plasmadora do ficcionista. O *ficcionista histórico* já tem em seu modelo um destino que é formado pela interação entre a personagem e o ambiente. Já o *ficcionista histórico* recebe pronto de seu modelo um destino que forma a interação entre a personagem e o ambiente". Baumgarten não entende nada dos contextos históricos que deram origem a concepções como a de Meyer e a sua própria. Ele vê nas potências históricas que o romance histórico deve figurar apenas ideias (no sentido de Rickert e Meinecke), apenas algo que introduzimos no material histórico. Precisamente por causa desse subjetivismo, essa oposição entre história e presente se mantém nele forte e exclusiva. Um homem do presente não pode ser figurado "porque formas de construção que tornam visível um processo histórico acabado ainda não foram reconhecidas, promulgadas e estabelecidas para o tratamento do presente".

Citamos em detalhes esse comentário sobre o modo de figuração de Meyer porque aqui se manifesta o desentendimento, a incompreensão essencial do presente como fundamento do material histórico. O passado, a

---

* *O anjo azul ou A queda de um tirano* (São Paulo, Estação Liberdade, 2002). (N. E.)

história não tem assim nenhuma conexão com o presente; ela é, antes, seu rígido polo oposto. O presente é obscuro; o passado apresenta contornos claros. O fato de que esses contornos não pertençam ao passado como tal, mas sejam acréscimos do sujeito (os filósofos diriam: "do sujeito do conhecimento"), não altera em nada essa oposição, pois, segundo a concepção desses pensadores e escritores, a aplicação das categorias do pensamento ao presente é praticamente impossível. A concepção filosófica e universalmente dominante de que o mundo exterior é incognoscível recebe um destaque acentuado e qualitativamente novo quando estendida à cognoscibilidade do presente. A idealização filosófica e artística da perplexidade, da renúncia aos problemas essenciais, do nivelamento do essencial e do não essencial etc., afeta profundamente todos os problemas da figuração e influencia, como maneira preponderante de tratar todas as questões, os problemas da forma.

Quão universalmente profundo e duradouro foi o efeito dessas tendências na subjetivação da concepção da história é algo que se pode ver com muita nitidez nas considerações do importante escritor antifascista e combatente humanista Lion Feuchtwanger no Congresso de Paris para a Defesa da Cultura. No que diz respeito às tendências essenciais de sua arte, Feuchtwanger está longe das descrições do período agora analisado – como veremos no próximo capítulo; em certo sentido, ele constitui até mesmo uma *oposição* a elas. Apesar disso, os fundamentos teóricos que ele fornece ao romance histórico também são influenciados pelos principais filósofos reacionários da época da decadência, em especial por Nietzsche, mas também por Croce, e estão impregnados do espírito de subjetivismo em relação ao material histórico.

Feuchtwanger compara o material contemporâneo e o histórico no que diz respeito à adequação de cada um deles à expressão da ideia do escritor e declara:

> Quando me vejo induzido a vestir um conteúdo do presente com uma roupagem histórica, há então um entrelaçamento de causas negativas e positivas. Às vezes, não consigo destilar partes de minha ação como gostaria; se as deixo com a roupagem do presente, elas permanecem como matéria bruta, relato, reflexão, pensamento, mas não se tornam imagem. Ou, quando mantenho o ambiente do presente, tenho a sensação de que a conclusão é insatisfatória. As coisas continuam a fluir; a conjetura sobre a evolução presente estar concluída ou não, e em que medida ela está

concluída, é sempre arbitrária; todo ponto final é arbitrário. Na figuração de relações contemporâneas, sinto o desconforto da falta de moldura; é como um perfume que empesteia o ambiente porque seu frasco não pode ser fechado. Acrescenta-se a isso o fato de que nosso movimentado tempo transforma muito rapidamente qualquer presente em história; e se em cinco anos o ambiente de hoje já terá se tornado histórico, por que então, para expressar um conteúdo que, assim espero, ainda estará vivo daqui a cinco anos, não me é permitido escolher um ambiente que remonta a uma época qualquer?

Vemos que Feuchtwanger repete muitos dos argumentos com os quais já nos defrontamos em escritos de teóricos e escritores significativos desse período. É comum a todas essas teorias que tanto o passado como o presente sejam concebidos como conjuntos de fatos mortos, que, em si e para si, não têm nenhum movimento vivo, não possuem nenhum espírito próprio, nenhuma alma própria, mas são animados apenas de fora, pelo ficcionista. Por outro lado, os escritores não veem suas experiências humanas como vinculadas ao tempo. Acreditam que os modos espaciais e temporais de manifestação dos sentimentos e dos pensamentos humanos dizem respeito exclusivamente a seu aspecto exterior, são apenas sua roupagem, enquanto esses sentimentos e pensamentos se encontram eles próprios fora do curso da história e, por isso, podem ser transferidos para a época anterior ou posterior que se quiser, sem que isso provoque neles quaisquer modificações essenciais.

A partir dessa maneira de ver, a escolha da temática histórica é de teor puramente artístico, como em Conrad Ferdinand Meyer: escolhe-se um período da história em que a incorporação decorativa desses sentimentos pode se ajustar do modo mais adequado às intenções subjetivas do ficcionista.

Os fatos mortos e, em conexão com eles, o arbítrio subjetivo no tratamento desses fatos determinam os princípios artísticos do romance histórico no período de decadência do realismo burguês. É óbvio que todas as falsas teorias sobre o romance histórico fundamentam-se nessa base e encontram sustentação na práxis dos escritores importantes desse período de decadência. A diferença em relação ao tipo clássico do romance histórico ou é um motivo para rejeitá-lo, como em Taine e Brandes, ou é completamente eliminada. Sobre esse fundamento estruturam-se também as teorias sociológicas vulgares a respeito do tratamento da história pela literatura, cuja base consiste, para nós, na estranheza e na incognoscibilidade objetivas da história e, por isso, veem no tratamento artístico da história uma pura "introjeção" (no sentido de Mach e Avenarius).

No debate sobre o romance histórico na União Soviética, em 1934, apareceram teorias sociológicas vulgares cujo conteúdo era em essência a separação completa entre a história e o presente. Uma corrente considerava o romance histórico uma "ciência dos rudimentos" e, portanto, não via absolutamente nada na história que pudesse exercer uma influência viva sobre o presente. Essa concepção, que corresponde plenamente à estética da sociologia vulgar – isto é, a concepção de que a sociedade sem classes não tem mais nenhuma relação com os produtos literários do desenvolvimento anterior da sociedade de classes –, transformava o romance histórico em uma catalogação de "rudimentos" que podem ser agrupados e "avivados" pelo ficcionista como ele bem entendesse. A outra corrente apresentava dois tipos de romance histórico, nos quais se reflete com exatidão a dualidade de fatos mortos e introjeções subjetivas. Um tipo é o do romance histórico propriamente dito, em que a ideia que se apresenta da época passada é imanente. Se essa imanência plena não se apresenta, surge então, segundo essa "teoria", um "romance contemporâneo" sobre um material histórico, isto é, uma pura introjeção. No primeiro caso, temos mais uma vez diante de nós a história que nos é estranha; no segundo, temos nossas próprias ideias e sentimentos em uma roupagem que não tem nada em comum com os acontecimentos históricos do passado retratado. Ambas as "teorias" são, portanto, filhas bastardas da decadência burguesa e da sociologia vulgar. São teorias burguesas que surgiram no decorrer da degeneração da democracia revolucionária em liberalismo nacional e foram contrabandeadas da sociologia vulgar para o marxismo como novas conquistas do progresso. Basta pensar na glorificação acrítica com que as teorias literárias de Taine são tratadas pela sociologia vulgar.

Para nosso problema, o fato mais importante é a metamorfose da democracia revolucionária e progressiva em um liberalismo de compromisso, covarde, que se torna cada vez mais reacionário. Pois, ao analisar escritores tão significativos, sinceros e artisticamente elevados como Flaubert e Conrad Ferdinand Meyer, pudemos ver que a questão central da crise do realismo no romance histórico consistia justamente no distanciamento da vida do povo, das forças vitais dessa vida, portanto, considerado artisticamente, em um afastamento do povo semelhante ao que ocorreu na política nesse período, na própria burguesia, em termos políticos e sociais. E em escritores sinceramente democratas, como Erckmann-Chatrian ou Charles De Coster, que é ainda mais importante, pudemos ver que essas correntes sociais e intelectuais da época limitavam à abstratividade os sentimentos populares desses escritores e conduziam sua expressão literária ao empobrecimento e à estilização.

A grande cultura burguesa do século XVIII, cujo realismo viveu um último florescimento na primeira metade do século XIX, tem seu fundamento social no fato de que a burguesia ainda era objetivamente a condutora de todas as forças progressivas da sociedade na tarefa de demolir e liquidar o feudalismo. O *páthos* dessa missão histórica dá aos representantes ideológicos da classe a coragem e o impulso para questionar todos os problemas da vida do povo, para mergulhar a fundo na vida popular e, por meio de uma concepção profunda das forças e dos conflitos atuantes nela, representar na literatura a causa do progresso humano, mesmo quando a solução dos problemas venha a contrariar os interesses tacanhos da burguesia.

Com a virada para o liberalismo, declara-se o rompimento desse laço. O liberalismo é agora a ideologia dos estreitos e limitados interesses de classe da burguesia. Esse estreitamento existe mesmo nos casos em que o conteúdo representado permanece aparentemente o mesmo. Pois uma coisa é que os grandes representantes da economia burguesa tenham defendido os vínculos corporativos, os particularismos territoriais etc. como progresso histórico perante os direitos da economia capitalista; e outra totalmente diferente é aquilo que o livre-cambismo vulgar de Manchester propagou na segunda metade do século XIX.

A estreiteza que se impõe com esse afastamento do povo está ligada a uma hipocrisia cada vez maior por parte dos representantes políticos da burguesia dessa época e de seus serviçais nas áreas da economia, da filosofia etc. Externamente, a burguesia deve continuar a figurar como guia do progresso, representante e paladino de todo o povo. Mas, como os interesses representados são, na verdade, os estreitos e egoístas interesses de classe da burguesia, essa "expansão" só pode ser realizada por meio da hipocrisia, da dissimulação, da mentira e da demagogia. Acrescenta-se a isso o fato de que o afastamento liberal do povo tem suas raízes no medo do proletariado, da revolução proletária. O alheamento ao povo converte-se sempre em uma hostilidade contra o povo. E, em estreito vínculo com esse desenvolvimento, surge no liberalismo uma inclinação cada vez maior ao estabelecimento de compromissos covardes com os poderes que restaram do absolutismo feudal, à capitulação diante deles. A ideologia dessa capitulação expressa-se na teoria da *Realpolitik*, que, cada vez mais, não apenas liquida as antigas e gloriosas tradições revolucionárias da burguesia, como também as ridiculariza inteiramente, tachando-as de abstratividade, "imaturidade", "infantilidade" (a atitude da historiografia liberal alemã a propósito de 1848).

Apontamos repetidas vezes a enorme distância que separa escritores importantes como Flaubert ou Meyer da burguesia liberal e sua *intelligentsia* (para não falar dos escritores populares democratas). De fato, não houve nesse período nenhum escritor que retratasse de modo mais mordaz a baixeza, a estupidez e a corrupção da classe burguesa que Flaubert. E mesmo o retorno à história é, tanto em Flaubert como em Meyer, um protesto contra a baixeza, a mesquinhez, a estupidez e a depravação da classe burguesa.

Mas, precisamente por causa dessa oposição abstrata, Flaubert e Meyer permanecem presos a esse período, com suas limitações e com a estreiteza de seu horizonte sócio-histórico. É verdade que a arma da sátira, o contraste apaixonadamente romântico do passado com o presente, impede que esses escritores se tornem apologistas da burguesia liberal, torna sua obra literariamente significativa e interessante, porém não os ajuda a se libertar da maldição do alheamento ao povo. Por mais depreciativa ou crítica que sejam suas considerações a respeito das consequências ideológicas dessa situação histórica – e essa é sua atitude –, o conteúdo e a forma de suas obras devem refletir os mesmos fatos sócio-históricos cujas consequências ideológicas eles combatem.

Seu questionamento artístico, sua temática e seu modo de figurar permanecem determinados por essa alienação em relação ao povo. O fato de nos romances históricos desse período, mesmo nos mais importantes, as relações do indivíduo com a vida pública serem totalmente privadas e apolíticas ou se limitarem a uma *Realpolitik* de negócios fraudulentos na alta esfera da sociedade é um reflexo claro daquelas alterações fundamentais na vida social da classe burguesa cuja expressão política é justamente o liberalismo. Nem mesmo o mais apaixonado desprezo de Flaubert pela burguesia liberal de seu tempo consegue suprimir seu vínculo artístico com as tendências decadentes da classe burguesa.

E foi assim, a partir das fraquezas ideológicas de um processo de decadência, da incapacidade dos escritores – mesmo os mais significativos do período – de reconhecer as verdadeiras raízes sociais desse processo e combatê-las de modo efetivo e centralizado, que o mais novo romance histórico surgiu *como gênero próprio*. Nas análises isoladas que realizamos, derivamos dessa debilidade fundamental todas as debilidades artísticas singulares do romance histórico. Mas seria errado acreditar que essas fraquezas se limitem exclusivamente ao romance histórico. Já mostramos que a substituição dos verdadeiros pontos culminantes da vida social por atrocidades e brutalidades em Flaubert anuncia "profeticamente" o advento do romance social de Zola. Na realidade, é óbvio que, por trás dessa corrente literária geral que compreende também os escritores humanamente mais delicados, escondem-se um asselvajamento e um embrutecimento dos sentimentos humanos que se tornam predominantes com a vitória final da burguesia na sociedade. Do mesmo modo, o deslocamento da temática histórica para o "alto" não se limita ao romance histórico, embora tal deslocamento apareça aqui mais cedo e de maneira mais decisiva que em qualquer outra forma literária. Quando Édmond de Goncourt começa a pintar as classes superiores da sociedade, ele proclama que se trata de uma fase mais elevada do naturalismo. E, nas correntes que sucedem ao naturalismo, essa tendência é predominante. É óbvio que a universalidade de uma corrente histórica não significa que ela seja exclusiva e em absoluto que tenha um efeito uniforme sobre a obra criativa de todos os escritores ativos nesse período. No entanto, dadas as profundas raízes que essas tendências literárias têm no ser social do capitalismo desenvolvido – e, mais ainda, no do imperialismo –, a oposição dos escritores a essas tendências sociais deve ser muito profunda para que a luta artística contra suas formas de manifestação literária seja bem-sucedida. (Exemplos da literatura internacional, de Gottfried Keller a Romain Rolland, passando por Anatole France, mostram que tal luta é possível.)

Vemos assim que nenhuma questão do romance histórico pode ser tratada sozinha, à parte, sem que a continuidade histórica e social do desenvolvimento literário seja totalmente desfigurada. Mas, se isso é verdade, com que direito se fala do romance histórico como um gênero próprio? É cientificamente irrelevante que a teoria do gênero da estética burguesa tardia – formalista, fossilizada e, justamente por isso, de conteúdo grosseiro – classifique o romance em diferentes "subgêneros" (romance de aventura, policial, psicológico, rural, histórico etc.) e a sociologia vulgar se aproprie dessa "conquista". No modo formalista de conceber os gêneros, todas as grandes tradições do período revolucionário desapareceram sem deixar rastro. A dialética viva da história foi substituída por uma classificação sem alma, fossilizada e burocrática.

É óbvio que, por trás dessas categorias fossilizadas, sempre existem conteúdos sociais reais. Estes, porém, são sempre os conteúdos da ideologia liberal, cada vez mais reacionária. E somente a sociologia vulgar menchevista é "ingênua" o suficiente para não perceber o caráter social desses conteúdos e concentrar-se exclusivamente nessas "conquistas científicas". Não podemos proceder aqui a um tratamento detalhado da história da teoria dos gêneros. Daremos apenas um exemplo. Quando o romance psicológico se constituiu como um gênero, por assim dizer, próprio, seus representantes significativos, sobretudo Paul Bourget, expressaram de maneira muito clara a tendência que conduziu necessariamente à fundação desse novo gênero. Pois não há dúvida de que um reacionário tão inteligente e ilustrado como Bourget sabia muito bem que os romancistas anteriores eram psicólogos notáveis. O que lhe interessava, porém, era a separação idealista e reacionária entre o elemento psicológico e as determinações objetivas da vida social, a constituição da vida psicológica como uma esfera autônoma e independente das exteriorizações da vida humana. Essa separação foi feita de modo que os instintos "conservadores" tenham primazia sobre os "destrutivos". Bourget usa precisamente esse psicologismo para dar força persuasiva à fuga na religião das contradições da vida do presente abstratamente figuradas. E, com isso, as possibilidades da sofística aumentam. Não parece mais ser necessário retratar a Igreja e a religião com suas determinações sociais, suas finalidades políticas etc., como fizeram Balzac, Stendhal, Flaubert e Zola. A questão da religião torna-se agora uma questão "puramente interna": no máximo, o lado decorativo de Roma é introduzido como pano de fundo pitoresco para o enredo (*Cosmopolis*).

Aqui, o romance psicológico liga-se à vulgarização e ao empedernecimento da vida social pela sociologia, sobretudo a de Taine. O *"status"* [*Stand*], a situação social aparece como um fato metafísico. Ela não carece em si mesma de nenhuma investigação; é imutável. A figuração limita-se às meras reações psicológicas e, ainda assim, com a condição de que toda desarmonia com o "estamento" seja figurada como doença. Vejamos a nova interpretação que Bourget dá a *Madame Bovary* e *O vermelho e o negro**:

> Não se chamou suficientemente a atenção para o fato de a base de *Madame Bovary*, assim como de *O vermelho e o negro*, de Stendhal, ser o estudo de uma perturbação da alma provocada por um deslocamento de ambiente. Emma é uma camponesa educada como burguesa. Julien é um camponês educado como burguês. Essa visão de um gigantesco fato social domina os dois livros.

---

* São Paulo, Cosac Naify, 2003. (N. E.)

Assim, por meio da autonomização do elemento psicológico, toda crítica social desaparece. Stendhal e Flaubert supostamente proclamam – com casos mórbidos como exemplos contrários – esta "profunda verdade" psicológica e social: cada qual no seu ofício!

Vimos que, na constituição do romance histórico como gênero ou subgênero próprio, escondia-se um conteúdo social semelhante: a separação do presente e do passado, a contraposição abstrata entre o presente e o passado. É evidente que tais intenções não são de modo algum decisivas para o surgimento de um novo gênero. Nas considerações anteriores, mostramos em detalhes, sobretudo na comparação entre o romance e o drama histórico, que cada gênero é um espelhamento peculiar da realidade; sendo assim, os gêneros só podem surgir quando se apresentam fatos típicos, universais e legitimamente recorrentes da vida cuja singularidade conteudística e formal não pode ser refletida de maneira adequada nas formas disponíveis.

Uma forma específica, um gênero deve basear-se em uma verdade específica da vida. Se o drama se divide em tragédia e comédia (abstraímos aqui dos níveis intermediários), isso tem seu fundamento naqueles fatos da vida que são espelhados precisamente de modo *dramático* pelas formas da tragédia e da comédia. Pois é notável que essa rígida divisão não produza uma separação dos gêneros na arte épica. Nem mesmo à sociologia vulgar burguesa e pseudomarxista ocorreu elaborar o subgênero do romance trágico. Tragédia e comédia relacionam-se de maneira diferente com a realidade e, precisamente por isso, têm outra forma de construção da ação, de caracterização das personagens etc. Algo semelhante ocorre com o romance e a novela. A questão não é de modo algum de alcance. A diferença de alcance é apenas consequência de uma diferença de objetivos, o que ocasionalmente pode comportar casos-limite, em que uma grande novela é mais abrangente que um pequeno romance. Trata-se sempre de uma forma específica de espelhamento de fatos específicos da vida. A diferença de alcance entre romance e novela é apenas *um* meio de expressão, entre muitos outros, de distintos fatos da vida que são figurados por ambos os gêneros. A característica que diferencia realmente a novela é sobretudo o fato de que ela não visa retratar a totalidade das manifestações da vida. Por isso, essa forma é apropriada para figurar, com uma energia específica, contextos muito específicos da vida, por exemplo: o papel do acaso na vida humana.

Conrad Ferdinand Meyer, artista e pensador notável, percebeu claramente que o irracionalismo de sua concepção da história exigia a novela e, por isso, chamou suas obras de novelas, e não de romances. O motivo decisivo de Pescara, o fato de ele ser fisicamente incapaz de agir e decidir por causa de sua doença mortal, é um motivo típico de novela. Mas, como Meyer tinha a elevada ambição artística de fornecer um quadro geral dos problemas de seu tempo, suas obras ultrapassam a moldura rígida e estreita da novela; e foi assim que, sobre a base dos motivos próprios da novela, surgiram romances irracionalistas, fragmentários.

Portanto, considerando seriamente o problema dos gêneros, podemos formular a questão da seguinte maneira: quais dos fatos da vida que se encontram na base do romance histórico são especificamente distintos daqueles que constituem o gênero do romance em geral? Creio que, se a questão é colocada desse modo, só há uma resposta: nenhum. E a análise da atividade literária dos realistas mais importantes mostra que, em seus romances históricos, não se encontra um único problema essencial da construção ou da caracterização que não se manifestaria em seus outros romances, ou vice-versa. Podemos comparar, por exemplo, *Barnaby Rudge*, de Dickens, com seus romances sociais, ou *Guerra e paz* com *Anna Kariênina* etc. Os princípios fundamentais são necessariamente os mesmos e resultam do mesmo objetivo: figurar em forma de narrativa a totalidade de um contexto social da vida, seja do presente, seja do passado. Mesmo esses problemas de conteúdo, que parecem ser específicos do romance histórico – como a figuração dos resquícios da sociedade gentílica em Scott –, não constituem seu objeto exclusivo. Desde o episódio "Oberhof" do romance *Münchhausen*, de Immermann, até a primeira parte de *Posledny iz Udege* [O último dos Udege], de Fadeev, encontramos sem cessar esses problemas em romances que tratam do presente. E, desse modo, poderíamos percorrer todos os problemas formais do romance sem encontrar uma única questão essencial que diga respeito exclusivamente ao romance histórico. O romance histórico clássico surgiu do romance social e ultrapassou-o, enriquecendo-o e elevando-o a um patamar superior. Quanto mais elevado é o nível tanto do romance histórico quanto do romance social da época clássica, menos diferenças de estilo realmente decisivas encontramos entre eles.

Em compensação, o romance histórico mais recente surgiu das *fraquezas* do romance moderno e as reproduz em um nível mais elevado em consequência e com ajuda do fato de ter se tornado um "gênero próprio". Essa diferença tem como fundamento, é evidente, um fato da vida. Mas ela não se deve apenas a um fato objetivo da vida em si, da transformação objetiva da vida, mas, ao mesmo tempo e sobretudo, ao exagero de uma falsa ideologia geral do período de decadência.

A particularidade do romance histórico nesse período nos permite afirmar, de passagem, que é muito mais difícil corrigir por meio da própria vida as falsas intenções dos escritores no romance histórico que no romance de temática contemporânea; portanto, naquele as falsas teorias, os preconceitos literários etc. do autor não podem ser corrigidos – ou dificilmente são corrigidos – pela riqueza do material vivencial que se extrai da temática contemporânea. Aquilo que Engels chama de "vitória do realismo" em Balzac, a vitória do espelhamento sincero e completo dos fatos e nexos efetivos da vida sobre os preconceitos sociais, políticos ou individuais do escritor, é muito mais rara no romance histórico mais recente que no romance social da mesma época.

Já tratamos aqui, ainda que brevemente, de dois importantes escritores realistas desse período: Maupassant e Jacobsen. Maupassant procede em *Bel- -Ami** da mesma forma que em *Uma vida*; Jacobsen procede em *Niels Lyhne*** assim como em *Marie Grubbe*. Mas, apesar de toda a problemática geral do realismo mais recente, vemos nas primeiras obras citadas de cada autor uma realidade social ricamente nuançada. Em ambos os casos, podemos constatar uma "vitória do realismo" engelsiana. Por quê? Porque era impossível para Maupassant, assim como para Jacobsen, observadores talentosos e rigorosos da vida, deixar de perceber os grandes problemas sociais de seu tempo, quando se tratava de figurar uma personagem do presente. Por mais que o que interessasse fosse, em primeiro lugar, a figuração do desenvolvimento psicológico do herói, em ambos os casos a vida social do presente invadiu o romance por todos os lados, de modo inconsciente e inadvertido, e preencheu-o com uma vida rica e articulada.

No romance histórico, isso é muito mais difícil. Feuchtwanger, nas observações citadas acima, tem toda razão quando diz que o material distante no tempo pode ser trabalhado com mais facilidade pelo escritor que o material do presente. Somente se engana quando vê nisso uma vantagem para o escritor, e não uma desvantagem. O material histórico opõe menos resistência ao escritor do período após 1848; a intenção subjetiva do escritor pode se impor com mais facilidade a esse material. Mas é precisamente daí que surgem

---

*   São Paulo, Abril Cultural, 1981. (N. E.)

** São Paulo, Cosac Naify, 2003. (N. E.)

a abstratividade, o arbítrio subjetivista, a "extemporaneidade" quase onírica que constatamos nos romances históricos de Maupassant e Jacobsen e que os distingue, para sua desvantagem, dos romances sociais de contornos mais vigorosos e nítidos desses mesmos autores.

Até mesmo em um escritor como Dickens, as fraquezas de seu humanismo e idealismo radical e pequeno-burguês mostram-se de modo muito mais forte e perturbador nos grandes romances históricos sobre a Revolução Francesa (*Um conto de duas cidades**) que em seus romances sociais. A posição do jovem marquês de Evremonde entre as classes, sua repulsa aos meios cruéis empregados para manter a exploração feudal, a solução que deu a esse conflito, fugindo em uma vida burguesa privada, nada disso ganha o peso que mereceria na composição da trama. Ao colocar em primeiro plano os aspectos puramente morais tanto das causas quanto das consequências, Dickens enfraquece o nexo entre os problemas da vida das personagens principais e os eventos da Revolução Francesa. Esta é transformada em um pano de fundo romântico. A selvageria e a agitação da época fornecem ocasião para a revelação das qualidades humanas e morais das personagens. Mas nem o destino de Manette e de sua filha, nem o de Darnay-Evremonde e menos ainda o de Sidney Carton crescem organicamente no solo da época e de seus acontecimentos sociais. Mais uma vez, a título de comparação, podemos tomar um romance social qualquer de Dickens e constatar que esses nexos são figurados de modo muito mais íntimo e orgânico, por exemplo, em *A pequena Dorrit*** ou *Dombey e filho**** que em *Um conto de duas cidades*.

De certa maneira, porém, o romance histórico do grande escritor Dickens ainda é fundado nas tradições clássicas. *Barnaby Rudge*, em que os acontecimentos históricos desempenham um papel mais episódico, conserva plenamente o modo concreto de figuração dos romances inspirados na vida contemporânea. Mas os limites da crítica social de Dickens, o posicionamento esporadicamente abstrato-moral diante dos fenômenos sociomorais influenciam de modo particularmente forte seus romances históricos. O que normalmente seria apenas uma imprecisão eventual do traçado torna-se aqui uma fraqueza essencial da composição. Pois, no romance histórico, essa ca-

---

* São Paulo, Estação Liberdade, 2010. (N. E.)

** Lisboa, Círculo de Leitores, 1987. (N. E.)

*** São Paulo, Paulinas, 1962. (N. E.)

racterística de Dickens age no sentido da privatização moderna da história. Em *Barnaby Rudge*, muito mais do que em *Um conto de duas cidades*, a base histórica torna-se mero pano de fundo e, em vez de figurar como base real dos destinos da vida, transforma-se em pretexto ocasional para tragédias puramente humanas. Essa discrepância acentua ainda mais fortemente a tendência de Dickens, de resto silenciosa e latente, de separar o "puramente humano", o "puramente moral" da base social, conferindo-lhe certo grau de autonomia. Essa tendência é corrigida nos grandes romances de temática contemporânea de Dickens pelo poder da própria realidade, pelo efeito que esta exerce sobre o ficcionista, que está pronto e ansioso para apreendê-la com todos os seus sentidos. Aqui, tal correção tem de ser necessariamente muito mais fraca. O fato de que seja assim em um escritor tão grandioso quanto Dickens, um clássico do romance nos traços essenciais de sua criação, tocado apenas de leve pelas tendências da decadência, pode servir de ilustração particularmente nítida para esse contexto.

A razão é precisamente o fato de que a maleabilidade do material histórico, louvada por Feuchtwanger, constitui uma armadilha para o ficcionista moderno. Pois a grandeza literária provém justamente da resistência às intenções subjetivas, da sinceridade e da capacidade de reproduzir a realidade objetiva. Quanto mais plena e facilmente vitoriosas são as intenções subjetivas, mais fracas e, por conseguinte, mais pobres e desprovidas de conteúdo tornam-se as obras.

Ao contrário do que dizem as modernas e influentes "teorias do conhecimento" da história, a realidade histórica é também uma realidade objetiva. Mas os escritores do período após 1848 não têm mais a vivência socialmente direta de sua continuidade com a pré-história da sociedade em que vivem e agem. Sua relação com a história, cujas causas sociais vimos anteriormente, é muito mediada, e essa mediação é realizada sobretudo pelos historiadores e pelos filósofos da história modernos e modernizantes (veja-se, por exemplo, a influência de Mommsen sobre Shaw).

Essa influência é inevitável justamente por causa da cisão na vivência da continuidade social entre passado e presente; ela é, em geral, muito mais forte do que se costuma admitir. Os escritores modernos adquirem da historiografia e da filosofia da história de seu tempo não apenas os fatos, mas sobretudo a teoria da livre e arbitrária interpretação dos fatos, da incognoscibilidade do curso da história em si e, com isso, a necessidade de "introjeção" dos próprios problemas subjetivos na história "amorfa": teoria que procede das representações do culto antidemocrático do herói, põe no centro da história o "grande homem" solitário e concebe a massa em parte como mero material nas mãos dos "grandes homens" e em parte como cega e furiosa força natural etc.

É fácil compreender que os fatos históricos não podem oferecer a esse sistema organizado de preconceitos uma resistência proveitosa na literatura, sobretudo se os fatos históricos são absorvidos pelo prisma desses preconceitos. Em casos excepcionais, a resistência aparece nos fatos da vida. E precisamente a contraposição entre história e vida, a fuga da miséria da vida contemporânea no brilho majestoso de épocas passadas acaba por reforçar ainda mais essas tendências distorcidas pela subjetividade. E as consequências não são de modo algum atenuadas pelo fato de essa fuga ser resultado de um ódio ardente contra o presente burguês, como em Flaubert.

Assim, o romance histórico moderno traz em si, em medida acentuada, todas as fraquezas do período geral de decadência; ele carece dos traços importantes do realismo que surgiram, apesar de todas as falsas tendências, da luta dos escritores eminentes dessa época com a vida contemporânea. Nesse sentido, e apenas nesse, podemos falar de um romance histórico como gênero particular na época que investigamos aqui. Comparemos a linha descendente do romance histórico com a linha da figuração da vida contemporânea. O caráter separado da vida, autonomizado, reificado, mantido em estado de coisa, do "ambiente" não só é bem mais grosseiro no primeiro (como já ocorre no romance histórico do romantismo, depois particularmente marcado em Bulwer), como também adquire muito rápido uma magnitude que o romance de temática contemporânea só alcança em seus piores representantes. O motivo pode ser facilmente identificado. Mesmo a figuração mais árida e fastidiosa do ambiente está objetivamente ligada, de um modo ou de outro, por caminhos muito sinuosos, à vida real. No entanto, no romance histórico o "ambiente" degenera inevitavelmente em um predomínio sufocante do espírito de antiquário. Isso pode assumir formas absolutamente corriqueiras, como nos romances de Dahn ou Ebers, muito lidos antigamente, mas pode assumir também um aspecto refinado, suntuoso, matizado e decorativo tanto do ponto de vista da erudição quanto do estilo, como em *Marius the Epicurean* [Marius, o epicurista], de Walter Pater. Em ambos os casos, os homens são convertidos em esquemas, porém são dotados de ideias formuladas com argúcia e enriquecidos com sentimentos refinados; tanto aqui quanto lá, a realidade histórica é pouco figurada como evolução viva de um povo: permanece como um cenário morto, mesmo quando seus tons são cuidadosamente escolhidos e combinados. As diferenças, que sem dúvida existem, só aparecem quando abstraímos o fato de que deveríamos estar tratando de obras de arte, de romances históricos, e passamos a vê-las como ensaios. Então, Ebers surge como divulgador de uma egiptologia superficial e banal, enquanto Pater apresenta uma concepção afetada e decadente da Antiguidade.

Esse juízo não significa que os excluímos da evolução geral do romance moderno. Indica apenas que encontramos em Ebers ou Dahn uma antecipação do naturalismo mais raso e mais chão na literatura alemã; Pater, ao contrário, torna-se o precursor estético do embotamento simbolista que atinge um impressionismo ultrarrefinado. Pensemos na obra *Bruges, a morta**, de Rodenbach, em que, embora a forma externa e a técnica sejam muito diferentes, uma vivência ultrarrefinada do sentimento é associada a um cenário ultraestilizado de modo tão orgânico quanto a história e os destinos humanos em Pater.

Esse caminho – que, mesmo não sendo linear, conduz à decadência imperialista – não pode ser descrito nem unilateralmente do ponto de vista estético nem do ponto de vista moral ou ideológico. Dos dois pontos de vista, trata-se antes de simples consequências do alheamento primário dos ideólogos burgueses em relação à progressividade da história, ao reconhecimento das tendências e perspectivas de progresso no presente. O ideólogo desce assim ao nível de um triste filisteísmo. O grande filósofo e crítico democrata-revolucionário Tchernichevski já reconhecera esse motivo na crítica de E. T. A. Hoffmann ao filisteísmo, e o paralelo que traçamos entre Ebers e Dahn, de um lado, e Walter Pater, de outro, encontra sua justificativa na declaração de outro importante escritor democrata, Gottfried Keller, para quem o filisteu ébrio não era melhor que o filisteu sóbrio. Talvez o exemplo mais didático dessa unidade seja Adalbert Stifter, que ligava a dita "profundidade de visão de mundo" do mais limitado filisteísmo a uma suposta maestria literária altiva e serena. Como de toda a produção literária de Stifter só a obra tardia *Witiko* diz respeito a nosso tema, as considerações seguintes atêm-se sobretudo a esse romance.

Witiko mostra os dois aspectos que pudemos ver em casos análogos e muito mais significativos de Flaubert, Maupassant, Jacobsen etc. Por um lado, a unidade dos princípios estéticos e de visão de mundo na obra de um escritor, quer ele escreva sobre o presente, quer sobre o passado; nesse sentido, *Witiko* é uma aplicação dos resultados, um material ilustrativo dos princípios

---

*   São Paulo, Clube do Livro, 1960. (N. E.)

figurados no romance de formação *Der Nachsommer* [O verão tardio]. Por outro, o material histórico, menos resistente do ponto de vista do trabalho literário, deixa que toda limitação, toda tendência reacionária na imagem que o escritor faz do mundo floresça muito mais desimpedido do que a temática contemporânea permitiria. É por isso que *Witiko* é a síntese de todos os retrógrados traços filisteus de Stifter, e de um modo tão puro que mesmo Gundolf é obrigado a falar da "desolação" dessa obra e sente-se impelido a aproximá-lo historicamente de Freytag, Ebers, Dahn, Piloty e Makart.

Além disso, Gundolf, assim como toda a escola de George, sobretudo Bertram, é decisivamente influenciado pelo entusiasmo de Nietzsche por Stifter, entusiasmo que deu início propriamente a essa moda literária. Não há dúvida de que o elogio de Nietzsche é dirigido sobretudo a *Der Nachsommer*, e Gundolf também se esforça para extrair elementos positivos das limitações de Stifter, suas razões profundas, mas, com exceção da oposição geral entre a temática contemporânea e a histórica que mencionamos anteriormente, ele faz isso de maneira equivocada. Equivoca-se, no mínimo, quanto à força e à validade estética do contraste entre os dois vastos romances. É verdade que *Der Nachsommer* tem, como história de desenvolvimentos, certo movimento interno, embora afunde no oceano de descrições de coisas quase sem deixar rastro. Witiko, em compensação, é desde o início o jovem típico do período do *Vormärz**, o ideal consumado da "obra de formação" do período de Metternich, aliás, sempre malsucedida em tentativas anteriores. Aqui, o movimento épico é puramente exterior: batalhas, desfiles, recepções etc., que, em consequência da importância dada às coisas em sua apresentação puramente descritiva, justificam plenamente a expressão gundolfiana da desolação. De fato, Bertram chama *Witiko* de "grande obra tardia" de Stifter, um "romance homérico de Walter Scott". Esse julgamento expressa claramente o fato de que a história da literatura e a crítica literária alemãs, fascistas ou em processo de fascistização, estão decididas a sistematizar o entusiasmo de Nietzsche e a fazer de Stifter um clássico da reação alemã. E, assim, o juízo de Gundolf, em certa medida prudente, torna-se um combate de retaguarda. Linden, o historiador fascista da literatura, chama *Der Nachsommer* e *Witiko* de "romances de formação de um tipo eternamente válido". Fechter, um crítico igualmente fascista, dá continuidade ao princípio homérico de Bertram e descobre em

---

* *Vormärz*: o período anterior à Revolução de Março de 1848. (N. T.)

Witiko a grandeza da "liberdade germânica", da saga islandesa. Isso faz de Stifter – e os motivos e consequências são claramente visíveis aqui – o precursor de Hans Grimm, que, nas palavras de Fechter, "criou o primeiro romance político alemão depois de *Witiko*, de Stifter".

Nesse caso, não se trata de modo algum de um elogio abjeto e difamador de fascistas, como em Hölderlin ou Büchner. Aqui, como no caso de Nietzsche, eles recuperaram um legado real, legítimo. Mas não no sentido de que Stifter teria uma relação direta com a "visão de mundo nacional--socialista". Não se trata em absoluto disso; seu quietismo esteticamente reificado parece fazer, ao contrário, a mais dura oposição à dinâmica do "realismo heroico". Mas também aqui a dura oposição é mera aparência. Basta lembrar que foi a fascistização da história da literatura alemã que estabeleceu o estilo *Biedermeier* como um período dessa história, com a intenção de eliminar da literatura alemã anterior a 1848 qualquer elemento progressista, e em particular revolucionário, e glorificar, como essência alemã, a estagnação reacionária e o filisteísmo obscurantista da miséria alemã dessa época.

Ora, Stifter é o clássico nato de tais tendências. É sabido que, para ele, a Revolução de 1848 significou a queda de um mundo, o fim da cultura e dos costumes civilizados. A derrota da revolução e o período de repressão de todos os povos sob a monarquia dos Habsburgo criaram as bases para o surgimento de seus dois grandes romances. Gundolf tem razão quando caracteriza assim esse período da obra de Stifter: "De idilista ingênuo, ele se torna um idilista convicto a partir de 1849, e os meios que utiliza para ver e mostrar os costumes transformam-se em armas contra a má vontade e os delírios de uma humanidade depravada". Vemos aqui também que a rejeição estética de *Witiko* por Gundolf tem importância apenas secundária; a caracterização que ele faz de Stifter também o transforma no poeta "político" do *Biedermeier*, cujo modo de ser é constituído justamente pelo caráter apolítico de sua visão de mundo e seu modo de figuração. O fato de que tais tendências só se tornem conscientes após a derrota da Revolução de 1848 reforça essa situação, ao invés de enfraquecê-la.

Witiko concentra os esforços de Stifter. Nesse sentido, seja como for avaliado esteticamente em comparação com outras obras de Stifter, esse romance histórico é o ponto culminante de sua atividade literária no que diz respeito à sua visão de mundo. O juízo de Bertram, já citado anteriormente, mostra o total desconhecimento e ignorância, comuns nesse período de decadência, da obra de Walter Scott. No que se refere à concepção da história, a de Stifter é exatamente a mesma de seu polo oposto, o que faz dele o continuador de seus antagonistas, os românticos reacionários. Isso é demonstrado em toda a estrutura, em todos os detalhes de *Witiko*, sem a menor sombra de dúvida. Ressaltamos aqui apenas alguns dos elementos mais essenciais. Quando Scott retrata a Idade Média, seu objetivo principal é figurar a luta entre as tendências progressistas e reacionárias, sobretudo as que apontam para a superação da Idade Média, esmagam o feudalismo e asseguram a vitória da sociedade burguesa moderna. (Basta pensarmos na oposição entre Luís XI e Carlos I da Borgonha em *Quentin Durward*.) Stifter, ao contrário, glorifica as tendências mais reacionárias do desenvolvimento medieval, como a luta de Barba-Roxa contra as cidades italianas, sobretudo Milão. O que até mesmo escritores moderadamente progressistas como Hebbel reconheceram, isto é, que a política da casa de Hohenstaufen levou a Alemanha à miséria, Stifter se recusa a ver e chega até a glorificá-lo. Com isso, ele dá continuidade intelectual e literária à obra de seu protetor Metternich.

Essa tendência se manifesta ainda com mais clareza na apoteose de todas as instituições feudais. Stifter é aqui um continuador do romantismo reacionário. A diferença é sobretudo de ordem estilística, mas assenta-se naturalmente em determinada visão de mundo. Desde *A cristandade ou a Europa**, de Novalis, até Arnim ou Fouqué, os românticos deram um tratamento polêmico ao caráter modelar da Idade Média. Em Stifter, não há polêmica declarada contra o presente; em *Witiko*, o feudalismo aparece como ordem social natural, organicamente desenvolvida, assim como a ordem social do presente em *Der Nachsommer*; portanto, Stifter vai muito além dos românticos mais reacionários na concepção de que o homem "essencial" é o mesmo sob qualquer forma de autoridade, desde que esta não seja revolucionária. Tenha ele conhecido ou não Schopenhauer, o fato é que é no sentido deste último que ele dá continuidade ao romantismo reacionário. Seu estilo não polêmico expressa adequadamente essa continuidade retrógrada. É isso que Bertram concebe como elevação "homérica" de Scott; ele considera um progresso a falta de qualquer oposição plebeia ou burguesa ao feudalismo (aos olhos de Stifter, os burgueses de Milão são rebeldes e criminosos). No sentido do "biedermeierismo", essa falta *é* de fato um progresso. Mas no sentido do verdadeiro conhecimento, da figuração autenticamente poética da história, ela é justamente o contrário; o Robin Hood de Scott, em *Ivanhoé*, e Heinrich Gow, em

---

*   Lisboa, Antígona, 2006. (N. E.)

The Fair Maid of Perth [A bela moça de Perth], mostram do que é capaz uma figuração da Idade Média fiel à realidade.

Hebbel, em sua espirituosa crítica a *Der Nachsommer*, reconheceu o que é essencial em Stifter: a mudança de proporção entre o insignificante e o significativo, entre o superficial e o essencial, em nome de um domínio absoluto do primeiro desses termos. Com isso, por mais distante que esteja do naturalismo do ponto de vista formal e estilístico, Stifter torna-se seu precursor tanto espiritual quanto estético. Hebbel também reconhece uma tendência na escrita de Stifter que antecipa tendências ainda mais importantes e perigosas do período imperialista: a desumanidade, que nele ainda aparece sob a roupagem do "verdadeiro" humanismo. De acordo com Hebbel: "Somente (...) a Adalbert Stifter estava reservado perder os homens completamente de vista". Se Stifter é celebrado por Nietzsche, pela escola de George e por fim pelo próprio fascismo como o legítimo sucessor de Goethe, como o renovador de seu legado, há aqui um claro paralelo com as tentativas de Gundolf, Spengler, Klages etc. transformar Goethe, segundo o modelo de Nietzsche, em um representante da "filosofia da vida" irracionalista. Tais tendências podem mostrar grandes diferenças e até mesmo oposições, porém são todas polos conexos no sentido de uma falsificação imperialista e reacionária de Goethe. De diferentes perspectivas, elas eliminam todo caráter progressista sócio-histórico da obra de Goethe; por seu conteúdo, uma complementa a outra, assim como o filisteu sóbrio e o filisteu ébrio de Gottfried Keller complementam um ao outro.

Stifter é uma figura de transição na medida em que sua serenidade filisteia mostra muitos traços em comum com o classicismo acadêmico igualmente enfadonho da segunda metade do século XVIII. Entretanto, os elementos que apontam o futuro da decadência são predominantes; eles determinam a posição atual de Stifter na história da literatura.

Se quisermos um exemplo particularmente nítido do nexo entre o naturalismo, o filisteísmo e a decadência que expusemos aqui, basta olhar para Merechkovski, esse decadente típico da época imperialista que, sem dúvida alguma, pertence ao grupo dos filisteus ébrios. Nele, o romance histórico torna-se realmente um órgão da demagogia e da xenofobia reacionárias. No entanto, quando observavamos mais de perto a falsa profundidade desses romances, descobrimos sob seu invólucro místico traços naturalistas notáveis. Por exemplo, quando Merechkovski descreve assim um ataque de fúria de Alexei: "De repente, a face pálida e contraída de Alexei adquiriu uma semelhança terrível, quase sobrenatural e fantasmagórica, com o rosto de Pedro. Era um daqueles ataques de fúria que por vezes acometia Zarevitch e durante os quais ele era capaz de cometer qualquer crime", o leitor pode perceber que se trata apenas de uma caricatura fraca e distorcida pelo misticismo das catástrofes de Zola. Do mesmo modo, outras passagens desses e de outros retratos históricos reacionários e decadentes do período imperialista poderiam servir para mostrar que todos os aspectos débeis do naturalismo, do simbolismo etc. estão presentes neles de forma acumulada, extravagante e caricatural. Mas esses excessos caricaturais são tão pouco capazes de fundar um gênero próprio quanto a degeneração dos romances históricos em um exotismo vazio e em uma má leitura de entretenimento, depois que se alhearam do presente histórico. Sobretudo quando, por trás desses traços degenerados, ainda se podem vislumbrar os traços gerais de decadência da época. O crescimento puramente quantitativo das falsas tendências não pode fundar um gênero próprio.

4. O romance histórico do humanismo democrático

Na linha principal da evolução, o período imperialista significa um fortalecimento das tendências de dissolução do realismo, tanto na concepção da história e da teoria da literatura quanto na prática literária. No capítulo anterior, já tratamos, a título de comparação, de alguns escritores (Croce, Merechkovski) em que esse crescimento das tendências de dissolução se manifesta claramente. Como nos limitamos aqui aos grandes modos típicos de manifestação do romance histórico, não nos ocuparemos dos representantes da decadência mais extrema. Basta constatar que aquilo que, para os escritores significativos do período de transição, era uma difícil problemática de figuração realista da história tornou-se o pleno florescer de um jogo decadente de formas, uma violação consciente da história.

Já vimos que essa tendência de dissolução do realismo se desenvolve de dois modos, à primeira vista contrários um ao outro. Por um lado, há uma descrença cada vez maior na possibilidade do conhecimento da realidade social e, por conseguinte, da realidade histórica. Essa descrença se transforma necessariamente, como vimos nas grandes personagens do período de transição, em uma mística. Tais tendências místicas se fortalecem ao longo da evolução imperialista e alcançam seu ápice na falsificação bárbara e na mitificação da história realizada pelo fascismo. Por outro lado, a representação da história limita-se à maior exatidão possível dos fatos singulares, *isolados*, destacados de seu verdadeiro contexto. (Nesse desenvolvimento, o fascismo ocupa uma posição especial, porque também falsifica, do modo mais grosseiro e brutal, os fatos isolados da história.)

Os escritores subjetivamente sinceros do período imperialista creem ser fiéis à história – é claro que dentro dos limites de sua visão de mundo, de sua concepção da possibilidade de um conhecimento objetivo da história –, porém concebem essa fidelidade apenas como uma atitude devida e possível em relação aos fatos isolados. Em Flaubert, isso ainda tomava a forma de um arqueologismo decorativo. No período imperialista, desenvolve-se um novo culto dos "fatos". Em particular no naturalismo do pré-guerra e, mais tarde, na "nova objetividade" do pós-guerra, surgem correntes pseudorrealistas com base nesse culto dos "fatos" isolados, destacados de seu contexto. Tal concepção não exclui a interferência do misticismo, da biologia e da psicologia mistificados na literatura, mas antes os favorece cada vez mais.

A essas correntes literárias associa-se o fato de que, sobretudo no período pós-guerra, vive-se uma onda de beletrística histórica que não é nem ciência nem arte. As observações espirituosas e satíricas de Huxley já citadas caracterizam corretamente esse híbrido. Mais uma vez, a assim chamada síntese entre psicologia mistificada e "fatos" isolados forma a base de tal beletrística. Sua suposta justificação artística e científica provém de um alargamento – muito popular nesse período – do conceito de arte. Como as tradições da velha grande arte haviam sido abaladas, e como não se via mais na arte uma forma específica de espelhamento dos traços essenciais da realidade objetiva, o "princípio artístico" foi aplicado indiferentemente a todos os âmbitos, em especial pelo fato de que a ciência e a filosofia assumiam uma posição cada vez mais agnóstica diante da realidade objetiva. O subjetivismo consciente que surgiu daí foi então identificado com a arte. E assim surgiram as teorias de Oscar Wilde no pré-guerra e, mais tarde, de Alfred Kerr sobre a crítica como suposta arte.

No pós-guerra, essas teorias ganharam uma aplicação ampla e peculiar em um novo terreno com a teoria da arte da montagem. Nascida da teoria e da práxis niilistas de diferentes orientações dadaístas, essa teoria se "consolidou" no período de "relativa estabilização" como um sucedâneo artístico fundamental: a colagem inorgânica de fatos figurativamente desconexos era considerada arte porque uma originalidade criativa particular supostamente se expressava nesse agrupamento, nesse arranjo. A arte da montagem que surgiu assim é, por um lado, o ápice das falsas tendências do naturalismo, pois a montagem renuncia até mesmo àquele tratamento superficial, linguístico e temperamental da *empiria* que o velho naturalismo ainda considerava sua tarefa, e, por outro, a montagem é o ápice do formalismo, pois a junção de elementos singulares com a dialética interna e objetiva dos homens e de seus destinos já não tem absolutamente nenhum elemento em comum e a montagem aproxima-se do arranjo "original" apenas do exterior. Com base nesses pressupostos, esse folhetim histórico, essa reportagem histórica foi anunciada como uma forma particular da arte histórica. Nessa beletrística, a teoria da montagem, a declaração da reportagem como forma particular da arte teve uma influência forte e direta.

Essa beletrística histórica só tem importância para nós na medida em que as biografias históricas como suposto "gênero" também influenciaram escritores significativos do ponto de vista intelectual e artístico e causaram grandes confusões e danos. Discutiremos em seguida a questão do chamado método biográfico no romance histórico. Aqui, limitamo-nos apenas a algumas observações inspiradas no prefácio de Maurois à biografia que escreveu de Shelley* a fim de esclarecer os princípios dessa mistura entre romance e história, uma mistura que não é objetivamente nem romance nem historiografia:

> Este livro deveria ser mais a obra de um romancista que a de um historiador ou crítico. Sem dúvida, os fatos são verdadeiros, e não permitimos que Shelley incluísse nesse relato nenhum dito ou ideia que não fossem confirmados pelas recordações de seus amigos ou por suas cartas e poesias; porém, nós nos esforçamos para ordenar os elementos reais de modo que o leitor tenha a impressão da descoberta progressiva, do crescimento natural que parecem ser próprios do romance. Se o leitor não está à procura de erudição e de descobertas, se não tem nenhuma propensão à "educação sentimental", então será melhor que ele não abra este livro.

Em nossas próximas considerações, veremos de modo ainda mais claro que esses dois elementos – o colar-se aos fatos e o espanar desses mesmos fatos com os farrapos da beletrística – têm seu fundamento no alheamento do escritor em relação à vida do povo. A capacidade aparentemente inesgotável de invenção dos grandes escritores realistas – também no romance histórico e, aqui, de modo até muito especial – repousa precisamente no fato de que eles se movem com plena liberdade no interior de seu material e conhecem suficientemente bem os tipos da vida popular para dispor deles com imaginação, mas sem se afastar da verdade do que é típico; além disso, têm familiaridade suficiente com essa vida para conceber situações em que sua verdade mais profunda vem à tona com mais clareza e luminosidade que no cotidiano.

---

* André Maurois, *Ariel ou A vida de Shelley* (Rio de Janeiro, Record, 1923). (N. E.)

O "culto aos fatos" é um sucedâneo miserável dessa familiaridade com a vida histórica do povo. E, se esse sucedâneo enfarpela-se de belas-letras e fornece como arte épica uma prosa supostamente boa, mas, na verdade, apenas rasa ou afetada, a situação torna-se ainda pior, pois a confusão do público agrava-se.

I. Características gerais da literatura humanista de protesto no período imperialista

O que nos interessa aqui são as revoltas e as oposições a essa decadência da literatura. A época do imperialismo é não apenas o período do apodrecimento do capitalismo, mas também o da maior reviravolta da história da humanidade, a época da revolução proletária, da luta decisiva entre o capitalismo e o socialismo. E seria de uma superficialidade muito grande, de uma estreiteza de ponto de vista extraordinária reduzir de maneira simples e mecânica os dois lados rivais, as forças do progresso revolucionário e da reação cada vez mais bárbara, a uma rígida oposição entre proletariado e burguesia. Lenin mostrou em sua análise fundamental da era do imperialismo quão profundamente as tendências parasitárias do imperialismo penetram no movimento operário, como produzem do ponto de vista econômico uma aristocracia e uma burocracia operárias e, com isso, criam uma base social para o menchevismo, para a penetração da ideologia burguesa e imperialista no movimento operário. Além disso, ele também mostrou que, contra o imperialismo, contra suas tendências antidemocráticas que se espalham por todos os domínios da vida humana, surge uma oposição pequeno-burguesa democrata. A ideologia dessa oposição é confusa, obviamente, e impregnada muitas vezes de tendências reacionárias: como ideologia de rejeição do período de capitalismo monopolista e retorno ao período de livre-câmbio, ela é necessariamente reacionária – como qualquer pretensão a girar a roda da história para trás.

Mas tais constatações não esgotam o problema, sobretudo se concentrarmos nossa atenção no terreno da literatura. O caráter contraditório dos protestos democráticos contra o capitalismo imperialista é complicado pelas circunstâncias contraditórias da luta pela democracia nesse período. A tendência geral do imperialismo segue naturalmente uma linha antidemocrática; isso compreende não apenas o caráter abertamente antidemocrático do capital monopolista e dos partidos influenciados por ele, como também as crescentes tendências antidemocráticas no liberalismo e a influência que elas exercem nas alas oportunistas dos partidos operários e dos sindicatos. Tais tendências suscitam uma ampla literatura sociológica, psicológica e filosófica de propaganda antidemocrática. Ao mesmo tempo, no entanto, surge uma crítica de esquerda à democracia burguesa nos partidos operários revolucionários que revela o caráter insuficientemente democrático e apenas formal da democracia burguesa.

Os movimentos de oposição ao imperialismo encontram-se sob essa dupla influência. Todos correm o risco de passar de uma crítica de esquerda a uma crítica de direita à democracia burguesa, isto é, de insatisfação com a democracia *burguesa* a oposição à *democracia em geral*. Quando acompanhamos, por exemplo, o destino de pensadores como Sorel ou de escritores significativos como Bernard Shaw, vemos – de modo distinto, é claro – um movimento de zigue-zague, de um extremo a outro. Mesmo na crítica do presente histórico que Romain Rolland faz em sua notável obra de juventude *Jean-Christophe**, surgem sempre, em meio ao veemente e extremamente sincero protesto democrático contra a época, elementos de uma crítica da democracia originários da direita.

Entretanto, esse complicado intricamento dos motivos não pode desviar nossa atenção do essencial. Todo escritor é filho de seu tempo. As tendências contraditórias da época – o processo de apodrecimento do período imperialista e o protesto democrático das massas trabalhadoras, a decadência literária e a inclinação para o caráter popular – têm um efeito contraditório sobre o escritor. Como Marx e Engels constataram, é verdade que, nas épocas críticas das lutas de classes, muitos dos melhores representantes ideológicos da classe dominante conseguem se desvencilhar dessas influências; porém, mesmo esse processo de desvencilhamento é muito complexo e cheio de contradições. Para o escritor, portanto, é muito difícil libertar-se das correntes e oscilações de seu tempo e, no interior destas, das correntes e oscilações da classe à qual ele pertence. Essa libertação, esse fortalecimento das tendências democráticas foi muito obstruído pelas fraquezas ideológicas da ala esquerda da social-democracia da Europa central e ocidental. Enquanto na Rússia os bolcheviques conseguiram traçar uma estratégia e uma tática nos escritos de Lenin que combinavam de modo revolucionário a luta coerente pela libertação do proletariado e a luta pela democracia, esse aspecto foi precisamente um dos pontos mais fracos das oposições radicais no interior da social-demo-

---

* São Paulo, Globo, 2006. (N. E.)

cracia, e os jovens partidos comunistas herdaram essa fraqueza. A coragem e a consistência de uma oposição democrática surgida do interior da pequena burguesia são sempre determinadas, em grande medida, pela posição coerente e revolucionária dos partidos operários. E o fracasso das alas radicais da social-democracia da Europa Central e Ocidental reside precisamente nisso. Basta tomarmos como exemplo a campanha a favor de Dreyfus na França. O protesto democrático que ele provocou foi de extrema importância para a literatura francesa. Escritores como Zola e Anatole France politizaram-se vigorosamente no decorrer desse movimento de protesto. E não resta dúvida de que esse ativismo, em particular no caso de France, significou um impulso relevante também para sua obra literária. Contudo, é fato que a campanha a favor de Dreyfus foi apoiada apenas pela ala direita da social-democracia francesa, enquanto as esquerdas se mantiveram em uma neutralidade sectária. Não é necessária uma análise minuciosa para mostrar que o novo impulso que a produção de escritores como Zola ou France ganharam com sua participação no movimento democrático contra a crescente reação imperialista teria sido maior e mais profundo se eles tivessem tido apoio ideológico de um partido operário marxista-revolucionário.

Por isso, a investigação histórica deve tratar essas correntes como uma questão central e considerar as oscilações que escritores tomados individualmente manifestam em questões ideológicas e políticas como o tributo que pagam à época. Para mencionar apenas alguns pontos essenciais, nisso incluem-se, por um lado, a incapacidade de muitos escritores importantes de estabelecer uma separação nítida entre suas aspirações verdadeiramente democráticas e o liberalismo decadente e de compromisso de sua classe. (Mesmo em obras tão notáveis quanto *Der Untertan*, de Heinrich Mann, essa imprecisão dos limites se faz visível sob a forma de um embelezamento das fraquezas do liberalismo alemão.) Por outro lado, muitos escritores tornam-se vítimas da crítica romântica à democracia. A grande influência de Nietzsche sobre os escritores de oposição mais importantes do período imperialista originou-se dessa oscilação e fortaleceu-se nos países românicos com a influência da oposição sindicalista ao oportunismo da social-democracia.

No que diz respeito à visão de mundo, a complexidade dessa situação expressa-se no fato de escritores importantes, que reproduzem a realidade com realismo, fazerem amplas concessões às teorias céticas e agnósticas da classe burguesa da época. É claro que não se pode interpretar de modo simples e linear a interação entre a visão de mundo de um escritor e sua produção. Mas, na maioria dos casos, essa visão de mundo não escapa de ter certa influência sobre a produção, o tipo de realismo, a confiança depositada no próprio talento inventivo para reproduzir a realidade com realismo etc.

A dificuldade da análise consiste, nesse caso, em não tomar de modo fixo, estático, a visão de mundo agnóstica e cética do escritor, mas sim em investigar sempre, e precisamente, em que direção vai seu ceticismo, de onde ele vem e para onde ele aponta. Lenin, em sua análise da atividade literária de Alexander Herzen, expõe com acuidade incomparável duas tendências do ceticismo cuja diferença é decisiva para nossa investigação. Ele mostra que, de um lado, há um ceticismo que acompanha e estimula ideologicamente a transição da classe burguesa da democracia revolucionária para o liberalismo decadente e traidor; de outro, porém, há uma crítica cética da sociedade burguesa que parte da democracia burguesa e segue na direção do socialismo. Este último é o caso de Herzen. E se observarmos mais de perto os escritores significativos do protesto democrático no período imperialista, levando em conta essa diferenciação fundamental de Lenin, poderemos perceber em muitos deles uma mistura complexa dessas duas formas de ceticismo, mas ao mesmo tempo uma predominância da segunda. Isso é particularmente visível na evolução da obra de Anatole France.

Esse movimento democrático de protesto desempenha um papel de extrema importância no tratamento literário da história. De fato, com ele e apenas com ele, surgiu um novo tipo de romance histórico que hoje é um problema central das letras, principalmente na literatura da emigração antifascista alemã. Até o presente, os romances históricos dos escritores significativos têm um papel mais ou menos episódico na obra de seus autores. No entanto, é necessário mencionar esses precursores da literatura de nosso tempo, mesmo que de forma alusiva. É digna de ser citada sobretudo a obra tardia de Victor Hugo: *1793* talvez seja a primeira ficção histórica significativa que procurou tratar da história passada dentro do novo espírito do humanismo contestador e assim percorreu caminhos diferentes daqueles percorridos pelos contemporâneos do autor em seus romances históricos. Em muitos sentidos, tomou rumos diferentes de outros romances do próprio Victor Hugo. Não que este tenha rompido com todas as suas tradições românticas. Em certo sentido, *1793* é o último suspiro do romance histórico romântico. Ele conserva a velha técnica do autor de substituir o movimento interno defeituoso da vida por contrastes grandiosos, decorativos e retóricos. Mas entre seus romances românticos (entendidos em sentido escolar) e *1793*, Victor Hugo escreveu O*s miseráveis** e, por mais estilizada e romântica que a vida do povo seja vista e figurada nessa obra, ela fornece uma imagem do povo em um sentido muito diferente daquele dado por qualquer outra obra de autor romântico (inclusive do jovem Hugo).

Tais tendências se intensificam em sua obra tardia. O simples fato de Victor Hugo escrever sua glorificação da Revolução Francesa – ainda que romanticamente monumentalizada – em uma época em que se considerava particularmente moderno depreciar esse acontecimento histórico científica (Taine) ou literariamente (os Goncourt) mostra que essas tendências vão contra a corrente geral. Elas aparecem com ainda mais clareza no fato de que Hugo se entusiasma por 1793, ano do Terror, e não por 1789. Apesar de todas as oscilações de Hugo – corretamente criticadas por Lafargue –, encontramos aqui importantes tendências progressistas de reavivamento da democracia revolucionária. Sobretudo porque Hugo retrata conflitos realmente trágicos, que brotam da revolução. No entanto, ele faz isso com mais retórica que realismo. E essa retórica é não um mero resquício do período romântico, mas a expressão clara dos limites de sua concepção humanista, da abstratividade metafísica de seu humanismo. É dessa abstratividade que surgem os conflitos finais que arrastam os heróis para sua ruína trágica. Os conflitos reais, humanos e históricos dos aristocratas e dos padres que foram a favor da revolução são convertidos, no âmbito desse humanismo abstrato, em conflitos de dever.

No período imperialista propriamente dito, são sobretudo os romances históricos de Anatole France que representam essa posição nova e independente. Mesmo nele, em especial em sua juventude, é visível certo arbítrio subjetivo no tratamento da história; porém, esse arbítrio está a léguas de distância das tendências de Flaubert e Meyer, por exemplo, e podemos dizer que está a léguas de distância delas. Nas personagens históricas de Anatole France, o ceticismo humanista e militante recebe uma figuração mais clara e artisticamente mais bem-acabada que em muitos de seus seguidores. France é o primeiro exemplo de retorno dos escritores democráticos de oposição à visão de mundo do Iluminismo. Nas condições sociais e ideológicas do período imperialista, esse retorno constitui para os ideólogos burgueses o caminho mais próximo e visível para tomar uma posição firme contra as tendências reacionárias da

---

* São Paulo, Nova Alexandria, 2008. (N. E.)

época. Mais tarde, Heinrich Mann e Lion Feuchtwanger farão esse mesmo caminho. Trataremos em seguida das dificuldades e das contradições que surgem da avaliação e da figuração dos problemas de nosso tempo do ponto de vista do Iluminismo. Aqui, basta dizer que France, ao contrário de seus seguidores, não se apropria do Iluminismo como uma visão de mundo abstrata e fechada (a luta entre razão e desrazão em Feuchtwanger), mas antes como uma atitude cética, predominantemente defensiva, não apenas em relação às tendências reacionárias da época, como também – e este é seu ponto característico – em relação aos problemas e limites da democracia burguesa. E é esse espírito que dá origem à figura inesquecível, historicamente autêntica e brilhantemente humanista, do abade Jérôme Coignard. Com esse mesmo espírito, o ceticismo de France volta-se contra todo tipo de lenda histórica medieval e moderna. Nele, contudo, a dissolução dessas lendas é feita com um espírito histórico incomparavelmente mais autêntico do que na maioria dos escritores de seu tempo. (Pensemos nas modernizações conscientes da história em Shaw – com exceção de *Santa Joana* –, que também lutam contra as lendas históricas.) E mesmo o princípio de humanidade é muito menos abstrato nas obras de Anatole France do que costuma ser no caso da assimilação da ideologia iluminista em nossos dias, pois o autor acolhe de modo muito pessoal o materialismo epicurista do século XVIII; e o elemento humano, que nele é triunfal, nunca deixa de ser de carne e osso. Ao contrário, é um princípio que desmascara toda ascese presunçosa. Justamente por isso, France mantém-se longe das lendas históricas reacionárias que equiparam o materialismo ao egoísmo. Assim, em seu romance *Os deuses têm sede**, a personagem de Brotteaux não só é humanamente verdadeira, como também é figurada segundo uma compreensão correta das contradições históricas desse período.

A crítica da democracia burguesa não é em si um motivo particularmente novo da literatura do período imperialista. As mais diferentes tendências românticas anticapitalistas, assim como as abertamente reacionárias, colocam essa crítica em primeiro plano tanto na teoria quanto na literatura. A peculiaridade de Anatole France é que, mesmo na juventude, ele nunca colocou essa questão de modo romântico. E em seu último período, após a experiência da campanha a favor de Dreyfus, essa tendência adquire um sentido que ultrapassa resolutamente a democracia burguesa e aponta para o futuro socialista.

---

* São Paulo, Boitempo, 2007. (N. E.)

Por isso, seu retorno à problemática da Revolução Francesa é algo novo na literatura do período imperialista. O crítico soviético Fradkin, no paralelo que faz entre *1793*, de Victor Hugo, e *Os deuses têm sede*, de Anatole France, sublinha de maneira brilhante e correta uma diferença decisiva: Victor Hugo está essencialmente de acordo com os objetivos políticos e sociais dos jacobinos, mas vê sua problemática trágica em seu método, o Terror; já Anatole France tem poucas objeções ao método do Terror em si, porém nota uma contradição insuperável nos objetivos dos jacobinos: o lema "liberdade, igualdade e fraternidade", em nome do qual os melhores dentre eles se lançam no combate com tanto heroísmo e espírito de sacrifício, conduz a uma miséria crescente das massas livres da servidão, na medida em que as bases econômicas do capitalismo se mantêm intactas. Portanto, o heroísmo dos jacobinos, que em France é expresso plasticamente, aparece como uma problemática trágica. O conteúdo social dessa tragédia, porém, não traz em si um elemento de desesperança, um dilema "eterno", como em Victor Hugo, mas encerra uma perspectiva de futuro não declarada e, ainda assim, clara. E porque vê a crise de transição desse modo France pode se permitir uma objetividade criadora diante dos opositores da revolução, sem precisar atenuar minimamente que seja os fundamentos de sua tomada de partido.

É claro que as manifestações progressistas de transição na Alemanha não poderiam se comparar à visão ampla e ao espírito progressista de Anatole France. Apesar disso, parece-nos necessário indicar brevemente, mais em uma alusão que em uma exposição, algumas de suas principais manifestações, pois, depois de termos tratado de modo relativamente detalhado os representantes mais significativos da decadência do romance histórico, poderíamos dar a impressão de que esse período não teve nenhuma contrapartida na Alemanha.

Essa contrapartida começa logo após o fracasso da Revolução de 1848. Sua figura principal é Wilhelm Raabe. A temática histórica tem apenas um papel episódico na obra desse escritor. (As questões fundamentais da temática histórica foram analisadas por mim em *Deutsche Realisten des 19* [Os realistas alemães do século XIX].) A visão histórica de Raabe mostra grandes virtudes e limites claramente estreitos. Sua característica mais positiva é talvez a revolta apaixonada contra a miséria alemã. Ele a ataca em seus romances de temática contemporânea, sobretudo na forma do filisteísmo degradante do provincianismo alemão. Acrescenta-se a isso uma sensibilidade saudável e plebeia que o leva a buscar e a figurar as causas da degeneração em particular "em cima" e a possibilidade de renovação em particular "embaixo". Mas, quando vemos que isso, aplicado à história, produz uma idealização das cidades independentes da Idade Média, vemos também as limitações que o impedem de produzir um retrato do passado à altura de sua figuração crítica do presente; tanto mais que Raabe percebe a oposição entre "alto" e "baixo" com muito mais intensidade e riqueza no presente que no passado, em que sua idealização do esplendor das cidades – com frequência bem duvidoso – ofusca sua visão.

Seu humor crítico se torna verdadeiramente fértil sobretudo quando ele encontra no passado seu tema principal: a luta contra a miséria alemã. Isso ocorre em particular no conto *Die Gänse von Bützow* [Os gansos de Bützow]. Raabe mostra a miséria filisteia de uma pequena cidade alemã por meio de um duplo contraste: de um lado, o distante pano de fundo da Revolução Francesa e das grandes guerras que ela provocou; de outro, o alto nível cultural da camada de intelectuais que determinou o período clássico alemão. Esses contrastes gerais, por sua vez, produzem uma série de contrastes mais concretos e mais evidentes nas personagens, nas situações e até na linguagem. Essa linguagem é a de um professor – o eu lírico da história – que possui um imenso domínio da literatura contemporânea. Vemos desdobrar-se pouco a pouco em seu modo de se expressar a contradição entre a mais terrível pequenez dos homens e dos acontecimentos e a grandiosidade dos pensamentos e dos sentimentos, das citações e da linguagem; isso cria uma atmosfera irônica no melhor sentido da palavra. Acrescente-se a isso o fato de que a autoridade mesquinhamente tirânica das pequenas cidades e a oposição mesquinhamente covarde ou intriguista da população são sempre retratadas à sombra dos atos e das personalidades heroicas da Revolução Francesa: o medo sórdido dos governantes e a insurgência covarde e tímida dos dominados, que contemplam a própria "audácia" com orgulho e, ao mesmo tempo, com temor, invocam continuamente essas sombras. A "revolta" das pequenas cidades contra uma medida estúpida e injusta sobre o direito dos gansos de andar na rua acentua de maneira adequada esse contraste.

A ironia com que o conto trata a situação e a si mesmo não cria uma desagregação romântica da forma, mas um colorido matizado e ao mesmo tempo harmonioso da época; expressa a diversidade e a unidade nas contradições desse período do desenvolvimento alemão e, desse modo, na posição que assume sobre o presente. A ironia não se volta contra a Revolução Francesa, como costuma fazer a história reacionária da literatura; ao contrário, ela critica o comportamento mesquinhamente servil dos burgueses e pequeno-burgueses alemães, que se mostra cada vez mais miserável diante dos grandes acontecimentos histórico-mundiais e da elevação espiritual da própria cultura alemã. Assim, esse conto, como apelo à autocrítica e à autotransformação de uma Alemanha em que a superficialidade e a presunção acríticas da época bismarckiana já começam a ser sentidas (ele foi publicado às vésperas da guerra austro-prussiana), é um precursor do humanismo posterior. Essa tendência fundamental se mostra no fato de que o eu lírico, cuja ação não se desenrola na Prússia, cita em uma carta de despedida, em uma passagem inequivocamente notável e muito bem composta, a célebre frase de Mirabeau sobre a Prússia: "Pourriture avant maturité"*.

Quase duas décadas depois, esse motivo se torna a ideia central de uma pequena obra-prima histórica: *Schach von Wuthenow*, de Theodor Fontane. Também em Fontane, a temática histórica tem apenas um papel episódico em relação à temática contemporânea. É verdade que as obras iniciais de Fontane, o período das baladas é orientado sobretudo para a história; o romancista também começa com um grande romance histórico: *Vor dem Sturm* [Antes da tempestade]. Aqui, no entanto, apesar da originalidade de Fontane em muitos detalhes, o elemento verdadeiramente novo de sua arte ainda não é revelado, sobretudo no que diz respeito ao conteúdo das ideias. Ao elevar Von Marwitz, um reacionário excêntrico e não sem interesse, a personagem central – como Willibald Alexis fez antes dele em *Isegrimm* –, Fontane veda a si mesmo a figuração das tendências realmente progressistas das guerras de libertação, tendências que encontraram sua expressão em Scharnhorst e Gneisenau, assim como nos rebeldes plebeus do movimento, cuja peculiaridade Raabe compreendeu tão profundamente.

O conto *Schach von Wuthenow*, ao contrário, mostra um Fontane autêntico e maduro, sobretudo porque o glorificador da velha e da nova Prússia começa a criticar com uma pertinência implacável o tipo de homem prussiano, a "atitude" prussiana como rígida norma moral, princípio formador e mortificador da vida. Essa crítica atinge seu apogeu poético nas obras posteriores *Irrungen*, *Wirrungen* [Erros, imbróglios] e *Effi Briest*. (Os problemas do desenvolvimento de Fontane, sobretudo essa contradição tão fértil para ele, foram tratados em detalhe em meu livro *Deutsche Realisten des 19*.)

---

* Em francês no original: podridão antes do amadurecimento. (N. T.)

Em certo sentido, o prelúdio histórico é mais forte ou, de todo modo, mais claro em Fontane que na figuração – talvez mais ricamente diferenciada – dos romances sociais posteriores. Aqui, como a exceção que confirma a regra, a oposição entre material histórico e social que apontamos várias vezes encontra-se invertida: dessa vez é o tema histórico que demonstra uma resistência mais forte e decisiva às opiniões, às inclinações e ao temperamento do escritor que o tema contemporâneo, compelindo-o a tomar uma posição. A contradição, a excepcionalidade deixa-se entrever com facilidade. Quando Fontane expõe em seus romances de temática contemporânea a essência rígida e ao mesmo tempo frágil da "postura" prussiana, seu modo desumano de ser, ele só pode tornar manifestas suas consequências em destinos privados, puramente pessoais, ainda que típicos. Para integrar essas consequências históricas a suas obras, ao menos como perspectiva, seria necessário um desejo apaixonado de mudar radicalmente a sociedade. E nada é mais distante da personalidade do velho Fontane que esse desejo, embora muitas de suas cartas mostrem que tal percepção não lhe era de modo algum estranha.

No entanto, *Schach von Wuthenow* desenrola-se na noite anterior à Batalha de Jena. Isso tem como consequência ligar de forma orgânica e inseparável o clima de catástrofe iminente à história de vida que constitui a trama propriamente dita da narrativa. A maestria de Fontane mostra-se, em primeiro lugar, no fato de que o conflito interior de Schach é uma manifestação típica da camada dominante da Prússia antes de Jena, e aparece como tal ao leitor, e, em segundo lugar, todo o curso da ação, o retrato da situação, os diálogos, os contrastes entre os tipos etc., que parecem se ligar à ação de modo frouxo, produzem imperceptivelmente, "por si mesmos", variações crescentes do tema: *por que* a Batalha de Jena *tinha necessariamente* de se tornar uma catástrofe para a Prússia de Frederico, o Grande. Sem dúvida, não há nenhuma conexão subjetiva entre Raabe e Fontane; objetivamente, porém, não é por acaso que o conto de Raabe termine com a citação de Mirabeau sobre a podridão da Prússia antes do amadurecimento, ao passo que a mesma frase se encontra no início do conto de Fontane. Essa tendência, esse conteúdo intelectual une esses dois escritores, apesar de todas as diferenças de visão de mundo e de estilo, e faz deles os precursores do humanismo militante do período imperialista.

Não podemos acompanhar passo a passo a gênese desse novo tipo de romance histórico. Citaremos aqui apenas Ricarda Huch, em razão de suas aspirações ideais, mas também pelo fato de a maioria de seus romances históricos (não os romances sociais de seu período inicial) já mostrar uma clara tendência à beletrística histórica posterior – que criticaremos em detalhe mais adiante. Somos obrigados a nos concentrar nos romances históricos do humanismo combatente, antifascista. E podemos fazê-lo com tanto mais facilidade porque todas essas tendências estão concentradas aqui, de modo que a análise e a crítica dessa literatura se tornam a análise e a crítica de formas típicas do romance histórico de nosso tempo, assim como a análise de Scott ou de Flaubert forneceu a análise dos traços típicos de cada período de desenvolvimento do romance histórico.

Por reunir as principais tendências antibárbaras do período que podem se desenvolver no capitalismo moribundo, esse romance histórico mostra cada vez mais a influência ideológica que o humanismo socialista da União Soviética exerce sobre os melhores representantes da inteligência ocidental. Naturalmente, essa influência se entrelaça nas obras dos escritores com sua crítica cada vez mais ácida à barbárie fascista, conferindo a essa crítica uma perspectiva mais clara e esperançosa quanto ao futuro da humanidade. Para avaliar corretamente a profundidade da influência do humanismo socialista, bastará apontar os dois tipos de ceticismo já citados. É claro que, mais uma vez, é preciso ressaltar os aspectos positivos do ceticismo de Anatole France. No entanto, não resta dúvida de que, no romance histórico de hoje, mais claramente em Heinrich Mann, mas também em Feuchtwanger e outros, predomina um tom muito diferente no tratamento da perspectiva da evolução da humanidade. E somente um cego não veria que precisamente aqui, na questão artística e ideológica decisiva, a influência do socialismo realizado na União Soviética é de extrema importância.

O protesto humanista contra a barbárie da era imperialista é mais claro, aberto e combativo na medida em que ela encontra de maneira clara e aberta seu mais brutal apogeu no fascismo. Com o avanço do fascismo, e na luta contra ele, o humanismo da oposição democrática torna-se cada vez mais amplo e profundo politicamente, cada vez mais social; seus representantes significativos erguem-se a posições cada vez mais elevadas na crítica de seu tempo. É verdade que, no decorrer desse mesmo processo, dá-se necessariamente uma diferenciação no interior da oposição democrática. A agudização das oposições assusta uma parte de seus combatentes iniciais, chegando algumas vezes a empurrá-los para o campo dos inimigos do progresso humano.

Mas a linha principal do desenvolvimento pode ser reconhecida justamente no crescimento ideológico e artístico das personalidades fortes, tais como Romain Rolland ou Heinrich e Thomas Mann.

A vitória do fascismo hitlerista na Alemanha é uma virada na evolução não apenas para a Alemanha, mas sobretudo para o humanismo oposicionista dos principais escritores *alemães*. A formação da Frente Popular contra o fascismo é um acontecimento político de dimensão histórica mundial, mas, do ponto de vista literário e ideológico, também significa o começo de um novo período na literatura alemã. Nos representantes mais significativos da oposição humanista, nos adversários mais importantes do fascismo, é visível a evolução da clareza da visão de mundo, da larga e ampla concepção histórica dos acontecimentos do presente e dos caminhos que conduziram a ele. Seria mesquinho e estreito, ou mesmo sectário, querer medir essa elevação do nível de compreensão social e ideológica da literatura alemã perguntando quão conscientemente próximos do marxismo como visão de mundo e do comunismo como programa político encontram-se seus representantes mais significativos. O efeito principal que a Frente Popular provoca em termos políticos e ideológicos aponta para uma fermentação, para uma evolução contínua e orgânica dos escritores. Portanto, trata-se do despertar – em escritores importantes que durante toda a sua vida tomaram parte de maneira mais ou menos consciente da oposição às correntes reacionárias dominantes em seu país – do espírito da *democracia revolucionária*, por influência da catástrofe alemã que se produziu em consequência do domínio hitlerista, do sucesso da Frente Popular na França e na luta revolucionária de libertação do povo espanhol, e da vitória do socialismo na União Soviética.

Esse processo é de extrema importância política, em particular para a Alemanha, e representa, ao mesmo tempo, algo extremamente complicado e difícil na poética e no pensamento alemães. Pois, entre os países civilizados, a Alemanha é o que possui as mais fracas tradições democráticas revolucionárias. Heinrich Mann, em um de seus artigos sobre essa questão, declarou com palavras muito claras: "Será a revolução. Os alemães nunca fizeram uma, e a palavra não lhes sugere nenhuma imagem viva quando lhes ocorre. Mesmo os trabalhadores, por mais que lutem com coragem e inteligência, parecem ficar nas trevas quando pensam na última fase da luta". As amargas experiências com parte considerável da burguesia liberal e sua *intelligentsia* na Alemanha (basta pensarmos no destino de Gerhart Hauptmann sob o fascismo), as novas experiências diárias do processo de diferenciação no campo dos defensores burgueses e pequeno-burgueses da Frente Popular na França e na Espanha convencem cada vez mais os escritores sinceros e perspicazes da necessidade de uma crítica do liberalismo do ponto de vista da democracia revolucionária, do ponto de vista da defesa decidida e da expansão resoluta da Frente Popular.

Tal crítica deve ser também uma autocrítica, o que ela é, na maioria dos casos, de modo mais ou menos consciente. Para compreender claramente a linha dessa crítica e dessa autocrítica, comparemos a passagem de Heinrich Mann citada anteriormente com o seguinte trecho do mesmo artigo, em que o autor fala do período passado: "O liberalismo e um humanitarismo – mesmo que limitado – eram o que tornava tolerável, quando isso ainda era possível, o sistema capitalista; iluminavam-no, permitindo que nele se manifestassem alguns traços de consciência e amor humano".

Com tais considerações, Heinrich Mann expõe de modo muito decisivo os atuais problemas da democracia revolucionária. Pois tão importante quanto esse apelo aos instintos democráticos revolucionários de todos aqueles que são oprimidos, injustiçados e explorados material e culturalmente pelo capital monopolista reacionário é ressaltar que esse despertar do espírito democrático revolucionário ocorre hoje sob condições muito particulares. Por isso, Diaz tinha plena razão de falar de uma democracia de um tipo totalmente novo, cuja realização é o objetivo da Frente Popular espanhola. Por essa nova democracia é que a Frente Popular luta em todos os países. E, se antes abdicamos da pretensão vil e mesquinha de medir a importância dos grandes escritores antifascistas por sua aproximação à visão de mundo do marxismo, isso não significa que a discussão dos problemas do socialismo não possa ser a pedra de toque para a autenticidade e a veracidade da democracia revolucionária de nossos dias.

E não apenas de nossos dias. A complexidade e a dificuldade do desenvolvimento da democracia revolucionária no século XIX estão estreitamente ligadas ao fato de que, após o levante de Baboeuf, após as revoltas dos tecelões de Lyon e da Silésia, após o movimento cartista etc., ninguém podia ser um democrata revolucionário coerente se abdicasse da questão da emancipação do proletariado. (Isso ainda era possível para os jacobinos.) Mesmo com toda a debilidade das tradições democráticas revolucionárias na Alemanha, a história política – e sobretudo a história da literatura – do século XIX nesse país mostra democratas revolucionários que realizaram discussões interessantes e significativas sobre o problema do socialismo e sempre concluíram com uma resposta positiva às grandes questões da época. Assim é com Georg Büchner, Heinrich Heine e Johann Jacobi. Foi esse o caminho trilhado por importantes escritores antifascistas da Frente Popular alemã; são essas as tradições que encontram um eco contemporâneo em seus escritos.

E, obviamente, esse não é um problema exclusivamente alemão. Basta acompanhar a evolução de Blanqui, líder e herói das barricadas na França, ou pensar na evolução de escritores como Zola ou Anatole France, para ver por toda parte o mesmo problema e a mesma *orientação* (não o mesmo conteúdo) nas tentativas de resolvê-lo. Esse vínculo é ainda mais forte entre a democracia revolucionária e a discussão sobre o socialismo no desenvolvimento russo de 1840 a 1880; aparece com muita nitidez em figuras como Belinski, Herzen, Tchernichevski, Dobroliubov e Saltykov-Chtchedrin.

Essa discussão não é de tipo puramente teórico, mas uma luta com os problemas reais da vida. A realidade do fascismo hitlerista, a realidade da revolução espanhola, a realidade do socialismo na União Soviética, a realidade da luta heroica dos trabalhadores alemães: esses são os grandes fatos com os quais a democracia revolucionária dos melhores escritores alemães ganha força, constitui-se como uma tradição e procura aplicá-la a todos os conteúdos da vida alemã. O socialismo aparece aqui como um problema central da vida do povo: a questão do bem-estar material e cultural da ampla massa de operários. Não é preciso ser partidário do socialismo, e muito menos do marxismo, para vivenciar a centralidade desse conjunto de questões e conscientizar-se dele. Thomas Mann, por exemplo, escreveu nos anos 1920: "Eu disse que as coisas começarão a melhorar na Alemanha, e que esta encontrará a si mesma somente depois que Karl Marx tiver lido Friedrich Hölderlin – um encontro que, aliás, está prestes a se realizar. Esqueci-me de acrescentar: uma tomada de conhecimento unilateral será infrutífera".

É evidente que o modelo da União Soviética desempenha um grande papel aqui. Também é evidente que a apropriação do marxismo facilita ao pensador significativo e sincero o domínio intelectual desses problemas. Mas, visto de maneira típica, o marxismo não é o início, e sim, na melhor das hipóteses, o término desse caminho. A questão principal é a discussão sincera, coerente e viva dos problemas realmente candentes da vida atual do povo. E a atualidade histórico-mundial do socialismo expressa-se precisamente no fato de que todo intelectual sincero, que enfrenta com seriedade os problemas da Frente Popular, da libertação de seu povo do jugo real ou iminente do fascismo, depara na prática com o problema do socialismo assim que passa a considerar concretamente uma questão qualquer. Zola fez essa experiência em seu último período. Naquela época, porém, a questão não era tão atual e viva como hoje, de modo que ele podia se perder em devaneios utópicos, em uma revivificação mitigada do socialismo utópico.

A atualidade candente que todos os problemas do socialismo ganharam em nossos dias sublinha precisamente a enorme importância prática e política dessa revivificação da democracia revolucionária. Pois a atualidade do socialismo significa justamente que seus problemas surgem da vida, das experiências vivas das massas operárias, e o que importa é satisfazer as exigências da transição que correspondem aos anseios atuais e às experiências efetivas das massas operárias. O nexo da democracia revolucionária com todas as camadas do povo operário, sua sensibilidade à maturidade evolutiva desse povo no presente, tanto objetiva quanto subjetivamente, é um dos fatores mais importantes do atual período de transição. E isso deve ser ressaltado com muita veemência, pois em vários círculos da social-democracia surgem projetos cuja reivindicação pseudorradical é uma "economia planificada" utópica e lunáticos anarquistas e vermes trotskistas utilizam o *slogan* da realização imediata do socialismo para tentar desmantelar a Frente Popular e, com isso, impedir a verdadeira luta revolucionária contra o fascismo, que culminará no socialismo apenas quando chegar ao fim.

Foi somente com o reconhecimento da enorme importância das tradições vivas da democracia revolucionária que o processo de bolchevização dos partidos comunistas da Europa atingiu a maturidade. Pois quem estudar com atenção a diferença entre os bolcheviques e os sociais-democratas de esquerda nos países europeus, afora a Rússia, antes da Primeira Guerra Mundial verá que uma das diferenças essenciais consiste precisamente nisto: os bolcheviques suprassumiram (no sentido de conservar e elevar a um patamar superior), na teoria e na prática, as tradições da democracia revolucionária, enquanto nos movimentos oposicionistas ocidentais de esquerda essas tradições perderam-se ou degeneraram em uma democracia vulgar.

Assim, poderíamos resumir brevemente a história dos escritores antifascistas alemães emigrados da seguinte forma (tendo consciência de que um breve resumo implica sempre certa simplificação): emigraram da Alemanha sobretudo intelectuais liberais, alguns com inclinações democráticas, embora tenham evoluído vivamente para a democracia revolucionária por influência dos acontecimentos monstruosos dos últimos quatro anos. É a primeira vez que um tal movimento ocorre na história alemã, desde o período preparatório da Revolução de 1848, quando uma democracia revolucionária começou a se cristalizar na Alemanha sob a liderança de Marx. Nesse sentido, a virada na visão política da emigração alemã indica uma mudança de destino que se prepara na história do povo alemão.

É evidente que esse caminho rumo à democracia revolucionária é muito irregular e contraditório. As grandes dificuldades internas e externas que resultam do desdobramento da revolução assustam muitos intelectuais e escritores; elas fazem com que suas visões liberais se cristalizem metafisicamente e assumam uma aura ideológica. Na literatura alemã, as últimas obras históricas de Stefan Zweig mostram essa espécie de obstinação em se ater a um humanismo liberal que é característico de grande parte da *intelligentsia* da época anterior a Hitler.

Em seu livro sobre Erasmo de Roterdã, Zweig contrapõe humanismo e revolução: "Mas por essência o humanismo jamais é revolucionário (...)". Com isso, ele visa, de modo aparentemente filosófico, ao falso humanismo da burguesia liberal alemã. Ao contrário do que diz essa concepção, as verdadeiras grandes tradições do humanismo europeu sempre foram revolucionárias. A melhor parte da intelectualidade europeia viu na Revolução Francesa a realização dos ideais do humanismo, a "magnífica aurora" de que falava com afeto e entusiasmo o velho Hegel já cansado e desiludido. Foi somente quando a burguesia alemã se submeteu ao bonapartismo bismarckiano que começou a predominar nas escolas e nas universidades um classicismo vazio e formalista, que se escondia timidamente do povo e dos movimentos populares e privava o humanismo de seus conteúdos democráticos revolucionários e assim o rebaixava a uma respeitabilidade rasa, burguesa e liberal.

Embora em suas últimas obras Stefan Zweig tenha renovado objetivamente, com grandes pretensões, esse pseudo-humanismo profundamente reacionário, não há dúvida de que ele é um escritor sincero, muito acima desse medíocre academicismo liberal. Sobretudo, ele vê às vezes de modo muito claro os limites do humanista que ele glorificou nos últimos tempos, e seu erro consiste, em última análise, em não extrair as consequências corretas dessa visão clara. Assim, por um lado, ele concebe Erasmo de Roterdã como o tipo-modelo de humanista; por outro, no entanto, vê claramente seus limites:

"Mas (...) o que se encontra nas profundezas das massas e as move, eles não sabem nada sobre isso e não querem saber".

Aqui, Zweig expressa de modo claro e belo o contexto que, para os mais importantes e consequentes autores humanistas antifascistas, foi o ponto de partida para sua autocrítica e sua evolução política e ideológica. Mas Zweig, ao contrário desses autores e sobretudo de Heinrich Mann, não teve a coragem de concluir que esse velho tipo preferido de humanismo, que ele representou com tanto amor na figura de Erasmo, não só está necessariamente condenado ao fracasso por seu alheamento dos problemas do povo, como também está reduzido e circunscrito às questões essenciais do humanismo, encontrando-se, portanto, em um nível inferior àqueles que têm a coragem e a capacidade de engendrar suas ideias a partir do contato vivo com os problemas do povo.

E essa oposição se refere não apenas à renovação atual do humanismo, mas também ao seu primeiro surgimento histórico. Ao fazer de Erasmo o tipo modelar do humanista, Zweig já distorce o retrato histórico, deixando de lado o tipo combativo do humanista, profundamente ligado aos problemas da vida do povo. Engels, em sua entusiasmada análise dos grandes homens desse período, apresenta Leonardo da Vinci e Dürer como seus grandes tipos. E, mesmo que tenha riscado o nome de Erasmo de seu manuscrito, suas observações finais se encaixam perfeitamente no Erasmo de Zweig. "Os eruditos", diz ele, "são a exceção: ou gente de segunda ou terceira categoria, ou filisteus prudentes, que não querem queimar os dedos."

Nessa questão, duas correntes heterogêneas misturam-se de modo muito característico em Zweig: os preconceitos modernos em relação ao povo, dissimulados "cientificamente" (o povo é uma massa "irracional"), e as ideias de renovação do Iluminismo. Já apontamos o fato – e retornaremos a ele a seguir – de que a renovação da filosofia iluminista não só foi socialmente necessária, como também teve um caráter progressista. Quando os intelectuais antifascistas contrapõem "a razão" aos meios de intoxicação barbaramente irracionalistas e demagógicos da propaganda antifascista, isso é algo correto e progressista.

Mas esse princípio é correto e progressista desde que não seja exagerado metafisicamente; do contrário, ele absorve os preconceitos modernos que surgem com a decadência da ideologia burguesa. Tais preconceitos consistem sobretudo em considerar que o povo, a massa são os representantes do princípio da irracionalidade, do elemento meramente instintivo em comparação com a razão. Com essa concepção do povo, o humanismo destrói suas melhores armas antifascistas. Pois o ponto de partida do fascismo é precisamente a "irracionalidade" da massa, e ele utiliza sua demagogia implacável para extrair logicamente as consequências dessa concepção. Portanto, para desmascarar de fato a hostilidade contra o povo como característica fundamental do fascismo, devemos nos concentrar no caráter insustentável e mentiroso desse argumento, devemos proteger as forças criativas do povo contra a calúnia fascista e mostrar que todas as grandes ideias e atos que a humanidade produziu até hoje surgiram da vida do povo. Se, ao contrário, contrapomos a razão humanista à irracionalidade do povo de modo exclusivamente metafísico, então deve necessariamente resultar daí uma ideologia da renúncia, o humanismo deve se retirar da arena em que o destino da humanidade é decidido.

No livro de Stefan Zweig a respeito de Erasmo, essa ideologia da renúncia se expressa no fato de que ele estabelece um confronto exclusivo entre razão e "fanatismo" e vê neste último o "espírito contrário à razão". Ora, é claro que a luta contra o fanatismo e a favor da tolerância já estava no centro da ideologia do humanismo no Renascimento e, sobretudo, no Iluminismo. Todavia, do ponto vista histórico, seria errado desconsiderar o conteúdo social dessa contraposição no próprio Iluminismo: por fanatismo, os iluministas entendiam o fanatismo religioso dos defensores da Idade Média e seus resquícios sociais e ideológicos; tolerância significava para eles a conquista de um campo de luta contra as forças do feudalismo. Mas seria no mínimo exagerado dizer que os iluministas foram eles mesmos tolerantes no sentido do Erasmo de Zweig em sua exigência de tolerância. Basta pensar na frase de Voltaire: "Écrasez l'infâme!"*. É óbvio que a exigência política e social de tolerância não exclui a defesa fanaticamente enérgica do ponto de vista humanista. E Stefan Zweig comete um erro grave quando pensa que Voltaire, Diderot ou Lessing teriam vivido, pensado e agido de acordo com sua antinomia psicológico-metafísica: razão *ou* fanatismo.

As visões rígidas de Zweig sobre essa oposição, que resultam da idealização das fraquezas historicamente necessárias dessa interessante personagem renascentista que é Erasmo, forçam diretamente a um compromisso liberal. Zweig resume as concepções de Erasmo, com as quais ele se solidariza, da seguinte forma:

---

* Em francês no original: esmagai o infame! (N. T.)

De acordo com suas convicções, quase todos os conflitos entre os homens e entre os povos poderiam ser resolvidos sem violência, mediante *indulgência mútua*, pois todos se situam no domínio do humano; quase todo antagonismo poderia ser decidido *por meio de um acordo* se os provocadores e os insufladores não tensionassem sempre os arcos para a guerra. (*Grifos meus*, G. L.)

Essas concepções são um velho lugar-comum do pacifismo abstrato. No entanto, possuem um extraordinário significado político e ideológico pelo fato de que foram expressas por um proeminente humanista e antifascista alemão na época da ditadura hitleriana na Alemanha, na época da luta de libertação do povo espanhol.

A fonte dessas concepções é um desconhecimento do povo, uma desconfiança a seu respeito e um falso e abstrato aristocratismo do espírito que resulta disso. E não há dúvida de que tendências a esse aristocratismo do espírito também podem ser detectadas nos humanistas do Renascimento e mesmo do Iluminismo. Mas, em primeiro lugar, essas tendências não eram predominantes e, em segundo, elas surgiram com a necessidade histórica da fraqueza dos movimentos populares nos quais as exigências sociais e ideológicas do humanismo tinham de se apoiar. No entanto, hoje, quando imensas massas populares lutam pela realização dos ideais humanistas, é impossível extrair dessa situação histórica, desse pioneirismo que leva às revoluções democráticas, uma estratégia e uma tática do humanismo sem inverter essa relação, sem transformar o conteúdo real do humanismo iluminista em seu contrário. A aplicação ao pé da letra de certas doutrinas humanistas é, hoje, um grave pecado contra o verdadeiro espírito do humanismo. É claro que a visão de Zweig pode ser apoiada por determinadas citações. Mas essas citações resultam, justamente quanto a seu espírito, da situação histórica dos grandes humanistas que esboçamos aqui. E, quando diz "que um ideal que visa unicamente ao bem-estar geral nunca faz plenamente justiça às amplas massas populares", Zweig desfere um golpe certeiro nas mais legítimas tradições humanistas.

O passo decisivo na evolução do humanismo antifascista consiste precisamente na superação dessas visões. Hoje, não há mais nenhum sentido em recorrer a declarações feitas nos primeiros anos depois de Hitler ter usurpado o poder para sublinhar a supremacia geral dos preconceitos liberais em vigor na época. Muito mais importante e necessário é apontar o caminho extraordinariamente longo que os intelectuais antifascistas alemães percorreram nesses anos. Eles recuperaram – e esse é o ponto principal – a confiança na renovação radical da Alemanha por intermédio das forças do povo alemão. Heinrich Mann, que também sob esse aspecto é o líder mais evoluído e decisivo das letras antifascistas, acompanha com atenção clarividente os traços humanos e heroicos, cultural e humanisticamente significativos, que se revelam no dia a dia da luta revolucionária antifascista do povo alemão contra a barbárie fascista. Citamos aqui apenas um trecho em que Heinrich Mann exemplifica como o comportamento heroico do antifascista alemão gera um novo tipo de alemão, até em sua linguagem.

> Edgar André, estivador de Hamburgo, tornou-se tão digno de adoração em sua derradeira luta e em face da morte quanto se tornam agora outros alemães iguais a ele. Trata-se do alemão em nova e gloriosa forma. Isso não existe nos demais indivíduos, é adquirido a duras penas: a força da disposição, juntamente com a grandeza e a pureza da expressão. Aqui, a entonação do herói e do vencedor sobrevive à morte. As palavras são conservadas para os tempos em que o povo vitorioso olhará retrospectivamente para seus grandes exemplos. Pois é verdade que apenas o conhecimento legítimo e a disposição para o sacrifício põem essa entonação na boca de um homem e essa coragem em seu coração.

Temos aqui a voz clara da democracia revolucionária revigorada na Alemanha. Declarações como essa na literatura da emigração alemã surgiram da alma do povo alemão em luta.

Esse grande e importante desenvolvimento ideológico na emigração antifascista trouxe o romance histórico para o centro dos interesses da literatura alemã. (O fato de alguns escritores antifascistas, em especial Feuchtwanger, terem escrito romances históricos antes da época de Hitler não altera em nada a essência da situação analisada aqui; trata-se de correntes que desembocam nesse grande fluxo principal do desenvolvimento.) A posição central que a temática histórica começa a assumir no romance não é acidental; está ligada às condições mais importantes da luta antifascista. A demagogia do fascismo serviu-se de maneira muito hábil de uma série de erros de todos os partidos e correntes de esquerda. Sobretudo de sua estreiteza ou, mais precisamente, da forma estreita como apelaram a todos os homens, com todas as suas capacidades e aspirações, e, ligada a isso, a concepção estreita que faziam da história alemã, a incapacidade de estabelecer a conexão entre os problemas atuais do povo alemão e o curso histórico de seu desenvolvimento.

Em seus discursos no VII Congresso Mundial do Komintern, Dimitroff fez observações fundamentais sobre os dois aspectos desse conjunto de questões. Ele diz: "O fascismo não apenas inflama os preconceitos profundamente enraizados nas massas, mas também procura tirar proveito dos melhores sentimentos da massa, de seu sentimento de justiça e, muitas vezes, de suas tradições revolucionárias". E, em estreita ligação com essa questão, também declara sobre o problema da história:

> Os fascistas vasculham a *história* inteira de cada povo a fim de se colocar como sucessores e continuadores de tudo o que é "nobre e heroico" em seu passado, e usam tudo o que rebaixa e ofende os sentimentos nacionais do povo como arma contra os inimigos do fascismo. Na Alemanha, publicam-se centenas de livros com um único objetivo: falsificar a história do povo alemão ao modo fascista (...). Nesses livros, os maiores homens do passado do povo alemão aparecem como fascistas, e os grandes movimentos camponeses como precursores diretos do movimento fascista.

Essas observações são resumos claros e teoricamente corretos de uma parte muito essencial do campo de batalha entre o fascismo e o antifascismo. E, a partir desse campo, é compreensível que o problema da história e em especial de seu tratamento literário tenha de ocupar cada vez mais o centro da luta antifascista. Se a literatura antifascista na Alemanha ressuscita as grandes figuras do desenvolvimento humanista, se Cervantes, Henrique IV, Montaigne, Flávio Josefo, Erasmo de Roterdã e outros ganham vida nos livros dos escritores antifascistas alemães, então é claro que existe aqui uma declaração de guerra do humanismo à barbárie fascista e a temática dos escritores antifascistas é uma temática combatente, que surge das reivindicações políticas e sociais do presente. Isso é ainda mais visível quando os romances históricos dos antifascistas remontam ao período das grandes revoltas camponesas. E essa proximidade, essa contingência da temática histórica em relação ao presente pode ser demonstrada também em uma série de temas aparentemente remotos. Quando Heinrich Mann retrata historicamente a luta pela constituição da nação francesa, ele é tão alemão e atual em sua temática quanto Schiller em sua época, com sua *Die Jungfrau von Orléans* [A virgem de Orléans]. Em alguns romances históricos dos antifascistas alemães, a temática histórica é apenas uma fina casca através da qual o fascismo de Hitler, mortalmente atingido pela sátira, logo se torna visível para o leitor (*Der falsche Nero* [O falso Nero]).

Essa descrição totalmente geral dos temas do romance histórico antifascista alemão já mostra uma oposição aguda ao período que tratamos no capítulo anterior. Aqui, o principal defeito do romance histórico parece ter sido superado: a falta de relação do passado histórico com o presente. É claro que aqui o passado também é contrastado com o presente, porém não se trata mais de uma confrontação decorativa entre a poesia pitoresca e a prosa enfadonha. A oposição tem antes um objetivo político e social: a partir do conhecimento das grandes lutas do passado, da familiaridade com as grandes lutas do progresso em épocas passadas, deve-se dar aos homens do presente, que vivem os selvagens horrores da vida fascista, a coragem e o consolo na luta atual e os objetivos e os ideais necessários para a luta que virá, mostrando-lhes o caminho que a humanidade percorreu e deve continuar a percorrer.

É notável, mas certamente não é por acaso, que a história alemã desempenhe um papel subordinado na temática do humanismo antifascista alemão. Um dos motivos é o acentuado internacionalismo dos escritores antifascistas. O tema principal dos romances de Feuchtwanger é a luta entre o nacionalismo estreito e o internacionalismo combatente. O internacionalismo de Heinrich Mann também tem raízes antigas, que atravessam de maneira profunda e orgânica a evolução da Alemanha. Como ensaísta e jornalista, Heinrich Mann mostrou repetidas vezes o contraste do desenvolvimento político na França e na Alemanha e apresentou o desenvolvimento democrático da França como um modelo para a burguesia progressista da Alemanha. Velhas tradições democráticas da história alemã manifestam-se aqui – talvez à revelia de Heinrich Mann. Desde Börne e Heine até os *Anais Franco-Alemães*, esse contraste foi uma das questões ideológicas centrais na luta pela união das forças democráticas da Alemanha depois de 1848. E, na carta em que critica *Die Lessing-Legende* [A lenda de Lessing], de Franz Mehring, Engels observa que é extremamente atual e instrutivo confrontar toda a grandiosa linha de evolução política francesa com a mesquinha história alemã, sempre interrompida e coberta de lama. O romance *A juventude do rei Henrique IV* * representa na obra de Heinrich Mann a continuidade de sua propaganda jornalística para popularizar a democracia francesa entre a intelectualidade alemã; na história da democracia revolucionária alemã, esse romance renova na época atual as grandes lutas ideológicas dos anos 1830 e 1840.

Mas é evidente que esse não é o único motivo. A pobreza da história alemã desempenha um grande papel em eventos democráticos revolucionários

---

* Rio de Janeiro, Ensaio, 1993. (N. E.)

realmente significativos. E essa pobreza afeta os escritores antifascistas com força redobrada porque eles ambicionam uma ação monumental, em todas as nações, imediatamente compreensível a partir das grandes linhas da evolução. É por isso que eles se sentem atraídos por temas em que a luta pelos ideais humanistas se manifesta de modo extraordinariamente abrangente e grandioso. Essa tendência se une à intenção de buscar contrapartidas assustadoras do hitlerismo na história e desmascará-las de maneira patética ou satírica. Não é somente o romance de Feuchtwanger sobre Nero que revela essas tendências; a personagem do duque de Guise, de Heinrich Mann, também mostra claramente intenções desse tipo.

Esses são traços positivos importantes. O estranhamento do romance histórico em relação à vida do presente é efetivamente suprimido por essas tendências. Contudo, seria superficial não atentar para o *caráter de transição* dessa literatura: nas observações anteriores, mostramos o caminho que os melhores escritores alemães percorreram, desde um liberalismo muito acanhado na época de Weimar até o atual democratismo revolucionário. É claro que a literatura não espelha apenas o que já foi alcançado, o resultado final, sem dar ao mesmo tempo uma expressão literária ao caminho, com todas as suas flutuações, recuos e irregularidades.

Além disso, é preciso ressaltar que o ato de percorrer todo esse caminho é necessariamente *mais lento* no nível literário e ideológico que no nível imediatamente político. Os grandes acontecimentos de nosso tempo exigem que os escritores tomem posição com uma subitaneidade dramática, e muitos escritores importantes amadurecem muito rapidamente em consequência da excepcional responsabilidade que lhes cabe e das extraordinárias exigências que o presente lhes impõe. E é inevitável que esse desenvolvimento aconteça de modo irregular. Um passo adiante em direção à democracia revolucionária não pode trazer de imediato, em um único golpe, a revisão de todo um conjunto de visões filosóficas e estéticas que estavam associadas no escritor ao estágio político que ele acabou de superar. Ainda se acrescenta a isso o fato de que obras tão relevantes quanto os romances históricos dos escritores antifascistas não surgem de um dia para o outro. Portanto, em sua concepção original, elas ainda exibem as marcas das fases de desenvolvimento que os próprios escritores já ultrapassaram, e a expressão adequada dos últimos graus de desenvolvimento dos escritores antifascistas mais significativos e progressistas só pode se mostrar em suas obras futuras. (Analisaremos mais adiante esses diferentes graus de desenvolvimento, comparando os dois primeiros volumes da trilogia de Feuchtwanger sobre Flávio Josefo.)

Nos romances históricos, esse caráter de transição se expressa sobretudo no fato de que o democratismo revolucionário permaneceu como uma reivindicação e não assumiu uma forma concreta. Há um desejo de aliança interna com o povo, um reconhecimento do significado do povo em sentido político, da vida do povo em sentido figurativo, mas ainda não há uma figuração concreta da vida do povo como base da história. Nós nos ocuparemos em detalhe com essa questão quando analisarmos os romances históricos importantes desse período. Aqui, devemos apenas apontar brevemente o fato de que esse caráter de transição, essa superação figurativa literária ainda inacabada do alheamento da literatura burguesa moderna em relação ao povo afeta profundamente a peculiaridade artística dessas obras.

Esse é o ponto em que os princípios literários da decadência burguesa se introduzem ou continuam a agir até mesmo nas obras de antifascistas significativos. Ressaltamos apenas um ponto que consideramos decisivo: a audácia do talento inventivo, a capacidade de manipular livremente os fatos históricos, as personagens e as situações sem se afastar da verdade histórica e, mais ainda, com a finalidade de acentuar de maneira veemente os traços específicos, as características particulares de uma época histórica. A familiaridade interna com a vida do povo é o pressuposto ontológico de um verdadeiro talento inventivo literário. Na literatura burguesa posterior, como vimos, o alheamento dos escritores em relação ao povo se reflete no fato de que, por um lado, eles permanecem presos aos fatos reais da vida contemporânea (ou histórica) e, por outro, não vislumbram no talento inventivo a forma literária máxima do correto espelhamento da realidade objetiva, mas algo puramente subjetivo, que os desvia arbitrariamente da única verdade do positivo. (É indiferente para nossas observações se escritores ou correntes afirmam ou negam essa fantasia concebida subjetivamente.)

O falso dilema que nasce daí é resumido de forma extremamente plástica por Alfred Döblin em seu tratado sobre o romance histórico:

O romance atual, não apenas o histórico, está sujeito a duas correntes: uma do lado da trama e outra do lado da crônica [Bericht]. São correntes que não nascem da elevação etérea de uma estética, mas da realidade de nossa vida. Temos em nós, em maior ou menor grau, pendor para ambas as correntes. Mas não nos enganamos quando dizemos: as camadas progressivamente ativas tendem hoje para a crônica, enquanto as inativas apontam, tranquilas e saturadas, para o lado da trama.

Sobre essa base, Döblin formula assim o dilema do romance contemporâneo e, com ele, do histórico: "O romance foi pego na luta entre as duas tendências: a forma da trama – com um máximo de elaboração e um mínimo de material – e a forma do romance – com um máximo de material e um mínimo de elaboração".

Essas considerações de Döblin – e não importa se concordamos ou não com elas – têm um significado típico para a situação presente do romance histórico. Döblin esforça-se para derrubar a parede que separa o romance histórico e a vida. Desse ponto de vista, ele combate com razão a teoria burguesa decadente que vê o romance histórico como um gênero próprio, "Não há nenhuma distinção de princípio entre o romance comum e o romance histórico", e critica também com razão a beletrística histórica que está em voga hoje em dia e "não é nem uma coisa nem outra". Sobre o autor dessas obras, ele diz: "Ele não produz nem um retrato histórico bem documentado nem um romance histórico. Essa simplificação e essa desvalorização simultânea do material histórico são naturalmente repugnantes".

Com isso, Döblin poderia chegar a uma verdadeira teoria do romance histórico. O que o impede é a concepção moderna, falsa e subjetivista, da natureza e da função da fantasia ficcional. Ele se volta com razão contra as muitas falsificações da história realizadas pelos escritores e defende uma concepção autêntica e veraz da história. Contudo, segundo a concepção de Döblin, justamente essa autenticidade, esse esforço de reproduzir a realidade de modo veraz não pode se conciliar com a ficção em sentido tradicional. "No instante em que o romance assumiu a função de descobrir e figurar a realidade, seu autor dificilmente pode continuar a ser chamado de ficcionista ou escritor, pois passa a ser um *tipo particular de cientista*." Essa ciência, porém, é limitada à constatação dos fatos. Döblin afasta a fantasia, o talento inventivo puramente subjetivo não apenas da ficção, como também da ciência: "Se olharmos para a historiografia, constataremos: *apenas a cronologia é isenta*. A manipulação já começa na classificação dos dados. E falando claramente: *com a história se quer sempre algo*". Antes de nos debruçarmos sobre essa última afirmação extremamente importante de Döblin, devemos mostrar como ele extrai todas as consequências dessa teoria para a literatura. Ele diz sobre a situação do romance atual: "Ele não pode concorrer com a fotografia e os jornais. Suas

O romance histórico | 335

técnicas não bastam para tanto". Aqui, Döblin cai no preconceito naturalista amplamente propalado de que a fotografia (e o jornal!) é mais fiel à realidade que a profunda figuração artística da realidade.

Mais importante, entretanto, é a teoria que contrapõe grosseiramente a fidelidade aos fatos à participação na luta social. O próprio Döblin é um escritor ativo demais e associa sua literatura a anseios combativos demais para se contentar com essa concepção. Ele mesmo fala do "engajamento do homem ativo", e em sentido positivo. Como conciliar isso com sua teoria e sua práxis? Com a práxis, na medida em que os escritores que desejam desempenhar um papel ativo deixam simplesmente de lado seus preconceitos teóricos quando atuam na prática. Com isso, a questão estaria resolvida se esses escritores conseguissem realmente e fossem capazes de deixar os preconceitos de lado. Nesse caso, importaria muito pouco que tipo de teoria eles pregam em seus artigos teóricos.

Infelizmente, a questão não é tão simples, pois o que Döblin fala aqui sobre a relação entre ciência e arte não é uma teoria inventada, mas um retrato extremamente fiel da maneira de ver da maioria dos escritores do período anterior ao nosso. A concepção fiel à realidade e a intervenção nos acontecimentos são de fato um dilema insolúvel para os escritores modernos. Ora, de que modo esse dilema é resolvido? Sem dúvida, pela própria vida, pela conexão com a vida do povo. O escritor que tem intimidade com as tendências ativas da vida do povo – de certo modo, vivendo-as na própria pele – sente-se apenas um órgão realizador dessas tendências; a seus olhos, sua figuração da realidade é somente uma reprodução dessas mesmas tendências, mesmo quando ele não reproduz nem um único fato da realidade tal como esta se apresenta a ele de imediato. "A sociedade francesa deveria ser o historiador, e eu apenas seu secretário", diz Balzac.

A objetividade do grande escritor resulta da ligação objetiva e ao mesmo tempo viva com as grandes tendências do desenvolvimento histórico. E o "engajamento do sujeito agente"? Este brota de modo igualmente orgânico da luta das forças históricas na realidade objetiva da sociedade humana. É fetichismo moderno acreditar que as tendências atuantes na história possuem uma forma inteiramente independente dos homens, uma objetividade totalmente separada deles. Em toda a sua objetividade, em toda a independência de sua existência em relação à consciência humana, elas são antes o resumo vivo das aspirações humanas, que nascem das mesmas bases socioeconômicas e visam aos mesmos objetivos sócio-históricos. Para os homens que têm laços íntimos e vivos com essa realidade, o conhecimento correto e a atividade prática não são uma oposição e sim uma unidade. Lenin tem razão quando se opõe a Struve, que queria contrabandear o conceito burguês da estéril "objetividade científica" para o interior do movimento operário revolucionário: "Por outro lado, o materialismo traz dentro de si, por assim dizer, o elemento do engajamento, na medida em que é obrigado, em cada avaliação de um acontecimento, a assumir direta e abertamente o ponto de vista de certo grupo social".

Lenin apenas expressa com a clareza científica do materialismo dialético aquilo que todos os representantes significativos da democracia revolucionária – fossem políticos, poetas ou pensadores – sempre fizeram em sua práxis. A diferença entre os democratas revolucionários marxistas e os não marxistas ou pré-marxistas é que estes não têm consciência das conexões sociais e epistemológicas que fundam a unidade de sua teoria e sua prática e, na maioria das vezes, realizam essa unidade com base em uma "falsa consciência", com frequência cheia de ilusões. Mas a experiência – sobretudo da história da literatura – prova que, mesmo quando o escritor tem profundas raízes na vida do povo e sua criação literária surge da familiaridade com as questões mais relevantes da vida do povo, ele ainda pode penetrar nas profundezas da verdade histórica com uma "falsa consciência". Assim fizeram Walter Scott, Balzac e Liev Tolstói. E a objetividade da fantasia ficcional, que se liga de modo mais íntimo com esse "engajamento do sujeito agente", consiste precisamente no fato de que, pela modificação progressiva dos "fatos" imediatos da vida, ela expressa as grandes leis objetivas, as tendências históricas de desenvolvimento realmente decisivas.

O caráter de transição do romance histórico humanista de nossos dias mostra-se também na relativa contingência de sua temática. Destacamos anteriormente as razões históricas objetivas que constituem as causas dessa contingência, mas uma coisa é ver uma causa sócio-histórica de um fenômeno e outra é vislumbrá-la como expressão adequada de uma corrente histórica correta. O caráter de transição é claramente visível aqui; porém, aparece sob formas muito complexas. Deve-se evitar confundir a contingência da temática histórica com a contingência dos períodos passados. Vimos que a teoria de Feuchtwanger, extensamente citada por nós, tem estreita conexão com as teorias da subjetivação da história defendidas pela decadência burguesa; ainda nesse escrito, Feuchtwanger refere-se explicitamente a Nietzsche e Croce e concorda com eles. Mas seria errado equiparar o subjetivismo de Feuchtwanger, que sem dúvida existe, com o de Flaubert, Jacobsen ou Conrad Ferdinand Meyer. Há aqui uma profunda oposição de conteúdo histórico-político. E é esse conteúdo político que leva Feuchtwanger a buscar cada vez mais e a aproximar-se pouco a pouco de uma temática orgânica ao longo de sua evolução. Como veremos mais adiante, seus primeiros romances históricos ainda correspondem em grande medida à sua "teoria da roupagem" aplicada à história. O tema de Flávio Josefo, porém, já implica um grau incomparavelmente mais elevado de objetividade histórica: embora a figuração concreta de Feuchtwanger muitas vezes modernize a luta entre nacionalismo e internacionalismo, a oposição propriamente dita faz parte do material histórico e é mais extraída dele que introduzida por Feuchtwanger. Aqui, é claramente visível a aguda oposição entre o romance histórico dos humanistas de nossos dias e o romance histórico do período de decadência da burguesia.

Com isso, porém, a contingência da temática ainda não está completamente superada. Já dissemos que é muito raro que o romance antifascista eleja a história alemã como objeto. Mas isso é, sem dúvida, uma fraqueza da própria luta antifascista. Dimitroff mostrou com muita razão o extraordinário significado político e propagandístico da falsificação da história alemã pelos fascistas. A fraqueza dos movimentos oposicionistas de esquerda na Alemanha consistia havia muito tempo em sua postura abstrata e negativa diante dos grandes problemas nacionais da história alemã. Isso já se mostrava no comportamento de revolucionários importantes, como Johann Jacobi e Wilhelm Liebknecht em relação ao aspecto nacional das guerras de Bismarck, que, de qualquer forma, levaram à unidade alemã. Criou-se no movimento dos trabalhadores alemães uma situação desastrosa para o desenvolvimento posterior: as posições corretas de Marx e Engels permaneceram completamente desconhecidas, enquanto entre as amplas massas difundiam-se, de um lado, a capitulação ideológica diante dos sucessos da *Realpolitik* de Bismarck (Lassalle e Schweitzer) e, de outro, as teorias oposicionistas abstratas, provincianas e moralistas de Liebknecht. E os movimentos posteriores de oposição na Alemanha ao imperialismo, ao chauvinismo, à reação etc. padecem quase sempre de tal parcialidade abstrata moralista, de uma relutância a tratar concretamente dos problemas da história alemã e a combater nesse terreno a propaganda da reação, tanto histórica quanto ficcionalmente, valendo-se das armas de uma

338 | György Lukács

ideologia realmente patriótica. É um grande mérito de Franz Mehring ter assumido essa luta na prática, quase sozinho, mas com muito vigor.

As experiências da luta contra o fascismo têm de conduzir a uma crítica da práxis das esquerdas democráticas. (É óbvio que o Partido Comunista da Alemanha, que na época de Weimar manteve vivas durante muito tempo as tradições luxemburguesas, tem sua parcela de culpa nessa questão.) A tarefa que se apresenta não é revelar as falsificações fascistas da história, mas muito mais do que isso: restabelecer científica e ficcionalmente as tradições da democracia revolucionária na Alemanha; mostrar que as ideias da democracia revolucionária não foram "importadas" do Oeste, mas cresceram das lutas de classes na Alemanha, e a grandeza dos alemães teve sempre uma ligação íntima com o destino dessas ideias. Portanto, a grande tarefa das letras antifascistas é levar ao povo alemão as ideias da democracia revolucionária, as ideias do humanismo combatente, justamente porque são vistas como produtos necessários e orgânicos do próprio desenvolvimento alemão. É evidente que o romance histórico pode desempenhar – e certamente ainda desempenhará – um grande papel nessa luta antifascista. Mas também é evidente que, até o presente, ele ainda não alcançou essa importância.

As tradições literárias da Alemanha decerto contradizem esse questionamento. É surpreendente o papel irrelevante que a temática histórica alemã desempenha na ficção histórica alemã (em especial no drama), de resto tão significativa. Não podemos esquecer, no entanto, que as condições de um Schiller ou de um Georg Büchner não são de modo algum comparáveis às de um emigrante antifascista. Na época, havia fortes movimentos de massas apenas no exterior. Assim, era compreensível e correto que essa temática estrangeira fosse apresentada ao público alemão em contraposição ao problema nacional com que ele estava familiarizado. Hoje, porém, a emigração antifascista é a voz amplamente difundida da luta pela libertação de milhões de operários alemães. E, nessa luta intensa, a figuração e a propagação revolucionária ou reacionária da história alemã são de fato um *hic Rhodus, hic salta**.

Ao conquistar a história alemã, a democracia revolucionária alemã adquire um caráter nacional concreto, um papel de liderança nacional. A grande tare-

---

*   "Aqui é Rodes, salta aqui mesmo!" Referência à citação de Esopo em O *18 de brumário de Luís Bonaparte* (São Paulo, Boitempo, 2011, p. 30), de Marx, que significa: "Mostra agora do que és capaz!". (N. T.)

O romance histórico | 339

fa de nossos dias consiste em provar científica e ficcionalmente que a democracia revolucionária é o único caminho de salvação para a Alemanha. Mas, para que isso se torne compreensível às mais amplas massas, é preciso que a teoria demagógica fascista do "caráter de importação ocidental" das ideias na Alemanha seja derrubada por realizações positivas.

Ilustraremos isso com um exemplo. O problema central da trilogia de Flávio Josefo, de Feuchtwanger, é por natureza um problema essencialmente alemão. A luta entre os deveres do nacionalismo e do internacionalismo tem um papel enorme na história alemã concreta, mesmo antes do surgimento do movimento operário revolucionário. A Revolução Francesa já havia trazido à tona o conflito trágico presente nessa questão. Basta pensar em Georg Forster e nos jacobinos de Mainz. O destino de Forster foi um caso extremo, mas quem conhece a história desse período da Alemanha sabe que, precisamente por seu caráter extremo, ele foi uma culminação típica do conflito trágico geral da época. E o acesso realmente vivo, rico e concreto aos tipos humanos e ao significado sociopolítico do problema de Flávio Josefo ocorre justamente por intermédio de tais contextos. Estes, no entanto, são totalmente desconhecidos das amplas massas da Alemanha, assim como da intelectualidade alemã. Por isso, é inevitável que figurações tão importantes quanto as do romance de Feuchtwanger, mesmo sendo tão comoventes e tocando tão fundo os problemas políticos atuais, continuem totalmente obscuras em sentido nacional e histórico. Seu romance carece – e, em tais circunstâncias, *deve* carecer – do vínculo direto e imediatamente perceptível com a vida nacional do presente que se pode ver em Scott, Balzac ou Tolstói. E, por meio dessa falha, a emigração antifascista abre um flanco indefensável à demagogia nacional do fascismo.

Um terceiro momento, que ilumina o caráter de transição do romance histórico antifascista, é seu anseio pela monumentalidade histórica. Esse romance também parte dos grandes heróis da história e não deixa que surjam, como faz o tipo clássico do romance histórico, do solo histórico concreto da vida do povo. Aqui, além de sua aparente semelhança com o período passado do romance histórico, a diferença entre eles também deve ser ressaltada. Como dissemos, esse anseio pela monumentalidade não é pictórico e decorativo. Nasce das tradições iluministas combativas dos humanistas significativos de nossos dias. Estes tornam compreensíveis para eles mesmos e para seus leitores as grandes lutas da história, na medida em que as reduzem à luta entre a razão e a desrazão, entre o progresso e a reação. Repetimos: nessa retomada veemente e combativa da defesa das tradições do progresso humano, de sua defesa na era do Renascimento e do Iluminismo, ocorre uma importante reviravolta na história da literatura. Trata-se do primeiro grito de guerra a favor da cultura humana, depois do ceticismo infértil e da aceitação desesperada – ou, mais tarde, até mesmo confortavelmente resignada – da realidade capitalista, isto é, depois da decadência literária.

Mas, com a rápida e abstrata volatilização das lutas de classes concretas em problemas da oposição entre razão e desrazão, muito de sua conexão com a vida efetiva do povo é perdido. O significado vivo desses grandes resumos abstratos, como foram as teorias dos notáveis iluministas, encontra-se precisamente no fato de que são resumos de problemas reais, de sofrimentos e esperanças reais do povo, e em qualquer época podem ser traduzidos dessa forma abstrata para a linguagem concreta dos problemas concretos, isto é, sócio--históricos, porque não perdem jamais o vínculo com esses problemas. Não há dúvida de que, em termos de conteúdo e tendência, esse vínculo está presente na literatura da emigração antifascista. Todavia, a intensificação dessa luta abstrata de princípios abstratos acarreta muitas vezes um distanciamento da vida na figuração concreta que conduz a uma obliteração das oposições reais e, em alguns casos, até mesmo a uma distorção dos objetivos ardentemente almejados pelo autor. Em seu tratado sobre o romance histórico, Feuchtwanger formula essa oposição de maneira muito perigosa, pois expressa nela um espírito aristocrático, alheio ao povo, que destoa completamente do restante de sua obra. "Tanto o historiador quanto o romancista veem na história a luta de uma exígua, judiciosa e decidida minoria contra uma enorme e compacta maioria de 'cegos', desprovidos de juízo e conduzidos unicamente pelo instinto." Temos aqui uma justificação teórica do Erasmo de Zweig, mas não do romance sobre Flávio Josefo, de Feuchtwanger.

Mas mesmo em Heinrich Mann há passagens – que certamente não são secundárias – em que a luta concreta entre as potências históricas concretas se esvai em abstrações como essas. Mann escreve sobre seu Henrique IV:

> Ele sabe, porém, que o gênero humano não quer tal coisa, e é justamente com esse gênero humano que ele se confrontará por toda parte, até o fim. Não são protestantes, católicos, espanhóis ou franceses. É um gênero humano: que deseja um poder sombrio, é apegado à matéria e ama a devassidão com um pavor e um encanto impuro. Tal gênero será seu eterno oponente, mas ele é, de uma vez por todas, o representante da razão e da felicidade humana.

Aqui, as grandes oposições sócio-históricas que formam o conteúdo da luta da humanidade pelo progresso se esvaem em uma abstração quase antropológica. E, com isso, é suprimida precisamente sua concretude histórica. Pois se essas oposições não têm nenhum caráter sócio-histórico, mas são oposições eternas entre dois tipos da humanidade, então como será possível a vitória da humanidade e da razão, cujo melhor e mais eloquente combatente é justamente Heinrich Mann?

Essa concepção determina, porém, os princípios básicos da figuração ficcional. Pois, quando se parte de tal concepção, é natural que Henrique IV, como eterno representante da razão e da humanidade, ocupe um lugar absolutamente central na figuração ficcional. Sua personagem, seus problemas, seu significado histórico e sua fisionomia política e humana não surgem concretamente de determinadas oposições de certa fase evolutiva da vida do povo francês, mas são esses problemas da vida do povo francês que se manifestam, ao contrário, como mero – e, em certo sentido, acidental – campo de realização desses ideais eternos.

É claro que *A juventude do rei Henrique IV* de Heinrich Mann não é estruturado exclusivamente sobre esse princípio. Se fosse assim, não poderia ser uma obra de arte que se alimenta da vida real. Mas o caráter de transição que apontamos acima mostra-se aqui no fato de que a figuração evidencia uma luta entre dois princípios opostos: a luta entre a concepção concretamente histórica dos problemas da vida do povo em determinado estágio do desenvolvimento histórico e os princípios abstratamente monumentalizados e "eternizados" das tradições extravagantes do Iluminismo.

Do ponto de vista da história da literatura, é visível a influência das concepções de Victor Hugo sobre a obra de Heinrich Mann. E isso é importante e digno de nota porque, em sua evolução, Victor Hugo acabou por rejeitar o romantismo e tornou-se o precursor da revolta humanista contra a crescente barbárie do capitalismo. Nessa evolução, Victor Hugo adota muito da ideologia do Iluminismo; artisticamente, porém, mantém muitas concepções românticas, profundamente anti-históricas. Há aqui, portanto, uma ligação entre Heinrich Mann e o passado que não leva ao tipo clássico do romance histórico, mas, ao contrário, a seus antípodas românticos.

O próprio Heinrich Mann, em seu comentário ao romance *1793*, falou sobre a relação de Victor Hugo com a literatura moderna e tomou o partido deste contra Anatole France. Hoje, esse ensaio certamente parece ultrapassado para Heinrich Mann (foi publicado em forma de livro em 1931), porém o curso de seu pensamento é tão importante para a gênese artística e ideológica de *A juventude do rei Henrique IV* que somos obrigados a comentar suas partes principais. Heinrich Mann fala sobre a grande cena entre Danton, Robespierre e Marat.

> Cada um deles poderia ser definido social e clinicamente. E não teríamos dificuldade em fazê-lo, pois já temos *Os deuses têm sede*. Nada restaria, então, além de criaturas mais ou menos doentes de uma época, uma exposição de cópias artificialmente infladas de seus originais. Mas isso seria um juízo reducionista. O caráter questionável da grandeza humana atinge a todos em determinado momento, e nenhum escritor que tenha tido uma influência duradoura pode ser mau conhecedor da vida. Mas um conhecimento aumentativo eleva a uma altura acima da realidade um caráter cujas raízes podem estar em qualquer lugar. Alucinações e psicose maníaco-depressiva desembocam aqui em uma personalidade coerente e convertem-se em um grande destino. Não participamos desse processo? Em todo caso, seria bom refletir sobre isto: apenas desse modo a história pode escapar de ser um caso clínico. Somente assim a observação da vida pode evitar sua ruína.

Deparamos aqui com um dilema moderno típico. A escolha de Heinrich Mann entre patologia e monumentalização histórica, entre conhecimento "diminutivo" e "aumentativo", surge do fato de que as considerações sócio-históricas dos escritores se desligaram da vida do povo. Nesse sentido, Heinrich Mann é injusto com Anatole France. O retrato detalhado dos homens que France faz em seus romances sobre a Revolução Francesa não tem nada de um mero "conhecimento diminutivo". Em suas figurações, há uma desilusão com a democracia burguesa em seu momento de máxima realização, um retrato ficcional das contradições humanas resultantes dessa culminação trágica. Isso não significa que France tenha chegado a uma solução plenamente satisfatória para problemas tão graves, porém a crítica de Mann, em vez de apontar os limites da força figurativa de France, apenas assinala os traços que este tem em comum, embora superficialmente, com o resto da literatura burguesa tardia – que, de fato, difunde um conhecimento "diminutivo", patológico do homem. Sua crítica a France atinge, assim, justamente os traços com os quais sua forma de figuração aponta para o futuro.

Todavia, essa antinomia de Heinrich Mann entre conhecimento diminutivo e aumentativo é inevitável? Não há aqui uma terceira alternativa? Acreditamos que *A juventude do rei Henrique IV* mostra claramente que sim. A concepção de Mann de uma humanidade verdadeira e vitoriosa parte, como em todo escritor realista significativo, do fato de que os traços realmente grandiosos da humanidade estão presentes na própria vida, na própria realidade objetiva da sociedade, no próprio homem, e são apenas reproduzidos pelos escritores com meios literários em uma forma concentrada.

Essas observações notáveis de Heinrich Mann, como as citadas anteriormente sobre Edgar André, mostram de maneira muito clara que, para ele, esse *tertium** está plenamente presente. Os terríveis acontecimentos que se seguiram à tomada de poder por Hitler aguçaram seu olhar para essa realidade heroica, que não pode ser diminuída quando vista de perto, tampouco aumentada pela monumentalização. Em seus artigos, ele descreve repetidas vezes, de modo simples e certeiro, essas manifestações de uma nova humanidade heroica. E há muitos elementos em *Henrique IV* que já evidenciam esse novo espírito, que não tem mais nada a ver com a estilização de Victor Hugo ou com o antigo dilema de Heinrich Mann. Mas *Henrique IV* é também, nesse sentido, um produto de transição. Concebida originalmente por viva influência de Victor Hugo, que monumentaliza o herói histórico como eterno representante do ideal, sua figuração acabou por tomar o caminho da plenitude simples e concreta da vida. No entanto, a moldura da concepção original estorva a figuração concreta dessa plenitude da vida, sua simplicidade e humanidade. Sendo assim, podemos aplicar aqui, igualmente com razão, o que dissemos sobre o dilema entre trama e crônica em Alfred Döblin: o dilema de Heinrich Mann entre conhecimento diminutivo e conhecimento aumentativo não é uma invenção da estética, mas um dilema da vida que chegou à estética.

Todavia, de um grau de evolução que a vida – e, com ela, Heinrich Mann – já ultrapassou. A luta atual de Heinrich Mann é uma luta contra a herança de um passado que ele superou tanto política quanto humanamente. O conteúdo de sua luta é encontrar uma forma plenamente adequada para esse novo sentimento da vida. Assim, quando dizemos que *Henrique IV* é um produto de transição, sua extraordinária importância para a história da literatura não é diminuída, mas, ao contrário, veementemente ressaltada. Trata-se de um produto de transição entre a melhor parte da inteligência alemã – e, com

---

*   Em francês no original: terceiro. (N. T.)

344 | György Lukács

ela, do povo alemão – e a luta decidida contra a barbárie hitlerista e a favor do despertar da democracia revolucionária na Alemanha.

II. Caráter popular e espírito autêntico da história

Podemos ver com o máximo de clareza o caráter de transição do romance histórico do humanismo antifascista examinando os métodos e os meios artísticos com que o povo é retratado na história. Todos esses escritores figuram destinos populares. O que os diferencia do período anterior do romance histórico burguês é justamente o fato de eles romperem com as tendências da privatização da história, da transformação da história em um exotismo multicolorido, com base em uma psicopatologia igualmente peculiar e excêntrica. Como os destinos centrais figurados nesses romances históricos estão ligados tanto social quanto humanamente aos destinos do povo, resulta daí, no que diz respeito ao conteúdo, um importante movimento no sentido da problematização do romance histórico clássico.

Apesar disso, porém, ainda não ocorreu artisticamente um rompimento decisivo com as formas e os modos de figuração do romance histórico moderno; ainda não há, hoje, uma afirmação do legado clássico no que se refere à composição, à estrutura, ao enredo e, sobretudo, à relação do herói principal e de seu destino com a vida do povo. Para o novo humanismo, os clássicos do romance histórico são formas da história da literatura quase tão esquecidas quanto eram para os escritores do período passado; artisticamente não é necessário levá-las em conta.

Mas o que parece ser uma questão estética formal ou, se preferirmos, histórico-literária vai muito além do quadro da estética e da história da literatura. Heinrich Mann, Feuchtwanger, Bruno Frank e outros figuram destinos populares, é verdade; contudo, eles não os figuram a partir do próprio povo. Os clássicos do romance histórico eram política e socialmente mais conservadores que Heinrich Mann ou Feuchtwanger – basta pensar em Walter Scott. Não havia neles – nem podia haver – nenhuma ligação apaixonada com a mudança revolucionária da sociedade. Mas Scott e outros clássicos do romance histórico, com suas concepções vivas e concretas da história, são muito mais próximos da vida real do povo que os maiores escritores democratas da atualidade. Para Scott, a história é primária e diretamente destino do povo. A encarnação consciente do destino do povo em grandes personalidades históricas, a demonstração do nexo desses destinos com os problemas do presente surgem de modo orgânico em Scott, a partir da vida concreta do povo em determinado período histórico. Ele escreve, assim, a partir da vivência do próprio povo, da alma do povo, e não apenas *para* o povo.

Nos humanistas antifascistas, o *páthos* da atração pelo povo é muito mais intenso que na maioria dos clássicos. Essa paixão é um sinal de que a melhor parte da intelectualidade democrata, influenciada pelos terríveis e grandiosos acontecimentos dos últimos anos, está decidida a romper seu isolamento em relação à vida do povo. Tal decisão, e sua realização no jornalismo político, é um passo de alcance histórico extraordinário. O romance histórico moderno desses escritores é uma expressão elevada dessa decisão. No entanto, precisamente no terreno artístico, em que todos os princípios composicionais do romance passam por uma reformulação radical a fim de que a voz do povo seja ouvida, e não apenas a relação do escritor com os problemas da vida do povo, tal realização só pode ocorrer de modo gradual, irregular, e após profundas discussões históricas, artísticas e ideológicas. Hoje, a situação ainda é tal que esses escritores escrevem para o povo e sobre os destinos do povo, mas o próprio povo tem apenas um papel secundário em seus romances, é apenas um objeto para a demonstração artística dos ideais humanistas (cujo conteúdo, no entanto, tem estreita ligação com importantes problemas da vida do povo). Do ponto de vista artístico, fornece apenas o cenário para a ação principal, que se desenrola em outro nível, sem conexão imediata com a vida do povo.

Na medida em que a ação se desenrola essencialmente nas altas esferas da sociedade, o romance histórico do novo humanismo é uma continuação do romance histórico burguês tardio. Já mostramos que há, nesse parentesco, uma diferença ou mesmo uma oposição muito profunda no que diz respeito ao conteúdo social, à psicologia etc. Mas, visto que a concepção do "alto" e do "baixo" na sociedade pode gerar mal-entendidos e a concepção do caráter popular, em seu nexo com a representação da história a partir de "baixo", pode ser facilmente vulgarizada, é necessário fazermos aqui um breve esclarecimento desses conceitos.

Antes de mais nada, ressaltamos outra vez algo que não é nenhuma novidade para o leitor deste trabalho: por figuração do "baixo", não entendemos de forma alguma a eliminação dos protagonistas históricos do romance, de modo que no romance histórico só sejam tematicamente figuradas as camadas oprimidas da sociedade. Esse tipo de romance histórico *também* é possível, como vemos, por exemplo, pelas obras de Erckmann-Chatrian. Mas esperamos que nossas observações tenham deixado claro que ele não pode ser o modelo do romance histórico; ao contrário, esse tipo de romance histórico expõe os aspectos problemáticos do desenvolvimento moderno da literatura em uma forma nova, mas com a mesma força. A grande maioria dos heróis de Walter Scott, Púchkin e Liev Tolstói provém das altas camadas da sociedade e, no entanto, reflete a vida e o destino de todo o povo nos acontecimentos de sua própria vida.

Portanto, no que se refere ao romance histórico – ou mesmo ao romance em geral –, essas oposições devem ser mais bem concretizadas. O que importa no romance histórico? Em primeiro lugar, figurar destinos individuais em que os problemas vitais da época ganhem uma expressão *direta* e, ao mesmo tempo, típica. O caminho para o "alto" que os romances modernos trilharam é, em essência, o caminho para a excentricidade social dos destinos figurados. Essa excentricidade, que expressa o fato de que as altas camadas da sociedade deixaram de conduzir o progresso nacional, só ganha uma expressão artística adequada quando os portadores dessas experiências se encontram distanciados do cotidiano do povo no que diz respeito à sua posição social e manifestam um caráter excêntrico do ponto de vista social. Essa excentricidade tem *também*, como característica de determinada esfera da sociedade, um modo de ser típico. Mas o que é artisticamente decisivo é o conteúdo social e psicológico do destino figurado; portanto, a questão sobre esse destino estar ou não ligado às grandes questões típicas da vida do povo.

Essa falta de conexão também pode se manifestar em romances que parecem extraídos diretamente da vida do povo e pretendem figurar a vida a partir de "baixo". Para nos limitarmos a um exemplo típico: a personagem de Franz Biberkopf em *Berlin Alexanderplatz**, de Döblin. Biberkopf é operário e, visto de fora, seu ambiente é retratado da forma mais exata possível. Contudo, quando Döblin o tira de sua vida de operário, transformando-o em um cafetão, em um criminoso, e levando-o em seguida, após muitas aventuras, a uma fé mística no destino, o que a evolução e o conteúdo psicológicos de tal destino tem a ver com o destino da classe operária alemã no pós-guerra e, nela e por meio dela, com o destino do povo alemão desse período? Claramente,

---

*   São Paulo, Martins Fontes, 2009. (N. E.)

muito pouco. Não queremos contestar com isso a possibilidade psicológica do caso singular retratado por Döblin, nem mesmo a possibilidade de ele se repetir nesse mesmo ambiente. A questão que nos importa aqui não é a verdade psicológica do caso singular, a autenticidade sociográfica e pictórica do ambiente, mas o conteúdo do destino. E, em Döblin, esse conteúdo é excêntrico para o povo alemão. Tão excêntrico quanto, por exemplo, os destinos figurados por Joyce ou Musil, com os quais o livro de Döblin tem um parentesco interno. Ambientando seu enredo no operariado berlinense, Döblin aumenta essa excentricidade, em vez de eliminá-la.

Agora, consideremos Tatiana de Púchkin, em *Eugen Onegin*, ou, para dar um exemplo alemão contemporâneo, os Buddenbrooks de Thomas Mann. Do ponto de vista social, ambos atuam no "alto". Contudo, Belinski tem razão quando chama o romance em versos de Púchkin de "enciclopédia" da vida russa, e a história de Tatiana é exemplo de um destino importante, universal, em que aparecem concentrados os maiores problemas da vida do povo russo em uma época de transição. Thomas Mann não pode mais ter essa universalidade imediata, ampla e larga de Púchkin. Mas o destino da família de Lübeck só pode ser considerado um destino isolado e acabado do ponto de vista externo, artístico. Os mais importantes problemas psicológicos e morais da transição da Alemanha para o capitalismo moderno e desenvolvido encontram aqui uma expressão literária grandiosa e típica. E essa transição é uma mudança no destino de todo o povo alemão.

Assim, quando criticamos o romance moderno pelo fato de ele não figurar a história a partir de "baixo", fica evidente, desde logo, o alvo dessa crítica. Mas, rejeitando os destinos histórica e socialmente excêntricos, demos apenas o primeiro passo no esclarecimento desse problema. Mesmo um conteúdo social e psicologicamente típico pode ser adequado ou inadequado à figuração épica. E aqui chegamos à questão artística central do atual romance histórico, pois a tendência aberta à excentricidade já está quase morta. A que se deve o caráter popular das personagens oriundas da média nobreza em Walter Scott ou Liev Tolstói? Como suas experiências podem espelhar o destino do povo? A resposta é simples. Tanto Scott como Tolstói criaram homens cujos destinos pessoais e sócio-históricos estão estreitamente ligados um ao outro. De modo que certos aspectos importantes e universais do destino do povo se expressam *diretamente* na vida pessoal dessas personagens. O espírito autenticamente histórico da composição mostra-se no fato de que essas vivências pessoais estão em contato com todos os problemas da época, ligam-se a eles de modo orgânico e surgem necessariamente a partir deles, mas não perdem seu caráter nem a imediatidade dessa vida. Em *Guerra e paz*, quando Tolstói figura Andrei Bolkonski, Nicolai e Petia Rostov etc., ele cria homens e destinos em que a influência dessa guerra é sentida imediatamente nos destinos humanos privados, na transformação exterior da vida e na alteração do comportamento sociomoral.

Essa imediatidade da relação entre as vidas individuais e os acontecimentos históricos é o elemento decisivo, pois o povo vivencia a história de imediato. A história é seu florescimento e seu declínio, a cadeia de suas alegrias e tristezas. Se o autor dos romances históricos consegue criar homens e destinos em que se manifestam imediatamente conteúdos, correntes e problemas sócio-humanos importantes de uma época, então ele pode retratar a história a partir de "baixo", a partir da vida do povo. E, depois que se tornam concreta e imediatamente vivenciáveis por nós, as grandes personagens históricas retratadas pelos clássicos têm a função de resumir e universalizar esses problemas e correntes em um nível superior da história típica. Com isso, é superada a fixação na mera imediatidade da vida do povo, na mera espontaneidade dos movimentos populares, cujo exemplo típico analisamos nos romances históricos de Erckmann-Chatrian. Por isso, como demonstramos, as grandes personagens históricas devem desempenhar nos clássicos, do ponto de vista da composição, apenas um papel coadjuvante; porém, como personagens coadjuvantes, elas são imprescindíveis para a consumação da concepção histórica global.

Assim, do ponto de vista do caráter popular, há dois perigos aqui para o romance histórico. O primeiro, de que já tratamos em detalhes, é a possibilidade de que os destinos privados não tenham uma relação orgânica com os problemas históricos da vida do povo, com os conteúdos sócio-históricos essenciais do período retratado. Ainda que sejam humana e psicologicamente vivos, e até socialmente típicos, são apenas destinos privados, e a história é relegada a mero pano de fundo, a cenário decorativo.

O romance histórico do humanismo antifascista corre o perigo oposto. Os representantes significativos dessa orientação tratam seu material, do início ao fim, em um grau muito elevado de abstração. Por conseguinte, escolhem para heróis protagonistas históricos que tenham condições de encarnar adequadamente, tanto do ponto de vista sentimental quanto intelectual, as grandes ideias e os ideais humanistas pelos quais esses escritores lutam. Com isso, a imediatidade da vivência histórica é perdida ou, no mínimo, ameaçada. As personagens importantes da história são importantes justamente porque universalizam, elevam a um alto nível conceitual os problemas que se encontram dispersos na vida e se manifestam na forma puramente individual de simples destinos privados.

Ressaltamos mais uma vez: esse é um traço positivo importante no romance histórico do humanismo antifascista, um passo rumo à superação da falta de ligação entre o passado e o presente que acometia o romance histórico dos períodos passados, mesmo em seus representantes mais significativos. Mas a ligação que se produz aqui é *direta, conceitual e geral demais*.

Já apontamos o perigo da universalização conceitual (luta entre razão e desrazão como conteúdo da história) e mostramos que, com isso, o caráter concretamente histórico é ofuscado. Agora, temos de apontar outro perigo, estreitamente ligado ao primeiro: o de que a vivificação da história seja elevada a uma forma demasiadamente conceitual, ou melhor, que o caminho que conduz da vivência imediata da história à universalização e ao resumo dessa vivência seja demasiado curto e, por isso, demasiado abstrato. Ele é curto e abstrato porque o processo inteiro se desenrola *em um homem*, no próprio protagonista histórico, no representante dos ideais humanistas. Com isso, temos dois resultados. Por um lado, a vivência imediata não pode se realizar com a mesma amplidão e a mesma multiplicidade que nas personagens que não têm a função de elevar essas vivências ao nível historicamente mais alto de abstração. Por outro, o único caminho que conduz da vivência à universalização é o da alma de um homem singular, e esse caminho é necessariamente mais curto, linear e simples que aquele que busca concentrar no protagonista histórico – que nos clássicos é uma figura coadjuvante – os caminhos distintos e extremamente divergentes extraídos das vivências de personagens humana e socialmente distintas. Acrescenta-se a isso, ainda, que a elaboração universalizadora da própria vivência deve ter necessariamente um caráter abstrato, enquanto a "resposta" que o protagonista histórico dos romances históricos clássicos dá às "questões" do imediatamente vivenciado não é uma resposta em sentido lógico e não precisa de modo algum estar imediatamente vinculada a suas vivências. Basta que esse resumo responda em sentido histórico-conteudístico às questões que surgem das vivências das ações imediatas. É evidente a maior liberdade de movimento que isso dá ao ficcionista, a possibilidade de figurar um conteúdo mais rico, uma maior complexidade e sinuosidade da vida.

Tomemos mais uma vez *Guerra e paz*, de Tolstói. As diferentes personagens reagem dos modos mais diversos à invasão do Exército francês à Rússia, mas essa reação é sempre imediata e humana, de maneira que a alteração que a guerra provoca na vida delas seja expressa em seus sentimentos e suas vivências. Nenhuma dessas personagens, seja Andrei Bolkonski, Rostov ou Denisov, é obrigada pela composição a dar a suas vivências uma universalização maior que a de seu estado de ânimo de momento. Mesmo em diálogos como o de Bolkonski e Besuchov na véspera da batalha de Borodino, as observações teóricas de Bolkonski não são mais que generalizações de suas opiniões subjetivas. Sua função é figurar como uma pincelada na pintura geral, e não ser portadora do sentido do conjunto.

Em Heinrich Mann, ao contrário, quando o jovem rei de Navarra toma conhecimento de que sua mãe foi envenenada por Catarina de Medici, ele é obrigado a reagir de pronto como líder dos huguenotes, contrapondo-se à astuciosa rainha como um adversário que se comporta diplomaticamente. Seus pronunciamentos, tanto os que expressam seus sentimentos quanto os que expressam suas ideias, constituem o eixo central do romance. Toda a evolução do romance passa por sua alma. Tudo o que aparece além disso é apenas material ilustrativo complementar. É claro que, com isso, a personagem central é sobrecarregada – em cada etapa, ela deve cumprir exigências quase irrealizáveis para o modo historicamente adequado como reage. E isso ainda faz com que o caminho demasiadamente estreito e curto entre vivência imediata e universalização sinóptica seja artificialmente abreviado. Quando o ficcionista não faz essa abreviação em situações importantes, e mantém o protagonista muito tempo no nível da vivência imediata dos acontecimentos, ele necessariamente diminui essa personagem. O lugar que ela ocupa na composição impele o leitor a esperar dela, em todas as situações, um ato significativo e decisivo, e a ver em suas vivências imediatas e puramente pessoais um veículo para o que é historicamente universal, portanto algo sem finalidade própria. Assim, Tolstói resume na personagem de Kutusov as vivências do povo russo durante a guerra. O velho não tem mais desejos ou vivências pessoais, porém seu efeito não é tão abstrato quanto é muitas vezes o caso na personagem de Henrique IV – apesar da extraordinária força figurativa de Heinrich Mann. A explicação é simples: Kutusov é apenas uma figura coadjuvante, a vivência do povo é dada pela vivência das mais diversas personagens e o resumo ficcionalmente universalizante repousa sobre uma base extraordinariamente ampla e tem como portadora uma personagem cuja posição composicional e peculiaridade psicológica se encaixam à perfeição nessa função sinóptica. Assim, os homens de "baixo" vivenciam a história de modo imediato, em parte como agentes e em parte como pacientes. No "alto", ambos desbotam até certo grau, tornam-se abstratos, adquirem acentos distantes da vida cotidiana e chegam muitas vezes a ultrapassar o plano histórico. O fato de Kutusov ser uma figura coadjuvante na composição cria as bases para seu papel intermediário profundo e autêntico – tanto artística como historicamente – entre o "baixo" e o "alto", entre a imediatidade da reação aos acontecimentos e a mais alta consciência possível nessas circunstâncias.

O tipo de figuração da história que criticamos com essas considerações liga-se a concepções de vida próprias de tradições ainda não completamente superadas de um período que já foi superado política e socialmente. O destino do povo ainda não é sentido como destino concreto do povo, mas como destino histórico abstrato, em que o povo desempenha um papel mais ou menos contingente. A irregularidade da evolução, seu curso contraditório mostra-se no fato de que aquilo que determina de fato a superação dessa distância do povo, isto é, a participação ardente e apaixonada no destino presente do povo alemão, muitas vezes ainda aumenta a contingência na figuração artística dessa distância. Como o passado se torna um *material ilustrativo dos problemas do presente*, os destinos especificamente históricos figurados nesses romances perdem seu rosto próprio, seu significado independente. Mas, apesar de toda irregularidade da evolução, o caminho conduz claramente para além desse estranhamento.

Lancemos desse ponto de vista um olhar sobre a evolução de Lion Feuchtwanger. Seus primeiros romances históricos (*O judeu Süss** e *Die hässliche Herzogin Margarete Maultasch* [A feia duquesa Margarete Maultasch]) ainda correspondem, no essencial, à teoria sobre o romance histórico que, como vimos, foi expressa pelo próprio Feuchtwanger. Em ambos, a história é apenas uma roupagem decorativa para problemas psicológicos especificamente modernos. O destino do Tirol nas lutas pelo poder travadas entre as casas de Luxemburgo, Habsburgo e Wittelsbach tem muito pouco a ver

---

* Porto Alegre, Globo, 1938. (N. E.)

com a tragédia amorosa individual de Margarete Maultasch. É verdade que a tragédia da mulher feia e talentosa que constitui o elemento humanamente interessante do romance – pois há muito pouco por trás das intrigas políticas que possa despertar algum interesse histórico e humano no leitor atual – é entrelaçada com grande habilidade artística à trama das intrigas políticas, porém, por sua natureza humana, tem muito pouco a ver com elas. Algo muito semelhante ocorre, nesse sentido, com O *judeu Süss*. Também aqui o tema principal é um conflito psicológico especificamente moderno, um confronto de visões de mundo. O próprio Feuchtwanger diz sobre seu tema:

> Há muitos anos eu queria mostrar o caminho que leva um homem do agir ao não agir, da ação à contemplação, da visão de mundo europeia à indiana. Ocorreu-me figurar essa ideia a partir da evolução de um homem contemporâneo: Walther Rathenau. Tentei, mas não deu certo. Então decidi recuar dois séculos e retratar o percurso do judeu Süss Oppenheimer, e cheguei mais perto de meu objetivo.

É muito instrutivo observar mais detalhadamente o erro cometido aqui por um escritor tão talentoso. Feuchtwanger diz que seu fracasso com Rathenau e seu sucesso com a personagem do judeu de Württemberg demonstram que a temática histórica é adequada a esse tipo de encarnação de conflitos abstratos e conceituais. Parece-nos que o fracasso de Feuchtwanger no tema de Rathenau deve-se não à proximidade temporal, ao caráter desfavorável do material contemporâneo, mas ao fato de seu conflito ter pouco a ver com a tragédia interna de Rathenau. Por isso, a personagem familiar, as circunstâncias conhecidas oferecem uma forte e bem-sucedida resistência a essa "introjeção" por parte do ficcionista. É verdade que, na tragédia de Walther Rathenau, seu judaísmo desempenha um papel importante; também é verdade que em Rathenau existia certo hiato entre ação e contemplação. Mas a verdadeira tragédia de Rathenau é a tragédia da burguesia liberal alemã, que, por causa da situação política e cultural indigna da burguesia economicamente dominante no regime guilhermino, mostrou-se incapaz de realizar a transição para uma linha de evolução democrática republicana, depois que a queda dos Hohenzollern e a política da social-democracia alemã puseram em suas mãos o poder do Estado. Diante desse poderoso material, a abstração – episódica, evidentemente – do hiato entre agir e não agir não tem nenhuma chance.

A intenção de Feuchtwanger foi bem-sucedida em O *judeu Süss*. E pôde ser bem-sucedida porque ele podia fazer o que quisesse com essa personagem histórica, distante do presente. No entanto, no que diz respeito à trama, a intenção não foi nem poderia ser bem-sucedida. Ela consistia em conduzir o judeu Süss do agir ao não agir. Agir significava o temível saque de Württemberg com ajuda do sub-ramo da dinastia que chegara ao poder. Quando a peripécia se cumpre e o herói de Feuchtwanger começa a trilhar o "caminho indiano", eis que, nessa iluminação, todos os acontecimentos passados aparecem como uma cadeia de equívocos, como algo secundário e episódico. Nasce daí, porém, a grotesca e distorcida perspectiva em que o destino de um país inteiro, o destino de milhões de seres humanos, surge apenas como mero cenário para as mudanças psicológicas de um agiota judeu, e a iluminação bengalesa de uma mística cabalística e de uma morte em martírio, à qual o espírito de Süss se entrega, constitui o desfecho de uma evolução em que aparecem continuamente – ainda que como pano de fundo – o sofrimento e o espezinhamento de um povo.

Aqui, portanto, o destino dos homens é figurado em relação aos acontecimentos históricos de modo tão excêntrico quanto, por exemplo, em Flaubert. O talento literário de Feuchtwanger, que procura apaixonadamente uma concretude histórica e humana, está no fato de figurar o problema da oposição entre o agir e o não agir em um tipo humano para quem isso foi um problema real, surgido de suas condições reais de vida, isto é, um financista e agiota judeu do século XVII cuja vida se passa quase toda no interior de um gueto. Aqui, a justaposição imediata entre manobras financeiras predatórias e chantagistas e a mística religiosa corresponde à verdade sócio-histórica. Por isso, a personagem do herói principal é fiel à realidade em sentido psicológico e histórico.

O distanciamento da verdade histórica interna e, com isso, da profunda verdade ficcional do romance histórico reside, de um lado, na desproporção, já destacada por nós, entre o enredo e a reviravolta planejada por Feuchtwanger. O ficcionista que trabalha com a história não pode manipular o material histórico de maneira arbitrária. Eventos e destinos têm seu peso objetivo natural, sua proporção objetiva natural. Se o escritor é bem-sucedido ao inventar uma trama que reproduz corretamente essas relações, essas proporções entre os diferentes pesos, eis que surge, com a verdade histórica, a verdade humana e ficcional. Se, ao contrário, a trama distorce essas proporções, então também distorce o retrato ficcional. É algo ofensivo que décadas de sofrimento de um povo apareçam como "pretexto" para a conversão psicológica de um homem que nem é tão importante.

Por outro lado, Feuchtwanger transgride a proporção e, com ela, a verdade ficcional quando cinge a conversão de seu herói com a aura "eterna" e "supra-temporal" da solução de um destino humano universal. A conversão de um judeu do século XVII à mística cabalística é compreensível do ponto de vista social e psicológico e figurada por Feuchtwanger com uma psicologia sutil. Mas a filosofia que aqui se esconde – o agiota convertido teria realmente se elevado acima da instabilidade da práxis europeia e mergulhado nas profunde-zas primitivas da contemplação oriental, em que a aparência enganosa do agir e da história se dissolve no nada – é apenas a voz de um período passado da literatura. Foi Schopenhauer quem descobriu para a Alemanha que a filosofia indiana era o meio apropriado para superar a visão "superficial" de Hegel sobre o progresso humano. Desde então, essa teoria é discutida e figurada, com as mais diversas variações, entre a intelectualidade alemã e de outros países.

Se os representantes literários da decadência não veem que aqui é expres-sa a ideologia de sua fuga da história, uma história de cujo curso capitalista reacionário eles não querem participar conscientemente e ao mesmo tem-po têm medo de participar de sua superação revolucionária, isso é plena-mente compreensível. Mas em um escritor progressista e combativo como Feuchtwanger, essa ideologia se torna especialmente contraditória e nociva à composição. Pois, para um autor decadente que buscasse apenas objetivos decorativos e psicológicos, tudo o que no tema de O *judeu Süss* fosse anterior à conversão da personagem principal seria realmente apenas pretexto. Tal escritor retrataria tudo isso em uma abreviação decorativa, e não, como em Feuchtwanger, com um anseio pelo verdadeiro realismo. O resultado seria então uma figuração muito mais homogênea que a de Feuchtwanger – mas a importância literária desse autor é justamente o fato de ele ter profunda pai-xão, tanto em sentido literário quanto humano, pelo "pretexto", pelo destino do povo de Württemberg. Ele o figura com cores fortes e realistas, mas, por isso mesmo, revela a excentricidade de seu próprio desfecho. Fechtwanger é um humanista sincero demais e um realista convicto demais para dominar esse tema de modo adequado.

É por essa razão que o passo dado por Feuchtwanger na trilogia de Flá-vio Josefo foi tão necessário. Já apontamos o fato de que o tema geral des-se romance, a oposição entre nacionalismo e internacionalismo, nasce do próprio material histórico. Já daí surgem proporções totalmente distintas e essencialmente mais corretas entre as ideias universalmente humanistas de

Feuchtwanger e as personagens e os acontecimentos históricos retratados por ele. O grande conflito não é mais deslocado simplesmente para a história passada, mas antes é desenvolvido a partir dela mesma. Isso significa um enorme passo na direção de um verdadeiro romance histórico; ao mesmo tempo, aguça a contradição entre a teoria do romance histórico defendida por Feuchtwanger e sua própria práxis literária.

Para nós, é de importância decisiva, nesse contexto, a questão da figuração dos destinos do povo. Nesse sentido, *Der jüdische Krieg* [A guerra judaica] é um enorme progresso em comparação com os primeiros romances de Feuchtwanger, assim como *Die Söhne* [Os filhos] em comparação com *Der jüdische Krieg*. No primeiro, é figurada a tragédia verdadeiramente dramática do povo judeu, a destruição de Jerusalém, a fragmentação do Estado judeu. Mas esse poderoso drama de um povo se passa todo no "alto": o que é mais importante e mais plasticamente trabalhado não é propriamente o destino do povo, mas as reflexões de personalidades significativas sobre esse destino. O povo é aqui, no sentido pleno da palavra, mero objeto da ação que se desenrola no "alto", apenas um joguete da sutil dialética conceitual com que seu destino é ponderado a partir deste ou daquele ponto de vista.

Essa concepção da vida do povo ganha sua mais clara expressão no fato de que Feuchtwanger, que retrata com tão sutil diferenciação conceitual e humana os mais diversos tipos da intelectualidade judia, grega e romana, vê nos representantes radicais da resistência nacional judaica apenas uma horda de fanáticos selvagens que se matam uns aos outros cegamente. Em consequência dessa maneira de ver, a imagem da resistência heroica do povo judeu torna-se conceitualmente caótica e, no que diz respeito à figuração, apenas decorativa. O povo que luta não tem uma fisionomia sociopolítica distintiva, mutável, que seja compreensível para nós: intrigas e conchavos sutis no "alto", manifestações caóticas e selvagens no "baixo" afastam-se umas das outras, sem que possamos vislumbrar um nexo claro e concreto entre elas.

Essa fraqueza da figuração histórica de Feuchtwanger se conjuga com resquícios ainda não superados da ideologia liberal. Feuchtwanger herdou dela uma reverência exagerada à *Realpolitik*, aos sutis conluios diplomáticos e aos conchavos astuciosos. Em O *judeu Süss*, o rabino Jonathan Eybeschütz diz: "Ser mártir é muito fácil; bem mais difícil é manter-se invisível em nome da ideia". E pensamentos semelhantes surgem seguidamente nos romances sobre Flávio Josefo, mesmo na segunda parte. Como vimos, tais teorias, tal concepção da realidade tem estreita ligação com o isolamento do intelectual progressista nas grandes lutas de classes do período tardio do capitalismo, isolamento que os melhores intelectuais, entre eles o próprio Feuchtwanger, superam cada vez mais com ajuda da práxis da Frente Popular.

Mas os resíduos ideológicos continuam a agir muito tempo depois. E têm como consequência que o significado das resoluções individuais dos homens é extraordinariamente superestimado. Daí surgem, de um lado, um exagerado sentimento de responsabilidade, que às vezes chega às raias do misticismo, e, de outro, uma predileção igualmente exagerada pela justificação psicológica dos compromissos liberais. E ambos se enraízam no fato de que o intelectual isolado, quando sincero, não pode ir além de um relativismo abertamente admitido; absolutizar seu ponto de vista significa, para ele, ser limitado.

No segundo volume, o rival de Flávio Josefo, Justo de Tiberíades, expressa esse ponto de vista com grande verdade e sinceridade psicológica:

> Para que uma verdade sobreviva, ela tem de se aliar à mentira (...) A verdade pura e absoluta é insuportável, ninguém a tem, tampouco vale a pena esforçar-se para tê-la; é desumana e indigna de ser conhecida. Mas cada um tem sua própria verdade e sabe exatamente o que ela é (...) e quando diverge dessa verdade individual em uma vírgula que seja ele percebe e sabe que cometeu um pecado.

Justo de Tiberíades critica o herói Flávio Josefo sempre com a mais extrema acrimônia. Mas, no que diz respeito às ações de Josefo, sua crítica se dirige contra o fato de a linha de "compromisso astucioso" deste último não se converter em uma ética consciente e responsável e ele oscilar entre ações espontâneas – que o levaram a unir-se às alas mais extremas na revolta judia – e compromissos muitas vezes egoístas.

A oposição entre ambos chega à própria obra de Josefo. No segundo volume, aparece seu livro, que trata a revolta judia como uma questão puramente ideológica e nacional da oposição entre Roma e Judeia, entre Júpiter e Javé. Tiberíades, ao contrário, escreve um livro pleno de "cifras" e "estatísticas".

Nessa questão, mostram-se uma mudança e um progresso do próprio escritor que não deixam de ser importantes. O segundo volume já estava concluído quando Hitler tomou o poder, mas foi destruído pelos fascistas antes de ser publicado, de modo que Feuchtwanger teve de reescrevê-lo desde o princípio. Mas, segundo seu próprio relato, isso fez com que o material se tornasse muito mais abrangente e surgisse a necessidade de criar um terceiro romance sobre Josefo. É muito interessante, e de extrema importância para a evolução do romance histórico antifascista, que essa abrangência tenha surgido do fato de Feuchtwanger ter dedicado ao retrato do povo, a suas condições econômicas e aos problemas ideológicos que daí resultam um espaço muito maior que no primeiro volume.

Essa mudança é exposta de modo claro e programático no próprio romance, mais precisamente na forma de discussões sobre o livro que Flávio Josefo escreveu a respeito da guerra judaica, cujo espírito geral coincide largamente com a concepção do próprio Feuchtwanger no primeiro volume. Em uma dessas discussões na casa do senador romano Marulo, João de Giscala, ex--líder da ala radical plebeia da revolta judaica e agora escravo desse senador, diz ao famoso escritor duras verdades sobre seu livro:

> "Eu mesmo, no começo da guerra, não compreendia suas causas melhor do que vós (*Josefo, G. L.*), e talvez não quisesse compreendê-las (...). O que estava em disputa (...) não era Javé ou Júpiter, mas o preço do óleo, do vinho, dos cereais e dos figos. Se vossa aristocracia", dirigindo-se a Josefo com um conselho amigável, "não tivesse sobrecarregado nossos escassos produtos com impostos tão pérfidos, e se vosso governo em Roma", dirigindo-se a Marulo de modo igualmente amigá-vel, "não nos tivesse infligido tantas tarifas e taxas infames, Javé e Júpiter teriam entrado há muito tempo no mais perfeito acordo (...). Permiti que eu, um simples camponês, vos diga: vosso livro pode ser uma obra de arte, mas, depois de o ler, não se sabe uma vírgula a mais do que se sabia antes sobre os motivos da guerra. Infelizmente, deixastes o mais importante de lado."

Josefo não encontra resposta a essa crítica. Mas é significativo que, no decorrer do diálogo, o senador Marulo diga: "Roma não sucumbirá por obra do espírito grego, judaico ou dos bárbaros, mas pelo colapso de sua agricultura".

A grande importância dessas discussões para a mudança que ocorreu na obra de Feuchtwanger mostra-se na última parte do segundo volume, quando ele expõe as diferenças que surgiram no interior do povo judeu após a derrota da sublevação nacional e, em conexão com isso, o início do cristianismo. Não resta dúvida de que, em termos de concretude, Feuchtwanger foi muito além do primeiro volume na ligação entre o "alto" e o "baixo", na produção de nexos entre os problemas do povo e os movimentos ideológicos da época.

Mas justamente porque se pode ver esse desenvolvimento com tanta clareza é necessário determinar com exatidão seu estágio atual e os limites desse estágio. O leitor que prestou atenção às palavras de João de Giscala deve ter percebido que, aqui, buscam-se as causas econômicas e sociais reais da guerra judaica, porém de forma ainda muito simplificada, abstrata, direta e "economicista". Em uma obra científica, e menos ainda em uma figuração ficcional, é impossível que o autor consiga ligar impostos e tarifas *diretamente* aos complexos problemas ideológicos de uma época, reduzindo a isso o conteúdo de uma luta de libertação nacional. Para tornar compreensível de fato os problemas ideológicos de uma época, o cientista deve investigar concretamente as implicações das condições econômicas das classes e das alterações dessas condições, descobrir elos distintos, extremamente complexos e muito pouco diretos.

Já o autor de romances históricos deve trilhar outro caminho. Ele só pode desvelar e figurar essas mediações quando é capaz de ver nos problemas econômicos problemas ontológicos [*Seinsprobleme*] concretos de homens concretos. Quando Marx diz que as categorias econômicas são "formas do existir, determinações da existência", ele não apenas exprime de maneira filosoficamente clara o caráter material das categorias econômicas, como também mostra como e a partir de onde, na economia, a determinidade da vida humana pode ser figurada na literatura. E isso é possível precisamente a partir da posição que vê as categorias econômicas não como abstrações, à maneira fetichista – como faz a economia vulgar da burguesia, do menchevismo e da sociologia vulgar –, mas como formas ontológicas [*Seinsformen*] imediatas da vida humana, nas quais se efetua o metabolismo de cada homem singular com a natureza e a sociedade.

Não é preciso ser marxista para observar isso na realidade concreta da literatura. Na maioria dos casos, Defoe ou Fielding, Scott ou Cooper, Balzac ou Tolstói apreenderam esse aspecto vital da economia de modo extraordinariamente correto e profundo. E, a partir dessa figuração das bases do ser, resultaram retratos muito corretos e profundos da sociedade, mesmo quando as consequências econômicas extraídas por um ou outro escritor eram completamente falsas. De certa maneira (em Balzac ou Tolstói), essa falsidade se manteve como uma falsidade privada, restrita aos pontos de vista do escritor, como um comentário falso sobre um retrato da vida em que a correlação entre a vida econômica e a vida espiritual e moral dos homens foi figurada de acordo com a verdade objetiva.

Mas, precisamente por isso, o escritor deve ter uma conexão profunda com a vida do povo e suas mais distintas ramificações, com a vida efetiva de todas as classes da sociedade. E, se as observações corretas acerca dessas correlações são alçadas a falsas teorias, isso não suprime a verdade literária da obra de arte. Todavia, é muito difícil descer das verdades abstratas da economia – mesmo quando corretamente apreendidas – aos problemas concretos da vida do povo.

E, por enquanto, essa ainda é a situação de Feuchtwanger. Quando discutimos essa questão em sua obra, o que importa não é, acima de tudo, a correção ou a falsidade de seus pontos de vista singulares, mas seu método de abordar os fatos. Pois, ao conceber provisoriamente as categorias econômicas apenas como conceitos fetichizados e abstratos, e não como formas concretas da vida, bases concretas da vida de homens efetivos, Feuchtwanger depara com duas dificuldades para sua figuração, que, em suas últimas obras, dirige-se com cada vez mais veemência para o retrato da vida real do povo.

Em primeiro lugar, como mostramos, os destinos concretos da vida dos homens singulares do povo não podem ser figurados de fato com base nessas categorias abstratas. Em Feuchtwanger, essa impossibilidade tem a consequência provisória de que a abordagem da determinidade econômica da vida se mostra menos na vida ou no retrato da vida de suas personagens que nas reflexões *sobre* essa vida. E, com isso, a exposição desloca-se mais uma vez para o "alto". A questão de quais noções e ideias os homens do "alto" têm sobre as correntes sócio-históricas da vida do povo se torna decisiva. Aqui, o que se passa realmente no "baixo" importa menos por si mesmo, como força motriz real da ação, do que como conteúdo das reflexões que ocupam a vida das camadas elevadas dos intelectuais.

Em segundo lugar, essas categorias abstratas fetichizadas têm necessariamente um caráter fatalista, e um escritor sensível como Feuchtwanger, que sofreu intensamente a experiência das bifurcações da vida, não pode se contentar com tal fatalismo. Pois, se as categorias econômicas são apreendidas em sua concretude viva, se elas aparecem de modo distinto em cada homem singular, conforme sua condição econômica individual, sua educação, suas tradições etc., então a necessidade econômica impõe-se na forma da lei que é a tendência dominante, vitoriosa do desenvolvimento no emaranhado dos acasos individuais. Assim, essa necessidade econômica figurada não tem mais nada de fatalístico em si. (Pensemos na figuração da relação entre o capitalismo e o regime de parcelas em *Os camponeses**, de Balzac.) As categorias econômicas abstratamente apreendidas, que têm necessariamente de ser re-

---

* A *comédia humana* (São Paulo, Globo, 1958, v. 13). (N. E.)

lacionadas de maneira rígida e direta com os problemas da vida, só podem se afirmar com necessidade fatalista. Portanto, o escritor tem ou de figurar esse fatalismo, ou negá-lo – e, com ele, a determinidade econômica da vida –, ou, enfim, impor-lhe um limite mecânico. Este último foi o caminho que Feuchtwanger seguiu até agora. Em seus últimos romances, ele reconhece a necessidade das categorias econômicas, das cifras e das estatísticas, mas apenas para certa parte da vida humana, à qual ele contrapõe outra parte da vida humana e moral. O dualismo na determinidade da vida humana, que caracteriza a crise atual da criação de Feuchtwanger, é expresso claramente em um hino de Flávio Josefo em *Die Söhne*:

> Assim nosso destino nos dá forma,
> O mundo dos dados e das cifras à nossa volta...
> Mas esse mundo dos dados e das cifras
> Tem seu limite.
> Sobre ele está
> Algo imperscrutável, a Razão suprema,
> E seu nome é: Javé.

Por fim, esse dualismo implica inevitavelmente, como elemento subsequente, a modernização da história. Pois a modernização das personagens só pode ser evitada se os pensamentos e os sentimentos, as representações e as vivências dos homens ativos do romance histórico são organicamente desenvolvidos, em sua inteira e concreta complexidade, a partir das condições ontológicas concretas da época. Nesse caso, a aproximação da psicologia das personagens com o nosso tempo é limitada ao "anacronismo necessário". Se, ao contrário, os fundamentos ontológicos são apreendidos de modo abstrato, a vivificação das personagens só pode se efetuar por seu lado psíquico, e com isso ela é necessariamente submetida a uma modernização. Pois falta a função controladora dos fatos concretos do ser, a única que pode mostrar ao escritor que sentimentos e ideias são possíveis em um homem de determinado período, como filho de seu tempo. Acrescenta-se a isso o fato de que as categorias econômicas abstratas são muito apropriadas para apagar as diferenças específicas entre os representantes "da mesma" classe em distintos períodos. Se o escritor parte do ser, a diferença ontológica entre um mercador do século XIII e outro do século XVIII é gigantesca. (Em Walter Scott podemos observar marcas muito sutis dessas diferenças.) Ao contrário, se o capital, por exemplo, é não uma forma de ser, mas um conceito abstrato, então a psicologia do capitalista ou financista romano será muito mais próxima da psicologia do atual rei da bolsa de valores do que é na realidade.

Todos esses aspectos problemáticos do novo romance histórico estão ligados, como vemos, ao fato de que a grande e importante conversão dos escritores antifascistas em democratas revolucionários ainda não penetrou inteiramente sua criação artística, e os resquícios do estranhamento liberal e intelectualista em relação aos problemas concretos da vida do povo ainda não foram de todo superados. Esse fato está ligado às fraquezas da concepção de base desses romances. O velho romance histórico, clássico, era histórico porque fornecia uma pré-história concreta do presente e figurava o desenvolvimento do povo por meio das crises do passado até o presente. O romance histórico do humanismo atual também tem estreita relação com o presente e, nesse sentido, já superou o período da decadência burguesa – e até se opõe a ela. Mas ele não fornece uma pré-história concreta do presente, apenas o reflexo dos problemas atuais da história, uma pré-história *abstrata* dos *problemas* que preocupam o presente. Daí decorre que a casualidade da temática ainda não tenha sido plenamente superada e o ponto de partida seja a representação, a reflexão, o problema, e não o ser. É por isso que a exposição ultrapassa com tanta frequência o elemento histórico, caindo na modernização ou na universalidade abstrata; é por isso também que o papel concreto do destino do povo nesses romances é cada vez mais fraco, em comparação com a forma refletida em que tal destino aparece na cabeça dos homens do "alto", isto é, das personagens centrais desses romances.

Podemos expor brevemente essa deficiência central, essa limitação fundamental do grau atual de evolução do romance histórico, dizendo que, nela, o povo continua a ser apenas o objeto, não o sujeito agente ou o protagonista. Esse caráter do romance histórico moderno se mostra talvez de forma mais extrema no modo como as revoltas camponesas alemãs são figuradas no livro *Saat* [A semeadura], de Gustav Regler. (Esse livro seria renegado mais tarde pelo autor.) Naturalmente, os camponeses alemães dominam o enredo do romance. No entanto, as relações são distorcidas. A personagem central é o organizador e líder da revolta, Fritz Johst, com seus colaboradores mais próximos. Como propagandistas e líderes, estão em contínuo contato com os camponeses. Todos os sofrimentos da vida camponesa aparecem no decorrer desse contato, mas sempre como *objetos* da propaganda revolucionária, como *problemas* da tática revolucionária. A propaganda e a tática não derivam da vida dos camponeses oprimidos e explorados, não lutam com outras tendências dessa vida para garantir seu predomínio, porque são a expressão mais clara e enérgica dessa vida. Elas são introduzidas e postas à prova nessa vida, e tudo o que ocorre nesta última aparece como um exemplo positivo ou negativo, um material ilustrativo para a correção, para a necessidade de complementação etc. dessa propaganda e dessa tática. Assim, o retrato da vida camponesa do século XVI é extraordinariamente restringido, ou mesmo absolutamente distorcido: tudo se refere a essa expressão revolucionária central, não há nenhuma corrente paralela, complicação, descentramento etc.

Nos outros romances, em que desde o início o tema central se conecta aos problemas da vida do povo de modo muito mais forte e mediado, esses traços podem se destacar ainda mais agudamente. Em seu interessante romance *Cervantes*, Bruno Frank coloca o caráter popular do herói em primeiro plano, de modo conceitual e vigoroso. A profundidade ficcional de Cervantes em oposição à lúdica leveza de Lope de Vega e outros contemporâneos é um dos motivos mais poderosos de seu romance. E mesmo a linha principal da composição, o contraste plenamente eficaz – que infelizmente nunca é convertida em ação humana – entre a personagem popular, clara e humana de Cervantes e a sinistra figura contrarrevolucionária de Filipe II serve ainda para enfatizar o caráter popular, a ligação do autor de *Dom Quixote** com o povo.

Mas como essa ligação com o povo é ficcionalmente figurada? De que forma o povo espanhol aparece no romance? Como aparecem as relações de Cervantes com o povo? Na forma de umas poucas e efêmeras relações de amor e de amizade. O resto é retratado de maneira resumida, à feição de crônica ou ensaio, dando ao leitor, para esclarecimento conceitual dos traços populares de Cervantes, o mesmo que seria apresentado em um artigo sobre ele. Nem um único destino é extraído do povo e figurado de modo realmente vivo. Nem uma única vez vemos como tal destino age sobre Cervantes.

Tomemos apenas um exemplo. O cansado e desesperado Cervantes, depois de ter sido persuadido por seus pais a casar-se com uma aristocrata de origem semicamponesa, vive mal com ela, enfada-se cruelmente e vai amiúde à taberna frequentada pelos camponeses. Aos poucos, ganha sua confiança e eles então lhe falam de sua vida e de seu destino. Isso é narrado da seguinte forma:

---

* São Paulo, Editora 34, 2007, 2 v. (N. E.)

Cada um falava de seus negócios, entre longas pausas. Do mercado ruim, que nas cidades um ovo se vende por quatro maravedis, ao passo que eles próprios ficam com apenas meio. Não, não ficam com nada! Da enxurrada de ouro que se derrama sobre a Espanha não lhes chega nem a última gota. Ninguém pensa neles, são ridicularizados e desprezados. Antes era diferente, no tempo de seus avós. O camponês era livre então, podia escolher seu prefeito, a terra lhe pertencia e havia direitos para ele. Hoje, três terços da Mancha pertencem a dois pomposos duques que vivem em volta do rei. Seus funcionários e coletores espremem os camponeses. Quem, por causa de seu nome, ainda tinha alguma posse era sugado por impostos, taxas e juros. Tudo isso era absorvido por Cervantes. Por muito tempo, eles lhe falavam como a seus semelhantes. Ele olhava seus sobrolhos esculpidos e pensava que um nobre verdadeiramente nobre, um príncipe com uma alma livre e sincera poderia ter feito deles o povo mais magnífico da Terra.

E isso é tudo. As fraquezas, o caráter puramente ensaístico dessa passagem não é de modo algum consequência da incapacidade literária do autor. Onde, segundo seu plano, Frank põe Cervantes em relação humana com outras personagens ativas, ele dá mostras de grande capacidade de vivificação plástica. Apreender esse aspecto da personalidade de Cervantes de modo tão abstrato é algo intencional, e não um fracasso de sua capacidade literária. Mas justamente o fato de essa ser sua intenção, de ele se contentar com uma alusão abstrata e ensaística dos aspectos mais importantes da personalidade literária e humana de Cervantes, mostra que Bruno Frank ainda se encontra em uma fase de transição da evolução para o verdadeiro caráter popular. Também ele parte não das correntes da vida do povo para figurar a personagem humana e literária como mais alta encarnação dessas correntes, mas, ao contrário, da grande personalidade de Cervantes, e usa o povo apenas como meio abstrato de ilustração, como cenário.

Em decorrência de tal concepção, os problemas da vida do povo recebem um tratamento abstratamente sociológico, descritivo, sem vida, falsamente objetivo. E isso aparece em sua forma mais extrema lá onde grandes movimentos populares revolucionários devem ser retratados. Com exceção dos líderes, que aqui também são figurados com os meios literários habituais, o que se vê sempre e por toda parte é uma massa caótica e homogênea, cuja força motriz é uma potência mística da natureza.

Essa forma da figuração dos grandes movimentos das massas começa com o naturalismo. Em Zola, as tradições da velha herança de Balzac e Stendhal lutam contra as tendências do novo sociologismo. Em *Germinal*, a luta das duas tendências ainda é claramente visível; em *La débâcle* [A derrocada], o novo princípio já se mostra vitorioso. E a evolução da época tardia reforçou ainda mais essas tendências, dando a elas uma sustentação ainda mais forte por meio de uma série de teorias científicas e pseudocientíficas (psicologia das massas etc.).

Assim, os movimentos de massas recebem um tratamento fetichista e místico. As massas não consistem mais em homens reais, com anseios vivos; a ação das massas não é mais a continuação, a expressão elevada da vida do povo, mas algo independente delas, um símbolo histórico. Já assinalamos as falhas de Feuchtwanger quando retrata a sublevação nacional dos judeus. Mas mesmo em *A juventude do rei Henrique IV*, de Heinrich Mann, há falhas desse tipo. Heinrich Mann figura com extraordinária força ficcional as partes da Noite de São Bartolomeu que têm relação direta com seus heróis e seu ambiente. No entanto, tudo se passa no "alto", na corte. O povo parisiense, ludibriado pela demagogia da casa de Guise, também é visto por ele apenas como uma besta selvagem e mística. É preciso ler as cenas correspondentes em Prosper Mérimée para perceber a diferença no modo como o velho escritor resolveu esses movimentos nas ações e nos destinos humanos. Mas, como vimos, nem mesmo Mérimée está à altura dos representantes clássicos do romance histórico. Suas descrições da Noite de São Bartolomeu nunca chegam ao nível, por exemplo, da figuração de Manzoni da revolta dos famintos de Milão ou do retrato de Walter Scott do levante de Edinburgh (*The Hearth of Midlothian*).

É assim que os escritores modernos criam apenas quadros simbolistas. Como tais romances foram esboçados como biografias de grandes homens singulares e todos os acontecimentos são agrupados segundo sua evolução psicológica, é natural que o momento em que o povo aparece na realidade – e não apenas como objeto das representações do herói – ganhe um caráter caótico e místico. E enquanto o espírito da democracia e do caráter popular não se fortalece nos escritores a ponto de eles apreenderem as revoltas populares como continuações e elevações da vida normal do povo, enquanto esses escritores não estão em condições de desenvolver esses pontos altos a partir da vida cotidiana do povo, figurando destinos em que essas elevações são humanamente simbolizadas, é inevitável que haja essa forma de simbolismo fetichista.

Como fundamento desse fracasso de escritores significativos, é sempre necessário apontar o modo falsamente objetivista e, de certa maneira, sociográfico da descrição da vida do povo. Os únicos representantes do povo oprimido e explorado são menos personagens independentes que exemplares de um gênero sociográfico fixo; sua vida tanto externa quanto interna é menos um movimento espontâneo que uma consequência dedutiva de princípios sociológicos gerais: de que modo tal exemplar da espécie *teria de* pensar, sentir etc. em tais circunstâncias. Todavia, do ponto de vista da pré-história historicamente legítima dos movimentos populares, o que importa é precisamente o modo complexo, contraditório e extremamente individualizado dos pensamentos e sentimentos *reais* dos oprimidos sobre suas condições. Apenas por esse caminho é que se pode figurar de modo ficcional e historicamente verdadeiro o despertar revolucionário das forças populares soterradas.

Vemos claramente aqui como ainda são incompletas a superação das ideologias políticas e estéticas do período imperialista e a realização do espírito democrático popular na literatura. E essa fraqueza central tem profundas consequências para todo o modo de figuração. A grandeza histórica de um material depende justamente da grandeza interna dos movimentos populares que ele figura. A partir daí, os representantes clássicos do romance histórico podiam suscitar a impressão de uma grandeza real e sem pretensões com meios muito econômicos. Quando falta essa grandiosidade do material, ou o escritor não tem condições de elevar sèu meio de figuração a essa altura extrema, ele sente necessidade de recorrer ao meio substitutivo do qual tratamos em detalhe em relação a Flaubert e Conrad Ferdinand Meyer.

Aqui, cabe destacar apenas um elemento: a figuração dos traços brutais e cruéis dos tempos passados. Infelizmente, é preciso constatar que apenas uma minoria dos escritores ainda vivos se libertou plenamente das falsas tendências do romance burguês tardio. Fartam-se com frequência de descrições de execuções cruéis, torturas etc. e não percebem que o leitor se "habitua" muito rápido a essas brutalidades – em especial em um romance histórico –, vendo-as logo como uma peculiaridade necessária da época retratada; com isso, a descrição perde todo seu efeito – mesmo o de propaganda – contra a desumanidade das antigas dominações de classe. O efeito arrebatador dos antigos representantes do romance histórico consistia precisamente no fato de que os conflitos humanos que resultam da desumanidade das antigas dominações de classe eram levados para o centro da representação. Nesse modo de figuração, a lei cruel não precisava ser efetivada em determinados casos para que o leitor transformasse sua desumanidade em profunda compaixão pelas vítimas. Indiquemos aqui apenas o destino de Effie Deans em *The Hearth of Midlothian*,

366 | György Lukács

de Scott. Evidentemente, os antigos escritores também retrataram execuções etc., porém fizeram isso, em primeiro lugar, com grande economia e, em segundo lugar, sublinhando seus pressupostos e consequências humanos, o caráter humano, e não o caráter brutal da descrição das execuções, a execução como tal. O fato de tais tendências à atrocidade não terem sido superadas e o surgimento cada vez mais forte de tendências ao simples exotismo mostram, em sentido artístico, exatamente o ponto em que o romance histórico atual se encontra no processo de superação da herança daninha do desenvolvimento ideológico do capitalismo tardio.

III. A forma biográfica e sua problemática

As produções significativas do mais novo romance histórico indicam claramente uma tendência à *biografia*. O contato imediato com a vida é, em muitos casos, a moda que domina hoje a beletrística histórico-biográfica. No entanto, nos casos realmente importantes, ela é pouco mais que um contato formal. O caráter popular da forma biográfica no romance histórico atual provém antes do fato de que seus mais expressivos representantes desejam contrapor ao presente grandes personagens modelares do ideal humanista, apresentando-as como exemplos, precursores vivos e redivivos das grandes lutas atuais. E dada a concepção – que analisamos em detalhes – da relação entre os protagonistas históricos e o povo, é inevitável que a biografia surja como forma específica do romance histórico moderno. Se é verdade que a grande personagem do passado é realmente a única portadora da grande ideia histórica, e se trata-se no romance histórico da pré-história das ideias pelas quais hoje se luta, então é compreensível que os escritores busquem na evolução das personalidades históricas, que representaram e incorporaram essas ideias no passado, a gênese histórica real dessas ideias e, com ela, a gênese dos problemas do presente.

Sempre que surge uma nova forma de escrita, críticos precipitados e demasiado "sensíveis" costumam estabelecer para ela, o mais rápido possível, uma estética própria. Ou seja, as novas formas de manifestação literária são elevadas imediata e acriticamente a critérios normativos da literatura em geral. Vimos isso repetidas vezes, desde o naturalismo até o expressionismo, e hoje dispomos de todo um museu de critérios estéticos abortados e conservados em formol. Ao contrário, os fatos mostram em geral que as poucas obras que sobreviveram às modas literárias de nosso tempo foram capazes disso, *apesar* desses critérios. Isso deve servir como advertência para se ter cautela e se reportar às experiências artísticas milenares da humanidade. E, em relação à atual moda da biografia, há motivos de sobra para tal cautela. A tarefa da estética e da crítica diante dessa práxis generalizada – no caso, a forma biográfica no romance histórico – limita-se a pesquisar com imparcialidade, como problema, as possibilidades e os limites da forma biográfica do romance histórico. Uma canonização artística da práxis atual não pode ser de modo algum favorável nem à teoria nem à práxis. Os critérios estéticos de uma linha literária não deixam de ser critérios porque foram extraídos exclusivamente de obras dessa linha. E uma estética que, a propósito dos critérios, não ousa enfrentar a questão da exatidão de uma linha ou gênero abdica de si mesma como estética.

Por isso, consideremos a práxis literária de maneira um pouco mais ampla e investiguemos como os grandes escritores do passado trataram do problema da biografia, em que medida empregaram o modo de figuração biográfica em sua arte. A práxis de Goethe talvez seja, aqui, o caso mais instrutivo, em especial porque Goethe figurou determinados problemas de sua vida tanto de forma declaradamente biográfica quanto romanceada. Tanto o material de *Os sofrimentos do jovem Werther** como o de *Os anos de aprendizado de Wilhelm Meister*** [e *Wilhelm Meisters Wanderjahre*] contêm *ficção e verdade*. Se acompanharmos o processo de surgimento de suas obras ficcionais, veremos que o caminho que conduziu Goethe à figuração foi o do distanciamento progressivo do elemento biográfico. Quando dispomos da primeira versão de *Wilhelm Meister*, podemos ver com exatidão que os momentos biográficos de Goethe estão muito mais presentes nessa versão que na definitiva.

É fácil detectar as razões dessa eliminação. Mesmo a biografia da vida mais consciente e metodicamente planejada é repleta de acasos impossíveis de figurar. Determinado acontecimento biográfico sempre traz consigo traços inapropriados à figuração sensível. Para dar a esses traços uma forma ficcional correspondente ao que foram na realidade para o autor, é preciso inventar um acontecimento novo. Os conflitos dramáticos nem sempre se resolvem exteriormente de um modo que corresponde a seu significado interno; al-

---

* 3. ed., São Paulo, Martins Fontes, 2007. (N. E.)
** 2. ed., São Paulo, Editora 34, 2009. (N. E.)

gumas vezes, conflitos que em si mesmo têm muito pouco alcance geram consequências trágicas; em outras, essa tragédia – que seria a única expressão adequada de um conflito – simplesmente não ocorre e o conflito perde força, gerando apenas consequências biográficas, teóricas ou criativas, mas não um drama passível de figuração.

O herói que se desenvolve na autobiografia pertence a um tipo de homem que vem e vai de modo fortuito; sendo assim, a história externa das relações entre os homens nunca corresponde, na realidade, ao seu significado interno, seja ele dramático ou épico. Por isso, Hegel afirmou, com toda razão, sobre a obra épica que se organiza em torno de uma biografia: "Na biografia, o indivíduo permanece um e o mesmo, porém os eventos em que ele se enreda podem acontecer de modo totalmente independente e conservam o sujeito apenas para que ele sirva de ponto de contato totalmente exterior e contingente".

Quando se compara *Werther* com o episódio de Lotte-Buff narrado na autobiografia, vê-se claramente o que Goethe acrescentou ao romance, em que medida ele ultrapassou, como ficcionista, o elemento autobiográfico. Em *Werther*, ele introduziu no conflito o elemento social e elevou o conflito amoroso a uma dimensão trágica. Em suma, tudo o que faz de *Werther* uma obra ágil e sempre nova é "biograficamente inautêntico". Nenhuma narrativa biográfica do episódio de Lotte-Buff conseguiria sequer chegar perto da grandeza ficcional de *Werther*; pois os elementos dessa ficção estavam contidos não no episódio em si, mas na vivência pessoal que Goethe teve dele. Mas mesmo na vivência de Goethe eles existiam apenas no estado de elementos e germes. Ainda era necessário um grande trabalho de *invenção* ficcional, de generalização completiva, expansiva e aprofundadora antes que *Werther* chegasse à sua forma atual.

Essa é a posição geral dos grandes escritores diante da realidade em geral e, com isso, também da realidade de sua própria vida, a sua própria biografia. Visto que a realidade como um todo é sempre mais rica e multifacetada que a mais rica obra de arte, nenhum detalhe que reproduza com exatidão a realidade, portanto, um detalhe biograficamente autêntico, um episódio autêntico etc. consegue, em sua faticidade, alcançar a realidade. Para causar no leitor a impressão da riqueza da realidade, todo o contexto da vida tem de ser reformulado, a composição tem de ganhar uma estrutura totalmente nova. Se, nesse processo, podem-se utilizar detalhes e episódios autênticos, tal como eles são, trata-se de um acaso particularmente feliz. Mesmo nesses casos, eles não estão livres de modificações, pois seu ambiente, seu antes e

O romance histórico | 369

seu depois terão sido alterados de modo decisivo, e essas alterações transformam precisamente a qualidade artística dos episódios extraídos da biografia.

Esses são fatos conhecidos da práxis dos escritores mais significativos. No entanto, eles são apenas os pressupostos gerais do problema que nos interessa aqui, ou seja, a questão de saber se e como é artisticamente possível uma figuração biográfica dos *grandes homens* da história. Em *Wilhelm Meister*, Goethe expõe ficcionalmente muita coisa que, mais tarde, ele apresenta na forma de autobiografia em *Dichtung und Wahrheit* [Ficção e verdade]. Ele transforma seu Wilhelm Meister em representante daquelas tendências da vida que foram decisivas para sua juventude e seu desenvolvimento como adulto, um representante daquelas correntes que estavam presentes na melhor fração da juventude burguesa da virada do século XVIII e conduziriam ao novo florescimento do humanismo nos clássicos. Como personagem, Wilhelm Meister possui muitos traços pessoais de Goethe, e seu processo de evolução encerra vários episódios extraídos da vida do autor. Mas, abstraindo daquelas alterações fundamentais cujo caráter analisamos a propósito de *Werther*, Goethe ainda faz uma correção decisiva na figura de seu herói: ele o priva da *genialidade* goethiana. E Gottfried Keller faz o mesmo em seu romance ainda mais fortemente autobiográfico, *Der Grüne Heinrich* [O verde Henrique]. Por quê? Porque esses dois grandes narradores – Goethe e Keller – viram claramente que a figuração biográfica da genialidade, o relato biográfico do surgimento de um homem genial e suas realizações geniais contraria os meios de expressão da arte épica.

A tarefa seria figurar a gênese do gênio, isto é, fazer surgir *geneticamente* o caráter genial de um grande homem e suas realizações geniais e singulares, expondo, narrando, descrevendo fatos e episódios tirados da vida. Aqui ocorre necessariamente um "curto-circuito", como veremos em seguida. Aqueles fatos da vida nos quais uma qualidade genial de um homem notável se manifesta, nos quais a genialidade se inflama e dos quais parecem surgir realizações geniais do ponto de vista biográfico e psicológico não são mais que uma *ocasião* para revelar essas qualidades e realizações. E, mesmo na melhor figuração, o nexo figurado entre a ocasião e a realização genial só pode parecer fortuito; o caráter objetivo do nexo fortuito entre ocasião e realização não se deixa jamais criar literariamente a partir do mundo. Quanto melhor é a realização do escritor, isto é, quanto mais fielmente ele retrata a ocasião com base no material cuidadosamente verificado e selecionado da vida do grande homem, mais notável e enérgico deve parecer seu caráter ocasional, sua acidentalidade objetiva.

Se, com essas afirmações, negamos a figuração genética e biográfico-psicológica do gênio com base na arte narrativa, isso não significa em absoluto que negamos a explicação genética da genialidade ou pretendemos cingir o gênio com o mistério da inexplicabilidade. Ao contrário. Nossa renúncia a esse modo de figuração parte da certeza de que o gênio está profundamente ligado a toda vida social, política e cultural de seu tempo, à luta das grandes correntes da época, às lutas de classes, ao processamento da herança material e cultural etc., e sua genialidade se revela no desenvolvimento, na sumarização e na generalização das tendências mais importantes de uma época.

Mas é precisamente *esse* contexto que *não pode ser imediatamente* visível nos fatos biográficos, nos episódios da vida com que o biógrafo ou autobiógrafo *artístico* deve trabalhar como *figurador* de homens. Tais contextos só podem ser iluminados com base em uma *análise* ampla e profunda, muito generalizante de uma época. Não apenas devem ser *investigados* com os meios da ciência, como *somente* podem ser adequadamente *expostos* com eles. Se olharmos *Dichtung und Wahrheit* à luz desses contextos, veremos claramente que Goethe abandona os meios de exposição da narrativa sempre que deseja tornar compreensível a síntese particular que se efetuou entre ele e as grandes correntes da época, em certos graus de sua evolução. Em cada um desses casos, Goethe utiliza meios científicos, históricos de natureza intelectual e literária mais elevada.

Essa cientificidade como método tem de ser especialmente ressaltada em nosso tempo. Pois impõe-se cada vez mais a moda de lançar um altivo olhar relativista sobre a ciência e sancionar conquistas científicas reconhecidas, pelo fato de lhes conferir o nobre título de "arte". Evidentemente, as obras significativas da ciência histórica também empregaram meios artísticos. Trata-se aqui não apenas da prosa expressiva e de boa qualidade, mas também de descrições bem elaboradas, da ironia mordaz, da sátira etc. Mas nada disso suprime a característica fundamental da cientificidade, isto é, o fato de que os contextos são retratados segundo as leis objetivas que os governam, e o destino dos homens singulares, como *destino individual* que pode ser *experienciado*, *não* constitui o meio para que os contextos e as leis objetivos sejam compreensíveis. O retrato de um homem importante em uma boa figuração histórica resulta do fato de que sua peculiaridade pessoal, sua fisionomia intelectual, a peculiaridade de seu método, o valor desse método em relação às correntes mais importantes da época – que conduziram do passado ao futuro, em cuja encruzilhada ele se encontra e cujo desenvolvimento ele influenciou de modo peculiar – são figurados de forma muito generalizada e, precisamente por isso, de forma cientificamente concreta, com os meios científicos corretos.

Isso representa decerto um nível muito elevado das letras, porém não é arte. E uma das particularidades cômicas de nosso tempo é considerar que a importância de obras como a *Fenomenologia do espírito*, de Hegel, *O 18 de brumário de Luís Bonaparte*, de Marx etc. só pode ser reconhecida quando são incluídas em uma categoria em que também figuram Arthur Schnitzler ou James Joyce. Trata-se de um elogio mais que duvidoso às realizações científicas – e, ao mesmo tempo, um sinal de que estamos perdendo cada vez mais a noção dos princípios próprios da arte.

Tomemos um exemplo muito esclarecedor das tarefas da biografia científica de um homem genial. Uma das viradas mais importantes da história da ciência é o fato de Marx ter empregado na economia a categoria *força* de trabalho", em vez de "trabalho", para caracterizar a única mercadoria que o trabalhador assalariado pode vender. É tarefa central do verdadeiro biógrafo de Marx descobrir o caminho que levou a essa intuição genial, que revolucionou a economia. Ele terá de mostrar quão longe dessa questão se encontrava a economia pré-marxista, em que contradições ela se enredou por causa da falta de clareza da categoria "trabalho" e as razões sociais para essas limitações. Ao mesmo tempo, lançando mão do material biográfico sobre a vida e a atividade de Marx, ele deve mostrar como esse problema se desenvolveu em seu pensamento até chegar à sua formulação consciente e clara; por quanto tempo Marx ainda trabalhou em sua juventude com o velho conceito "trabalho", não apenas segundo a letra, mas também segundo o espírito; quando já começa a conferir ao velho termo o novo sentido enriquecido e preciso, até que, por fim, esse novo caminho é plenamente clareado. Mas, mesmo pressupondo-se que se conheça o momento exato em que Marx chegou a essa formulação, seu discernimento e sua exposição teriam uma importância, no máximo, episódica. Pois, do ponto de vista da necessidade profunda e objetiva dessa descoberta – que é uma necessidade da luta de classes entre proletariado e burguesia, uma luta de classes que tinha de conduzir com necessidade histórica objetiva ao desvelamento da verdadeira essência da economia capitalista e, com isso, ao conhecimento adequado de toda e qualquer economia –, é puramente contingente se sua primeira formulação ocorreu durante uma conversa com Engels ou enquanto ele meditava sozinho em seu gabinete de trabalho, ou onde quer que seja.

Toda biografia de um homem notável contém certa quantidade de problemas semelhantes a esse. E a beletrística biográfica de nosso tempo farta-se de substituir os grandes contextos objetivos e sociais e seus reflexos na ciência e na arte pelo retrato pseudoartístico, psicologicamente "aprofundado" da ocasião em que ocorre a revelação. Em oposição a isso, é preciso afirmar, com a máxima veemência, a necessidade da exposição dos grandes contextos objetivos. É preciso dizer: não há nenhum caminho que nos leve da maçã podre de Schiller a *Wallenstein*, do café preto, do busto de Napoleão, do hábito de monge e do cajado de Balzac à *Comédia humana* etc.

Mas as análises psicologicamente "mais profundas" dos casos amorosos e das amizades dos grandes homens também não nos fazem avançar na compreensão de suas obras. Ao contrário, quando se trata de relações humanas realmente importantes, estas são mais bem explicadas pelas necessidades dos grandes contextos objetivos que por uma psicologia biográfica. A amizade entre Marx e Engels é forjada pelas grandes necessidades objetivas do movimento operário revolucionário; em consequência da entrega total de ambos à libertação do proletariado, da genialidade de ambos na fundação e no aprimoramento da teoria revolucionária, na condução do movimento operário revolucionário, ela cresce até atingir a profundidade humana, a unidade indissolúvel que nos toca tão profundamente nessa amizade. Quanto mais íntimos nos tornamos desses contextos objetivos, de seu conteúdo material, mais profundamente podemos conceber o caráter humano da amizade entre Marx e Engels. Pois somente a apreensão desses contextos torna realmente compreensível para nós a participação pessoal de cada um em sua obra conjunta, sua cooperação tão bem-sucedida. Os fatos biográficos que nos são fornecidos constituem um complemento extremamente importante a esses contextos. Mas seria ilusão acreditar que poderíamos ascender diretamente desses fatos biográficos isolados até a exposição dos grandes contextos reais.

Repetimos: os fatos da vida de um grande homem fornecem, no máximo, a ocasião que provoca a realização genial, porém jamais o verdadeiro contexto, a verdadeira cadeia das causas em consequência das quais essa realização genial desempenha seu papel na história. Poderíamos objetar com o argumento de que, mesmo nas ações realizadas pelos heróis dos romances históricos, os romancistas só podem figurar a ocasião que as provoca. Essa objeção ignora a diferença da relação entre acaso e necessidade nos dois casos. Faz parte da essência da vida humana que os mais importantes sentimentos, vivências ou ações sejam suscitados por meio de uma ocasião acidental. Mas, se o verdadeiro caráter da personagem ficcional em questão é corretamente revelado nesse ato, então, embora o caráter contingente da ocasião não seja eliminado, ela ocupa precisamente o lugar que deve ocupar na realidade: faz parte da vida que a necessidade se imponha por meio de tais contingências.

O verdadeiro romancista certamente observará as proporções corretas também nesse caso. Quer dizer: antes de pôr em ação a ocasião deflagradora, ele elucidará as forças sociais do ambiente das personagens figuradas e, ao mesmo tempo, indicará as propriedades psicológicas do ser humano em questão. Desse modo, a ocasião ocupa no contexto da vida o lugar que lhe cabe na realidade objetiva. Também devemos levar em conta que é da essência da ficção que o momento da necessidade apareça nela de maneira mais clara e unívoca que costuma acontecer normalmente na vida.

O caso é outro quando se trata da realização histórica objetiva. Sua essência consiste em fazer a evolução da humanidade dar um passo adiante em determinada área. Com isso, toda grande realização histórica ganha um caráter objetivo, necessário. O que é essencial nela é justamente o fato de coincidir com a realidade de maneira mais rica e profunda que os passos anteriores. Seu significado reside, portanto, nesse conteúdo objetivo e, como mostramos, ela só pode se tornar real e profundamente compreensível pelo desvelamento dos contextos objetivos em que se encontra. Diante desses contextos, a ocasião que suscita imediatamente a realização cai ao nível de uma contingência não essencial. Se a conhecemos ou não, isso não altera em nada, nem positiva nem negativamente, nosso conhecimento a respeito do contexto essencial. Ao passo que nas ações que acontecem no decurso normal da vida é absolutamente necessário, para chegar à compreensão da ação, conhecer a ocasião que a suscita, evidenciando a conexão correta entre contingência e necessidade.

Vemos assim a razão essencial por que as realizações geniais dos grandes homens da história são inatingíveis *como realizações*, como obras para a figuração da literatura. Goethe escreveu sobre a tarefa do poeta:

E se o homem se cala em sua tortura,
Um Deus faz-me dizer quanto sofro.

Naturalmente, quando se trata de circunscrever a missão da arte literária, a questão não se resume ao sofrimento. Mas, aqui, Goethe descreve corretamente sua grande tarefa, que só por ela pode ser realizada: ela dá às manifestações da vida uma expressão mais clara, articulada, compreensível, verdadeira e próxima da essência da vida que a expressão dessas manifestações na própria vida. Precisamente por isso, a realização genial, a obra genial permanece fora do alcance da figuração literária. O literato não pode figurá-la de modo mais claro e nítido do que ela se mostra na realidade. Ele pode figurar sua conexão com a vida, o efeito que ela produz na vida, mas não a obra propriamente dita. Podemos considerar uma tarefa literária importante figurar como os homens iam corajosamente para o cadafalso na época das perseguições religiosas e suportavam as torturas da Inquisição em nome da verdade das recém-surgidas ciências da natureza, da verdade das leis do universo sem Deus. Também é uma tarefa literária importante figurar as bases humanas, espirituais e morais desse comportamento; isso iluminará com um brilho inédito o significado histórico-mundial das realizações científicas de Copérnico, Kepler e Galileu. Mas mesmo o maior (e cientificamente mais ilustrado) literato não pode acrescentar nada de seu à "lei da queda dos corpos" de Galileu. Ele pode apenas remontá-la em sua obra.

Por isso, os grandes ficcionistas do passado, que tinham uma visão clara das possibilidades e dos limites da literatura, figuraram as realizações geniais das grandes personalidades apenas *por meio de seus efeitos*. Assim como todos os grandes autores épicos do passado – da Helena de Troia, de Homero, à Anna Kariênina, de Tolstói –, eles retrataram a beleza sempre por seus efeitos e não por vãs tentativas de evidenciá-las por descrições. Goethe afirma que a conquista de Troia não pode ser figurada, pois, "como momento completivo de um grande destino, ela não é nem épica nem trágica e, em uma narrativa verdadeiramente épica, só pode ser vista a distância, seja retrospectiva ou prospectivamente". As realizações geniais das grandes personalidades históricas possuem esse mesmo caráter completivo.

Faz parte dos preconceitos modernos a crença de que a autenticidade histórica de um fato traz consigo a garantia de seu efeito literário. Esse preconceito ganha força quando se trata de declarações e fatos biográficos de homens que foram amados e venerados com razão pelas massas. É plenamente compreensível que a massa liberta dos operários da União Soviética anseie por descrições biográficas de seus amados e venerados líderes, de Marx e Engels, Lenin e Stalin. Esses anseios podem e devem ser satisfeitos. Mas só podem ser satisfeitos por biografias *científicas* desses grandes homens, biografias de alta qualidade literária, conceitualmente profundas e, ao mesmo

O romance histórico | 375

tempo, populares. Pois apenas na exposição científica dos grandes contextos objetivos são evidenciados os traços pelos quais esses homens são amados e venerados pelas massas populares. Montagens de documentos autênticos não podem fornecer aquilo que as massas justificadamente desejam.

Se, por exemplo, um escritor introduz Marx em sua narrativa, o que temos? Marx caminha de um lado a outro em seu escritório, como sabemos pelas memórias de Lafargue; fuma charutos, sobre sua escrivaninha reina uma desordem de livros e manuscritos (como também atestam Lafargue, Liebknecht etc.); tudo isso é historicamente verdadeiro, porém contribui para nossa compreensão da grande personalidade de Marx? Apesar da autenticidade de todos os traços biográficos singulares, tal escritório poderia ser o de qualquer cientista charlatão ou mau político. Então o escritor faz com que Marx *fale*. É evidente que por meio de algum texto autêntico, alguma citação extraída, digamos, das cartas a Kugelmann*. Tais ideias são, é claro, verdadeiras, significativas e importantes, mas seu surgimento no momento presente do diálogo, seu caráter como manifestações intelectuais da vida de Marx *não podem* ter um efeito convincente. Devemos dizer que, no contexto original, elas têm um efeito não apenas materialmente mais forte, mas também humanamente mais imediato que em tal elaboração literária.

Tomemos agora um exemplo oposto. O *Estado e a revolução**, de Lenin, traz uma longa série de citações de Marx, porém a maneira simples como Lenin as expõe está longe de qualquer pretensão "literária" em sentido moderno. Mas o leitor dessa obra grandiosa ganha uma poderosa impressão da personalidade política e intelectual de Marx. Por quê? Porque Lenin submete o grande ponto de vista das revoluções europeias do século XIX a uma forma teoreticamente brilhante, lúcida e popular, o que nos permite de certo modo espiar o interior das oficinas intelectuais dos fundadores do socialismo científico; vemos como os grandes eventos revolucionários fertilizam sua reflexão sobre as questões centrais da revolução, como suas universalizações ousadas e sempre corretas trazem à luz tendências ainda ocultas do desenvolvimento histórico, como seu conhecimento da realidade está profeticamente mais adiantado que o desenvolvimento histórico. Nessas exposições, mas somente

---

* Karl Marx, "Cartas a Kugelmann", em O *18 brumário e cartas a Kugelman* (São Paulo, Paz e Terra, 2002). (N. E.)

** São Paulo, Expressão Popular, 2007. (N. E.)

nelas, afirma-se a importância humana da personalidade de Marx, que não pode ser separada de sua grandeza como pensador e político. Naturalmente, é uma grande tarefa científica e literária escrever biografias dos grandes líderes da luta de libertação proletária que realmente correspondam aos anseios legítimos das massas. No entanto, elas jamais podem ser substituídas por uma beletrística biográfica, por uma remontagem em romance de fatos biográficos autênticos. A biografia de Marx escrita por Franz Mehring* tem muitos erros e limitações ideológicas; apesar disso, por meio dela podemos travar conhecimento com a personalidade humana de Marx de modo muito mais claro e adequado do que por outra elaboração beletrística qualquer.

Ilustremos esse contexto com outro exemplo, que já citamos na primeira parte deste livro: a bela passagem do opúsculo Os bolcheviques devem tomar o poder?, de Lenin.

O exemplo do efeito produzido sobre ele pelas observações de um trabalhador a respeito da melhoria do pão após o levante de julho de 1917 não só é um argumento muito convincente no encadeamento de ideias de Lenin, como também lança uma luz extraordinariamente clara na oficina de seu pensamento, trazendo o líder da grande Revolução de Outubro para muito perto de nós do ponto de visto pessoal e humano. Nesse exemplo, vemos de repente com que sensibilidade Lenin observava os fatos aparentemente mais triviais da vida do povo operário, quão rápida e corretamente ele extraía dessas experiências amplas conclusões universalizantes. Mas não nos esqueçamos de que o grande efeito dessa passagem repousa sobre o fato de que Lenin a insere na corrente cientificamente inquebrantável de seus argumentos. Sem as observações que a antecedem e a sucedem, essa passagem seria correta e profunda, sem dúvida; porém não poderia causar esse efeito arrebatador, impactante, verdadeiramente humano.

Em Lenin, esse episódio se encaixa perfeitamente em um conjunto. Imaginemos agora que um escritor queira trabalhá-lo beletristicamente; qual seria o resultado? Uma descrição da sala, do ambiente operário; a mesa é posta, a mulher traz o pão, o homem faz observações sobre a boa qualidade do pão e o levante de julho – e, "de repente", como um disparo de pistola, Lenin faz suas profundas e corretas reflexões. O que no contexto do opúsculo original

---

* Franz Mehring, Karl Marx: vida e obra (Lisboa, Editorial Presença/Martins Fontes, 1974). (N. T.)

tem um efeito humanamente pungente e conceitualmente arrebatador seria aqui uma montagem banal.

Isso quer dizer que o gênio, o grande homem da história não pode simplesmente ser figurado ficcionalmente[1]? Demos uma resposta clara a essa pergunta nos dois primeiros capítulos deste trabalho, afirmando a possibilidade de tal figuração. Nossas observações anteriores – de que o "indivíduo histórico-mundial" tem seu lugar orgânico no romance como figura coadjuvante, enquanto na tragédia ele ocupa esse lugar como personagem principal – não contradizem os argumentos agora apresentados sobre a impossibilidade de sua figuração épico-biográfica; ao contrário, elas mostram a correção dessa demonstração a partir de outro aspecto, um aspecto negativo. Pois como essa figuração foi possível nos clássicos do romance e do drama históricos? Pelo fato de que essas obras figuram os grandes homens com base em sua missão histórica concreta, na totalidade de suas determinações objetivas e sócio-históricas. Os ficcionistas do período clássico viram claramente, a partir de suas amplas e profundas experiências sociais, o papel e a tarefa concretas do grande homem na história (por mais falsas ou ingênuas que fossem suas observações sobre esse problema). Baseados nessas experiências, os clássicos do drama histórico figuraram grandes conflitos críticos [*krisenhafte*] da história da humanidade, e neles o "indivíduo histórico-mundial" é grande porque reúne em sua personalidade as forças sociais que estão em conflito. A partir dessas experiências, os clássicos do romance histórico realizaram um retra-

---

[1] *Nota* (escrita em 1953). Hoje, talvez alguém possa voltar-se contra os argumentos aqui expostos, tomando como exemplo a personagem de Adrian Leverkühn em *Doutor Fausto*, de Thomas Mann. Eu seria o último a contestar o extraordinário feito literário de Mann: caracterizar tanto individual quanto tipicamente um músico importante, a partir de sua atividade artística. (A esse respeito, ver meu *Studien über Thomas Mann* [Estudos sobre Thomas Mann].) Contudo, não se pode jamais esquecer que Leverkühn foi figurado do ponto de vista de sua *problemática* típica; não como *gênio*, mas como grande *talento fracassado*. A gênese insuperável dessa problemática não tem, portanto, nenhuma relação com a questão que tratamos aqui, isto é, a figuração biográfica da gênese do gênio. De passagem, cabe ainda observar que o método biográfico de Thomas Mann, quando observado mais de perto, mostra-se muito pouco biográfico. Somente nos casos extremos mais raros os nexos genéticos entre a vida e a obra de Adrian Leverkühn partem da ocasião que suscita a realização da obra; na maioria das vezes, a gênese das etapas evolutivas, das obras e das crises da personagem principal é a exposição ampla e profunda da vida social da qual nascem – de modo objetivamente histórico – a obra, a crise etc. A dupla sequência cronológica do romance também serve para iluminar precisamente *estes* nexos: as reflexões de Zeitblom no momento em que escreve a biografia de Leverkühn lançam uma luz autenticamente histórica sobre a gênese realmente histórica, do ponto de vista das consequências.

to amplo e rico da vida do povo e do "indivíduo histórico-mundial" como o supremo resumo e encarnação das tendências mais significativas de uma transição importante na vida do povo. Nos clássicos do romance histórico, a determinação e a gênese do "indivíduo histórico-mundial" ocorrem com base no desdobramento e na concretização dessas tendências. Nesses romances, temos a experiência do caminho objetivo da evolução sócio-histórica, que faz com que, em determinado ponto, personagens como Kutusov, Pugatchov, Cromwell ou Maria Stuart se tornem centros de força em que as forças históricas de uma crise se reúnem. (Cabe observar que um "indivíduo histórico--mundial" não precisa ser necessariamente um gênio.)

Somente nesse modo de figuração pode ser expresso o elemento novo, qualitativamente particular que o "indivíduo histórico-mundial" representa. Vivenciamos, nas mais diversas formas, a pressão das forças populares em determinada direção, vivenciamos sua incapacidade de apreender adequadamente essa direção, sua fraqueza para realizar os atos necessários à consecução desse objetivo. Quando o "indivíduo histórico-mundial" entra em cena (em conformidade com as relações históricas concretas e a própria determinidade pessoal), encontra uma resposta a essa questão e a põe em ação; então, e somente então, tornam-se compreensíveis para nós a gênese do historicamente novo e, ao mesmo tempo, o papel do homem significativo nessa evolução.

Em tal figuração, a ocasião em que esse elemento novo se expressa em palavras e atos passa a ocupar um lugar correspondente à sua essência real. Sua contingência insuperável não é eliminada. No entanto, a contingência da ocasião é aqui apenas a insuperável contingência de todo evento singular na vida humana; mas tal evento singular se encontra em conexão orgânica e histórica com a cadeia infinita de eventos singulares, igualmente contingentes em si, em cuja totalidade – e por meio da qual – a necessidade histórica se afirma. A própria necessidade é produzida por meio da complexa unidade interna sócio-histórica das correntes populares que superam as conexões imediatas e psicológicas. As ocasiões singulares em que são figurados os diversos graus de manifestação da necessidade histórica não precisam estar diretamente conectadas umas às outras. É necessário apenas que a ação, ao percorrer caminhos complexos e sinuosos, esclareça a dialética interna desse desenvolvimento.

É fácil ver quais empecilhos ideológicos dificultam tal figuração nos escritores modernos. O alheamento dos escritores em relação à vida do povo, que se produz necessariamente com o desenvolvimento do capitalismo, e a incapacidade crescente dos escritores de enxergar as forças motrizes internas da sociedade capitalista em que ele vive têm como consequência necessária que sua visão de mundo também passa a submeter-se à mesma tendência dominante no desenvolvimento filosófico geral da época imperialista. Podemos exprimir brevemente essa tendência, dizendo que, de todos os fatores que determinam o contexto complicado da vida, apenas a ligação causal imediata entre dois fenômenos espaço-temporais de mesma espécie é reconhecida.

Mas a insatisfação com o valor cognitivo de tal concepção não leva em geral a um aprofundamento verdadeiramente filosófico, a uma descoberta do contexto real e complexo em que a causalidade, apreendida profundamente, aparece apenas como uma importante categoria entre muitas outras. Ao contrário, gera dúvida sobre o nexo causal imediato (o empiriocriticismo de Mach) e, como consequência direta dessa dúvida, uma concepção mais ou menos mística do conjunto da sociedade e de sua evolução. A grandeza literária dos clássicos do romance histórico – que, do ponto de vista filosófico, encontram-se com frequência em um grau relativamente pouco desenvolvido – consiste no fato de que sua intimidade com a vida do povo, suas ricas experiências com ela os ajudam a figurar na própria vida os contextos reais que ultrapassam a causalidade imediata. Em compensação, a sobrevalorização da causalidade imediata que decorre desse alheamento da vida do povo manifesta-se nos escritores modernos – que, na maioria das vezes, consideram-na uma causalidade biográfico-psicológica – como preferência pela forma biográfica.

Segue-se necessariamente dessa concepção dos clássicos do romance histórico que as grandes personagens históricas *se desenvolvem diante de nossos olhos* melhor que nunca. A evolução, a gênese do "indivíduo histórico-mundial" ocorre *no povo*. Como Balzac mostrou a propósito de Scott, as grandes personagens aparecem sempre nos pontos em que a necessidade objetiva dos movimentos populares demanda imperiosamente sua aparição. Então elas aparecem prontas diante de nossos olhos, como resumos, formas máximas de expressão dessa evolução. E são grandes porque possuem essa força sintética, porque podem responder aos problemas que afetam mais profundamente a vida do povo naquele momento. Espiritualmente, elas superam o povo por uma cabeça, assim como os heróis de Homero o superavam fisicamente. Mas sua grandeza histórica está precisamente no fato de sobrepujar o povo *apenas* por uma cabeça, de dar às questões concretas do povo a resposta necessária, concreta e possível sócio-historicamente. Em muitos casos, essa grandeza é também sua limitação. Se, apesar de superarem espiritualmente a limitação de seus companheiros de clã, Vich Jan Vohr ou Rob Roy não compartilhassem também o sentimento e, com isso, as limitações desses companheiros, eles não poderiam liderá-los. Do mesmo modo, em Scott, as figuras de Cromwell ou Burley estão ligadas não apenas às tendências revolucionárias dos puritanos, mas também a suas limitações, assim como, em Púchkin, Pugatchov está ligado às revoltas camponesas e Kutusov, em Tolstói, ao espírito patriótico do Exército russo em luta contra Napoleão.

Esse nexo social objetivo, amplo e profundo, torna possível que essas personagens apareçam prontas diante de nós e não despertem uma impressão morta, sem vida. Sua emoção interna, seu desenvolvimento ficcional adequado é apenas um desdobramento das propriedades que fazem delas as representantes desses movimentos populares: sua provação ou seu fracasso na missão histórica é essencialmente, portanto, mais um desenvolvimento que uma gênese em sentido psicológico-biográfico. Na maioria dos romances históricos clássicos, a pré-história das personalidades históricas significativas, a que acontece antes da ação do romance propriamente dito, não é narrada; é apenas por algumas indicações isoladas que somos informados do que é imprescindível para compreendermos corretamente suas relações ficcionais com as outras personagens do romance. Nos romances em que a pré-história é narrada, isso só ocorre no momento em que a personagem em questão já nos é familiar. Essa apresentação do passado assume então um caráter muito específico: o de uma narrativa particular que se insere na narrativa principal e revela traços que já conhecemos de uma personagem importante. Esse relato tardio também faz parte dos meios artísticos utilizados para pôr em seu devido lugar as vivências que ocorrem na vida de um homem significativo.

Tomemos um exemplo extraído da vida. Quando acompanhamos pela obra de Lenin a luta que ele travou contra o narodnikismo e adquirimos a exata noção do enorme significado que sua luta em duas frentes contra o narodnikismo e o struvismo teve para o movimento bolchevista, impressiona-mo-nos fortemente com o fato de que Lenin, após a execução de seu amado irmão (morto por ter participado de um plano de atentado contra o czar), compreendeu logo que essa via de libertação do povo era equivocada. Mas pensemos agora ao contrário. A família Ulianov, a adoração de Lenin por seu irmão mais velho, a notícia de sua prisão e de sua execução e, então, as reflexões que condenam teoricamente o narodnikismo. Não contestamos que esse seja um tema importante para a figuração histórica ficcional da grande crise de transição do povo trabalhador russo no período de decadência do narodnikismo. Mas, para obter um resultado realmente efetivo, seria preciso privar o herói da narrativa da genialidade leniniana e transformá-lo em alguém importante do ponto de vista humano, porém não mais do que um representante típico dessa época de transição.

A figuração dos "indivíduos histórico-mundiais" por meio de sua provação ou seu fracasso na realização de sua missão histórica livra as personagens de todo elemento mesquinho e anedótico da exposição biográfica, sem que, por isso, seu destino perca a mobilidade humana. Pois, como vimos, eles só se tornaram "indivíduos histórico-mundiais" porque o núcleo pessoal mais profundo de sua essência, seus anseios pessoais mais apaixonados têm laços muito estreitos com as tarefas históricas que eles têm de realizar, porque suas paixões mais pessoais tendem precisamente para esse objetivo. Assim, a provação ou o fracasso fornecem de forma concentrada tudo o que é essencial, tudo o que queremos e temos de saber sobre tal personalidade. E um bom ficcionista, que apreende a história não de maneira abstrata, mas como destino complexo do povo, é capaz de figurar essa tarefa central de modo que traços pessoais muito distintos e complexos de tal personagem encontrem sua correta expressão. Todavia, como já expusemos a partir de uma observação muito pertinente de Otto Ludwig sobre Walter Scott, apenas os traços humana e historicamente *significativos* dessa personalidade são expressos. Ela não precisa ser colocada em um pedestal para agir como uma grande figura, pois os próprios acontecimentos fazem isso quando a obrigam a realizar sua tarefa: ela só entra em cena em situações importantes e, por isso, precisa apenas desdobrar livremente suas qualidades pessoais a fim de atuar de modo significativo.

Esse modo de figuração autobiográfico é, ao mesmo tempo, a resposta ficcional à questão: por que, em determinada crise da vida do povo, justamente essa personalidade significativa – Cromwell, Burley, Kutusov ou Pugatchov – exerce o papel de liderança? Nessa relação está contido um momento insuperável de contingência. Em uma de suas cartas, Engels analisa a dialética da necessidade e da contingência que surge daí, a vitória final da necessidade econômica na história:

> Aqui, então, a questão diz respeito aos chamados grandes homens. Que tal homem – e precisamente ele – surja em determinada época, em determinado país é, naturalmente, puro acaso. Mas, se o eliminamos, temos então a demanda por

um substituto, e esta acaba sendo suprida, por bem ou por mal, com o passar do tempo. Que Napoleão, precisamente esse corso, tenha sido o ditador militar que a República Francesa – esgotada por sua própria guerra – tornou necessário é um acaso: mas que, na falta de um Napoleão, outro teria de ocupar seu lugar é algo provado pelo fato de que sempre se encontrou o homem que era necessário em cada caso: César, Augusto, Cromwell etc.

Em suas observações ulteriores, Engels ilustra esse contexto justamente com referência a Marx e ao surgimento do materialismo histórico.

A biografia beletrística, a forma biográfica do romance histórico atribui a si mesma – de modo voluntário ou não – a tarefa insolúvel de superar essa contingência insuperável. Como a vocação dos homens retratados deve ser figurada a partir de sua personalidade, e sua biografia deve servir como prova psicológica dessa vocação, surge necessariamente uma exaltação, uma tentativa de fazer com que as personagens, equilibrando-se na ponta dos pés, pareçam maiores do que são, uma exagerada acentuação da vocação histórica sem que as razões e determinações verdadeiramente objetivas da missão histórica possam ser figuradas.

O tratamento científico da história e, com ele, da biografia dos homens importantes pressupõe o *fato* de que essa contingência já está presente na vida. Sua tarefa não consiste mais em "deduzir" de algum modo esse fato, mas apenas esclarecê-lo em seus pressupostos e consequências, expor a necessidade de desenvolvimento que nele se expressa. Por isso, a biografia científica tem de pôr no centro da figuração a realização objetiva de uma grande personalidade histórica; tem de *provar cientificamente* o significado teórico e o lugar histórico de tal realização; apenas a partir daqui é que ela pode retratar humanamente a personalidade do "indivíduo histórico-mundial", aproximando-a também humanamente do leitor.

O romance histórico clássico também parte do fato de que determinadas personalidades significativas desempenharam um papel de liderança – útil ou nocivo – nas crises da vida do povo em épocas passadas. Então, a figuração dessa personagem, que aparece com a resposta aos problemas multifacetados que surgem na vida do povo, e de suas brilhantes qualidades, suas limitações e estreitezas humanas, que são feitas da mesma matéria do movimento popular, essa complexa estrutura da ação dá uma resposta *ficcional* à questão: por que, nessa época concreta, precisamente tal indivíduo teve o papel de liderança? A contingência também não é suprimida aqui. Nem mesmo se tenta suprimi-la. A ficção limita-se a refletir, de modo profundo e verdadeiro, como necessidade e contingência se entrelaçam na vida histórica. Portanto, aqui a contingência só é suprimida no mesmo sentido em que a própria história a suprime. Ela é suprimida quando, para nós, torna-se humanamente compreensível a razão pela qual as forças históricas concretas desse período concentraram-se precisamente no destino desse indivíduo singular.

Seria falso e injusto afirmar que os escritores significativos de nossos dias não veem o nexo entre movimento popular e grande personalidade histórica. Heinrich Mann chega a expressar esse nexo de modo muito correto em seu romance: "'Em suma', disse Agrippa d'Aubigné, enquanto cavalgavam em meio à multidão, 'tu, príncipe, não és mais que aquilo que o bom povo fez de ti. Por isso podes ser maior, pois a obra criada é muitas vezes maior que o artista. Mas ai de ti se te tornares um tirano!'". Contudo, em Heinrich Mann, essa correta intuição permanece apenas como uma intuição e não tem nenhuma influência decisiva sobre a condução do enredo e a composição do romance. De todos os escritores que ainda estão vivos hoje, ele é quem sente mais fundo esse nexo e a necessidade de sua figuração. Por conseguinte, dá a seu Henrique IV os traços do povo francês e figura este último de modo ficcionalmente deslumbrante. Em todas as cenas em que seu herói trava contato com o povo evidencia-se também, com simplicidade e de modo artisticamente convincente, a essência popular dessa personagem. Mas essas partes do romance são as mais exíguas e, na maioria das vezes, sua figuração é apenas alusiva e pouco importante para o enredo. Naturalmente, esse é um direito legítimo de todo autor épico. Nenhuma narrativa real seria possível sem esses resumos dos intervalos de tempo que não são decisivos ou dos acontecimentos de pouca importância. Apenas a escolha do material que será objeto da narrativa detalhada e do que receberá uma breve alusão sinóptica é que é característica e decisiva. No entanto, em Heinrich Mann, o papel da relação com o povo cai não raro na categoria da alusão sinóptica e, mesmo quando é narrada de fato, ela permanece episódica na maioria das vezes. Tomemos o exemplo da primeira juventude de Henrique. Heinrich Mann resume: "Ele dormia sobre o feno com sua gente, não mudava de roupa, não se lavava com mais frequência que eles, cheirava e praguejava como eles". Então, passa a uma figuração distinta das relações do rei com Condé e Coligny, embora saiba muito bem que é justamente a nova relação de Henrique com o povo que forma a base mais profunda de suas diferenças com o almirante. Aqui, a concepção biográfica do romance é justamente o que impede a expressão viva dos traços populares da personagem principal. Pois o povo, seus sofrimentos e alegrias, seus anseios espontâneos e conscientes, só pode ser figurado sob forma biográfica enquanto se encontra em relação direta com a pessoa de Henrique IV. Das correntes populares que tendem para ele, elevam-no a essa altura, tornam possível sua vitória final em situações perigosas, há pouco que possa ser ficcionalmente figurado. Muito pouco para explicar a vitória a partir da vida do povo francês. Contudo, o retrato biográfico psicológico do herói, por mais belo que seja, é uma base pequena e fraca demais para que essa prova ficcional seja realizada de modo convincente.

Algo semelhante ocorre nos romances de Feuchtwanger sobre Flávio Josefo. Nos diálogos de Josefo, em especial com Justo de Tiberíades, há com frequência reflexões inteligentes e corretas sobre essa relação. Mas, quando Josefo chega com ideias conciliadoras a uma Jerusalém em plena fermentação revolucionária e passa a liderar a ala nacionalista, Feuchtwanger coloca a si mesmo uma tarefa que não pode se resolver de maneira convincente com os meios do método biográfico, sem rebaixar profundamente o herói. Pois imaginemos a figuração desse episódio na forma clássica. Pela figuração de destinos humanos, teríamos um amplo retrato de como o povo judeu se dividia em diferentes partidos e correntes. Sofreríamos o efeito humana e politicamente avassalador da resistência nacional e, a partir da interação com essa corrente dinâmica da vida do povo, poderíamos compreender plenamente – tanto do ponto de vista humano quanto político – a conversão de Josefo. Mas, como mostramos, Feuchtwanger figura essa vida do povo de modo extremamente abstrato e geral. O Josefo que chega a Jerusalém entra em contato apenas com os representantes da aristocracia conservadora do Templo, e é esse contato que nos é apresentado de modo concretamente humano. Com isso, sua conversão ganha o sabor desagradável da ação de um arrivista desiludido. E encontramos algo semelhante nas outras crises do herói.

Os defensores da atual forma biográfica do romance histórico poderão objetar que a história nos transmite apenas alguns traços da vida dessas personagens e que sabemos muito pouco sobre elas para que possamos figurá-las de modo vivo. Mas tal objeção não é sustentável. Se não sabemos absolutamente nada sobre a vida do povo em determinada época, é válida a objeção de Sainte-Beuve a respeito de *Salambô*, de Flaubert: tal período não pode ser retratado de modo vivo para nós com meios ficcionais. Mas a grande tarefa do romance histórico é precisamente a *invenção ficcional* de personagens do povo, de personagens que encarnem a vida interior do povo e as importantes correntes que se manifestam nele.

É evidente que a historiografia burguesa em geral, como ciência das classes dominantes, desprezou e ignorou – em sã consciência, na maioria das vezes – esses momentos da vida do povo, chegando a distorcê-los caluniosamente. O romance histórico, como poderosa arma artística da defesa do progresso humano, tem aqui a grande tarefa de restabelecer as forças motrizes da história humana e despertá-las para o presente. Foi o que fez o romance histórico clássico. O romance histórico dos humanistas antifascistas atribui a si mesmo, do ponto de vista do conteúdo, a mesma tarefa. Ele também defende os princípios do progresso humano contra a calúnia e a distorção, contra as tentativas fascistas de destruí-los.

Hoje, no entanto, ele assume essa tarefa de modo ainda muito abstrato. Dadas as condições de vida dos intelectuais notáveis do período imperialista, é natural que ganhe força a crença de que a intelectualidade que se forma em oposição à sociedade é a verdadeira portadora dos ideais do humanismo. Mas, como essa oposição nasce dessa condição social, ela ainda carrega o peso das tradições liberais do alheamento ao povo, que a oprimem e distorcem. A grande virada desses escritores nos últimos anos levou-os – Heinrich Mann, em primeiro lugar – a ultrapassar essa tradição liberal de alheamento. Essa virada é claramente visível nos problemas conceituais que se colocam nesses romances históricos – sobretudo em Heinrich Mann. Neles, porém, a concepção artística do método biográfico ainda deriva dos resquícios da velha concepção de progresso e humanismo e é um impedimento para que seu novo sentimento democrático revolucionário da vida possa se expressar de maneira adequada em suas obras.

A forma biográfica expressa aquele sentimento da vida que vê o progresso humano sobretudo ou exclusivamente no campo ideal e, como portadores desse progresso, concebe apenas os grandes – e mais ou menos isolados – homens da história. Com isso, surge a tarefa artisticamente insolúvel de ligar diretamente a exposição detalhada da vida privada de um homem com a figuração convincente da gênese de grandes ideias, às vezes elevadas à "atemporalidade". Como tratamos aqui de escritores importantes, não precisamos fazer uma análise minuciosa para mostrar que esses traços da vida humana privada são figurados com muita frequência de modo legítimo e sutil. Nesse sentido, tanto *Cervantes* de Bruno Frank quanto os romances de Lion Feuchtwanger atingem um grau considerável de verdade humana e profundidade psicológica.

Ainda devemos ressaltar aqui a importância particular de Heinrich Mann. E já no que diz respeito à concepção, visto que seu Henrique IV é, muito mais que as personagens de seus contemporâneos, um homem concreto, filho de seu país e de seu tempo. Seu caráter conatural à vida do povo de seu tempo é, como mostramos, muito mais forte. Foi em consequência desse caráter popular mais forte e vivo que surgiu, em Heinrich Mann, uma personagem admirável: plena de charme pessoal, honradez, coragem, inteligência, astúcia, capaz de conversar com qualquer homem em sua própria linguagem, com ampla visão teórica e política, paciência humana e vontade firme na realização de seus grandes objetivos. E a educação que, pelos duros fatos da vida, transforma um jovem imprudente e amante dos prazeres em representante dos melhores e mais populares traços do povo francês é plena de autênticas belezas poéticas. Heinrich Mann também consegue figurar esse desenvolvimento não em uma linearidade didática e pedante, mas na complexidade psicológica real da vida. A linha de desenvolvimento de Henrique IV percorre caminhos muito tortuosos, contém muitas dúvidas, erros e desesperança. Tudo isso caracteriza o verdadeiro ápice da literatura contemporânea. Ainda devemos acrescentar a isso que Heinrich Mann conseguiu criar, nessa obra, uma personagem *positiva*, realmente viva, em que se concentram as melhores qualidades humanas dos combatentes que, há séculos, deram prosseguimento à cultura humana contra a reação e, hoje, defendem essa cultura contra a barbárie fascista.

Mas o romance de Heinrich Mann não apenas é um retrato arrebatador. Ele se coloca a tarefa de figurar uma grande guinada na história do povo francês. Essa guinada é encarnada, na história, pela conversão de Henrique IV ao catolicismo e pelo período de tolerância religiosa que encerrou o longo período de guerra civil entre huguenotes e católicos e possibilitou que a França tivesse um progresso extraordinário até a época de Luís XIV. Em Heinrich Mann, essa guinada é expressa de modo incomparavelmente mais fraco que a própria personalidade de Henrique IV. Do ponto de vista histórico, o que é novo e significativo em Henrique IV é que ele deixa de ser apenas o líder do partido dos huguenotes e, com ajuda destes e de outros elementos progressistas do país, obtém a consolidação da unidade nacional por meio da tolerância religiosa. Mas essa reviravolta aparece muito brevemente na figuração de

Mann. Em decorrência da própria concepção do romance, ela surge apenas na forma biográfico-psicológica, como reflexões solitárias do herói.

É claro que ela é preparada biograficamente. Após o envenenamento de sua mãe, Henrique encontra-se em segredo com Coligny. O almirante diz sobre Paris:

> "Eles nos odeiam porque odiamos a religião." "E talvez porque você deixou que a cidade fosse tantas vezes saqueada", completou consigo Henrique, lembrando-se do que ocorrera na taberna (...). "Não poderíamos nunca ter chegado a esse ponto", disse, "somos todos franceses." Coligny respondeu: "Mas uns ganharam o céu, outros a desgraça. Isso deve continuar assim – com a mesma verdade com que sua mãe, a rainha, viveu essa crença e morreu." O filho da rainha Joana baixou a fronte. Não havia nada a retrucar depois que o grande aliado de sua mãe evocara seu nome. Ambos, o velho e a morta, estavam juntos contra ele, eram contemporâneos e dotados da mesma rigidez inabalável de opiniões.

O profundo estranhamento entre Henrique e Coligny aparece fortemente nessa passagem, e com tanto mais intensidade porque Heinrich Mann, na cena da taberna que a antecede, dá a Henrique um retrato vivo do ódio dos parisienses. Mas também aqui a oposição deve se refugiar no domínio da reflexão solitária e permanecer como um fluxo silencioso de pensamentos que acompanha as vivências de Henrique na corte, agora narradas de modo extremamente vivo e amplo. Mas mesmo depois que foge da corte, quando se engaja em uma luta aberta, esses pensamentos permanecem como reflexões solitárias de um gênio isolado que, por um milagre da história, torna-se líder de seu povo.

> Líder dos protestantes é o que ele deveria ser: agora, esse líder é outro, seu primo Condé, que já estava lá antes dele. Condé é apressado, precipitado e não enxerga além da guerra entre partidos. E confiais nesse cretino, boa gente da religião! Ele ainda vive nos tempos do sr. Almirante. Não compreendeis que despedaçar o reino em nome de sua vantagem pessoal, como quer esse desvairado, é o mesmo que dividi-lo por causa da religião?

Acabaram-se os tempos do almirante Coligny: essa é a grande verdade histórica cuja figuração Heinrich Mann pôs a si mesmo como tarefa. Pois apenas com base nessa reviravolta é possível que os pensamentos de Henrique IV não sejam pensamentos de um solitário e excêntrico contemplador, mas afirmem-se vitoriosamente nas guerras civis e conduzam a história da França a um longo período de prosperidade. Portanto, o segredo de seu triunfo reside, como em todo homem historicamente significativo, no fato de ele ter compreendido, elaborado conscientemente e posto em prática a pressão do povo por uma mudança histórica.

Em Heinrich Mann, porém, essa reviravolta permanece um fato biográfico da vida de Henrique IV. Por isso, sua vitória não é tão convincente quanto sua evolução psicológica. Acreditamos que não é necessário repetir que a base dessa fraqueza do romance histórico reside justamente no fato de que o caminho biográfico-psicológico que conduz a essa intuição é demasiadamente curto; é impossível obter um resultado convincente quando uma intuição tão profunda e correta de um homem solitário e significativo supera todas as oposições tanto em seu próprio campo quanto no campo inimigo.

A vitória das ideias de Henrique IV só poderia ter um efeito devastador se, por meio da figuração viva dos destinos humanos que pressionam de maneira mais ou menos resoluta nessa direção, tivéssemos consciência das mais diversas correntes que movem o povo francês, se Henrique IV nos fosse ficcionalmente apresentado como o líder dessas correntes. Isto é, se a figuração literária nos esclarecesse a diferença entre o período de Coligny e o de Henrique de Navarra como a diferença entre dois estágios de evolução da vida do povo. Isso não ocorre e não pode ocorrer na forma biográfica da figuração, por mais sutil que seja a análise psicológica que Heinrich Mann faz das diferenças de temperamento e de visão de mundo entre Henrique e sua mãe, entre ele e o almirante.

De resto, essa tendência da evolução francesa é visível até mesmo em seus reflexos nos círculos dominantes. Mas determinados preconceitos humanistas abstratos tornam Heinrich Mann vítima dessas tendências. Ele não vê que a tolerância religiosa introduzida por Henrique IV foi apenas um passo no caminho do estabelecimento progressivo da monarquia absoluta na França e o fim do período de Coligny foi uma etapa na luta entre monarquia e feudalismo. Na França, essa luta se apresenta de modo extremamente complexo e irregular. Não resta dúvida de que tais problemas e aspirações surgiram com Catarina de Medici e, em certo sentido, ela é objetivamente a precursora dos esforços de Henrique IV. Referimo-nos ao período em que ela, com a ajuda do grande chanceler burguês L'Hospital, usou os huguenotes para romper a supremacia dos Guise e, com o apoio de L'Hospital e do partido dos "políticos", tentou se aproveitar do equilíbrio dos partidos religiosos extremos para fortalecer o absolutismo. As causas históricas que levaram ao fracasso dos planos de Catarina ultrapassam os limites deste livro. O que nos importa é acentuar o fato de que o partido dos "políticos" e a figura de L'Hospital estão completamente ausentes da obra de Heinrich Mann. Que eles não mereçam ocupar nenhum lugar na *biografia do herói*, isso é certo. Mas é justamente nisso que se revela a fraqueza histórica da forma biográfica do romance, pois, desse modo, impõe-se à genial psicologia de Henrique IV uma tendência que, na verdade, era uma tendência importante e objetiva da época e, portanto, o verdadeiro pressuposto da vitória final. (Segue-se necessariamente de nossa exposição anterior que, para nós, a tarefa de um romance histórico dessa época é menos a figuração de L'Hospital e de seus amigos que a das correntes populares reais, cuja expressão política era sua ação concreta.)

Segue-se dessa concepção restritiva e abstrativa que a figura tão contraditória e importante de Catarina de Medici não é tratada de modo historicamente justo no romance de Heinrich Mann. Ele a transforma em uma espécie de bruxa fantástica, fortemente estilizada, em uma encarnação do princípio do mau. Aqui, as tradições iluministas de Heinrich Mann constituem um impedimento para a verdadeira apreensão literária da realidade histórica. Tudo isso é, a um só tempo, causa e consequência da forma biográfica do romance histórico. São as tendências ainda predominantes à abstratividade que conduzem a essa forma. Mas esta, por sua vez, aumenta aquelas, já que simplifica as diferentes personagens; estas perdem sua concreta e complexa dialética e tornam-se simples planetas a girar em torno do sol, isto é, o herói da biografia.

Apontamos os aspectos fracos dessa grande obra porque não se trata de uma falha individual de Heinrich Mann em um caso isolado, mas das limitações que o método biográfico do romance histórico impõe mesmo a um escritor tão notável como ele – e apesar de sua capacidade ter atingido um grau de evolução em que seus extraordinários dons para a figuração humana se encontram em sua forma mais elevada, no auge de sua força e maturidade. Podemos generalizar essas fraquezas da forma biográfica do romance dizendo que, nela, os traços pessoais, puramente psicológicos e biográficos, ganham uma dimensão proporcionalmente indevida, uma falsa preponderância. Em compensação, as grandes forças motrizes da história são tratadas de maneira muito breve. São figuradas muito resumidamente apenas em relação à personalidade que ocupa o centro da narrativa com sua biografia. Por causa dessa falsa distribuição de pesos, a grande reviravolta histórica, que constitui o conteúdo realmente central desses romances, pode receber um tratamento mais fraco que aquele que lhe é devido por sua verdadeira importância.

Mas essa falsa proporção age também sobre a própria descrição psicológica. Os traços e os episódios menos importantes são supervalorizados do ponto de vista das grandes linhas do desenvolvimento. E, mesmo em uma obra narrada com extrema maestria como é *A juventude do rei Henrique IV*, a falsa proporção nesse domínio introduz um caráter de simples retrato situacional. Isso pode ser observado em todos os romances de tipo biográfico. Ora, a consequência dessa supervalorização dos traços decorativos sobre a psicologia é que as grandes crises e peripécias, mesmo quando são da personagem central, recebem um tratamento muito curto e resumido.

Os escritores importantes da atualidade demonstram com razão certa resistência à supervalorização do elemento psicológico. Procuram transformar o desenvolvimento psicológico de seus heróis em ação viva. Essa é uma tendência muito saudável e progressista dos melhores representantes da literatura de nossos dias. Mas a forma biográfica, com sua necessária estreiteza narrativa, constitui também um empecilho ao desdobramento dessa saudável tendência ficcional. Pois essa forma biográfica faz com que as mais importantes reviravoltas da vida do herói apareçam na forma de uma ruminação solitária, de conversas solitárias de si para si, como mostramos no exemplo de Heinrich Mann. Assim, a resistência justificada – repetimos – ao psicologismo da literatura burguesa decadente tem como consequência uma falsa abreviação dos grandes momentos de crise.

Todos esses malogros de escritores importantes, precisamente nos pontos em que desejam figurar as reviravoltas históricas de maior relevância na vida de seus heróis, não são uma fraqueza literária individual, tampouco uma falha fortuita, mas consequência necessária da forma biográfica no romance histórico, ou melhor, das tendências ideológicas que continuam a desviar os escritores para o mau caminho da forma biográfica do romance histórico.

IV. O romance histórico de Romain Rolland

Até o momento, limitamo-nos – com parcialidade consciente – à forma alemã desse tipo de romance. Isso era necessário porque ela domina, hoje, o destino desse tipo de romance. Essa corrente é, sem dúvida, a corrente dominante no romance histórico de nossa época, mas não é de modo algum a única que importa. Já tivemos ocasião de mostrar a importância dos romances de Anatole France e, em particular, o tipo notável e legitimamente histórico que é figurado na pessoa do abade Jérôme Coignard. Nesse mesmo caminho, o belo romance histórico *Colas Breugnon*, do grande humanista Romain Rolland, foi um grande avanço.

A justaposição dessas obras não significa que Romain Rolland tenha sido "influenciado" por Anatole France em sentido estritamente filológico e literário. Ao contrário, acreditamos que tal "influência", se realmente existiu, foi mínima e certamente não foi decisiva para o surgimento desse romance. O fato de que as duas obras se aproximam do ponto de vista da teoria e da história do romance histórico, e Romain Rolland continua em certo sentido a linha de Anatole France, tem causas profundas, objetivas e sócio-históricas.

Tanto os méritos quanto os limites – que serão mostrados mais adiante – desses romances extraordinariamente interessantes estão ligados às condições particulares da luta pelo humanismo e pelo caráter popular na literatura francesa antes da guerra imperialista. A série de revoluções que precederam a fundação da Terceira República elevou a consciência política dos escritores – inclusive dos que por muito tempo foram conscientemente "apolíticos" – a um nível que a evolução da Alemanha jamais poderia alcançar, mesmo em seus escritores mais eminentes e politicamente interessados. Obviamente, os efeitos gerais da economia do imperialismo foram os mesmos em seus traços fundamentais. Todos os problemas da forma literária que surgiram das condições desfavoráveis da sociedade capitalista para a arte, e que a época do imperialismo acentuou e reproduziu em um grau mais elevado, valem também para a França. Como já tratamos em detalhe desses problemas, não precisamos voltar a eles. No capítulo anterior, já tivemos ocasião de constatar que determinados traços reacionários essenciais da etapa de preparação do imperialismo e do próprio imperialismo apareciam de modo particularmente conciso na literatura francesa. Entre outros, a transformação – de extrema importância para nosso problema – da democracia revolucionária em um liberalismo covarde e de compromisso, que flerta com toda e qualquer ideologia reacionária.

Para nós, entretanto, o que interessa são certos traços específicos do desenvolvimento francês, que também tiveram consequências positivas para a literatura. Destacaremos apenas aqueles que têm ligação especial com nosso problema. Sobretudo o fato de que a grande tradição da revolução democrática burguesa é muito mais viva e imediata. Tais glorificações da revolução, como o romance *1793*, de Victor Hugo, ou os dramas revolucionários de Romain Rolland, teriam sido impossíveis na Alemanha da mesma época, e não só por causa dos escritores: entre os leitores, tais obras não teriam causado o mesmo efeito. Para que os aspectos revolucionários desse período pareçam "imaturos" e há muito superados pelo presente, basta pensar no modo como, na Alemanha imperialista, os escritos históricos da social-democracia (Blos, Cunow, Conradi etc.) puseram em movimento todo o seu "marxismo". Mesmo com todas as debilidades ideológicas de Jaurès, sua concepção histórica jamais pode ser comparada com a desses autores. Os poucos alemães que, como Franz Mehring, viam a Revolução Francesa de outro modo eram exceções, enquanto na França uma camada relativamente ampla de eruditos burgueses (por exemplo, Aulard e sua escola) esforçou-se para revelar cientificamente a verdadeira história da Revolução Francesa, inclusive seus aspectos plebeico-revolucionários.

Os escritores progressistas importantes da França experimentaram a revolução democrática burguesa como um fragmento de sua herança ainda viva e atuante. E a continuidade dessa herança constrói ao mesmo tempo uma ponte para a compreensão vivencial da ideologia preparatória da revolução: para o Iluminismo e, mais além, para as correntes espirituais progressistas, revolucionárias e populares do Renascimento.

Esse contexto também determina que as tradições materialistas na literatura francesa, como as do epicurismo dos grandes e espirituosos homens do século XVI ao século XVIII, possam se manter vivas, ao passo que na intelectualidade alemã a influência de Feuerbach cessou, o materialismo filosófico de Marx e Engels é desconhecido e incompreendido (ou conhecido apenas na forma de vulgarização grosseira) e o único materialismo que resta na consciência dos intelectuais é o esquematismo estéril de um Büchner ou de um Moleschott. Na França, a tradição do epicurismo espirituoso nunca foi totalmente rompida. É evidente que, nos escritores de nosso tempo, essa sobrevivência da herança de Rabelais e Diderot, assim como, naturalmente, de Montaigne ou Voltaire, não precisa implicar um materialismo filosófico. O que importa, do ponto de vista literário, não é a linha de continuidade filosófica, mas antes o modo como esse espírito do epicurismo esclarecido torna-se fértil na figuração do mundo e dos homens.

Já aludimos à personagem imortal de Jérôme Coignard. A personagem principal do romance histórico de Romain Rolland, o artesão e artista Colas Breugnon, extrai dessa fonte seus melhores valores espirituais e humanos. Em ambos os casos, há um respeito sereno, superior e harmônico pela realidade, uma fecundidade espiritual, psicológica e artística por meio da dedicação – ingenuamente óbvia e, no entanto, prudente, defensiva – das personagens à sua inesgotável riqueza. Colas Breugnon expressa esse sentimento de modo muito belo quando se refere à sua relação com a arte e a natureza: "No que diz respeito à arte, decifro seu mistério com muito frequência: pois sou raposa velha, conheço todos os truques e rio a valer quando os encontro tão mal disfarçados. Mas, quanto à vida, sou um perdedor. Ela dribla nossa astúcia, e suas invenções ultrapassam em muito as nossas".

Naturalmente, essa continuidade se encontra em constante renovação; e, em correspondência com as tendências gerais do período imperialista, a renovação da herança mescla-se muito frequentemente com as tendências reacionárias. É assim que o materialismo primitivo, porém não coerente, converte-se em um misticismo naturalista, não totalmente isento de elementos reacionários.

Essa complexa mistura de progresso, de tentativas de superar as barreiras da democracia burguesa e de crítica reacionária às grandes tradições revolucionárias pode ser mais bem observada no amplo efeito que as ideias do sindicalismo – sobretudo em sua versão soreliana – exerceram sobre a intelectualidade francesa. É fácil apontar e criticar as tendências reacionárias em Sorel; porém, é preciso considerar, ao mesmo tempo, que nos escritores mais importantes dessa época o efeito dessas ideias sempre se explica pelo fato de sua concepção democrática não ter sido satisfeita pelos eventos e resultados da revolução democrática burguesa, de perceberem de maneira muito viva as contradições da democracia burguesa e não ver nenhuma saída para elas – a não ser a do mito sindicalista. Aqui se encontra, sem dúvida, a fonte dos pontos de contato ocasionais do romance *Jean Christophe* com a ideologia sindicalista. E esse efeito não se explica em primeiro lugar por uma influência literária das teorias sindicalistas, mas pelo necessário espelhamento conceitual da situação social da França. É isso que mostra a concepção – de que já tratamos brevemente – da revolução em *Os deuses têm sede*, de Anatole France, cuja crítica à sociedade burguesa não tem nenhuma base sindicalista.

Todos esses posicionamentos mostram sua unidade ontológica de modo especialmente forte na vida política, na postura da melhor parte da intelectualidade francesa na Terceira República. Em períodos "normais", reinam a desilusão, a crítica irônica às falhas e aos limites da democracia burguesa. Tal crítica, que em seus melhores expoentes manifesta a desilusão com os resultados da revolução burguesa, a insatisfação com a sociedade capitalista mesmo em sua forma democrática mais desenvolvida, pode muito facilmente dar uma impressão de indiferença em relação à democracia, à república como forma de Estado. Mas a história recente da França mostra que, sempre que uma conspiração ou um ataque da reação provoca uma situação de crise na república, a melhor parte da intelectualidade, os escritores mais talentosos e de visão mais ampla abandonam esse *splendide isolement** e participam ativamente da luta pela salvação da democracia. Assim fizeram France, Zola e muitos outros na época da campanha a favor de Dreyfus; assim fizeram também os melhores espíritos democráticos na França quando a agressão fascista se tornou manifesta.

Essa ação dos melhores escritores ocorreu em conexão com o movimento das massas operárias. O fato de que a radicalização política de Heinrich Mann o tenha levado a isolar-se pouco a pouco no interior de uma ampla camada da intelectualidade é tão característico da Alemanha guilhermina quanto é característico do desenvolvimento francês o fato de que Zola, France, Barbusse e Romain Rolland tenham conquistado cada vez mais autoridade e popularidade justamente após e em consequência de sua forte atuação política. Quanto a isso, não devemos esquecer os violentos ataques que esses autores sofreram de inúmeros escritores reacionários não sem importância, como foi o caso de Zola, por exemplo, que foi vítima de uma perseguição que chegou às raias de um pogrom. Mas é justamente essa luta apaixonada pelo conteúdo social da literatura que distingue a Alemanha guilhermina da democracia francesa. O próprio Heinrich Mann destacou com frequência essa diferença em seus artigos jornalísticos e críticas literárias e encontrou a razão da superioridade da literatura francesa nessa conexão com a vida pública.

Esse caráter fervoroso da participação da literatura nas grandes lutas diárias pela democracia impediu que o romance histórico desempenhasse o papel predominante que ele conquistou na Alemanha do pós-guerra. Para Romain Rolland, o romance histórico é, ainda mais que para Anatole France, uma parte episódica de sua obra. É verdade que a história tem um papel decisivo em sua obra, em especial a da culminância do humanismo criador e da grande Revolução. Mas ele trata da primeira em interessantes e profundas monografias e, da segunda, em seu ciclo grandioso de dramas históricos. Em ambos os casos, a escolha da forma literária não é acidental.

---

*   Em francês no original: esplêndido isolamento. (N. T.)

A escolha de um ensaio cientificamente fundamentado e meios de persuasão do verdadeiro espírito científico revela a rejeição veemente por parte de Romain Rolland da beletrística histórica em voga. Precisamente por suas ricas experiências artísticas, ele sabe que a grandeza pessoal e humana, a tragédia individual e humana de um Michelangelo, um Beethoven ou um Tolstói só podem ser reveladas e dadas à compreensão por uma análise científica paciente, profunda e material de seu tempo e de sua obra.

Também não é acidental o tratamento dramático da temática da revolução. A intenção de Romain Rolland, ao contrário de Anatole France, não é transmitir ao leitor a dialética social das barreiras da revolução burguesa, a necessidade da desilusão sobre a efetivação de seu conteúdo social, embora seja evidente que as questões políticas e sociais da revolução ocupem o lugar central desses dramas. O que ele deseja é figurar, em sua trágica complexidade e reciprocidade, a gigantesca explosão de paixões humanas provocada pela revolução. Guardadas as devidas diferenças quanto às condições históricas e à personalidade dos escritores, a posição de Romain Rolland diante da Revolução Francesa é de certo modo semelhante à de Stendhal diante do Renascimento. Romain Rolland também vê na época da Revolução Francesa uma escola trágica das paixões levadas ao extremo. Sobre sua relação com essa história como dramaturgo, ele mesmo diz: "Ela é, para mim, um reservatório de paixões e forças da natureza (...). Não me esforço para torná-las semelhantes, pois são eternas (...). O poder artístico do drama da história repousa menos sobre aquilo que ela foi do que sobre o que ela sempre é. O vórtice de *1793* continua a varrer o mundo".

O romance histórico *Colas Breugnon* surgiu de um espírito essencialmente distinto. Segundo o próprio Romain Rolland, é uma espécie de interlúdio entre seus grandes ciclos épicos e dramáticos, uma linha colateral, um episódio do conjunto de sua produção. Essa constatação de sua gênese e de seu lugar na obra do ficcionista não diminui sua importância artística. Apenas confirma, mais uma vez, o papel sócio-histórico do romance histórico no humanismo francês de nossos dias.

Trata-se de um interlúdio alegre e otimista, embora o enredo – como também, diga-se de passagem, o de *La rôtisserie de la reine Pédauque* – seja repleto de acontecimentos tristes e mesmo trágicos. Essa tensão, o triunfo da vida que brota desse enredo é justamente o elemento decisivo: aqui irrompe a grande tradição dos humanistas franceses, o antigo materialismo epicurista que afirma a vida. O tema histórico mostra que não é acidental, pois o fato de que a ação se passa nos tempos da regência do jovem Luís XIII expressa a continuidade desse sentimento no povo francês.

Mas, para Romain Rolland, trata-se de muito mais que uma evolução histórica não interrompida. A visão de mundo desse grande humanista, sua crença na eternidade dos sentimentos e das paixões humanas ultrapassa os limites da mera continuidade. "Bonhomme vit encore"*, escreve ele na epígrafe do romance; e no prefácio, em que fundamenta a publicação inalterada dessa obra concluída pouco antes da guerra mundial imperialista, afirma que os netos de Colas Breugnon, que atuaram como heróis e vítimas na sangrenta epopeia da guerra mundial, teriam provado ao mundo justamente a correção dessa epígrafe.

Portanto, Colas Breugnon é concebido por seu autor não apenas como filho de seu tempo, de um tempo há muito passado, mas também como tipo eterno. E – esse aspecto é decisivo – como representante da vida do povo francês. Enquanto em Anatole France a sabedoria epicurista e a alegre afirmação da vida eram, "apesar de tudo", propriedade espiritual de um marginalizado intelectual do século XVIII, em Romain Rolland essa visão de mundo se encontra mais profundamente entranhada no povo. Embora Colas Breugnon, o artesão e artista, alimente seu espírito e sua visão de mundo com literatura, sua sabedoria é essencialmente primitiva, oriunda da vida, da vida do povo.

Aqui reside a beleza imortal dessa obra, que faz dela um produto único em nosso tempo. Romain Rolland nunca idealiza seus heróis e até põe em primeiro plano toda uma série de traços negativos: certa displicência, uma acomodação indolente na condução da vida etc. Colas Breugnon não poderia ser mais distante da figura do "herói ideal" estilizado; seus erros e méritos não correspondem de modo algum às figuras que o povo francês costumava idolatrar em diferentes épocas e lugares.

Mas, se rompe com todas as tradições que idealizam falsamente o povo, Romain Rolland opõe-se de maneira ainda mais aguda às correntes literárias modernas, que procuram o retrato fiel do povo na acentuação da brutalidade

---

* A expressão empregada por Rolland é derivada de "Petit bonhomme vit encore" (O homenzinho ainda está vivo), jogo no qual, formando os participantes um círculo, um deles acendia um pequeno pedaço de papel simbolizando uma forma humana e, dizendo *Petit bonhomme vit encore*, passava-o ao jogador vizinho, que, por sua vez, repassava-o ao próximo jogador, e assim por diante, sempre repetindo-se a mesma fórmula. Aquele que se encontrava de posse do papel no momento em que o fogo se apagava devia pagar uma prenda. (N. T.)

humana – mesmo que atribuam esses traços de desumanidade às "circunstâncias". O retrato que Romain Rolland nos fornece de um herói do povo tem um caráter rude e robusto, mas ao mesmo tempo – e em ligação indissolúvel com esse tipo de exteriorização da vida, que é aqui muito mais que sua forma – mostra uma extraordinária autenticidade, sutileza e meiguice nas relações com outros homens, uma firmeza simples, inteligente e prudente que, nos momentos de provação, de perigo real, eleva-se ao verdadeiro heroísmo, à fortaleza heroica. Cenas como a do reencontro e da despedida dos jovens apaixonados, cujo amor é retratado com humor e emoção, ou do adeus à esposa prosaica e valorosa, com quem o herói viveu toda a sua vida na mais divertida desarmonia, dificilmente podem ser encontradas em um escritor atual. Para encontrar um equivalente desse humanismo de caráter popular, temos de voltar às cenas da vida do povo retratadas nas obras de Gottfried Keller.

Isso já é o bastante para mostrar com clareza a posição única do romance de Romain Rolland na produção de nosso tempo. Como vemos, seu modo de figuração é o oposto daquele dos humanistas alemães antifascistas. O que constitui a grande fraqueza de sua obra, tão significativa quanto a de *A juventude do rei Henrique IV*, de Heinrich Mann, é a ausência da vida concreta do povo em seu conteúdo primitivo e humanamente rico, mas esse é precisamente o mérito extraordinário de seu romance. E esse contraste merece ser destacado na medida em que hoje, quando todas as forças da democracia se concentram na luta contra o fascismo, a questão do caráter popular é mais atual que na época da composição de *Colas Breugnon*.

É claro que o contraste reside não apenas nesse aspecto, que revela uma enorme superioridade de Romain Rolland sobre seus companheiros antifascistas alemães. Ele está também na atitude que esses dois tipos do romance histórico assumem diante das lutas políticas e sociais da época figurada e, por conseguinte, das lutas de classes do presente. Nas considerações seguintes, discutiremos em detalhes a razão por que essa relação é tão direta no romance histórico dos antifascistas alemães e as consequências negativas desse caráter direto para a figuração fiel do passado. O romance histórico dos escritores antifascistas alemães fornece a poesia da luta a favor do humanismo e da cultura e contra a reação e a barbárie; porém, ele ainda padece do mal de essa poesia ser abstrata e não se alimentar das forças efetivas do povo.

O caso de Romain Rolland é totalmente diferente. Já destacamos a poesia sublime e vigorosa do caráter popular em seu romance. Contudo, ela repousa em um *alheamento* consciente das lutas políticas da época figurada, alçado a visão de mundo. Isso não significa que Colas Breugnon e seu autor não tenham tomado partido nessas lutas. Mas o partido que tomam encerra uma brusca desconfiança plebeia contra os *dois* partidos em luta, tanto o dos católicos quanto o dos protestantes. Romain Rolland faz seu herói dizer: "Um partido tem tanto valor quanto o outro; o melhor não vale a corda com que deve ser enforcado. O que nos importa se é um ou outro patife que faz suas trapaças na corte?". E, em outra passagem, ainda com mais clareza: "Deus nos proteja de nossos protetores! Protegeremos a nós mesmos. Pobres cordeiros! Se tivéssemos de nos defender apenas contra os lobos, saberíamos como nos salvar. Mas quem nos protegerá dos pastores?". E Romain Rolland não só faz seus heróis repetirem várias vezes essa visão, como também mostra, com exemplos certeiros inseridos no curso da ação, que os plebeus daqueles tempos tinham toda razão em sua dupla desconfiança e procuravam transformá-la em ações, seja com prudência, seja com audácia.

Romain Rolland mostra uma grande sabedoria ficcional, entre outras qualidades de sua obra, ao escolher esse período da história francesa para figurar a desconfiança do povo contra tudo o que ocorre no "alto". O grande período das lutas dos huguenotes acabou. O tempo das últimas batalhas entre a monarquia absoluta e os partidos nascidos do feudalismo, a época da Fronda, das lutas nas Cevenas, ficou para trás. Os partidos ainda existem, mas seus combates resultam no "alto" em intrigas da corte e no "baixo" em saques do povo, seja ele protegido ou inimigo. Plebeu inteligente, Colas Breugnon julga as lutas de seu tempo de modo essencialmente correto; em especial se acrescentarmos que ele expressa de forma muito calorosa sua admiração por Henrique IV e vê este último como "seu homem". Mas acredito que seria uma injustiça às intenções de Romain Rolland se nos detivéssemos apenas nessa justificação transitória do ponto de vista de seu Colas Breugnon, válida somente para determinada fase. Repetimos: a grande sabedoria ficcional de Romain Rolland está no fato de ele ter escolhido um material histórico em que todos os argumentos, pensamentos e ações de seu herói são confirmados pela realidade da época. Mas o romancista queria dizer outra coisa, mais ampla e profunda; não queria de modo algum limitar suas conclusões ao lapso de tempo concreto que se refere à atividade de seu herói.

Recordemos as observações de Romain Rolland sobre o romance de De Coster que citamos no capítulo anterior, em especial o elogio ao fato de o autor ser contra Roma na guerra de libertação holandesa, mas de modo algum a favor de Genebra. Se compararmos essa concepção com o prefácio de *Colas Breugnon* sobre o caráter contemporâneo desse tipo, veremos que – na relação do herói com os partidos da época de Luís XIII, que se enfrentavam no "alto" – Romain Rolland anseia não apenas por figurar um sentimento compreensível do ponto de vista concreto e histórico, como também por exibir à posteridade uma figura ideal do ponto de vista plebeu.

Pouco depois da finalização desse romance, a guerra mundial imperialista começou. Todos se lembram com gratidão da atuação de Romain Rolland contra a carnificina mundial. Mas Romain Rolland compreendeu, depois das experiências que viveu na última década com toda a capacidade de apreensão de um escritor e pensador notável, que "Au dessus de la mélée" [Acima da confusão] não exprimia completamente seu espírito combativo contra a guerra imperialista e dava ocasião a mal-entendidos e até distorções de suas intenções.

O pacifismo ocasional e abstrato de Romain Rolland jamais teve qualquer semelhança interna com o de outros autores, mesmo quando estes se intitulavam seus discípulos e defensores. O próprio *Breugnon* mostra que essas posições específicas e pessoais partiam de fontes sociais e ideológicas essencialmente distintas. E é esse traço plebeu, que tem origem em uma sensibilidade popular profunda, autêntica e espontânea, que o diferencia fortemente de outras posturas que parecem soar semelhantes à sua.

Basta comparar *Erasmo*, de Stefan Zweig, a *Colas Breugnon* para que esse contraste salte aos olhos. No primeiro, temos um recuo afetado, temeroso e nervoso diante de qualquer decisão, a presunção típica dos intelectuais de que o equilíbrio entre o "por um lado" e o "por outro lado" é uma maneira de superar as contradições conceituais e as oposições sociais. No segundo, temos um forte repúdio plebeico aos mesquinhos e repulsivos parasitas da corte e aos aventureiros que se alimentam do sangue do povo, uma postura que rejeita os dois partidos em luta, engana-os astuciosamente e, quando é possível e necessário, defende-se com gládios e paus. No primeiro, um produto refinado e sutil do liberalismo decadente de uma camada burguesa de intelectuais que um dia foram revolucionários. No segundo, uma rebeldia primitiva e plebeia que ainda não amadureceu como atividade consciente da revolução democrática. A palidez e a fragilidade artística em Zweig, a florescente riqueza das cores em Rolland refletem essa oposição de modo claro e adequado.

Nem *Colas Breugnon* nem toda a evolução que o autor vive quando compõe essa obra têm qualquer relação com esses pretensos discípulos. O livro é parte do retrato literário do estado de ânimo campônio e plebeu que já vimos objetivado em romances históricos importantes, por exemplo, em certas partes de *Guerra e paz*, de Tolstói, ou *A lenda de Eulenspiegel*, de De Coster.

Mas, também aqui, trata-se apenas de semelhanças entre correntes sociais que compartilham traços mais gerais, e não atributos concretos, e cujas figurações artísticas devem revelar, por isso, enormes diferenças. Ao contrário de De Coster, Romain Rolland não tem o ódio cego e espontâneo que se transforma artisticamente em naturalismo. Sua postura em relação aos partidos do "alto" é mais um desdém espiritualmente superior que um ódio patético. Sem prejuízo para seu caráter plebeu, do ponto de vista espiritual e humano Colas Breugnon está mais próximo de um Jérôme Coignard que do moderno Eulenspiegel. E, no entanto, esse enraizamento espiritual e humano do herói do povo no solo em que surgiu o novo humanismo leva a figuração de Romain Rolland aos excessos naturalistas do prazer carnal e da crueldade que encontramos no eminente romancista belga. A atração que Colas Breugnon sente pelas mulheres, pelo vinho e pela boa comida irradia por toda parte e em delicados tons pastel um epicurismo humanamente luminoso, ilustrado e, ao mesmo tempo, um tanto picaresco. Colas Breugnon tem um aspecto mais grosseiro que seu irmão do século XVIII devido a essa feliz transposição para as esferas populares, em que as disposições fundamentais do humanismo não só são mantidas, como também são reforçadas.

Essas duas obras refletem o melhor que o protesto humanista contra o presente capitalista produziu na França. Mas retratam ao mesmo tempo os limites sócio-históricos desse protesto. A sabedoria e a superioridade epicurista são, em ambos os casos, uma recusa disfarçada sob a ironia e o humor de penetrar e alterar a realidade social hostil e degradante. E essa recusa recebe uma clara expressão artística no fato de que, nessas obras, o todo da realidade histórica, quando chega a ser figurado, aparece apenas em esboços mais pálidos e nebulosos que a principal personagem humanista e, por mais vivos que sejam os coadjuvantes e mais vigorosa a composição de muitas das cenas, essas obras fornecem mais *retratos* que quadros globais.

Romain Rolland ainda sublinha esse caráter de retrato por meio da narrativa em primeira pessoa. O que ele expõe é menos o quadro da época que seu reflexo na vida e nas experiências de Colas Breugnon. Com isso, porém, a obra adquire certo caráter inerte, estático, apesar da variedade de acontecimentos interessantes. Nesse romance, o desenvolvimento apenas parece ser uma progressão no tempo e nos acontecimentos. Sua essência interna é antes um desvelamento. Podemos ver como o retrato de Colas Breugnon é enriquecido a cada traço, à medida que o autor maneja o pincel da vida com mão experiente. Quando o quadro está pronto, o romance termina. Mas sentimos que não aconteceu nada de essencialmente novo. Apenas vemos o retrato de modo mais claro e compreensível que no início. O modelo, porém, permaneceu o mesmo. Colas Breugnon não sofreu nenhuma evolução. Certamente não no sentido que expusemos ao tratar dos "indivíduos histórico-mundiais" como figuras coadjuvantes – em que o desdobramento, a revelação de suas qualidades humanas fornece uma resposta às questões sócio-históricas que surgem no decorrer do romance e constitui assim um elemento da dinâmica objetiva da história –, mas em um sentido muito mais intrínseco, literal. Pois na personagem e na psicologia de Breugnon, no desenvolvimento de seu caráter estão concentrados todos os problemas humanos e históricos. Tanto a pergunta quanto a resposta são fornecidas na descrição de sua vida, e apenas nela. Acontece muita coisa no romance, mas sua função é somente mostrar, em seus aspectos o mais variados possível, a mesma postura do herói diante da vida. Nesse sentido, o romance não tem um enredo. Todo elemento de ação externa serve não para conduzir os homens, não para revelar a crise de uma situação mundial, mas tão somente para esclarecer um *comportamento humano*.

Romain Rolland é um escritor que se apropriou das melhores e mais nobres tradições da arte clássica e fez grande proveito delas. Mas o caráter desfavorável da época fez com que ele se afastasse da tradição clássica do romance histórico. Sua notável humanidade e seu talento artístico se revelam na perfeição interna que ele conseguiu dar a seu romance histórico, apesar das circunstâncias adversas da época. Esse acabamento, porém, foi alcançado à custa de uma renúncia consciente e profundamente artística, a renúncia a um quadro histórico abrangente, à figuração – por meio da interação de todas as partes da sociedade – do surgimento de forças humanas desconhecidas entre o povo.

A sabedoria artística dessa renúncia é digna de admiração. A escolha da época figurada demonstra também uma grande perspicácia artística: após as exíguas indicações do autor, o leitor não lamenta em demasia que lhe seja fornecido o retrato de Colas Breugnon, em vez do quadro do período. Mas, quando medida pela bitola dos quadros históricos feitos pelos clássicos do romance histórico ou do quadro da sociedade em *Jean Christophe*, vemos que há na sabedoria dessa escolha uma resignação, uma limitação artística de si mesmo.

Esse elemento artístico aparece também na linguagem. Romain Rolland retratou Colas Breugnon com suas próprias palavras. Em razão disso, o retrato adquire imediatamente um caráter de autenticidade. Ao mesmo tempo, o plebeísmo primitivo do herói é sempre vivamente ressaltado pela linguagem antiga, que aqui foi renovada com circunspeção. É inevitável, porém, que, para o leitor atual, essa linguagem tenha um leve sabor artificial, artisticamente fabricado, às vezes quase imperceptível. E as duas consequências da narrativa em primeira pessoa – tanto a ligação com a linguagem antiga quanto o caráter estático do retrato – ressaltam o caráter artístico e experimental desse belo romance. Uma das muitas manifestações da tragédia de nosso tempo é o fato de que uma figuração tão elevada do velho plebeísmo primitivo não possa ter surgido sem essas notas de artificialidade.

V. Perspectivas de desenvolvimento do novo humanismo no romance histórico

Vemos que todos os problemas do romance histórico atual, tanto os de forma quanto os de conteúdo, estão concentrados na questão do legado. Todos os problemas e valores estéticos nesse campo são determinados pela luta para liquidar o legado político, ideológico e artístico do período do capitalismo decadente, para renovar e dar continuidade às tradições dos grandes períodos de progresso da humanidade, do espírito da democracia revolucionária, da grandiosidade artística e do caráter popular do romance histórico clássico.

Essa formulação do problema e, assim esperamos, sua interpretação nas análises precedentes bastam para mostrar quão pouco essas questões são um problema puramente estético. A forma artística, como espelhamento concentrado e elevado de traços importantes da realidade objetiva, tanto gerais quanto individuais, nunca se deixa tratar de modo isolado, como tal. A história do romance histórico mostra com muita nitidez como, por trás de problemas aparentemente de forma e composição – por exemplo, se as grandes personagens da história devem ser heróis principais ou apenas figuras coadjuvantes –, escondem-se problemas políticos e ideológicos de extrema importância. A pergunta se o romance histórico é um gênero próprio, com leis artísticas próprias, ou se suas leis são fundamentalmente as mesmas do romance em geral só pode ser respondida no contexto da atitude geral com relação a problemas políticos e ideológicos decisivos.

Vimos que a resposta a todas essas perguntas depende da posição do escritor diante da *vida do povo*. O vínculo com as tradições do romance histórico clássico não é uma questão estética em sentido estrito, corporativo. Não se trata de constatarmos que Walter Scott ou Manzoni são esteticamente superiores a Heinrich Mann, por exemplo, ou pelo menos não é essa a ênfase que queremos dar; trata-se antes do fato de que Scott, Manzoni, Púchkin e Liev Tolstói apreendem a vida do povo de maneira historicamente mais profunda, autêntica, humana e concreta que os escritores mais significativos de nossos dias, assim como do fato de a forma clássica do romance histórico ser um modo adequado de expressão da atitude dos autores diante da vida, e o tipo clássico da trama e da composição servia perfeitamente para expressar a essência, a riqueza e a versatilidade da vida do povo como base da transformação na história. Já nos romances históricos dos melhores escritores contemporâneos encontramos a todo momento um antagonismo entre o conteúdo ideológico – a atitude humana em relação à vida – e os meios de expressão literários.

Portanto, se a crítica às magníficas obras dos escritores atuais aplica a medida estética que ela adquiriu no estudo e na análise dos clássicos do romance histórico e das leis da épica e da dramaturgia em geral, isso é duplamente justificado. Em primeiro lugar, o fato de que uma linha literária qualquer surja com necessidade sócio-histórica e seja um produto necessário do desenvolvimento da economia e das lutas de classes da época não é suficiente para constituir um padrão para um julgamento estético. É claro que o historicismo reacionário e relativista e a sociologia vulgar igualmente relativista pregam o contrário. Desde Ranke, todos os vulgarizadores mecanicistas dizem que os produtos da evolução histórica são "iguais perante Deus" ou, na fraseologia da sociologia vulgar, "equivalentes em relação às classes". Como queira cada um, isso pode soar ou extremamente "profundo", no sentido de um irracionalismo místico da concepção da história, ou extremamente "científico", no sentido de uma teoria do progresso vulgar e burguesa, liberal e menchevista.

Mas ambas as concepções rompem o nexo real entre arte e realidade. A arte aparece tanto como modo de expressão fatalista quanto puramente objetivo de uma individualidade. Nesse sentido, ela não é um espelhamento da realidade objetiva. E os critérios da estética legítima da arte provêm precisamente desse traço essencial da arte. É porque o romance histórico espelha e figura artisticamente a evolução da realidade histórica que a medida de seu conteúdo e de sua forma é extraída dessa mesma realidade. Esta última, porém, é a realidade da vida do povo, cujo desenvolvimento é desigual e cheio de crises. Se, por razões profundas e necessárias do desenvolvimento da sociedade e do consequente declínio de sua classe, mesmo escritores como Flaubert e Conrad Ferdinand Meyer não são mais capazes de enxergar os problemas reais da vida do povo em toda a riqueza de seus desdobramentos, se eles transformam a pobreza e a indigência do quadro histórico em uma "nova" forma de romance histórico, a estética marxista é obrigada não só a *esclarecer* social e geneticamente essa pobreza e essa indigência, mas também a *medi-la* esteticamente, segundo as mais altas exigências do espelhamento artístico da realidade histórica, e a julgá-la leve demais. A crítica tem o direito de julgar e condenar os produtos artísticos de todo um período, reconhecendo, é claro, sua necessidade sócio-histórica (nesse reconhecimento repousa todo juízo estético), mas isso não esgota de modo algum o problema do romance histórico de nossos dias. Pois constatamos repetidas vezes a profunda *oposição* ideológica que separa a atividade dos grandes representantes do romance histórico de nossa época e a da decadência burguesa. A tarefa de julgar o romance histórico é, portanto, muito mais complicada. A medida clássica que adotamos não é tão severa e alheia a essa produção quanto é em relação à produção do período de decadência da literatura burguesa e, sobretudo, do auge dessa decadência. Entre o período clássico do romance histórico e o romance histórico de nosso tempo há profundas e decisivas concordâncias. Ambos se esforçam por figurar a vida histórica do povo em sua dinâmica, em sua realidade objetiva e, ao mesmo tempo, em sua relação viva com o presente. Essa viva relação política e ideológica com o presente é um importante elemento adicional que liga internamente a produção atual de nossos humanistas com a produção do período clássico.

Mas a irregularidade do desenvolvimento histórico torna essa relação extremamente complicada. E, mais precisamente, no que diz respeito a duas questões decisivas: o caráter popular e a relação com o presente. É interessante e característico que, do ponto de vista político e ideológico, a visão de muitos humanistas contemporâneos seja muito mais radical que a dos clássicos. Basta pensar no contraste entre o *tory* moderado Walter Scott e o democrata revolucionário Heinrich Mann. Mas a irregularidade do desenvolvimento expressa-se no fato de, apesar disso, Walter Scott ter uma ligação muito mais estreita e familiar com a vida do povo que o grande escritor do período imperialista, que tem de lutar contra o isolamento do escritor em relação à vida do povo, imposto ao escritor pela divisão social do trabalho no capitalismo desenvolvido, e contra a ideologia liberal, que se torna cada vez mais reacionária sob o imperialismo.

Para os escritores do período clássico do romance histórico, o vínculo com a vida do povo ainda era um fato natural, socialmente dado. Nessa época, as forças da divisão social do trabalho mal começavam a exercer uma influência decisiva sobre a literatura e a arte e a provocar o isolamento progressivo do escritor em relação à vida do povo. Essa influência já é perceptível em muitos escritores do romantismo reacionário da época, mas só mais tarde torna-se o fundamento predominante da literatura.

Os humanistas de nosso tempo partem, em sua produção literária, justamente de um *protesto contra os efeitos desumanizadores do capitalismo*. O alheamento trágico, o isolamento do escritor em relação à vida do povo, o fato de ele estar entregue a si mesmo desempenha um papel extremamente importante nesse protesto. Mas é da natureza dessa situação que esse protesto só possa se desenvolver aos poucos, de modo desigual e contraditório, desde a *abstratividade* até a *concretude*. E não apenas porque em geral a concretude do vínculo e da familiaridade com a vida do povo só pode ser conquistada aos poucos, passo a passo, mas em parte também por causa da dialética interna da luta desses escritores contra a situação socialmente isolada da literatura no imperialismo.

Essa dialética determina a lentidão e a irregularidade do ajuste de contas com a ideologia liberal do imperialismo. Justamente porque os escritores autênticos desse período ardem de desejo de superar o isolamento da literatura, do consequente esteticismo, autossatisfação e autossuficiência artísticas, eles têm de buscar – em seu desejo de dar à literatura uma eficácia social ativa na sociedade de seu tempo – relações, aliados. Em consequência, os escritores se agarram com paixão às correntes sociais, às formas humanas de exteriorização que, para eles, parecem dar sinais de que um dia eles participarão do protesto contra a desumanidade do presente social.

Desse modo, o despertar do espírito democrático revolucionário na literatura alemã foi extremamente difícil. O compromisso liberal e a negação boêmio-anarquista abstrata colocaram os mais diversos obstáculos à sua evolução. Por isso, se ao analisar o desenvolvimento dos grandes escritores antifascistas deparamos com as mais variadas tentativas de se filiar a essas correntes – inspiradas por um juízo crítico insuficiente e, muitas vezes, por uma sobrevalorização acrítica –, devemos compreender esse fato a partir das linhas gerais de desenvolvimento da Alemanha (e, em muitos aspectos, do restante da Europa ocidental). Nesse sentido, a queda do regime dos Hohenzollern e da República de Weimar trouxe certo avanço, mas não uma mudança radical. Esta só ocorreu com a vitória da barbárie fascista na Alemanha, com as experiências e as vitórias da Frente Popular na França e na Espanha.

No entanto, seria falso ver apenas fraquezas em uma produção literária que mostra por toda parte as marcas do lento surgimento do espírito democrático revolucionário. Não é possível fazer aqui uma análise minuciosa da literatura alemã da época pré-fascista, tanto mais que suas realizações essenciais se encontram fora dos limites de nossa investigação. Permitimo-nos, porém, introduzir um exemplo, o de Thomas Mann, para esclarecer essa concepção da situação geral da literatura humanista de protesto. Em sua obra de juventude, esse grande escritor faz uma dura e profunda crítica de sua postura como literato e confronta-o com o burguês simples e eficiente. Ora, seria totalmente falso e superficial ver algo negativo nisso. Com uma dialética extremamente sutil e complexa, Thomas Mann revela profundas contradições da vida burguesa, de sua falta de cultura, e combate inequivocamente o tipo humano dominante do capitalismo alemão. Mas, quanto mais fundo ele detecta a problemática da literatura isolada, quanto mais clara é sua rejeição ao refúgio do escritor em uma "torre de marfim" e à negação abstrata de todo o presente, mais ele é forçado a procurar na realidade tipos humanos positivos – ao menos relativamente. Sua sinceridade literária também se expressa no fato de que o tipo figurado de modo positivo em uma passagem é criticado com ironia em outros contextos, o que confere fortes ressalvas à sua afirmação e impede que sua criação artística caia em uma glorificação do presente, em uma apologética.

É preciso ver em tudo isso uma dupla tendência histórica. Por um lado, como todo escritor significativo, Thomas Mann esforça-se para obter e figurar um quadro diversificado e abrangente da sociedade de sua época. A universalidade desse quadro exige que os mais variados homens, inclusive os que representam princípios hostis, sejam figurados de modo vivo e multifacetado, e não por rótulos caricatos. Nesse sentido, tanto Thomas Mann quanto alguns de seus importantes contemporâneos superaram em muito o horizonte dos preconceitos da burguesia liberal. Por outro lado, porém, o modo como esses tipos são apreendidos humana e artisticamente reflete a forma lenta e contraditória como o escritor se liberta dos preconceitos burgueses reacionários do período guilhermino. Ressaltamos mais uma vez: não é o fato de que tipos humanos hostis também sejam figurados que indica essa lenta e tímida superação dos preconceitos, mas o comportamento acrítico em relação a tais tipos em sua totalidade social e humana, o fato de não reconhecer as limitações sociais e humanas desses tipos. Para mostrar essa situação com toda a nitidez, basta nos remeter ao retrato que Thomas Mann realiza da Prússia de Frederico, o Grande, e suas tradições na Primeira Guerra Mundial.

Mas essas formas de concepção e figuração de representantes da burguesia liberal podem ser encontradas – de modo menos evidente, é claro – mesmo no período inicial da obra de Heinrich Mann ou, em se tratando de tipos dignos e respeitáveis da classe militar alemã, em Arnold Zweig etc. É evidente que essa forma de concepção ficcional da realidade tem origens políticas e ideológicas. Também aqui alguns exemplos são suficientes. Basta mencionar a falsa apreciação de Bismarck ou Nietzsche: em ambos, ainda hoje se veem certos preconceitos do período superado ou resquícios desses preconceitos.

Esse longo e contraditório percurso de superação da ideologia liberal, alheia ao povo, reflete-se também nos romances históricos dos humanistas antifascistas. Quando mostramos em detalhes que uma das mais importantes fraquezas dessa produção é o fato de ela figurar os problemas da vida do povo do ponto de vista do "alto", de modo que o povo propriamente dito só desempenha algum papel quando se encontra em relação direta com o que se passa no "alto", tínhamos diante de nós um retrato literário claro de tradições burguesas liberais que ainda não haviam sido inteiramente superadas. Sendo assim, o retorno artístico às tradições do romance histórico do tipo clássico não é, em primeiro lugar, uma questão estético-artística. É antes uma consequência necessária da vitória decisiva e total do espírito da democracia revolucionária e da ligação concreta e interna com o destino do povo que está prestes a ocorrer nos grandes representantes do humanismo. (Esperamos que nossas análises tenham demonstrado com clareza suficiente que a mais nova tradição plebeia nos países românicos, cujas etapas são ilustradas pelos nomes de Erckmann-Chatrian, De Coster e Romain Rolland, também padece de uma falta de concretude histórica, embora de maneira totalmente oposta do ponto de vista artístico. Assim, o problema artístico e ideológico do despertar do romance histórico clássico também vale aqui e está ligado à concretização política e social da democracia revolucionária. A única diferença é que as consequências literárias que daí resultam possuem um caráter distinto, muitas vezes o exato contrário.)

A questão da relação com o presente está intimamente ligada a esse conjunto de problemas. Mais uma vez, é preciso ressaltar a oposição entre o romance histórico atual e seus antecessores imediatos. O romance histórico dos humanistas de nossos dias vincula-se de maneira muito estreita com os grandes problemas do presente e, ao contrário, por exemplo, dos romances do tipo de Flaubert, direciona-se para a figuração da *pré-história do presente*. Essa atualidade, em amplo sentido histórico, é um dos maiores progressos realizados pelos humanistas antifascistas; caracteriza o início de uma *virada* na história do romance histórico.

Mas isso é apenas o *início* de uma virada, pois essa mesma virada conduz de volta às tradições do romance histórico clássico. A diferença que até hoje ainda os distingue já foi destacada por nós em diversas ocasiões. Para recapitular: consiste no fato de que o romance histórico dos humanistas atuais fornece – provisoriamente – apenas a *pré-história abstrata das ideias* que movem o presente, e não a pré-história concreta do destino do próprio povo, que é figurada justamente pelo romance histórico em seu período clássico.

Da relação mais ideal e geral do que concreta e histórica dessa produção com o presente resulta necessariamente uma distorção de determinadas personalidades ou correntes históricas, portanto um enfraquecimento daquela admirável fidelidade à realidade histórica que era a força do romance histórico clássico. Mas, além disso, essa relação ideal demais e, por isso, direta demais com o presente dá um caráter abstrato ao conjunto do mundo representado. Se o romance histórico é a pré-história concreta do presente – como era nos clássicos –, o destino do povo nele figurado é, do ponto de vista artístico, um fim em si mesmo. A relação viva com o presente expressa-se no movimento figurado da própria história; portanto, ela é objetiva em sentido artístico, torna-se pura forma artística e não excede jamais o quadro humano e histórico do mundo figurado. (Já mostramos que isso só pode ocorrer no âmbito do "anacronismo necessário".) Ao contrário, a relação direta e ideal com o presente que predomina hoje revela uma tendência imanente a transformar a

O romance histórico | 409

figuração do passado em uma *alegoria do presente*, a extrair da história uma *fabula docet**, o que contraria a essência da completude histórica do conteúdo e o acabamento real e não formal da figuração.

Pode parecer paradoxal, mas de fato essa relação direta com o presente dá um caráter abstrato aos problemas do presente postos em primeiro plano e, por isso, enfraquece-os. Isso pode ser visto com mais clareza no romance *Der falsche Nero* [O falso Nero], de Feuchtwanger. Nenhum outro produto artístico de nosso presente surgiu de um ódio tão ardente contra o fascismo. Mas o *páthos* satírico desse ódio que fez com que Feuchtwanger desse um enorme passo no sentido do combate democrático revolucionário do inimigo não é o único mérito dessa obra. Feuchtwanger figura os movimentos populares com mais concretude que na trilogia sobre Flávio Josefo e, sobretudo, na segunda parte desse ciclo. É verdade que esses movimentos populares são vistos da perspectiva dos que manipulam nos bastidores e dos que lideram no primeiro plano, mas, mesmo assim, ele alcança um grau de concretude e diferenciação muito mais elevado que em suas obras anteriores. Mas, apesar da vivacidade e da concretude, essa interessante obra não passa de uma grande alegoria: vemos como um bufão, instigado por intrigas capitalistas, coloca-se à frente de um movimento popular, exerce durante um bom tempo um poder completamente ditatorial e cai depois que o povo se desencanta. Ainda não se escreveu sátira mais mortal e certeira contra Hitler e seus cúmplices nobres e plebeus. Em consequência do vigor cortante e imediatamente esclarecedor dessa sátira, *Der falsche Nero* desempenha um papel importante na luta antifascista.

Mas o que falta nessa obra interessante e poderosa? Cremos que uma relação mais profunda e concreta com o presente. Ela expressa apenas sentimentos imediatos contra o hitlerismo. Pois a real e profunda questão que move de fato os verdadeiros democratas é: como foi possível que esse bando de assassinos chegasse ao poder em um país como a Alemanha? Como foi possível que milhares e milhares de pessoas lutassem pela causa desses mercenários assassinos a soldo do capitalismo? O romance satírico de Feuchtwanger não resolve o enigma desse movimento de massas, dessa infâmia para a Alemanha. Ele aceita como fato que o povo se deixe levar pela mais grosseira demagogia.

---

*   Em italiano no original: moral da história. (N. T.)

Mas como essa demagogia grosseira pode ter tido tal efeito sobre milhões de pessoas é uma questão que não é nem sequer colocada. Essa questão não é um assunto acadêmico e histórico, mas uma questão prática e de extrema importância. É a questão da perspectiva concreta do colapso da dominação assassina do fascismo. O fato de que seja assim é mostrado pelo próprio romance de Feuchtwanger. Mas, como ele não mostra concretamente o advento sócio-histórico da dominação de seu falso Nero, também não pode figurar concretamente seu colapso sócio-histórico. Acontece um "milagre": uma canção satírica circula de boca em boca, desmascara o vazio interior do usurpador e de seu bando, o povo desencanta-se e a ditadura bárbara desaba. Essa perspectiva de futuro já não expressa, como faz a parte satírica do romance, os sentimentos dos combatentes antifascistas progressistas e, contrariando a intenção de Feuchtwanger, os sentimentos dos que veem o fascismo menos como uma corrente político-social concreta da era do imperialismo que uma "doença social", uma forma de "loucura das massas" e, por isso, esperam passivamente uma "cura", um "desencantamento" do povo; em suma: um colapso automático do regime de Hitler, um milagre.

Vemos que a relação concreta com o presente ou, o que dá no mesmo, a familiaridade concreta com a vida do povo não se deixa substituir por nada, muito menos por uma relação abstrata com o presente, por mais elevado que seja seu nível conceitual e mais brilhante sua expressão literária. Esse problema deve ser ressaltado mais uma vez, pois com ele também se decide, em cada período, o destino artístico do romance histórico. Hoje, a autonomização do romance histórico como gênero particular, que tem um papel considerável em Feuchtwanger e, em especial, em suas observações teóricas, é também um sintoma da fraqueza dessas relações. As razões dessa fraqueza são totalmente contrárias àquelas que atuavam no início do colapso do realismo burguês; mas, dado que é um relaxamento dessa relação que decide tudo, ela traz consequências problemáticas do ponto de vista artístico-formal; contudo, o caráter concreto dessa problemática é essencialmente distinto. Em ambos os casos, assistimos necessariamente ao surgimento de uma modernização e, com ela, um esvaecimento, uma abstração das verdadeiras personagens históricas no romance histórico.

A verdade desse nexo é corroborada por contraexemplos positivos. Em primeiro lugar, vemos que no romance histórico as figurações mais importantes e convincentes surgem quando os escritores têm uma relação mais profunda e complexa – e menos direta, abstrata e alegórica – ao menos com determinados aspectos da vida do povo no presente. Isso aparece de modo nitidamente mais interessante e, para a nova posição do romance histórico, mais característico nas personagens *positivas*. O simples fato de que personagens positivas possam ser criadas já é extremamente importante. Desde Michel Chrestien, de Balzac, e Palla Ferrante, de Stendhal, o romance burguês moderno não conseguiu criar nenhuma personagem positiva que tome parte ativa na vida pública. Mas mesmo Balzac e Stendhal, como realistas lúcidos e coerentes que são, tiveram de transformar seus heróis democráticos e populares em figuras episódicas.

A Frente Popular antifascista e o espírito da democracia revolucionária que ela renovou tornaram possível encarnar em personagens positivas o anseio de liberdade de um povo. Esse é o extraordinário significado histórico, político e também artístico de figuras como Henrique IV, de Heinrich Mann. Essas figurações positivas são polêmicas politicamente aprofundadas contra o culto mentiroso e demagógico ao *Führer* criado pelos fascistas; e, quanto mais elevada artisticamente é a figuração positiva das personagens, mais amplo, profundo e certeiro é politicamente seu efeito polêmico. Pois somente assim elas podem ser encarnações abrangentes da profunda aspiração das mais amplas massas a uma solução positiva para a mais terrível crise que o povo alemão viveu em sua longa e difícil história. O enraizamento das personagens nessas disposições populares é tanto mais profundo quanto menos direta é a figuração. Desse modo, ela se apropria das aspirações mais diversas e ocultas do povo, dando a elas visibilidade e voz; assim, ela não apenas expressa aquilo que hoje se pode vislumbrar na superfície da vida, mas apreende a gênese real da opressão, da degeneração e do caminho para a libertação e cria *modelos* que *aceleram* o processo de tomada de consciência e de decisão do anseio pela libertação.

A personagem de Cervantes, de Bruno Frank, é uma séria prestação de contas com o alheamento das letras alemãs em relação à vida do povo. Mas, se até agora essa autocrítica dos escritores assumiu, na maioria das vezes, uma forma elegíaca e satírica (de modo mais profundo e arrebatador em *Tonio Kröger**, de Thomas Mann), o que temos aqui é um contraexemplo positivo. Em muitas passagens de seu romance, Frank consegue retratar o lado humano de um

---

* 2. ed., Rio de Janeiro, Nova Fronteira, 2000. (N. E.)

escritor que era sobretudo um lutador e para quem a literatura – no nível mais alto de sua completude cultural e artística – era uma parte que coroava todo o resto, mas, mesmo assim, não passava de uma parte de sua atividade social; desse modo, ele oferece uma saída desse estranhamento tanto aos escritores quanto às massas, que sentiam dolorosamente a falta de tal literatura e tais escritores, embora não tivessem consciência disso e somente agora possam perceber o que de fato lhes faltava.

O nexo entre a força de penetração político-polêmica e a elevação artística da figuração é ainda mais incisivo na personagem de Henrique IV, de Heinrich Mann. Aqui, pela primeira vez depois de muito tempo, deparamos com uma brava personagem, que é ao mesmo tempo popular e significativa, inteligente e decidida, prudente e, no entanto, segue em frente sem hesitar. E, como vimos, Heinrich Mann ressalta precisamente o fato de que Henrique IV extrai sua força e sua habilidade do vínculo que tem com a vida do povo, e tornou-se líder do povo por sua capacidade de escutar e satisfazer com coragem e inteligência os verdadeiros anseios das massas populares. A sutileza artística dessa figuração desfere contra o culto a Hitler um golpe mais mortal que a maioria dos ataques diretos. A figuração de Heinrich Mann revela o nexo entre o povo e o *Führer*; portanto, responde de modo indireto e polêmico à questão que move as massas: qual é, na realidade, o conteúdo social, a essencialidade humana da condição de *Führer*? Quando comparamos essa polêmica indireta de Mann com a sátira direta que ele faz de Hitler na figura do duque de Guise, percebemos a superioridade da figuração artística no que diz respeito à força de penetração política.

Naturalmente, essas observações não devem ser compreendidas como um rebaixamento da figuração negativa, satírica do inimigo. Criticamos apenas os limites da abordagem demasiado direta e anistórica dessa questão. As experiências da literatura clássica mostram o nível artístico que as figurações negativas podem atingir, sendo capazes de abarcar todas as determinações históricas importantes. O grande significado das figurações positivas, sobretudo as de Heinrich Mann, consiste no fato de que elas dão largos passos rumo à superação da relação direta e abstrata e, por isso, anistórica e alegórica com o presente.

Grandes passos foram dados. Mas ainda não chegamos ao fim do caminho. Como vimos, as criações de Bruno Frank e do próprio Heinrich Mann são mais retratos que verdadeiros quadros de época. O caráter popular de seus heróis, na medida em que se expressa humanamente, como propriedade do indivíduo figurado, é verdadeiro e autêntico. Contudo, o solo real, a verdadeira interação com todas as forças populares não é figurada. Por isso, faltam – em sentido político e polêmico – a ligação orgânica com a vida do povo, a mediação concreta entre a corrente popular real e o herói que a lidera. Somente quando se esclarece o "como" social e histórico – e não apenas individual e biográfico – do surgimento do herói positivo e popular é que se pode obter o efeito político em sua plenitude: o desmascaramento dos pseudo-heróis do fascismo.

Esse passo já foi dado pela vida, e o feito literário de um Heinrich Mann foi ter visto corretamente e figurado artisticamente esse passo adiante da vida alemã. Continuar nesse caminho só será possível em consequência dessa crescente conexão com a vida do povo.

Assim, a vida corrige e conduz a criação dos verdadeiros escritores. E isso nos leva ao segundo contraexemplo positivo da relação dos escritores de nossos dias com o presente histórico. No capítulo anterior, mostramos que, quando Maupassant e Jacobsen se voltaram para o presente para escolher seus temas, muitos de seus falsos preconceitos, que tomavam uma forma rígida e abstrata em seus romances históricos, foram corrigidos pelas experiências imediatas da vida; como foi possível uma "vitória do realismo" em seus melhores romances de temática contemporânea. Essa "vitória do realismo" também pode ser observada em Feuchtwanger. Tanto em *Erfolg* [Sucesso] quanto em *Die Geschwister Oppenheim* [Os irmãos Oppenheim], há muito a objetar à sua concepção do fascismo. E seria interessante mostrar como essas falsas concepções do fascismo foram ampliadas e vulgarizadas em seus romances históricos. Mas, para nós, o essencial não é isso e sim o fato de que Feuchtwanger criou nesses romances personagens verdadeiramente vivas e populares, nas quais são expressas de modo plástico e convincente as melhores forças populares em rebelião contra a barbárie fascista. Não encontramos personagens como Johanna Krain, de *Erfolg*, ou o jovem estudante Bernhard Oppenheim em nenhum dos romances históricos de Feuchtwanger. Sobretudo nessas personagens, mas também em várias outras de seus romances de temática contemporânea, as capacidades do escritor, muitas vezes turvadas pelas falsas teorias e pelos preconceitos da época, manifestam-se integralmente. Feuchtwanger dedica-se ao romance histórico porque o caráter fechado de seu material parece ser mais fácil de trabalhar artisticamente e, por isso, dá melhores resultados. A nosso ver, essa "facilidade", essa resistência insuficiente do material histórico às falsas construções é uma das fontes de defeito desses romances, ao passo que o caráter árduo da vida do presente obriga o escritor que trabalha com esse material a desenvolver suas mais altas capacidades figurativas.

Esse nexo não é acidental. Se observarmos a literatura alemã do período imperialista, constataremos que o romance histórico – apesar do brilho da figura de Henrique IV – não se compara às monumentais figurações históricacas do presente, aos *Buddenbrooks*, de Thomas Mann, ao ciclo de romances de Heinrich Mann sobre a Alemanha guilhermina etc. E o mesmo se aplica à literatura do pós-guerra: *A montanha mágica**, de Thomas Mann, o ciclo sobre a Primeira Guerra Mundial, de Arnold Zweig, os romances antifascistas de Feuchtwanger constituem pontos altos da figuração, aos quais, no romance histórico, somente *Henrique IV* pode se comparar.

Esse fato histórico-literário e estético expressa um importante problema da missão social da literatura. Em que se baseia o grande significado dos romances mencionados acima? No fato de que seus autores se esforçaram para apresentar de maneira figurada a *gênese histórica* concreta de seu tempo. É precisamente isso que falta até agora ao romance histórico do antifascismo alemão e nisso reside sua principal fraqueza artística. O grande problema que se apresenta ao humanismo antifascista é mostrar as forças sócio-históricas e morais que, uma vez conjugadas, tornaram possível a catástrofe que ocorreu na Alemanha em 1933. Pois somente uma verdadeira compreensão da complexidade e do enredamento dessas forças pode mostrar como elas se engendraram e em quais direções podem se desenvolver para conduzir à derrubada revolucionária do fascismo. O espírito da democracia revolucionária, que desperta de forma cada vez mais veemente nos melhores representantes da Frente Popular literária contra o fascismo, deve seguir cada vez mais energicamente nessa direção e, com isso, superar as tradições literárias e ideológicas do liberalismo que ainda estão em voga no período imperialista.

O romance histórico do humanismo antifascista abriga o perigo de tomar o caminho de uma resistência insignificante. Ele dá aos escritores a possibilidade de se desviar da questão da gênese histórica do presente em direção à abstração, à pré-história abstrata dos problemas. A indicação desse perigo, a crítica ideológica e artística das fraquezas que daí decorrem não é uma

---

* Rio de Janeiro, Nova Fronteira, 2006. (N. E.)

rejeição do romance histórico, de seu grande significado artístico, cultural e político para o presente. Muito pelo contrário. Somente quando essa gênese histórica concreta do presente se iluminar literariamente no espírito dos escritores – isto é, na forma da figuração de homens e destinos segundo o espírito da democracia revolucionária – é que se abrirá a perspectiva real da evolução do romance histórico em sentido estrito. Se comparamos aqui algumas das mais importantes criações do presente com o romance histórico de nossa época, é sobretudo para ressaltar que o espírito *histórico* dessas obras é mais forte que o do romance histórico. Somente a tomada de consciência literária desse espírito histórico e sua transposição para a prática abrirão caminho para um humanismo antifascista no verdadeiro sentido da palavra.

Não podemos efetuar aqui uma crítica detalhada dos romances de temática contemporânea que mencionamos acima. Eles também são produtos de seu tempo e, ainda que tenham surgido da luta contra o imperialismo, contra o declínio do realismo no período imperialista, não podem permanecer incólumes às fraquezas e limitações desse declínio. Mas, por mais que a crítica seja possível e necessária aqui, é preciso lembrar que muitas das mais importantes dessas obras estão mais próximas do tipo clássico do romance social que os romances históricos do antifascismo se encontram dos clássicos que lhes correspondem. Nossas observações mostraram por que isso tinha de ser assim; mostraram que a causa disso não é puramente estética, mas que a grandeza desses romances se encontra justamente no fato de que eles concebem o presente em um espírito mais histórico, no fato de esse espírito, a partir do amplo conteúdo das experiências e vivências dos escritores, converter-se no fundamento dessas obras.

Esse espírito histórico é o novo e grande princípio que Balzac aprendeu com Walter Scott e transmitiu a todos os representantes verdadeiramente grandes do moderno romance social. O declínio do realismo mostra-se no afrouxamento, na abstração, na volatilização desse espírito histórico na figuração do presente, na concepção metafísica de seus problemas, de seus homens e de seus destinos. O romance social moderno é filho do romance histórico clássico, do mesmo modo como este nasceu dos grandes romances sociais do século XVIII. A questão decisiva do desenvolvimento do romance histórico de nossos dias é a restauração desse nexo.

Essa restauração conduz de modo artisticamente necessário a um Renascimento do tipo clássico do romance histórico. Mas ele não será nem pode ser um Renascimento puramente estético. Apenas a formulação concreta e literária da questão: "Como o regime hitlerista foi possível na Alemanha?" pode levar a uma renovação estética do tipo clássico do romance histórico, a um romance histórico realmente acabado do ponto de vista artístico.

A perspectiva da evolução do romance histórico depende, portanto, da retomada das tradições clássicas, dos passos férteis do legado clássico. Apontamos repetidas vezes o fato de que não se trata, nesse caso, de uma questão estética, de uma imitação formal do modo de figuração de Scott ou Manzoni, Púchkin ou Tolstói. E precisamente aqui, quando introduzimos a questão da estreita conexão entre a perspectiva da evolução do romance histórico e o problema do modo como proceder com o legado clássico, temos de destacar veementemente que esse legado reside, por um lado, no espírito popular, democrático e, justamente por isso, real e concretamente histórico do legado clássico e, por outro, em estreita conexão com isso, na alta concretude artística de sua forma. Mas caráter popular, espírito democrático e historicismo concreto têm, em nossa época, um *conteúdo radicalmente distinto* daquele do tempo dos clássicos do romance histórico. E isso não apenas na União Soviética, onde seu conteúdo radicalmente distinto deriva do socialismo vitorioso, mas também no que se refere aos humanistas democráticos combativos no Ocidente capitalista.

O romance histórico clássico figurou as contradições do progresso humano e defendeu esse progresso com meios históricos contra os ataques ideológicos da reação; nessa luta, retratou o necessário declínio da velha e primitiva democracia, as grandes crises heroicas da história da humanidade. Mas sua perspectiva histórica só podia ser a do *declínio necessário do período heroico*, do curso necessário do desenvolvimento em direção à *prosa capitalista*. O romance histórico clássico figura o *crepúsculo* do desenvolvimento heroico revolucionário da democracia burguesa.

O romance histórico atual surge e desenvolve-se na *aurora* de uma *nova* democracia. Isso diz respeito não apenas à União Soviética, onde o rápido desenvolvimento e a vigorosa construção do socialismo produziram um novo florescimento – inédito na história da humanidade – da mais elevada forma da democracia, a democracia socialista. A luta da democracia revolucionária da Frente Popular também não é apenas uma defesa das conquistas da evolução democrática contra os ataques da reação fascista ou fascistizante. Embora isso também faça parte de seus objetivos, ela ultrapassa esses limites na defesa da democracia, e ultrapassa-os com muita frequência a fim de defendê-la de fato. Deve dar à democracia revolucionária conteúdos novos, mais elevados, desenvolvidos, universais, democráticos e sociais. A revolução na Espanha, que se trava diante de nossos olhos, mostra de maneira evidente essa nova evolução. Mostra que uma democracia de novo tipo está prestes a nascer.

A luta por essa nova democracia, que no mundo inteiro provoca um reavivamento entusiasmado e um refinamento das tradições da democracia revolucionária, desperta por toda parte um insuspeitado e extraordinário heroísmo no povo. Encontramo-nos em meio a um período heroico, um período cujo heroísmo não repousa sobre ilusões historicamente necessárias, como o heroísmo dos puritanos na Revolução Inglesa e dos jacobinos na Revolução Francesa, mas cujo fundamento é o verdadeiro reconhecimento das necessidades do povo trabalhador e do sentido evolutivo da sociedade. Esse heroísmo não repousa sobre ilusões porque suas condições históricas não são constituídas de modo que um período de desencantamento prosaico deva se seguir à sua vitória. O heroísmo dos puritanos na Inglaterra e dos jacobinos na França – em grande parte contra a vontade heroica dos combatentes revolucionários – ajudou a garantir a vitória do prosaísmo da exploração capitalista. O heroísmo dos combatentes da Frente Popular é, ao contrário, uma luta pelos verdadeiros interesses de todo o povo trabalhador, pela criação de condições materiais e culturais de vida que possam garantir seu crescimento humano em todos os sentidos.

Essa perspectiva de que o heroísmo da luta não deve ser um episódio – ainda que historicamente necessário, mas nada além de um episódio – na trilha vitoriosa da prosa capitalista altera também a atitude em relação ao passado. Quando um escritor atual, enriquecido pelas experiências das lutas heroicas do povo contra a exploração e a opressão imperialistas em todo o mundo, retrata os precursores históricos dessas lutas, pode retratá-los em um espírito histórico totalmente distinto, mais verdadeiro e profundo do que podiam fazer Walter Scott ou Balzac. Para eles, os períodos heroicos da humanidade só podiam aparecer como episódios e interlúdios, que, mesmo sendo justificados e historicamente necessários, não passam de episódios e interlúdios.

Essa nova perspectiva, que se criou com os acontecimentos dos últimos anos, significa não apenas a possibilidade de uma concepção mais aprofundada do passado histórico, como também a ampliação do campo de figuração de nossa pré-história concreta. Daremos apenas um exemplo. Até o momento, a temática oriental teve um caráter exótico e excêntrico na literatura burguesa. A importação da filosofia indiana ou chinesa e sua apropriação pela ideologia burguesa decadente só fez aumentar esse exotismo. Ao contrário, agora que somos contemporâneos das lutas heroicas de libertação do povo chinês, indiano etc., todos esses desenvolvimentos desembocam concretamente – e, por isso, são passíveis de figuração ficcional – na corrente comum da história da libertação da humanidade. E, à luz dessa orientação comum, o passado desses povos se ilumina de modo inteiramente novo ou, ao menos, pode ser assim iluminado pelo trabalho de seus importantes escritores.

O predomínio da prosa após o declínio do período heroico deve-se ao fato de que os enormes esforços heroicos do povo tiveram como única consequência objetiva a substituição de uma forma de exploração por outra. Do ponto de vista social objetivo, a vitória do capitalismo sobre o feudalismo é evidentemente um grande progresso histórico. E os grandes representantes do romance histórico clássico também reconheceram esse progresso em suas figurações. Mas, justamente porque eram de fato grandes escritores, porque sentiam uma profunda compaixão pelo destino do povo, não lhes era possível assumir a postura de glorificadores incondicionais do progresso capitalista. Sempre figuraram, além do progresso econômico, os terríveis sacrifícios que este impôs ao povo.

A partir desse reconhecimento do caráter contraditório do progresso, os grandes representantes do romance histórico clássico não fazem uma glorificação acrítica do passado. Apesar disso, suas obras expressam nitidamente o luto por muitos momentos do passado: em primeiro lugar, o esforço inútil dos levantes heroicos nos movimentos de libertação do passado; em segundo, a derrocada de muitas das primeiras instituições democráticas e, com elas, de qualidades humanas impiedosamente destruídas pelo progresso. Em escritores realmente significativos, dotados de uma sensibilidade histórica verdadeiramente viva, esse luto é muito dúbio e contraditório, dialético. Ainda que sintam uma repulsa humana, estética e ética contra a vitoriosa prosa capitalista, esses escritores percebem não apenas sua necessidade, mas também o fato de sua vitória necessária ser um passo à frente no desenvolvimento da humanidade, apesar de todos os horrores ligados a ela.

Essa duplicidade não existe no escritor atual. Sua perspectiva de futuro não se baseia em ilusões, tampouco em um despertar desencantado de ilusões revolucionárias perdidas. Não mostra nenhum tipo de degradação das manifestações heroicas e humanas da vida do ponto de vista de um futuro

O romance histórico | 419

vitorioso; ao contrário, mostra um amplo desdobramento, um grande aprofundamento e a elevação a um novo patamar de todas as preciosas qualidades humanas que surgiram ao longo do desenvolvimento.

Um exemplo bastará para evidenciar essa diferença de perspectiva, que é uma diferença da evolução da realidade histórica. Na primeira seção deste trabalho, mencionamos a bela análise que Maksim Górki faz dos romances de Cooper. Essa análise mostra de maneira muito clara a postura dúplice dos clássicos do romance histórico. Eles devem afirmar como progresso necessário o declínio dos índios, dos nobres, honestos e heroicos "caçadores de peles", mas não podem se impedir de ver e retratar a mesquinhez humana dos vencedores. Esse é o destino necessário de toda cultura primitiva que entra em contato com o capitalismo.

Fadeiev, em seu novo ciclo de romances, abordou um problema difícil, tematicamente semelhante, embora ainda não resolvido (ao menos nas partes de sua obra publicadas até agora): o destino dos remanescentes da tribo dos Udege, que vivem quase em um sistema de comunismo primitivo e entraram em contato com a revolução proletária. É claro que esse contato deve transformar vigorosamente a vida ética e econômica da tribo; é claro também que essa transformação deve assumir uma direção contrária à retratada por Cooper como profundamente trágica.

A libertação revolucionária do jugo do capitalismo gera um impulso heroico de enorme proporção e profundidade. Mas – e isso é essencial – esse impulso não é um episódio ao qual se seguirá uma nova opressão das energias populares; ao contrário, ele remove todos os obstáculos que se opõem ao desenvolvimento das energias humanas nas massas populares; cria instituições que ajudam a acelerar e a aprofundar econômica e culturalmente o desenvolvimento das energias do povo. Essa perspectiva da verdadeira e duradoura libertação do povo muda a perspectiva de futuro dos romances históricos; confere à sua elucidação do passado uma ênfase totalmente distinta daquela que o romance histórico clássico possuía e podia possuir; permite descobrir novas tendências e traços no passado que o romance histórico clássico não conhecia e não podia conhecer. *Nesse sentido*, o novo romance histórico, surgido do espírito popular e democrático de nosso tempo, situa-se em franca *oposição* ao romance histórico clássico.

Com base no que foi exposto até aqui, é compreensível que essa nova perspectiva se apresente não apenas aos escritores soviéticos, mas também aos humanistas da Frente Popular antifascista – se bem que, na União Soviética, tais tendências tenham de ser objetiva e subjetivamente mais claras e desenvolvidas. Mas a luta por uma democracia de novo tipo, a clareza a respeito da conexão entre os problemas dessa democracia e a libertação econômica e cultural dos explorados – conexão que, como vimos, é particularmente manifesta nos escritos de Heinrich Mann – mostram que essa perspectiva também é realidade para os combatentes da Frente Popular. Portanto, pode tornar-se realidade também para sua literatura.

A efetivação dessas tendências tem necessariamente de provocar, também no que se refere à forma artística, profundas alterações no romance em geral e, com isso, no romance histórico. De maneira bastante geral, podemos chamar essa tendência de *tendência à epopeia*. Tal tendência é visível em algumas das melhores obras dos últimos tempos. Basta pensar em passagens conhecidas de *A juventude do rei Henrique IV*, de Heinrich Mann.

Essa tendência surge com uma profunda necessidade histórica. Expressa artisticamente o fato histórico que nos levou a caracterizar o novo romance histórico como oposto ao romance histórico clássico. Mas não podemos perder de vista que se trata aqui *apenas* de uma tendência. Somente no socialismo desenvolvido a supressão do caráter antagonista das contradições, com suas consequências para todo o conjunto da atividade humana, pode tornar-se um princípio determinante da estrutura e do movimento da vida social. Enquanto houver uma economia capitalista, o antagonismo das contradições dominará. É claro que a perspectiva concreta e real de libertação futura gera uma atitude subjetiva distinta diante do curso contraditório de desenvolvimento da história, sem, porém, poder suprimir seu modo de ser real. E isso explica por que tais mudanças de estilo não podem ser mais que uma tendência.

Ainda estamos muito longe de poder considerar a prosa capitalista um período da evolução da humanidade totalmente superado, um período que pertence apenas ao passado. O fato de a tarefa central da política interna da União Soviética ser a superação dos resquícios do capitalismo na economia e na ideologia mostra que, mesmo na realidade socialista, a prosa capitalista ainda é um fator da realidade, embora seja um fator derrotado e condenado à ruína final.

O que Marx disse sobre as instituições jurídicas vale também para as formas literárias. Elas não podem se situar acima da sociedade que as gera. Já que tratam das leis, das contradições e dos problemas mais profundos de uma época, também não *devem* se situar acima no sentido de antecipar as perspectivas do desenvolvimento por meio de projeções utópicas e românticas de seu ser no presente. Seu significado se encontra em seu realismo, em seu profundo e fiel espelhamento do que realmente é. Pois o que realmente é contém as tendências que conduzem ao futuro de modo mais forte e nítido que os mais belos sonhos e projeções utópicos.

É evidente que essa limitação se aplica ainda mais à literatura antifascista do Ocidente. Lá, o sistema capitalista domina em sua forma mais repulsiva, bárbara e desumana. Hoje, o máximo que a Frente Popular pode fazer é, como na Espanha, reunir todas as forças da democracia na resistência contra o fascismo. Mas a vitória – a libertação do jugo fascista, a fundação da nova sociedade democrática e o fim da exploração – é, na melhor das hipóteses, o objeto da luta e, na maioria dos casos, uma simples perspectiva real de futuro. O fato de que nos países capitalistas, sob essas condições sociais e políticas, tenha surgido uma literatura do tipo que vislumbramos no romance histórico antifascista é um sinal muito importante de nosso tempo, do amadurecimento da situação revolucionária, do enorme significado internacional da construção vitoriosa do socialismo na União Soviética. Mas o reconhecimento dessa nova situação não pode nos levar a desvirtuar a conversão mental dessas perspectivas e tendências em realidade objetiva.

Por isso, hoje, a oposição entre o romance histórico e o romance histórico de tipo clássico é extremamente relativa. A oposição tendencial teve de ser destacada para que não se pensasse que desejamos um despertar formal, uma imitação artística do romance histórico clássico. Isso é impossível. A diferença das perspectivas históricas determina também uma diferença nos princípios artísticos da composição e da caracterização. Quanto mais essas perspectivas e tendências se transformam em realidade e quanto mais a evolução geral do romance pende para a epopeia, maior é essa oposição. Em que medida isso se tornará um contraste radical é algo a que seria inútil, hoje, dedicar qualquer especulação.

Isso é tanto mais verdadeiro quando se sabe que a frente principal da luta no terreno artístico é a superação do legado nocivo. Mostramos que no novo romance histórico existem tendências opostas, em muitos sentidos, às do declínio do realismo burguês. Mas até o momento essas tendências não foram levadas a cabo. A liquidação do legado nocivo ainda não foi consumada. E vimos que a problemática tanto ideológica quanto artística do romance histórico de nossos dias depende essencialmente do ajuste de contas radical com esse legado ideológico e artístico. Além disso, devemos destacar que a antecipação utópica da perspectiva de futuro, sua transformação em uma suposta realidade pode provocar com muita facilidade uma recaída no estilo de períodos já ultrapassados, em consequência da neutralização das contradições antagonistas realmente atuantes na realidade.

Nessa luta, o estudo do romance histórico clássico desempenhará um papel extraordinário. Não apenas porque temos nele uma medida literária de altíssimo nível para nossa figuração das tendências reais da vida do povo – portanto, uma medida para o caráter popular do romance histórico –, mas também porque o romance histórico clássico, em consequência desse caráter popular, estabeleceu as *leis gerais da grande épica* de forma modelar, ao passo que a dissolução da vida que se apresenta no romance do período de decadência degenerou em grande medida essas leis gerais da arte narrativa, desde a arte da composição e da caracterização até a escolha das palavras. É justamente a essa perspectiva de retorno do romance à grandeza verdadeiramente épica que cabe despertar essas leis gerais da grande arte narrativa, trazê-las de volta à consciência, pô-las novamente em prática, caso não se queira que elas se dissolvam em uma problemática repleta de contradições. Tal problemática pode ser observada no mais elevado produto do romance histórico moderno, *A juventude do rei Henrique IV*, de Heinrich Mann, em que o grandioso caráter épico do herói positivo, a monumentalidade do estilo narrativo encontra-se em contradição peculiar e não resolvida com a pequenez inevitável e insuperável do modo biográfico de figuração.

E de modo totalmente distinto – porém, em sentido histórico mais amplo, análogo – pudemos observar em *Colas Breugnon*, de Romain Rolland, que essa força voltada artisticamente para o futuro se une de forma contraditória a uma problemática especificamente contemporânea.

Assim, o romance histórico de nosso tempo deve negar de modo brusco e radical seus precursores imediatos e extirpar com vigor essas tradições de sua própria criação. A necessária aproximação do romance histórico de tipo clássico que resulta disso não será de modo algum, como mostramos em nossas observações, um simples Renascimento dessa forma, uma simples afirmação dessas tradições clássicas, mas, caso nos seja permitido recorrer à terminologia de Hegel, uma renovação na forma da negação da negação.

Índice remissivo

As obras citadas neste livro estão relacionadas junto do nome do autor. Os números em negrito indicam as páginas em que foram tratadas em detalhes.

Addison, Joseph (1672-1719), 248, 251.
   Cato (p. 248).
Alexis, Willibald (1798-1871), 88, 91, 318.
   Isegrimm (p. 318).
Alfieri, Vittorio (1749-1803), 123-4, 143-4, 204-5.
   Filippo (p. 204), *Mirra* (p. 143-4).
André, Edgar (1894-1936), 329, 343.
Aristófanes (c. 450-388 a.C.), 148.
   As rãs (p. 148).
Aristóteles (384-322 a.C.), 116, 118, 137.
Arnim, Ludwig Achim von (1781-1831), 90, 304.
Augusto (Caius Octavius Augustus) (63 a.C.-14 d.C.), 382.
Aulard, François Victor Alphonse (1849-1928), 392.
Avenarius, Richard (1843-1896), 289.
Baboeuf, François Noël (1760-1797), 322.
Bachofen, Johann Jakob (1815-1887), 125.
Balzac, Honoré de (1799-1850), 46-7, 51, 53, 56, 59-61, 74, 84-5, 87, 94, 99, 106-11, 116, 156, 159-60, 178-9, 206-8, 224, 226-7, 234, 237-8, 264, 282, 294, 296, 335-6, 339, 358-9, 363, 372, 379, 411, 415, 417.

A Bretanha em 1799 (p. 106, 110), *Os camponeses* (p. 359), *A comédia humana* (p. 106-8, 110, 173, 206, 359, 372), *Esplendores e misérias das cortesãs* (p. 108), *O gabinete das antiguidades* (p. 206), *Ilusões perdidas* (p. 107), *O pai Goriot* (p. 178-9), Sobre *A cartuxa de Parma*, de Stendhal (p. 60).
Barbusse, Henri (1873-1935), 394.
Baudelaire, Pierre Charles (1821-1867), 239, 284-6.
   As flores do mal (p. 286).
Baumgarten, Franz Ferdinand (1880-1927), 287.
   Das Werk Conrad Ferdinand Meyers [A obra de C. F. Meyer], (p. 287).
Beethoven, Ludwig van (1770-1827), 395.
Belinski, Vissarion Grigorievich (1811-1848), 51-2, 68, 94, 96, 98, 166, 204-6, 323, 347.
Bellini, Vicenzo (1801-1835), 155.
   Norma (p. 155).
Berlichingen, Gottfried von (1480-1562), 36, 89, 140, 193, 194.
Bertram, Ernst (1884-1957), 301-4.
Bismarck, Otto von (1815-1898), 223, 225, 271-2, 278-9, 337, 407.
Blanqui, Louis Auguste (1805-1881), 323.

424 | György Lukács

Blos, Wilhelm (1849-1927), 392.

Boétie, Étienne de la (1530-1563), 193.

Boileau-Despréaux, Nicolas (1636-1711), 33.

Bórgia, César (1475-1507), 237, 278.

Börne, Ludwig (1786-1837), 331.

Bouilhet, Louis (1821-1869), 283.

Bourget, Paul (1852-1935), 233, 293-4.

Brandes, Georg (1842-1927), 224, 236-7, 270, 275, 289.

Büchner, Georg (1813-1837), 130, 169, 196-7, 323, 338.

    A morte de Danton (p. 130, 169).

Büchner, Ludwig (1824-1899), 392.

Bulwer, Edward (1803-1873), 300.

Burckhardt, Jakob (1818-1897), 213, 219-23, 273, 279, 281.

Burke, Edmund (1729-1797), 35.

Byron, George Gordon Noël (1788-1824), 50, 87.

Calderón de la Barca, Pedro (1600-1681), 133, 151, 163, 190.

    O alcaide de Zalamea (p. 133, 162).

Calprenède, Gauthier de Coste de (1610-1663), 33.

Carlos IX, rei da França (1550-1574), 102.

Carlyle, Thomas (1795-1881), 46, 55, 219.

Catarina de Medici (1519-1589), 99, 102, 110, 350, 388-9.

Cervantes de Saavedra, Miguel de (1547-1616), 116, 330, 362.

    Dom Quixote (p. 184, 362).

César (Caius Julius Caesar) (100-44 a.C.), 241-2, 382.

Chateaubriand, François René de (1768-1848), 42, 81, 102, 231.

Chatrian, Alexandre (1826-1890), 254-5, 257, 260-1, 263-4, 267, 290, 346, 348, 407.

    Histoire d'un conscrit de 1813 [História de um conscrito de 1813] (p. 260).

Choderlos de Laclos, Pierre Ambroise François (1741-1803), 51.

Cobbet, William (1762-1835), 219.

Condorcet, Marie Jean Antoine (1743-1794), 43, 199.

Cooper, James Fenimore (1789-1851), 52, 61, 85-7, 98, 185, 358, 419.

    The Leatherstocking Tale (p. 85).

Copérnico, Nicolau (1473-1543), 374.

Corneille, Pierre (1606-1684), 134, 190, 198-200, 202-3.

    O Cid (p. 200), *Cinna ou La clémence d'Auguste* (p. 200), *Rodogune* (p. 203).

Croce, Benedetto (1866-1952), 222, 288, 307, 337.

Cromwell, Oliver (1599-1658), 48, 55, 71, 95, 250, 378, 380-2.

Cunow, Heinrich (1862-1936), 392.

Cuvier, Georges (1769-1832), 105, 126.

D'Albert, Jeanne (1528-1572), 102.

D'Annunzio, Gabriele (1863-1938), 281.

Dahn, Felix (1834-1912), 225, 283, 300-1.

Danton, Georges Jacques (1759-1794), 130, 169, 197, 257, 261, 342.

De Coster, Charles (1827-1879), 263-71, 290, 399, 400, 407.

    A lenda de Eulenspiegel (p. 263, 265-8, 400).

De Maistre, Joseph Marie, Conde (1753-1821), 35.

Defoe, Daniel (1659 ou 1660-1731), 358.

    Moll Flanders (p. 34).

Diaz, José (1894-1942), 322.

Dickens, Charles (1812-1870), 296-8.

    Barnaby Rudge (p. 296, 298), *Dombey and son* (p. 298), *Little Dorrit* (p. 298), *Um conto de duas cidades* (p. 297-8).

Diderot, Denis (1713-1784), 34, 327, 392.

Dimitroff, Georgi (1882-1949), 330, 337.

Döblin, Alfred (1878-1957), 333-5, 343, 346-7.

    Berlim Alexanderplatz (p. 346).

Dobroliubov, Nikolai Alexandrovich (1836-1861), 323.

Dreyfus, Alfred (1859-1935), 312, 315, 394.

Dürer, Albrecht (1471-1528), 326.

Ebers, Georg (1837-1898), 225, 300-1.

Eckermann, Johann Peter (1792-1854), 73, 87.

Elizabeth I, rainha da Inglaterra (1533-1603), 48, 55.

Engels, Friedrich (1820-1895), 74, 76-8, 125, 127, 161, 175, 212, 218, 235-6, 279, 296, 311, 326, 331, 337, 372, 375, 381-2, 392.

    Carta a Margaret Harkness (p. 74), *A origem da família, da propriedade privada e do Estado* (p. 125, 235).

Erasmo de Roterdã, Desiderius (1466-1536), 325-7, 330, 340, 399.

O romance histórico | 425

Erckmann, Émile (1822-1899), 254-5, 257, 260-1, 263-4, 267, 290, 346, 348, 407.
Histoire d'un conscrit de 1813 (p. 260).
Ernst, Paul (1866-1933), 176.
Ésquilo (525-456 a.C.), 123, 125, 148, 153.
Oréstia (p. 125, 198).
Eurípedes (480-406 a.C.), 153, 235.
Antígona (p. 122, 128, 153, 172), *Hipólito* (p. 235)
Fadeiev, Alexander (1901-1956), 419.
Posledny iz Udege [O último dos Udege] (p. 296).
Fechter, Paul (1880-1958), 302.
Ferguson, Adam (1723-1816), 76.
Feuchtwanger, Lion (1884-1958), 27, 288, 297, 299, 314-5, 320, 329, 331-3, 336-7, 339--40, 344, 351-7, 359-60, 364, 384, 386, 409-10, 413-4.
Erfolg (p. 413), *Der falsche Nero* (p. 330, 409), *Das gelobte Land* (p. 356), *Die Geschwister Oppenheim* (p. 413), *Die häßliche Herzogin Margarete Maultasch* (p. 351), *O judeu Süss* (p. 351-5), *Der jüdische Krieg* (p. 355), *Die Söhne* (p. 355, 360).
Feuerbach, Ludwig (1804-1872), 392.
Fielding, Henry (1707-1754), 34, 84, 88, 247-8, 358.
Tom Jones (p. 34, 184).
Filipe II, rei da Espanha (1527-1598), 204, 362.
Flaubert, Gustave (1821-1880), 111, 213, 225--40, 243-5, 253, 265, 269, 271, 275, 277-8, 282-5, 290-2, 294, 299, 301, 308, 314, 320, 337, 353, 365, 384, 404, 408.
A educação sentimental (p. 228, 271), *Madame Bovary* (p. 226, 228, 230-1, 233, 294), *Salambô* (p. 225-34, 236, 243-5, 384), *As tentações de santo Antão* (p. 265).
Flávio Josefo (c. 37-100), 330, 333, 337, 339--40, 354, 356-7, 360, 384, 409.
Fontane, Theodor (1819-1898), 91, 318-9.
Effi Briest (p. 318), *Irrungen, Schach von Wuthenow* (p. 318-9), *Vor dem Sturm* (p. 318), *Wirrungen* (p. 318).
Ford, John (1586-1639), 115, 143-5.
Perkin Warbeck (p. 115), *Tis pity she's a whore* (p. 143).
Forster, Georg (1754-1794), 339.

Fouqué, Friedrich Heinrich de la Motte- (1777--1843), 304.
Fourier, Charles (1772-1835), 44, 215.
Fradkin, Ilia (1915-1993), 316.
France, Anatole (1844-1924), 256, 293, 312-6, 320, 323, 341-2, 390-6.
Os deuses têm sede (p. 315-6, 342, 393), *La rôtisserie de la reine Pédauque* (p. 315, 390-1, 393, 396).
Frank, Bruno (1887-1945), 344, 362-3, 386, 411-2.
Cervantes (p. 362-3, 386, 411).
Frederico II, rei da Prússia (1712-1786), 38, 274.
Freytag, Gustav (1816-1895), 77, 108, 225, 301.
Die Ahnen [Os antepassados] (p. 77, 225).
Galilei, Galileu (1564-1642), 374.
Gautier, Théophile (1811-1872), 215, 283, 286.
George, Stefan (1868-1933), 301, 305.
Gibbon, Edward (1737-1794), 35.
Gneisenau, August Grag Neithardt von (1760--1831), 39, 318.
Gobineau, Joseph Arthur de (1816-1882), 216.
Goethe, Johann Wolfgang (1749-1832), 36, 46-7, 51, 53, 59, 70-4, 81-3, 85, 87-90, 93, 96, 115, 140, 149, 156, 163-4, 166, 174, 178, 181, 193-6, 203-6, 238, 241, 242, 266, 279-81, 305, 367-70, 373, 374.
Adelchi von Manzoni (p. 81), *As afinidades eletivas* (p. 88), *Os anos de aprendizagem de Wilhelm Meister* (p. 59, 367), *Os anos de peregrinação de Wilhelm Meister* (p. 367), *Dichtung und und Wahrheit* (p. 369-70), *Egmont* (p. 70-1, 88, 153, 178, 194, 204-5), *Fausto* (p. 88, 90, 266), *Gespräche mit dem Kanzler Müller* (p 87), *Gespräche mit Eckermann* (p. 73-4, 87), *Hermann und Dorothea* (p. 70-71, 82, 280), *Die natürliche Tochter* (p. 88), *Reineke Raposo* (p. 88), *Torquato Tasso* (p. 373-4), *Über epische und dramatische* (p. 164, 181), *Wilhelm Meisters theatralische Sendung* (p. 367).
Gógol, Nikolai Vassilievich (1809-1852), 97-8, 185.
Taras Bulba (p. 97).
Goncourt, Édmond Louis Antoine de (1822--1896), 227, 283, 293, 314.
Goncourt, Jules Alfred Huot de (1830-1870), 227, 283, 314.

426 | György Lukács

Górki, Maksim (1868-1936), 86, 121, 156, 180, 185, 205, 240, 419.
  A família Artamonov (p. 121), *A mãe* (p. 180, 185), *Yegor Bulichov* (p. 180, 205)
Grillparzer, Franz (1791-1872), 168.
Grimm, Hans (1875-1959), 302.
Guizot, Guillaume (1787-1874), 46, 219.
Gundolf, Friedrich (1880-1931), 301-3, 305.
Gutzkow, Karl (1811-1878), 91.
Guyau, Jean Marie (1854-1888), 283, 287.
Hauptmann, Gerhart (1862-1946), 124, 146-7, 241-2, 321.
  Florian Geyer (p. 241), *Os tecelões* (p. 124).
Hebbel, Friedrich (1813-1863), 88, 116, 128, 133, 151-2, 154, 157-8, 172, 186-7, 198, 203, 241-2, 283, 304-5.
  Herodes und Mariamne (p. 128), *Judite* (p. 151-2, 154), *Maria Magdalene* (p. 133), *Mein Wort über das Drama* (p. 187).
Hegel, Georg Wilhelm Friedrich (1770-1831), 44-6, 52-3, 56-7, 66, 73, 76, 81-3, 89, 119, 120, 122, 125-6, 132, 140, 150, 171-2, 187, 204, 206, 212-3, 217-8, 264, 325, 354, 368, 371, 422.
  Cursos de estética [*Ästhetik*] (p. 82, 120-1), *Fenomenologia do espírito* (p. 371).
Heine, Heinrich (1797-1856), 38, 40, 46, 76-7, 99, 279, 323, 331.
  O livro de Le Grand (p. 38).
Heliogábalo, imperador romano (201-222), 286.
Hénault, Charles Jean François (1685-1770), 200-1.
Henrique IV, rei da França (1533-1610), 27, 197, 330-1, 340-3, 350, 364, 383-4, 386-90, 397-8, 411-2, 414, 420, 422.
Herder, Johann Gottfried (1744-1803), 37.
Heredia, José Maria de (1803-1839), 283.
Herzen, Alexander Ivanovich (1812-1870), 313, 323.
Hitler, Adolf (1889-1945), 325, 328-30, 343, 356, 409-10, 412.
Hoffmann, Ernst Theodor Amadeus (1776-1822), 301.
Hoffmannsthal, Hugo von (1874-1929), 223.
Hölderlin, Friedrich (1770-1843), 64, 302, 323.
  Über Achill (p. 64).
Homero, 58, 64-5, 76, 101, 374, 379.

Ilíada (p. 58, 82, 181), *Odisséia* (p. 82, 181-2).
Huch, Ricarda (1864-1947), 319.
Hugo, Victor (1802-1885), 94-5, 101, 313, 314-6, 341, 343, 391.
  Cromwell (p. 95), *Os miseráveis* (p. 314), *1793* (p. 313-16, 341, 391, 395).
Hume, David (1711-1776), 76.
Huxley, Aldous (1894-1963), 225, 308.
Huysmans, Joris Karl (1848-1907), 281.
Ibsen, Henrik (1828-1906), 155, 157-8.
  Rosmersholm (p. 157).
Immermann, Karl Leberecht (1796-1840), 296.
  Münchhausen (p. 296).
Jacobi, Johann (1805-1877), 323, 337.
Jacobsen, Jens Peter (1847-1885), 245-7, 297, 301, 337, 413.
  Niels Lyhne (p. 297), *Frau Marie Grubbe* (p. 245-6).
Jaurès, Jean (1859-1914), 392.
Joyce, James (1882-1941), 347, 371.
Keller, Gottfried (1819-1890), 240, 271, 278, 293, 301, 305, 369, 397.
  Der grüne Heinrich (p. 369).
Kepler, Johannes (1571-1630), 374.
Kerr, Alfred (1867-1948), 308.
Klages, Ludwig (1872-1956), 305.
Kleist, Heinrich von (1777-1811), 89, 90.
  Michael Kohlhaas (p. 89), *Prinz Friedrich von Homburg* (p. 90).
Körner, Christian Gottfried (1756-1831), 170.
Kugelmann, Ludwig (1830-1902), 375.
L'Hospital, Michel de (1507-1573), 388-9.
Lafargue, Paul (1842-1911), 314, 375.
  "Karl Marx: recordações pessoais" (p. 375)
Lassalle, Ferdinand (1825-1864), 140, 195, 337.
Latouche, Henri de (1785-1851), 60.
  Leo (p. 60).
Le Bon, Gustave (1841-1931), 219.
Leconte de Lisle, Charles Marie (1818-1894), 283.
Lenin, Vladimir Ilitch (1870-1924), 29, 32, 62-3, 126, 129-31, 177, 262, 310-1, 313, 336, 375-6, 380.
  À memória de Herzen (p. 313), *Os bolcheviques devem tomar o poder?* (p. 62, 376), *O Estado e a revolução* (p. 375), *O imperialismo: fase superior do capitalismo* (p. 310),

Para a crítica da "Ciência da lógica" de Hegel (p. 29), *Que fazer?* (p. 262).

Leonardo da Vinci (1452-1519), 326.

Lesage, Alain René (1668-1747), 34, 168.

Le diable boiteux (p. 168).

Lessing, Gotthold Ephraim (1729-1781), 36-7, 123, 134, 150, 201-3, 205, 327, 331.

Hamburgische Dramaturgie (p. 203), *Emilia Galotti* (p. 133, 205).

Liebknecht, Wilhelm (1826-1900), 337, 375.

Karl Marx zum Gedächtnis (p. 375).

Lifschitz, Mikhail Alexandrovitch (1905-1983), 45, 116.

Linden, Walther (1895-1944), 302.

Linguet, Henri (1736-1794), 41.

Lope de Vega Carpio, Felix (1562-1635), 190, 362.

Lucanus, Marcus Annaeus (39-65), 74.

Ludwig, Otto (1813-1865), 64, 159, 161, 179, 189, 381.

Romanstudien (p. 63-4, 159, 179, 381).

Luís Filipe, rei da França (1773-1850), 109.

Luís XI, rei da França (1423-1483), 55, 67, 75, 78, 303.

Luís XIII, rei da França (1601-1643), 396, 399.

Luís XIV, rei da França (1638-1715), 61, 248, 386.

Luís XVI, rei da França (1754-1793), 100.

Lukács, György (1885-1971), 110, 148, 156, 260, 316, 318, 377

Deutsche Realisten des XIX. Jahrhunderts (p. 316, 318), "Erzählen oder Beschreiben" (p. 260), *Goethe und seine Zeit* [Goethe e seu tempo] (p. 156), *Thomas Mann* (p. 377), "Die intelektuelle Physiognomie der künstlerischen Gestalten" (p. 148, 260), *Probleme des Realismus* (p. 148, 260), *Der russische Realismus in der Weltliteratur* (p. 110).

Lutero, Martinho (1483-1546), 89.

Luxemburgo, Rosa (1870-1919), 351.

Mach, Ernst (1838-1916), 289, 379.

Makart, Hans (1840-1884), 301.

Malthus, Thomas Robert (1766-1834), 216.

Mann, Heinrich (1871-1950), 27, 286, 312, 314, 320-2, 326, 329-32, 340-4, 350, 364, 383, 385-90, 394, 397, 403, 405, 407, 411-4, 420, 422.

Die Armen (p. 414), *Die Jugend des Königs Henri Quatre* [A juventude do rei Henrique IV] (p. 330-1, 341-4, 350, 364, 383, 385- -90, 397, 411-4, 420-2), *Der Kopf* (p. 414), *Professor Unrat* [O anjo azul] (p. 286), *Der Untertan* (p. 286, 312, 414), *Die Vollendung des Königs Henri Quatre* (p. 27), *Der Weg der deutschen Arbeiter* (p. 329, 343).

Mann, Thomas (1875-1955), 121, 155, 321, 323, 347, 377, 406-7, 411, 414.

Buddenbrooks (p. 121, 347, 414), *Doutor Fausto* (p. 377), *Friedrich und die grosse Koalition* (p. 407), *Tonio Kröger* (p. 411), *A montanha mágica* (p. 414).

Manzoni, Alessandro (1785-1873), 51, 81, 87, 92-3, 96, 98, 111, 116, 134-5, 141, 145, 166, 169, 196, 203-4, 270, 364, 403, 416, 425.

Adelchi (p. 81), *Os noivos* (p. 92-3, 364, 403).

Maquiavel, Nicolau (1469-1527), 278.

Marat, Jean Paul (1744-1793), 99, 261-2, 342.

Maria Stuart (1662-1695), 55, 66, 75, 184, 378.

Marlowe, Christopher (1564-1593), 115.

Eduardo II (p. 115).

Marx, Karl (1818-1883), 35, 40, 46, 76, 102, 125-7, 140, 170, 175, 195, 209, 212, 218, 235-6, 285, 311, 323, 325, 337-8, 358, 371-2, 375-6, 382, 392, 420.

O 18 de brumário de Luís Bonaparte (p. 126, 212, 285, 338, 371), *Cartas a Kugelmann* (p. 375), *Crítica da filosofia do direito de Hegel* (p. 125-6), *Teorias da mais-valia* (p. 36).

Maupassant, Guy de (1850-1893), 111, 244,-7, 253, 297, 301, 413.

Bel-ami (p. 297), *Uma vida* (p. 244, 297)

Maurois, André (1885-1967), 225, 309.

Ariel ou A vida de Shelley (p. 309).

Mazarin, Jules (1602-1661), 60-1.

Mehring, Franz (1846-1919), 331, 338, 376, 392.

Karl Marx, Geschichte seines Lebens [Karl Marx: vida e obra] (p. 376), *Die Lessing- -Legende* [A lenda de Lessing] (p. 331)

Meinecke, Friedrich (1862-1954), 287.

Meinhold, Wilhelm (1797-1851), 240-1.

A bruxa âmbar (p. 240-1).

Merechkovski, Dmitri Sergeievitch (1865- -1941), 305, 307.

Petr i Aleksei [Pedro, o Grande, e seu filho Alexei] (p. 305).

428 | György Lukács

Mérimée, Prosper (1803-1870), 102-5, 139-41, 151, 364.
Chronique du Règne de Charles IX (p. 102), *La Jacquerie: scènes féodales* (p. 139)
Metternich, Klemens Lothar Menzel von (1773- -1859), 302, 304.
Meyer, Conrad Ferdinand (1825-1898), 213, 244, 269, 271-83, 285, 287, 289, 290-1, 295, 314, 337, 365, 404.
Gustav Adolfs Page (p. 280), *Der Heilige* (p. 274), *Die Hochzeit des Mönchs* (p. 274), *Huttens letzte Tage* (p. 274), *Jürg Jenatsch* (p. 272-3, 279), *Plautus im Nonnenkloster* (p. 280), *Die Versuchung des Pescara* (p. 272).
Michelangelo Buonarotti (1475-1564), 395.
Michels, Robert (1876-1936), 219.
Mirabeau, Honoré Gabriel Riquetti von (1749- -1791), 262, 318-9.
Moleschott, Jakob (1822-1893), 392.
Mommsen, Theodor (1817-1903), 217, 299.
Montaigne, Michel Eyquem de (1533-1592), 193, 330, 392.
Montesquieu, Charles-Louis de Secondat, barão de La Brède et de (1689-1755), 35.
Morgan, Lewis Henry (1818-1881), 76.
Müller, Friedrich von (1779-1849), 87, 425.
Musil, Robert (1880-1942), 347.
Napoleão I, imperador dos franceses (1769- -1821), 33, 38-40, 42, 61, 223, 257, 372, 380, 382.
Napoleão III, imperador dos franceses (1808- -1873), 223.
Nero, Lucius Domitius, imperador romano (37- -68), 200, 286, 330, 332, 409-10.
Nietzsche, Friedrich (1844-1900), 213, 216, 219, 221-3, 235, 239, 288, 301-2, 305, 312, 337, 407.
Vom Nutzen und Nachteil der Historie für das Leben (p. 222).
Novalis (Friedrich Freiherr von Hardenberg) (1772-1801), 90, 304.
A cristandade ou a Europa (p. 304).
Ostrovski, Alexander (1823-1886), 133.
Gewitter (p. 133).
Pareto, Vilfredo (1848-1923), 219.
Pater, Walter Horatio (1839-1894), 300-1.
Marius the Epicurean (p. 300).
Pedro I, czar da Rússia (1672-1725), 95, 110.

Piloty, Karl von (1826-1886), 301.
Pissarev, Dmitri Ivanovitch (1840-1868), 254-7, 263.
Plutarco (c. 46-125), 193.
Pöhlmann, Robert von (1852-1914), 217.
Proudhon, Pierre Joseph (1809-1865), 258.
Púchkin, Alexander Sergeievitch (1799-1837), 47, 50-1, 53, 73, 84, 87, 94-8, 111, 116, 118, 135, 149, 162-3, 169, 191, 196-7, 199, 206, 241-2, 247, 257, 346-7, 380, 403, 416.
Boris Godunov (p. 116, 196-7), *Eugen Onegin* (p. 347), *A filha do capitão* (p. 95), *O negro de Pedro, o Grande* (p. 95).
Pugatchov, Iemelian Ivanov (1720-1775), 94-5, 378, 380-1.
Raabe, Wilhelm (1831-1910), 316-7, 318-9.
Die Gänse von Bützow (p. 316-7).
Rabelais, François (1494-1553), 116, 392.
Racine, Jean Baptiste (1639-1699), 134, 190, 200.
Britannicus (p. 200).
Radcliffe, Ann (1764-1823), 46.
Ranke, Leopold von (1795-1886), 217, 403.
Rathenau, Walther (1867-1922), 352.
Razin, Stenka Timofeievitch (1630-1671), 94.
Regler, Gustav (1898-1963), 361.
Die Saat (p. 361).
Régnier, Henri de (1864-1936), 223.
Rémusat, Charles de (1797-1875), 140-1.
Renan, Ernest (1823-1892), 213.
Ricardo I (Coração de Leão), rei da Inglaterra (1157-1199), 55, 68.
Richelieu, Armand Jean Duplessis de (1585- -1642), 60-1, 99.
Rickert, Heinrich (1863-1936), 287.
Riegel, Hermann (1834-1900), 217.
Robespierre, Maximilien Marie Isidore de (1758-1794), 99, 257, 261, 342.
Rodenbach, Georges (1855-1898), 300.
Bruges, a morta (p. 300).
Rolland, Romain (1866-1944), 240, 263, 266, 268-70, 293, 311, 321, 390-2, 394-402, 407, 422.
Colas Breugnon (p. 391-3, 395-402, 422), *Jean Christophe* (p. 311, 393, 402)
Rotschild, Meyer Amschel (1743-1812), 99.
Rousseau, Jean-Jacques (1712-1778), 51, 262.

O romance histórico | 429

Saint Évremond, Charles Marguetel de Saint--Denis, senhor de (1610-1703), 134.

Saint-Simon, Claude Henri de Rouvroy, conde de (1760-1825), 258.

Sainte-Beuve, Charles (1804-1869), 226-7, 229-31, 234, 236-7, 243, 384.

Port-Royal (p. 226-7).

Saltykov-Chtchedrin, Mikhail (1826-1889), 323.

Sand, George (1804-1876), 67.

Scharnhorst, Gerhard Johann David von (1755--1813), 318.

Schiller, Friedrich (1759-1805), 88, 155, 146-7, 151, 156, 164, 167-71, 184, 194-6, 204-5, 330, 338, 372.

Dom Carlos (p. 204-5), *Intriga e amor* (p. 133, 151, 162), *Die Jungfrau von Orleans* (p. 330), *Maria Stuart* (p. 184), *A noiva de Messina* (p. 167), *Wallenstein* (p. 169-70, 194, 196, 372).

Schnitzler, Arthur (1862-1931), 371.

Schopenhauer, Arthur (1788-1860), 154-5, 217, 304, 354.

Schweitzer, Jean Baptista von (1833-1875), 337.

Scott, Walter (1771-1832), 33, 37, 46-59, 61--88, 90-8, 100-1, 103, 106-16, 149, 156, 169, 185, 191, 194-6, 203, 207-8, 224, 226, 230, 232, 236-7, 247, 249-50, 252, 256-7, 270, 275-6, 279, 281-3, 296, 302-4, 320, 336, 339, 344-7, 358, 360, 364, 366, 379--81, 403-5, 415-7.

The Abbot (p. 75), *The Antiquary* (p. 161), *The Fair Maid of Perth* (p. 75, 77, 304), *The Heart of Midlothian* (p. 71-5), *Ivanhoé* (p. 49, 56, 68, 83, 93 304), *Um a lenda de Montrose* (p. 78-9), *Old Mortality* (p. 56), *Quentin Durward* (p. 67, 78, 101, 303), *Rob Roy* (p. 56, 64, 72-3, 77-8, 87, 161, 249, 252, 380), *Waverley* (p. 33, 49, 53-4, 56, 69-70, 75, 78, 161, 249-50).

Scudéry, Madeleine de (1607-1701), 33.

Shakespeare, William (1564-1616), 47, 87, 115-6, 120-1, 123-4, 127, 130, 139, 142-3, 145, 147, 149-52, 163, 169, 171-2, 174, 177-9, 190-201, 224, 238, 241-2.

Coriolano (p. 241), *Hamlet* (p. 59, 124, 149, 151, 174, 178, 192), *Henrique IV* (p. 191) *Henrique VI* (p. 191, 200), *Júlio César* (p. 241), *Macbeth* (p. 171-2, 192, 194), *Otelo* (p. 147, 153), *Rei Lear* (p. 120, 149,

178-9), *Ricardo II* (p. 191), *Ricardo III* (p. 191-2), *Romeu e Julieta* (p. 124, 142, 149, 152), *Troilus e Créssida* (p. 241).

Shaw, George Bernard (1856-1950), 242, 299, 311, 315.

César e Cleópatra (p. 242), *Santa Joana* (p. 315).

Sismondi, Jean Charles Léonard Simonde de (1773-1842), 41.

Smith, Adam (1723-1790), 35-6.

Smollett, Tobias (1721-1771), 34, 88, 247.

Sófocles (c. 495-406 a.C.), 122-3, 125, 130, 183.

Antígona (p. 122, 125, 128, 153, 172), *Édipo rei* (p.130, 183), *Filoteto* (p. 163, 241)

Sorel, Georges (1847-1922), 311, 393.

Spengler, Oswald (1880-1936), 218, 222, 305.

Stalin, Josef Vissarionovitch (1879-1953), 375.

Steele, Richard (1672-1729), 251.

Stendhal (Marie Henri Beyle) (1783-1842), 40, 47, 50, 60, 85, 87, 102, 105, 111, 224, 279, 294, 363, 395, 411.

A cartuxa de Parma (p. 40, 47, 60), *O vermelho e o negro* (p. 294).

Steuart, James D. (1712-1780), 35-6.

Stifter, Adalbert (1805-1868), 301-5.

Der Nachsommer (p. 301-2, 304), *Witiko* (p. 301-4).

Struve, Piotr Berngardovitch (1870-1944), 336.

Sue, Eugène (1804-1857), 61.

Süss-Oppenheimer, Joseph (1692-1738), 351-5.

Swift, Jonathan (1667-1745), 34, 250.

Taine, Hippolyte (1828-1893), 49, 67, 213, 216, 219, 224, 236-7, 270, 289-90, 294, 314.

Tchernichevski, Nikolai Gavrilovitch (1828--1889), 301, 323.

Thackeray, William Makepeace (1811-1863), 247-52.

A feira das vaidades (p. 248), *The History of Henry Esmond* (p. 248, 251), *The Virginians* (p. 251).

Thierry, Augustin (1795-1856), 76, 213, 216.

Tieck, Ludwig (1773-1853), 90-1.

Der Aufruhr in den Cevennen (p. 91).

Tolstói, Liev Nikolaievitch (1828-1910), 52, 61, 74, 110-3, 138, 177, 185, 252, 259-61, 282, 336, 339, 346-48, 350, 358, 374, 380, 395, 400, 403, 416.

Anna Kariênina (p. 113, 177, 296, 374), *Guerra e paz* (p. 110-1, 113, 296, 348, 350,

400), *A morte de Ivan Ilitch* (p. 138), *Ressurreição* (p. 185)

Vico, Giovanni Battista (1668-1744), 52, 89.

Vigny, Alfred (1793-1863), 94-5, 98-102, 220, 276, 279.

Cinq-mars (p. 95), *Réflexions sur la vérité dans l'art* (p. 98)

Virgílio (Publius Vergilius Maro) (70-19 a.C.), 76.

Vitet, Ludovic (1802-1873), 103-4, 139-41, 151.

Scènes historiques (p. 103-4), *Les barricades* (p. 103, 139)

Voltaire, François Marie Arouet (1694-1778), 34-5, 37, 134, 199-200, 327, 392.

Henríada (p. 37).

Wackenroder, Wilhelm Heinrich (1773-1798), 90.

Wagner, Richard (1813-1883), 155, 235-6, 283, 286.

O anel dos Nibelungos (p. 235-6), *Lohengrin* (p. 286).

Walpole, Horace (1717-1797), 33.

O castelo de Otranto (p. 33).

Wilde, Oscar (1856-1900), 281, 308.

Winckelmann, Johann Joachim (1717-1768), 36.

Zola, Émile (1840-1902), 108, 224, 226, 233-5, 239, 246, 252, 264, 269, 271, 292, 294, 305, 312, 323-4, 363, 394.

Germinal (p. 269, 363), *Nana* (p. 246)

Zweig, Arnold (1887-1968), 407, 414.

Erziehung vor Verdun (p. 414), *Junge Frau von 1914* (p. 414), *Der Streit um den Sergeanten Grischa* (p. 414).

Zweig, Stefan (1881-1942), 325-8, 340, 399--400.

Triumph und Tragik des Erasmus von Rotterdam (p. 325-7, 340, 399).

Referências bibliográficas

Na relação dos textos citados por György Lukács constam as edições que, supõe-se, foram por ele utilizadas. Em alguns casos, referimo-nos a edições mais recentes. Algumas fontes não puderam ser localizadas.

ADDISON, Joseph. *Cato*. Studio City, CA, Players Press, 1996.

ALEXIS, Willibald. *Isegrimm*. Leipzig, Spamer, 1912.

ALFIERI, Vittorio. *Filippo*. Napoli, Fratelli Conte, 1974.

____. *Mirra*. Cátedra, Madrid, 1991.

ALIGHIERI, Dante. *La divina commedia*. Firenze, La Nuova Italia, 1956. [Ed. bras.: *A divina comédia*, 2. ed., São Paulo, Editora 34, 2010.]

ARISTÓFANES. As rãs. In: ____. *As vespas, as aves, as rãs*, 3. ed., Rio de Janeiro, Jorge Zahar Editor, 2000.

BALZAC, Honoré de. *Le cabinet des antiques*. In: ____. *La vieille fille; Le cabinet des antiques*. Paris, Guillot, 1951. [Ed. bras.: *O gabinete das antiguidades* ou *A comédia humana* v.6, Rio de Janeiro, Globo, 1992.]

____. *Les Chouans:* une passion dans le désert. Paris, Calmann-Lévy, 1921. [Ed. bras.: *A Bretanha em 1799* ou *A comédia humana v. 12*, Rio de Janeiro, Globo, 1991.]

____. *Illusions perdues*. Paris, Garnier frères, 1961. [Ed. bras.: *Ilusões perdidas*, São Paulo, Companhia das Letras, 2002.]

____. *Les paysans*. Paris, Garnier, 1964. [Ed. bras.: *Os camponeses* ou *A comédia humana v. 13*, Rio de Janeiro, Globo, 1992.]

____. *Le père Goriot*. Paris, Chaix-Desfosses-Neogravure, 1969. [Ed. bras.: *O pai Goriot*, São Paulo, Estação Liberdade, 2002.]

____. *Splendeurs et misères des courtisanes*. Lausanne, Editions Rencontre, 1960. [Ed. bras.: *Esplendores e misérias das cortesãs*, Porto Alegre, L&PM, 2007.]

BAUDELAIRE, Pierre Charles. *Les fleurs du mal*. Paris, Éditio, 1962. [Ed. bras.: *As flores do mal*, Rio de Janeiro, Nova Fronteira, 2006.]

432 | György Lukács

BAUMGARTEN, Franz Ferdinand. *Das Werk Conrad Ferdinand Meyers*. München, G. Müller, 1920.

BELLINI, Vicenzo. *Norma*. Roma, Reale Accademia d'Italia, 1935. [Ed. port: *Norma*, Lisboa, Manuel B. Calarrão, 1946, Coleção *Óperas imortais*.]

BÜCHNER, Georg. Dantons Tod. In: ____. *Dantons Tod; Leonce und Lena; Woyzeck*. Frankfurt am Main, Insel-Verlag, 1963. [Ed. bras.: *A morte de Danton*, São Paulo, Brasiliense, 1965.]

CALDERÓN de la barca, Pedro. *El alcalde de Zalamea*. Madri, Espasa-Calpe, 1959. [Ed. bras.: *O alcaide de Zalamea*, Porto, Civilização Barcelos/ Companhia Editora do Minho, 1968.]

CERVANTES de Saavedra, Miguel de. *El ingenioso Hidalgo Don Quijote de la Mancha*. Barcelona, Fabra, 1871-1873. [Ed. bras.: *Dom Quixote*, São Paulo, Editora 34, 2007, 2 v.]

CHATRIAN, Alexandre; ERCKMANN, Émile. *Histoire d'un conscrit de 1813*. Boston, Ginn and Company, 1922.

COOPER, James Fenimore. *The Leatherstocking Tales*. Nova York, Viking Press, 1985. [Ed. bras.: *Caçador*, São Paulo, Melhoramentos, 1963.]

CORNEILLE, Pierre. Le Cid. In: ____. *Le Cid, Polyeucte, Le menteur*. Paris, Des Loisirs, 1947. [Ed. bras.: O Cid. In: ____. *O Cid, Horácio, Polieucto*, São Paulo, Martins Fontes, 2005.]

____. *Cinna ou La clémence d'Auguste*. Paris, Gallimar, 2005.

____. *Rodogune*. Paris, Gallimard, 2004.

DE COSTER, Charles. *Ulenspiegel*. Berlim, Tempel-Verlag, 1940. [Ed. bras.: *A lenda de Eulenspiegel*, São Paulo, Clube do Livro, 1957.]

DEFOE, Daniel. *Moll Flanders*. Nova York, New American Library, 1964. [Ed. bras.: *Moll Flanders*, São Paulo, Nova Cultural, 1996.]

DICKENS, Charles. *Barnaby Rudge*. London, Penguin Books, 2003.

____. *Dombey and Son*. Londres, Macmillan, 1954. [Ed. bras.: *Dombey e filho*, São Paulo, *Paulinas, 1962.]*

____. *Little Dorrit*. Londres, Chapman & Hall, 1911. [Ed. bras.: *A Pequena Dorrit*, Lisboa, *Círculo de Leitores, 1987.]*

____. *A Tale of Two Cities*. Londres, Chapman & Hall, 1921. [Ed. bras.: *Um conto de duas cidades*, São Paulo, Estação Liberdade, 2010.]

DÖBLIN, Alfred. *Berlin Alexanderplatz*. Olten, Walter, 1961. [Ed. bras.: *Berlim Alexanderplatz*, São Paulo, Martins Fontes, 2009.]

ENGELS, Friedrich. *Der Ursprung der Familie, des Privateigentums und des Staats*. Berlim, Dietx, 1971. [Ed. bras.: *A origem da família, da propriedade privada e do Estado*, São Paulo, Expressão Popular, 2010.]

ÉSQUILO. *Oréstia*. Rio de Janeiro, Jorge Zahar, 1990.

EURÍPEDES. *Hipólito*. São Paulo, Iluminuras, 2007.

FADEIEV, Alexander. *Posledniy iz Udege*. Moskva, Sovetskiĭ pisatel', 1957.

FEUCHTWANGER, Lion. *Erfolg: drei jahre geschichte einer provinz*. Berlim, G. Kiepenheuer, 1930.

____. *Der falsche Nero*. Berlim, Aufbau-Verlag, 1954.

____. *Das gelobte Land*. Rudolstadt, Greifenverl, 1954.

____. *Die Geschwister Oppenheim*. Amsterdam, Querido, 1935.

____. *Der jüdische Krieg*. Rudolstadt, Greifenverl, 1932.

____. *Die häßliche Herzogin Margarete Maultasch*. Amsterdam, Querido, 1935.

____. *Jud Süss*. Hamburgo, Rowohlt, 1965. [Ed. bras.: *O judeu Süss*, Porto Alegre, Globo, 1938.]

____. *Die Söhne*. Berlim, Rechte Aufbau, 1983.

O romance histórico | 433

FIELDING, Henry. *The History of Tom Jones:* a foundling. Nova York, Modern Library, 1950. [Ed. bras.: *Tom Jones*, São Paulo, Nova Cultural, 2003.]

FLAUBERT, Gustave. *L'éducation sentimentale:* histoire d'un jeune homme. Paris, H. Béziat, 1938. [Ed. bras.: *A educação sentimental*, São Paulo, Nova Alexandria, 2009.]

____. *Madame Bovary.* Paris, José Corti, 1949. [Ed. bras: *Madame Bovary*, São Paulo, Nova Alexandria, 2010.]

____. *Salambô.* Paris, Garnier-Flammarion, 1964. [Ed. bras.: *Salambô*, Belo Horizonte, Itatiaia, 2005.]

____. *La tentation de Saint Antoine.* Paris, Édition Ambroise Vollard, 1933. [Ed. bras.: *As tentações de santo Antão*, São Paulo, Iluminuras, 2004.]

FONTANE, Theodor. *Effi Briest.* Algés, Difel 82, 2005.

____. *Irrungen, Schach von Wuthenow.* Gütersloh, S. Mohn, 1960.

____. *Irrugen, Wirrungen.* Berlim, Stuttgart Pontes-Verl, 1949.

____. *Vor dem Sturm.* München, Hanser, 1959.

FORD, John. *Perkin Warbeck.* London, E. Arnold, 1966.

____. *Tis pity she's a whore.* Lincoln, University of Nebraska Press, 1966.

FRANCE, Anatole. *Les dieux ont soif.* Paris, Calmann-Lévy, 1931, Oeuvres complètes 20. [Ed. bras.: *Os deuses têm sede*, São Paulo, Boitempo, 2007.]

____. *La rôtisserie de la reine Pédauque.* In: ____. *Textes choisis.* Poitiers, Paréiasaure, 1994.

FRANK, Bruno. *Cervantes.* München, Nymphenburger Verlagshandlung, 1978.

FREYTAG, Gustav. *Die Ahnen.* Leipzig, Schlüter, 1926.

GOETHE, Johann Wolfgang. *Adelchi von Manzoni.*

____. *Dichtung und Wahrheit.* Bergen II, Obb., Müller & Kiepenheuer, 1947.

____. *Die natürliche Tochter.* Tübingen, Cotta, 1803.

____. *Die Wahlverwandtschaften.* Bern, Francke, 1955. [Ed. bras.: *As afinidades eletivas*, 3. ed., São Paulo, Nova Alexandria, 1998.]

____. *Egmont.* Berlim, Deutsche Schallplatten, 1963. [Ed. bras.: *Egmont*, São Paulo, Melhoramentos, 1949.]

____. *Faust.* Berlim, Askan. Verl., 1932. [Ed. bras.: *Fausto*, São Paulo, Editora 34, 2007.]

____. *Hermann und Dorothea.* Stuttgart, P. Reclam, 1994.

____. *Johann Peter Eckermann:* Gespräche mit Goethe in den letzten Jahren seines Lebens. Wiesbaden, E. Brockhaus, 1949.

____. *Kanzler von Müller: Unterhaltungen mit Goethe.* Weimar, H. Böhlaus Nachfolger, 1959.

____. *Reineke Fuchs.* Leipzig, Foerster, 1935. [Ed. bras.: *Reineke Raposo*, São Paulo, Cia. das Letrinhas, 1998.]

____. *Torquato Tasso.* Stuttgart und Tübingen, J. G. Cotta, 1854.

____. *Über epische und dramatische.* In: ____. *Vollständige Ausgabe in zehn Bänden.* Stuttgart, Cotta, 1875.

____. *Wilhelm Meisters Lehrjahre.* München, Deutscher Taschenbuch, 1962. [Ed. bras.: *Os anos de aprendizagem de Wilhelm Meister*, São Paulo, Editora 34, 2009.]

____. *Wilhelm Meisters theatralische Sendung.* Stuttgart und Berlin, Cotta, 1911.

____. *Wilhelm Meisters Wanderjahre.* Berlim, Büchergilde Gutenberg, 1934.

GÓGOL, Nikolai Vassilievich. *Taras Bulba.* Moskva, Detgiz, 1951. [Ed. bras.: *Taras Bulba*, São Paulo, Editora 34, 2007.]

GÓRKI, Maksim. *A família Artamonov.* Lisboa, Arcádia, 1959.

____. *A mãe.* 3. ed., São Paulo, Expressão Popular, 2005.

____. Yegor Bulichov. In: ____. *Four Soviet plays : Maxim Gorky.* Lawrence & Wishart, London, 1937.

HAUPTMANN, Gerhart. *Florian Geyer.* Augsburg,: Weltbild-Verl., 1994.

____. *Die Weber.* Berlim, S. Fischer, 1892. [Ed. bras.: *Os tecelões*, São Paulo, Brasiliense, 1968.]

434 | György Lukács

HEBBEL, Friedrich. *Herodes und Mariamne*. Stuttgart, Reclam, 1990.

____. *Judith*. Hamburg, Hoffmann, 1841. [Ed. bras.: Judite. In: ____. *Judite, Giges e seu anel, os Nibelungos*, São Paulo, Melhoramentos, 1964.]

____. *Maria Magdalene*. Stuttgart, Klett, 2008.

____. *Mein Wort über das Drama*. Bielefeld, Leipzig, 1930.

HEGEL, Georg Wilhelm Friedrich. Die Phänomenologie des Geistes. In: ____. *System der Wissenschaft*. Bamberg e Würzburg, Goebhardt, 1807, v.1. [Ed. bras.: *Fenomenologia do espírito*, Petrópolis, Vozes, 2003.]

____. Vorlesungen über die asthetik. In: ____. *Sämtliche Werke*. Leipzig, F. Meiner, 1913-1938. [Ed. bras.: *Cursos de estética*, São Paulo, Edusp, 2004.]

HEINE, Heinrich. *Ideen: Das Buch Le Grand*. Düsseldorf, Schwann, 1826. [Ed. port.: O *livro de Le Grand*, Lisboa, Relógio d'Água, 1995.]

HÖLDERLIN, Friedrich. *Über Achill*.

HOMERO. *Ilíada*. Rio de Janeiro, Ediouro, 2001.

____. *Odisséia*. Rio de Janeiro, Ediouro , 2002.

HUGO, Victor. *Cromwell*. Paris, Testard, 1887.

____. *Les misérables*. Paris, Pagnerre, 1862. [Ed. bras.: O*s miseráveis*, São Paulo, Nova Alexandria, 2008.]

IBSEN, Henrik. *Rosmersholm*. Copenhagen, Gyldendal, 1886. [Ed. bras.: Rosmersholm. In: ____. *Seis dramas*, Porto Alegre, Globo, 1944.]

IMMERMANN, Karl Leberecht. *Münchhausen*. Tübingen, Niemeyer, 1974.

JACOBSEN, Jens Peter. *Frau Marie Grubbe*. Rostock, Hinstorff, 1990.

____. Niels Lyhne. In: ____. *Samlede skrifter*. Copenhagen, Gyldendalske, 1893. [Ed. bras.: *Niels Lyhne*, São Paulo, Cosac Naify, 2003.]

KELLER, Gottfried. *Der grüne Heinrich*. Basel, Stroemfeld, 2006.

KLEIST, Heinrich von. *Michael Kohlhaas*. Berlim, Fischer, 1902. [Ed. port.: *Michael Kohlhaas*, Lisboa, Antígona, 1984.]

____. *Prinz Friedrich von Homburg*. Frankfurt am Main, Stroemfeld, 2006.

LAFARGUE, Paul. Des souvenirs sur Karl Marx publiés par l'un de ses plus proches collaborateurs - et son gendre. In: ____. *Die Neue Zeit*, IX Jhrg., 1890-1891. [Ed. bras.: Recordações pessoais de Karl Marx. In: MARX, Karl. O *capital*: extratos por Paul Lafargue, São Paulo, Conrad, 2005.]

LASSALLE, Ferdinand. *Nachgelassene Briefe und Schriften*. Stuttgart, Deutsche Verlagsanstalt, 1922, v. 3.

LATOUCHE, Henri de. Léo. In: ____. *Léo, Olivier Brusson, un mirage*. Genebra, Slatkine reprints, 1980.

LENIN, Vladimir Ilitch. Os bolcheviques devem tomar o poder? In: ŽIŽEK, Slavoj. *Às portas da revolução*: escritos de Lenin de 1917, São Paulo, Boitempo, 2005.

____. O *Estado e a revolução*. São Paulo, Expressão Popular, 2007.

____. O *imperialismo: fase superior do capitalismo*. São Paulo, Centauro, 2008.

____. *À memória de Herzen*. In: ____. *Obras Completas de V. I. Lénine*, Lisboa-Moscou, Edições Progresso, 1977, t. 21.

____. *Que fazer?* São Paulo, Martins Fontes, 2006.

LESSING, Gotthold Ephraim. *Hamburgische Dramaturgie*. Stuttgart, P. Reclam, 1981.

LIEBKNECHT, Wilhelm. *Karl Marx zum Gedächtnis*. Nürnberg, Wörlein, 1896.

LUDWIG, Otto. *Romane und Romanstudien*. München, Hanser, 1977

LUKÁCS, György. *Deutsche Realisten des XIX. Jahrhunderts*. Berlin, Aufbau-Verlag, 1951.

____. *Goethe und seine Zeit*. Berlim, Aufbau, 1955.

____. *Probleme des Realismus*. Berlim, Aufbau, 1955.

____. Studien über *Thomas Mann*. Berlim, Aufbau-Verlag, 1953.

O romance histórico | 435

MANN, Heinrich. *Die Armen*. Leipzig, Kurt Wolff Verlag, 1917.

____. *Die Jugend des Königs Henri IV*. Berlim, Aufbau-Verlag, 1960. [Ed. bras.: *A juventude do rei Henrique IV*, Rio de Janeiro, Ensaio, 1993.]

____. *Der Kopf*. Berlim, P. Zsolnay, 1925.

____. *Professor Unrat oder Das Ende eines Tyrannen*. Leipzig, Wolff, 1917. [Ed. bras.: *O anjo azul ou A queda de um tirano*, São Paulo, Estação liberdade, 2002.]

____. *Der Untertan*. Hamburg, Claassen, 1964.

____. *Die Vollendung des Königs Henri Quatre*. Reibek bei Hamburg, Rowohlt, 1985.

____. *Der Weg der deutschen Arbeiter*. In: ____. *Politische Essays*. Frankfurt am Main, Suhrkamp, 1968.

MANN, Thomas. *Buddenbrooks*. Berlim, S. Fischer, 1901. [Ed. bras.: *Buddenbrooks*, 3. ed., Rio de Janeiro, Nova Fronteira, 2000.]

____. *Doktor Faustus*. Berlim, Deutsche Buch-Gemeinschaft, 1947. [Ed. bras.: *Doutor Fausto*, Rio de Janeiro, Record, 1996.]

____. *Friedrich und die grosse Koalition*. Stuttgart, Klett-Cotta, 1990.

____. *Tonio Kröger*. In: ____. *Tristan: sechs Novellen*. Berlim, S. Fischer, 1903. [Ed. bras.: Tonio Kroger. In: ____. *Morte em Veneza e Tonio Kröger*, 2. ed., Rio de Janeiro, Nova Fronteira, 2000.]

____. *Zauberberg*. Berlim, S. Fischer, 1924. [Ed. bras.: *A montanha mágica*, Rio de Janeiro, Nova Fronteira, 2006.]

MANZONI, Alessandro. *Adelchi*. Milano, Rizzoli, 1976

____. *Promessi sposi*. Torino, Presso Giuseppe Pomba, 1829. [Ed. bras.: *Os noivos*, 3. ed., Petrópolis, Vozes, 1990.]

MARLOWE, Christopher. *Edward II*. Harlow, Longman, 2001.

MARX, Karl. Der achtzehnte Brumaire des Louis Bonaparte. In: ____. *Werke*. Berlim, Dietz, 1960, v.8. [Ed. bras.: *O 18 de brumário de Luís Bonaparte*, São Paulo, Boitempo, 2011.]

____. *Briefe na Kugelman*. Berlim, 1924. [Ed. bras.: *Cartas a Kugelmann*. In: ____. *O 18 brumário e cartas a Kugelman*, São Paulo, Paz e terra, 2002.]

____. *Ökonomische Manuskripte 1857/58*. MEGA-2 II/1, Berlim, Dietz, 1976 e 1982. [Ed. bras. *Grundrisse*, São Paulo, Boitempo, 2011.]

____. Revolutionary Spain. In: *New-York Daily Tribune*, 9/9/1854 a 2/12/1854, parte II.

____. *Der russische Realismus in der Weltliteratur*. Berlim, Aufbau-Verlag, 1953.

____. *Theorien über den Mehrwert*. MEGA II/3.2, Berlim, Dietz, 1977. [Ed. bras.: Teorias da mais--valia. In: ____. *O capital*, São Paulo, Bertrand Brasil, 1987, Livro IV.]

____. *Zur Kritik der hegelschen Rechtsphilosophie*. MEGA I/2, Berlim, Dietz Verlag, 1982. [Ed. bras.: *Crítica da filosofia do direito de Hegel*, São Paulo, Boitempo, 2005.]

MARX, Karl; ENGELS, Friedrich. *Die Deutsche Ideologie. Kritik d. neuesten dt. Philosophie in ihren Repräsentanten, Feuerbach, B. Bauer u. Stirner u.d. dt. Sozialismus in seinen vershiedenen Propheten 1845-46*. Organização de Vladimir Adoratskij. MEGA I/5, Berlim, 1932. [Ed. bras.: *A ideologia alemã*, São Paulo, Boitempo, 2007.]

MAUPASSANT, Guy de. *Bel-Ami*. Paris, Paul Ollendorff, 1895. [Ed. bras.: *Bel-Ami*, São Paulo, Abril Cultural, 1981.]

____. *Une vie*. Paris, V. Havard, 1883. [Ed. bras.: *Uma vida*, São Paulo, Nova Cultural, 2003.]

MAUROIS, André. *Ariel ou La vie de Shelley*. Paris, Bernard Grasset, 1923. [Ed. bras.: *Ariel ou A vida de Shelley*, Rio de Janeiro, Record, 1923.]

MEHRING, Franz. *Karl Marx, Geschichte seines Lebens*. Essen, Arbeiterpresse Verlag, 2001

436 | György Lukács

____. Die Lessing-Legende. In: ____. *Gesammelete Schriften 9*. Berlim, Dietz, 1983.

MEINHOLD, Wilhelm. *Die Bernsteinhexe*. Berlim, Schiller, 1843. [Ed. bras.: *A bruxa âmbar*, São Paulo, Marco Zero, s.d.]

MERECHKOVSKI, Dmitri Sergeievitch. *Petr i Aleksei*. Saint Petersburg, M.V. Pirozhkov, 1905.

MÉRIMÉE, Prosper. *Chronique du Règne de Charles IX*. Paris, Gallimard, 1977.

____. *La Jacquerie: scènes féodales* . Paris, L'Enseigne du Pot Cassé, 1927

MEYER, Conrad Ferdinand. Gustav Adolfs Page. In: ____. *Sämtliche Erzählungen*. Stuttgart, Philipp Reclam, 1998.

____. *Der Heilige*. Berlim, Union Verlag, 1973.

____. Die Hochzeit des Mönchs. In: ____. *Sämtliche Erzählungen*. Stuttgart, Philipp Reclam, 1998.

____. *Huttens letzte Tage*. Bern, Benteli-Verlag, 1970.

____. *Jürg Jenatsch*. Stuttgart, Reclam, 1981.

____. *Plautus im Nonnenkloster*. München, Münchner Buchverl, 1941.

____. *Die Versuchung des Pescara*. Frankfurt, Ullstein Bücher, 1965.

NIETZSCHE, Friedrich. Vom Nutzen und Nachteil der Historie für das Leben. In: ____. *Unzeitgemässe Betrachtungen*. Leipzig, Verlag von E. W. Fritzsch, 1874.

NOVALIS, Friedrich Freiherr von Hardenberg. *Die Christenheit oder Europa*. Weilhelm/ Obb, Barth, 1964. [Ed. bras.: *A cristandade ou a Europa*, Lisboa, Antígona, 2006.]

OSTROVSKI, Alexander. *Tempestade*. Curitiba, UFPR, 2005.

PATER, Walter Horatio. *Marius the Epicurean*. Londres, Macmillan, 1920.

PÚCHKIN, Alexander Sergeievitch. *Boris Godunov*, São Paulo, Globo, 2007.

____. *Eugen Onegin*. Berlim, Volk und Wissen Verlag, 1951.

____. *A filha do capitão*. São Paulo, Perspectiva, 1981.

____. *O negro de Pedro, o Grande*. São Paulo, Difusão Europeia do Livro, 1962.

RAABE, Wilhelm. *Die Gänse von Bützow*. Berlim, Aufbau-Verl., 1976.

RACINE, Jean Baptiste. *Britannicus*. Paris, Hachette, 1976.

REGLER, Gustav. *Die Saat*. Stuttgart, Stuttgarter Büchergilde, 1948.

RODENBACH, Georges. *Bruges-la-Morte*. Paris, Flammarion, 1947. [Ed. bras.: *Bruges, a morta*, São Paulo, Clube do Livro, 1960.]

ROLLAND, Romain. *Colas Breugnon*. Paris, P. Ollendorff, 1919.

____. *Jean-Christophe*. Paris, Cahiers de la quinzaine, 1904-1912. [Ed. bras.: *Jean-Christophe*, São Paulo, Globo, 2006.]

SAINTE-BEUVE, Charles. *Port-Royal*. Paris, Gallimard, 1953-1955, 5 v.

SCHILLER, Friedrich. *Die Braut von Messina*. München : Deutscher Taschenbuch Verlag, 1966. [Ed. bras.: *A noiva de Messina*, São Paulo, Cosac Naify, 2004.]

____. *Don Karlos*. Leipzig, Reclam, 1904.

____. *Die Jungfrau von Orleans*. Paderborn, F. Schoningh, 1922.

____. *Kabale und Liebe*. Berlim, Bong, 1909. [Ed. bras.: *Intriga e amor*. São Paulo, Hedra, 2010.]

____. *Maria Stuart*. Londres/ Nova York, Macmillan/ St. Martin's P., 1965.

____. *Wallenstein*. Cambridge, University Press, 1909. [Ed. port.: *Wallenstein:* poema dramático, Lisboa, Campo das Letras, 2009.]

SCOTT, Walter. *The Abbot*. Londres, Macmillan, 1905, v. 11.

____. *The Antiquary*. Londres, Macmillan, 1905, v. 3.

____. *The Fair Maid of Perth*. Edimburgo, 1828.

____. *The Heart of Midlothian*. J. M. Dent and Sons, 1906.

____. *Ivanhoé*. Nova York, Dodd, Mead & Co., 1941. [Ed. bras.: *Ivanhoé*, São Paulo, Madras, 2003.]

____. *A Legend of Montrose*. Edimburgo, Black, 1871. [Ed. bras.: *Uma lenda de Montrose*, Rio de Janeiro, H. Garnier, s. d.]

O romance histórico | 437

____. *Old Mortality*. Londres, Macmillan, 1905.

____. *Quentin Durward*. Londres, Macmillan, 1905.

____. *Rob Roy*. Edimburgo, James Ballantyne and Co., 1818. [Ed. port.: *Rob Roy*, Mem Martins, Europa-América, 2003.]

____. *Waverley*. Edimburgo, A. Constable, 1814. [Ed. bras.: *Waverley*, Rio de Janeiro, Garnier, s.d.]

SHAKESPEARE, William. *Henry IV*. Boston, Ginn and Company, 1922. [Ed. bras.: *Henrique IV*, Rio de Janeiro, Lacerda, 2000, 2 v.]

____. *Henry VI*. Nova York, American Book Company, 1905.

____. *King Lear*. Nova York, Harper & Brothers, 1880. [Ed. bras.: *Rei Lear*, Porto Alegre, L&PM, 1997.]

____. *Othello, the Moor of Venice*. Boston, Ginn & Company, 1909. [Ed. bras.: *Otelo*, São Paulo, Scipione, 2002.]

____. *Richard II*. Nova York, Harper & Brothers, 1876.

____. *Richard III*. Boston, Ginn and Company, 1916. [Ed. bras.: *Ricardo III*, Porto Alegre, L&PM, 2007.]

____. *Romeo and Juliet*. Nova York, H. M. Caldwell Co., 1900. [Ed. bras.: *Romeu e Julieta*, Porto Alegre, L&PM, 1998.]

____. *The Tragedy of Coriolanus*. Boston, Ginn & Company, 1909. [Ed. bras.: *Coriolano*, Rio de Janeiro, Lacerda, 2004.]

____. *The Tragedy of Julius Caesar*. Nova York, The A. S. Barnes Company, 1913. [Ed. bras.: *Júlio César*, Rio de Janeiro, Lacerda, 2001.]

____. *The Tragedy of Macbeth*. Nova York, American Book Company, 1898. [Ed. bras.: *Macbeth*, São Paulo, Cosac Naify, 2009.]

____. *The Tragical History of Hamlet*, Prince of Denmark. Londres, A & C Black, 1911. [Ed. bras.: *Hamlet*, Campinas, Átomos, 2004.]

____. *Troilus and Cressida*. Nova York, American Book Company, 1905. [Ed. bras.: *Troilus e Créssida*, Rio de Janeiro, Lacerda, 2004.]

SHAW, George Bernard. *Caesar and Cleopatra*. Nova York, Brentano's, 1913.

____. *Saint Joan*. Nova York, Modern Library, 1956.

SÓFOCLES. *Antígona*. 6. ed., São Paulo, Paz e Terra, 2005.

____. *Édipo rei*. São Paulo, Perspectiva, 2001.

____. *Filoctetes*. São Paulo, Editora 34, 2009.

STENDHAL (Marie Henri Beyle). *La chartreuse de Parme*. Paris, Garnier-Flammarion, 1964. [Ed. bras.: *A cartuxa de Parma*, São Paulo, Globo, 2004.]

____. *Le rouge et le noir*. Paris, Levasseur, 1830. [Ed. bras.: *O vermelho e o negro*, São Paulo, Cosac Naify, 2003.]

STIFTER, Adalbert. *Der Nachsommer*. Leipzig, Insel-Verlag, 1940.

____. *Witiko*. München, Winkler, 1967.

THACKERAY, William Makepeace. *The History of Henry Esmond*. Nova York, Harper and Brothers, 1852.

____. *Vanity Fair*. Nova York, Dodd, Mead &Co., 1943. [Ed. port.: *A feira das vaidades*, Mem Martins, Europa-América, 1999.]

____. *The Virginians*. Londres, Bradbury and Evans, 1857-59.

TIECK, Ludwig. *Der Aufruhr in den Cevennen*. In: ____. *Tiecks Werke*. Leipzig und Wien, Bibliographisches Institut (1892?).

TOLSTÓI, Liev Nikolaievitch. *Anna Kariênina*. São Paulo, Cosac Naify, 2005.

438 | György Lukács

____. *Guerra e paz.* 6. ed., Belo Horizonte, Itatiaia, 2008.

____. *A morte de Ivan Ilitch.* São Paulo, Editora 34, 2006.

____. *Ressurreição.* São Paulo, Cosac Naif, 2010.

VIGNY, Alfred. *Cinq-mars.* Paris, Normant, 1826. (p. 95)

____. Réflexions sur la vérité dans l'art. In: ____. *Cinq-mars.* Paris, Normant, 1826.

VITET, Ludovic. *Les barricades: scènes historiques.* Paris, Fournier, 1830.

VOLTAIRE, François Marie Arouet. *La Henriade.* Paris, Garnier, 1877. [Ed. bras.: *Henríada*, Rio de Janeiro, Nova Fronteira, 2008.]

WAGNER, Richard. *Lohengrin.* Leipzig, C. F. Peters, 1914.

____. *Der Ring des Nibelungen.* 1874. [Ed. bras.: O *anel dos Nibelungos*, São Paulo, Martins Fontes, 2001.]

WALPOLE, Horace. *The Castle of Otranto.* Londres, Oxford University Press, 1964. [Ed. bras.: O *castelo de Otranto*, São Paulo, Nova Alexandria, 2010.]

ZOLA, Émile. *Germinal.* Paris, Gil Blas, 1885. [Ed. bras.: *Germinal*, São Paulo, Companhia das Letras, 2007.]

____. *Nana.* Paris, G. Charpentier, 1880. [Ed. bras.: *Nana*, Rio de Janeiro, Ediouro, s.d.]

ZWEIG, Arnold. *Erziehung vor Verdun.* Amsterdam, Querido Verlag N. V., 1935.

____. *Junge Frau von 1914.* Berlim, G. Kiepenheuer, 1931.

____. *Der Streit um den Sergeanten Grischa.* Berlim, G. Kiepenheuer, 1929.

ZWEIG, Stefan. *Triumph und Tragik des Erasmus von Rotterdam.* Wien, Reichner, 1935.

Obras do autor

A dráma formája. Budapeste, Franklin, 1909.

Megjegyzések az irodalomtörténet elméletéhez. Budapeste, Franklin, 1910.

A lélek és a formák, Budapeste, Franklin, 1910.

Modern dráma fejlödésenek története, 2 v. Budapeste, Franklin, 1911.

Die Seele und die Formen. Berlim, Egon Fleischel & Co., 1911.

"Zur Soziologie des modernen Dramas", *Archiv für Sozialwissenschaft und Sozialpolitik,* XXXVIII, 1914.

"Die Theorie des Romans", *Zeitschrift für Asthetik und Allgemeine Kunstwissenschaft,* t. 2, 1916. [Ed. bras.: *A teoria do romance,* São Paulo, Editora 34, 2000.]

Taktika és Ethika. Budapeste, Közoktaasügyi Nepbiztossag Kiadasa, 1919.

Geschichte und Klassenbewusstsein. Studien über marxistische Dialetik. Berlim, Der Malik Verlag, 1923. [Ed. bras.: *História e consciência de classe – estudos sobre a dialética marxista,* São Paulo, Martins Fontes, 2003.]

Lenin Studie über den Zusammenhang seiner Gedanken. Berlim, Der Malik Verlag, 1924. [Ed. bras.: *Lênin: um estudo sobre a unidade de seu pensamento,* São Paulo, Boitempo, 2012.]

A tórténelmi regény. Budapeste, Hungária, 1947.

Der junge Hegel. Über die Beziehungen Von Dialetik und Ökonomie. Zurique, Europa Verlag, 1948. [Ed. bras.: *O jovem Hegel e os problemas da sociedade capitalista,* São Paulo, Boitempo, 2018.]

Az ész trónfosztása. Az irracionalista filozófia kritikája. Budapeste, Akadémiai Kiadó, 1954.

Die Eigenart des Ästhetischen, werke, v. 11-2. Neuwied, Luchterhand, 1963.

Ensaios sobre literatura. Rio de Janeiro, Civilização Brasileira, 1965 [2. ed., 1968].

Existencialismo ou marxismo? São Paulo, Senzala, 1967 [2. ed., São Paulo, Ciências Humanas, 1979].

Introdução a uma estética marxista. Rio de Janeiro, Civilização Brasileira, 1968 [3. ed., 1977].

Marxismo e teoria da literatura. Rio de Janeiro, Civilização Brasileira, 1968.

Realismo crítico hoje. Brasília, Coordenada, 1969 [2. ed., Brasília, Thesaurus, 1991].

Conversando com Lukács (entrevista concedida a H. H. Holz, L. Kofler e W. Abendroth). Rio de Janeiro, Paz e Terra, 1969.

Müvészet és társadalom. Budapeste, Gondolat Kiadó, 1970. [Ed. bras.: *Arte e sociedade – escritos estéticos 1932-1967,* Rio de Janeiro, UFRJ Editora, 2009.]

Lukács. São Paulo, Ática, 1981. (Coleção Grandes Cientistas Sociais, v. 20.)

Zur Ontologie des gesellschaftlichen Seins. 2 v. Darmstadt, Luchterhand, 1984-1986. [Ed. bras. *Para uma ontologia do ser social,* 2v., São Paulo, Boitempo, 2012-2013.]

Prolegomena zur Ontologie des gesellschaftlichen Seins. Darmstadt, Luchterhand, 1984. [Ed. bras. *Prolegômenos para uma ontologia do ser social,* São Paulo, Boitempo, 2010.]

Pensamento vivido. Autobiografia em diálogo (entrevistas concedidas a I. Eörsi e E. Vezér). São Paulo, Ad Hominem/Universidade Federal de Viçosa, 1999.

O jovem Marx. Rio de Janeiro, UFRJ Editora, 2007.

Reboquismo e dialética. São Paulo, Boitempo, 2015.

Marx e Engels como historiadores da literatura. São Paulo, Boitempo, 2016.

Essenciais são os livros não escritos: últimas entrevistas (1966-1971). São Paulo, Boitempo, 2020.

Goethe e seu tempo. São Paulo, Boitempo, 2021.

Estética: a peculiaridade do estético, v. 1: *Questões preliminares e de princípio.* São Paulo, Boitempo, 2021.

Este livro foi composto em Revival565 BT, corpo
10,5/14,2, e reimpresso pela gráfica Rettec para
a Boitempo, em outubro de 2023, com tiragem
de 1.000 exemplares.